MIRA®

Michelle Reid wuchs als jüngstes von fünf Kindern in der Nähe von Manchester auf. Sie liebt lesen, Ballett und Tennis, und hasst kochen, putzen und bügeln. Am liebsten schreibt sie in den frühen Morgenstunden, wenn ihr Mann und ihre beiden Töchter noch schlafen.

Lynne Graham wurde in Nordirland geboren und lebt dort auch immer noch. Neben ihrem kochenden Ehemann gehören zu ihrer Familie fünf Kinder, ein tollpatschiger großer und ein alles verbellender kleiner Hund, sowie zwei Katzen.

Zum Glück hat die mehrfach ausgezeichnete Autorin **Sandra Morton** auf ihre Eltern gehört, die ihr schon früh im Leben prophezeiten, dass sie einmal eine erfolgreiche Schriftstellerin würde. Wenn sie gerade mal nicht an ihrem Computer sitzt und neue Geschichten für ihre liebevoll gezeichneten Helden erfindet, liebt sie lange Spaziergänge in den Wäldern ihrer Heimat Connecticut.

Liebesreise in 1001 Nacht

MIRA®

MIRA® TASCHENBUCH
Band 15011
1. Auflage: März 2007

MIRA® TASCHENBÜCHER
erscheinen in der Cora Verlag GmbH & Co. KG,
Axel-Springer-Platz 1, 20350 Hamburg
Deutsche Taschenbucherstausgabe

Titel der nordamerikanischen Originalausgaben:
Originaltitel: „The Sheikh's Chosen Wife“

erschienen bei: Mills & Boon Ltd., London
Published by arrangement with
Harlequin Enterprises II B.V., Amsterdam
Originaltitel: „The Desert Bride“

erschienen bei: Mills & Boon Ltd., London
Published by arrangement with
Harlequin Enterprises II B.V., Amsterdam
Originaltitel: „Hostage of the Hawk“

erschienen bei: Mills & Boon Ltd., London
Published by arrangement with
Harlequin Enterprises II B.V., Amsterdam

Konzeption/Reihengestaltung: fredebold&partner gmbh, Köln
Umschlaggestaltung: pecher und soiron, Köln
Redaktion: Ivonne Senn
Titelabbildung: mauritius images GmbH, Mittenwald
Satz: Buch-Werkstatt GmbH, Bad Aibling
Druck und Bindearbeiten: Ebner & Spiegel, Ulm
Printed in Germany
ISBN 978-3-89941-375-5

www.mira-taschenbuch.de

Michelle Reid

Ein Sohn für den Scheich

Roman

Aus dem Amerikanischen von
Rudolf Mast

MIRA®

1. KAPITEL

Nachdem ihm der Brief aus London übergeben worden war, ging Scheich Hassan ben Khalifa Al-Qadim in sein Büro und legte ihn ungelesen auf den Schreibtisch, wo bereits drei andere Schreiben desselben Absenders lagen.

Ohne sie eines Blickes zu würdigen, ging er weiter zum Fenster und sah hinaus auf die Feigenhaine jenseits der Oase von Al-Qadim, die der Wüste durch künstliche Bewässerung abgetrotzt worden waren.

Doch die mächtigen Dünen am Horizont waren wie eine unausgesprochene Warnung davor, dem Frieden zu trauen. Ein einziger starker Sandsturm könnte die jahrelange Arbeit zunichtemachen und das fruchtbare Land über Nacht wieder in das Ödland verwandeln, das es einst gewesen war.

Weil er um die Unbarmherzigkeit wusste, mit der die Natur die Pläne des Menschen durchkreuzen konnte, hatte Hassan es sich zur Gewohnheit gemacht, vor jeder wichtigen Entscheidung in die Wüste zu reiten, um dort Rat zu suchen.

Die Entscheidung, die nun zu treffen war, duldete jedoch keinen weiteren Aufschub. Dafür hatte er sich bereits zu lange geweigert, mit dem Inhalt der Briefe das Unheil zur Kenntnis zu nehmen, das sich über ihm zusammenbraute.

Inzwischen standen die Zeichen längst auf Sturm, wie Hassan jedes Mal schmerzlich bewusst wurde, wenn er sein Büro verließ und mit den Wünschen und Forderungen seines Vaters, seines Halbbruders und tausend anderer Menschen konfrontiert wurde, die zu Recht von ihm erwarteten, dass er, anstatt den Kopf in den Sand zu stecken, seinen Verpflichtungen als Thronfolger des kleinen Emirats Rahman am Persischen Golf nachkam.

Ehe er seinen Entschluss in die Tat umsetzen und zum Telefonhörer greifen konnte, klopfte es. Auf seine Aufforderung hin öffnete sein Privatsekretär und wichtigster Berater Faysal die Tür. Doch anstatt zu Hassan zu gehen und ihm den Grund für die Störung zu nennen, blieb er auf der Schwelle stehen und wartete, bis der Scheich ihn ausdrücklich dazu aufforderte.

„Was führt dich zu mir?", erkundigte sich Hassan, dem die an Unterwürfigkeit grenzende Förmlichkeit nicht nur in Momenten wie diesem übertrieben schien.

Erst nach einer respektvollen Verbeugung trat Faysal ein, schloss die Tür hinter sich, durchquerte den Raum und blieb in gebührlichem Abstand vor Hassans Schreibtisch stehen. „Es gibt Neuigkeiten, mein Herr", erwiderte er und fügte hinzu: „Leider keine guten. Scheich Abdul zieht in seiner Sommerresidenz eine Gruppe Gleichgesinnter zusammen. Laut Auskunft eines Informanten, der sich eingeschleust hat, spitzt sich die Lage bedrohlich zu."

Zu seiner Verwunderung ging Scheich Hassan mit keinem Wort auf die besorgniserregende Nachricht ein. „Und was weißt du von meiner Frau?", erkundigte er sich stattdessen.

„Die Prinzessin weilt noch immer in Spanien, mein Herr", teilte Hassan ihm gewohnt förmlich mit. „Sie unterstützt ihren Vater bei der Vermarktung der neuen Ferienanlage von San Estéban. Nach meinen Informationen überwacht sie derzeit die Einrichtung und Möblierung der Villen, die zum Verkauf stehen."

Was Hassan nicht überraschte. In seinem Büro fanden sich genügend Beweise für Leonas Ehrgeiz als Innenarchitektin – und das, obwohl sie diesen Beruf nie erlernt hatte.

„Man könnte fast meinen, du wolltest Besucher abschrecken", hatte ihre Begründung für die Veränderungen gelautet, die sie in Hassans Büro vorgenommen hatte. Dass genau das seine Absicht gewesen war, war ihr nicht einmal in den Sinn gekommen.

Doch weil ihr Lächeln unwiderstehlich war, hatte Hassan nicht widersprochen, als sie Bilder und Skulpturen einheimischer Künstler und einen sündhaft teuren Teppich erstanden hatte, der nun große Teile des blauen Marmorfußbodens bedeckte. Auch die Sitzgruppe vor dem Fenster war auf ihren Wunsch hin angeschafft worden.

Dort hatten sie gewöhnlich gemeinsam Tee getrunken und den unvergleichlichen Ausblick ebenso genossen wie manch zärtliche Berührung, wie sie zwischen Liebenden üblich war.

Der Ausblick war nach wie vor derselbe. Richtig genießen konnte Hassan ihn jedoch seit jenem Tag nicht mehr, an dem Leona ihn verlassen hatte und der Austausch von Zärtlichkeiten nur noch in seiner Fantasie vorkam.

„Wie viel Zeit bleibt uns deiner Meinung nach, um ihnen das Handwerk zu legen?“, erkundigte er sich, um die Trauer, die ihn zu erfassen drohte, im Keim zu ersticken.

„Ich fürchte, nicht allzu viel“, erwiderte Faysal. „Sie können jeden Tag zuschlagen. Deshalb sollten Sie rasch handeln. Wozu aus einem weiteren Grund Anlass besteht“, fügte er verlegen hinzu. „Mr. Hayes ist zu Ihrer Frau in die Villa gezogen.“

Die bloße Erwähnung dieses Namens reichte, um Hassan aus der Fassung zu bringen. Was immer Leona dazu veranlasst haben mochte, mit Ethan Hayes zusammenzuziehen – die Gefühle ihres Ehemannes waren ihr offenbar völlig gleichgültig.

„Seit wann ist er in San Estéban?“, fragte er, und zu seiner Wut gesellte sich nun auch noch rasende Eifersucht.

„Seit einer guten Woche.“

„Weiß Scheich Abdul auch davon?“

„So wurde berichtet“, antwortete Faysal, dem es sichtlich unangenehm war, seinem Herrn keine andere Auskunft geben zu können.

Hassan traf seine Entscheidung, ohne lange zu zögern. „Sag für die nächsten Wochen alle meine Termine ab“, ordnete er an, „und sorge dafür, dass meine neue Yacht von Cadiz nach San Estéban gebracht und mein Flugzeug startklar gemacht wird. Außerdem soll Rafiq umgehend zu mir kommen.“

„Wie Sie wünschen“, erwiderte Faysal verunsichert. „Was soll ich sagen, falls jemand nach dem Grund für Ihren plötzlichen Aufbruch fragt?“

„Die Wahrheit, selbstverständlich. Dass ich einen längeren Urlaub im Mittelmeer nutze, um mein neues Spielzeug auszuprobieren."

Faysal wusste ebenso wie der Scheich, dass die kommenden Wochen alles andere als Erholung versprachen. Deshalb überraschte es ihn nicht, als sein Herr verbittert hinzufügte: „Sollte jemand es wagen, auch nur andeutungsweise zu behaupten, dass meine Frau mich betrügt, wird ihm keine Gelegenheit bleiben, es zu bereuen. Habe ich mich deutlich genug ausgedrückt?"

Mit einer tiefen Verbeugung gab Faysal zu verstehen, dass er sich der Tragweite der Drohung bewusst war, ehe er sich zurückzog, um die Befehle seines Herrn auszuführen.

Als Hassan wieder allein war, nahm er den ersten der vier Briefe zur Hand, den er als einzigen gelesen hatte. Doch nun galt sein Interesse weniger dem Schreiben selbst als der Telefonnummer, die im Briefkopf vermerkt war. Ein Blick auf die Uhr sagte ihm, dass er den Anwalt seiner Frau um diese Zeit in seiner Londoner Kanzlei erreichen müsste. Um keine halben Sachen zu machen, ließ er dem ersten Ferngespräch ein zweites folgen und rief auch noch seinen Schwiegervater Victor Frayne an.

Kaum hatte er das Gespräch mit ihm beendet, kam sein Halbbruder Rafiq ins Büro. Wie Faysal trug er das traditionelle weiße Gewand, das ihrer Stellung innerhalb der arabischen Gesellschaft entsprach, doch damit hatten sich die Gemeinsamkeiten auch schon erschöpft. Denn anders als Faysal war Rafiq ein Hüne von Mann, und sein Selbstbewusstsein konnte es mit seiner Statur unbedingt aufnehmen. Dass er nicht anklopfte, bevor er Hassans Büro betrat, bedeutete jedoch nicht, dass er notfalls nicht sein Leben für ihn gegeben hätte.

„Mach die Tür zu", forderte Hassan ihn auf und wartete, bis Rafiq vor dem Schreibtisch stand. Erst dann stellte er ihm die Frage, derentwegen er ihn hatte kommen lassen. „Wärst du bereit, eine kleine Intrige zu spinnen?"

„Das kommt darauf an, wer ins Netz gehen soll", erwiderte Rafiq.

„Scheich Abdul?“, fragte er hoffnungsvoll.

„Leider nicht. Der kommt später dran“, erwiderte der Scheich verächtlich. „In diesem Fall dachte ich eher an meine entzückende Ehefrau.“

Um mich noch einmal umzuziehen, ist es ohnehin zu spät, dachte Leona, als sie sich im Spiegel betrachtete und das lange rotblonde Haar hochsteckte.

Nicht, dass ihr das beigefarbene Trägerkleid schlecht stand, doch der Schnitt konnte kaum kaschieren, dass sie im Lauf des vergangenen Jahres viel zu dünn geworden war, und ein dunklerer Farbton hätte ihre Haut sicherlich weniger blass erscheinen lassen.

Doch weil Ethan schon ungeduldig auf sie wartete, legte sich Leona schnell die diamantenen Ohrringe und die goldene Armbanduhr an und ging ins Schlafzimmer, um in die flachen Sandaletten zu schlüpfen und die schwarze Seidenstola umzulegen. Für ein Geschäftsessen, bei dem sie lediglich ihren Vater vertreten sollte, war sie damit sicherlich passend gekleidet. Er war in London aufgehalten worden, wo er etwas mit seinem Anwalt zu besprechen hatte. So war Leona die undankbare Aufgabe zugefallen, seinen Geschäftspartner zu begleiten, mit dem er das Architekturbüro „Hayes & Frayne“ betrieb.

Noch als sie die Treppe hinunterging, bedauerte sie, dass sie den Abend nicht zu Hause verbringen konnte, wohin sie erst vor einer Stunde zurückgekehrt war. Hinter ihr lag ein langer und arbeitsreicher Tag in der Ferienanlage von San Estéban, und als machte ihr die Hitze Südspaniens nicht schon genug zu schaffen, war in der Villa, die sie derzeit als Musterhaus für potenzielle Käufer einrichtete, die Klimaanlage ausgefallen.

Ethan erwartete sie auf der Veranda. Er hatte sich einen Drink eingegossen und stand am Geländer, von wo aus er den Sonnenuntergang beobachtete. Als er Leona bemerkte, drehte er sich zu ihr um und lächelte anerkennend.

„Du siehst hinreißend aus“, begrüßte er sie und ging ihr einige Schritte entgegen.

„Vielen Dank“, erwiderte Leona und betrachtete den großen und schlanken Mann, der zu seinem schwarzen Smoking wie üblich keine Krawatte, sondern eine Fliege trug. „Du brauchst dich aber auch nicht zu verstecken.“

Ethan quittierte das Kompliment mit einem schalkhaften Lächeln, für das er ebenso berühmt wie berüchtigt war, weil er damit die Herzen der Frauen im Sturm erobern konnte – wovon er regen Gebrauch machte.

Zu Leonas Erleichterung ließ sie Ethans unbestreitbare Attraktivität jedoch kalt, und dankenswerterweise hatte er nie versucht, daran etwas zu ändern. Was sicherlich daran lag, dass sich in den vielen Jahren, die sie sich bereits kannten, ein freundschaftliches und vertrauensvolles Verhältnis zwischen ihnen entwickelt hatte. Sie mochten und respektierten sich, wie es enge Verwandte taten.

„Möchtest du einen Drink?“, erkundigte sich Ethan.

„Lieber nicht“, lehnte Leona ab, „sonst fange ich spätestens um zehn Uhr an zu gähnen.“

„So spät?“, spottete er im Wissen, dass Leona normalerweise früh ins Bett ging. „Demnächst bittest du mich noch, nach der Party mit dir in eine Nachtdisco zu gehen.“

„Du besuchst Discos?“

„Nicht wenn ich es verhindern kann“, erwiderte Ethan augenzwinkernd. „In meinem Alter ist es nicht so einfach, eine Frau zu finden, die sich von mir auf die Füße treten lässt.“

„So alt bist du doch noch gar nicht“, widersprach Leona amüsiert. „Wenn ich mich richtig erinnere, bist du Mitte der Sechzigerjahre geboren, genau wie Has…“

Ethan sah mit Entsetzen, wie von einer Sekunde auf die andere jede Fröhlichkeit aus Leonas Gesicht wich. Jeder, der näher mit ihr zu tun hatte, wusste, wie schwer das vergangene Jahr für sie gewesen war. Deshalb hatte in dieser Zeit niemand den Namen ihres Mannes in ihrer Gegenwart erwähnt. Nun hatte sie selbst das Gespräch auf ihn gebracht, und auch wenn sie sich nach der ersten Silbe unterbrochen hatte, war ihr deutlich anzusehen, wie sehr die Erinnerung sie aufgewühlt hatte.

„Findest du nicht, dass du diesem Wahnsinn endlich ein Ende setzen solltest?“, fragte Ethan besorgt.

„Das will ich aber nicht“, erwiderte Leona bestimmt und trat ans Geländer.

„Sagt dein Herz dir nicht etwas völlig anderes?“

„Was mein Herz sagt, spielt in diesem Fall keine Rolle.“

„Vielleicht solltest du gerade deshalb auf es hören.“

„Vielleicht solltest du dich lieber um deine eigenen Angelegenheiten kümmern.“

Um zu betonen, wie wenig ihr an seiner Einmischung lag, warf Leona Ethan einen strengen Blick zu, ehe sie sich umdrehte. Sie blickte hinaus aufs Meer, über dem die Sonne unterging und es in schillernde Farben tauchte.

Die Villa, die sie gemeinsam mit ihrem Vater bewohnte und die seit einigen Tagen auch Ethan als Unterkunft diente, befand sich oberhalb der Bucht von San Estéban, einem ehemaligen Fischerdorf, das sich innerhalb weniger Jahre mithilfe einiger finanzkräftiger Investoren in einen paradiesischen Urlaubsort verwandelt hatte. Um den Charakter der Landschaft zu erhalten, waren die luxuriösen Villen, die sich über den Hang erstreckten, im maurischen Stil errichtet worden. Gekrönt wurde die Anlage von einem Sportboothafen, in dem bereits die ersten Yachten vor Anker lagen.

Von hier oben wirkte alles noch friedlicher als ohnehin, und insgeheim wünschte sich Leona, der Anblick könnte ihr helfen, ihre Gefühle wieder unter Kontrolle zu bringen.

Doch die Erfahrung hatte sie gelehrt, dass die Aussicht darauf denkbar gering war. Insgeheim hatte sie sich schon fast damit abgefunden, die Kränkungen und Verletzungen, die sie erlitten hatte, zeitlebens nicht zu verwinden.

„Entschuldige bitte, Leona“, sagte Ethan, als er sah, wie bedrückt sie war. „Ich wollte dir nicht zu nahe treten.“

„Schon gut“, erwiderte sie niedergeschlagen. „Es ist einfach noch zu früh, um darüber zu sprechen.“

„Glaubst du nicht, es wäre besser, wenn du dich jemandem anvertraust? Immerhin ist es ein ganzes Jahr her, seit …“

Leona schüttelte heftig den Kopf, um Ethan zu verstehen zu geben, dass sie kein Wort mehr darüber hören wollte. So hielt sie es, seit sie nach London zurückgekehrt war und ihrem Vater zur Begründung nur gesagt hatte, dass ihre Ehe mit Scheich Hassan ben Khalifa Al-Qadim nach fünf Jahren gescheitert war.

Victor Frayne hatte nichts unversucht gelassen, den Grund dafür herauszufinden. Dazu war er sogar nach Rahman geflogen. Doch bei seinem Schwiegersohn war er ebenso auf eine Wand des Schweigens gestoßen wie bei seiner Tochter. So hatte er lediglich in Erfahrung bringen können, dass Scheich Hassan unter der Trennung nicht weniger litt als Leona, selbst wenn er seine Gefühle besser verbergen konnte als seine Ehefrau.

„Es ist mir ein einziges Rätsel“, hatte Victor seinem Freund und Geschäftspartner Ethan Hayes eines Tages gestanden, „und ich kann nur hoffen, dass diese unerträgliche Situation ein Ende findet, ehe Leona daran zerbricht.“

Zu seiner Erleichterung hatte Leona eines Tages die Initiative ergriffen und war zu seinem Anwalt gegangen, um ihn zu beauftragen, die Scheidung vorzubereiten.

Warum sie damit zehn Monate gewartet hatte, blieb allen ein Rätsel, zu dessen Lösung Leona nicht das Geringste beitrug. Hingegen wunderte es niemanden, dass sie eine Woche nach dem Besuch beim Anwalt schwer erkrankte und mehrere Wochen das Bett hüten musste.

Mit ihrer Genesung schien auch ihr Lebensmut wieder zurückgekehrt, denn kaum hatte sie sich von der Krankheit erholt, erklärte sie sich bereit, nach San Estéban zu gehen und die Ausgestaltung der

Villen zu übernehmen, die ihr Vater und dessen Geschäftspartner in Südspanien bauten.

Die Arbeit schien ihr in jeder Hinsicht zu bekommen, denn auch wenn sie noch blass und geschwächt war, führte sie ein Leben, das von dem jeder anderen neunundzwanzigjährigen Frau nicht zu unterscheiden war.

Ethan hatte die Hoffnung, eine Antwort zu bekommen, längst aufgegeben. Um Leona etwas aufzuheitern, ging er zu ihr und küsste sie auf die Stirn. „Bist du startklar?", erkundigte er sich mit einem aufmunternden Lächeln.

Leona nickte zustimmend, und um den Eindruck zu erwecken, als freute sie sich auf den Abend, hakte sie sich bei Ethan unter und ließ sich von ihm zu der wartenden Limousine führen, die er mitsamt Chauffeur gemietet hatte.

„Vorhin ist die Yacht eingelaufen, auf der wir eingeladen sind", teilte Ethan ihr mit, als sie im Fond des Wagens saßen, der sie zum Hafen bringen sollte. „Sie ist beeindruckend. Arm ist dieser Petronades jedenfalls nicht."

Zumindest die letzte Bemerkung war schamlos untertrieben, denn Leandros Petronades war der größte Investor in San Estéban. Das Abendessen gab er für einen exklusiven Kreis finanzkräftiger Interessenten. Um ihnen den Kaufentschluss zu erleichtern, hatte er die Besichtigung der Anlage mit einer kleinen Seereise an Bord seiner luxuriösen Yacht verbunden.

„Zumindest muss sie ziemlich groß sein", erwiderte Leona. „Sonst könnte er nicht so viele Gäste beherbergen."

„Klein ist sie wirklich nicht, doch kurz danach ist eine andere Yacht eingetroffen, die gut doppelt so groß ist."

„Etwa ein Kreuzfahrtschiff?", erkundigte sich Leona in der Hoffnung, die Ferienanlage von San Estéban könnte bereits vor ihrer Fertigstellung eine Sehenswürdigkeit sein.

„So groß nun auch wieder nicht. Ich nehme an, dass sie einem reichen Freund von Petronades gehört, den er als Investor ködern will."

Ein weiterer Investor könnte nicht schaden, dachte Leona, zumal es nicht Hassan sein würde. Der besaß weder eine Yacht, noch hatte er ihres Wissens je in eines der Projekte seines Schwiegervaters investiert.

So beruhigend dieser Gedanke war, sosehr ärgerte sie sich darüber, dass ihr schon zum zweiten Mal an diesem Abend der Name ihres Ehemannes in den Sinn gekommen war. Dabei bestand nicht der geringste Anlass, sich mit solch unerfreulichen Erinnerungen herumzuärgern.

Entsprechend erleichtert war sie, als der Wagen vor der langen Mole hielt, an dessen Ende Leonardos Yacht festgemacht hatte. Denn inzwischen war sie entschlossen, den Abend nicht als notwendiges Übel zu betrachten, sondern ihn zu genießen. Wer weiß, vielleicht würde sie Ethan tatsächlich noch bitten, mit ihr tanzen zu gehen.

Es war lange her, dass sie ausgelassen gefeiert hatte. Die Ehe mit einem Araber hatte gewisse Einschränkungen mit sich gebracht, die jedoch nicht alle auf den besonderen Regeln beruhten, die in diesen Ländern für verheiratete Frauen galten.

Denn Leona hatte nicht nur einen Araber, sondern den ältesten Sohn und Thronfolger des Herrschers von Rahman geheiratet, einem kleinen, aber dank seiner Ölvorkommen reichen Golfemirat. Mit der Heirat hatte sie Rang und Titel einer Prinzessin erhalten, was neben allerhand Privilegien auch bedeutete, dass allem, was sie sagte und tat, eine ungeahnte Wichtigkeit zukam. Deshalb hatte sie sich angewöhnt, jedes Wort auf die Goldwaage zu legen und sich genau zu überlegen, wo sie hingehen konnte und wo nicht – erst recht allein.

An dieser Gewohnheit hatte sie auch im vergangenen Jahr festgehalten. Um den Spekulationen darüber keine Nahrung zu geben, warum sie ohne ihren Mann nach London zurückgekehrt war, hatte sie überaus zurückgezogen gelebt.

Selbst aus größerer Entfernung war ihr Ziel deutlich zu erkennen, denn Petronades' schneeweiße Yacht war hell erleuchtet. Wie Ethan gesagt hatte, wurde sie jedoch von einer anderen überragt, die wie ein

Schatten an der Mole lag, die Ethan und Leona nun entlanggingen. An Deck war kein Licht zu erkennen, und der schwarze Rumpf ließ es wie ein Geisterschiff wirken.

„Nicht übel", meinte Ethan anerkennend, als sie sich dem schwimmenden Palast näherten.

Doch Leona sah sich außerstande, seine Begeisterung zu teilen. Ohne sagen zu können, warum, hatte sie die dunkle Vorahnung, dass sie im dunklen Schatten, den die riesige Yacht warf, etwas Bedrohliches erwartete.

Sie sollte sich nicht getäuscht haben. Gerade als sie Ethan ihre Sorge mitteilen wollte, drang ein Flüstern an ihr Ohr. Auch Ethan schien es gehört zu haben, denn wie sie blieb er unvermittelt stehen.

Im selben Moment löste sich ein Schatten aus der Dunkelheit und trat auf sie zu. Ehe einer von ihnen reagieren konnten, folgten dem ersten weitere Schatten, bis sie schließlich von vermummten Gestalten umzingelt waren.

„Was wollen Sie von uns?", fragte Leona ängstlich, auch wenn sie die Antwort bereits zu kennen glaubte. Wenn ihr Instinkt nicht trog, handelte es sich bei den Männern um Araber, und was sie von ihr wollten, war nur allzu offensichtlich.

Mit der Angst, entführt zu werden, lebte sie seit jenem Tag, an dem sie Hassans Frau geworden war. Sie war Engländerin und hatte einen Araber geheiratet, der nicht nur Thronfolger eines Emirates in einer von Krisen geschüttelten Region war, sondern darüber hinaus einer der reichsten Männer der Welt. Aus ihrer Entführung könnten Extremisten und Fanatiker also gleich doppelt Kapital für ihre menschenverachtenden Ziele schlagen.

Bislang war diese Drohung zu abstrakt gewesen, um sich gegen sie zu schützen, und die Entschlossenheit in den Gesichtern der Männer verriet, dass es nun zu spät dafür war.

Ethan dachte offenbar anders darüber, denn er legte schützend den Arm um Leona. „Hab keine Angst", versuchte er sie zu beruhigen. „Ich lenke sie ab, damit du dich in Sicherheit bringen kannst."

Ehe sie widersprechen konnte, stürzte er sich auf die beiden Männer, die direkt vor ihm standen. Da er das Überraschungsmoment auf seiner Seite hatte, gelang es ihm tatsächlich, seine Gegner zu Fall zu bringen und eine kleine Lücke in dem Ring aufzureißen, der Leona umgab.

Doch sie zögerte zu lange, und als sie endlich den Mut für einen Fluchtversuch aufbrachte, hatte sich der Kreis der Angreifer bereits wieder geschlossen.

Als der Anführer langsam auf sie zukam, drohte ihr das Herz stehen zu bleiben. Er strahlte eine Kraft und Verwegenheit aus, die sie das Schlimmste befürchten ließ.

Doch als er näher kam, wusste sie, dass sie das Opfer einer ganz besonderen Entführung war, mit der die Täter weder politische noch finanzielle Forderungen durchsetzen wollten. Um sich zu irren, war ihr der entschlossene Blick des großen, schlanken und athletischen Mannes zu vertraut, der nun unmittelbar vor ihr stand.

„Hassan", nannte sie ängstlich seinen Namen.

Die Verbeugung, mit der er seine Frau begrüßte, war an Hochmut kaum zu überbieten – außer von der Formulierung, die er anfügte.

„Allerdings", sagte er mit schneidendem Sarkasmus. „Schön, dass du deinen Ehemann noch erkennst."

2. *KAPITEL*

Was willst du von mir?", fragte Leona entsetzt, auch wenn die Angst ihr die Kehle zuzuschnüren drohte. Ehe Hassan etwas erwidern konnte, wurde seine Aufmerksamkeit von einem erneuten Tumult in Beschlag genommen, der sich hinter seinem Rücken abspielte. Während Ethan von zwei Männern überwältigt wurde, rief er verzweifelt nach Leona. Er konnte noch nicht wissen, um wen es sich bei den Angreifern tatsächlich handelte.

„Ruf deine Männer zurück!", verlangte Leona.

„Sei still!", befahl Hassan und umklammerte ihr Handgelenk. Dann forderte er seine Männer auf, sich zurückzuziehen. Was sie zwar taten, jedoch nicht, ohne einen verängstigten Ethan mitzuschleifen.

„Wohin bringen sie ihn?", wollte Leona wissen.

Hassan hielt es nicht für nötig, ihr eine Antwort zu geben. Stattdessen winkte er einen seiner Männer zu sich, der, wie Leona sehr bald feststellen konnte, ihr fast so vertraut war wie ihr Mann.

„Rafiq", sagte sie verwundert, doch Hassan unterband jedes weitere Wort, indem er Leona den Arm um die Taille legte und sie an sich zog. Die unerwartete körperliche Nähe löste Gefühle in ihr aus, derer sie sich angesichts der Lage, in der sie sich befand, fast schämte. Es war, als ließe sie die Erinnerung an die unvergleichliche Zärtlichkeit, die dieser Mann ihr geschenkt hatte, allen Kummer und Schmerz vergessen, die er ihr in der Vergangenheit zugefügt hatte und mit ihrer Entführung erneut zufügte.

Dass es sich tatsächlich um eine Entführung handelte, bewies die Tatsache, dass Rafiq ihr unvermittelt eine schwarze Kapuze über den Kopf zog und sie so unsanft vorwärts stieß, dass sie ihre Sandaletten verlor.

„Was hast du mit mir vor?", fragte sie ängstlich.

„Dich entführen", bestätigte Hassan mit erschreckender Deutlichkeit. „Wenn du klug bist, fügst du dich in dein Schicksal. Ansonsten sehe ich mich gezwungen ...“

Auch wenn er den Satz nicht beendete, wusste Leona, was ihr blühte, wenn sie sich ihrem Ehemann widersetzte. Er sah in ihr einen Gegenstand aus seinem Besitz, der ihm verloren gegangen war und den er sich nun zurückholte.

„Das werde ich dir nie verzeihen“, sagte sie drohend. Zur Antwort versetzte er ihr einen Stoß, der sie fast aus dem Gleichgewicht brachte.

„Fall nicht ins Wasser!“, rief Hassan ihr zu. Leona wollte ihm bereits die passende Antwort geben, als sie unter den Fußsohlen spürte, dass sich der Bodenbelag unvermittelt veränderte.

„Wo sind wir?“, fragte sie.

„Auf der Gangway zu meiner Yacht“, antwortete Hassan.

„Hast du etwa ein neues Spielzeug?“, fragte sie spöttisch und wusste im selben Moment, dass das „Geisterschiff“, wie sie es noch vor wenigen Minuten bezeichnet hatte, niemand anderem als Hassan gehörte.

„Pass lieber auf, wo du hintrittst“, warnte er sie.

Was leichter gesagt als getan war, denn durch die schwarze Kapuze konnte Leona nicht einmal die Hand vor Augen erkennen, geschweige denn eine schmale Gangway sicher passieren.

Instinktiv streckte sie die Hand aus, um Halt zu finden. Doch das Wissen um die Gefahr hatte sie so ängstlich gemacht, dass sie mehr taumelte als zielstrebig ging.

Als sie schon befürchten musste, beim nächsten Schritt ins Hafenbecken zu fallen und zu ertrinken, spürte sie zwei starke Arme, die sie umfassten und hochhoben.

Ohne einen Gedanken daran zu verschwenden, dass Hassan sie erst in diese Lage gebracht hatte, schmiegte sich Leona erleichtert an ihn und genoss das Gefühl der Sicherheit, das ihr seine Nähe verlieh.

Das änderte sich jedoch schlagartig, nachdem er sie quer über das Deck und schließlich eine kleine Treppe hinunter ins Innere der Yacht gebracht hatte.

Kaum stand sie wieder auf den eigenen Beinen, verwandelte sich die Angst, die sie durchlitten hatte, in rasende Wut. Entschlossen riss sie sich die Kapuze vom Kopf und suchte nach ihren Entführern Hassan und Rafiq.

Sie standen vor der geöffneten Tür zum Niedergang und sahen fast aus wie Zwillinge, denn beide trugen einen schwarzen Umhang, der mit einer Schärpe in der Taille zusammengehalten wurde. Darüber hinaus strahlten die dunklen Gesichter dieselbe unerschütterliche Selbstsicherheit aus, die in diesem Moment allerdings unerträglich arrogant wirkte.

Woher nehmen sie bloß das Recht, mich so zu behandeln? fragte sich Leona, und ihr Zorn war so groß, dass sie auf die beiden zuging, ohne sich lange zu besinnen.

Ihr Haar hing ihr wirr über die Schultern, und wie die Sandaletten hatte sie auch die Stola irgendwo verloren. Ihrer Entschiedenheit tat das jedoch keinen Abbruch. Die Hände in die Hüften gestemmt, stellte sie sich vor die beiden Männer. Nach Anzeichen von Reue oder Schuldbewusstsein in ihren Gesichtern suchte sie allerdings vergeblich.

„Ich will sofort zu Ethan", forderte sie so nachdrücklich, dass den beiden keine Gelegenheit blieb, ihre Verwunderung zu verbergen. Vor allem Hassan war deutlich anzusehen, wie sehr ihn Leonas Forderung verletzte.

Er presste die Lippen zusammen, was seinen Gesichtszügen eine Strenge verlieh, die selbst Rafiq nicht unbeeindruckt ließ. Auf Hassans stummen Wink hin zog er sich zurück und schloss die Tür hinter sich, ehe er an Deck ging.

Dem strafenden Blick, mit dem Hassan sie ansah, konnte Leona ausweichen, doch das Schweigen, in das er sich hüllte, war beinahe unerträglich.

Diesen Mann hatte sie nicht nur geliebt, sondern in der tiefen

Überzeugung, dass nichts und niemand sie je auseinanderbringen könnte, hatte sie fünf Jahre lang als seine Ehefrau mit ihm zusammengelebt. Doch nun konnte sie sich nicht einmal dazu überwinden, ihn anzusehen, weil nicht auszuschließen war, dass sich die mühsam unterdrückten Hassgefühle, die sie gegen ihn hegte, augenblicklich Bahn brechen und sie in einen tiefen Abgrund stürzen würden.

„In deinem eigenen Interesse schlage ich vor, dass du den Namen dieses Mannes in meiner Gegenwart nicht mehr erwähnst."

Kaum hatte Hassan die unverhohlene Drohung ausgesprochen, löste er sich aus seiner Erstarrung und kam bedrohlich auf Leona zu. Doch ehe sie reagieren konnte, ging er achtlos an ihr vorbei zu einem hölzernen Tresen auf der gegenüberliegenden Seite des Raumes.

„Dann hättest du deine Leute nicht auf ihn hetzen dürfen", rief sie ihm empört nach, um sich nicht eingestehen zu müssen, wie sehr sie die anmutigen Bewegungen des großen und athletischen Mannes noch immer faszinierten, der in diesem Moment einen Schrank öffnete, in dem sich eine reich ausgestattete Bar befand.

„Deine Sorge ist völlig unbegründet", erwiderte Hassan verbittert. „Niemand hat Ethan ein Haar gekrümmt – auch wenn er eine ordentliche Abreibung verdient hätte."

„Weil er mich beschützen wollte?"

„Dieses Recht hat einzig und allein dein Ehemann", widersprach Hassan, während er eine Flasche Mineralwasser aus dem Kühlschrank nahm. „Und das bin immer noch ich."

Leona konnte nicht entscheiden, ob ihr eher zum Lachen oder zum Weinen zumute war. „Deine Überheblichkeit hat unter unserer Trennung offenbar nicht gelitten", sagte sie schließlich verächtlich.

„Deine Widerspenstigkeit aber auch nicht", erwiderte er aufgebracht und stellte die Flasche krachend auf dem Tresen ab.

Als er sich zu Leona umdrehte, konnte sie deutlich erkennen, dass seine Wut es mit ihrer unbedingt aufnehmen konnte. Sein Gesicht war wie versteinert, und im Blick der dunklen Augen lag ein bedrohliches Funkeln.

„Wie kommst du eigentlich dazu, mir Vorhaltungen zu machen?", fragte sie empört. „Ich habe nichts getan, was dir das Recht ..."

„Ach so?", unterbrach er sie sarkastisch und kam langsam auf sie zu. „Dann erklär mir doch bitte, warum du mich bei unserem ersten Wiedersehen nach mehr als einem Jahr mit der Forderung begrüßt, einen anderen Mann sehen zu wollen."

Je näher er ihr kam, desto deutlicher konnte Leona erkennen, wie sich sein Gesichtsausdruck veränderte und die Wut allmählich von Trauer und Ratlosigkeit abgelöst wurde, die sie zutiefst rührten.

„Ich verstehe nicht, worauf du hinauswillst", antwortete sie verunsichert, weil Hassan sich ihr bis auf wenige Zentimeter genähert hatte.

„Du weißt doch, welche Strafe in Rahman darauf steht, wenn eine Frau ihren Ehemann hintergeht und mit einem anderen zusammenlebt", erklärte er drohend.

„Willst du damit etwa unterstellen, dass Ethan und ich ...?"

„Schläfst du denn nicht mit ihm?", sprach Hassan schonungslos aus, was beim Namen zu nennen Leona nicht übers Herz gebracht hatte.

„Nein", entgegnete sie ebenso bestimmt wie entrüstet.

„Erwartest du von mir, dass ich dir das glaube?"

Hassan schien Leona keine Beleidigung und Kränkung ersparen zu wollen. „Das musst du schon selbst entscheiden." Um sich zu revanchieren, wich sie einer klaren Antwort aus.

„Das fiele mir sicherlich leichter, wenn du mir einen Beweis liefern würdest", erwiderte er unversöhnlich.

„Du solltest mich gut genug kennen, um zu wissen, dass ich mit Ethan weder geschlafen habe noch je schlafen werde", wandte Leona bestürzt ein, weil Hassan von seinem ungeheuerlichen Verdacht nicht abzubringen war. „Wenn du ehrlich bist, musst du zugeben, dass du das ganz genau weißt."

Hassans Reaktion löste in Leona widersprüchliche Gefühle aus. Denn auch wenn sein Blick sie hoffen ließ, dass er endlich bereit war, ihr zu glauben, verletzte sie das herablassende Lächeln, das seine Lippen umspielte, nicht weniger als seine verbalen Anschuldigungen.

„Selbst wenn ich dir glauben sollte, wird das Problem nicht geringer", sagte er unvermindert misstrauisch. „Es dürfte nicht leicht sein, den Menschen in Rahman begreiflich zu machen, dass ich an der Treue meiner Ehefrau nicht zweifle, obwohl sie mit einem fremden Mann unter einem Dach lebt."

„Dann solltest du ihnen sagen, dass mein Vater Nacht für Nacht als Aufpasser in der Nähe war", riet Leona ihm gekränkt. „Wenn er heute nicht in London aufgehalten worden wäre ..."

„... hätte dich niemand davor bewahren können, einen unverzeihlichen Fehler zu begehen", fiel Hassan ihr ins Wort. „Du hast also allen Grund, mir dankbar zu sein", fügte er hinzu und ging zurück zur Bar.

Die Unverfrorenheit, mit der Hassan die Dinge auslegte, wie es ihm passte, überraschte selbst Leona. „Ist dir eigentlich schon aufgefallen, dass man niemanden vor etwas bewahren muss, was er gar nicht tun will?", fragte sie entgeistert.

„Sicher ist sicher", erwiderte Hassan sarkastisch, während er eine Flasche Weißwein aus dem Kühlschrank holte und den Korkenzieher ansetzte. „Zumal wir auf diese Weise endlich Gelegenheit haben, uns aus der Krise zu manövrieren, in der wir stecken."

Hassan schien offenbar noch nicht bemerkt zu haben, dass ihre Ehe nicht in einer „Krise" steckte, sondern endgültig gescheitert war. „Solltest du damit meinen, dass ich zu dir zurückkomme, muss ich dich enttäuschen", teilte sie ihm unmissverständlich mit. „Nichts ist ausgeschlossener als das."

Um sich nicht anhören zu müssen, dass ihr eine solche Entscheidung als Frau nicht zustand, wandte sie sich um und tat, als interessierte sie die Zukunft ihrer Ehe weitaus weniger als der Raum, in dem sie sich befand.

Bislang hatten Hassans Anschuldigungen all ihre Aufmerksamkeit in Anspruch genommen, und so war sie davon ausgegangen, dass sie sich im Salon der Yacht befanden.

Doch als sie das riesige Bett entdeckte, das eine Längsseite des Zimmers einnahm, wurde ihr klar, dass es sich bei dem luxuriös ausgestatteten Raum um die Eignerkabine handelte.

Am meisten jedoch empörte sie, die beiden Polstersessel sehen zu müssen, die zusammen mit einem Mahagonitischchen vor einem großen Fenster standen und aufs Haar jenen glichen, die auf ihren Wunsch hin für Hassans Arbeitszimmer im Palast angeschafft worden waren.

Auch wenn Leona ihm den Rücken zugewandt hatte, blieb Hassan nicht verborgen, dass ihr die Sessel aufgefallen waren. Sie stand reglos da, als wäre ihr der Schreck in die Glieder gefahren, und hätte sie nicht das betörende Trägerkleid getragen, hätte man sie für das Werk eines Bildhauers halten können.

Einen Moment war Hassan versucht, zu ihr zu gehen und sie in die Arme zu nehmen. Doch weil er ahnte, wie sie darauf reagieren würde, beließ er es dabei, ihr die Weißweinschorle zu bringen, die er für sie gemixt hatte.

„Du hast abgenommen“, sagte er so unvermittelt, dass Leona regelrecht erschrak.

„Ich hatte die Grippe“, erklärte sie verlegen.

„Um sich von einer Virusgrippe zu erholen, braucht der Körper nur wenige Tage“, erwiderte Hassan. „Deine Erkrankung liegt jedoch schon Wochen zurück“, fügte er hinzu, auch wenn er damit preisgab, dass er über alles informiert war, was Leona in den letzten Monaten widerfahren war.

Offensichtlich hatte sie etwas Derartiges vermutet, denn sie reagierte keineswegs überrascht. „Ich wusste gar nicht, dass du dich in medizinischen Fragen so gut auskennst“, erwiderte sie sarkastisch, weil Hassan in all den Jahren, die sie sich kannten, nie krank gewesen war.

„Als dein Ehemann brauche ich kein Arzt zu sein, um zu wissen, dass du dazu neigst, auf seelischen Kummer körperlich …“

„Ich hatte keinen Kummer, sondern war krank!“, fiel Leona ihm entrüstet ins Wort.

„Das warst du in der Tat“, erwiderte Hassan ungerührt und hielt ihr das Glas entgegen. „Krank vor Sehnsucht nach mir. Warum gibst du nicht einfach zu, wie sehr du mich vermisst hast?“

Wortlos nahm Leona ihm den kühlen Wein ab und trank einen Schluck, um der Versuchung zu widerstehen, Hassan eine passende Antwort zu geben.

Die unerschütterliche Selbstsicherheit, von der außer seiner haltlosen Unterstellung auch der erwartungsvolle Blick zeugte, mit dem er sie ansah, ließ sie jedoch unschwer erahnen, was Hassan mit der Entführung wirklich bezweckte.

Der plötzliche Stimmungswechsel seiner Frau rührte Hassan so sehr, dass er versucht war, sie augenblicklich in die Arme zu nehmen und an sich zu ziehen.

Doch um den besorgten Ehemann zu spielen, war dies wahrlich nicht der richtige Zeitpunkt. Leona würde sich die körperliche Nähe ebenso bestimmt verbitten wie in den Wochen vor jenem unglückseligen Tag, an dem sie ihn verlassen hatte.

Ein ganzes Jahr lag das nun zurück, doch schmerzlicher als die Erinnerung daran war die Gewissheit, dass sie, ohne es zu wissen, nicht vor ihrem Ehemann, sondern vor sich selbst davongelaufen war.

„Könnte es sein, dass du die Party nur erfunden hast, um mich in den Hafen zu locken?“, fragte Leona unvermittelt.

Hassan musste unwillkürlich lächeln, denn auch wenn er Leona besser als jeder andere kannte, überraschte ihn ihr Scharfsinn jedes Mal aufs Neue.

„Die Party findet in diesem Moment tatsächlich statt“, erwiderte er und fügte einschränkend hinzu: „Daran, dass dein Vater kurzfristig verhindert war, bin ich allerdings nicht ganz unschuldig.“

Seine Ehrlichkeit wurde damit belohnt, dass Leona ihn zum ersten Mal, seit sie sich die Kapuze vom Kopf gerissen hatte, direkt ansah – mit einem Blick jedoch, der ihr Befremden deutlich verriet.

„Ich denke, du hast das ganze Theater nur veranstaltet, weil er heute Nacht nicht als Aufpasser zur Verfügung ge…“

„Das stimmt auch“, fiel Hassan ihr ins Wort, um nicht zugeben zu müssen, dass er seinen Schwiegervater als Helfershelfer eingespannt hatte. „Für unser unverhofftes Wiedersehen gibt es allerdings noch weitere Gründe, Liebling“, fügte er besänftigend hinzu, „aber ich möchte nicht die Zeit damit vergeuden, darüber ausgerechnet jetzt …“

„Ich muss leider darauf bestehen“, unterbrach Leona ihn. Dass er es wagte, sie „Liebling“ zu nennen, wog schwer genug. Schlimmer jedoch war, dass sich offensichtlich auch ihr eigener Vater gegen sie verschworen und mit seinem Schwiegersohn verbündet hatte.

„Ein andermal“, wies Hassan ihr Ansinnen zurück. „Erst möchte ich genießen, dass du endlich wieder dort bist, wo du hingehörst – in meiner Nähe.“

„Hast du schon vergessen, dass ich nicht freiwillig hier bin?“, hielt Leona ihm wütend entgegen.

„Ehrlich gesagt, interessiert mich das nur am Rande“, gestand er mit einem Lächeln, das Leona ins Herz schnitt. „Du weißt doch, dass wir Araber romantisch veranlagt sind. Und was könnte romantischer sein als eine dramatische Liebesgeschichte, in der die beiden Hauptfiguren erst durch die Hölle gehen müssen, um am Ende wieder zueinanderzufinden?“

Als Hassan sah, dass Leona Tränen in die Augen traten, wurde ihm schlagartig bewusst, dass er zu weit gegangen war. Immerhin gelang es ihm, ihr das Glas aus der Hand zu nehmen, ehe sie es zu Boden fallen lassen konnte.

„Unsere Ehe erinnert mich eher an eine Tragödie als an eine Romanze“, sagte sie schließlich niedergeschlagen.

„Eine Tragödie ist unsere Ehe nur, weil du geradezu versessen darauf bist, eine daraus zu machen“, widersprach Hassan und stellte das Glas ab. Doch seinem Versuch, sie in die Arme zu nehmen, kam Leona zuvor, indem sie einige Schritte zurückwich.

„Und warum hasse ich dann alles, was mit dir zusammenhängt?", fragte sie verbittert.

„Die Antwort musst du dir schon selbst geben", erwiderte er mit unerschütterlicher Selbstsicherheit. „Ich weiß nur, dass du mich *nicht* hasst. Ganz im Gegenteil", fügte er bedeutungsschwer hinzu.

Der Blick, mit dem ihr Ehemann sie ansah, hatte etwas ungeheuer Bedrohliches, doch Leona konnte nicht länger ausschließen, dass nicht Hassan ihr Angst machte, sondern die Befürchtung, er könnte die Wahrheit gesagt haben.

„Dann hätte ich dich wohl kaum verlassen", wandte sie ein, um ihn und sich selbst an den Tag ihrer Trennung zu erinnern.

„Die vielen Briefe, die du mir seitdem geschrieben hast, beweisen, wie sehr du diesen Schritt bereust", erwiderte er.

„Wenn du schon beim ersten Brief in die Scheidung eingewilligt hättest, hätte ich dir nicht so oft schreiben müssen", hielt sie ihm entgegen, auch wenn sie die Tränen nicht länger zurückhalten konnte.

Hassans Widerspruch blieb ihr trotzdem nicht erspart. „Um in die Scheidung einzuwilligen, hast du mir zwischen den Zeilen viel zu deutlich zu verstehen gegeben, dass du dir etwas ganz anderes wünschst."

„Dass ich weiterhin mit dir verheiratet sein will, kannst du meinen Briefen kaum entnommen haben."

„Dann scheint die Suche nach einem Ausweg aus der Krise schwieriger zu werden, als ich angenommen habe", erwiderte Hassan. „Denn ich will sehr wohl weiterhin mit dir verheiratet sein, und zwar nicht nur auf dem Papier."

So abschreckend sein an Arroganz grenzender Stolz auch war, wusste Leona aus leidvoller Erfahrung, dass sie ihm nicht das Geringste entgegenzusetzen hatte. Schlimmer noch, lag darin ein wesentlicher Teil der Anziehungskraft, die dieser faszinierende Mann seit jeher auf sie ausgeübt hatte.

Umso wichtiger war es, dass sie sich von ihrem Verstand und nicht von ihren Gefühlen leiten ließ, denn die sagten ihr unmissverständlich, wie recht Hassan hatte. Sie liebte ihn immer noch, und wenn sie ihm gegenüber jetzt die leiseste Schwäche zeigte, wäre es um sie geschehen.

Als könnte er Gedanken lesen, streckte er in diesem Moment die Hand aus und strich Leona zärtlich die Tränen vom Gesicht. Die leise Berührung drohte sie aus der Fassung zu bringen, und instinktiv hob sie den Arm, um sich Hassan im wahrsten Sinn des Wortes vom Leib zu halten.

Doch sie erreichte genau das Gegenteil. Ehe sie sich's versah, hatte er ihr die Arme um den Nacken gelegt und zog sie so fest an sich, dass sie sich unwillkürlich auf seiner Brust abstützte.

Selbst durch den Stoff des Umhanges, den er noch immer trug, meinte sie Hassans Kraft und Entschlossenheit zu spüren, die ihr so unendlich vertraut waren. „Lass mich los", forderte sie atemlos und sah flehend zu ihm auf.

„Siehst du endlich ein, dass ich recht habe?" Hassans Lächeln war das eines Siegers. „Oder muss ich dich erst küssen, um dich zu überzeugen?"

„Untersteh dich!", warnte sie ihn in der bangen Gewissheit, dass die Berührung seiner Lippen sie willenlos machen würde.

Hassan schien die Warnung in den Wind schlagen zu wollen, denn er beugte sich mit einem triumphierenden Lächeln zu Leona hinunter. Offenbar war er der Ansicht, besser als sie zu wissen, was sie sich wünschte.

Das Schlimme daran war, dass es den Tatsachen entsprach. Deshalb suchte sie händeringend nach einer Möglichkeit, ihn in letzter Sekunde von seinem Vorhaben abzubringen.

„Gibt es auf der Yacht eigentlich noch mehr solche Luxuskabinen?", fragte sie in einem Akt der Verzweiflung. „Oder hast du vorsichtshalber zwei gekauft? Schließlich hast du auch zwei Ehefrauen."

Augenblicklich ließ Hassan von ihr ab und sah sie entgeistert an. Entsprechend ängstlich erwartete Leona seine Reaktion. Er war für sein aufbrausendes Temperament berüchtigt, und dass sie in all den Jahren davon verschont geblieben war, schloss nicht aus, dass sein Zorn sie nun mit aller Wucht traf.

Zu ihrem Erstaunen blieb er jedoch vergleichsweise gefasst – äußerlich zumindest, denn es konnte kein Zweifel daran bestehen, dass es in seinem Innern brodelte. „Solltest du damit andeuten wollen, dass ich meine Frauen ungleich behandle, muss ich dich enttäuschen", erwiderte er mit aristokratischer Würde. „Für Männer meines Standes verbietet sich das."

Leona hatte die Antwort provoziert und deshalb kein Recht, sich zu beschweren. Trotzdem traf sie die kaum verhohlene Wahrheit mit einer Wucht, die sie selbst nicht für möglich gehalten hatte.

„Dann hast du die andere also wirklich geheiratet?", vergewisserte sie sich, selbst wenn ihr die Antwort in aller Schmerzlichkeit bewusst war.

Ohne Hassan Zeit und Gelegenheit zu geben, etwas zu erwidern, wandte sie sich um und lief los. Wohin, wusste sie selbst nicht, und die Tränen, die sich nicht mehr zurückhalten ließen, trübten ihren Blick. Doch ihr einziger Wunsch war, den Mann nicht mehr sehen zu müssen, der sie mehr verletzt hatte als je ein Mensch zuvor.

Leonas Fluchtversuch kam so plötzlich, dass Hassan ihn nicht verhindern konnte. Erst als sie schon die Treppe hinaufrannte, löste sich seine Erstarrung.

Noch ehe er ihr folgen konnte, zerriss ein Schrei die nächtliche Stille. Dann hörte er Rafiq, der Leona etwas zurief, dann das Geräusch eines Körpers, der hart aufschlug.

Vor kaum einer halben Stunde hatte Hassan im letzten Moment verhindern können, dass Leona über Bord fiel. Nun waren sowohl er als auch Rafiq zu spät gekommen.

Das Tragische jedoch war, dass sie nicht ins Hafenbecken gefallen, sondern über eine Leine gestolpert und kopfüber den Niedergang zum Maschinenraum hinabgestürzt war.

3. KAPITEL

Während der Schiffsarzt die Patientin untersuchte, lief Hassan unruhig in seiner privaten Kabine, in die sie Leona gebracht hatten, auf und ab.

„Gebrochen scheint nichts zu sein“, hörte er mit Erleichterung die erste Diagnose, „und Kopfverletzungen hat Ihre Frau auch nicht erlitten.“

„Und warum ist sie dann bewusstlos?“ Der Tonfall war aggressiver als beabsichtigt, doch inzwischen hatte sich derartig viel Angst um Leona in ihm aufgestaut, dass sie sich ungewollt Bahn brach.

„Sie hat einen Schock erlitten“, erklärte ihm der Arzt. „In wenigen Minuten wird sie bestimmt wieder zu sich kommen.“

Was als Trost gedacht war, drohte Hassan in einen tiefen Abgrund zu stürzen, denn auch Minuten konnten zur Unendlichkeit werden, wenn man sich so schuldig fühlte, wie er es tat.

„Gibt es denn nichts, was wir tun können?“, fragte er ungeduldig.

„Kalte Kompressen wären ...“

„Rafiq!“, rief Hassan, ohne den Arzt ausreden zu lassen. „Der Steward soll sofort kalte Kompressen bringen.“

Rafiq hatte schon die Tür erreicht, als ein Aufschrei ihn innehalten ließ.

„Sie hat die Augen geöffnet!“, drang eine aufgeregte Stimme an sein Ohr, und als er sich umdrehte, sah er, wie sich Hassan aufs Bett kniete und über Leona beugte.

„Was ist passiert?“, fragte sie benommen.

„Du bist gestürzt“, antwortete er. „Hast du Schmerzen?“

Statt etwas zu erwidern, schloss Leona erneut die Augen, als suchte sie in ihrer Erinnerung nach einer Erklärung dafür, dass sie sich nicht nur an Bord von Hassans Yacht befand, sondern sogar in seinem Bett.

„Hast du Schmerzen?“, wiederholte Hassan, um seine Frau davon abzuhalten, sich unnötig zu quälen. Als sie die Augen wieder öffnete und kaum merklich den Kopf schüttelte, atmete er erleichtert auf.

Die Antwort auf ihre Fragen fand Leona in Hassans Gesicht. Sie kannte ihn wahrlich gut genug, um zu wissen, dass er sich schwerste Vorhaltungen machte – und im selben Moment fiel ihr ein, dass er allen Grund dazu hatte.

„Dann hatte ich mit meiner Vermutung also recht“, sagte sie mit schwacher Stimme und kämpfte vergeblich gegen die Tränen an, die ihr in die Augen traten.

„Das hast du nicht“, widersprach Hassan energisch, doch anstatt Leona die Erklärung zu geben, auf die sie sehnlichst wartete, forderte er zunächst wortlos die beiden Zeugen auf, den Raum zu verlassen.

Als sie endlich allein waren, war Hassan versucht, Leona einfach zu küssen, um ihr zu sagen, warum er auf ihre Vorhaltungen so und nicht anders reagiert hatte. Sie waren füreinander bestimmt, und dass sie sich bekämpften, sprach ihrer Liebe Hohn.

„Warum seid ihr Frauen bloß immer so unvernünftig?“, fragte er stattdessen. „Erst verleitest du mich durch dein Misstrauen, dir die Antwort zu geben, die du hören willst, und zum Dank dafür, dass es die falsche war, machst du mich zum Sündenbock.“

„Freiwillig bin ich die Treppe jedenfalls nicht hinuntergefallen“, erwiderte Leona sarkastisch.

„Ich meinte nicht den Unfall, sondern den Gesichtsausdruck …“ Als glaubte er selbst nicht an die Überzeugungskraft seiner Worte, unterbrach er sich mitten im Satz und presste die Lippen auf Leonas.

Wenn der Angriff auf ihre Sinne weniger stürmisch gewesen wäre, hätte Leona sicherlich Mittel und Wege gefunden, sich zur Wehr zu setzen. So aber war sie Hassans Leidenschaft nicht nur hilflos ausgeliefert – sie genoss sie vielmehr. Sein Kuss war wie ein Orkan, der sie erfasst hatte und dafür sorgte, dass alle Hemmungen von ihr abfielen.

Die Leidenschaft, mit der sie den Kuss erwiderte, war nur damit erklärbar, dass sie nach einem Jahr der Enthaltsamkeit wie ausgehungert war und nicht eher von ihm lassen würde, als bis er sie für die lange Leidenszeit entschädigt hatte.

Ohne sich zu besinnen, ließ sie die Hand unter den Umhang und über seine muskulöse Brust gleiten. Selbst durch das Hemd hindurch konnte sie spüren, dass sein Herz raste. In der Gewissheit, dass sich Hassan nach ihr genauso sehnte wie sie sich nach ihm, zog sie ihn auf sich, um ihm wortlos zu verstehen zu geben, wie dringend sie darauf wartete, dass er sie in Besitz nahm.

Im übertragenen Sinne war sie sein Besitz seit vielen Jahren und würde es bis ans Ende ihrer Tage bleiben. Nie würde es einen anderen Mann als Hassan in ihrem Leben geben, und selbst das Wort „Liebe" war zu schwach, um auszudrücken, was sie für ihn empfand.

So traf es sie wie ein Schock, als er sich unvermittelt zurückzog und neben das Bett stellte. Auch wenn er ihr den Rücken zugewandt hatte, konnte Leona deutlich erkennen, wie sehr er mit sich rang.

„Was ist los?", fragte sie ängstlich und gekränkt zugleich.

„Nichts", erwiderte Hassan barsch. „Bevor wir übereinander herfallen, sollten wir gewisse Dinge klären. Dass wir im Bett von Anfang an perfekt harmoniert haben, bedeutet leider nicht, dass es außerhalb genauso wäre."

Seine Antwort wirkte wie eine kalte Dusche, und in gewisser Weise war Leona ihm dankbar dafür, dass er sie zur Besinnung gebracht hatte. „Ich bin ganz deiner Meinung", sagte sie provozierend. „Deshalb sollten wir als Erstes die Frage klären, ob uns außer der Erinnerung an perfekten Sex überhaupt noch etwas verbindet."

Hassan blieb eine Antwort schuldig – jedenfalls eine mit Worten. Doch dass er zur Bar ging, sich einen Drink eingoss und das Glas in einem Zug leerte, sprach Bände. Solange Leona ihn kannte, hatte er fast nie Alkohol getrunken, und dass er es jetzt tat, sagte ihr deutlicher als Worte, dass er nicht nur mit ihr, sondern vor allem mit sich selbst haderte.

Erst als sie sich aufsetzte, spürte sie die schmerzhaften Folgen des Sturzes. Doch die ignorierte sie ebenso wie die Tatsache, dass Hassan ihr beharrlich den Rücken zugewandt hielt.

„Ich sollte jetzt besser nach Hause gehen“, sagte sie entschieden und stieg aus dem Bett.

„Du bist zu Hause“, erwiderte Hassan, ohne sich umzudrehen. „Zumindest für die nächsten Wochen.“

Leona hatte nicht die geringste Ahnung, worauf er hinauswollte. Umso besser wusste sie, dass ihr Entschluss, ihn endgültig zu verlassen, unwiderruflich war.

„Um dich nicht zum Gespött deiner Landsleute zu machen, bin ich bereit, in einem Hotel zu übernachten, bis mein Vater aus London zurück ist“, teilte sie ihm deshalb mit. „An Bord deiner Yacht bleibe ich jedoch auf keinen Fall.“

Immerhin hatte sie erreicht, dass Hassan sich zu ihr umdrehte, doch zu ihrer Verwunderung verriet sein Gesichtsausdruck eher Belustigung als Wut oder Trauer. „Ich weiß ja, dass du eine gute Schwimmerin bist“, sagte er spöttisch, „aber ich fürchte, du traust dir zu viel zu.“

Es dauerte eine Weile, bis Leona begriff, worauf er mit seiner Bemerkung anspielte. Um sich zu vergewissern, lief sie zu dem Fenster und schlug die Vorhänge zurück.

Draußen herrschte stockfinstere Nacht, sodass Leona nicht mit Sicherheit sagen konnte, ob ihr Verdacht zutraf.

„Gleich nachdem wir dich an Bord gebracht hatten, haben wir abgelegt“, raubte Hassan ihr den letzten Funken Hoffnung, dass die Yacht noch immer im Hafen von San Estéban lag.

Plötzlich meinte sie sich auch an das Motorengeräusch erinnern zu können, das ihr für Bruchteile von Sekunden aufgefallen war, ehe sie das Bewusstsein verloren hatte. Genauso wenig ließ sich länger leugnen, dass der Boden unter ihren bloßen Füßen kaum merklich schwankte.

Hassan hatte seine Drohung, sie entführen zu wollen, wahr gemacht. Daran konnte ebenso wenig Zweifel bestehen wie an der Tatsache, dass es sich dabei nicht um eine Kurzschlussreaktion handelte. Hassan gehörte zu jenen Menschen, die ihre Schritte sehr genau abwogen und von langer Hand vorbereiteten.

„Warum tust du mir das an?", verlangte Leona mit aller Bestimmtheit eine Erklärung.

„Gewisse Umstände zwingen mich dazu", erwiderte er ausweichend, doch auf ihren strengen Blick hin fügte er hinzu: „Mit der Gesundheit meines Vaters steht es nicht zum Besten."

Leonas erster Gedanke war, dass Hassan ihnen viel erspart hätte, wenn er ihr das von Anfang an gesagt hätte. Scheich Khalif war schon ein kranker Mann gewesen, als sie ihn kennen- und schätzen gelernt hatte. Hassan jedoch liebte seinen Vater geradezu abgöttisch und hatte alles Erdenkliche getan, um ihm möglichst viele der Aufgaben abzunehmen, die ihm als Herrscher eines Emirats zufielen. Wenn Hassan nun davon sprach, dass es mit der Gesundheit seines Vaters nicht zum Besten stand, hieß das nichts anderes, als dass sein Zustand besorgniserregend sein musste.

„Hat er einen Rückfall erlitten?", erkundigte sie sich besorgt. „Ich dachte, die letzte Behandlung ..."

„Deine plötzliche Sorge um ihn ist wenig glaubhaft", fiel Hassan ihr ins Wort. „Vor einem Jahr war es dir jedenfalls herzlich egal, was es für seine Gesundheit bedeutet, wenn du mich verlässt."

Hassans Unterstellungen waren mehr als unverschämt. Schließlich wusste er genau, wie sehr Leona ihren Schwiegervater schätzte und mochte. Zwischen Scheich Khalifa und ihr hatte sich in der Zeit, die sie in seinem Palast verbracht hatte, ein geradezu freundschaftliches Verhältnis entwickelt.

„Dein Vater hat sehr genau verstanden, warum ich gezwungen war, dich zu verlassen!", verwahrte sie sich gegen Hassans Beschuldigungen.

Sein skeptischer Blick verriet, dass er anderer Auffassung war als seine Frau. „Dann weiß er mehr als ich", erwiderte er sarkastisch,

„denn ich habe es damals so wenig verstanden wie heute. Vielleicht wäre es klüger gewesen, wenn ich dich davon abgehalten hätte – notfalls auch mit Gewalt. Dann sähe ich mich heute nicht mit dem Problem konfrontiert, dass mir gewisse Kreise die Thronfolge streitig machen. Einem Mann, dessen Autorität nicht einmal dazu reicht, seine Ehefrau zu bändigen, traut man nicht ohne Weiteres zu, ein Land zu regieren."

„Glaubst du wirklich, du könntest Autorität beweisen, indem du mich entführst und nach Rahman verschleppst?" Leona konnte Hassan ein ungläubiges Lachen nicht ersparen.

„Wäre es dir lieber, wenn ich dir nachträglich recht geben und die Frau, vor der du davongelaufen bist, doch noch heiraten würde?", antwortete Hassan mit einer Gegenfrage.

„Vielleicht hättest du das längst tun sollen", sagte Leona gequält. „Sie passt eindeutig besser zu dir als ich." Es kostete sie schier übermenschliche Überwindung, Hassan mit der Wahrheit zu konfrontieren. Doch wie er hatte auch sie selbst die Augen zu lange davor verschlossen, dass sie als Ehefrau des Thronfolgers in einem arabischen Scheichtum denkbar ungeeignet war.

„Das mag sein", antwortete Hassan ungerührt, „nur will ich sie nicht. Ich habe genau die Frau, die ich mir immer gewünscht habe."

„Aber nicht die, die du brauchst!", hielt sie ihm verzweifelt entgegen.

Ihre schonungslose Offenheit strafte Hassan mit einem missachtenden Blick, der sie wie ein Schlag ins Gesicht traf. „Dein Versuch, die selbstlose Heldin zu spielen, in allen Ehren", erwiderte er schließlich zynisch, „aber könnte es sein, dass du schlicht zu feige bist, endlich zuzugeben, dass du mich nicht mehr liebst?"

Die Frage war so absurd, dass Leona sich außerstande fühlte, sie zu beantworten. In ihrer Verzweiflung schlug sie die Hände vors Gesicht und ließ ihren Tränen freien Lauf.

Doch Hassan war von seinem Irrtum nicht abzubringen. „Ich erwarte eine Antwort!", sagte er drohend, und um seiner Forderung

Nachdruck zu verleihen, ging er entschlossen auf Leona zu. „Du liebst mich nicht mehr, habe ich recht?“, fragte er energisch, als er unmittelbar vor ihr stand.

„Du hast recht“, erwiderte sie, ohne die Hände vom Gesicht zu nehmen.

Wutentbrannt umfasste Hassan ihre Handgelenke und zwang sie, ihn anzusehen. „Sag das noch einmal“, forderte er sie auf, „und sieh mir dabei in die Augen.“

„Bitte lass mich los“, flehte sie und senkte den Blick, um Hassan nicht zu zeigen, welche Qualen sie litt.

Doch er war so außer sich vor Wut, dass er kein Erbarmen kannte. „Wenn ich dir glauben soll, musst du mir schon ins Gesicht sagen, dass du mich nicht mehr liebst“, wiederholte er seine Forderung. „Doch du wirst es nicht wagen. Und weißt du auch, warum? Weil es eine verdammte Lüge ist!“

„Ja, ich habe gelogen“, gestand Leona endlich und sah mit dem Mut der Verzweiflung zu ihm auf. „An meiner Liebe zu dir hat sich nichts geändert. Sonst würde ich nicht auf der Scheidung bestehen. Oder glaubst du, ich würde zulassen, dass du dich meinetwegen ins Unglück stürzt?“

Kaum hatte sie die ganze bittere Wahrheit ausgesprochen, riss sie sich von Hassan los, der zu ihrer Erleichterung keinen Versuch machte, sie zurückzuhalten.

Was ihn jedoch nicht daran hinderte, sie weiterhin mit Verachtung zu strafen. „Wenn ich dich richtig verstanden habe, willst du dein eigenes Glück opfern, um meinem nicht im Weg zu stehen“, sagte er mit schneidender Schärfe. „Sosehr mir das imponiert, frage ich mich, was aus dir wird, sollte ich tatsächlich in die Scheidung einwilligen.“

„Mach dir um mich keine Sorgen“, erwiderte Leona gespielt zuversichtlich. „Ich komme schon irgendwie zurecht.“

„Indem du einen anderen heiratest? Oder reicht dir fürs Erste ein neuer Liebhaber, um dich über den Verlust hinwegzutrösten?“

Leona war längst zu betäubt, um den erneuten Schmerz zu empfinden, den Hassan ihr zufügte. „Ich habe weder an einem neuen Ehemann noch an einem neuen Liebhaber Bedarf“, erwiderte sie emotionslos.

„Nicht einmal dann, wenn ich mich entschließen sollte, die andere Frau zu heiraten und Kinder mit ihr zu zeugen?“

Fast schien es, als machte es ihm Spaß, sie zu quälen. Doch dafür war seiner Stimme zu deutlich anzuhören, wie sehr er selbst unter der Vorstellung litt, Leona für immer zu verlieren.

„Warum sagst du mir nicht endlich, was du von mir willst?“, platzte sie heraus.

„Ich will, dass du endlich begreifst, was du von mir verlangst“, erwiderte er bestimmt.

„Ich verlange gar nichts von dir“, hielt sie ihm entgegen. „Im Gegenteil. Du bist frei, zu tun und zu lassen, was du willst.“

Die unausgesprochene Erlaubnis, eine andere Frau zu heiraten und mit ihr eine Familie zu gründen, war die schlimmste Kränkung, die sie ihm hatte zufügen können, und die Reaktion kam schneller und entschiedener als erwartet.

„Ich weiß dein großzügiges Angebot zu schätzen“, kündigte er mit Worten an, was sein Blick Leona längst verraten hatte. „Um es dir zu beweisen, werde ich augenblicklich davon Gebrauch machen.“

Ehe sie sich's versah, hatte er sie in die Arme genommen und zog sie mit einer Entschlossenheit an sich, die an seinen Absichten ebenso wenig Zweifel ließ wie der Kuss, der Bruchteile von Sekunden später folgte.

Leona war weder willens noch fähig, sich der Leidenschaft zu widersetzen, die ihr entgegenschlug. Dafür genoss sie die Berührung seiner Lippen viel zu sehr, die ein Feuer des Begehrens in ihr entfachten, das im Nu auf ihren ganzen Körper übergriff.

Entsprechend unvorbereitet traf es sie, als Hassan sich unvermittelt von ihr löste. Doch sein Blick bestärkte sie in der Gewissheit, dass ihr sehnlichster Wunsch schon bald in Erfüllung gehen und sie sich einander hingeben würden, ohne an ein Morgen zu denken. Diese Nacht gehörte ihnen, und angesichts dieses Versprechens verloren alle Probleme, vor die sie sich gestellt sahen, ihre Bedeutung.

„Du weißt hoffentlich, was du tust", warnte sie Hassan gleichwohl. Vor allem, wenn es um sie, Leona ging, neigte er dazu, Dinge zu tun, die er später bereute.

„Zweifelst du etwa daran?", fragte er fast beleidigt, ehe er ihr die Träger des Kleides von den Schultern strich, um ihr zu beweisen, dass er sich einer Sache selten so sicher gewesen war.

Kaum war das Kleid zu Boden gefallen, ließ er die Hände über ihren Körper gleiten, der nur noch von einem trägerlosen BH, einem winzigen Stringslip und Spitzenstrümpfen bedeckt war.

Hassan kannte ihren Körper fast besser als Leona selbst und fand mit untrüglicher Sicherheit jene Stellen, deren bloße Berührung sie umgehend willenlos machte.

Um ihm zu zeigen, wie sehr sie sich nach ihm sehnte, legte sie ihm die Hände um den Nacken und strich ihm zärtlich durchs Haar. Hassan verstand sie instinktiv richtig. Mit einer gekonnten Bewegung öffnete er den BH und ließ die Hände hinabgleiten, um ihnen erst dann Einhalt zu gebieten, als sie sich unter den winzigen Slip gedrängt und das Zentrum ihres Begehrens erreicht hatten.

Unter der lustvollen Qual stöhnte Leona unwillkürlich auf, so sehr genoss sie die intime Berührung, auf die sie so lange hatte verzichten müssen.

Trotzdem überfiel sie die leise Angst, sich auf etwas eingelassen zu haben, dessen Folgen nicht absehbar waren. Denn auch wenn ihre gegenseitige Liebe über jeden Zweifel erhaben war, hatte sie das nicht davor bewahren können, an den Widrigkeiten des Alltags zu scheitern.

Hassan schien ihre plötzliche Wehmut nicht entgangen zu sein, denn er beugte sich über sie und küsste sie mit einer Dringlichkeit, die jeden anderen Gedanken augenblicklich vertrieb.

Als er sich sicher sein konnte, dass Leona vor Sehnsucht nach ihm förmlich verging, hob er sie hoch und legte sie aufs Bett, um ihr den Slip auszuziehen.

Seinen Versuch, dasselbe mit den Strümpfen zu machen, unterband sie jedoch. Das übernahm sie selbst, um es als aufreizenden Auftakt dessen zu inszenieren, was vor ihnen lag.

Der Erfolg gab ihr recht, denn kaum hatte sie die erotische Vorstellung beendet, begann Hassan, sich die Kleidung vom Leib zu reißen.

So vertraut Leona der Anblick dieses athletischen und unvergleichlich gut gebauten Mannes war, so unfasslich schien es ihr jedes Mal aufs Neue, dass ausgerechnet sie das Glück hatte, ihn lieben und von ihm geliebt werden zu dürfen.

Endlich legte er auch die Boxershorts und damit das letzte Kleidungsstück ab, das seinen Körper bedeckte. Seine Erregung konnte er ebenso wenig verbergen wie Leona die unbändige Vorfreude, mit der sie ihn erwartete.

Als wüsste er genau um ihre intimsten Gedanken, beugte er sich über sie und forderte sie wortlos auf, die Beine zu öffnen, um sie mit der Berührung seines Mundes wissen zu lassen, dass er willens und fähig war, sie glücklich zu machen.

Leona wusste, dass er sein Versprechen erfüllen würde. Hassan war ihr Liebhaber aus Tausendundeiner Nacht, der ihr vor vielen Jahren in einem hoffnungslos überfüllten Raum zum ersten Mal aufgefallen war. Seit jenem Tag hatte sie nicht einmal mehr das Bedürfnis, einen anderen Mann auch nur anzusehen.

Endlich legte sich Hassan auf sie und presste die Lippen auf ihre, um sie zu ermuntern, sie ebenso zu verwöhnen wie er sie. Beide wussten genau, was der andere sich wünschte und ersehnte, und keiner von ihnen hatte im vergangenen Jahr irgendetwas vergessen. So trieben sie sich gegenseitig in immer schwindelerregendere Höhen der Lust, bis sie schließlich zur Qual zu werden drohte.

Da erst hatte Hassan ein Einsehen und drang so kraftvoll in sie ein, dass sie unwillkürlich aufstöhnte.

„Fehlt dir was?“, erkundigte er sich besorgt.

„Jetzt nicht mehr“, erwiderte sie mit einem befreiten Lächeln, das ihr ganzes Glück verriet.

Hassan dankte es ihr, indem er sie mit einer Leidenschaft liebte, die ihr den Atem zu rauben drohte. Jedes Mal, wenn er sich kurz zurückzog, um sich gleich darauf mit stetig wachsender Entschlossenheit an sie zu pressen, glaubte Leona, dem Himmel ein Stück näher zu kommen. Trotzdem nagte die leise Angst an ihr, dass all die Zärtlichkeit einen faden Beigeschmack behielt, solange sich zwar ihre Körper, jedoch nicht ihre Seelen vereinigten.

Doch um diesem Gedanken nachzuhängen, hielt sie das Begehren längst zu sehr in Bann, das Hassan auf unvergleichliche Weise zu entfachen verstand. Er selbst war jedoch nicht weniger ausgehungert als Leona, und so war es ihnen vergönnt, den Gipfel der Lust gleichzeitig zu erreichen. Atemlos umklammerten sie einander, um sich schließlich wie benommen in die Kissen fallen zu lassen.

Der hemmungslosen gegenseitigen Hingabe folgte eine Stille, die geradezu bedrückend war. Keiner der beiden sprach ein Wort, und selbst die kleinste Bewegung schienen sie vermeiden zu wollen, als fürchteten sie den Moment, in dem der Alltag sie einholte.

Mit erschreckender Gewissheit sah sich Leona in der Angst bestätigt, dass auch der vollkommenste Sex keine Brücke über den Abgrund schlagen konnte, der sich zwischen ihnen auftat. Und etwas anderes, was das bewerkstelligen könnte, war nirgends in Sicht.

Hassan schien ihr das bestätigen zu wollen, denn er löste sich von ihr und verließ das Bett, ohne sie auch nur anzusehen. Vor der Tür zum Bad blieb er stehen, als wüsste er, wie sehr Leona auf ein einziges liebevolles Wort von ihm hoffte. Doch er ließ die Gelegenheit ungenutzt verstreichen.

Als die Tür hinter ihm ins Schloss fiel, hatte Leona keinen Grund mehr, die Tränen länger zurückzuhalten. Wie oft hatte sie diese Situation schon durchlitten, und wie oft hatte sie sich gewünscht, es könnte ein Wunder geschehen. Doch das war noch jedes Mal ausgeblieben, und dass sie Hassan verlassen hatte, lag nicht zuletzt daran, dass der Schmerz darüber irgendwann unerträglich geworden war.

Diese Nacht unterschied sich von anderen lediglich darin, dass es Leona für einen Moment gelungen war zu vergessen, wie vergeblich die Hoffnung auf ein Wunder war. Umso schmerzlicher war die Brutalität, mit der Hassan sie daran erinnert hatte.

Hassan stand unter der Dusche und schimpfte laut vor sich hin.

Nur wenigen Dingen sah er sich derartig ohnmächtig gegenüber wie dem bedrückenden Schweigen, das mit erschreckender Regelmäßigkeit einsetzte, nachdem er mit Leona geschlafen hatte.

Doch sosehr er sich auch bemüht hatte, war es ihm nie gelungen, die richtigen Worte zu finden. So blieb es ihm zwangsläufig auch nicht erspart, Leonas unendlich traurigen Gesichtsausdruck ertragen zu müssen, der sich selbst dann einstellte, wenn ihr Sex besonders leidenschaftlich und hingebungsvoll gewesen war.

Dieses Mal hatte er sich ins Bad zurückgezogen. Doch irgendwann musste er zurück in seine Kabine, und spätestens dann war er mit seiner eigenen wie mit Leonas Unfähigkeit konfrontiert, mit der Situation umzugehen.

Um den Moment so weit wie möglich hinauszuschieben, stützte er sich an der Wand der Dusche ab und ließ sich das heiße Wasser über den Kopf laufen. Wie Leona auf das erneute Desaster reagieren würde, war ihm in aller Schmerzlichkeit bewusst. Sie würde ihn bei der nächsten Gelegenheit verlassen, und dieses Mal wäre es für immer.

Selbst die Krankheit seines Vaters könnte diesen Tag bestenfalls hinauszögern. Der Scheich hatte seine Schwiegertochter vom ersten Tag an ins Herz geschlossen, und häufig hatte Leona ganze Nachmittage bei ihm verbracht, um sich mit ihm zu unterhalten oder ihm aus einem Buch vorzulesen, wenn seine Krankheit ihn ans Bett fesselte.

Als sie sich entschlossen hatte, Hassan zu verlassen, hatte der alte

Narr ihr sogar seinen Segen gegeben, obwohl er wusste, wie sehr er sie vermissen würde. Und bevor Hassan sich vor wenigen Tagen von ihm verabschiedet hatte, hatte sein Vater ihm gesagt, dass Leona damals so habe handeln müssen, um sich selbst treu zu bleiben.

Womit das Problem jedoch nicht aus der Welt war, sondern vielmehr erst begann. Denn im Grunde wollte Hassan das Gleiche wie Leona, nur dass er etwas anderes darunter verstand – etwas anderes jedenfalls, als seine Pflicht als Sohn und Thronfolger zu erfüllen.

Pflicht! Wie sehr er dieses Wort hasste. Es klang zu sehr nach Opfer, die man der Familie oder, wie in seinem Fall, einem ganzen Land bringen musste. Doch nichts interessierte ihn weniger, als mit einer Frau, die er nicht nur nicht liebte, sondern geradezu verabscheute, einen Sohn zu zeugen, der ihn eines Tages auf dem Thron ablösen könnte – erst recht, wenn das bedeutete, dass er ohne Leona leben musste. Ehe er sich damit abfand, würde er sich lieber einen Dolch ins Herz stoßen!

Als Hassan nach einer kleinen Ewigkeit aus dem Bad kam, konnte er Leona zunächst nirgends entdecken. Schließlich sah er, dass sie sich in einen der Sessel vor dem Fenster gesetzt hatte. Sei hatte die Vorhänge zurückgezogen und blickte nachdenklich hinaus in die Nacht. Gegen die Kühle wie gegen seine Blicke hatte sie sich geschützt, indem sie sich in ein Bettlaken gehüllt hatte, das ihr rotblondes Haar förmlich zum Leuchten brachte.

„Ich will endlich wissen, wie es Ethan geht", forderte sie wie aus heiterem Himmel und ohne Hassan anzusehen.

Doch der Klang ihrer Stimme ließ ihn das ganze Ausmaß ihrer Trauer und Verzweiflung erahnen. Dass sie miteinander geschlafen hatten, machte sie sich ebenso zum Vorwurf wie ihm, und die Frage nach Ethan war ihre Art, sich an Hassan zu rächen.

„Wie du willst", fügte er sich widerwillig und rief über das Bordtelefon Rafiq an.

„Bis auf einige blaue Flecken geht es ihm gut", berichtete er Leona, nachdem er wieder aufgelegt hatte, und setzte sich in den zweiten Sessel. „Den Kinnhaken, den ihm einer meiner Männer im Gerangel verpasst hat, hat er erstaunlich gut weggesteckt."

„Dann war er also nicht in deinen Plan eingeweiht?", erkundigte sie sich und bemerkte erst jetzt, dass Hassan sich lediglich einen schwarzen seidenen Morgenmantel übergezogen hatte.

„Ganz so hinterhältig, wie du meinst, bin ich auch wieder nicht", erwiderte er gespielt beleidigt in der Hoffnung, Leona damit ein wenig aufheitern zu können.

Er erreichte jedoch das genaue Gegenteil. Sie winkelte die Beine an und legte den Kopf auf die Knie, ehe sie Hassan aus verweinten Augen ansah. „Mach dich nicht besser, als du bist", sagte sie unversöhnlich. „Schließlich bist du nicht einmal davor zurückgeschreckt, meinen eigenen Vater gegen mich aufzuhetzen."

„Das war zum Glück nicht nötig", widersprach Hassan. „Als er hörte, was ich vorhatte, hat er mir jede erdenkliche Hilfe zugesichert. Ehrlich gesagt hatte ich nicht den Eindruck, dass er den wahren Grund für unsere Trennung kennt."

Leona blieb eine Erwiderung schuldig, doch ihrem Gesicht war deutlich anzusehen, für wie abwegig sie den Gedanken hielt, sich irgendjemandem anzuvertrauen.

„Du hast ihm nie gesagt, warum du mich verlassen hast, oder?", erkundigte sich Hassan gleichwohl.

Leona hob den Kopf und sah wieder nachdenklich zum Fenster hinaus, auch wenn es viel zu dunkel war, um etwas zu erkennen. Doch Hassan meinte zu wissen, was sie vor ihrem inneren Auge sah.

„Niemand prahlt gern damit, dass er ein Versager ist", bestätigte Leona schließlich seine Vermutung. „Nicht einmal gegenüber dem eigenen Vater."

„So etwas darfst du nicht einmal denken", wandte er bestürzt ein. „Du bist keine …"

„Wie nennst du denn eine Frau, die keine Kinder bekommen kann?", fiel sie ihm verbittert ins Wort.

„Du weißt genau, dass das nicht stimmt", widersprach Hassan

energisch und stand auf. „Die Ärzte haben dir doch bestätigt, dass ein gesunder Eierstock …“

„Ein gesunder vielleicht“, unterbrach sie ihn erneut und sprang aus dem Sessel.

Nie zuvor hatte Hassan seine Frau so blass gesehen, und einen Moment war er versucht, zu ihr zu gehen und sie in die Arme zu nehmen. Doch er wusste, dass er sich damit einen Bärendienst erweisen würde, und ließ es bleiben.

„Trotzdem gebe ich die Hoffnung nicht auf, dass wir eines Tages Kinder bekommen“, sagte er aus tiefster Überzeugung.

„Hör endlich auf, dir etwas vorzumachen!“, platzte Leona heraus. „Wir haben es wahrlich oft genug versucht, um zu wissen, das nichts ausgeschlossener ist.“

Ihr Blick verriet deutlich, wie sehr Hassan sie verletzt hatte, und auch wenn das nicht seine Absicht gewesen war, konnte er nicht ausschließen, dass er die Kränkung unterbewusst zumindest billigend in Kauf genommen hatte.

Das Jahr ohne sie war die reinste Hölle gewesen, doch zumindest das letzte Jahr mit ihr kaum weniger schlimm. Ihre Ehe war zu einer nicht enden wollenden Abfolge von Enttäuschungen und Ängsten geworden, bis Leona es irgendwann nicht mehr ausgehalten und ihn verlassen hatte.

Doch wenn jemand ein Versager war, dann Hassan. Schließlich war es ihm nicht gelungen, Leona davon zu überzeugen, dass er sie selbst dann aus ganzem Herzen liebte, wenn sie die Pflicht, die ihr als Ehefrau eines arabischen Prinzen vermeintlich zukam, nicht erfüllte.

„Es gibt andere Methoden, ein Kind zu zeugen“, wandte er in der Hoffnung ein, Leona damit trösten zu können.

Zwar war es kaum möglich, aber er meinte, dass sie noch blasser wurde, ehe sie sarkastisch fragte: „Denkst du etwa an ein Reagenzglas? Das kann nicht dein Ernst sein“, fuhr sie fort, ohne eine Antwort abzuwarten. „Damit würdest du nur erreichen, dass sich auch die letzten deiner Landsleute empört von dir abwenden."

So gern Hassan ihr widersprochen hätte, so schmerzlich musste er einsehen, dass sie mit ihrem Einwand recht hatte. Leona wusste sehr genau, wie kompliziert die Machtverhältnisse in Rahman waren. Neben dem Scheich gab es eine Reihe von Stammesfürsten, die kaum weniger Macht hatten. Gegen deren Willen etwas durchsetzen zu wollen war ein gewagtes Unterfangen, und da sie wie vor Hunderten von Jahren lebten, hielten sie alle Errungenschaften der Moderne für ein Werk des Teufels.

Schon mit seinem Entschluss, eine Europäerin zu heiraten, hatte Hassan beinahe einen Staatsstreich riskiert, und die Nachricht, dass er ein Kind im Reagenzglas zeugte, anstatt einfach eine andere Frau zu heiraten, würde die Grenzen des Zumutbaren endgültig überschreiten. Die Folgen wären jedenfalls nicht absehbar.

An seinem Gesichtsausdruck schien Leona bemerkt zu haben, dass Hassan zu derselben Überzeugung gelangt war wie sie.

„Ich verstehe immer weniger, warum du dir die Mühe gemacht hast, mich zurückzuholen", sagte sie bitter. „Warum tust du nicht endlich, was man von dir erwartet, und heiratest eine Frau, die um ihre Pflichten nicht nur weiß, sondern auch in der Lage ist, ihnen nachzukommen?"

Ohne Hassan die Gelegenheit zu einer Antwort zu geben, drehte sie sich um und ging ins Bad, um genau das zu tun, was er vor wenigen Minuten gemacht hatte – sich einzuschließen und mit ihren quälenden Gedanken allein zu sein.

4. KAPITEL

Eine kleine Ewigkeit war verstrichen und Leona noch immer nicht aus dem Bad zurück. Hassan lief unruhig in seiner Kabine auf und ab und machte sich schwerste Vorhaltungen. Zu Leonas Entführung hatte er sich in dem festen Glauben entschlossen, ihr damit im Grunde einen Gefallen zu tun, weil er ihr ersparte, über ihren eigenen Schatten springen zu müssen.

Offensichtlich hatte er aber hoffnungslos unterschätzt, wie tief mit den Gefühlen für ihn auch die Kränkungen und Verletzungen waren, die sie erlitten hatte. Und so hatten sich seine guten Absichten schon nach wenigen Stunden in ihr Gegenteil verkehrt.

Denn anstatt Leona das Gefühl der Sicherheit zu geben, hatte er sie förmlich dazu gezwungen, sich in Lebensgefahr zu bringen, nur um vor ihm zu fliehen. Und dass ihre Ehe keinerlei Zukunft hatte, hatte spätestens ihre Reaktion auf seinen unüberlegten Vorschlag bewiesen.

Der Gedanke, ein Kind auf anderem Weg als dem natürlichen zu zeugen, war ebenso absurd wie der, eine andere Frau zur Mutter seines Sohnes zu machen. Leona würde sich mit einer Rolle als Zweitfrau niemals abfinden, und er hatte nicht vor, etwas Derartiges von ihr zu verlangen.

Dennoch stand ihrem Glück ein unüberwindbares Hindernis im Weg. Leona fühlte sich verpflichtet, ihm einen Erben zu schenken, und da sie sich dazu außerstande fühlte, gab es nichts, was sie dazu bewegen konnte, seine Frau zu bleiben.

Nicht einmal mit dem Vorschlag, auf den Thronanspruch zu verzichten, könnte Hassan den gordischen Knoten durchschlagen. Ehe sich Leona darauf einließ, würde sie das Problem lösen, indem sie …

Plötzlich meinte Hassan zu wissen, warum sie nicht aus dem Bad zurückkam. Panisch vor Angst, lief er zur Tür, doch Bruchteile von Sekunden, bevor er sie aufbrechen konnte, öffnete sie sich, und Leona kam ihm entgegen. Sie hatte sich ein Badetuch umgelegt, und das feuchte Haar fiel ihr über die bloßen Schultern.

Der Anblick verzauberte Hassan so sehr, dass er alle guten Vorsätze, die er in den vergangenen Minuten gefasst hatte, augenblicklich vergaß. Ohne sich zu besinnen, nahm er Leona in die Arme und zog sie an sich, um ihr mit einem leidenschaftlichen Kuss zu verstehen zu geben, wie sehr ihn die verfahrene Situation schmerzte, in die er sie beide gebracht hatte.

„Hassan", sagte sie leise, als er den Kopf wieder hob. „So kann es nicht weiter..."

„Bitte nicht jetzt, Leona", unterbrach er sie. „Lass uns für eine Nacht alles vergessen, was uns daran hindert, miteinander glücklich zu sein. Wenigstens für diese eine Nacht", wiederholte er nachdrücklich.

Ehe sie etwas erwidern konnte, wandte er sich um und ging zum Bett, um den seidenen Kimono zu holen, den er für sie bereitgelegt hatte. Erst als sie Hassan nachsah, fiel Leona auf, dass er die Zeit, die sie im Bad verbracht hatte, nicht ungenutzt gelassen hatte.

Ihr Kleid, das eben noch auf dem Fußboden gelegen hatte, hing säuberlich auf einem Bügel, und im Zentrum des Raumes befand sich nun ein Tisch, auf dem ein Abendessen für zwei Personen bereitstand. Die Beleuchtung war gedämpft worden, damit das Kerzenlicht besser zur Geltung kam, das sein warmes Licht im Raum verbreitete.

Die Absicht, die Hassan damit verfolgte, war Leona sofort klar, und der Blick, mit dem er sie ansah, als er auf sie zukam, bestätigte sie in ihrer Annahme.

Die Mühe hatte er sich nur gemacht, um der ersten Verführung eine zweite folgen zu lassen, und sein Wunsch, die Fortsetzung des Gesprächs bis zum nächsten Tag zu verschieben, bedeutete nicht, dass er die Zeit bis dahin ungenutzt verstreichen lassen wollte.

Im ersten Moment war Leona geneigt, ihm einen Strich durch die Rechnung zu machen. Doch als er schließlich vor ihr stand, besann sie sich eines Besseren.

„Einverstanden“, willigte sie auch in jene Teile seines Vorschlags ein, über die er sich bislang tunlichst ausgeschwiegen hatte. „Du musst mir aber versprechen, mich morgen zurück nach San Estéban zu bringen“, schränkte sie ein.

Hassans erster Impuls war, aus seinem Herzen keine Mördergrube zu machen und ihre Bedingung rundheraus abzulehnen. „Darüber reden wir morgen“, erwiderte er schließlich ausweichend und hielt ihr den Kimono so hin, dass sie nur das Handtuch fallen zu lassen brauchte, um hineinzugleiten.

Gespannt erwartete er, ob Leona sich mit der Antwort zufriedengeben und zum Zeichen, dass sie ihren Widerstand aufgegeben hatte, vor seinen Augen entblößen würde.

Als das Handtuch endlich zu Boden glitt und Leona die Arme in die weit geschnittenen Ärmel des Kimonos schob, war Hassan versucht, sie augenblicklich an sich zu ziehen und ihr zu zeigen, dass sein Verlangen schier unstillbar war.

Widerwillig beschränkte er sich jedoch darauf, ihr die Hände auf die Schultern zu legen und langsam zu den Hüften gleiten zu lassen, um schließlich den seidenen Gürtel um ihre Taille zu schließen.

„Ich wusste gar nicht, dass du ein richtiger Kavalier sein kannst“, bemerkte Leona provozierend.

„Ich, ehrlich gesagt, auch nicht“, erwiderte Hassan schalkhaft, „und was ich ursprünglich vorhatte, gereicht einem Kavalier eher nicht zur Ehre.“

„Und was hattest du vor?“, erkundigte sie sich gespielt ahnungslos und legte ihm die Hände um den Nacken. „Etwas in der Art?“

Ihr Kuss ließ Hassan seine Zurückhaltung fast bereuen, doch ehe er ihn richtig erwidern konnte, löste Leona sich schon wieder von ihm – nicht ohne ihn wie beiläufig dort zu berühren, wo sich die Wirkung ihrer Verführungskunst bereits deutlich abzeichnete.

Das stumme Versprechen, das sie ihm damit gab, ließ ihn dem weiteren Verlauf des Abends mit einiger Vorfreude entgegensehen, und so folgte er Leona in bester Stimmung zu dem Tisch, an dem sie mittlerweile Platz genommen hatten.

Der Schiffskoch hatte sich alle erdenkliche Mühe gegeben, und sie aßen die Delikatessen, die er auf Hassans Anweisung zubereitet hatte, mit großem Appetit. Die angeregte Unterhaltung und der köstliche Weißwein trugen das ihre dazu bei, dass Leona allmählich auch die letzten Bedenken beiseite wischte und entschlossen war, aus der bevorstehenden Nacht ein unvergessliches Erlebnis zu machen, von dem sie ihr ganzes Leben lang zehren könnte.

Nach dem Dessert schlug Hassan vor, an Deck zu gehen und einen kleinen Spaziergang zu machen.

„Das dürfte schwierig werden", wandte Leona belustigt ein. „Schließlich befinden wir uns auf einer Yacht."

„Schon", erwiderte Hassan mit sichtlichem Stolz, „aber sie ist fast sechzig Meter lang und gut zehn Meter breit. Um sich die Beine zu vertreten, sollte das reichen, meinst du nicht?"

„Für ein Spielzeug ist das fast ein bisschen *zu* groß", bemerkte Leona spöttisch. „Selbst für das eines Ölscheichs."

Lachend erhoben sie sich vom Tisch und gingen an Deck. Die milde Abendluft tat unendlich gut, und obwohl beide barfuß waren und nicht mehr als ihre dünnen Gewänder trugen, stellten sie sich an die Reling, wo der Seewind deutlich zu spüren war.

Erst als Leona die Schaumkronen sah, die sich unter ihr brachen, wurde ihr klar, mit welch hoher Geschwindigkeit die majestätische Yacht durchs Wasser glitt. Unwillkürlich fragte sie sich, wie viele Meilen sie inzwischen von San Estéban trennen mochten.

Weil Hassan im selben Moment hinter sie trat und ihr die Hände um die Taille legte, verzichtete sie jedoch darauf, ihn danach zu fragen. Ein handfester Streit war das Letzte, wonach ihr der Sinn stand.

„Hat dein Luxusspielzeug eigentlich auch einen Namen?", erkundigte sie sich stattdessen und wandte sich zu ihm um.

„Selbstverständlich", erwiderte Hassan gespielt empört. „Du darfst drei Mal raten, welchen."

Sein jungenhaftes Lächeln ließ sie die Antwort unschwer erahnen. „Du wirst die Yacht doch wohl nicht ...?"

„Und ob!", fiel er ihr ins Wort. „Schiffe tragen häufig Frauennamen, und ich habe mich für den Namen der Frau entschieden, die ich über alles liebe."

„Musste es denn ausgerechnet *Leona* sein?", fragte sie verlegen, auch wenn sie nicht genau zu sagen wusste, warum sie sich gegen den Gedanken sträubte, dass Hassans Yacht ihren Namen trug. So war es wohl weniger Empörung als vielmehr die unbändige Freude über seine unverhohlene Liebeserklärung, die sie befürchten ließ, im nächsten Moment in Tränen auszubrechen.

„Freust du dich denn gar nicht darüber?", erkundigte er sich, als er ihren ratlosen Gesichtsausdruck sah.

„Schon, aber ..."

Hassan unterband ihren Einwand, indem er den Mund auf ihren presste und sie mit einer Leidenschaft an sich zog, die sie augenblicklich alles um sich her vergessen ließ. Ohne sich zu besinnen, legte sie ihm die Hände um den Nacken und ließ die Zunge zwischen seine Lippen gleiten, um ihm unmissverständlich klarzumachen, wie sehr sie sich nach seiner Nähe sehnte.

Seine Reaktion kam schneller, als sie zu hoffen gewagt hatte. Mit untrüglicher Sicherheit ließ er die Hand unter den Kimono und auf ihren Po gleiten, um ihn so dicht wie möglich an seine Körpermitte zu ziehen und sie die Lust spüren zu lassen, die ihn erfasst hatte.

Leonas Begehren war nicht weniger dringend. Deshalb war sie versucht, den lästigen Stoff an Ort und Stelle abzustreifen, um Hassan so nah wie irgend möglich zu sein. Dass sie dort, wo sie standen, den Blicken zufälliger Beobachter schutzlos ausgeliefert waren, war ihr in diesem Moment völlig gleichgültig.

„Wir sollten vielleicht lieber unter Deck gehen", sagte Hassan, als hätte er ihre Gedanken erraten.

„Muss das sein?", fragte sie benommen, als er sich von ihr löste.

Ohne eine Antwort abzuwarten, nahm sie seine Hand und zog ihn förmlich zu dem Niedergang, der zu seiner Kabine führte.

Hassan lachte kurz auf, doch dann konnte es ihm selbst nicht schnell genug gehen. Kaum hatte er die Tür hinter sich geschlossen, tat er es Leona gleich, die sich den Kimono bereits ausgezogen und voller Erwartung aufs Bett gelegt hatte.

Bruchteile von Sekunden später war er bei ihr, um sie für alles, was er ihr angetan hatte, mit unendlicher Leidenschaft und Zärtlichkeit zu entschädigen.

Leona empfing ihn mit brennendem Verlangen, und so liebten sie sich mit einer Hingabe, die alles überstieg, was sie je zuvor erlebt hatten. Sie waren ebenso ausgehungert wie unersättlich, und die Raffinesse, mit der sie sich verwöhnten, wurde nur noch von der Erfüllung übertroffen, die sie beide empfanden.

Nicht einmal jene quälende Stille mussten sie erleben, die so oft selbst nach der intensivsten Vereinigung den faden Beigeschmack der Einsamkeit hinterlassen hatte.

In dieser Nacht blieb ihnen dieses Erlebnis erspart, weil ihre Leidenschaft so grenzenlos war, dass sie das Begehren bald wieder im anderen entfachten.

Als ihnen vor Erschöpfung schließlich die Augen zufielen, mochten sie immer nicht voneinander lassen, sondern klammerten sich wie zwei Ertrinkende aneinander, sodass selbst der Schlaf ein endloser Austausch von Zärtlichkeiten war.

Leona wurde vom milden Licht der Morgensonne geweckt, das in die Kabine fiel. Doch um es zu genießen, blieb ihr keine Zeit, weil sie im selben Moment bemerkte, dass Hassan nicht neben ihr lag.

Die Wirklichkeit schien sie schneller eingeholt zu haben, als ihr lieb sein konnte, und mit der Nacht war auch der Traum zerstoben, dass das Wunder, das sie in Hassans Armen hatte erleben dürfen, den Tagesanbruch überdauern könnte.

Wie aufs Stichwort öffnete sich in diesem Moment die Tür zum

Bad. Hassan hatte sich lediglich ein Handtuch um die Hüfte geschlungen, und weil er nicht bemerkt hatte, dass Leona aufgewacht war, konnte sie heimlich beobachten, wie er zu einem Kleiderschrank ging. Der war kaum sichtbar in die Vertäfelung eingelassen und hatte einen Spiegel, vor dem er nun stand.

Wie oft hatte sie ihn so gesehen! Der Faszination, die dieser Mann ausstrahlte, tat das jedoch nicht den geringsten Abbruch. Obwohl er gertenschlank war, wirkte er ungeheuer athletisch, und das Spiel der Muskeln war ebenso geschmeidig wie kraftvoll.

Nachdem er den Schrank geöffnet hatte, ließ er das Handtuch fallen. Einen Moment sah sie ihn in seiner ganzen Männlichkeit, bis schließlich die Boxershorts wesentliche Teile verhüllten.

Darüber zog er eine legere Jeans, ehe er ein weißes Leinenhemd aus dem Schrank nahm. Als er es über seiner muskulösen Brust zugeknöpft hatte, seufzte Leona unwillkürlich auf.

„Hast du mich etwa beobachtet?“ Hassan drehte sich überrascht um, sodass Leona endlich auch sein Gesicht sehen konnte.

„Allerdings“, gestand sie rundheraus, „und ich habe es sehr genossen.“ Das Letzte sagte sie in der bangen Gewissheit, dass es zwar der Wahrheit entsprach, am Lauf der Dinge jedoch nichts ändern würde.

Als Hassan daraufhin langsam aufs Bett zukam, keimte in ihr die Hoffnung auf, das Unabwendbare könnte sich, wenn nicht verhindern, so doch aufschieben lassen.

„Das Kompliment kann ich dir nur zurückgeben“, sagte er, als er am Fußende des Bettes stand. Wie um seinen Worten Nachdruck zu verleihen, kniete er sich auf die Matratze und beugte sich vor, um Leona zu küssen.

Er duftete ebenso gut, wie er aussah, und um ihn wissen zu lassen, wie begehrenswert er war, strich Leona ihm über das frisch rasierte Kinn.

„Komm wieder ins Bett“, forderte sie ihn unverhohlen auf, als die erhoffte Reaktion ausblieb.

„Lieber nicht", erwiderte er und zog sich wieder zurück. „Du kennst doch sicherlich die Redensart, nach der man des Guten auch zu viel tun kann."

Leona musste einsehen, dass Hassan bereits zum Alltag übergegangen war. „Dann solltest du dich beeilen", sagte sie. „Das Frühstück wird in einer Viertelstunde auf dem Sonnendeck serviert."

Ohne eine Antwort abzuwarten, öffnete er einen weiteren Kleiderschrank, in dem Dutzende von Kleidern hingen, die schöner als alles waren, was Leona je gesehen hatte. Doch Begeisterung darüber wollte beim besten Willen nicht aufkommen. Für wen sollte sie sich schön machen, wenn der Mann, den sie über alles liebte, längst wieder jene aristokratische Selbstbeherrschung ausstrahlte, derentwegen sie sich vor einem Jahr schweren Herzens von ihm getrennt hatte.

„Vergiss unsere Abmachung nicht", sagte sie mit einer Gefasstheit, über die sie selbst erschrak. „Du hast mir versprochen, mich nach Hause zu bringen."

Hassan hatte inzwischen die Kabinentür erreicht und die Hand bereits auf die Klinke gelegt. Ohne sich umzudrehen, hielt er in der Bewegung inne.

„Du bist zu Hause, Leona", sagte er schließlich und verließ den Raum, ehe sie etwas erwidern konnte.

Während Leona unter der Dusche stand, suchte Hassan Ethan in dessen Kabine auf. Bis auf einige blaue Flecken schien er keine Blessuren davongetragen zu haben, sodass vor allem seine Wut an den Vorfall vom Vortag erinnerte.

„Was haben Sie sich bloß dabei gedacht?", fragte er empört.

Dieselbe Frage hatte sich Hassan bereits mehrfach gestellt, ohne eine befriedigende Antwort zu finden. „Ich bitte um Entschuldigung für meine Männer", erwiderte er ausweichend. „Ich fürchte, sie sind ein wenig zu weit gegangen."

„Das können Sie laut sagen", bestätigte Ethan und strich sich unwillkürlich über das schmerzende Kinn. „Der Kinnhaken hat mich für eine Weile außer Gefecht gesetzt, und als ich wieder zu mir kam, befand ich mich auf dieser Yacht. Von Leona fehlte allerdings jede Spur. Was haben Sie mit ihr gemacht?"

„Sei war bei mir, falls Sie das beruhigt."

„Ganz und gar nicht", erwiderte Ethan bestimmt. „Dafür weiß ich zu gut, was Sie ihr angetan haben."

Es kostete Hassan alle Mühe, den Vorwurf unwidersprochen zu lassen. Doch angesichts des Zeitdrucks, unter dem er stand, blieb ihm keine andere Wahl. Wenn sein Plan aufgehen sollte, war er auf Ethans Hilfe angewiesen, und sich mit ihm auf eine langwierige Diskussion einzulassen bedeutete, Leona unnötig in Gefahr zu bringen.

Zu seiner großen Erleichterung zeigte sich Ethan einsichtiger, als er zu hoffen gewagt hatte, und willigte nach kurzem Zögern ein, von Bord zu gehen, ohne Leona vorher gesehen zu haben.

„Weiß sie von dem Komplott?", wollte er jedoch wissen.

„Noch nicht", gestand Hassan. „Nach Möglichkeit soll sie auch nie etwas davon erfahren."

„Und wie wollen Sie ihr erklären, dass ich mich ohne sie an Land habe bringen lassen?"

„Das weiß ich, ehrlich gesagt, auch noch nicht", gab Hassan schweren Herzens zu.

Zum selben Zeitpunkt zog sich Leona das Jackett eines weißen Hosenanzugs über das lindgrüne Trägertop. Das Haar hatte sie mit einem Seidentuch zu einem Pferdeschwanz gebunden, und an den Füßen trug sie bequeme Sandaletten, die sie ebenfalls in dem reich bestückten Schrank gefunden hatte.

Nachdem sie sich mit einem Blick in den Spiegel davon vergewissert hatte, dass sie für die unvermeidliche Auseinandersetzung mit Hassan gerüstet war, verließ sie die Kabine und ging an Deck. Dort erwartete sie ein bärtiger Mann in der traditionellen arabischen Kleidung, bestehend aus einem langen, fließenden Kaftan und einem schneeweißen Turban.

„Faysal!“, rief Leona erfreut, als sie den Mann erkannte, der offenbar beauftragt worden war, sie abzuholen und zu ihrem Ehemann zu bringen. „Wie geht es dir?“

„Sehr gut, Prinzessin“, erwiderte er höflich, wenngleich ihn die fast freundschaftliche Begrüßung sichtlich verlegen machte.

„Deiner Frau hoffentlich auch“, erkundigte sich Leona gleichwohl.

„Dank Ihrer Hilfe geht es ihr wieder ausgezeichnet“, bestätigte Faysal. „Wenn Sie nicht darauf bestanden hätten, dass die besten Ärzte sie behandeln …“

„Ich habe nicht mehr als meine Pflicht getan“, wies Leona das Kompliment zurück, ehe Faysal es ausgesprochen hatte.

„O nein“, widersprach er bestimmt. „Sie haben ihr das Leben gerettet.“

Um Faysal nicht zu kränken, verzichtete Leona darauf, ihm erneut zu widersprechen. Stattdessen ließ sie sich von ihm über die riesige Yacht bis zu einer Treppe führen, an deren Fuß er sich mit einer Verbeugung verabschiedete.

Als Leona die letzte Stufe zum Sonnendeck genommen hatte und an die Reling getreten war, bot sich ihr ein atemberaubender Ausblick auf das türkisfarbene Mittelmeer, über dem sich ein wolkenlos blauer Himmel erhob. Trotz der frühen Stunde hatte die Sonne bereits so viel Kraft, dass Leona die Hand über die Augen legen musste, um nicht geblendet zu werden.

„Komm lieber in den Schatten“, forderte eine ihr vertraute Stimme sie unvermittelt auf, „sonst holst du dir noch einen Sonnenbrand.“

Erst jetzt entdeckte Leona das Sonnensegel, unter dem Hassan an einer reich gedeckten Frühstückstafel saß und seine Frau mit sichtlicher Genugtuung beobachtete.

Leona ignorierte seinen ebenso anzüglichen wie anziehenden Blick nach Kräften, und so heiß es in der sengenden Sonne auch war, dachte sie gar nicht daran, Hassans Aufforderung nachzukommen.

Was sie ihm zu sagen hatte, würde das Lächeln auf seinem Gesicht augenblicklich gefrieren lassen, und je weiter sie von ihm entfernt war, desto besser war sie vor einem möglichen Wutausbruch geschützt.

„Ehrlich gesagt, hatte ich erwartet, Ethan hier anzutreffen“, sprach sie ohne Vorwarnung das Thema an, das Hassans Zorn am meisten erregen musste. „Da das nicht der Fall ist, werde ich nach ihm suchen.“

Kaum hatte sie es ausgesprochen, heulte das Geräusch eines startenden Motors auf. Leona konnte gerade noch erkennen, wie ein Beiboot die Leinen loswarf, ehe es sich in rasender Fahrt von der Yacht entfernte.

Ihr entsetzter Gesichtsausdruck machte Hassan unmissverständlich klar, dass sie den Passagier erkannt hatte. Langsam stand er auf und ging zu ihr. Doch als er ihr den Arm um die Schultern legen wollte, erwachte sie aus ihrer Erstarrung und sah ihn aus funkelnden Augen an.

Im selben Moment hatte Ethan die beiden entdeckt und winkte ihnen zu. „Willst du seinem Beispiel nicht folgen?“, fragte Hassan seine Frau. „Der Abschied fällt ihm sicherlich leichter, wenn er weiß, dass es dir gut geht.“

„Davon kann keine Rede sein“, erwiderte Leona verbittert, ehe sie dem Boot hinterhersah, bis es nur noch ein winziger Punkt am Horizont war. Doch selbst dann konnte sie sich nicht losreißen. Es schien, als suchte sie nach Anzeichen für festes Land, auf das sie sich retten könnte.

Doch die Aussicht, es zu finden, war ebenso gering wie die, dass Hassan sie freiwillig gehen lassen würde. „Ich hielt es für das Beste so“, bestätigte er ungefragt. „Ein Problem ist damit jedenfalls aus der Welt.“

5. KAPITEL

Irgendwann müssen wir einen Hafen anlaufen", erwiderte Leona unversöhnlich, „und was ich dann mache, muss ich dir wohl kaum erklären."

Ohne Hassans Antwort abzuwarten, wandte sie sich um und lief die Treppe aufs Hauptdeck hinab. Ihr einziger Wunsch war, die Kabine zu erreichen und die Tür hinter sich abzuschließen, ehe Hassan auf denselben Gedanken kam.

Doch bereits nach wenigen Schritten war ihre Flucht beendet, weil ihr ein Hüne von Mann den Weg abschnitt.

„Wen haben wir denn da?", fragte sie den großen, bärtigen Araber höhnisch. „Ich wusste gar nicht, dass du inzwischen die Befehle des Prinzen ausführst, bevor er sie ausgesprochen hat."

Rafiq war viel zu stolz, um auch nur eine Miene zu verziehen. „Es ist reiner Zufall, dass wir uns hier begegnen", erwiderte er beherrscht. „Ich bin nur gekommen, um Hassan etwas auszurichten."

„Dann war es sicherlich auch nur Zufall, dass du mir gestern die Kapuze über den Kopf gezogen hast." In ihrer Wut ließ sich Leona zu dieser Bemerkung hinreißen, obwohl sie sehr genau wusste, wie kompliziert das Verhältnis zwischen den beiden Männern war, die sich nicht nur äußerlich zum Verwechseln ähnlich waren.

Rafiqs Mutter, eine junge Französin, war viele Jahre Scheich Khalifas Geliebte gewesen und bei der Geburt ihres ersten Sohnes verstorben. Obwohl er nicht dazu verpflichtet gewesen war, hatte der Scheich den Jungen genauso behandelt wie Hassan, der nur ein halbes Jahr älter war.

Doch obwohl beide den Namen Al-Qadim trugen, dieselben Schulen und Universitäten besucht hatten und für die Aufgaben eines künftigen Regenten gleichermaßen gut vorbereitet waren, stand Hassan als Erstgeborenem, vor allem aber als einzigem ehelichen Sohn der Anspruch auf die Thronfolge zu.

Zur Verwunderung aller hatte Rafiq die Rolle als Untergebener widerspruchslos akzeptiert und sich im Lauf der Jahre als treuer Diener seines Bruders und Herrn erwiesen. Dass er zu Höherem geboren war, zeigte sich umso deutlicher, sobald jemand anderes als Hassan meinte, ihn herumkommandieren zu dürfen, oder es wagte, Zweifel an seiner Loyalität zu äußern.

Genau das hatte Leona mit ihrer Bemerkung gemacht, und dass ihr die unvermeidliche Strafe erspart blieb, war lediglich der Tatsache zu verdanken, dass Rafiq ihr ähnlich viel Respekt entgegenbrachte wie ihrem Mann.

„Um den Plan des Prinzen nicht zu gefährden, sah ich mich leider dazu gezwungen", antwortete er entschuldigend.

„Der Himmel soll dich mit einer hässlichen und streitsüchtigen Ehefrau strafen, die dir das Leben zur Hölle macht", erwiderte Leona verbittert. „Vielleicht vergeht dir dann die Lust, dich in das Leben anderer einzumischen."

„Du solltest deine Wut lieber an mir auslassen", riet Hassan ihr hämisch, der die Szene vom Sonnendeck aus interessiert verfolgt hatte. „Zumal dein Fluch ohnehin zu spät kommt. Rafiq hat vor Kurzem eine ebenso bezaubernde wie berühmte spanische Flamencotänzerin kennengelernt, mit der zusammenzuleben eher der Himmel auf Erden als die Hölle sein dürfte, nicht wahr, Rafiq?"

Anstatt etwas zu erwidern, berichtete er in wenigen Worten, dass sich in der Zwischenzeit sowohl Hassans Vater als auch Scheich Abdul über Funk gemeldet hätten und ihn dringend sprechen wollten.

„Die Staatsgeschäfte rufen", erklärte Hassan betont gelangweilt. „Bitte sei so gut, und zeig Leona in der Zwischenzeit die Yacht", trug er Rafiq auf, ehe er sich umwandte und aus ihrem Blickfeld verschwand.

Viele Stunden später kannte Leona nicht nur jeden Winkel der Yacht, sondern auch den Kapitän und einen Großteil der Crew.

Hassan hingegen hatte sie in all der Zeit nicht mehr zu Gesicht bekommen. Doch als sie den Hosenanzug schließlich gegen einen Bikini getauscht und es sich auf eine der Sonnenliegen an Deck bequem gemacht hatte, konnte sie sich lebhaft vorstellen, wie er mit seinen engsten Beratern zusammensaß und „Staatsgeschäfte" regelte, wie er sich ausgedrückt hatte.

Anders als er sie hatte glauben machen wollen, war das Regieren für ihn jedoch keine ungeliebte Pflichtübung, sondern eine Aufgabe, der er mit großem Verantwortungsgefühl und unermüdlichem Einsatz nachging.

Die Folge war, dass er darüber Zeit und Stunde ebenso vergessen konnte wie die Tatsache, dass er verheiratet war. Als ihre Ehe noch glücklich gewesen war, hatte Leona ihn nicht selten förmlich dazu zwingen müssen, sich mit ihr in die gemütliche Sitzgruppe vor dem Fenster seines Büros zu setzen und bei einer Tasse Tee anderes zu besprechen als Fragen, von denen Wohl und Wehe Rahmans abhingen.

Die beiden Sessel, in denen sie damals gesessen hatten, glichen jenen, die nun in seiner Kabine standen, aufs Haar, und an einen Zufall mochte Leona beim besten Willen nicht glauben.

Als Hassan alle Telefonate beendet hatte, war es ihm wieder einmal gelungen, zwischen den unterschiedlichen Interessen der Stammesfürsten einen Ausgleich zu finden und damit die Machtverhältnisse in Rahman zu stabilisieren. Nie zuvor jedoch hatte er einen derartig hohen Preis dafür bezahlen müssen, und der bittere Beigeschmack wollte sich selbst dann nicht legen, als er Leona sah, die im Bikini auf einer Sonnenliege lag und eingeschlafen war.

Der Anblick seiner fast zu schlanken, dennoch unendlich anziehenden und verführerischen Frau, die sich im Schlaf leicht rekelte, ließ ihn die Bestürzung über den Kompromiss, auf den er sich hatte einlassen müssen, in aller Deutlichkeit empfinden.

Um sie nicht zu wecken, widerstand er jedoch der Versuchung, sich zu ihr zu legen und sich an sie zu schmiegen, um ihr mit seinem Körper zu verstehen zu geben, wie sehr er die Zwänge der Politik verfluchte – dann jedenfalls, wenn sie auf die Liebe zweier Menschen so wenig Rücksicht nahm wie in diesem Fall.

Als hätte sie Hassans Nähe gespürt, öffnete Leona unvermittelt die Augen. „Ist etwas passiert?", erkundigte sie sich besorgt, als sie die tiefen Sorgenfalten auf seiner Stirn sah.

„Das kann man wohl sagen", bestätigte er bedrückt und musste all seinen Mut zusammennehmen, um Leona mit der Wahrheit zu konfrontieren – oder zumindest mit wesentlichen Teilen davon. „Du hast es ja bereits geahnt", begann er zögerlich eine Erklärung, „und dein Instinkt hat dich nicht getrogen. Man verlangt tatsächlich von mir, dass ich eine andere Frau heirate."

Leona war von einer Sekunde auf die andere hellwach. Um von der Nachricht überrascht zu sein, hatte sie zu lange in der Gewissheit gelebt, dass sich eines Tages selbst der künftige Scheich von Rahman den Traditionen und Gebräuchen seines Landes würde fügen müssen. Überraschend war einzig die Heftigkeit, mit der sie auf etwas reagierte, womit sie sich längst abgefunden zu haben glaubte.

„Hast du deinen Widerstand aufgegeben?", fragte sie unter Qualen.

„Natürlich nicht", erwiderte er empört. „Wenn ich das je vorgehabt hätte, wärst du jetzt nicht hier", fügte er hinzu. „Was allerdings auch bedeutet, dass du noch eine Weile bleiben musst – ob es dir gefällt oder nicht."

An seinem verzweifelten Blick konnte Leona erkennen, dass sie ihn um eine Erklärung nicht erst bitten musste. Er schien entschlossen, ihr endlich reinen Wein einzuschenken, auch wenn es ihm unendlich schwerfallen würde.

„Um ihren Forderungen Nachdruck zu verleihen, hatten gewisse Kreise beschlossen, dich zu entführen", überwand er sich schließlich. „Als ich davon erfuhr, habe ich ihnen einen Strich durch die Rechnung gemacht, indem ich ihnen zuvorgekommen bin."

„Weißt du, wer sich hinter diesen ‚gewissen Kreisen' verbirgt?", erkundigte sie sich ängstlich, auch wenn sie die Antwort zu kennen glaubte.

„Bislang ist es kaum mehr als eine Vermutung", erwiderte Hassan ausweichend. „Fest steht lediglich, dass deine Entführung für gestern Abend geplant war. Wenn dein Vater, wie beabsichtigt, rechtzeitig aus London zurückgekommen wäre, hätte er Ethan zu der Party im Hafen begleitet, und du wärst allein in der Villa geblieben – die ideale Gelegenheit, um dich zu …"

„Deshalb hast du also dafür gesorgt, dass er an diesem Abend nicht in San Estéban war", unterbrach Leona ihn.

„Nicht nur das", bestätigte Hassan. „Ich habe jeden deiner Schritte überwachen lassen, und der Fahrer, der Ethan und dich zum Hafen gebracht hat, war einer meiner besten Männer. Es gab keinen Moment, in dem du ernstlich in Gefahr warst."

Was als Beruhigung gedacht war, jagte Leona selbst nachträglich einen solchen Schreck ein, dass sie am ganzen Körper zu beben begann. Trotzdem fand sie die Kraft, Hassans Versuch, sie tröstend in die Arme zu nehmen, zu unterbinden.

Bislang hatte sie annehmen müssen, er habe mit ihrer Entführung ausschließlich eigene Interessen verfolgt. Entsprechend schwer fiel es ihr, sich mit dem Gedanken vertraut zu machen, dass er sie damit vor ungleich größerem Unheil bewahrt hatte.

„Warum seid ihr Araber bloß nicht in der Lage, euch wie gesittete Menschen zu benehmen?", platzte sie wutentbrannt heraus und sprang auf. „Das Mindeste wäre gewesen, dass du nicht nur meinen Vater, sondern vor allem mich eingeweiht hättest", warf sie ihm vor. „Und wenn du nach meinem ersten Brief in die Scheidung eingewilligt hättest, wäre es nie so weit gekommen!"

Der Vorwurf, sich wie ein unzivilisierter Wilder benommen zu haben, lastete ebenso schwer auf Hassan wie der, die Gefahr durch seine Weigerung, in die Scheidung einzuwilligen, erst heraufbeschworen zu haben.

Doch ehe er widersprechen konnte, kam Leona ihm zuvor. „Ich verfluche den Tag, an dem ich dir begegnet bin", sagte sie in ihrer Verzweiflung. „Als wäre ich damit nicht gestraft genug, gerate ich nun auch noch in die Mühlsteine der Politik, wie ihr eure schmutzigen Geschäfte nennt! Kannst du mir vielleicht sagen, was jetzt aus mir werden soll? Glaubst du wirklich, ich hätte Lust, bis ans Ende meiner Tage mit der Angst vor einer Entführung zu leben, nur weil du zu stur bist, dich von mir scheiden zu lassen?"

„Solange du unter meinem persönlichen Schutz stehst, wird niemand es wagen …"

„Sagtest du ‚Schutz'?", fiel sie ihm erbost ins Wort. „Du bist keinen Deut besser als die, vor denen du mich angeblich beschützen willst. Oder bist du etwa davor zurückgeschreckt, mich in deine Gewalt zu bringen, um bestimmte politische Ziele durchzusetzen?"

Die ungehemmte Wut und Enttäuschung, die sie ihm entgegenbrachte, verletzten Hassan zutiefst. Doch dass sich Leona zu solchen Entgleisungen hinreißen ließ, schrieb er der Angst zu, die sie ausstand. „Ich verstehe dich nur allzu gut", sagte er deshalb. „Trotzdem …"

„Dann wirst du sicherlich auch verstehen, dass ich endlich mein eigenes Leben führen will", unterbrach sie ihn erneut. „Für dich ist darin kein Platz mehr."

Wie ihr gehetzter Gesichtsausdruck deutlich verriet, war Leona so außer sich vor Wut, dass sie selbst nicht wusste, was sie sagte. Trotzdem hatte sie eine Grenze überschritten, hinter die es kein Zurück gab – erst recht nicht für Hassan, dessen Stolz der Liebe zu seiner Frau in nichts nachstand.

„Wenn es dir so ernst damit ist, sollst du deinen Willen haben", erwiderte er mit einer Kälte, die ihn selbst erschreckte. „Du kannst deinem Anwalt ausrichten, dass ich in die Scheidung einwillige – so wahr ich hier stehe", fügte er hinzu, um an seinem Entschluss nicht den geringsten Zweifel zu lassen.

Leona fühlte sich, als würde ihr der Boden unter den Füßen weggezogen. Ihr Wutausbruch war für sie selbst zu überraschend gekommen, um auch nur einen Gedanken daran zu verschwenden, wie Hassan darauf reagieren könnte.

Umso größer war ihre Bestürzung, als ihr klar wurde, was sie sich eingebrockt hatte. Hassan hatte in die Scheidung eingewilligt, und nichts und niemand auf der Welt würde ihn dazu bewegen können, den Schwur zu brechen, den er darauf geleistet hatte.

Die Erkenntnis, dass sie ihr Leben von nun an ohne den Mann verbringen musste, den sie über alles liebte, traf Leona mit einer Wucht, der sie nichts entgegenzusetzen hatte.

Der Schmerz betäubte sie so sehr, dass es leichter war, ihm nachzugeben, als ihn zu bekämpfen. Deshalb schloss sie die Augen und gab dem unstillbaren Wunsch nach, sich fallen zu lassen und in der Bewusstlosigkeit jenen Trost zu finden, den die Wirklichkeit ihr versagte.

Gerade noch rechtzeitig hatte Hassan reagieren und Leonas Sturz verhindern können. Nun stand er vor dem großen Bett in der luxuriösen Eignerkabine und wartete sehnsüchtig darauf, dass seine Frau wieder zu sich kam.

Nach wie vor trug sie nicht mehr als den winzigen Bikini, in dem sie ihm an Deck gegenübergestanden hatte. Doch aus dem Zopf, zu dem sie ihr Haar gebunden hatte, hatten sich mehrere Strähnen gelöst, die sich wie züngelnde Flammen über das Kopfkissen ausbreiteten und ihr Gesicht noch blasser wirken ließen, als es ohnehin schon war.

Während ihn die Schutzlosigkeit und Verletzlichkeit, die sie dadurch vermittelte, zutiefst rührte, verlieh ihr die Ungezähmtheit und Wildheit, die sie ausstrahlte, eine anmutige Schönheit, die gänzlich andere Sehnsüchte in ihm weckte. Schweren Herzens musste er einsehen, dass keine andere Frau je solche Macht über ihn besessen hatte oder besitzen würde.

Wie sonst war zu erklären, dass er sich von ihr Beschimpfungen hatte gefallen lassen, für die er jeden anderen Menschen, gleich ob Mann oder Frau, umgehend zur Rechenschaft gezogen hätte?

Doch im Grunde hatten ihre Schmähungen ihn nicht sonderlich

überrascht. Sie waren letztlich nichts anderes als die Reaktion auf den Schock. Den Schock durch das Wissen um die Gefahr, in der sie als Ehefrau eines Thronanwärters schwebte, der sich von skrupellosen Neidern und Feinden umzingelt sah.

So gesehen, war ihr Wunsch, sich scheiden zu lassen, nicht nur verständlich, sondern sogar vernünftig.

Liebe hatte mit Vernunft jedoch rein gar nichts zu tun, und so war nichts ausgeschlossener, als dass er jemals in die Scheidung einwilligen würde. Dass er etwas anderes behauptet hatte, lag einzig und allein an seinem gekränkten Stolz.

Der hinderte ihn auch daran, Leona augenblicklich in die Arme zu schließen, als sie endlich die Augen öffnete. Stattdessen wartete er ungeduldig auf ein Zeichen von ihr, dass sie ihre Worte ebenso sehr bereute wie er seine.

Es dauerte eine Weile, bis Leona begriff, wo sie sich befand. Doch dann wurde ihr sehr schnell klar, was der Gesichtsausdruck zu bedeuten hatte, mit dem Hassan sie ansah. Die Schmähungen, zu denen sie sich beide hatten hinreißen lassen, schien er nicht weniger zu bereuen als sie. Um sich als Erster dafür zu entschuldigen, war er jedoch viel zu stolz.

Eine kleine Ewigkeit verging, in der sie sich wortlos ansahen, während jeder von ihnen hoffte, der andere möge das unerträgliche Schweigen brechen.

Schließlich gab Leona sich einen Ruck und tat das, was ihr der einzige Ausweg aus der Sackgasse zu sein schien, in die sie sich manövriert hatten. Sie richtete sich auf und breitete die Arme aus, um Hassan den Weg zu einer Versöhnung zu weisen, durch die keiner von ihnen das Gesicht verlieren würde.

Zu ihrer großen Erleichterung begriff er nicht nur sofort, sondern folgte ihr auch auf dem vorgeschlagenen Weg, indem er sich zu ihr hinunterbeugte, bis sie ihn endlich umarmen und an sich ziehen konnte.

Augenblicklich war das Eis zwischen ihnen geschmolzen und von einer Flut des Begehrens hinweggespült, die sämtliche Hemmungen mit sich riss. Mit schier verzweifelter Leidenschaft ließen sie einander spüren, wie verloren sie ohne den anderen waren. Und indem sie sich alle erdenkliche Zärtlichkeiten und schließlich sich selbst schenkten, gelang es ihnen, die brutale Wirklichkeit immer mehr zu verdrängen, bis sie endlich vollends in Vergessenheit geriet.

Die Sonne ging bereits unter, als der Weg, den sie gemeinsam beschritten hatten, ein Ende fand – jedenfalls ein vorläufiges. Denn kaum standen sie unter der Dusche, wurde die Glut, die noch immer in ihnen schwelte, erneut entfacht. Selbst das Abtrocknen geriet zu einer sinnlichen Entdeckungsreise, mit der sie die unvermeidliche Rückkehr in die raue Wirklichkeit um weitere erfüllte Momente hinauszögerten.

Um den Bann nicht zu zerstören, unter dem sie standen, hatte keiner von ihnen ein einziges Wort gesprochen. Erst als es sich unmöglich länger aufschieben ließ, nahm Leona all ihren Mut zusammen.

„Hast du dir schon überlegt, wie es weitergehen soll?“, erkundigte sie sich.

„Wir bleiben zunächst auf See“, erwiderte Hassan mit einem Lächeln, das Leonas Sorgen vertreiben sollte. „Hier kann nichts und niemand unsere Zweisamkeit stören.“

„Und was bedeutet ‚zunächst‘?“, fragte Leona skeptisch.

„Dass wir so lange keinen Hafen anlaufen, wie es irgend geht. Was dann kommt, wird sich finden“, antwortete er ausweichend. Dabei wusste er nur allzu gut, dass sich das Unvermeidliche nicht mehr lange aufschieben ließ und der Friede schon sehr bald enden musste.

Doch um Leona das zu sagen, fehlte ihm der Mut. Dafür bleibt später noch genügend Zeit, redete er sich ein.

Was sich als fataler Irrtum erweisen sollte. Etwas stand zwischen ihnen, das keinen Aufschub geduldet hätte. Denn sowenig Hassan die Einwilligung in die Scheidung zurückgenommen hatte, hatte Leona den Schwur vergessen, den er darauf geleistet hatte.

Doch darüber sprachen sie ebenso kein Wort wie über die Umstände, die Leona an Bord der Yacht gebracht hatten und dort wie eine Gefangene festhielten – selbst wenn die Gefahr nicht länger von Hassan, sondern von den Mächten ausging, die jenseits des Horizontes darauf warteten, sie in ihre Gewalt zu bringen, sobald sie wieder an Land ging.

Um sich mit solch schrecklichen Dingen zu befassen, genossen sie das neu gewonnene Vertrauen viel zu sehr, das sich zwischen ihnen eingestellt hatte und sie die Zeit auf See wie eine zweite Hochzeitsreise erleben ließ.

Nach zehn unbeschwerten Tagen hielt Hassan es jedoch für erforderlich, sich wieder um die Staatsgeschäfte zu kümmern, die er bis dahin zu Leonas Verwunderung völlig vernachlässigt hatte.

„Es muss leider sein", erklärte er ihr, „selbst wenn es nur Routine ist."

Dass davon keine Rede sein konnte, wurde Leona am darauf folgenden Tag klar, als sie aus ihrer Kabine kam. Noch ehe sie das Deck erreicht hatte, sah sie neben der Yacht eine Felswand aufragen, die ihr unmissverständlich klarmachte, dass sie noch an diesem Tag einen Hafen anlaufen und die friedlichen Tage auf See ein jähes Ende finden würden.

6. KAPITEL

Konnte es Zufall sein, dass Hassan im selben Moment wie sie das Deck betrat? Das zu glauben fiel Leona schwer, als sie sah, wie wenig ihr Ehemann demjenigen glich, der sich vor kaum einer Stunde mit einem zärtlichen Kuss von ihr verabschiedet hatte. Zwar trug er noch immer die legere Leinenhose und das weiße Hemd, doch die Unbekümmertheit war einer großen Ernsthaftigkeit gewichen, und die Anspannung, unter der er stand, war geradezu greifbar.

„Kannst du mir vielleicht verraten, wo wir sind und was wir hier machen?“, verlangte Leona in der Gewissheit Auskunft, dass Hassan ihr diese Information bewusst vorenthalten hatte.

„Wir laufen Port Said an.“ Er beantwortete nur den ersten Teil der Frage, weil er annahm, dass Leona sich alles Weitere denken konnte.

Womit er selbstverständlich recht hatte. Denn Leona wusste sehr wohl, dass Port Said am Eingang zum Suezkanal lag, der das Mittelmeer mit dem Roten Meer verband. Dass sie ausgerechnet diesen Hafen ansteuerten, konnte nur eines bedeuten: Hassan musste zurück nach Rahman, und damit war auch ihr eigenes Schicksal besiegelt.

„Warum erfahre ich das erst jetzt?“, fragte sie wütend und enttäuscht zugleich.

„Ich wollte dich nicht unnötig beunruhigen“, erklärte er.

„Rücksichtsvoll, wie du bist, hast du dir sicherlich überlegt, was aus mir wird, wenn du nach Hause weiterreist“, erwiderte sie sarkastisch und fror trotz der sengenden Hitze. „Lass mich raten“, fuhr sie fort, ohne seine Antwort abzuwarten. „Drückst du mir einige Dollarscheine in die Hand und lässt mich auf der Mole zurück, oder habe ich mir ein Rückflugticket nach San Estéban verdient?“

„Sprich nicht so!“ Hassan kam wutentbrannt auf sie zu. „Du bist meine Frau und nicht meine Mätresse!“

Treffender ließ sich kaum nennen, wie sie sich in den vergangenen zwei Wochen verhalten hatte. Denn auch wenn es dafür zu spät war, machte sich Leona schwerste Vorwürfe, weil sie sich ihm in dem Glauben hingegeben hatte, ihre Ehe habe keine Zukunft.

Zu ihrer Entschuldigung konnte sie nur vorbringen, dass es unmöglich war, sich diesem faszinierenden Mann zu entziehen, der nun unmittelbar vor ihr stand und Gefühle in ihr auslöste, die so gar nicht zum Ernst der Situation passen wollten.

Unwillkürlich wich Leona seiner Berührung aus, indem sie einige Schritte zurücktrat, bis sie gegen die Reling stieß. Doch darauf schien Hassan nur gewartet zu haben, denn ehe sie sich's versah, umfasste er mit beiden Händen die Reling, sodass sie zwischen seinen muskulösen Armen gefangen war.

Die unvermittelte körperliche Nähe ließ ihr Herz schneller schlagen und rief Wünsche in ihr wach, derer sie sich beinahe schämte.

„Einer Mätresse würde ich es vielleicht durchgehen lassen, wenn sie mir haltlose Unterstellungen machte, ohne mir die Gelegenheit zu einer Erklärung zu geben", sagte Hassan mit einem Blick, der Leona unschwer verriet, dass ihm ihre Gedanken nicht verborgen geblieben waren. „Von meiner Frau hätte ich das allerdings nicht erwartet."

„Es ist doch alles gesagt", versuchte sie sich zu rechtfertigen. „Du hast selbst angekündigt, dass die Zeit der Zweisamkeit endet, sobald wir einen Hafen anlaufen."

„Die der Zweisamkeit schon, nicht jedoch die Zeit, die wir gemeinsam verbringen."

Angesichts der Ausweglosigkeit ihrer Lage erschien ihr sein Einwand wie Wortklauberei. „Würdest du mir bitte erklären, worauf du hinauswillst?", forderte sie ihn deshalb auf.

„Sehr gern", erwiderte er sarkastisch, „allerdings nur, wenn du die Güte hast, mich ausreden zu lassen."

Leona war versucht, ihm diese Frechheit mit gleicher Münze heimzuzahlen, doch weil sie seine Erklärung ungeduldig erwartete, verzichtete sie ausnahmsweise darauf.

„Wie du weißt, hat mein Vater vom ersten Tag an einen Narren an dir gefressen“, begann er endlich, „und dass ich dich in Dinge einweihe, die ich lieber für mich behalten würde, liegt einzig und allein daran, dass niemand sagen kann, wie lange er noch lebt.“

Die Nachricht, wie ernst die Erkrankung ihres Schwiegervaters war, versetzte Leona regelrecht einen Schock – dem der nächste sehr bald folgen sollte.

„Seine größte Sorge ist, ich könnte mich durch gewisse Umstände gezwungen sehen, mit einer langen Tradition zu brechen“, fuhr Hassan fort.

„Spielst du etwa mit dem Gedanken, auf den Thron zu verzichten?“, fragte sie ungläubig nach.

„Es ist zumindest eine Option“, bestätigte er ihren Verdacht, „und da gewisse Kreise nicht einmal mehr davor zurückschrecken, dich zu bedrohen, um meinen Widerstand zu brechen, scheint sie mir nicht die schlechteste zu sein.“

Leonas Einwand unterband er, noch ehe sie ihn äußern konnte. „Um ihn nicht zu beunruhigen, habe ich meinem Vater versprochen, mich meinen Pflichten zu stellen“, sagte er zu ihrer Erleichterung. „Was allerdings das Problem aufwirft, dass ich mich um des Friedens willen gezwungen sehen könnte, mich von dir zu trennen. Auch wenn ich damit nicht nur mich, sondern auch meinen Vater ins Unglück stürze. Denn mein Wohl liegt ihm nicht weniger am Herzen als deines oder das des ganzen Landes. Ich stehe also vor dem unlösbaren Dilemma, dass ich ihm wehtun muss, wie immer ich mich entscheide.“

„Wie willst du das Problem lösen?“, erkundigte sich Leona.

„Allein werde ich das kaum schaffen“, gestand Hassan. „Dafür benötige ich deine Hilfe.“

Sein Blick verriet Leona mehr als deutlich, wie viel Überwindung es ihn kostete, sie um diesen Gefallen zu bitten. Doch die Situation war zu ernst, um ihn die Genugtuung spüren zu lassen, die sie darüber empfand.

„Ich will dir ja gern helfen“, stimmte sie verunsichert zu, „aber ich habe nicht die leiseste Ahnung, wie ich es tun könnte.“

„Dann will ich es dir sagen“, erwiderte Hassan bestimmt. „Du brauchst nur mit nach Rahman zu kommen und meinen Vater in dem Glauben zu lassen, dass mit unserer Ehe alles zum Besten bestellt ist – selbst wenn du anders darüber denken solltest.“

Nach allem, was Leona mittlerweile wusste, kam der Vorschlag nicht sonderlich überraschend. Sicherlich hätte sie ihm auch umgehend zugestimmt, wenn Hassan sich nicht darüber ausgeschwiegen hätte, wie lange diese Lösung seiner Meinung nach dauern sollte.

„Ich weiß es selbst nicht genau“, erwiderte er auf die entsprechende Frage. „Das hängt ganz davon ab, wie lange mein Vater noch lebt“, lautete die erschreckende Begründung. „Die Ärzte geben ihm noch zwei, bestenfalls drei Monate. Wir können nicht mehr tun, als ihm die letzten Tage seines Lebens so angenehm wie möglich zu machen. Bist du dazu bereit, Leona?“

Die Frage war so überflüssig, dass sie fast schon beleidigend war. Wie hätte sie einem sterbenden Mann, den sie wie ihren eigenen Vater liebte, je eine Bitte abschlagen können?

Ihre Zustimmung konnte und wollte Leona jedoch nicht geben, ehe sie nicht auch die Probleme angesprochen hatte, die sich nach ihrer Ankunft in Rahman unweigerlich stellen würden.

„Wird die Frau, die du heiraten sollst, auch im Palast sein?“, nannte sie das dringendste dieser Probleme zuerst.

„Traust du mir wirklich zu, dass ich dir etwas Derartiges antun könnte?“, antwortete er mit einer Gegenfrage, ohne verbergen zu können, wie sehr ihn Leonas Unterstellung kränkte.

„Die Frage musst du dir leider gefallen lassen“, erwiderte sie. „Schließlich habe ich mir nicht ausgedacht, dass …“ Im letzten Moment besann sie sich und sprach nicht den Namen ihrer Konkurrentin aus. Sie kannte ihn seit Langem, nur wusste Hassan das nicht, und ohne Not wollte sie diesen Trumpf nicht ausspielen.

„Keine Sorge", sagte Hassan, ohne zu ahnen, warum Leona den Satz nicht beendet hatte, „ich habe mit den Stammesältesten vereinbart, dass unsere Zwistigkeiten aus Respekt vor Scheich Khalifa einstweilen ruhen. Deshalb wird in naher Zukunft auch niemand von mir verlangen, dass ich erneut heirate."

„Und in ferner Zukunft?"

„Damit werde ich mich befassen, wenn es so weit ist", erwiderte er abweisend. „Zunächst einmal gilt meine ganze Sorge meinem Vater."

Deine hoffentlich auch, mahnte sie sein Blick, ehe er sie fragte: „Bist du bereit, das Deine dazu beizutragen?"

Das war keine Frage, sondern eine schamlose Unterstellung. „Hältst du mich wirklich für so herzlos, dass du mich das zu fragen wagst?", platzte Leona heraus und löste sich aus Hassans Umklammerung.

„Für deinen Vater bin ich sogar bereit, für eine Weile die Rolle der glücklichen Ehefrau zu spielen", erklärte sie aus sicherer Entfernung. „Du solltest allerdings keine falschen Schlüsse daraus ziehen. Für dich bin ich genauso eine Marionette in eurem schmutzigen Spiel um Macht und Einfluss wie für die, vor denen du mich angeblich in Schutz nimmst. Der einzige Unterschied ist, dass du nicht den Mut hast, es beim Namen zu nennen", fügte sie unversöhnlich hinzu, ehe sie sich umdrehte und unter Deck ging.

Hassan unternahm nicht einmal den Versuch, sie zurückzuhalten. Dafür wusste er zu gut, wie recht sie hatte. Doch zum Grübeln blieb ihm keine Zeit, weil sich Rafiq in diesem Moment mit einem Gesichtsausdruck näherte, der die Frage, die ihm am Herzen lag, vorwegnahm.

„Sie ist einverstanden", befriedigte Hassan die Neugier seines Halbbruders.

„Wie hast du das denn hinbekommen?", fragte Rafiq verwundert.

„Indem ich ihr zunächst nur die halbe Wahrheit gesagt habe."

Hassan fluchte leise, als er sah, wie nahe sie dem Hafen waren. „Wie viel Zeit bleibt mir noch?", erkundigte er sich.

„Bis die ersten Gäste eintreffen maximal eine Stunde", teilte Rafiq ihm mit.

Das war nicht besonders viel, um seiner Frau schonend beizubringen, dass er sich weitaus mehr Hilfe von ihr erhoffte, als er bislang eingestanden hatte.

Widerwillig machte er sich auf den Weg in seine Kabine, wo er Leona vermutete. Das Geräusch der Dusche verriet ihm, dass sie ins Bad gegangen war, um sich frisch zu machen.

Sie hatte sich nicht einmal die Mühe gemacht, die Tür hinter sich zu schließen, und anhand ihrer Kleidung, die achtlos auf dem Fußboden verstreut lag, konnte sich Hassan lebhaft vorstellen, in welcher Stimmung sie gewesen war. Doch etwas anderes sah er ebenso deutlich vor sich, und dieses Bild war ungleich angenehmer und verlockender. Entsprechend schnell hatte er entschieden, wie er das Unvermeidliche so erfreulich wie möglich gestalten konnte.

Als er das Bad betrat, war er splitternackt. Da sich Leona gerade die Haare wusch, hatte sie die Augen geschlossen und ihn deshalb nicht hereinkommen sehen. So konnte er ungeniert den Anblick genießen, wie sich der Schaum seinen Weg vom Hals über die zarten Brüste zum Nabel bahnte, bis er endlich den weichen Flaum zwischen ihren Schenkeln erreichte.

„Was willst du hier?" Leonas barsche Frage riss ihn aus seinen unzweideutigen Gedanken.

Doch da ihm der Grund seines Kommens bereits anzusehen war, verzichtete er darauf, etwas zu erwidern, stellte sich zu ihr unter die Brause, tat etwas Duschgel in die Hand und begann, Leona abzuseifen.

„Hast du nicht verstanden?", protestierte sie lautstark und legte ihm die Hände auf die Brust, um ihn, so gut es ging, auf Distanz zu halten. „Du sollst gehen."

Erneut blieb Hassan ihr eine Antwort schuldig. „Schließ die Augen", forderte er sie stattdessen auf. „In deinen Haaren ist noch Shampoo."

Instinktiv hob Leona die Hände, um sich das Haar aus dem Gesicht zu streichen.

Darauf hatte Hassan insgeheim gehofft, und so war er bestens vorbereitet. Mit spielerischer Leichtigkeit drehte er den Duschkopf so, dass Leona direkt unter dem Wasserstrahl stand. Gleichzeitig beugte er sich herunter, um die Massage an ausgewählten Stellen mit dem Mund zu intensivieren.

Insgeheim rechnete er fest damit, dass ihr Widerstand gebrochen war. Doch zu seiner Enttäuschung erhielt er als Dank für seine Fürsorge einen kräftigen Stoß in die Rippen. Um sich nicht widerstandslos geschlagen zu geben, hob er zwar den Kopf, ließ die Hand jedoch wie beiläufig auf ihren flachen Bauch gleiten.

„Du nimmst dir ziemlich viel heraus, Scheich Hassan", forderte sie ihn indirekt auf, die Hand zurückzuziehen.

„Findest du?", fragte er ahnungslos, ohne der Aufforderung nachzukommen.

„Hörst du schlecht?", platzte sie heraus. „Wir haben alles besprochen. Also lass mich endlich allein."

„Ehrlich gesagt, bin ich nicht hier, um etwas mit dir zu besprechen", erwiderte er mit einem triumphierenden Lächeln und ließ die Hand zwischen ihre Schenkel gleiten.

„Und ich bin nicht hier, um *das* zu tun", erwiderte sie bestimmt und trat zurück, soweit es die Enge erlaubte. Um ihren Worten Nachdruck zu verleihen, legte sie eine Hand vor die Brust und die andere vor den Schoß.

Hassan kannte seine Frau gut genug, um zu wissen, dass sie mit dieser Geste nicht das bezweckte, was sie vorgab. Leona glich einem Vulkan, der ohne jede Vorwarnung ausbrechen konnte, und wenn ihn sein Instinkt nicht täuschte, stand ein solcher Ausbruch unmittelbar bevor.

„Wie du willst", gab er nach und stellte sich betont desinteressiert unter den Wasserstrahl, auch wenn ihn sein Körper nach wie vor zu verraten drohte. „Dafür haben wir jetzt ohnehin keine Zeit", fügte er hinzu, um die Gunst der Stunde zu nutzen, Leona mit einem weiteren Teil der Wahrheit zu konfrontieren. „In weniger als einer Stunde kommen unsere Gäste an Bord."

„Wie bitte?" Die Überraschung war ihm gelungen, denn Leona sah ihn ungläubig an. „Welche Gäste?"

„Einige Landsleute, die uns bis Dschidda begleiten, dem Ziel unserer Reise", erklärte er, während er sich die Haare wusch. „Sie wollen am dreißigjährigen Thronjubiläum meines Vaters teilnehmen, das in zehn Tagen stattfindet."

Sie sah ihn an, als hätte er in einer ihr fremden Sprache gesprochen. „Seit wann weißt du, dass sie an Bord kommen?"

„Seit einigen Tagen", gestand er, eher er den Duschkopf in die Hand nahm, um sich das Shampoo auszuspülen.

„Warum erfahre ich erst jetzt davon?"

„Wir waren so mit uns beschäftigt, dass ich es wohl vergessen haben muss", erwiderte er und zog Leona unvermittelt an sich. Als sie schon glaubte, sich erneut gegen ihn zur Wehr setzen zu müssen, hielt er den Duschkopf über sie, um ihr das Haar auszuwaschen.

„Hättest du dich denn anders entschieden, wenn du es gewusst hättest?", erkundigte er sich.

Dieselbe Frage hatte sich Leona vor wenigen Augenblicken bereits gestellt. Die Antwort war eindeutig. Auch in dem Wissen, dass ihr mehr bevorstand, als sie hatte ahnen können, hätte sie in Hassans Vorschlag eingewilligt.

„Wenn es noch etwas gibt, was ich wissen muss, solltest du es mir jetzt sagen", forderte sie ihn auf.

Er zögerte verdächtig lange mit einer Antwort, ehe er schließlich betont unbeschwert erwiderte: „Bis auf die Namen der Gäste weißt du alles. Bevor ich sie dir nenne, sollten wir uns abtrocknen und anziehen."

Im selben Moment verließ er die Dusche und reichte Leona ein

Handtuch. Dann zog er sich einen Bademantel über und ging auf direktem Weg zur Tür.

„Hassan", rief Leona ihm nach. „Willst du mir nicht sagen, warum du alles daransetzt, mit mir zusammen gesehen zu werden? Oder hattest du andere Gründe, Gäste einzuladen und mich mit zum Thronjubiläum deines Vaters zu nehmen?"

Mit ihrer Frage schien sie einen wunden Punkt berührt zu haben, denn Hassan wirkte plötzlich überaus nachdenklich.

„Einige Leute sollen endlich begreifen, dass ich mich nicht unter Druck setzen lasse", erwiderte er schließlich. „Das ändert nichts daran, dass mein Vater dich an seinem Ehrentag in seiner Nähe haben will. Du weißt, wie sehr er dich mag, und es ist mit Sicherheit das letzte Thronjubiläum, das er begeht."

Auf Hassans Bitte hin hatte sich Leona der Landessitte nach gekleidet und trug eine weiße Seidenhose und ein weites, mit Pailletten besetztes Gewand. Das Haar hatte sie zusammengebunden und mit einem Seidentuch bedeckt. Ihr Make-up war so dezent, dass man sehr genau hinsehen musste, um es überhaupt zu erkennen.

Nun stand sie zwischen Hassan und Rafiq und erwartete die Gäste. Die beiden Männer trugen jeweils ein schlichtes weißes Gewand. Auf den Standesunterschied deuteten lediglich die feinen Goldlitzen hin, die in Hassans weißen Turban eingewebt waren.

Die ersten Gäste, die über die Gangway an Bord kamen, waren Scheich Abdul Al-Yasin und dessen Frau Zafina. Wie Hassan und Rafiq in Erfahrung gebracht hatten, war Scheich Abdul es, der Leonas Entführung angeordnet hatte. Zum Glück wusste er jedoch nicht, dass der Prinz und dessen rechte Hand über seine Machenschaften bestens informiert waren.

So hatte er sich mit Freuden bereit erklärt, an Bord der *Leona* mit anderen Stammesfürsten zusammenzukommen, um, wie Hassan die Einladung begründet hatte, in aller Ruhe die Zukunft Rahmans zu besprechen. Sein eigentliches Anliegen war jedoch, Hassan davon zu überzeugen, dass er seinen Widerstand aufgeben und eine andere Frau heiraten musste.

Keiner von ihnen ahnte, dass auch Leona zu wissen glaubte, wer sie entführen wollte. Schließlich war Abdul der Vater jener Nadira, die dazu auserkoren worden war, die Erbfolge in Rahman zu sichern, indem sie Hassans Frau wurde und ihm einen Sohn schenkte.

Während sich die Männer begrüßten, als wären sie die besten Freunde, stand Zafina wie abwesend im Hintergrund. Leona ließ sich davon jedoch nicht täuschen.

Abduls Frau verstand es durchaus, ihre Interessen durchzusetzen. Als Frau eines Scheichs verfügte sie nicht nur über die erforderlichen Mittel, sondern zögerte auch nicht, sie zu ihrem Vorteil einzusetzen. So war es ihr gelungen, ihren Sohn mit der Lieblingstochter eines anderen Scheichs zu verheiraten, um damit ihren Einfluss zu sichern und zu mehren.

Ihr sehnlichster Wunsch war jedoch, ihre Tochter mit Hassan zu verheiraten. Sie verabscheute Leona, der sie die Schuld daran gab, dass sich der Prinz hartnäckig weigerte, Nadira zur Frau zu nehmen.

Doch weil Leona wusste, was von ihr als Gastgeberin erwartet wurde, ging sie zu Zafina, um sie zu begrüßen. „Willkommen an Bord“, sagte sie höflich. „Es ist uns eine große Ehre, dass Sie sich die Zeit genommen haben, uns zu besuchen.“

„Es macht uns stolz, dass Sie uns die Ehre erweisen, Ihre Gäste sein zu dürfen“, erwiderte die ältere Frau so förmlich, dass Leona die Verachtung, die ihr entgegenschlug, körperlich zu spüren meinte.

Glücklicherweise trafen in diesem Moment Scheich Jibril Al-Mahmud und seine Frau Medina ein, gefolgt von Scheich Imran Al-Mukhtar und seinem jüngsten Sohn Samir.

Dass Samir unter den Gästen war, freute Leona besonders, denn er war ein fröhlicher, stets gut gelaunter junger Mann mit einem geradezu ansteckenden Lachen.

Leona musste anerkennen, dass Hassan mit der Einladung großes diplomatisches Geschick bewiesen hatte, denn die beiden Parteien, die um die Vorherrschaft in Rahman stritten, waren mit jeweils zwei Familien vertreten: Die Sippen Al-Qadim und Al-Mukhtar auf der einen Seite, die Sippen Al-Mahmud und Al-Yasin auf der anderen.

Hassan führte die Gesellschaft in den großen Speisesaal, der in den vergangenen zwei Wochen ungenutzt geblieben war. Nachdem alle Platz genommen hatten, trugen livrierte Diener ein mehrgängiges Abendessen auf, in dessen Verlauf sich eine unbeschwerte und angeregte Unterhaltung entwickelte.

Nur Leona wirkte eigentümlich bedrückt und sprach nur, wenn sie etwas gefragt wurde. Von seinem Platz am Kopfende des Tisches aus sah Hassan mit großer Sorge den traurigen Gesichtsausdruck, der sich immer dann zeigte, wenn sie sich unbeobachtet glaubte.

Dass er ihr die Wahrheit nur nach und nach mitgeteilt hatte, schien sie tiefer verletzt zu haben, als er angenommen hatte. Nun sah sie sich vor die Schwierigkeit gestellt, die perfekte Gastgeberin und glückliche Ehefrau zu spielen, auch wenn ihr der Sinn mehr danach stand, dem, der ihr das eingebrockt hatte, an die Kehle zu gehen.

Die Scham, die er über sein Verhalten empfand, wurde nur von dem Neid auf ihren Tischnachbarn Samir übertroffen, dem es tatsächlich gelang, Leona hin und wieder zum Lachen zu bringen. Auch wenn es nicht aus vollem Herzen kam, wirkte sie in diesen Momenten befreiter als in den Tagen, die sie an Bord verbracht hatte.

Rückblickend hatte er das Gefühl, dass sie alles mit einer eigentümlichen Zurückhaltung getan hatte – das Lachen wie das Weinen, das Lieben wie das Streiten –, als hätte sie ihm damit wortlos zu verstehen geben wollen, dass sie sich nie wieder so nahekommen würden, wie sie sich einst gewesen waren.

Am liebsten hätte er ihr quer über den Tisch zugerufen, wie sehr er sie liebte. Dass sie nicht allein waren, hielt ihn weniger davon ab als das Wissen, wie wenig es einer Frau bedeuten musste, die schuldlos in ein Dilemma geraten war.

Ein peinlich berührtes Schweigen ließ ihn aus seinen trüben Gedanken aufschrecken. Leona sah betreten auf ihren Teller, während Samir mit hochrotem Kopf daneben saß und starr vor Schreck war.

Hassan war offenbar etwas Entscheidendes entgangen, wie ihm spätestens der Blick verriet, mit dem Rafiq ihn ansah. Er schien ein Machtwort von seinem Halbbruder zu erwarten, doch solange Hassan nicht wusste, was vorgefallen war, sah er sich außerstande, die Autorität zu beweisen, die man von ihm erwartete.

Zum Glück reagierte Rafiq schnell und überlegt. „Entschuldige mich bitte“, wandte er sich an Leona. „Ich habe noch einen Termin und muss euch deshalb schon verlassen.“

Kaum hatte er sich erhoben, gab er Hassan mit einem diskreten Blick zu verstehen, dass er ihm folgen sollte.

„Warum reagierst du denn nicht?“, fragte Rafiq entgeistert, als sie den Raum verlassen hatten.

„Worauf soll ich reagieren, wenn ich nicht mitbekommen habe, was vorgefallen ist?“, rechtfertigte sich Hassan.

„Und warum hast du dann so entsetzt gewirkt?“

„Ich war in Gedanken“, erwiderte er ausweichend. „Jetzt sag mir endlich, was vorgefallen ist.“

„Leona hat sich bei Samir erkundigt, wie es seiner Mutter geht“, begann Rafiq seinen Bericht. „Er hat ihr lang und breit die Nervosität geschildert, mit der sie die Geburt ihres Neffen erwartet. Verständlicherweise war Leona alles andere als begeistert, dass sie das Gespräch ausgerechnet auf dieses Thema gelenkt hatte, doch es gelang ihr sogar, an der einen oder anderen Stelle zu lachen. Erst als Samir sie gefragt hat, wann sie dir endlich einen Sohn schenkt, war es um ihre Selbstbeherrschung geschehen.“

„Das kann ich mir lebhaft vorstellen“, erwiderte Hassan entsetzt.

„Mehr als die Bemerkung hat sie jedoch die Wehmut geschmerzt, die in diesem Moment in deinem Blick lag.“

„Ich habe doch schon gesagt, dass ich von dem Vorfall nichts mitbekommen habe“, herrschte Hassan Rafiq an.

„Warum warst du dann so traurig?“

„Das hatte andere Gründe.“

„Ich möchte dir nicht zu nahetreten“, sagte Rafiq, „aber wenn du nicht willst, dass dir die Situation entgleitet, solltest du in jeder Sekunde hellwach sein“, riet er ihm nachdrücklich. „Sonst machen sie ihre Drohung doch noch wahr. Was das für Leona bedeuten …“

„Spar dir deine Belehrungen“, unterbrach Hassan ihn barsch. „Solange Abdul und Jibril die Hoffnung haben, mich ohne Anwendung von Gewalt umstimmen zu können, werden sie nichts dergleichen unternehmen.“

Nachdem Leona es sich oft genug eingeredet hatte, tat es tatsächlich nicht mehr weh. Sie hatte immer gewusst, dass Hassan unter ihrer Kinderlosigkeit mehr litt, als er zugeben wollte, und nun hatte er ihr den Beweis geliefert – nicht mehr und nicht weniger.

Trotzdem wich sie seinem Blick aus, als er zu seinem Platz zurückging. Der Herausforderung, ihm in die Augen zu sehen, fühlte sie sich noch nicht wieder gewachsen.

Das Abendessen verlief ohne weitere Zwischenfälle. Erst als sich die Frauen zurückgezogen und die Männer allein gelassen hatten, musste Leona weitere Anspielungen über sich ergehen lassen, die sie den kommenden Tagen auf See mit Bangen entgegensehen ließen.

Denn ehe sie sich's versah, lenkte Medina die Unterhaltung geschickt auf Nadira, und sehr bald musste Leona den Eindruck gewinnen, dass Zafinas Tochter in den vergangenen zwölf Monaten zur idealen Heiratskandidatin herangereift war, deren Schönheit allenfalls von ihren guten Manieren übertroffen wurde.

Zu Leonas Erleichterung blieb ihr wenigstens die detaillierte Schilderung des Kinderwunsches ihrer Konkurrentin erspart. Gleichwohl war sie froh, als sich die beiden Frauen endlich verabschiedeten und in ihre Kabinen zurückzogen.

Um nicht zu riskieren, ihnen erneut zu begegnen, wartete Leona einige Minuten, ehe sie an Deck ging – und vom Regen in die Traufe kam, weil sie Hassan förmlich in die Arme lief.

„Ich muss mich bei dir entschuldigen“, sagte er mit großem Ernst. „Ich war so in Gedanken, dass ich den Vorfall beim Essen gar nicht mitbekommen habe. Sonst hätte ich Samirs Bemerkung selbstverständlich nicht unwidersprochen gelassen. So musste mir Rafiq erst sagen, was vorgefallen war.“

Leona rechnete Hassan hoch an, dass er den Versuch unternahm, sie zu trösten. Glauben konnte sie ihm jedoch kein Wort. „Samir hat mich um Verzeihung gebeten“, erwiderte sie deshalb ausweichend, „und damit ist die Sache aus der Welt.“

Ohne sich von Hassan zu verabschieden, ging sie in ihre Kabine. Als sie endlich unter der Bettdecke lag, versuchte sie, die Ereignisse zu verdrängen und so schnell wie möglich einzuschlafen.

Was ihr gelungen sein musste, denn ohne jede Vorwarnung spürte sie plötzlich einen muskulösen Körper, der sich an ihren Rücken schmiegte.

„Meines Wissens war in unserer Abmachung nicht davon die Rede, dass wir das Bett teilen“, wies sie Hassan schlaftrunken zurecht.

„Vom Gegenteil aber auch nicht“, erwiderte er ungerührt, ehe er den Arm um Leona legte und sie noch näher an sich zog, als sie ihm ohnehin schon war. „Außerdem bin ich mindestens so müde wie du. Den Pyjama hättest du also getrost ausziehen können.“

Dass Hassan zu erschöpft sein sollte, um es mit einem Stück hauchdünner Seide aufzunehmen, war Leona gänzlich neu, und obwohl sie wusste, was sie damit heraufbeschwor, musste sie unwillkürlich lachen.

Im selben Moment war seine Müdigkeit verflogen – wenn sie denn je existiert hatte. Er ließ die Hand unter den Pyjama gleiten, um Leona zu beweisen, wie abwegig die Vorstellung war, die Nacht getrennt zu verbringen.

Anstatt ihm augenblicklich Einhalt zu gebieten, richtete sie sich auf, um sich die Jacke auszuziehen, während Hassan ihr die Hose über die Hüften streifte und achtlos zu Boden warf.

Mit der Kleidung waren auch die letzten Hemmungen von ihr abgefallen, und als Hassan sie mit unvergleichlicher Leidenschaft zum Gipfel der Lust führte, hatten sich alle Sorgen und Ängste in Luft aufgelöst.

7. KAPITEL

Am nächsten Morgen riss sie das Telefon aus dem Schlaf. Hassan zögerte lange, bis er sich schließlich zum Nachttisch umdrehte und den Hörer abnahm. Als er ihn kaum eine Minute später wieder auflegte, hatte er kein einziges Wort gesprochen.

„Die Pflicht ruft", nannte er Leona als Grund des Anrufes, ehe er sich mit einem Kuss auf die Stirn von ihr verabschiedete und ins Bad ging.

Vor lauter Enttäuschung zog sich Leona die Decke bis zum Kinn. Der Alltag hatte sie schneller wieder eingeholt, als ihr lieb sein konnte.

Als Hassan nach wenigen Minuten frisch geduscht und in Unterwäsche zurückkam, verließ Leona widerwillig das Bett und zog sich die Jacke ihres Pyjamas über, um selbst ins Bad zu gehen.

Dabei kreuzten sich ihre Wege, und unversehens fand sie sich in Hassans Armen wieder, der sich zu ihr hinunterbeugte und sie küsste. „Bitte sei in einer Viertelstunde auf dem Sonnendeck", sagte er schließlich. „Außer dem Frühstück erwartet dich dort eine kleine Überraschung."

„Ich wäre dir dankbar, wenn du mich mit weiteren Hiobsbotschaften verschonen könntest."

„Diesmal dürfte es eine angenehme Überraschung sein", beruhigte er sie. „Ich rechne fest damit, dass du mir vor Freude um den Hals fällst."

„Um mich zu bedanken, oder um dich zu erwürgen?", fragte Leona skeptisch, ehe sie ins Bad ging.

Nachdem sie ausgiebig geduscht hatte, zog sie ein hellblaues Sommerkleid an. Um auch ja pünktlich zu sein, lief sie die Treppe hinauf. Und dann wunderte sie sich, als sie auf dem Sonnendeck lediglich Rafiq antraf.

„Wo ist Hassan?", fragte sie ihn.

„Er bringt den Lotsen auf die Brücke, der uns auf der Fahrt durch den Suezkanal begleitet“, antwortete Rafiq und bot Leona einen Stuhl an. „Darf ich dir einen Tee einschenken?“

„Sehr gern“, erwiderte Leona, weil sie hoffte, das flaue Gefühl im Magen würde sich legen, wenn sie erst eine Tasse Tee getrunken hatte. Hassans Ankündigung hatte sie offenbar nervöser gemacht, als sie sich eingestehen mochte.

„Schlafen die anderen Gäste noch?“, erkundigte sie sich, um ihre Aufregung zu überspielen.

„Hassan hat ihnen das Frühstück in ihre Kabinen bringen lassen“, lautete die Antwort, die sie in ihrem Verdacht bestärkte, dass sie etwas Unangenehmes erwartete.

Wie aufs Stichwort betrat in diesem Augenblick Hassan das Sonnendeck. Nachdem er seine Frau mit einem Kuss auf die Stirn begrüßt hatte, setzte er sich neben Rafiq und trug dem Diener auf, Kaffee zu bringen.

Erneut konnte sich Leona davon überzeugen, wie ähnlich sich die beiden Halbbrüder waren. Auch mit der Kleidung schienen sie sich abgesprochen zu haben, denn beide trugen eine legere Leinenhose und ein einfaches T-Shirt, nur dass Hassan ein schwarzes und Rafiq ein weißes gewählt hatte.

Unwillkürlich musste Leona daran denken, wie viel leichter ihr Leben wäre, wenn sie sich nicht in Hassan, sondern in Rafiq verliebt hätte. Sowenig man von ihm erwartete, ein Land zu regieren, sowenig hätte man von ihr verlangt, ihm einen Sohn zu gebären.

Doch das Schicksal hatte es anders gewollt. Rafiq war ihr wie ein Bruder, Hassan hingegen übte eine magische Anziehungskraft auf sie aus, und dabei würde es bleiben, was immer die Zukunft auch bringen mochte.

Um die trüben Gedanken zu zerstreuen, griff sie zu einer Scheibe Toast und bestrich sie mit Butter. Doch dann konnte sie sich nicht dazu überwinden, hineinzubeißen. Als der Diener schließlich den Kaffee brachte, verursachte der Geruch des Getränks ihr solche Übelkeit, dass sie ihren Teller beiseite schob und das Frühstück beendete, noch ehe sie es begonnen hatte.

„Was ist los?“, erkundigte sich Hassan besorgt, als er sah, wie blass seine Frau geworden war.

„Deine Ankündigung ist mir auf den Magen geschlagen“, erwiderte Leona, als Rafiq unvermittelt aufstand und an die Reling trat.

„Die Überraschung fährt in diesem Moment vor“, teilte er Hassan mit und machte ihn auf die schwarze Limousine aufmerksam, die sich der Yacht näherte.

„Es wurde auch Zeit“, erwiderte Hassan und reichte Leona die Hand, um mit ihr gemeinsam die Treppe zum Hauptdeck hinunterzugehen und die neuen Gäste an der Gangway zu erwarten.

Nachdem das Auto gehalten hatte, stieg der Fahrer aus und hielt einer wunderschönen jungen Frau mit langem blondem Haar die Tür auf.

„Evie!“, rief Leona überrascht, als sie sah, worin Hassans Überraschung bestand. „Ist Raschid auch …?“ Die Frage hatte sich erübrigt, weil im selben Moment Scheich Raschid Al-Kadah aus dem Auto stieg.

„Begleiten sie uns auch bis Dschidda?“, erkundigte sich Leona, ehe sie das tat, was er prophezeit hatte, und ihm zum Dank dafür, dass er ihre beste Freundin eingeladen hatte, um den Hals fiel.

„Ich dachte, du könntest ein wenig moralische Unterstützung gebrauchen“, antwortete Hassan erleichtert. Sekunden später kamen ihm jedoch Zweifel, ob es wirklich klug gewesen war, den Herrscher von Behran, einem befreundeten Emirat, und dessen Frau einzuladen. Denn Raschid beugte sich erneut ins Auto und holte einen kleinen Jungen und schließlich ein Baby hervor, das bestenfalls drei Monate alt war.

Im selben Moment löste sich Leona von Hassan und lief davon. Als er schon befürchten musste, einen unverzeihlichen Fehler gemacht zu haben, sah er, dass sie Evangelina entgegenging, die ihre kleine Tochter auf den Arm genommen hatte und die Gangway heraufkam.

Doch zur Erleichterung bestand nicht der geringste Anlass, wie er spätestens dann bemerkte, als die beiden Frauen nach einer langen Umarmung gemeinsam an Deck gingen. Während Leona abwechselnd ihre Freundin und deren kleine Tochter ansah, liefen ihr deutlich sichtbar Tränen über die Wangen.

„Du verstehst es wahrlich, mich zu überraschen", sagte sie endlich. „Als wir uns das letzte Mal gesehen haben, warst du meines Wissens noch nicht einmal schwanger."

„Lucy ist jetzt genau drei Monate alt", erwiderte ihre Freundin lächelnd. „Zuletzt gesehen haben wir uns vor genau einem Jahr. Zwölf weniger drei macht neun."

Inzwischen hatte Raschid seinen Sohn auf den Arm genommen und an Bord getragen. „Herzlichen Glückwunsch", empfing Leona ihn, darum bemüht, sich ihre Wehmut nicht anmerken zu lassen. „Du hast allen Grund, stolz zu sein."

„Das bin ich auch", bestätigte er mit entwaffnender Offenheit, während Leona verwundert feststellte, dass der kleine Hashim seinem Vater wie aus dem Gesicht geschnitten war.

„Guten Tag, junger Mann", begrüßte sie ihn. „Ich bin Leona. Es ist lange her, dass wir uns gesehen haben. Sicherlich kannst du dich nicht mehr an mich erinnern."

Vor Verlegenheit steckte der Kleine den Daumen in den Mund und schmiegte sich an die Schulter seines Vaters. „Er ist ziemlich schüchtern", erklärte Raschid, „aber ich habe die Hoffnung, dass sich das eines Tages legt – vor allem schönen Frauen gegenüber", fügte er lächelnd hinzu.

„Vielen Dank", erwiderte Leona verlegen und wandte den Kopf zur Seite. Plötzlich sah sie Hassan, der mit finsterer Miene an der Reling stand und entschlossen schien, die Ankunft seiner Gäste zu ignorieren.

Erst als sie ihn mit einem mahnenden Blick dazu aufgefordert hatte, überwand er sich und begrüßte Evie und Raschid. Doch während er das Baby eine ganze Weile versonnen betrachtete, würdigte er Hashim keines Blickes, als wollte er mit aller Macht der Erinnerung daran ausweichen, dass sein sehnlichster Wunsch unerfüllt geblieben war und bleiben musste – dann jedenfalls, wenn er sich nicht von seiner Frau trennte.

Um von ihren Gefühlen nicht überwältigt zu werden, wandte sich Leona Evie zu und bat sie, Lucy in die Arme nehmen zu dürfen. „Eigentlich heißt sie Yamila Lucinda, wie ihre beiden Großmütter", erfuhr sie, als sie die Kleine in ihren Armen hielt und sich davon überzeugen konnte, dass sie die Augen ihrer Mutter geerbt hatte, „aber Lucy erschien uns als Rufname passender."

Der Stolz in Evies Stimme brachte Leona den Tränen nah. Deshalb war sie nicht böse, als unvermittelt die anderen Gäste das Deck betraten und die Aufmerksamkeit auf sich lenkten.

Scheich Raschid und seine Frau wurden von allen mit ausgesuchter Höflichkeit begrüßt, denn in gewisser Hinsicht entsprachen sie dem Ideal, dessen Suche die gemeinsame Seereise galt.

Wie Hassan hatte sich auch sein Jugendfreund Raschid gegen manchen Widerstand durchsetzen müssen, als er beschlossen hatte, eine Europäerin zu heiraten. Doch weil das Scheichtum Behran unter seiner Herrschaft einen nachhaltigen wirtschaftlichen Aufschwung erlebte, waren alle kritischen Stimmen längst verstummt. Und spätestens nach Hashims Geburt hatte die Bevölkerung Evangelina als eine der ihren akzeptiert.

Und genau das musste Leona versagt bleiben. Damit geriet jedoch auch Hassans Anspruch auf den Thron in Gefahr, denn nirgends stand geschrieben, dass der nächste Regent der Sohn des derzeitigen sein musste. Im Grunde konnte jede der einflussreichen Sippen den nächsten Herrscher stellen, und Hassan war nur deshalb besonders qualifiziert, weil er seinem kranken Vater die Regierungsgeschäfte weitestgehend abgenommen hatte.

Gegen ihn sprach einzig die Wahl der Ehefrau – oder genauer, dass sie ihm auch nach fünf Ehejahren keinen Sohn geschenkt hatte. Um die Schmach zu tilgen, hatte man ihn gedrängt, Nadira zu heiraten. Zum Zeichen des Entgegenkommens hatten sich die Stammesältesten sogar damit einverstanden erklärt, dass er weiterhin mit Leona verheiratet blieb, wenn er nur seinen Pflichten nachkam und endlich einen Stammhalter zeugte.

Vor allem Scheich Abdul hatte darauf bestanden, um damit den Einfluss seiner Familie für die kommende Generation zu sichern. Entsprechend empört hatte er auf Hassans Weigerung reagiert, und die Krankheit Scheich Khalifs war die ideale Gelegenheit, Druck auf Hassan auszuüben, indem er die Zustimmung zur Thronfolge von dessen Bereitschaft abhängig machte, Nadira zur Frau nehmen.

Doch auch die anderen verfolgten handfeste Interessen, denen sie ebenso handfest Nachdruck zu verleihen vermochten. Scheich Jibril etwa hätte sehr gern seinen ältesten Sohn als künftigen Herrscher von Rahman gesehen, und Scheich Imran fühlte sich jung genug, um selbst den Thron zu besteigen.

In Anbetracht dieser verwickelten Machtverhältnisse grenzte es an ein Wunder, dass die zweitägige Fahrt durch den Suezkanal alles in allem harmonisch verlief. Nur Zafina konnte es nicht lassen, Leona bei jeder sich bietenden Gelegenheit mehr oder weniger deutlich aufzufordern, Hassan endlich freizugeben, damit Nadira seine Frau werden konnte.

Entsprechend erleichtert war Leona, dass mit Evie eine Verbündete an Bord war, auf die sie sich ohne jede Einschränkung verlassen konnte. Denn bis zur saudiarabischen Hafenstadt Dschidda, dem Ziel ihrer Reise, lagen noch fünf lange Tage vor ihr, denen sie mit Bangen entgegensah. Mehr als das ständige Unwohlsein, das sie zunehmend quälte, war dafür die Tatsache verantwortlich, dass Hassan jedes Mal regelrecht zusammenzuckte, sobald sie dem kleinen Hashim auch nur in die Nähe kam.

Dass ihre Sorge nicht unbegründet war, zeigte sich bereits wenige Stunden, nachdem der Lotse von Bord gegangen war und sie die Fahrt über das Rote Meer angetreten hatten.

Den ersten Tag auf See hatten die Männer dazu genutzt, Wettrennen mit dem Jetski zu fahren. „Sieh sie dir an", hatte Evie zu Leona gesagt, als sie von Deck aus das ausgelassene Treiben beobachtet hatten. „Manchmal sind sie wie kleine Kinder."

Den Eindruck konnte man tatsächlich bekommen – allerdings nur, wenn man die unterschwellige Abneigung nicht spürte, die jederzeit in eine handfeste Auseinandersetzung münden konnte.

Hassan tat alles, um einen offenen Streit um die Thronfolge in Rahman zu verhindern und mit diplomatischen Mitteln zu erreichen, dass sich die zerstrittenen Clanchefs auf einen gemeinsamen Kandidaten einigten.

Umso mehr bedrückte ihn, dass sein Verhandlungsgeschick an jenem Punkt zu scheitern drohte, der ihm mit Abstand am wichtigsten war. Denn auch wenn sich Leona nach Kräften bemühte, es sich nicht anmerken zu lassen, war ihm nicht entgangen, wie unwohl sie sich an Bord der Yacht fühlte. Sie aß kaum noch etwas, und obwohl ihr Gesicht längst sonnengebräunt war, wirkte sie eigentümlich blass.

Den Grund dafür konnte er nur vermuten, denn seit drei Tagen hatte Leona jeden seiner Versuche, mit ihr zu sprechen oder sie gar zu berühren, entschieden zurückgewiesen, und in den Nächten war es nicht besser gewesen.

Trotzdem war er sich sicher, dass Leonas Niedergeschlagenheit durch die Anwesenheit der Kinder und vor allem des kleinen Hashims ausgelöst worden war. Jede Begegnung mit ihm schien sie schmerzlich an ihren unerfüllten Kinderwunsch zu erinnern und in dem Gefühl zu bestätigen, dass sie eine Versagerin war.

Erschwerend kam hinzu, dass Zafina und Medina keine Gelegenheit ausließen, Evie als Vorbild hinzustellen, um damit ihre Männer im Kampf um Macht und Einfluss auf ihre Weise zu unterstützen.

Als Hassan an diesem Abend in seine Kabine kam und Leonas traurigen Gesichtsausdruck sah, riss ihm der Geduldsfaden. „Sag mir endlich, was dich bedrückt", bat er sie inständig. „Ich ertrage es nicht länger, dich leiden zu sehen."

„Dann ist es wohl das Beste, wenn du in einem anderen Zimmer schläfst", lautete die ernüchternde Antwort, mit der sich Leona ins Bett legte und ihm den Rücken zudrehte.

Ihr Verhalten brachte ihn so in Rage, dass er die Selbstbeherrschung zu verlieren drohte. „Sag mir endlich, warum du mich seit Tagen schneidest", forderte er nachdrücklich. „Ist es wegen der Kinder?"

„Wie kommst du denn darauf?", erwiderte Leona, ohne ihn anzusehen. „In diesem ganzen verlogenen Getue, das ihr Politik nennt, sind sie der einzige Lichtblick."

„Warum werde ich dann das Gefühl nicht los, dass es dir jedes Mal einen Stich versetzt, wenn du ihnen begegnest?"

„Du solltest nicht von dir auf andere schließen", entgegnete sie ungerührt und rückte an den äußersten Rand des Bettes, als Hassan sich zu ihr legte. „Es ist doch gar nicht zu übersehen, wie sehr du darunter leidest, dass ich keine Kinder bekommen kann."

„Warum redest du dir das bloß ständig ein?", platzte Hassan heraus und zwang Leona, ihn anzusehen. „Es stimmt einfach nicht, selbst wenn du es noch so oft wiederholst."

„Sieh doch endlich den Tatsachen ins Gesicht", widersprach Leona und stieß die Hand fort, mit der Hassan ihr Kinn hielt. „Wir wissen beide, dass unsere Ehe keine Zukunft hat. Nach Rahman begleite ich dich nur deines Vaters wegen. Doch sobald es seine Gesundheit erlaubt, werde ich dich wieder verlassen – und dieses Mal endgültig."

„Und warum, zum Teufel?", fragte er wutentbrannt. „Bedeutet dir unsere Liebe wirklich so wenig?"

„Darum geht es überhaupt nicht", erwiderte Leona ausweichend, und um Hassan nicht zu zeigen, wie unendlich traurig seine Frage sie gemacht hatte, verließ sie kurz entschlossen das Bett und ging zu den Sesseln, die vor dem Fenster standen.

„Auch wenn du es nicht einsehen willst, ist die Thronfolge an gewisse Bedingungen geknüpft", fügte sie hinzu, nachdem sie sich bewusst so hingesetzt hatte, dass Hassan sie nicht sehen konnte. „Und da ich sie nicht erfüllen kann, solltest du endlich tun, was man von dir verlangt, und Nadira heiraten."

Auch ohne Leonas Gesicht sehen zu können, erkannte Hassan an ihrer tränenerstickten Stimme, wie ihr wirklich zumute war. Ohne zu zögern, verließ er das Bett und stellte sich hinter den Sessel, in dem sie saß. Der Anblick seiner Frau, die sich Schutz suchend zusammengerollt hatte und in dem dünnen Seidenpyjama jämmerlich zu frieren schien, versetzte ihm einen Stich ins Herz. Gleichzeitig jedoch wurden Wünsche und Sehnsüchte in ihm wach, denen er nach drei Tagen und Nächten der Zurückweisung nichts entgegenzusetzen hatte.

„Das könnte ich natürlich tun", erwiderte er und fügte hinzu: „Erreichen würde ich damit jedoch das Gegenteil. Wenn ich jetzt nachgebe, wird man es mir als Schwäche auslegen. Dass ich mich standhaft weigere, mich von dir zu trennen, trägt mir hingegen großen Respekt ein – vielleicht nicht bei dir, aber immerhin bei den anderen Scheichs."

„Das redest du dir doch nur ein", widersprach Leona. „Ich erlebe es genau andersherum. Erst heute hat Zafina mich gefragt, warum ich dir noch länger zumute, mit mir zusammenzuleben, obwohl ich dir nie deinen sehnlichsten Wunsch …"

Ehe sie den Gedanken aussprechen konnte, stand Hassan vor ihr und brachte sie mit einem Kuss zum Schweigen. Gleichzeitig gab er ihr damit zu verstehen, was er sich in diesem Moment am sehnlichsten wünschte.

Leona war viel zu überrascht, um den Angriff auf ihre Sinne abzuwehren. Als sie es endlich versuchte, musste sie einsehen, dass ihr nichts ferner lag. Denn Hassan kniete im Adamskostüm vor ihr, und sobald sie seine Haut unter den Händen spürte, wusste sie, dass sie ihre Kraft zur Selbstverleugnung überschätzte, wenn sie glaubte, ihn eine vierte Nacht wie Luft behandeln zu können.

Als wollte er ihr das nachdrücklich bestätigen, zog Hassan sie an sich und richtete sich auf. Um Halt zu finden, legte Leona ihm die Arme um den Nacken und schlang die Beine um seine Hüften.

Die kühle Seide des Pyjamas auf der Haut zu spüren erregte Hassan fast so sehr wie die an Verzweiflung grenzende Dringlichkeit, mit der sich Leona an ihn klammerte, als wollte sie sich nie wieder von ihm lösen.

Die intime Nähe brachte ihn endgültig um seine Selbstbeherrschung, sodass er sich auf halbem Weg zum Bett anders besann und eine Hand unter die Pyjamahose und über ihren Po gleiten ließ. Augenblicklich richtete sich Leona auf, um es Hassan so leicht wie irgend möglich zu machen, mit ihr eins zu werden.

Als sie ihn tief in sich spürte, durchflutete sie ein unendliches Glücksgefühl, das bald zur lustvollen Qual zu werden drohte. Die angestaute Leidenschaft brach sich mit äußerster Hemmungslosigkeit Bahn. So als wollten beide nicht nur die vergangenen drei Nächte, sondern das ganze letzte Jahr vergessen machen, in dem ihnen dieses Erlebnis versagt geblieben war.

Den Gipfel der Lust, den sie gemeinsam erreichten, erlebten sie schließlich wie einen Sturm, der ihnen den Atem raubte. Dennoch gelang es Hassan, Leona sanft aufs Bett gleiten zu lassen, ohne sich von ihr zu lösen.

„Kannst du mir sagen, wie ich ohne etwas leben soll, das ich zum Leben brauche wie die Luft zum Atmen?“, fragte er sie und strich ihr zärtlich das Haar aus der Stirn. „Und versuch nicht, mir einzureden, jemand anders könnte mir auch nur annähernd das geben, was ich bei dir finde.“

Seine Worte waren wie ein Schwur, und Leona hatte keinen Grund, an Hassans Ernsthaftigkeit zu zweifeln. Umso mehr bezweifelte sie, dass ihnen das Schicksal eine zweite Chance geben würde, und davor hatten sie lange genug die Augen verschlossen.

„Ich empfinde nicht anders als du“, erwiderte sie, ehe sie den Mut fand, ihn mit dem Unausweichlichen zu konfrontieren. „Trotzdem ist mein Entschluss, dich zu verlassen, unwiderruflich.“

Hassan reagierte, als hätte sie ihm bei lebendigem Leib das Herz herausgerissen. Er richtete sich schlagartig auf, und ein Blick in seine vor Entsetzen geweiteten Augen weckte in Leona die dunkle Vorahnung, dass sie mit der körperlichen auch die seelische Nähe eingebüßt hatten.

Sie sollte sich nicht geirrt haben, denn Hassan schien erneut die Selbstbeherrschung verloren zu haben – dieses Mal jedoch auf ganz andere Art als wenige Minuten zuvor.

Ohne Leona eines Blickes zu würdigen, stürmte er ins Bad und ließ die Tür mit einem lauten Krachen hinter sich ins Schloss fallen. Wie oft hatte er das bedrückende Schweigen verflucht, das mit erschreckender Regelmäßigkeit einsetzte, nachdem er mit Leona geschlafen hatte. Doch unvergleichlich schlimmer war es, dass sie unverhohlen von Trennung sprach, während sie noch vereinigt waren.

Leona war sich schmerzlich bewusst, dass sie die tragische Wahrheit zum denkbar ungünstigsten Zeitpunkt ausgesprochen hatte. Doch das war immer noch besser, als weiterhin erleben zu müssen, wie sehr Hassan jedes Mal litt, wenn er sie gemeinsam mit Hashim sah.

Lieber ein Ende mit Schrecken als ein Schrecken ohne Ende, tröstete sie sich mit einem alten Sprichwort, als sich mit unvermittelter Heftigkeit die Übelkeit einstellte, die sie seit Tagen quälte.

Auch wenn sich alles in ihr dagegen sträubte, blieb ihr nichts anderes übrig, als Hassan ins Bad zu folgen. Sicherheitshalber legte sie eine Hand vor den Mund und zog mit der anderen die Pyjamahose hoch, während sie sich der Tür näherte.

Als sie sie öffnen wollte, wurde sie plötzlich aufgerissen, und vor ihr stand ein Mann, der in nichts an den erinnerte, der ihr noch vor wenigen Minuten seine unvergleichliche Leidenschaft und Zärtlichkeit geschenkt hatte.

„Du sollst deinen Willen haben“, sagte Hassan mit einer Kälte, die Leona unwillkürlich frösteln ließ. „Sobald es die Umstände erlauben, werde ich meine Anwälte beauftragen, die Scheidung in die Wege zu leiten. Bis dahin werde ich dich nicht mehr behelligen."

Leona musste einsehen, dass sie Hassans Stolz mehr mit Füßen getreten hatte, als ihr bewusst gewesen war. So war sie fast erleichtert, dass die Übelkeit ihr keine andere Wahl ließ, als sich wortlos an ihm vorbei ins Bad zu drängen und in letzter Sekunde die Tür hinter sich zu schließen.

8. KAPITEL

Nach einer schlaflosen Nacht an Deck stand Hassans Entschluss fest. Niemand konnte voraussagen, was aus Leona und ihm werden mochte. Sicher hingegen war, dass er sich seine Entscheidungen viel zu lange von Menschen hatte diktieren lassen, die er ebenso verabscheute wie die Zwänge der Politik, die Leona zu Recht ein „verlogenes Spiel" genannt hatte, an dem er sich keinen Tag länger beteiligen wollte.

Deshalb ließ er Rafiq bereits im Morgengrauen zu sich kommen. „Sorge dafür, dass sich die Scheichs um zehn Uhr im Salon einfinden", ordnete er an, ohne ihn in Einzelheiten seines Plans einzuweihen. „Ich habe ihnen etwas mitzuteilen."

Als er Hassans Entschlossenheit bemerkte, verzichtete Rafiq darauf, ihn nach dem Grund für das Treffen zu fragen, und ließ ihn mit einer Verbeugung wissen, dass er den Auftrag ausführen würde.

Derweil ging Hassan zum Funkoffizier und trug ihm auf, eine Verbindung zu seinem Vater herzustellen.

Nachdem das Gespräch beendet war, sah er kurz in den Frühstücksraum, wo sich in der Zwischenzeit sämtliche Gäste eingefunden hatten. Einzig nach Leona hielt er vergeblich Ausschau.

Ist sie in der Kabine geblieben, weil es ihr nicht gut geht? Oder will sie der Begegnung mit mir ausweichen? fragte er sich unwillkürlich, um die Suche nach einer Antwort zu verschieben. Bis zehn Uhr blieb ihm nicht mehr viel Zeit, und bis dahin musste er sich noch mit seinem wichtigsten Verbündeten absprechen.

„Hältst du das wirklich für eine gute Idee?", wandte Raschid ein, nachdem Hassan ihn in seinen Plan eingeweiht hatte. „Noch liegen einige Tage auf See vor uns, und niemand kann dir garantieren, dass der Waffenstillstand, den du dir erhoffst, so lange hält."

„Das muss ich riskieren", erwiderte Hassan entschlossen. „Leona kann ich die Ungewissheit keinen Tag länger zumuten, und wenn ich Abdul und Zafina nicht bald Grenzen aufzeige, tanzen sie mir demnächst auf der Nase herum. Mit meinem Vater habe ich vorhin über Funk gesprochen. Er ist derselben Auffassung wie ich. Jetzt hängt alles von dir ab.“

„Wie du meinst“, stimmte Raschid widerwillig zu. „Dann sollte ich mich schleunigst auf meinen Auftritt vorbereiten.“

Wie abgesprochen, ergriff er eine Stunde später vor der Versammlung der Scheichs das Wort, um die entscheidende Wendung herbeizuführen. „Die Argumente, die hier vorgetragen wurden, habe ich mit großem Interesse zur Kenntnis genommen“, begann er betont verbindlich. „Zu meinem Bedauern kann ich mich jedoch den wenigsten anschließen, vor allem nicht dem, dass Hassan sich zwischen seinem Land und seiner europäischen Ehefrau entscheiden muss. Schließlich bin ich selbst mit einer Europäerin verheiratetet, und dass mein Land darunter gelitten habe, wird niemand von Ihnen behaupten wollen.“

Einzelne Lacher bestärkten ihn in der Überzeugung, dass er sich die richtige Taktik zurechtgelegt hatte. „Vor allem jedoch leuchtet mir nicht ein, warum sich der Herrscher eines modernen Staates an Regeln halten soll, die aus dem Mittelalter stammen“, fuhr er deshalb provozierend fort.

Die Reaktion ließ nicht lange auf sich warten. „Bei aller Fortschrittlichkeit dürfen wir unsere Traditionen nicht vergessen“, wandte Abdul vehement ein. „Und die wichtigste ist nun einmal, dass die Macht in einem arabischen Land nur von einem Mann ausgeübt werden darf, in dessen Adern reinstes arabisches Blut fließt.“

Das war nicht nur ein Angriff auf Hassan, sondern mehr noch auf Raschid und dessen Sohn, der eines Tages als sein Nachfolger den Thron besteigen sollte. Deshalb zögerte Raschid mit einer Antwort so lange, bis er sich davon vergewissert hatte, dass keiner der Anwesenden es wagte, offen für Abdul Partei zu ergreifen.

„Daran hättest du *vor* Hassans Heirat denken müssen“, erwiderte er endlich. „Die liegt allerdings sechs Jahre zurück. Damals hat niemand Einwände erhoben, und ich frage mich, was euch nun das Recht dazu gibt."

„Versteh mich bitte nicht falsch, Raschid", mischte sich Jibril Al-Mahmud ein, um die drohende Eskalation zu verhindern. „Die Situation ist leider etwas komplizierter, denn dass Leona Europäerin ist, ist weder das einzige noch das gravierendste Problem. Es tut mir Leid, es so deutlich sagen zu müssen, Hassan", wandte er sich an ihren Gastgeber, „aber Sorgen macht uns vor allem, dass sie offenbar keine Kinder bekommen kann."

„Das stimmt zwar nicht, aber trotzdem würde mich interessieren, welche Schlüsse du daraus ziehst", erwiderte Hassan beherrscht.

Seine Gelassenheit hatte Jibril so verunsichert, dass er sich lieber wieder an Raschid wandte. „Weder in deinem noch in unserem Land ist es etwas Besonderes, wenn ein Mann mit mehreren Frauen verheiratet ist", erklärte er ihm umständlich. „Manchmal wird es sogar von ihm erwartet, etwa dann, wenn der Fortbestand der Familie bedroht ist. Genau dieser Fall ist nun eingetreten, und wir bitten Hassan lediglich, eine zweite Frau zu heiraten, um die Erbfolge auch für die kommende Generation sicherzustellen."

„Wie denkst du darüber, Hassan?", erkundigte sich Raschid.

„Ich bin mit Leona verheiratet", erwiderte er bestimmt, „und andere Frauen interessieren mich nicht. Damit dürfte jede weitere Diskussion überflüssig sein."

„Und wenn das Schicksal euch einen Sohn weiterhin verweigert?"

„Dann besteigt eben ein anderer als ich den Thron", antwortete er gleichgültig. „Ich verstehe nicht, wo das Problem ist."

„Dann will ich es dir erklären", kündigte Abdul aufgebracht an. „Das Problem ist, dass dein Verhalten allem widerspricht, was uns heilig ist. Es geht hier nicht darum, was du willst, sondern um deine Pflicht, und die verlangt es, dass du dich dem Namen Al-Qadim würdig erweist, indem du ihn auf deine Kinder und Kindeskinder überträgst, wie es dein Vater und dessen Vater …"

„Wenn ihr mir das nicht zutraut, verzichte ich hiermit auf meinen

Anspruch auf die Thronfolge." Hassan stand auf. „Ich bin sicher, dass ihr euch schnell auf einen anderen Kandidaten einigt. Meine Anwesenheit ist dafür gewiss nicht erforderlich."

„Einen Moment, Hassan", sagte Raschid, als Hassan bereits die Tür erreicht hatte. „Bevor du gehst, würde ich gern das eine oder andere etwas genauer wissen."

Hassan kehrte zu seinem Stuhl zurück und nahm betont widerwillig Platz. Insgeheim beglückwünschte er sich jedoch dazu, dass das Zusammenspiel zwischen Raschid und ihm besser klappte, als er zu hoffen gewagt hatte.

„Wie wir alle wissen, sind unsere Länder nicht nur Nachbarn, sondern auch seit Generationen befreundet", erklärte Raschid bedeutungsschwer und sah besorgt in die Runde. „Da Rahman, anders als Behran, keinen Zugang zum Meer hat, führen die Pipelines, durch die euer Öl an die Küste gelangt, über mein Territorium, und die Tanks, in denen es auf den Abtransport wartet, stehen auf meinem Grund und Boden. Die Verträge, in denen all das geregelt ist, sind mehr als dreißig Jahre alt, und die Unterschrift unserer Väter hat bis zum heutigen Tag garantiert, dass es nie zu Problemen gekommen ist. Doch woher nehme ich die Sicherheit, dass das so bleibt, wenn einer der Vertragspartner wechselt?"

Mit seiner kurzen Rede war Raschid ein diplomatisches Meisterstück gelungen, denn obwohl er es nicht ausgesprochen hatte, war allen Anwesenden schmerzlich klar, worauf er sie dezent hatte hinweisen wollen.

Aufgrund seiner geographischen Lage war Rahman auf das Wohlwollen Behrans angewiesen. Die Verträge, die den Durchfluss des schwarzen Goldes, wie das Erdöl genannt wurde, regelten, waren in der Tat dreißig Jahre alt. Genauso alt waren auch die Vereinbarungen über den Preis, den Rahman dafür zu entrichten hatte. So lächerlich gering er deshalb war, so hoch war der Gewinn in den Kassen vor allem jener Scheichs, die nun an Hassans Stuhl sägten.

„Deine Sorge ist völlig unbegründet." Jibril, der das Thema aufgebracht hatte, fand als Erster die Sprache wieder. Er wirkte sichtlich besorgt, denn Raschid war niemand, der leere Drohungen ausstieß. „Wir haben nicht das geringste Interesse, an den Machtverhältnissen in Rahman etwas zu ändern. Hassan hat unsere volle Unterstützung."

„Dann scheine ich vorhin etwas falsch verstanden zu haben", erwiderte Raschid, ohne sich seine Genugtuung anmerken zu lassen. „Einen Moment dachte ich, ihr wolltet Hassan das Recht versagen, Nachfolger seines Vaters zu werden."

„Nichts liegt uns ferner", beteuerte Jibril, ohne einen Gedanken daran zu verschwenden, dass er Abdul endgültig in den Rücken fiel. „Wir sorgen uns lediglich um die Zukunft seiner Familie und fragen uns, ob er nicht in Erwägung ziehen sollte …"

„Diese Entscheidung sollten wir ihm selbst überlassen", beendete Raschid die Diskussion.

„Vielen Dank, Raschid", sagte Hassan, nachdem die anderen Männer gegangen waren. „Ich stehe tief in deiner Schuld."

„Davon kann keine Rede sein", erwiderte Raschid. „Ich habe genauso wenig Interesse wie du daran, dass ein Mitglied der Familie Al-Yasin an die Macht kommt. Trotzdem wüsste ich gern, wen du als deinen Nachfolger auserkoren hast, falls Leona und du tatsächlich keine Kinder bekommen solltet."

„Rafiq", antwortete Hassan wie aus der Pistole geschossen.

„Traut er sich das denn zu?"

„Im Fall des Falles wird ihm nichts anderes übrig bleiben", erwiderte Hassan bitter.

Raschid nickte nachdenklich, ehe er den Arm hob und Hassan einen freundschaftlichen Klaps auf die Schulter gab. „Ganz so grimmig brauchst du trotzdem nicht dreinzuschaun", munterte er ihn auf. „Ich finde, wir können mit unserer kleinen Vorstellung ganz zufrieden sein."

Doch Hassan war alles andere als zum Lachen zumute. Mit hängendem Kopf ging er zu dem großen Panoramafenster und sah hinaus aufs Meer. Plötzlich fielen ihm zwei Jetskis auf, die in atemberaubendem Tempo über die Wellen glitten. Das wehende rotblonde Haar verriet unschwer, dass einer der beiden Piloten Leona war, und in dem anderen meinte Hassan Samir zu erkennen.

„Das schon", erwiderte er bedrückt. „Mein eigentliches Ziel habe ich trotzdem nicht erreicht, denn wenn mich nicht alles täuscht, habe ich Leona für immer verloren. Oder denkst du anders darüber?", fragte er unvermittelt und wandte sich Rat suchend zu seinem Freund um. Als er Raschids Gesicht sah, wusste er die Antwort, und blickte wieder zum Fenster hinaus.

„Evie hat sich mir anvertraut", erwiderte Raschid endlich. „Ich muss gestehen, dass ich ziemlich erschüttert ..."

„Bitte nicht!"

Hassans verzweifelter Schrei ließ Raschid aufschrecken. „Was ist passiert?", fragte er besorgt und ging zum Fenster.

„Leonas Jetski muss gegen ein Hindernis geprallt sein", stieß Hassan atemlos hervor. „Sie ist kopfüber ins Wasser gestürzt."

Ängstlich suchte er den Horizont nach seiner Frau ab, doch als sie nach einigen Sekunden, die ihm wie eine Ewigkeit erschienen, immer noch nicht aufgetaucht war, drehte er sich um und lief an Deck.

Raschid hatte größte Mühe, ihm zu folgen, und so erreichte er das Heck der Yacht erst, als Hassan bereits den Motor des Schlauchbootes angelassen hatte, das aus Sicherheitsgründen immer dann dort vertäut war, wenn sich jemand die Zeit mit Wassersport vertrieb.

Diese Umsicht erwies sich nun als glückliche Fügung, denn seit dem Unfall war sicherlich eine Minute vergangen, und obwohl Hassan das Äußerste aus dem Motor herausholte und sich dem treibenden Jetski in rasanter Fahrt näherte, konnte er Leona nirgends entdecken.

Samir schien noch nicht bemerkt zu haben, dass seine Begleiterin ihm nicht mehr folgte, denn er änderte seinen Kurs erst, als Hassan die Unfallstelle erreicht hatte.

Doch um auf ihn zu warten, blieb keine Zeit. Zwei, wenn nicht gar drei Minuten waren vergangen, seit Leona untergetaucht war, und wenn es Hassan nicht bald gelang …

Um den entsetzlichen Gedanken gar nicht erst aufkommen zu lassen, sprang er ins Wasser und suchte tauchend die Umgebung ab. Nach wenigen Sekunden wurde ihm klar, warum Leona zu ertrinken drohte, obwohl sie eine Schwimmweste trug. Dicht unter der Wasseroberfläche trieb ein Baumstamm, an dem ein altes Fischernetz hing. Darin hatte sich Leona so heillos verfangen, dass sie sich allein unmöglich befreien konnte.

Als er die Todesangst in ihren Augen sah, entschied er sich zum Äußersten. Ohne Rücksicht darauf, dass er sie möglicherweise schwer verletzte, umfasste er ihr Fußgelenk und befreite es mit einem Ruck aus den Maschen.

Mit unendlicher Erleichterung sah er, dass der Auftrieb der Schwimmweste sie binnen Sekundenbruchteilen nach oben schnellen ließ. Als ihr Kopf endlich über Wasser war, war sie völlig entkräftet, und es dauerte eine Weile, bis sich ihre Panik endlich in einem unterdrückten Schrei Bahn brach.

Auch Hassan brauchte einen Moment, bis er sich von der Anstrengung erholt hatte. Umso erleichterter war er, dass Samir inzwischen eingetroffen war und ihm dabei helfen konnte, Leona an Bord des Schlauchbootes zu schaffen.

Als es ihnen endlich gelungen war, beauftragte er Samir, zur Yacht zurückzukehren und die Beobachter, die sich inzwischen an der Reling eingefunden hatten, wissen zu lassen, dass Leona außer Lebensgefahr war. Dann deckte er sie notdürftig mit den Handtüchern zu, die sich auf dem Beiboot befanden, und startete den Motor – doch nicht um zur Yacht, sondern aufs offene Meer zu fahren.

Leona lag auf dem Boden und konnte deshalb nicht wissen, wohin Hassan sie brachte. Erst als er den Motor abstellte und das Boot treiben ließ, richtete sie sich mühsam auf.

Der erbärmliche Zustand, indem sie sich befand, und der fragende Blick, mit dem sie ihn aus verweinten Augen ansah, lösten völlig neue Gefühle in Hassan aus.

„Du scheinst es darauf anzulegen, mich zu Tode zu erschrecken", sagte er, ohne sich seiner Tränen zu schämen, und legte ihr ein Handtuch um die Schultern. „Erst fällst du beinahe von der Gangway, dann die Treppe hinunter. Und nun auch noch das."

„Wo sind wir?" Leona nahm sich ein zweites Handtuch, um sich die Haare zu trocknen.

„Am Ende der Welt", erwiderte Hassan, „dem einzigen Ort, an dem ich mein eigener Herr bin und tun und lassen kann, was ich will. Ich kann dir gar nicht sagen, wie leid ich es bin, mir ständig Vorschriften machen lassen zu müssen. Noch mehr leid bin ich es allerdings, mit ansehen zu müssen, wie du dein Leben riskierst, weil du wütend auf mich bist."

„Mach es nicht dramatischer, als es war", wandte Leona unbedacht ein, denn damit brachte sie Hassan erst richtig in Rage.

„Wie bitte?", fragte er entgeistert. „Du warst mehrere Minuten lang unter Wasser. Wenn das nicht dramatisch ist …"

„Du kennst doch mein Talent zur Ungeschicklichkeit", fiel sie ihm ins Wort. „Oder hast du schon vergessen, dass wir uns nur kennengelernt haben, weil ich gestolpert und dir förmlich in die Arme gefallen bin?"

„Wie sollte ich das je vergessen?", fragte er zärtlich. „Allerdings muss ich zugeben, dass ich dem Zufall ein wenig auf die Sprünge geholfen habe."

„Wie soll ich das verstehen?", erkundigte sie sich überrascht, weil Hassan ihr das in all den Jahren vorenthalten hatte.

„Ich hatte dich den ganzen Abend über beobachtet", gestand er lächelnd. „Doch aus Angst, aufdringlich zu wirken, konnte ich mich nicht entschließen, dich anzusprechen. Als du zufällig ganz dicht an mir vorbeigehen musstest, habe ich einfach meinen Fuß nicht rechtzeitig zurückgezogen. Den Rest kennst du."

„Es war genau umgekehrt", protestierte Leona gespielt empört. „Ich bin mit Absicht gestolpert. Schließlich wusste ich, dass du ein schwerreicher Mann bist, und da du keinen Versuch unternommen hast, mich anzusprechen, musste ich meinem Glück nachhelfen und mich dir wie zufällig in die Arme werfen."

„Du kleine Lügnerin!"

„Bist du dir da so sicher?"

Anstatt mit Worten zu antworten, beugte sich Hassan über Leona und zog sie an sich. „Genauso sicher, wie ich weiß, dass wir zusammengehören", sagte er endlich. „Für immer, Leona. Deshalb darfst du mich nie wieder verlassen."

Wie gern hätte sie ihm das versprochen, doch noch wagte sie es nicht, dem wiedergewonnenen Glück zu trauen. „Und wenn du deine Ansicht änderst?", fragte sie und strich ihm das feuchte Haar aus der Stirn. „Ich weiß doch, wie sehr du dir eine Familie wünschst. Was soll denn aus mir werden, wenn du eines Tages feststellst, dass du dir mehr vom Leben versprochen hast, als ich dir bieten kann?"

„Dann wird Ethan Hayes dich mit offenen Armen empfangen", erwiderte Hassan. „Er liebt dich sehr."

„Kannst du mir vielleicht sagen, worauf du hinauswillst?" Leona war völlig unklar, worauf Hassan anspielte, und die Unterstellung war geradezu empörend.

„Das liegt doch auf der Hand", antwortete er. „Du hast Angst davor, dass ich deiner eines Tages überdrüssig sein könnte. Mich quält die Sorge, du könntest dich irgendwann nach einem Mann wie Ethan sehnen, weil er dir mehr zu bieten hat als ich."

„Wie kommst du bloß auf einen solchen Unsinn?", fragte Leona ratlos. „Erstens liebt Ethan mich genauso wenig wie ich ihn, und zweitens verstehe ich nicht, warum er mir mehr zu bieten haben sollte als du."

„Als Frau des künftigen Herrschers von Rahman unterwirfst du dich gewissen Regeln, die deine persönliche Freiheit erheblich einschränken. Das kann genauso unerfreulich sein wie gewisse Menschen, mit denen ich mich gezwungenermaßen abgeben muss."

„Schlimmer als in den letzten Tagen kann es kaum werden", erwiderte Leona lächelnd und sah unwillkürlich zu der Menschenansammlung an Deck der Yacht, die in einiger Entfernung majestätisch in der Mittagssonne glänzte. „Verrate mir lieber, warum wir unsere Unterhaltung in dieser wackeligen Nussschale führen."

„Weil es auf der Yacht nur einen Ort gibt, an dem wir ungestört wären", erwiderte Hassan mit einem schalkhaften Lächeln. „Dort steht jedoch ein Möbelstück, das uns an manches denken ließe, aber nicht daran, uns endlich auszusprechen."

„Dann hast du mich also schon wieder entführt."

„Entführen kann man nur das, was einem nicht gehört", wandte Hassan lächelnd ein. „Und dass du zu mir gehörst, wirst nicht einmal du länger bestreiten wollen."

„Gestern Nacht klang das noch anders." Leona konnte ihm die Erinnerung an seinen Schwur, sich von ihr scheiden zu lassen, nicht ersparen.

„Da war ich nicht Herr meiner Sinne", beteuerte er. „Ich weiß, wie sehr ich dich damit verletzt habe, aber ich verspreche dir, es wird sich nicht wiederholen."

„Du hattest allen Grund, wütend auf mich zu sein", erwiderte Leona. „Was ich dir angetan habe, ist unverzeihlich, aber in letzter Zeit warst du so bedrückt, dass ich dachte, eine Trennung gäbe dir endlich die Möglichkeit …"

„Kinder sind ein Geschenk des Himmels", unterbrach er sie, „genauso wie die Liebe. Den wenigsten ist es vergönnt, beides zu haben, und wenn ich vor die Wahl gestellt werde, entscheide ich mich für dich."

„Bist du denn wirklich frei, darüber selbst zu entscheiden?", fragte Leona skeptisch. „Immerhin bist du der künftige Herrscher eines …"

„Es gibt viele Möglichkeiten, ein Kind zu bekommen", unterbrach er sie erneut. „Das Wichtigste ist, dass wir es beide wollen. Sollten wir uns anders entscheiden, muss eben Rafiq seinem Land diesen Dienst erweisen."

„Wenn er hören könnte, wie du über ihn sprichst, würde er dir gehörig die Meinung sagen."

„Das würde ihm nichts nutzen", entgegnete Hassan bestimmt. „Er ist ein Al-Qadim, auch wenn er es mitunter nicht wahrhaben will."

„Vielleicht weil er ein halber Franzose ist", vermutete Leona.

„Na und?", protestierte Hassan. „Ich bin doch auch nur ein halber Al-Qadim. Der Rest setzt sich zu gleichen Teilen aus spanischen Wurzeln und denen der Familie Al-Kadah zusammen. Du bist sogar eine noch explosivere Mischung", fuhr er fort und schlug sich gespielt entgeistert die Hand vor die Stirn. „Wenn ich mich nicht irre, fließt in deinen Adern außer englischem auch keltisches Blut. Das würde allerdings erklären, warum du so entsetzlich dickköpfig bist."

Leona konnte vor Lachen kaum an sich halten. „Ich gebe mich geschlagen", sagte sie prustend. „Du wirst schon sehen, was du davon hast."

„Soll das heißen, dass du bei mir bleibst?", fragte Hassan ungläubig und erwartungsvoll zugleich.

„Genau das soll es heißen", erwiderte Leona und strich ihm zärtlich durchs Haar. „Wenn es dir mit dem, was du eben gesagt hast, wirklich ernst ist, dann wird unsere Liebe allen Widerständen trotzen, die uns in deiner Heimat erwarten. Wie sollte ich da länger die Stimme meines Herzens überhören, das nie etwas anderes wollte, als in deiner Nähe zu sein?"

„So war das nicht gemeint!", ermahnte sie Hassan, weil er sich in eindeutiger Absicht aufrichtete und das kleine Boot bedenkliche Schlagseite bekam. „Im Wasser war ich für heute lange genug, und alles andere muss warten, bis wir nicht von zwanzig Augenpaaren beobachtet werden."

„Worauf warten wir dann noch?", erwiderte Hassan, ohne der Versuchung widerstehen zu können, Leona wenigstens zu küssen, ehe er den Motor startete.

Erst als sie schon auf halbem Weg waren, erinnerte sich Leona, dass Samir ihr von der morgendlichen Zusammenkunft erzählt hatte, die Hassan einberufen wollte. „Wie ist eigentlich euer Treffen verlaufen?“, erkundigte sie sich deshalb.

„Ich kann nicht klagen“, erwiderte Hassan ohne Begeisterung. „Abdul und Jibril haben ihren Widerstand aufgegeben. Es scheint, als sollten wir die letzten Tage auf See genießen können.“

Es war Leona ein Rätsel, warum sich Hassan über dieses Ergebnis nicht so recht zu freuen schien. Ihn nach den Gründen zu fragen, verschob sie jedoch auf später. Im Moment galt ihre ganze Aufmerksamkeit den Leuten, die sie vom Deck der Yacht aus beobachteten. Während die Gesichter der meisten Erleichterung verrieten, meinte Leona in manchen geradezu Enttäuschung darüber ausmachen zu können, dass Hassan sie in letzter Sekunde vor dem Ertrinken gerettet hatte.

Nachdem sie das Heck erreicht hatten, ließ sich Leona von Rafiq an Bord helfen und legte die Schwimmweste ab. Ohne eine einzige Silbe über ihren Unfall verloren zu haben, machte sie sich gemeinsam mit Hassan auf den Weg zu ihrer Kabine.

Während Hassan direkt ins Bad ging, legte Leona zunächst die nassen Sachen ab, ehe sie ihm folgte. In der Zwischenzeit hatte er das Wasser angestellt und sich ausgezogen. Wortlos öffnete er die gläserne Tür zur Dusche und wartete, bis Leona unter dem warmen Strahl stand, ehe er sich zu ihr stellte.

Dann nahm er sie in die Arme und sah mit einem Blick auf sie herab, der Leona die Frage, wie er die Scheichs habe umstimmen können, augenblicklich vergessen ließ.

In diesem Moment zählte einzig die Nähe zu diesem faszinierenden Mann, von dem sie nichts wieder trennen konnte. Das gegenseitige Versprechen, das sie sich gegeben hatte, besiegelten sie mit einer unvergleichlichen Zärtlichkeit und Leidenschaft, die auch dann nicht erlöschen wollte, als sie endlich im Bett lagen und ein weiteres Mal den Gipfel der Lust erstürmten, ehe sie erschöpft, aber überglücklich in einen traumlosen Schlaf fielen.

„Hoffentlich weiß Hassan, dass die Bedrohung für Leona durch seinen Triumph eher größer als kleiner geworden ist“, sagte zur selben Zeit Raschid besorgt.

„Abdul wird sich hüten, jetzt noch etwas gegen sie zu unternehmen“, wandte Rafiq ein. „Ihm dürfte kaum entgangen sein, dass Hassan sehr genau weiß, wer hinter ihrer geplanten Entführung steckt.“

„Ich dachte auch eher an seine Frau“, erwiderte Raschid. „Hast du den Blick bemerkt, mit dem sie Leona angesehen hat? Man muss kein Hellseher sein, um vorherzusehen, dass sie ihren Plan, Nadira mit Hassan zu verheiraten, noch längst nicht aufgegeben hat.“

9. KAPITEL

Noch am selben Abend sollte sich erweisen, wie begründet Raschids Sorge war. Nachdem Hassan und Leona schweren Herzens aufgestanden waren und sich unter die Gäste gemischt hatten, hatte Leona sich nach Kräften bemüht, ihren Unfall herunterzuspielen. Trotzdem nutzte sie ihn als Vorwand, um sich gleich nach dem Abendessen wieder in ihre Kabine zurückzuziehen.

Doch als sie aus dem Bad kam, sah sie zu ihrem Schrecken, dass Zafina ihr gefolgt war und sie am Fußende des Bettes erwartete.

„Eigentlich wollte ich Ihnen dazu gratulieren, wie souverän Sie mit der Situation umgehen", nannte sie den Grund ihres ungebetenen Besuchs. „Nach allem, was heute geschehen ist, hätte Ihnen niemand verübelt, wenn Sie Ihre Pflichten als Gastgeberin vernachlässigt hätten."

Leona hielt es für ausgeschlossen, dass sie Zafinas Besuch der Sorge um ihre Gesundheit verdankte. „Ich bin sehr müde", erwiderte sie deshalb barsch. „Deshalb wäre ich Ihnen dankbar, wenn Sie mir klipp und klar sagten, warum Sie gekommen sind."

„Ich nehme kaum an, dass Ihr Mann schon die Zeit gefunden hat, Sie darüber zu unterrichten", sagte Zafina, ehe sie ein Blatt Papier aus ihrer Handtasche zog und Leona kommentarlos hinhielt. Nur widerwillig nahm sie es entgegen. Als sie es flüchtig ansah, entdeckte sie über dem Text aus arabischen Schriftzeichen das Familiensiegel der Al-Qadims.

„Was soll das sein?", fragte sie unwirsch.

„Die Abschrift eines Vertrags zwischen Scheich Khalifa, Scheich Hassan und meinem Mann, mit dem alle Parteien in die Hochzeit meiner Tochter Nadira mit Ihrem Mann einwilligen", erwiderte Zafina und fügte genüsslich hinzu: „Oder sollte ich lieber sagen, mit Ihrem Exmann? Ich kann mir jedenfalls kaum vorstellen, dass Sie unter diesen Umständen noch länger mit Hassan verheiratet sein wollen."

Um Zafina zum Schweigen zu bringen, hätte Leona ihr am liebsten den Hals umgedreht. Doch dafür war ihr viel zu elend zumute. Um sich ihre Verunsicherung nicht anmerken zu lassen, betrachtete sie ungläubig das Schriftstück in ihren Händen, als ihr plötzlich etwas auffiel, was sie bislang übersehen hatte.

„Dieser Fetzen Papier soll ein Vertrag sein?“, fragte sie mit neuem Mut. „Er ist ja nicht einmal unterschrieben.“

„Das wird nachgeholt, sobald wir wieder in Rahman sind“, erwiderte Zafina triumphierend. „Es ist Scheich Khalifs sehnlichster Wunsch, dass die Thronfolge für die kommende Generation noch zu seinen Lebzeiten geklärt wird. Und Sie wissen besser als ich, dass Hassan seinem sterbenden Vater diese Bitte nicht abschlagen wird.“

Bislang hatte Leona die ungeheuerlichen Behauptungen recht gelassen hingenommen, doch der letzte Satz drohte sie in einen Abgrund zu stürzen. Denn dass Hassan für seinen Vater alles – und zwar ausnahmslos alles – tun würde, war nichts als die Wahrheit.

„Ich glaube Ihnen kein Wort!“, platzte sie heraus. „Hassan würde mich niemals so hintergehen, und mein Schwiegervater auch nicht!“

„Darf man erfahren, woher Sie diese Sicherheit nehmen?“, antwortete Zafina mit einer Gegenfrage, die Leona schmerzlich einsehen ließ, dass sie ihrer Konkurrentin nicht gewachsen war.

„Sie sind sich doch hoffentlich im Klaren darüber, dass ich Hassan von dieser Unterredung berichten werde“, sagte sie deshalb mit drohendem Unterton, doch auch diese Strategie blieb erfolglos.

„Tun Sie sich keinen Zwang an“, erwiderte Zafina ungerührt. „Nur sollten Sie sich darauf gefasst machen, dass er alles abstreiten wird. Schließlich braucht er sie noch – bis zu dem Tag jedenfalls, an dem die Hochzeit mit Nadira bekannt gegeben wird. Wenn ich Ihnen einen Rat geben darf, sollten Sie umgehend nach England zurückkehren und sich von Hassan scheiden lassen“, sagte sie sichtlich zufrieden und nahm den Vertrag wieder an sich, ehe sie zur Tür ging. „Dann bleibt es Ihnen wenigstens erspart, erleben zu müssen, dass Sie überflüssig geworden sind“, fügte sie hinzu und verließ den

Raum, ohne sich noch einmal umzusehen.

Kaum war die Tür ins Schloss gefallen, war es um Leonas Selbstbeherrschung geschehen. Sie lügt! redete sie sich immer wieder ein, um gegen den nagenden Zweifel anzukämpfen. Zafina konnte den Text selbst aufgesetzt haben, und solange die Unterschriften fehlten, war er das Papier nicht wert, auf das er geschrieben war.

Andererseits war nicht zu leugnen, dass Hassan seinem Vater niemals eine Bitte abschlagen würde, wie er ihr, Leona, gegenüber häufig genug betont hatte. Doch hatte er nicht noch vor wenigen Stunden geschworen, dass er sie liebte und niemals verlassen würde?

Oder sollte auch das ein Schachzug ...?

Der bloße Gedanke war so entsetzlich, dass Leona den Schmerz darüber körperlich empfand, und einen Moment fürchtete sie, sich übergeben zu müssen.

Um den körperlichen wie den seelischen Qualen ein Ende zu bereiten, beschloss sie, mit Hassan so bald wie möglich zu sprechen. Spätestens dann würde Zafinas Lügengebäude einstürzen, das sie nur errichtet hatte, weil sie ihre Niederlage nicht ertrug.

Doch schon nach kurzem Nachdenken verwarf sie den Gedanken wieder. In seiner Wut wäre Hassan imstande, der ganzen Sippschaft den Fehdehandschuh hinzuwerfen, und was immer Zafina getan haben mochte – eine offene Auseinandersetzung oder gar einen Krieg war es nicht wert.

Mit diesen trüben Gedanken legte sich Leona ins Bett. Schon bald quälte sie jedoch eine schreckliche Übelkeit. Mit letzter Kraft schaffte sie es bis ins Bad, fiel anschließend erschöpft ins Bett und schlief augenblicklich ein.

Als sie am nächsten Morgen erwachte, wies einzig das Kopfkissen darauf hin, dass Hassan die Nacht neben ihr verbracht hatte. Sicherlich hatte er sie aus Rücksicht schlafen lassen, als er sich zu ihr gelegt hatte, und auch dass er zu so früher Stunde schon auf war, musste eine vernünftige Erklärung haben.

Wenigstens diese Hoffnung bestätigte sich, denn Hassan hatte sich gemeinsam mit Rafiq in sein Büro zurückgezogen. Das bedeutete jedoch auch, dass Leona ihn den ganzen Vormittag nicht zu Gesicht bekam und sich der Herausforderung, Zafina gegenüberzutreten, allein stellen musste – was ihr zu ihrer eigenen Überraschung erstaunlich gut gelang.

Trotzdem war sie froh, sich nach dem Mittagessen zurückziehen zu können, ohne Verdacht zu erregen. Sie fühlte sich regelrecht krank, und zu den quälenden Magenschmerzen, die ihr längst jeglichen Appetit geraubt hatten, waren stechende Kopfschmerzen hinzugekommen.

Einzig Evie schien aufgefallen zu sein, in welch schlechtem Zustand sich Leona befand. „Langsam mache ich mir ernstlich Sorgen um dich", hatte sie ihr gestanden. „Du wirst von Tag zu Tag blasser."

„Ich muss mir einen Virus eingefangen haben", hatte Leona beschwichtigend erwidert, „und der Unfall ist auch nicht spurlos an mir vorbeigegangen."

Wie ihr skeptischer Blick verriet, konnte diese Erklärung Evie nicht wirklich überzeugen, doch schließlich hatte sie ihre Freundin gehen lassen, ohne sie weiter zu bedrängen.

Leona war so erschöpft, dass sie auf direktem Weg in ihre Kabine ging, und kaum hatte sie sich ins Bett gelegt, war sie auch schon eingeschlafen.

Als sie aufwachte, konnte sie an dem faszinierenden Farbenspiel vor dem Fenster erkennen, dass die Sonne bereits unterging. Aus Sorge, zu spät zum Abendessen zu kommen, sprang sie förmlich aus dem Bett und duschte ausnahmsweise kalt, um die Lebensgeister so wirksam wie möglich zu wecken.

An Deck angekommen, stellte sie zu ihrer Verwunderung fest, dass unter freiem Himmel eine festliche Tafel gedeckt war. Erst als sie sah, dass mehrere Flaschen Champagner auf Eis lagen, fiel ihr ein, dass dies der letzte Abend ihrer Seereise war. Offenbar wollte Hassan der Tradition genügen und aus diesem Anlass ein großes Bankett geben.

Das Wörtchen „Abschied“ ließ Leona unwillkürlich an Zafinas Besuch denken, und auch wenn sie sich gegen den Gedanken wehrte, hielt sie es plötzlich nicht mehr für ausgeschlossen, dass mit dem kommenden Tag mehr als nur eine Schiffsreise zu Ende ging.

Dass die Tischordnung für sie einen Platz neben Samir vorsah, während Hassan am Kopfende des Tisches saß, war wenig dazu angetan, ihr diese Angst zu nehmen. Entsprechend lustlos stocherte sie in den Köstlichkeiten, die der Schiffskoch zubereitet hatte. Als schließlich der Kaffee serviert wurde, der das Menü abschloss, staunte selbst der Diener darüber, wie wenig sie gegessen hatte.

Hassan war Leonas Appetitlosigkeit nicht entgangen, und mehrmals sah er zu Evie, die jedoch ebenso ratlos wirkte wie er.

Nachdem auf seine Anweisungen hin der Champagner entkorkt und jedem Gast ein Glas überreicht worden war, stand er auf und bat um Aufmerksamkeit.

„Gleich werden die Schiffssirenen ertönen“, sagte er feierlich, als er sicher sein konnte, dass alle ihm zuhörten. „Der Anlass ist, dass wir den nördlichen Wendekreis überfahren, ein Ereignis, das im Leben eines Seefahrers einen ähnlichen Stellenwert hat wie die Querung des Äquators. Deshalb möchte ich Sie bitten, sich von Ihren Plätzen zu erheben und mit mir auf dieses Ereignis anzustoßen.“

Kaum waren alle Gäste der Aufforderung gefolgt, verkündeten die Sirenen, dass der große Moment gekommen war. Nicht wenige gingen daraufhin zur Reling und sahen auf das Wasser hinunter, als hofften sie, eine Markierung zu finden, die die genaue Lage der gedachten Linie verriet.

Auch Leona war an die Reling getreten, doch nicht um nach dem Wendekreis zu suchen, sondern um ihr inneres Gleichgewicht wiederzufinden.

„Bist du fündig geworden?“, erkundigte sich Hassan unvermittelt und legte ihr den Arm um die Schultern.

„Noch nicht“, erwiderte Leona ziemlich niedergeschlagen, ohne zu ihm aufzusehen.

„Vielleicht suchst du nur an der falschen Stelle“, sagte er und umfasste ihr Kinn, um ihr ein Lächeln zu schenken, das einer zärtlichen Liebkosung glich.

Doch ehe er sie küssen konnte, verwickelte Jibril Al-Mahmud ihn in ein Gespräch, der seit der Versammlung nichts unversucht ließ, sich bei Hassan beliebt zu machen.

Auch wenn Leona sehr daran zweifelte, dass es ihm auf diese Weise gelingen würde, ließ sie die beiden Männer allein und mischte sich in deutlich besserer Stimmung wieder unter die Gäste.

Erst als sie Stunden später in ihrer Kabine war, merkte sie, wie sehr die Ereignisse des Abends sie erschöpft hatte. Sie fühlte sich wie erschlagen und erschrak, als sie beim Blick in den Spiegel die Ringe unter ihren Augen bemerkte.

Hassan war die schlechte körperliche Verfassung seiner Frau ebenso wenig entgangen wie die innere Anspannung, unter der sie stand. Umso mehr machte ihm Sorgen, dass sie seit Tagen kaum etwas aß und immer öfter von Übelkeit gequält wurde.

„Mir scheint, du bist krank“, sagte er deshalb besorgt, als Leona aus dem Bad zurückkam.

„Ich bin nicht krank, sondern müde“, stritt sie ab.

„Und warum isst du dann nichts und bist weiß wie eine frisch getünchte Wand?“

„Vielleicht habe ich mir tatsächlich einen Virus eingefangen“, räumte Leona ein. „Wenn es morgen nicht besser ist, gehe ich zum Arzt. Bist du jetzt zufrieden?“

„Wie man's nimmt“, erwiderte Hassan skeptisch, als er sie gähnen sah. Offenbar war sie sogar zu müde, um sich selbst auszuziehen. „Lass dir helfen“, bot er ihr ohne jeden Hintergedanken an.

Leona ließ ihn gewähren, ohne zunächst etwas anderes herbeizusehen als den Schlaf. Das änderte sich erst, als Hassan den Reißverschluss ihres Kleides heruntergezogen hatte und es ihr über die Schultern streifte.

Kaum spürte sie die Hand auf dem Rücken, die den Verschluss

ihres BHs öffnete, war alle Müdigkeit verflogen. Sie drehte sich so unvermittelt um, dass Hassan die Hände unmöglich zurückziehen konnte, die nun sanft auf ihren Brüsten lagen.

„Davon war nicht die Rede", protestierte er gespielt ernst und bückte sich im selben Moment, um die Spitzen zu liebkosen.

So erregend die Berührung auch war, meinte Leona einen leichten Schmerz zu verspüren. Doch spätestens als Hassan ihr den Slip über die Hüften streifte, war jeder Gedanke daran verflogen.

Kaum hatte er sich wieder aufgerichtet, ließ sie die Hand zu seiner Taille gleiten, um ihn wissen zu lassen, dass weder ihre Müdigkeit noch ein möglicher Infekt dagegen sprach, das zu tun, was sie sich beide ersehnten.

Hassan hatte die Botschaft so verstanden, wie sie gemeint gewesen war, denn er legte die Kleidung in einem Tempo ab, das Leona verblüffte. Dann zog er sie an sich, sodass sie sich einen Moment an seine Brust schmiegen konnte, ehe sie zu ihm aufsah, um seinen Kuss zu empfangen.

Das sollte nicht das Einzige sein, was Hassan ihr in dieser Nacht schenkte, und als Leona irgendwann vor Erschöpfung die Augen nicht mehr offen halten konnte, legte er den Arm um sie. So schlief Leona in der Gewissheit ein, dass sich alles zum Guten wenden und Zafinas schändliche Unterstellung schon am nächsten Tag als haltlos erweisen würde.

Als Erstes erwies sich jedoch am nächsten Morgen, dass sich ihr Zustand über Nacht nicht gebessert hatte. Sie brachte kaum eine halbe Scheibe Toast herunter, und auch dazu zwang sie sich nur, weil außer Hassan auch Raschid und Evie mit am Frühstückstisch saßen.

Die beiden tauschten besorgte Blicke aus, und wie auf ein geheimes Zeichen hin, stand Raschid unvermittelt auf. „Kann ich dich einen Moment sprechen, Hassan?", fragte er. „Unter vier Augen."

Nachdem der erste Schock überwunden war, versuchte Hassan, sich darüber klar zu werden, was es eigentlich bedeutete, wenn Raschids

Vermutung stimmte.

Es war nicht das erste Mal, dass er sich vor eine schier ausweglose Situation gestellt sah, und mehr als einmal hatte er nachdrücklich bewiesen, dass er selbst dann einen Ausweg fand, wenn seine Widersacher ihm die Schlinge bereits um den Hals gelegt hatten.

Doch nun sah alles danach aus, als wäre der Kampf verloren – was vor allem daran lag, dass der Angriff aus einer Richtung gekommen war, aus der Hassan ihn unmöglich hatte vermuten können. Denn während er seine ganze Konzentration darauf gerichtet hatte, den Fallstricken auszuweichen, die seine Gegner ausgelegt hatten, hatte sich seine eigene Ehefrau hinterrücks angeschlichen und ihm ein Messer …

„Was ist los?", riss ihn Rafiq aus seinen Gedanken. Er war ins Zimmer gekommen war, ohne dass Hassan es bemerkt hatte. „Ist etwas mit Dad?"

Hassan schüttelte den Kopf, ehe er seinen Halbbruder aufforderte, die Tür zu schließen. Doch auch dann konnte er sich nicht dazu überwinden, sich Rafiq anzuvertrauen. Er ertappte sich vielmehr bei dem verzweifelten Wunsch, die Uhr um wenige Minuten zurückdrehen zu können. Doch das war genauso unmöglich wie der Versuch, sich länger einzureden, dass Raschid und Evie sich irrten.

„Hassan!", rief Rafiq ängstlich, weil er seinen Halbbruder nie zuvor so verzweifelt gesehen hatte.

„Raschid war eben bei mir", sagte Hassan endlich, und ihm war deutlich anzusehen, welche Überwindung es ihn kostete, das Unaussprechliche beim Namen zu nennen. „Evie und er sind sich absolut sicher, dass Leona schwanger ist."

„Das wäre ja …" Rafiq unterbrach sich, weil die Sorge um Hassan einer nicht weniger großen Ratlosigkeit wich. „Kannst du mir vielleicht verraten, warum du dann aussiehst, als wärst du soeben zum Tode verurteilt worden?"

„Weil ich etwas Ähnliches befürchte", erwiderte Hassan bedrückt. „Sollte Leona tatsächlich ein Kind erwarten, stellt sich zwangsläufig die Frage, wer der Vater ist.“

„Glaubst du etwa, dass Ethan …?“

„Ausschließen kann ich es jedenfalls nicht“, fiel Hassan ihm ins Wort. „Und mir fallen auf Anhieb mehrere Menschen ein, die zu genau diesem Schluss kommen werden. Immerhin ist es ein offenes Geheimnis, dass Leona bis vor Kurzem mit ihm unter einem Dach gelebt hat.“

10. KAPITEL

Leona sah Hassan erst wieder, als sie in den Hafen von Dschidda einliefen, wo ihre Reise zu Ende gehen sollte. Sämtliche Passagiere hatten sich an Deck eingefunden, um das Anlagemanöver der majestätischen Yacht zu beobachten, die alle andere Schiffe überragte.

„Da seid ihr ja endlich!“, begrüßte Leona Hassan und Rafiq, die das Oberdeck erst betraten, als der Anker ins Wasser glitt. „Wo habt ihr denn die ganze Zeit gesteckt?“

„Im Büro“, erwiderte Rafiq kurz angebunden, während Hassan sich wortlos an die Reling stellte und auf die schwarzen Limousinen hinabsah, die sich auf der Mole eingefunden hatten, um seine Gäste nach Hause zu bringen.

Er wirkte eigentümlich bedrückt, und Leona kam unwillkürlich der Verdacht, dass die Unterhaltung mit Raschid für seinen Stimmungsumschwung verantwortlich war.

Doch um dem nachzugehen, blieb ihr keine Zeit, weil die Gäste verabschiedet werden mussten. Vor allem Scheich Abdul und seine Frau Zafina wirkten regelrecht erleichtert, dass die Tage auf See, die gänzlich anders als geplant verlaufen waren, ein Ende hatten.

Scheich Imran und Samir hingegen bedankten sich fast überschwänglich für die Einladung – was ihnen weitaus glaubhafter gelang als Jibril und dessen Frau Medina. Die Aussicht, Hassan als Thronfolger zu akzeptieren, bereitete ihnen sichtlich weniger Kopfschmerzen als die, für die Durchleitung ihres Öls durch fremdes Territorium künftig deutlich tiefer in die Taschen greifen zu müssen als bisher.

Als Letztes ging die Familie Al-Kadah von Bord. Der Abschied von ihnen fiel Leona besonders schwer. Darüber konnte sie nicht einmal die Aussicht hinwegtrösten, dass die Trennung nur für kurze Zeit wäre, denn Raschid und Evie hatten ihre Teilnahme am Thronjubiläum Scheich Khalifas fest zugesagt.

Die Kinder würden sie allerdings zu Hause lassen, und entsprechend herzlich verabschiedete sich Leona vor allem von dem kleinen Hashim, der ihr in den wenigen Tagen auf See regelrecht ans Herz gewachsen war.

Kaum waren sie von Bord gegangen, zog sich Rafiq zurück. Leonas Hoffnung, sich mit Hassan ungestört unterhalten zu können, zerschlug sich jedoch, als auch er sich entschuldigte, weil er angeblich etwas mit dem Kapitän besprechen musste.

„Angeblich" deshalb, weil Leona das eigentümliche Gefühl hatte, dass er in Wirklichkeit ihre Nähe mied. Der Grund dafür war ihr jedoch auch dann noch unklar, als auch sie von Bord gehen mussten, um vor Einbruch der Dunkelheit in Rahman zu sein.

Eine Limousine brachte sie zum Flugplatz, wo eine Privatmaschine bereitstand, in der auch Rafiq und Faysal mitflogen. Anders als Leona schien Hassan darüber keineswegs unglücklich, was sie in dem Verdacht bestärkte, dass er einem klärenden Gespräch gezielt aus dem Weg ging.

Nach der Landung in Rahman fuhren sie mit einem Geländewagen die wenigen Kilometer zum Palast, dessen Mauern aus rotem Ziegelstein in der Abendsonne zu glühen schienen.

Ein ganzes Jahr lang war Leona dieser Anblick versagt geblieben, und erst jetzt wurde ihr klar, was ihr gefehlt hatte. Hier war ihr Zuhause, die Wohnung in London und selbst die Villa in San Estéban hingegen kaum mehr als ein Dach über dem Kopf.

„Mein Vater erwartet uns schon", teilte Hassan ihr mit, nachdem er sie durch das prunkvolle Portal ins Innere des Palastes geführt hatte. „Mach dich darauf gefasst, einem todkranken Mann gegenüberzutreten."

Der Ernst, mit dem er das sagte, ließ Leona erahnen, warum er den ganzen Tag so schweigsam gewesen war. Dass er nicht übertrieben hatte, wurde ihr schmerzlich bewusst, als sie den einst kraftstrotzenden Mann sah, der schwer gezeichnet in seinem Bett lag und nur mit Hilfe mehrerer Kissen im Rücken aufrecht sitzen konnte.

Während seine Söhne ihn begrüßten, hielt sich Leona zunächst im Hintergrund, bis Hassan ihr mit Blicken zu verstehen gab, dass sie sich zu ihnen stellen sollte.

„Da bist du ja wieder“, begrüßte Scheich Khalifa seine Schwiegertochter sichtlich erfreut. „Ich hoffe, meine Söhne haben sich als vollendete Kavaliere erwiesen.“

„Im Großen und Ganzen schon“, erwiderte Leona spontan, „soweit sich das von zwei skrupellosen Entführern behaupten lässt.“

Hassan sah sie befremdet an, doch als sein Vater laut zu lachen begann und Leonas Hand nahm, hellte sich seine Miene wieder auf.

„Deine Schlagfertigkeit hast du offenbar nicht eingebüßt“, sagte der Scheich, ehe er sich erneut an seine Söhne wandte. „Lasst uns jetzt bitte allein. Ich habe mit meiner Schwiegertochter etwas unter vier Augen zu besprechen.“

Hassan war deutlich anzumerken, wie wenig ihm diese Aufforderung behagte. Schließlich fügte er sich jedoch und verließ gemeinsam mit Rafiq den Raum.

„Bist du wirklich nur hier, weil Hassan dich dazu gezwungen hat?“, fragte Khalifa ohne Umschweife, kaum hatte Leona einen Stuhl neben das Bett gestellt und Platz genommen. „Oder hast du ihn aus freien Stücken begleitet, weil du ihn immer noch liebst?“

„Ich wünschte, ich könnte es mit Sicherheit sagen“, erwiderte Leona in aller Offenheit.

„Hassan braucht dich, und das weißt du ganz genau.“

„Nicht wenige in Rahman denken anders darüber“, wandte sie ein.

„Von jemandem wie Abdul wird sich Hassan nun wahrlich nicht einschüchtern lassen“, entgegnete Khalifa bestimmt.

„Dann stimmt das Gerücht, dass Scheich Al-Yasin mich entführen lassen wollte?“

Erst ihre Frage machte dem Scheich klar, dass Leona weniger gut informiert war, als er angenommen hatte. „Hat Hassan denn nicht mit dir darüber gesprochen?“, erkundigte er sich.

„Wäre es ihm sonst so schwer gefallen, uns allein zu lassen?“, erwiderte Leona lächelnd. „Ganz überraschend kommt die Nachricht allerdings nicht. Da ich weiß, wie versessen Zafina darauf ist, Nadira mit Hassan zu verheiraten, brauchte ich nur eins und eins zusammenzuzählen.“

Auf die Erwähnung ihrer Nebenbuhlerin reagierte ihr Schwiegervater unerwartet heftig. „Meine Tage sind gezählt“, sagte er mit großem Ernst und erschreckend unverblümt. „Für Rahman ist es das Beste, wenn Hassan mein Nachfolger wird. Um in Frieden sterben zu können, muss ich die Gewissheit haben, dass du zu ihm hältst – was immer die Zukunft auch bringen mag.“

Seine Worte verunsicherten Leona zutiefst, vor allem, weil sie offen ließen, was er ihr damit zu verstehen geben wollte. Die Ankündigung, dass von Abdul keine Gefahr mehr ausging, ließ sich ihnen ebenso entnehmen wie der dringende Appell, sich notfalls damit abzufinden, dass Hassan Nadira heiraten musste, um die Nachfolge antreten zu können.

Ehe Leona sich dazu überwinden konnte, ihren Schwiegervater danach zu fragen, bat er sie, ihn allein zu lassen, weil er sich ausruhen musste.

Der Zweifel nagte jedoch zu sehr an ihr, um das Thema auf sich beruhen zu lassen. Und wenn Khalifa ihr keine Auskunft geben konnte oder wollte, musste sie sich wohl oder übel an Hassan halten und ihn mit dem konfrontieren, was Zafina ihr erzählt hatte. Dann würde sich erweisen, ob er etwas vor ihr verbarg.

Je näher sie dem Trakt des Palastes kam, in dem sich Hassans Privatgemächer befanden, desto elender wurde ihr zumute. In wenigen Augenblicken würde sich ihr weiteres Leben entscheiden, und auch wenn sich alles in ihr gegen den Gedanken sträubte, konnte sie nicht ausschließen, dass die Angst, die sie immer mehr in Besitz nahm, nicht unbegründet war.

Als sie das Büro fast erreicht hatte, ging plötzlich die Tür auf, und Hassan stand vor ihr. Er war mindestens so überrascht wie Leona, doch anders als ihr war ihm deutlich anzusehen, wie zuwider ihm die unerwartete Begegnung war.

Im selben Moment begann sich die Welt um sie her zu drehen, und um sich gegen das Schwindelgefühl zu wehren, fehlte ihr die Kraft. Deshalb nahm sie den Kampf gar nicht erst auf, sondern gab sich der Schwärze, die sie umfing, widerstandslos hin.

Als sie wieder zu sich kam, lag sie auf dem kühlen Marmorboden, und Hassan kniete neben ihr.

„Was ist passiert?", fragte er besorgt, als er sah, dass sie die Augen öffnete.

Doch um ihm darauf eine Antwort zu geben, saß der Stachel noch zu tief. Deshalb schloss Leona die Augen wieder, wie um den Gedanken an das Unaussprechliche auszulöschen.

Hassan schien ihre Reaktion missverstanden zu haben, denn nachdem er ihr behutsam die Stirn gefühlt hatte, hob er Leona hoch und trug sie ins Schlafzimmer.

„Was hat mein Vater dir gesagt?", fragte er, nachdem er sie behutsam aufs Bett gelegt hatte. „Dass du nicht hättest zurückkommen dürfen?"

Die Frage war nicht dazu angetan, Leona zu beruhigen. „Er hat sich zwar anders ausgedrückt, aber letztlich läuft es auf dasselbe hinaus", erwiderte sie schließlich. „Er hat mir erzählt, dass Scheich Abdul hinter meiner geplanten Entführung steckt."

„Wie konnte ich nur so dumm sein, dich mit ihm allein zu lassen!" Hassan setzte sich auf die Bettkante.

Er wirkte, als wäre er die ganze Angelegenheit restlos leid, doch weitere Nachfragen konnte und wollte Leona weder ihm noch sich selbst ersparen. „Sag mir lieber, warum du mich zum wiederholten Mal angelogen hast", forderte sie bestimmt.

„Ich habe nicht gelogen, sondern nur nicht die ganze Wahrheit gesagt", beteuerte er. „Solange ich Abdul nichts beweisen kann, sind mir die Hände gebunden. Schließlich kann ich nicht aufgrund eines Gerüchtes einen Streit zwischen unseren Familien vom Zaun brechen, der sich schnell zu einem Flächenbrand ..."

„Das leuchtet mir auf Anhieb ein", fiel Leona ihm voller Sarkasmus ins Wort. „Falls dir trotz aller Umsicht die Dinge aus der Hand gleiten sollten, bleibt dir immer noch, deine Unterschrift unter den Vertrag zu setzen, der Nadira zu deiner Frau macht."

Erneut benötigte Hassan keine Worte, um Leona zu bestätigen, dass ihr Verdacht mehr als berechtigt war. Der Blick, mit dem er sie ansah, war ein offenes Geständnis. „Weißt du das auch von meinem Vater?", fragte er schließlich, und seine Stimme klang beinahe gleichgültig.

„Zafina hat es mir erzählt", erwiderte Leona und zog die Beine an, als müsste sie sich vor ihrem eigenen Mann schützen. „Sie hat mir Abduls Abschrift gezeigt. Dass du nicht den Mut aufgebracht hast, mit mir darüber zu sprechen, sagt mir mehr, als ich wissen muss."

„Bislang ist es ein wertloses Stück Papier", versuchte Hassan sich zu rechtfertigen. „Und auch wenn du mir nicht glaubst: Ich hatte niemals vor, es zu unterschreiben."

„Nicht einmal, wenn sich dein Anspruch auf den Thron nicht anders durchsetzen ließe?"

„Nicht einmal dann", erwiderte Hassan.

„Erwartest du wirklich, dass ich dir das glaube?", fragte sie wütend und richtete sich auf.

„Erwarten nicht, aber erhoffen."

„Leider muss ich dich enttäuschen", erwiderte Leona unversöhnlich. „Dafür hast du mich zu oft angelogen."

„Wo willst du denn hin?", fragte Hassan, als er sah, dass Leona das Bett verließ.

„Ins Bad. Mir ist übel. Deshalb werde ich mich gleich ins Bett legen und versuchen zu schlafen – was mir sicherlich leichter fällt, wenn du den Raum verlässt, solange ich im Bad bin."

Die Tür fiel mit einer Wucht ins Schloss, die Hassan unmissverständlich klarmachte, wie ernst es Leona mit ihrer Aufforderung war. Trotzdem zögerte er eine Weile und versuchte, sich über die Situation klar zu werden, in die Zafina ihn manövriert hatte.

Sie hatte ihn an seinem wundesten Punkt getroffen, denn nichts konnte Leonas Vertrauen in ihn ähnlich stark erschüttern wie der Vertrag, von dessen Existenz er ihr aus gutem Grund nichts gesagt hatte. Solange die Unterschriften fehlten, war er nichts wert, und selbst dem Entwurf hatte er, Hassan, nur zugestimmt, um Zeit zu gewinnen.

Die Aussicht, Leona davon zu überzeugen, war jedoch so gering, dass Hassan beschloss, es gar nicht erst zu versuchen. Stattdessen verließ er widerwillig sein eigenes Schlafzimmer, um Leonas Aufforderung nachzukommen. Außerdem wartete ein weiteres Problem auf ihn, dessen Lösung keinen Aufschub duldete.

11. KAPITEL

Wenige Tage später fügte sich Leona widerwillig in die Einsicht, dass sie die Signale ihres Körpers nicht länger ignorieren konnte. Die Übelkeit quälte sie mittlerweile ohne Unterbrechung, und auch wenn sie sich noch so oft einredete, Gespenster zu sehen, meinte sie, beim Blick in den Spiegel Veränderungen zu erkennen, die sich nicht anders deuten ließen. Sie war schwanger.

Zumindest konnte sie es nicht länger ausschließen, und die Wahrscheinlichkeit war groß, dass sie sich nicht täuschte.

Einen Beweis hätte sie allerdings erst, wenn ihre Regel ausbliebe – oder eben nicht. Doch so lange konnte und wollte sie nicht warten. Erstens war ihre Regel seit jeher unregelmäßig, und zweitens lag die letzte nicht einmal vier Wochen zurück.

Fast genauso lange war es her, dass sie nach einem Jahr „Abstinenz" wieder mit Hassan geschlafen hatte – ungeschützt natürlich, schließlich waren sie verheiratet. Hinzu kam, dass nach Meinung der Ärzte eine Schwangerschaft zwar nicht gänzlich, aber so gut wie ausgeschlossen war.

Die Situation war zum Verzweifeln, denn nicht einmal freuen konnte sich Leona. Dafür war sie sich ihrer Sache nicht sicher genug. Deshalb verwarf sie auch den Gedanken, zu Hassan zu gehen und sich ihm anzuvertrauen. Auf keinen Fall wollte sie falsche Hoffnungen in ihm wecken – oder unnötige Ängste, dachte sie betrübt, weil sie nicht vorherzusagen wagte, wie er auf die Nachricht reagieren würde.

Ein Schwangerschaftstest! Endlich fiel ihr die Lösung ein, die ihr eine verlässliche Antwort auf ihre drängendste Frage geben konnte. Oder könnte, musste Leona einschränken, als ihr klar wurde, dass sie sich nicht in London, sondern in Rahman befand.

Wenn sie es wagen sollte, in eine Apotheke zu gehen und nach einem Schwangerschaftstest zu fragen, stünde es am nächsten Tag in allen Zeitungen. Hassan darum zu bitten kam genauso wenig infrage. Überhaupt war ein Mann für diese Aufgabe denkbar ungeeignet.

Weshalb sie eine Frau finden musste, der sie sich anvertrauen konnte. Vielleicht eine der Dienerinnen, dachte sie, verwarf jedoch auch diesen Gedanken wieder, als es unvermittelt an der Tür klopfte und Leila ins Zimmer kam.

„Ich bringe Ihnen das Kleid, das sie morgen tragen wollen", sagte sie.

Es dauerte ein wenig, bis Leona in dem Traum aus Samt und Seide das Kleid erkannte, das sie bei einem einheimischen Modeschöpfer in Auftrag gegeben hatte, um es zum Thronjubiläum ihres Schwiegervaters anzuziehen.

Der Gedanke an die Menschenmassen, die sich zu diesem Anlass im Palast einfinden würden, drohte ihr bereits den letzten Mut zu rauben, als ihr einfiel, dass sich jemand unter den geladenen Gästen befand, dem sie bedingungslos vertrauen konnte.

„Vielen Dank, Leila", sagte sie rasch und drängte das Mädchen förmlich zur Tür. „Ich werde das Kleid später anprobieren."

Die Tür war noch nicht richtig zu, da griff Leona bereits zum Telefonhörer, um Evie anzurufen.

Als Leona sich am frühen Abend für den Empfang fertig machte, hatte sie Hassan seit zwei Tagen nicht zu Gesicht bekommen.

Eine mögliche Erklärung dafür war die Größe des Palastes, die es nicht unwahrscheinlich machte, dass man sich wochenlang im selben Haus aufhielt, ohne sich je zu begegnen – vor allem dann, wenn man einer Begegnung bewusst aus dem Weg ging.

Genau das hatte Hassan gemacht. Zu diesem Eindruck musste Leona kommen, auch wenn sie von Leila wusste, dass ihr Ehemann am Vortag den Palast für mehrere Stunden mit unbekanntem Ziel verlassen hatte.

Denn auch in der Nacht hatte sie vergeblich darauf gewartet, dass er ihre Aufforderung, sie allein zu lassen, nicht gar so wörtlich nehmen würde. So aber hatten sie zum ersten Mal seit ihrem Wiedersehen in verschiedenen Zimmern und damit zwangsläufig in verschiedenen Betten geschlafen.

Vielleicht ist es besser so, dachte Leona wehmütig, als sie sich in dem langen roten Designerkleid im Spiegel betrachtete. Ihre Ehe war längst ein Scherbenhaufen, der sich nicht einmal durch die Aussicht auf ein Kind kitten ließ.

Wie aufs Stichwort klopfte es in diesem Moment an der Tür, und Hassan kam herein. Er trug einen dunkelblauen Kaftan, der seinen Teint noch dunkler erscheinen ließ als ohnehin, und als wollte er seinem legitimen Anspruch auf den Thron Ausdruck verleihen, hatte er den traditionellen Krummsäbel angelegt, der von einer golddurchwirkten Schärpe gehalten wurde.

Doch auch ohne solche Äußerlichkeiten schien es Leona undenkbar, dass ihm irgendjemand diesen Anspruch streitig machen konnte. In Anbetracht des Machtbewusstseins und der natürlichen Autorität, die er ausstrahlte, war es unmöglich, sich ihn als Untergebenen oder auch nur als Gleichen unter Gleichen vorzustellen.

Nichts lag diesem Mann ferner, als sich auf Kompromisse einzulassen – was für sein Privatleben jedoch nicht weniger galt als für die Politik, wie Leona sich schmerzlich bewusst wurde, als sie ein leises Ziehen in der Magengegend spürte. Unwillkürlich wurde sie an das Geheimnis erinnert, das sie ihm bislang wohlweislich vorenthalten hatte.

„Du siehst bezaubernd aus", sagte Hassan anerkennend, und sein Blick unterstrich, dass es sich bei dem Kompliment keinesfalls um leere Worte handelte. „Wie immer", fügte er hinzu.

Aus Angst, ihre Nervosität könnte sie verraten, verzichtete Leona auf eine Antwort.

Was Hassan gänzlich missverstand. „Es würde mir sicherlich leichter fallen, deine Entschuldigung anzunehmen, wenn du dich entschließen könntest zu lächeln", sagte er, und es klang fast ein wenig gekränkt.

„Ich wüsste nicht, wofür ich mich zu entschuldigen hätte", erwiderte Leona, ohne ihm den Gefallen zu tun zu lächeln.

„Ist die Tatsache, dass du deinen Ehemann aus dem Schlafzimmer wirfst, keine Entschuldigung wert?"

„Umgekehrt wird ein Schuh daraus", stellte Leona klar, auch wenn sie ihm lieber rundheraus gesagt hätte, dass ihre Aufforderung, sie allein zu lassen, weniger dringlich gemeint gewesen war, als er sie verstanden hatte. „Der Anlass, den du mir dazu gegeben hast, schreit förmlich nach einer Entschuldigung."

„Dann sollst du sie bekommen", erwiderte er triumphierend und hielt Leona ein in schwarzes Seidenpapier eingewickeltes Geschenk entgegen, das ihr bislang nicht aufgefallen war.

„Was ist das?", erkundigte sie sich überrascht. Gleichwohl glaubte sie zu wissen, was sich in dem flachen Päckchen befand.

„Ein Friedensangebot", erwiderte Hassan ausweichend und lächelte zufrieden, als Leona ihm das Geschenk endlich abnahm.

Im selben Moment erwies sich, dass ihr erster Gedanke falsch gewesen war, denn um ein Schmuckstück zu enthalten, war das Päckchen eindeutig zu leicht. Es wird doch wohl nicht …?

Den zweiten Gedanken verwarf Leona, ehe sie ihn zu Ende gedacht hatte. Evie hatte versprochen, ihr den Test persönlich auszuhändigen. Und daran würde sie sich auch halten.

„Willst du mir nicht sagen, was es ist?", fragte sie ahnungslos.

„Sieh nach, dann weißt du es."

Mit bangem Herzen wickelte Leona das Geschenk aus und hielt eine silberne Schatulle in Händen, die nichts über den Inhalt verriet.

Selbst als sie das Kästchen geöffnet hatte, konnte sie sich zunächst keinen Reim darauf machen, warum Hassan ihr drei Schriftrollen schenkte, die jeweils von einem Siegelband zusammengehalten wurden.

Doch sobald sie eines der Dokumente entrollt hatte und das Familienwappen der Al-Qadims sah, wurde ihr augenblicklich klar, was es mit dem Geschenk auf sich hatte.

„Erkennst du es wieder?“, erkundigte sich Hassan gespannt.

„Allerdings“, antwortete Leona, ohne verbergen zu können, wie zuwider ihr die Erinnerung an die unselige Stunde war, in der Zafina sie mit der Existenz dieses Vertrages konfrontiert hatte.

„Wie du siehst, sind es drei Ausfertigungen“, erklärte Hassan und nahm ihr die Schatulle wieder ab. „Meine, die meines Vaters und schließlich die von Abdul.“

Zumindest wusste sie nun, wo Hassan am Vortag gewesen war. Doch das erklärte noch nicht, wie es ihm gelungen war, Scheich Al-Yasin und vor allem dessen Frau dazu zu bewegen, ihm ihren letzten Trumpf auszuhändigen.

„Hast du Abdul und Zafina bestochen oder bedroht?“, fragte sie.

„Ich konnte sie davon überzeugen, dass der Vertrag wertlos für sie geworden ist“, erwiderte Hassan ausweichend. „Da nun alle Exemplare in deinem Besitz sind, dürfte die leidige Angelegenheit ein für alle Mal aus der Welt sein, und wir können uns endlich wieder aussöhnen.“

„Deinen Optimismus kann ich nicht teilen“, widersprach Leona, weil Hassan sich weiterhin um eine ehrliche Antwort drückte und mit einer Ausflucht aus der Affäre zu ziehen versuchte. „Dass der Vertrag mit deiner ausdrücklichen Zustimmung aufgesetzt wurde, kannst du genauso wenig ungeschehen machen, wie ich ausschließen kann, dass du im Notfall ein ähnliches Dokument …“

„Ein solcher ‚Notfall‘ wird nicht eintreten“, unterbrach Hassan sie. „Darauf gebe ich dir mein Wort. Der Vertrag war ein Trumpf, den ich niemals ausgespielt hätte, sondern nur in der Hinterhand haben wollte, um Zeit zu gewinnen.“

„Das höre ich jetzt zum zweiten Mal“, erwiderte Leona verärgert. „Glauben kann ich es allerdings immer noch nicht.“

„Und wie kann ich dich überzeugen?“, fragte Hassan, ohne seine Wut verbergen zu können.

Das ist ganz leicht, war Leona versucht zu erwidern. Anstatt nur zu beteuern, dass er sie liebte, musste er es beweisen. Und das konnte er am ehesten, indem er ihr zeigte, wie sehr er sich auf ihr gemeinsames Kind freute, das sie unter dem Herzen trug.

„Ich bin schwanger", teilte sie ihm mit, ohne lange zu überlegen. „Zumindest spricht alles dafür."

Hassans Reaktion ließ sie ihre Offenheit augenblicklich bereuen. Von Freude war nichts zu sehen. Stattdessen wirkte der Mann, an dessen unerschütterlichem Selbstbewusstsein sie manches Mal schier verzweifelt war, regelrecht geschockt.

Hassan fühlte sich, als hätte man ihm den Boden unter den Füßen weggezogen. Durch mehrere Telefonate hatte er sich zunächst davon überzeugen können, dass sein anfänglicher Verdacht unbegründet war. Anschließend hatte er dafür gesorgt, dass der Kreis derer, die von der möglichen Schwangerschaft wussten, nicht größer wurde.

Seither hatte er den Moment, in dem sich Leona ihm endlich anvertrauen würde, förmlich herbeigesehnt. Nun, als es endlich so weit war, traf ihn die Nachricht derart unvorbereitet, dass er außerstande war, ihr zu zeigen, wie sehr er sich auf das Kind freute.

„Warum sagst du das ausgerechnet jetzt?", fragte er. „In zehn Minuten müssen wir Hunderte von Gäste begrüßen. Wie soll ich denen jetzt noch in die Augen sehen?"

Spätestens diese Antwort brachte Leona endgültig zur Besinnung. Dass Hassan sich nicht freute, hätte sie möglicherweise noch verschmerzt, doch offensichtlich schämte er sich nicht nur seiner Frau, sondern auch des Kindes, das er sich immer gewünscht hatte.

„Vielen Dank, dass du so um mich besorgt bist", erwiderte sie verbittert.

Erst ihre sarkastische Bemerkung machte Hassan klar, was er angerichtet hatte. „Verzeih mir bitte, Leona", entschuldigte er sich und nahm sie in die Arme, „aber du darfst keine Wunderdinge von mir erwarten. Natürlich freue ich mich. Trotzdem hättest du dir einen besseren Zeitpunkt aussuchen können, um mir zu sagen, dass ich Vater werde."

„Noch ist es nicht sicher“, erinnerte sie ihn unsanft und vermied es, ihn anzusehen. „Evie bringt mir einen Schwangerschaftstest mit, und bis wir das Ergebnis kennen, sollten wir kein Wort mehr darüber verlieren – schon gar nicht gegenüber den Gästen. Sonst weiß morgen ganz Rahman davon.“

„Von mir aus soll die ganze Welt erfahren, wie sehr ich dich liebe“, erwiderte Hassan und küsste Leona zärtlich auf die Stirn. „Ob du schwanger bist oder nicht, spielt dabei nicht die geringste Rolle.“

„Wirklich nicht?“, fragte Leona, auch wenn es ihr unendlich schwer fiel. Doch wie Hassans Antwort auch immer ausfallen sollte, nichts wäre schlimmer, als die Augen länger von der Wirklichkeit zu verschließen. „Sollte sich herausstellen, dass ich mich geirrt habe, werden doch sofort wieder die Stimmen laut, die von dir verlangen, dass du Nadira …“

„Das werden sie nicht. Ganz Rahman weiß, was ich für dich empfinde, wie jeder im Land weiß, dass wir zusammengehören – ganz gleich, ob dieses ‚wir‘ zwei oder drei Personen umfasst.“

Glücklicher hätte er sie kaum machen können, und so schämte sich Leona nicht der Tränen, die ihr über die Wangen liefen. „Trotzdem sollten wir niemandem etwas sagen, bis wir Gewissheit haben“, bat sie ihn.

„Für wie dumm hältst du mich eigentlich?“, protestierte er gespielt empört. Dann gab er ihr mit einem Kuss das Versprechen, dass sie sich auf ihn verlassen konnte.

„Mit dumm hat das nichts zu tun“, erwiderte Leona und konnte zumindest wieder lächeln, „aber wenn du dich jetzt sehen könntest, wüsstest du, warum ich befürchte, dass unser Geheimnis bei dir nicht sicher ist. Die Überraschung steht dir doch förmlich auf der Stirn geschrieben.“

Hassan hielt den Zeitpunkt für gekommen, Leona zu gestehen, dass Raschid ihn schon vor einer knappen Woche ins Vertrauen gezogen hatte. Doch ehe er sich dazu durchringen konnte, klopfte es an der Tür.

„Wo bleibt ihr denn?", fragte Rafiq ungehalten. „Die ersten Gäste fahren vor, und ihr habt nichts Besseres zu tun, als euch im Schlafzimmer zu verschanzen."

Das hatten sie in der Tat nicht. Doch Hassan sah widerwillig ein, dass dies der denkbar ungünstigste Zeitpunkt war, die Versöhnung mit Leona zu besiegeln, indem er ihr das rote Kleid, das sie eben erst angezogen hatte, auf der Stelle wieder auszog.

„Wir sind in fünf Minuten unten", versicherte er Rafiq.

Leona begann sich zu schminken. Als Hassan sah, wie sie den Lippenstift auftrug, wurde der Wunsch, sie zu küssen, fast unwiderstehlich. Nur mit äußerster Anstrengung gelang es ihm, sich daran zu erinnern, dass einem ersten ein zweiter Kuss und schließlich zwangsläufig etwas folgen würde, wofür fünf Minuten beim besten Willen nicht ausreichten.

Schweren Herzens wartete er, bis Leona das Make-up aufgetragen und das Haar mit einem golddurchwirkten Tuch zusammengebunden hatte.

„Dann kann die Vorstellung ja beginnen", munterte er sie auf und führte sie die breite Treppe ins Foyer hinunter, in dem sich bereits zahlreiche Gäste eingefunden hatten. Doch jedes Geräusch verstummte, als Hassan und Leona die Treppe hinabschritten, um im Namen des erkrankten Scheichs die Feier zu Ehren seines dreißigjährigen Thronjubiläums zu eröffnen.

Die Ärzte hatten Khalifa dringend geraten, mit Rücksicht auf seine Gesundheit dem Fest fernzubleiben – was er empört zurückgewiesen hatte. Schließlich war es sein Jubiläum, und soweit er vom Krankenbett aus dazu in der Lage gewesen war, hatte er sich intensiv an der Vorbereitung beteiligt.

Nach langen Diskussionen hatten sich die Ärzte auf den Kompromiss eingelassen, dass er sich zwar für einige Stunden unter die Gäste mischen durfte, dabei jedoch im Rollstuhl sitzen sollte, um sich nicht zu überfordern.

„Wo ist Rafiq?", erkundigte sich Leona leise bei Hassan, während sie eine Hand nach der anderen schüttelte. „Müsste er die Gäste nicht auch begrüßen? Schließlich bist du nicht Khalifas einziger Sohn."

„Ich habe ihn mit etwas anderem beauftragt", flüsterte Hassan ihr zu, ehe er einen ausländischen Diplomaten und dessen Frau begrüßte, die sich respektvoll vor ihm verneigten.

Das Foyer war bereits überfüllt, als Scheich Abdul eintraf. Zu Leonas Verwunderung war er allein gekommen und begrüßte sie geradezu überschwänglich – was sie fast so sehr wunderte, wie es sie freute, dass ihr ein Wiedersehen mit Zafina erspart blieb.

Endlich traten auch Raschid und Evie durch das große Portal. Als sie sich bis zu den Gastgebern durchgekämpft hatten, schenkten sie Leona ein Lächeln, das sie unwillkürlich erröten ließ. Hassan schien sich mit ihnen verschworen zu haben, denn er sah sie mit einem Blick an, der unschwer verriet, woran er in diesem Moment dachte.

„Lass das gefälligst", forderte sie ihn auf. „Sonst verrätst du uns noch."

„Und wenn schon", erwiderte Hassan gleichgültig. Plötzlich sah er, wie sich Leonas Gesichtsausdruck völlig veränderte.

Doch dass er nicht den geringsten Anlass hatte, sich Sorgen um sie zu machen, wurde ihm klar, als er bemerkte, was ihre Verwunderung ausgelöst hatte.

Oder besser, wer. Denn ihr ungläubiger Blick galt eindeutig den beiden Männern, die in diesem Moment das Foyer betraten und sich einen Weg durch die Menschenmenge bahnten.

„Dad!", rief Leona, als sie endlich begriffen hatte, wer sich ihr näherte, und stürzte ihrem Vater entgegen, um ihn in die Arme zu nehmen.

„Was macht ihr denn hier?", fragte sie ungläubig, als sie in dem anderen Mann Ethan Hayes erkannte. „Ich denke, ihr seid in San Estéban."

„Wenn Hassan uns nicht eingeladen hätte, wären wir da jetzt sicherlich auch", erwiderte Victor Frayne gerührt.

Ohne sich zu besinnen, wandte sich Leona um und sah zu Hassan. „Danke“, sagte sie. „Wenn ich dich nicht schon über alles lieben würde, hättest du es mit dieser Überraschung garantiert geschafft.“

„Wenn du willst, dass ich rot werde und uns verrate, mach nur so weiter“, schalt er sie gespielt ernst, ehe er seinen Schwiegervater und Ethan begrüßte.

„Ich freue mich sehr, dass ihr kommen konntet“, sagte er herzlich.

„Das war doch selbstverständlich“, erwiderte Ethan, als wollte er andeuten, dass sie nur des Thronjubiläums wegen nicht die Mühe auf sich genommen hätten.

Leona war jedoch zu aufgeregt, um das zu bemerken. Aus demselben Grund entging ihr auch das Befremden, mit dem nicht wenige Gäste auf die Anwesenheit desjenigen Mannes reagierten, bei dem es sich glaubhaften Gerüchten zufolge um ihren ehemaligen Geliebten handelte – falls die Beziehung denn beendet war.

Das Raunen verstummte jedoch, als ein Diener eine Flügeltür öffnete und Rafiq das Foyer betrat. Vor allem die weiter entfernt Stehenden sahen erst mit einiger Verspätung, dass er einen Rollstuhl schob, in dem Scheich Khalifa saß.

Der einst so energiegeladene Mann wirkte alt und gebrechlich. Nur seine Augen verrieten den Lebensmut, mit dem er gegen den körperlichen Verfall kämpfte.

Den meisten Anwesenden fiel es überaus schwer, sich ihr Entsetzen nicht anmerken zu lassen, und die Stille wurde regelrecht bedrückend, als Rafiq den Rollstuhl quer durch den Raum schob, damit sein Vater die Gäste, die sich seinetwegen eingefunden hatten, persönlich begrüßen konnte.

Scheinbar unermüdlich schüttelte er ihnen die Hände, bis er schließlich die kleine Gruppe erreichte, die sich um Leona gebildet hatte. Nachdem er ihren Vater überaus herzlich willkommen geheißen hatte, wandte er sich an Ethan. „Ich freue mich sehr, Sie endlich kennenzulernen, Mr. Hayes“, sagte er so laut, dass nicht nur die Umstehenden es hören konnten. „Leonas Freunde sind in meinem Haus stets willkommen und ihre besten Freunde erst recht."

Die Botschaft war deutlich, und die, an die sie gerichtet war, hatten sie auch verstanden, wie ihr Gesichtsausdruck verriet. Auch Leona dämmerte allmählich, dass der Besuch ihres Vaters und dessen Teilhaber nicht allein dem Zweck diente, ihr eine Freude zu machen.

Inzwischen hatte Rafiq seinen Vater zu einem kleinen Podest geschoben, das eigens für ihn aufgebaut worden war. Doch als er ihn aus dem Rollstuhl heben wollte, wies der Scheich das empört zurück.

Auch wenn es ihm sichtlich schwerfiel, bestand er darauf, allein aufzustehen, um sich in den thronähnlichen Sessel zu setzen, von dem aus er das Fest verfolgen konnte.

„Meine sehr verehrten Damen und Herren", begann er ein Grußwort an seine Gäste, „ich hoffe, Sie haben sich inzwischen davon überzeugt, dass Sie sich nicht auf meiner Beerdigung, sondern auf der Feier aus Anlass meines dreißigjährigen Thronjubiläums befinden. Daher wäre ich Ihnen dankbar, wenn Sie die Grabesmienen ablegten und sich nach Kräften amüsierten. Für Ihr leibliches Wohl steht im Salon ein Büfett bereit, das ich hiermit eröffne."

Seine Worte hatten die erhoffte Wirkung, denn dem Charme und der Selbstironie des gebrechlichen Mannes konnte sich keiner entziehen.

Während der Ansturm auf das Büfett einsetzte, führte Hassan seinen Schwiegervater und Ethan durch den Saal, um sie den Honoratioren Rahmans vorzustellen. Leona folgte ihnen in einigem Abstand, und so war es eher Zufall, dass sie direkt hinter Scheich Abdul stand, als der sich zu Jibril Al-Mahmud beugte. „Das hat Hassan geschickt eingefädelt", flüsterte er. „Wirksamer hätte er dem Gerücht, dass seine Frau und Mr. Hayes ein Verhältnis haben, kaum ein Ende bereiten können."

Das war es also, was Hassan mit der Einladung bezweckt hatte, dachte Leona verbittert. Doch dass für sie der Abend verdorben war, machte sie nicht ihrem Mann, sondern jenen zum Vorwurf, die ihn durch solch haltlose Unterstellungen dazu gezwungen hatten, Unbeteiligte wie ihren Vater als Trumpf im Spiel um Einfluss und Macht zu missbrauchen.

Deshalb war es in doppelter Hinsicht tröstlich, dass sich in diesem Moment Evie zu ihr gesellte. „Ich würde mich gern frisch machen", teilte sie Leona augenzwinkernd mit. „Willst du mich nicht begleiten?"

Erleichtert nutzte Leona die Gelegenheit, sich bei den umstehenden Gästen zu entschuldigen, und zog sich mit ihrer Freundin ins Obergeschoss zurück.

Nachdenklich beobachtete Hassan die beiden Frauen, die gemeinsam die Treppe hinaufgingen. Den Grund dafür ahnte er, und am liebsten wäre er ihnen gefolgt, um so bald wie möglich Gewissheit zu haben.

Doch dass Leona im Besitz des Schwangerschaftstests war, bedeutete nicht, dass sie ihn augenblicklich anwenden würde. Damit würde sie sicherlich bis nach dem Fest warten, und bis dahin musste er sich wohl oder übel gedulden.

Je weiter der Abend voranschritt, desto mehr war Scheich Khalifa die Erschöpfung anzumerken. Schließlich sah er selbst ein, dass er dem Rat seiner Söhne folgen und sich zurückziehen sollte.

Doch um allein aufzustehen, dazu war er zu schwach, und als Rafiq ihn behutsam in den Rollstuhl setzte und aus dem Raum brachte, sahen ihm die meisten Gäste in der bangen Gewissheit nach, dass es ein Abschied für immer war.

„Steht es wirklich so schlimm um ihn?", sprach Victor Hayes in diesem Moment aus, was die meisten dachten.

„Ich fürchte schon", erwiderte Leona bedrückt. „Wenn nicht ein Wunder geschieht …"

Aus Respekt vor ihrem Schwiegervater und dessen Wunsch, sein Thronjubiläum nicht zu einer Trauerfeier geraten zu lassen, sprach sie den Gedanken nicht aus. Trotzdem war sie sich schmerzlich bewusst, wie unwahrscheinlich es seine Krankheit machte, dass er sein Enkelkind noch kennenlernen würde – falls sie tatsächlich schwanger war.

Die Gelegenheit, das herauszufinden, ergab sich erst viele Stunden später, nachdem sich auch die letzten Gäste verabschiedet hatten.

„Hat Evie ihr Versprechen gehalten?", erkundigte sich Hassan diskret, als sie zwar erschöpft, aber doch erleichtert darüber, dass der Abend alles in allem harmonisch verlaufen war, Hand in Hand in ihr Schlafzimmer gingen.

„Selbstverständlich." Leona erschrak über ihre eigene Stimme, der die Angst deutlich anzuhören war, die umso größer wurde, je näher die Stunde der Wahrheit rückte.

„Willst du es nicht lieber auf morgen verschieben?", schlug Hassan vor, dem ihre Unsicherheit nicht entgangen war. „An dem Ergebnis ändert sich dadurch nichts."

„Das stimmt", erwiderte Leona, „aber je eher ich es kenne, desto früher hat die Ungewissheit ein Ende."

Ehe Hassan etwas einwenden konnte, läutete das Telefon. Widerwillig ließ er Leonas Hand los und nahm den Hörer ab. Als er ihn nach wenigen Augenblicken wieder auflegte, hatte er kein einziges Wort gesprochen.

„Mein Vater will mich sehen", teilte er Leona mit. „Nach dem gelungenen Abend ist er in so euphorischer Stimmung, dass er nicht schlafen kann. Wenn es dir recht ist, gehe ich kurz zu ihm. Oder soll ich Rafiq bitten …?"

„Geh nur", ermunterte sie ihn, wenn auch nicht allein in Gedanken an ihren Schwiegervater. Sie schämte sich ihrer Unentschlossenheit geradezu, und mit diesem Gefühl eine Weile allein zu sein, war ihr gar nicht so unlieb.

„Du wirst den Test doch nicht ohne mich …?"

„Keine Angst", unterbrach sie Hassan, um das Missverständnis augenblicklich aufzuklären, „dafür bin ich viel zu müde. Wie du ganz richtig gesagt hast, hat das bis morgen Zeit."

„Dann schlage ich vor, du gehst jetzt ins Bett und schläfst", sagte Hassan erleichtert und küsste Leona zärtlich auf die Stirn. „Ich werde versuchen, dich nicht zu wecken."

Hassan hatte bereits die Tür geöffnet und wollte den Raum gerade verlassen, als Leona einfiel, was sie ihn unbedingt hatte fragen wollen. „Was genau hast du dir eigentlich davon versprochen, als du meinen Vater und Ethan eingeladen hast?"

Sie meinte erkennen zu können, dass Hassan für einen Moment die Schultern hängen ließ, ehe er sich zu ihr umdrehte. „Ich wollte gewissen Gerüchten ein Ende bereiten", sagte er dann. „Es tut mir leid, dass ich uns das nicht ersparen konnte, aber die wenigsten Probleme lassen sich dadurch aus der Welt schaffen, indem man sie ignoriert."

12. KAPITEL

Hassans Worte beschäftigten Leona noch, als sie längst im Bett lag. Nicht, dass er etwas Falsches gesagt hätte, doch seine Antwort glich eher einer Ausflucht, mit der er selbst ein Problem zu lösen versuchte, indem er es ignorierte.

Denn selbst wenn das Gerücht, sie, Leona, hätte ein Verhältnis mit Ethan gehabt, mittlerweile aus der Welt war, schien es ihn mehr zu bedrücken, als er eingestehen wollte. Womit zumindest der Verdacht nahe lag, dass er sie nicht darauf ansprach, weil er sich nicht restlos sicher war, wie die Antwort ausfallen würde.

Mit diesem wenig ermutigenden Gedanken schlief sie endlich ein. Nach kaum einer Stunde schreckte sie wie aus einem Albtraum auf. Instinktiv drehte sie sich zur Seite, um in Hassans Armen Trost zu finden, doch er war noch immer nicht zurück.

Ohne dass sie hätte sagen können, warum, wusste sie plötzlich, was ihn bei seinem Vater festgehalten hatte. Im selben Moment schlug sie die Decke zurück, verließ das Bett und zog sich in aller Eile den Morgenmantel über.

Den Gürtel schloss sie erst, als sie barfuß den Korridor entlang- und die Treppe hinunterlief. Endlich erreichte sie die Privatgemächer des Scheichs, wo sich ihr Verdacht schmerzlich bestätigte. In den Fluren war es taghell, als sollte mit dem Licht der Lampen dem Tod getrotzt werden, mit dem Khalifa in diesem Moment rang.

Das jedenfalls sagte Leona der Instinkt mit einer Sicherheit, die sie das Schlimmste befürchten ließ. Umso überraschter war sie, als sie das Schlafzimmer ihres Schwiegervaters leer vorfand.

Sie wollte es in ihrer Panik bereits wieder verlassen, da hörte sie aus dem Nebenzimmer Geräusche, die nichts Gutes verhießen. Ohne anzuklopfen, ging sie hinein und fand sich unvermittelt in einem komplett ausgestatteten Krankenzimmer wieder, in dessen Mitte sich eine Menschentraube gebildet hatte.

Die weißen Kittel, in die Männer wie Frauen gekleidet waren, machten ihr unmissverständlich klar, dass es sich um Ärzte und Schwestern handelte, die sich verzweifelt um den Patienten bemühten, der vor ihnen auf einem Bett lag und an zahlreiche medizinische Geräte angeschlossen war.

Endlich erkannte sie auch Hassan und Rafiq, die am Fußende des Bettes standen. Ihre Mienen machten Leona augenblicklich klar, dass der Zustand des Scheichs noch kritischer war, als sie befürchtet hatte.

Doch mehr als die Angst bedrückte sie die menschenverachtende Kälte, von der die Atmosphäre in dem weiß gefliesten Raum bestimmt war. Das grelle Licht der Scheinwerfer und das Flimmern der Monitore, mit denen Puls und Blutdruck des Scheichs überwacht wurden, waren ebenso unerträglich wie das bedrohliche Piepen aus dem Lautsprecher, das schonungslos offenbarte, wie unregelmäßig sein Herz schlug.

Als einer der Ärzte eine Spritze aufzog und die Kanüle gegen das Licht hielt, schritt Leona ein, ohne sich zu besinnen. „Ihr bringt ihn noch um!“, platzte sie heraus und fiel dem Arzt in den Arm. „Viel mehr als eure medizinischen Künste braucht Khalifa jetzt seine vertraute Umgebung und die Nähe seiner Söhne!“

„Bitte reiß dich zusammen, Leona“, versuchte Hassan sie zur Besinnung zu bringen.

Doch auch wenn ihr Entschluss spontan gewesen war, wusste sie sehr genau, was sie tat. „Sag ihnen, Sie sollen sofort die Maschinen abschalten und ihn auf das Sofa in der Bibliothek legen. Von mir aus lese ich ihm so lange aus einem seiner Bücher vor, bis es ihm wieder besser geht – selbst wenn es Tage dauern sollte. Wenn er hier bleibt, wird er die Nacht nicht überleben.“

„Glaub mir, die Ärzte geben ihr Bestes“, wandte Rafiq ein, doch ihm war deutlich anzuhören, wie wenig er darauf vertraute, dass das reichen würde, um das Leben seines Vaters zu retten.

Leona hingegen war sich sicher, dass keine noch so große ärztliche Kunst ihrem Schwiegervater helfen konnte. Das konnte nur das

Wissen darum, dass er gebraucht wurde.

Deshalb stellte sie sich neben das Bett und nahm Khalifas Hand. Die Krankenschwester, die sie daran hindern wollte, stieß sie rüde zur Seite.

„Scheich Khalifa“, sprach sie den Sterbenden an, ohne sich ihrer Tränen zu schämen, „können Sie mich hören?“

Zwar öffnete er nicht die Augen, doch eine kaum spürbare Bewegung seiner Hand bestätigte Leona in der Annahme, dass er bei Bewusstsein war und sehr genau mitbekam, was um ihn her geschah.

„Sie dürfen uns jetzt nicht im Stich lassen“, sagte sie beinahe vorwurfsvoll.

„Was tust du, Leona?“ Hassan war regelrecht empört darüber, dass sie es wagte, so mit seinem Vater zu sprechen, und die Blicke der Umstehenden ließen keinen Zweifel daran, dass auch sie ihr Verhalten zutiefst missbilligten.

„Wissen Sie auch, warum?“, fragte Leona, ohne sich beirren zu lassen. „Ich erwarte ein Kind, und das braucht seinen Großvater.“

Als Hassan hörte, wozu sich Leona hinreißen ließ, drohte er die Beherrschung zu verlieren. „Was fällt dir ein?“, fragte er außer sich. „Willst du ihn mit Gewalt ins Grab …?

Im selben Moment sah er mit eigenen Augen, dass sein Vater die Hand bewegte, als wollte er Leona signalisieren, dass er jedes Wort verstanden hatte.

„Er kann uns hören!“, rief Leona erleichtert. „Nimm seine Hand“, forderte sie Hassan auf, „und erzähl ihm von unserem Kind.“

Hassan zögerte und sah seine Frau ratlos an, als plötzlich einer der Überwachungsapparate Alarm schlug. Ehe Leona sich's versah, drängte Hassan sie energisch vom Bett, damit sich die Ärzte um seinen Vater kümmern konnten.

„Ich hoffe für dich, dass der Test deine Schwangerschaft bestätigt“, sagte er drohend, und Leona konnte sich nicht erinnern, ihn je so blass gesehen zu haben. „Wenn du meinen Vater angelogen hast, bricht es ihm endgültig das Herz, und das könnte ich dir nie verzeihen.“

Es dauerte nur wenige Augenblicke, bis sie wusste, was sie zu tun hatte. Ohne den anklagenden Blicken Hassans und Rafiqs Beachtung zu schenken, verließ sie den Raum und lief, so schnell sie konnte, zurück ins Schlafzimmer.

Mit bebenden Händen öffnete sie die Schublade des Nachttisches und holte den Schwangerschaftstest hervor. Vor Aufregung ließ sie das Päckchen zweimal fallen, bis es ihr endlich gelang, es zu öffnen.

Im Grunde war nichts überflüssiger, als den Test zu machen, denn nie zuvor war sich Leona einer Sache so sicher gewesen wie in diesem Moment. Doch Hassan wollte Beweise, also sollte er sie bekommen.

Als sie wenige Minuten später die Treppe hinunterlief, hielt sie den Beweis in Händen. „Hassan!“, rief sie schon von der Tür zum Krankenzimmer aus und hielt ihm den Teststreifen entgegen. „Sieh doch. Wir bekommen wirklich ein Kind. Und jetzt sag deinem Vater endlich, dass er noch nicht sterben darf!“

„Das ist nicht mehr nötig“, erwiderte er mit einem Gesichtsausdruck, für den Leona zunächst keine Erklärung hatte, bis ihr auffiel, dass sämtliche Maschinen abgeschaltet worden waren.

„Bitte nicht“, flehte Leona stimmlos, als ihr klar wurde, was die Stille zu bedeuten hatte. Die Ärzte hatten sich vergebens bemüht, und auch ihr verzweifelter Versuch, an den Lebensmut des Scheichs zu appellieren, war schmählich gescheitert.

Die Schuldgefühle und Selbstvorwürfe waren so unerträglich, dass sie es fast als Erleichterung empfand, als es um sie her schwarz wurde.

Hassan war viel zu überrascht, um rechtzeitig reagieren zu können. Selbst als Leona reglos auf dem Fußboden lag, wollte sich die Lähmung, die ihn ergriffen hatte, nicht legen. Dass jemand vor Freude in Ohnmacht fiel, hatte er noch nie erlebt. Oder sollte er sich so missverständlich ausgedrückt haben …?

„Will sich denn niemand um Leona kümmern?“ Die Stimme seines Vaters brachte nicht nur ihn schlagartig zur Besinnung. Sie klang zwar noch schwach, doch der Entschiedenheit seiner Aufforderung tat das nicht den geringsten Abbruch.

Augenblicklich war Leona von mehreren Ärzten umringt, die ihr den Puls fühlten und sich vergewisserten, dass sie sich nicht ernstlich verletzt hatte.

Währenddessen stand Hassan reglos daneben und sah auf den Teststreifen, der ihr aus der Hand geglitten war. Selbst als Laie war ihm klar, was die Verfärbung zu bedeuten hatte. Sie war schwanger, und dass es seinem Vater wie durch ein Wunder wieder besser ging, war einzig und allein ihr zu verdanken.

Der Gedanke, dass er sie darin nicht nur nicht unterstützt, sondern sogar versucht hatte, sie daran zu hindern, erfüllte ihn mit tiefer Scham. Ohne sich lange zu besinnen, bückte er sich und hob Leona behutsam hoch.

„Lassen Sie ihn“, unterband sein Vater vom Bett aus den Versuch der Ärzte, ihn dazu zu bewegen, sie ihrer Obhut zu überlassen. „Aus eigener Erfahrung weiß ich, dass sie ihren Mann jetzt weitaus dringender braucht als Sie.“

So konnte Hassan Leona ungestört ins Nebenzimmer tragen, wo er sie auf einen Diwan legte und sehnsüchtig darauf wartete, dass sie endlich wieder zu Bewusstsein kam.

„Du darfst uns jetzt nicht im Stich lassen“, wiederholte er den Satz, den sie vorhin zu seinem Vater gesagt hatte, und nahm ihre Hand.

Und auch jetzt schien er Wunder zu bewirken, denn sie öffnete die Augen und sah ihn fragend an. „Wieso uns?“, fragte sie benommen.

„Mich, Rafiq und vor allem meinen Vater“, erwiderte Hassan erleichtert.

„Ist er denn nicht …?“

„Er lebt und kann sogar schon wieder Anweisungen geben. Und das ist ganz allein dein Verdienst. Du hattest den Raum kaum verlassen, da hat der die Augen geöffnet und mich gefragt, ob er sich auch wirklich nicht verhört habe.“

„Und was hast du geantwortet?“, erkundigte sich Leona, und die Erleichterung stand ihr im Gesicht geschrieben.

„Dass wir tatsächlich ein Kind bekommen“, erwiderte Hassan. „Was du allerdings nicht wissen konntest, als du es ihm gesagt hast“, fügte er hinzu.

„Ich war mir sicher genug, um alles auf eine Karte zu setzen“, antwortete Leona. „Wir wissen beide, wie sehr sich dein Vater einen Enkel wünscht, und ich hatte gehofft, dass ihm die Nachricht die Kraft gibt, seine Krankheit zu bekämpfen. Wenn nicht, wäre er wenigstens in der Gewissheit gestorben, dass sein sehnlichster Wunsch in Erfüllung gegangen ist.“

„Trotzdem war es ziemlich riskant“, wandte Hassan ein. „Stell dir vor, er hätte überlebt, und du hättest ihm gestehen müssen, das du dich geirrt hast.“

„Zum Glück brauche ich mir das nicht vorzustellen“, erwiderte Leona sichtlich erleichtert. „Dass ich schwanger bin, steht zweifelsfrei fest.“

Ihr Lächeln drohte Hassan in Verlegenheit zu bringen, und um dem vorzubeugen, tat er, was ihm als Erstes in den Sinn kam.

„Wo bringst du mich hin?“, fragte Leona überrascht, als Hassan sie in die Arme nahm und hochhob.

„In unser Bett, selbstverständlich“, erwiderte er. „Du solltest dich darauf gefasst machen, dass du den Morgenmantel und den Pyjama nicht mehr lange anbehalten wirst“, kündigte er unverblümt an. „Schließlich will ich dir und unserem Kind so nahe wie möglich sein.“

„Kannst du deinen Vater denn allein lassen?“, wandte Leona ein.

„Rafiq bleibt bei ihm.“

Die Nachricht, dass der Scheich im Sterben lag, schien sich wie ein Lauffeuer verbreitet zu haben, denn auf dem Korridor hatte sich die gesamte Dienerschaft versammelt. Niemand hatte es jedoch für nötig gehalten, sie wissen zu lassen, dass er mittlerweile außer Lebensgefahr war.

„Der Scheich ist wieder wohlauf“, teilte Hassan ihnen mit, während er Leona an ihnen vorbeitrug. „Es gibt noch eine weitere erfreuliche Nachricht“, fügte er stolz hinzu. „Meine Frau erwartet ein Kind.“

Beide Nachrichten wurden mit großer Erleichterung und Freude aufgenommen, und ein Blick in die Gesichter der Angestellten bestärkte Hassan in der Gewissheit, dass noch vor Sonnenaufgang ganz Rahman informiert wäre.

„Es wäre mir lieber gewesen, mein Vater hätte es von mir und nicht von den Dienern erfahren“, sagte Leona.

„Der weiß es schon länger als du – und fast so lange wie ich.“

„Wie bitte?“, fragte Leona verwundert.

„Evie und Raschid haben schon an Bord der Yacht vermutet, dass du schwanger bist, und mich eingeweiht“, erklärte Hassan ihr, als sie das Foyer erreichten.

Ungläubig nahm Leona zur Kenntnis, dass sie, so komisch es auch klang, offenbar die Letzte war, die von ihrer Schwangerschaft erfahren hatte.

„Noch von der Yacht aus habe ich deinen Vater angerufen und ihn und Ethan gebeten, an dem Thronjubiläum meines Vaters teilzunehmen“, bestätigte Hassan ihren Verdacht indirekt. „Um meinen Plan nicht zu gefährden, haben wir strengstes Stillschweigen vereinbart. Wie du siehst, haben sich alle daran gehalten.“

Einen Moment wusste Leona nicht recht, ob sie wütend darüber sein sollte, dass Hassan ihr die Wahrheit so lange vorenthalten hatte, oder erleichtert darüber, dass er ihr sich endlich anvertraute.

Schließlich machte er ihr die Entscheidung denkbar leicht, indem er dem ersten ein zweites Geständnis hinzufügte.

„Ich bin heilfroh, dass die Verstellung ein Ende hat“, versicherte er glaubhaft. „Wenn wir gleich das Schlafzimmer erreicht haben, können wir uns endlich wieder auf das Wesentliche konzentrieren.“

„Manchmal frage ich mich, woher du deine verdammte Arroganz nimmst“, schalt Leona ihn gespielt ernst.

„Die habe ich von meinem Vater geerbt“, erwiderte er. „Du solltest also auf der Hut sein. Unser Kind wird mir sicherlich in nichts nachstehen – zumal seine Mutter kaum weniger dickköpfig ist.“

„Anstatt mir das zum Vorwurf zu machen, solltest du froh darüber sein“, protestierte Leona. „Nur ein ausgemachter Dickkopf kann dich so lieben, wie ich es tue.“

Zu ihrer Überraschung blieb Hassan mitten auf der Treppe stehen und sah sie an, als suchte er nach den richtigen Worten. „Habe ich dir eigentlich je gesagt, wie sehr ich euch beide liebe, dich und deinen Dickkopf?“, fragte er schließlich.

Ohne die Dienerschaft, die ihnen bis ins Treppenhaus gefolgt war, zu beachten, beugte er sich zu Leona hinunter und gab ihr mit einem sinnlichen Kuss zu verstehen, dass nichts und niemand sie je wieder auseinanderbringen konnte.

Leona öffnete die Lippen, um Hassan auf diese Weise wissen zu lassen, dass sie sich nichts anderes ersehnte.

Unter den befremdeten Blicken der Angestellten trug Scheich Hassan ben Khalifa Al-Qadim seine schwangere Frau die letzten Stufen ins Obergeschoss hinauf und unterbrach den Kuss selbst dann nicht, als im Foyer ein Raunen einsetzte.

Sollen sie denken, was sie wollen, dachte er gleichgültig. Leona war seine Frau und die Mutter seines Kindes. Wann und wo sie sich küssten, ging niemanden etwas an.

– ENDE –

Lynn Graham

Der Wüstenpalast

Roman

Aus dem Amerikanischen von
Susanne Albrecht

MIRA®

1. KAPITEL

Der üppige Luxus des Al-Kabibi-Flughafens überwältigte Bethany geradezu. Erstaunt ließ sie den Blick über die endlosen, marmorglänzenden Fußböden, die riesigen Kristallleuchter und die Überfülle an Goldverzierungen schweifen.

„Ziemlich eindrucksvoll, stimmt's?“, meinte Ed Lancaster, der gemeinsam mit Bethany in der sich nur langsam vorwärts bewegenden Schlange vor der Passkontrolle stand. „Und dabei gab's vor fünf Jahren hier nichts weiter als ein paar Betonhütten und weit und breit nur Sanddünen! König Azmir ließ zwar das Öl fördern, häufte die Profite daraus jedoch bloß an. Seine Knauserigkeit erregte viel Unmut, und das nicht nur bei den Einheimischen, sondern auch bei den Fremdarbeitern. Die Arbeitsbedingungen waren früher ganz schön primitiv.“

Der amerikanische Geschäftsmann war beim Zwischenstopp in Dubai zugestiegen. Seitdem hatte er nicht einmal für eine halbe Minute zu reden aufgehört, doch Bethany war sogar recht dankbar für die Ablenkung gewesen. Denn hätte ihr Fachbereichsleiter an der Universität nicht darauf bestanden, dass sie ihre Forschungen ausgerechnet auf diesen Teil des Mittleren Ostens konzentrierte, hätte sie nichts auf der Welt dazu gebracht, auch nur einen Fuß in das Emirat von Datar zu setzen!

„Als König Azmir krank wurde, übernahm der Kronprinz Razul die Regierungsgeschäfte“, plauderte Ed munter weiter. Dass Bethany plötzlich erstarrte und blass wurde, entging ihm völlig. „Und der ist ein ganz anderes Kaliber. Die Modernisierung von fünfzig Jahren hat er in gerade mal fünf Jahren vollendet. Ein erstaunlicher Mann. Er hat die gesamte Gesellschaft Datars verändert …“

Bethanys schönes Gesicht unter der roten Lockenmähne war eisig geworden, und ihre grünen Augen hart.

Auf einmal wünschte sie, dass Ed den Mund hielt. Von Prinz Razul al Rashidai Harun wollte sie nichts hören.

„Und die Leute vergöttern ihn. Razul ist für sie eine Art Nationalheld. Sie nennen ihn *Schwert der Wahrheit.* Wenn man das Wort Demokratie erwähnt, werden sie sogar richtig böse“, meinte Ed. „Dann fangen sie an, davon zu erzählen, wie er sie während des Rebellenaufstands vor dem Bürgerkrieg bewahrt hat, wie er das Oberkommando über die Armee übernommen hat und so weiter und so fort. Sie haben sogar einen Film darüber gemacht, so stolz sind sie auf ihn …“

„Ja, vermutlich“, erwiderte Bethany, und ein stechend bitterer Schmerz durchzuckte sie.

„Allerdings“, seufzte Ed mit unverhohlener Bewunderung. „Obwohl diese Verehrung einem manchmal etwas auf die Nerven gehen kann, ist er doch ein Wahnsinnskerl! – Ach, übrigens …“ Ed hielt einen Moment inne, um Atem zu schöpfen. „ Wer holt Sie eigentlich ab?“

„Niemand“, murmelte Bethany, in der Hoffnung, dass der Monolog über Razul nun vorbei war.

Ed runzelte die Stirn. „Aber Sie reisen allein.“

Bethany unterdrückte ein Stöhnen. Ursprünglich hatte ein Forschungsassistent sie begleiten sollen. Doch wenige Minuten, ehe sie an Bord gehen sollten, war Simon über einen achtlos abgesetzten Aktenkoffer gestürzt, und zwar so schwer, dass er sich den Knöchel gebrochen hatte. Es war Bethany durchaus nicht wohl dabei gewesen, ihn der Obhut der Rettungssanitäter zu überlassen, aber die Arbeit ging natürlich vor.

„Weshalb sollte ich denn nicht allein reisen?“

„Wie, um alles in der Welt, haben Sie denn Ihr Visum bekommen?“, fragte Ed, der plötzlich sehr ernst dreinschaute.

„Auf dem üblichen Weg … Wieso? Was ist denn los?“

„Vielleicht ja gar nichts.“ Mit einem seltsam unbehaglichen Ausdruck zuckte Ed die Achseln, wich Bethanys fragendem Blick dabei jedoch aus. „Möchten Sie, dass ich lieber bei Ihnen bleibe, falls es Probleme geben sollte?“

„Nein, natürlich nicht. Ich wüsste auch überhaupt nicht, warum es ein Problem geben sollte", gab Bethany trocken zurück.

Aber es gab tatsächlich Schwierigkeiten.

Ed war gerade mit einem Winken weitergegangen, als der Datari-Beamte Bethanys Visum überprüfte und fragte: „Mrs. Simon Tarrant?"

Bethany zog die Augenbrauen zusammen.

„Ihrem Visum zufolge reisen Sie in Begleitung eines Mannes. Wo ist er?"

„Er konnte den Flug leider nicht antreten", erklärte sie gereizt.

„Sie reisen also allein, *Dr.* Morgan?", meinte er, zweifelnd die Mundwinkel verzogen, so als traute er ihr diesen akademischen Grad nicht zu.

Dies überraschte Bethany nicht. Mädchen hatten in Datar erst vor Kurzem das Recht auf Ausbildung zugebilligt bekommen. Die Vorstellung einer hochgebildeten Frau war für einen durchschnittlichen Datari etwa ähnlich normal wie kleine grüne Männchen vom Mars.

„Spricht irgendetwas dagegen?", wollte Bethany ärgerlich wissen, die Wangen hochrot, als sie zur Seite gezogen wurde und damit ins Zentrum der allgemeinen Aufmerksamkeit geriet.

„Ihr Visum ist ungültig", teilte ihr der Passbeamte mit und winkte zwei uniformierte Sicherheitswachen herbei, die bereits in ihre Richtung blickten. „Sie können nicht nach Datar einreisen. Mit dem nächstmöglichen Flug werden Sie nach England zurückgeschickt. Falls Sie kein Rückflugticket besitzen, werden wir großzügig die Kosten übernehmen."

„Ungültig?", wiederholte Bethany ungläubig.

„Erschlichen durch arglistige Täuschung." Der Beamte unterzog sie einem Blick von äußerster Strenge, bevor er sich mit einem Wortschwall auf Arabisch an die beiden anderen Männer wandte.

„Arglistige Täuschung …?" Bethany konnte es nicht fassen, dass der Mann es wirklich ernst meinte.

„Die Flughafenpolizei wird Sie bis zu Ihrer Ausreise in Gewahrsam nehmen", teilte er ihr mit.

Die Polizisten betrachteten sie bereits mit unverhüllter Neugier, und trotz der ihr drohenden Abschiebung vermochte Bethany ihre Empörung über deren unverschämte Musterung kaum zu zügeln.

„Sie machen einen schweren Fehler", erklärte sie, wobei sie sich zu ihrer vollen Größe von einem Meter achtundsechzig aufrichtete. „Ich verlange, mit Ihrem Vorgesetzten zu sprechen! Mein Visum wurde vollkommen rechtmäßig von der Botschaft Datars in London ausgestellt ..." Bethany brach ab, als sie merkte, dass ihr niemand auch nur das geringste Gehör schenkte und die Polizisten sich ihr mit alarmierender Entschlossenheit näherten.

Unvermittelt wurde Bethany von Panik ergriffen. Sie holte tief Luft und brachte die einzige Verteidigungswaffe zum Einsatz, die sie besaß: „Ich möchte, dass Sie wissen, dass ich eine enge persönliche Freundin Ihres Kronprinzen Razul bin!"

Der Beamte, der sich schon abgewandt hatte, fuhr herum und stand da wie versteinert.

„Wir sind uns während seines Studienaufenthaltes in England begegnet." Bethanys Wangen glühten vor Zorn und zugleich vor Verlegenheit darüber, dass sie zu einer derart drastischen Hilfsmaßnahme hatte greifen müssen.

Sie warf den Kopf zurück, sodass das Lampenlicht auf ihren langen Locken glitzerte und ein feuriges Farbenspiel von Kupfer über Gold bis hin zu Tizianrot auslöste.

Mit offenem Mund starrte der Beamte sie an. Dann wich er einen Schritt zurück, das dunkle Gesicht plötzlich aschfarben, und ließ einen weiteren gutturalen, arabischen Redeschwall auf die beiden Polizisten los.

Ein schockierter Ausdruck, gefolgt von Erschrecken, huschte über deren Mienen. Auch sie wichen zurück.

„Sie sind *die Eine*", flüsterte der Passbeamte geradezu.

„Die eine was?", fragte Bethany, verblüfft über die Wirkung, die ihre Äußerung gezeitigt hatte.

Atemlos und in dringendem Tonfall rief er irgendetwas in sein Funkgerät und zog dann ein Taschentuch hervor, um sich damit die Schweißtropfen von der Stirn zu wischen.

„Hier liegt ein furchtbares, ganz unverzeihliches Missverständnis vor, Dr. Morgan."

„Wegen meines Visums?"

„Mit Ihrem Visum gibt es kein Problem. Bitte kommen Sie hier entlang", drängte er, während er sich immer wieder aufs Neue entschuldigte.

Innerhalb weniger Minuten traf ein elegant gekleideter Mann mittleren Alters ein, der sich als Flughafendirektor Hussein bin Omar vorstellte. Dieser begann ebenfalls, hektische Entschuldigungen sowohl auf Englisch als auch auf Arabisch hervorzustoßen. Er lotste Bethany in ein geräumiges Büro, wo er sie bat zu warten, bis man ihr Gepäck geholt habe. Von seiner Unterwürfigkeit war sie peinlich berührt.

Bei ihrer Ankunft in Datar derartige Aufmerksamkeit auf sich zu ziehen, war das letzte, was Bethany gewollt hatte. Nervös wartete sie fünfzehn Minuten, bis der Flughafendirektor zurückkehrte und sie hinausbegleitete – zu einem roten Teppich, der vorher nicht dort gelegen hatte.

Es muss sich um eine Verwechslung handeln, dachte Bethany. Anders konnte sie sich die Sache nicht erklären. Was, in aller Welt, glaubt dieser Hussein bin Omar, wer ich bin? Oder berechtigt einen die Bekanntschaft mit dem Kronprinzen automatisch zu solch bevorzugter Behandlung?

Es war idiotisch gewesen, zu behaupten, sie sei eine Freundin Razuls. Vor allem weil es nicht stimmte. Gewaltsam unterdrückte Bethany die Erinnerung an ihre letzte, schmerzliche Begegnung mit ihm. Nur knapp war sie damals einer Katastrophe entgangen, davon war sie überzeugt.

Draußen auf dem sonnendurchglühten Pflaster stand eine ganze Reihe schmucker Polizisten in blitzenden Uniformen Spalier.

Bethany wurde blass und geriet in ihrem weiten beigen Baumwollhemd und der strapazierfähigen Hose ins Schwitzen. Der heimliche kleine Abstecher nach Datar war völlig außer Kontrolle geraten.

„Ihre Eskorte, Dr. Morgan." Hussein bin Omar schnippte mit den Fingern, und einer der Polizisten sprang vor, um die Tür des bereitstehenden Polizeiwagens aufzureißen.

„Wie bitte?", brachte Bethany schwach hervor, als eine junge Frau herbeigeeilt kam und ihr einen riesigen Blumenstrauß in die Hand drückte.

Damit nicht genug, wurden auch noch ihre Finger ergriffen und geküsst. Danach schien für einen Moment jedoch niemand mehr zu wissen, was nun zu tun sei.

„*Allahu* … Gott ist groß!", rief der Flughafendirektor dann plötzlich, und mehrere aufgeregte Männerstimmen fielen in seinen Ausruf mit ein.

Daraufhin ergab Bethany sich in ihre Lage und stieg rückwärts in den Polizeiwagen ein. Die sind ja alle verrückt, dachte sie, schalt sich aber sogleich für diesen Gedanken, der einer Ethnologin wie ihr schlecht anstand.

Als der Wagen sich unvermittelt in Bewegung setzte, und der Fahrer die Sirene einschaltete, bemühte Bethany sich darum, die Ruhe zu behalten, wenngleich ihr dies nicht so ohne Weiteres gelang, – vor allem, da ihnen auch noch zwei weitere Wagen folgten.

Wahrscheinlich soll dieser Aufstand dazu dienen, dass Hussein bin Omar sein Gesicht vor der königlichen Familie wahrt, sagte Bethany sich. Nur deshalb gewährte man ihr eine Polizeieskorte zum Hotel, das außerhalb der Stadt lag.

Ihr erschien all das reichlich übertrieben, aber schließlich war dies nicht England, sondern Datar, ein feudales Königreich mit einer Kultur, die erst kürzlich begonnen hatte, sich aus ihren mittelalterlichen Strukturen zu lösen.

Rasant überfuhr der Fahrer eine rote Ampel, und Bethany kniff erschrocken die Augen zu. Vorsichtig öffnete sie sie dann wieder und blickte hinaus auf die Stadt Al Kabibi, die viel zu schnell an ihnen vorbeiflog. Supermoderne Wolkenkratzer und Einkaufszentren ragten neben alten Moscheen mit ihren türkisfarbenen Kuppeln empor, Alt und Neu in friedlicher Koexistenz.

Nachdem sie die luxuriösen weißen Villen am Stadtrand hinter sich gelassen hatten, führte die breite, staubige Piste durch eine trockene, ebene Wüstenlandschaft. Bethany beugte sich vor, um einen besseren Blick auf die riesigen, festungsartigen Steinmauern zu erhaschen, die sich vor ihnen aus dem Sand erhoben.

Der Fahrer sprach erregt in sein Funkgerät, während er gleichzeitig einen anderen Wagen überholte und dabei das Steuer kaum mit zwei Fingern festhielt.

Bethany, die nur noch auf der Kante ihres Sitzes hockte, schickte ein Stoßgebet gen Himmel. Dann, ohne jede Vorwarnung, bog der Wagen vor der Festung unvermittelt von der Straße ab und schoss durch mehrere große, türmchenbewehrte Tore. Eine Gruppe von Stammesleuten in langen weißen Gewändern stellte sich ihnen plötzlich in den Weg und legte ihre Gewehre an.

Der Fahrer trat so heftig auf die Bremse, dass Bethany ruckartig nach hinten geschleudert wurde. Sie hörte das Krachen der Gewehrschüsse und warf sich auf den Boden des Wagens, wo sie sich so klein wie möglich hinkauerte.

Der Wagen hielt an, doch Bethany, die sich ängstlich fragte, ob der Fahrer womöglich erschossen worden war, beschloss unten zu bleiben, zumindest so lange, bis keine Kugeln mehr flogen.

Die Wagentür wurde mit einem leisen Klicken geöffnet.

„Dr. Morgan?“, erkundigte sich eine sanfte, ausdruckslose Stimme in einwandfreiem Oxford-Englisch.

Bethany schaute auf und begegnete dem höflich fragenden Blick eines kleinen, adretten arabischen Herrn mit Spitzbart.

„Ich bin Mustafa …“

„Die Gewehre …“, stotterte sie.

„Oh, nur die Palastwache, die ein bisschen Pulver verschossen hat. Hat es Sie geängstigt? Bitte, nehmen Sie im Namen der Wache meine Entschuldigung dafür an."

„Oh ..." Verlegen errötend, stieg Bethany aus. Erst dann läuteten bei ihr die Alarmglocken. „Palastwache? Das hier ist nicht mein Hotel?"

„O nein, ganz und gar nicht, Dr. Morgan. Dies ist der königliche Palast." Der Mann gestattete sich ein kleines, amüsiertes Lächeln. „Prinz Razul hat darum gebeten, Sie unverzüglich hierher bringen zu lassen."

„Prinz Razul?", fragte Bethany mühsam, doch Mustafa war bereits auf den bogenförmigen, vergoldeten Eingang des weitläufigen Gebäudes vorausgeeilt, offenbar in der Annahme, dass sie ihm folgen würde.

Der Flughafendirektor muss Razul von meiner Ankunft in Kenntnis gesetzt haben, dachte Bethany erschrocken. Aber sie konnte sich beim besten Willen nicht vorstellen, weshalb Razul verlangt hatte, dass sie in den Palast gebracht wurde. Nach der Art und Weise, wie sie sich vor zwei Jahren getrennt hatten, wollte er sie doch bestimmt nicht wiedersehen.

Ihr letztes Zusammentreffen hatte keinen Zweifel daran gelassen, dass Razul zutiefst gekränkt davon gewesen war, dass Bethany nichts mit ihm hatte zu tun haben wollen. Obwohl sie sich bemüht hatte, in ihrer Ablehnung taktvoll zu sein, hatte Razul sie durch seine Reaktion so zornig gemacht, dass ihr Temperament mit ihr durchgegangen war.

Während sie dem älteren Herrn in eine riesige, hohe Halle mit schlanken Marmorsäulen folgte, fühlte Bethany sich wie betäubt, was durch die exotische Umgebung nur noch verstärkt wurde. Winzige Mosaiksteinchen fügten sich zu jahrhundertealten, komplizierten geometrischen Mustern in Grün, Ocker und Blassblau, mit denen die Wände und die Decke über und über bedeckt waren. Die Wirkung war atemberaubend.

Ein leises Geräusch ließ Bethany herumfahren.

Ein Kichern ... ein Flüstern? Sie spähte nach oben und sah die geschnitzten *Mishrabiyeh*-Holzgitter, die der Galerie, die weit über ihr entlangführte, als Fassade dienten. Hinter der filigranen, aber dennoch vollkommen ihren Zweck erfüllenden Schranke erhaschte Bethany mit ihren Blicken eilige Bewegungen, einen flüchtigen Eindruck von schimmernden Farben, und dann ein Ausbruch mädchenhaften Gelächters, aufgeregtes Flüstern mehrerer weiblicher Stimmen, die rasch verstummten. Der Duft nach Moschusparfum wehte herab.

Ein kleines Fenster zur Außenwelt für den Harem? Bethany stand wie erstarrt da. In der Dissertation, mit der sie ihren Doktortitel erworben und die ihr die Assistentenstelle an einer nordenglischen Universität eingebracht hatte, hatte sie das Thema der Unterdrückung der Rechte der Frauen in der dritten Welt behandelt. Hier befand sie sich zwar nicht in der dritten Welt, doch die fast unbezähmbare Anziehung, die Razul auf sie ausgeübt hatte, war gänzlich gegen ihre Prinzipien gewesen. Und Bethanys Kollegen hatten sich königlich darüber amüsiert, dass Razul es ausgerechnet auf sie abgesehen hatte ... ein arabischer Prinz, der zu Hause einen Harem von zweihundert Konkubinen besaß!

„Dr. Morgan!“, rief Mustafa bittend.

Bethany setzte ihren Weg fort. Am Ende der Halle standen zwei wild aussehende Beduinensoldaten vor einer phantastisch geschnitzten Doppeltür. Sie trugen Zeremonienschwerter, aber auch Gewehre. Auf ein Signal Mustafas hin öffneten sie die Türen zu einem großartigen Audienzraum. Mustafa selbst trat zurück und machte somit deutlich, dass er Bethany nicht weiter begleiten würde.

Auf der Stirnseite des Raumes flutete durch offene Türen das Sonnenlicht von einem hinteren Innenhof herein. Der Raum erschien dadurch dämmrig, was aber zugleich dessen reiche Ausstattung noch betonte.

Bethanys robuste Sandalen quietschten auf dem polierten Boden. Zögernd blieb Bethany stehen, ihr Herz wie wild hämmernd, als ihr

Blick auf den erhöhten Podiumssitz voller Seidenkissen fiel, der jedoch leer war.

Dennoch nahm sie mit jedem ihrer Sinne die verwirrende Mischung aus Verlangen und Furcht wahr, die vor zwei Jahren ihre ruhige, wohlgeordnete Welt einige Wochen lang in ein erschreckendes Chaos gestürzt hatte.

„Dr. Livingstone, nehme ich an?"

Bethany fuhr herum. Beim Klang dieser gedehnten Stimme mit dem weichen Akzent überlief sie ein Schauer, und der Atem stockte ihr.

In etwa zehn Meter Entfernung, auf der Schwelle zu dem Innenhof, stand Razul al Rashidai, der Kronprinz von Datar.

„Das einzige, was zu deinem Outfit noch fehlt, ist ein Tropenhelm. Hast du gedacht, du kommst ins finsterste Afrika?", meinte Razul mit leichtem Spott, sodass Bethany sich in ihrer Kleidung plötzlich albern vorkam.

Sie konnte die Augen nicht abwenden, als Razul mit katzenhafter Geschmeidigkeit auf sie zuging, – unglaublich gut aussehend und schrecklich exotisch. Mit seinen markanten Zügen, den hohen Wangenknochen und seiner gebräunten Haut hätte er geradewegs einem berberischen Wandbehang entsprungen sein können. Für einen Mann seiner Rasse war er sehr hochgewachsen. Bekleidet mit einem Gewand aus feinem cremefarbenen Leinen, die Kopfbedeckung mit einem doppelten, königlich goldenen *iqal* gebunden, sah Razul auf Bethany herab.

Langsam schlenderte er um sie herum, fast wie ein Raubtier, das seine Beute einkreiste. Ihr wurde der Mund trocken.

„So still", sagte Razul, als er schließlich vor ihr innehielt. „Du bist schockiert … Der Barbar hat gelernt, richtiges Englisch zu sprechen …"

Bethany zuckte zusammen, und ihr wich alle Farbe aus den hektisch geröteten Wangen. „Bitte …"

„Und sogar, wie man euer feines westliches Besteck benutzt", fuhr Razul gnadenlos fort.

Sie senkte den Kopf. Glaubte er wirklich, dass ihr diese Lappalien irgendetwas ausgemacht hatten? Im Gegenteil, sie hatte mit ihm mitgefühlt, als er mit all seinem wilden Stolz darum gekämpft hatte, sich in eine Welt einzufügen, zu der sein misstrauischer alter Vater ihm jeglichen Zugang versagt hatte, bis zu einem Alter, in dem der Lernprozess umso schwieriger zu vollziehen gewesen war.

„Aber eine Lektion, die du ihn hast lehren wollen, hat der Barbar nicht gelernt“, murmelte Razul leise. „Ich hatte sie nicht nötig, denn ich kenne die Frauen. Ich habe die Frauen schon immer gekannt. Ich habe dich nicht umworben, weil ich in meiner primitiven, chauvinistischen Arroganz geglaubt hätte, ich sei unwiderstehlich. Sondern deshalb, weil in deinen Augen eine eindeutige Aufforderung zu lesen war …“

„Nein!“, stieß Bethany abwehrend hervor.

„Sehnsucht … Verlangen … Begehren“, fuhr er so weich fort, dass sich ihr die Nackenhaare sträubten. „Diese vollen roten Lippen sagten nein, aber diese smaragdgrünen Augen flehten darum, dass ich beharrlich bleiben sollte. Habe ich Ihrem Ego geschmeichelt, Dr. Morgan? Hat es Sie erregt, den Lockvogel zu spielen?“

Bethany war wie gelähmt, dass Razul offenbar jedes Wort, das sie ihm an den Kopf geworfen hatte, behalten hatte.

„Wenn du glaubst, ich hätte mich irreführend verhalten, dann war das völlig unabsichtlich, das versichere ich dir“, erwiderte sie angespannt, den Blick zu Boden gerichtet.

Ein erdrückendes Schweigen trat ein.

„Kann ich jetzt gehen?“, flüsterte Bethany schließlich.

„Schau mich an …“

„Nein …“

„Sieh mich an!“, brauste Razul auf.

Ihre Augen trafen sich mit den seinen, die goldfarben waren wie die eines Tigers. Auf einmal fühlte Bethany sich schwindelig und orientierungslos. Die elektrisierende sexuelle Spannung, die zwischen ihnen herrschte, riss all ihre Verteidigungsmauern nieder, und ihre blassen Wangen waren von heißer Röte übergossen.

Razul bedachte sie mit einem wissenden Lächeln, während er seine goldfarbenen Augen über ihre Gestalt gleiten ließ und dabei an jeder ihrer üppigen Rundungen hängen blieb, die unter Bethanys lose geschnittener Kleidung sichtbar waren. Dann, ohne jede Vorwarnung, trat er einen Schritt zurück und klatschte in die Hände. Es klang wie ein Pistolenschuss.

„Jetzt werden wir Tee trinken und uns unterhalten", verkündete Razul in dem einfachen Befehlston dessen, der hier das Sagen hatte.

Bethany verschränkte die Arme vor der Brust. „Ich glaube nicht, dass ..."

Drei Diener erschienen wie aus dem Nichts. Einer von ihnen trug ein Tablett, auf dem die Tassen standen, der zweite eine Teekanne, und der dritte brachte einen niedrigen Tisch mit einem Ebenholzgestell und einer Messingplatte.

„Earl Grey ... extra für dich", teilte Razul Bethany mit, der auf das Podium stieg und sich dort in von Natur aus angeborener Würde auf den Kissen niederließ.

Wenig begeistert folgte Bethany seinem Beispiel und nahm ebenfalls auf dem prachtvollen Teppich und den dort verstreuten Kissen Platz.

„Am Flughafen gab es ein kleines Missverständnis wegen meines Visums ... Andernfalls hätte ich deinen Namen überhaupt nicht erwähnt", sagte sie.

Die feine Porzellantasse, die sie rasch an sich nahm, um sich irgendwie zu beschäftigen, klirrte verräterisch auf dem Unterteller. Eilig nippte Bethany an dem heißen, duftenden Tee.

„Dein Visum war ungültig."

„Wie bitte?" Erstaunt, diese unsinnige Behauptung noch einmal zu hören, blickte sie auf.

„Junge Frauen bekommen nur nach strengen Richtlinien ein Visum. Entweder, wenn sie hier eine Datari-Familie besuchen, einen legalen Arbeitsvertrag vorweisen können oder in Begleitung eines Verwandten beziehungsweise eines männlichen Kollegen reisen", zählte Razul gleichmütig auf. „In deinem Visum stand, dass du einen Begleiter haben würdest. Aber du bist allein angekommen. Diese Tatsache reichte aus, um dein Visum ungültig zu machen."

Bethany hob das Kinn, ihre grünen Augen blitzten. „Ihr diskriminiert also ausländische Frauen, indem ihr lächerliche Regeln aufstellt ...!"

„Diskriminierung kann manchmal auch positiv sein ..."

„Niemals!", bekräftigte Bethany energisch.

„Du zwingst mich dazu, offen zu sein." Ungeduldig sah Razul sie an, sein breiter Mund wurde hart. „Einen Zustrom an Prostituierten kann man wohl kaum als für unsere Gesellschaft förderlich erachten."

„Prostituierte?"

„Unsere Frauen müssen bei ihrer Hochzeit Jungfrauen sein. Wenn nicht, kann man sie nicht verheiraten, und die Familie ist entehrt. In einer solchen Gesellschaft mag das älteste Gewerbe der Welt zwar durchaus florieren, aber wir hatten keine Probleme auf diesem Gebiet bis zu dem Zeitpunkt, als wir Visa mit allzu großer Freizügigkeit ausgestellt haben."

„Soll das etwa heißen, dass man mich am Flughafen für eine Art Hure gehalten hat?", fuhr Bethany auf.

„Die andere Sorte Frauen, der wir nach Möglichkeit die Einreise verweigern, will ich mal in Ermangelung eines treffenderen Ausdrucks als *arbeitende Abenteurerin* bezeichnen."

„Ich fürchte, ich kann dem nicht ganz folgen."

„Es gibt junge Frauen, die angeblich herkommen, um zu arbeiten. Sie strömen in die Nachtclubs, die in der Stadt aus dem Boden geschossen sind. Und dort trinken sie, kleiden und benehmen sich in einer Art und Weise, die in ihrem eigenen Land durchaus akzeptabel sein mag, aber von den Datari-Männern in einem ganz anderen Licht gesehen wird", erklärte Razul. „Ein beträchtlicher Prozentsatz dieser Frauen kehrt nicht wieder nach Hause zurück. Sie bleiben illegal im Land und lassen sich als Geliebte aushalten, um einen luxuriösen Lebensstil pflegen zu können."

„Na, ich sehe aber doch wahrhaftig nicht danach aus!", entgegnete Bethany entrüstet. „Und so faszinierend dieses Thema auch sein mag, denke ich doch, es ist allmählich Zeit, dass ich mich auf den Weg in mein Hotel mache."

„Alleinstehende Frauen werden gegenwärtig nicht als Gäste in unseren Hotels aufgenommen."

Bethany strich sich die Haare zurück. „Wie bitte?"

„Kein Hotel wird dir eine Unterkunft anbieten." Razul musterte sie eingehend. „Wenn ich dich nicht in den Palast hätte bringen lassen, wärst du jetzt schon auf dem Rückflug nach England."

„Aber das ist doch einfach lächerlich", schnappte Bethany erbost. „Ich kann schließlich nichts dafür, wenn mein Assistent sich kurz vor dem Abflug den Knöchel gebrochen hat!"

„Ein unglücklicher Zufall", sagte Razul, allerdings mit einem leichten Lächeln, so als sei dies völlig belanglos.

Bethany schob ihre Tasse fort und zwang sich zu einem Lächeln. „Hör zu, das hier ist für mich eine äußerst wichtige Forschungsreise ..."

„Du nimmst deine Arbeit immer so ernst", warf Razul ein.

„Ich bin nach Datar gekommen, um die Kultur der Nomaden zu erforschen."

„Was für ein zahmes Thema."

„Zahm?"

„Ich habe deine Arbeit über die Unterdrückung der Rechte der Frauen gelesen", meinte er liebenswürdig.

„Ach, tatsächlich?" Bethany war mehr als überrascht.

„Und deshalb möchte ich dir anbieten, auf einem Gebiet zu forschen, das dich in der akademischen Welt berühmt machen wird, wenn du in den Westen zurückkehrst."

„Und auf welchem Gebiet, wenn ich fragen darf?“ Ein unbestimmtes Unbehagen erfüllte sie.

Wieder lächelte Razul sein raubkatzenartiges Lächeln. „Ein längerer Aufenthalt in meinem Harem wird dir nicht nur genügend Raum für deine Forschungen bieten, sondern auch mir die Gelegenheit geben, dich zu lehren, was es bedeutet, eine Frau zu sein“, antwortete er seidenweich und selbstzufrieden.

2. KAPITEL

„In deinem Harem?“ Eine halbe Minute lang starrte Bethany Razul lediglich an, die hellen grünen Augen geweitet. Dann presste sie die Lippen zu einer schmalen Linie zusammen. „Sehr witzig.“

„Du bist jetzt in meiner Welt“, bemerkte Razul kühl und umfasste sie mit einem dunklen verschleierten Blick, der so intim war wie eine zärtliche Liebkosung. „Wenn du wieder gehst, wirst du eine andere Frau sein.“

Die Beine weit auseinandergestellt, die Arme angespannt, beherrschte Bethany nur mühsam die Woge des Zorns, die in ihr aufstieg. „Wenn du mich noch einmal so anschaust, dann schlage ich dir die Zähne ein, das schwöre ich dir!“

Mit einem wohlgefälligen Lächeln betrachtete er sie. „Mein Vater hat gesagt: *Ist diese Frau einen diplomatischen Zwischenfall wert?* – Wenn er dich jetzt so sehen könnte, hätte er diese Frage niemals gestellt.“

„Was soll das heißen, diplomatischer Zwischenfall?“, wollte Bethany schrill wissen.

„Früher oder später wird man dich vermissen“, erklärte Razul bereitwillig. „Es werden Fragen gestellt, die eine Antwort verlangen. Unser Botschafter in London wird ins Außenministerium einbestellt. Aber ich vermute, es wird noch viele Wochen dauern, bis es so weit ist.“

„Das Außenministerium?“ Ungläubig schüttelte Bethany den Kopf.

„Nun, es gibt so wenige Menschen in deinem Leben, die dich als vermisst melden könnten. Deiner Mutter schreibst du nur einmal im Monat, mit deinem Vater hast du überhaupt keinen Kontakt. Deine einzige enge Freundin befindet sich gerade auf einer ausgedehnten Hochzeitsreise in Südamerika. Und was deine Kollegen betrifft … Es sind Sommersemesterferien, und ich bezweifle, dass sie erwarten, von dir zu hören. Ich muss sagen, ich finde dein isoliertes Leben ein trauriges Zeugnis eurer wundervollen westlichen Zivilisation."

Der Schock saß tief. Bethany befeuchtete sich mit der Zunge die trockenen Lippen. „Wo... Woher weißt du all diese Dinge über mich?", flüsterte sie.

„Ein Detektivbüro."

„Du hast einen Privatdetektiv auf mich angesetzt? Aber wann? Du hast doch nicht einmal gewusst, dass ich nach Datar komme!"

„Nein? Eine großzügige Spende an deine Universität garantierte, dass du irgendwann kommen würdest ..."

„Ich ... verstehe nicht ..." stotterte Bethany, in deren Kopf ein stechender Schmerz zu pulsieren begann.

„Was glaubst du, weshalb deine Vorgesetzten darauf bestanden haben, dass du deine Forschungen auf Datar konzentrierst?"

„Die Nomadenstämme hier sind der modernen Welt nicht so ausgesetzt gewesen wie in anderen Ländern", antwortete sie schroff, die Hände geballt.

„Schon ... Aber wer hat das Thema deiner Forschung vorgeschlagen?"

Bethany verstummte. Der Vorschlag war von ganz oben gekommen, nicht etwa aus dem ethnologischen Fachbereich selbst. Tatsächlich hatte es einige unmutige Äußerungen darüber gegeben, dass sie wohl Verehrer an höherer Stelle haben musste, denn solcherart Forschungsmöglichkeiten im Ausland waren im Zuge der allgemeinen Mittelkürzungen an den Universitäten höchst selten.

„Ich baue deiner Universität eine funkelnagelneue Bibliothek", fuhr Razul freundlich fort. „Und mein sorgfältig ausgewählter britischer Vertreter, der sein ganz besonderes Interesse an Datar bekundet und außerdem erwähnt hat, wie beeindruckt er von einer Vorlesungsreihe gewesen ist, die du letztes Jahr gehalten hast, hat als Gegenleistung für diese Spende darauf bestanden, dass sein Name absolut anonym bleiben würde."

Bethany zitterte. Ohne einen einzigen Funken Reue erzählte Razul ihr gerade, dass sie unter Vorspiegelung falscher Tatsachen nach Datar gelockt worden war.

„Nein … Das glaube ich nicht. Ich weigere mich, das zu glauben!"

„Ich habe von dem Datum deiner Einreise gewusst, seit du dein Visum beantragt hast. Allerdings habe ich nicht damit gerechnet, dass du allein am Flughafen erscheinen würdest", gab Razul bedauernd zu. „Und auch nicht mit dem Aufruhr wegen deines Visums. Doch dies hat sich nun als Vorteil für mich herausgestellt. Du hast jetzt keinen Begleiter, der deinetwegen Alarm schlagen könnte … Und ich habe dich umso eher in meinem Besitz."

„Du hast mich keineswegs in deinem Besitz, du Irrer!" Bethany packte ihre Tasche und stolzierte auf den Ausgang zu. „Ich habe mir diesen Unsinn lange genug angehört!"

„Dir ist klar, dass man dich in Gewahrsam nehmen wird?"

„Was soll das heißen?"

„Ohne meine Erlaubnis ist es dir untersagt, den Palast zu verlassen."

„Niemand untersagt mir irgendetwas … Ich tue, was *ich* will!", fuhr sie ihn an und riss aufgebracht an den reichverzierten Türgriffen. „Und ich fahre zum Flughafen zurück!"

„Falls du meine Männer dazu zwingst, Hand an dich zu legen, wird es ihnen äußerst peinlich sein, dich derartig unwürdig zu behandeln … Aber sie werden nicht zögern, ihre Pflicht zu tun", warnte Razul.

Die Türen sprangen auf. Augenblicklich fuhren die beiden Wachen zu Bethany herum, ohne sie jedoch direkt anzusehen. Und sie erinnerte sich, dass auch am Flughafen, kaum dass sie Razuls Namen erwähnt hatte, alle Männer den Blick von ihr abgewendet hatten. Es war eine Beleidigung, wenn ein Araber eine Frau anstarrte, die nicht zu seiner Familie gehörte.

Aber ich bin keine von ihnen, dachte Bethany, und die Vorstellung, sich mit diesen wild aussehenden Männern einen völlig sinnlosen Kampf zu liefern, ließ sie zurückweichen. Verärgert knallte sie die Türflügel wieder zu.

„Wenn du mich nicht hier rauslässt, schreie ich!"

„Davon wird deine Migräne nur schlimmer."

Woher, zum Teufel, wusste er, dass sie unter Migräneanfällen litt und dass sie bereits die ersten Anzeichen spürte?

„Du glaubst wohl, ich würde nicht schreien, oder? Du denkst, ich bin so beeindruckt von deinen lächerlichen Drohungen und deinem verdammten Thronraum, dass ich mich nicht traue!"

Razul erhob sich, eine steile Falte zwischen den geschwungenen schwarzen Augenbrauen, und kam geschmeidig auf Bethany zu.

„Bleib mir ja vom Leib ... Ich warne dich!" Bethany warf den Kopf in den Nacken und schrie.

Doch niemand kam.

„Frag dich doch einmal selbst, was dein Leben im Westen dir für Glück gebracht hat", meinte Razul sanft. „Du arbeitest jede freie Minute. Du treibst dich unbarmherzig an wie eine Maus im Laufrad und versagst dir alle femininen Vergnügungen."

„Ich bin sehr glücklich!", schleuderte Bethany ihm entgegen, den Rücken an die Tür gepresst. „Meine Arbeit füllt mich total aus."

„Völlig von mir ausgefüllt zu sein, wird dir sehr viel mehr Befriedigung bringen. Ich werde all diese aufgestaute Anspannung freisetzen und lösen ..."

„Die einzige Art und Weise, wie ich meine Anspannung im Augenblick freisetzen werde, ist, dich zu schlagen, wenn du dich nicht von mir fernhältst! – Vielleicht glaubst du, deine kleinen Machtspielchen sind amüsant, aber mir reicht es jetzt. Hast du gehört? Ich will zum Flughafen zurückgebracht werden, und zwar sofort!"

„Wenn ich dir deinen Willen ließe, würdest du es für den Rest deines Lebens bereuen", erwiderte Razul trocken. „Ich werde nicht gestatten, dass du eine solch törichte Entscheidung triffst."

„Zurück, Razul!" Bethany sprang an der Wand entlang. „Der Spaß ist zu Ende. Du kannst mich hier nicht gegen meinen Willen festhalten."

„Wenn du dich etwas ausgeruht hast, wirst du dich über die wunderbare Veränderung in deinem Leben freuen. Du bist nicht mehr allein …"

„Ich bin gerne allein!"

„Du hast Angst, dich einzulassen …"

„Mit dir lasse ich mich auf gar nichts ein!", rief sie verzweifelt. Und dann, auf einmal, konnte sie nicht mehr. Heiße Tränen brannten in ihren Augen, und sie verbarg das Gesicht in den Händen.

Bethany spürte, wie starke Arme sie umschlossen und aufhoben. In ihrem Kopf drehte sich alles. Sie schaute in blitzende goldbraune Augen, umgeben von glänzendschwarzen Wimpern, die länger waren als ihre eigenen, und ein ersticktes Stöhnen entfuhr ihr.

„Hör auf, gegen mich anzukämpfen."

„Lass mich runter", forderte sie schwach.

„Schsch …" wisperte Razul besänftigend. „Hingabe kann für eine Frau die schönste Erfahrung ihres Lebens sein. Du wurdest geboren, um nachzugeben, nicht zum Kampf."

Zu elend, um noch weiter Widerstand zu leisten, schloss Bethany die Augen. Razuls Überlegenheit vermochte sie nichts mehr entgegenzusetzen.

Zwei Jahre zuvor hatte sie alles Geld, das sie besaß, für eine Reise nach Kanada zu ihrer Tante ausgegeben, nur um Razul zu entfliehen. Wie eine Süchtige hatte sie unter Entzugserscheinungen gelitten, unter schlaflosen Nächten, Appetitlosigkeit, Stimmungsumschwüngen …

Scheinbar mühelos trug Razul sie jetzt. Sein Duft, rein, warm und männlich, hüllte Bethany ein, und zu ihrem eigenen Schrecken stellte sie fest, dass es ihr sogar gefiel, dass Razul das Kommando übernommen hatte. Sein weiches glattes Gewand an ihrer Wange fühlte sich gut an, ihr gefiel seine Stärke, sein ruhiger, gleichmäßiger Herzschlag.

Dann wurde Bethany auf ein Bett gelegt, und mehrere Frauenstimmen erhoben sich zu einem aufgeregten Stimmengewirr auf Arabisch. Sie spürte eine kühle Hand auf ihrer Stirn. Razul.

Er stützte sie. „Trink das …"

Gehorsam schluckte sie den Kräutertrank, sank danach zurück und hob sekundenlang die schweren Augenlider. Zwei junge Frauen knieten in einiger Entfernung auf dem Teppich, die Blicke besorgt und fasziniert zugleich auf Bethany geheftet.

„Der Doktor kommt gleich." Behutsam strich Razul die feurigen Locken von ihrer feuchten Stirn. Seine Hand bebte leicht. „Schließ die Augen; entspann dich", wies er sie mit seiner tiefen, dunklen Stimme an. „Wenn du dich anstrengst, wird der Schmerz sicher nur noch schlimmer."

Mich entspannen? Wie denn, dachte sie. Er hat mich in seinen Harem gebracht. Und das da müssen seine Frauen sein. Ehefrauen, Konkubinen … Ach, ist das nicht egal? fragte sie sich bitter. Razul ist und bleibt der Mann, der zweihundert junge, schöne Frauen zur Verfügung hat … Geschenke der Untertanen seines Vaters.

Datar hatte offizielle Beschwerde bei der britischen Regierung eingelegt, als ein gewisses Boulevardblatt der sensationsgierigen britischen Öffentlichkeit pikante Einzelheiten über das Privatleben des Kronprinzen zugänglich gemacht hatte. Sechs Monate lang waren alle diplomatischen Beziehungen abgebrochen worden, und Aufträge, die ursprünglich mit britischen Firmen hatten zustande kommen sollen, waren an andere Länder gegangen. Seitdem hatten sich die Medien in Bezug auf das exotische Sexleben des Kronprinzen von Datar taktvoll zurückgehalten. Kein einziges Wort mehr war seit jenen Enthüllungen vor zwei Jahren gedruckt worden.

Als Bethany es damals gewagt hatte, ihn mit diesen Tatsachen zu konfrontieren, war Razul vollkommen außer sich gewesen. So zornig und erbost war er über die Dreistigkeit einer Frau, ein derartig unaussprechliches Thema überhaupt zu erwähnen, dass ihn all sein Englisch im Stich gelassen und er in seiner eigenen Sprache auf Bethany eingeschimpft hatte, ehe er hinausgestürmt war und sie weinend, leer und voller Bitterkeit zurückgelassen hatte.

In einer benebelnden Mischung aus Schläfrigkeit und Erinnerungsfetzen ließ Bethany sich treiben wie ein Boot auf sturmgepeitschter See. Doch langsam kam das Boot in einem Hafen zur Ruhe, dorthin gezogen durch den Druck der kühlen, kräftigen Finger, die die ihren umschlossen hielten. Und allmählich glitt Bethany in einen tiefen traumlosen Schlaf hinüber.

Bethany erwachte zum Klang von Vogelgezwitscher und streckte sich träge. Sie schlug die Augen auf und sah keine Zimmerdecke, sondern eine Kuppel aus herrlichem farbigem Glas, die sich weit über ihr erhob. Nach Luft schnappend, setzte Bethany sich auf. Erschrocken stellte sie fest, dass sie nicht allein war.

Drei strahlend lächelnde junge Mädchen knieten schweigend vor ihr auf dem Teppich.

„Sie sind wach, *sitt.*" Eines der Mädchen stand anmutig auf und hob scheu den Blick aus mandelförmigen Augen zu ihr empor. Ihr schlanker Körper war mit einem engen, farbenprächtigen Mieder und einem weitschwingenden Rock bekleidet, ihre Füße steckten in reich bestickten Pantoffeln, und bei jeder Bewegung klirrte leise der Goldschmuck, den sie trug. „Ich bin Zulema. Wir wurden ausgewählt, um Ihnen zu dienen. Viele haben sich diese Ehre erhofft, aber nur ich spreche Englisch. Prinz Razul sagt, ich spreche gut Englisch … Ist es gut genug?", fragte sie in plötzlicher Bestürzung, offenbar deshalb, weil Bethany sie sprachlos anstarrte.

Bethany atmete tief durch und versuchte, ihre Fassung zurückzugewinnen, indem sie sich in dem sagenhaften Raum umschaute und dann vorsichtig das weiße Seidennachthemd befühlte, in das sie geheimnisvollerweise gekleidet war.

„Sie sprechen hervorragendes Englisch, Zulema", murmelte sie.

„Ich werde Ihnen ein Bad einlassen, *sitt.* Sie müssen wollen sich bestimmt frisch zu machen. Sie hatten eine lange Reise, aber es ist ja so aufregend, in einem Flugzeug zu fliegen. Einmal bin ich mit Prinzessin Fatima nach London gereist …" Zulema brach plötzlich ab und senkte den Kopf mit dem glänzenden dunklen Haar.

Fatima? Wer war Prinzessin Fatima? Razuls Schwester, Mutter, Tante oder … seine Frau? Bethany wusste nichts über seine Familie.

Das Geräusch von fließendem Wasser kam durch eine Tür, die nun weit aufgestoßen wurde. Bethany glitt vom Bett herunter.

Zulema schnappte nach Luft und eilte herbei, um ihr Pantoffeln vor die Füße zu legen, als ob der phantastische, seidenweiche Teppich keinen ausreichenden Schutz böte.

„Bitte …“ Bitte, lasst mich in Ruhe, wollte Bethany sagen, aber als Zulema mit einem geradezu verehrungsvollen Blick zu ihr emporblickte, als sei sie eine Art Göttin und keine völlig normale Frau, verstummte Bethany.

„Wir werden Sie baden, *sitt.*“

Gepresst erwiderte Bethany, der all dies entsetzlich unangenehm war: „Es ist nicht nötig, dass Sie mir zu Diensten sind, Zulema.“

„Aber Sie sind doch die Eine … Man muss für Sie dienen“, protestierte Zulema ängstlich.

Die Eine … wieder dieser merkwürdige Ausdruck.

„Wo ich herkomme“, erklärte Bethany steif, „teilt man sich das Badezimmer nicht mit anderen.“

Kichernd übersetzte Zulema diesen barbarischen Wunsch nach Privatsphäre ihren Gefährtinnen. Und in dem allgemeinen Heiterkeitsausbruch nahm Bethany die Gelegenheit wahr, an ihnen vorbei in das Badezimmer zu huschen und die Tür hinter sich zu schließen.

Die ultramoderne Ausstattung übte eine beruhigende Wirkung auf sie aus. Das Schlafzimmer aus antikem Zedernholz mit Silberintarsien hatte ihr den verwirrenden Eindruck vermittelt, sie sei in die Zeit von Scheherazade zurückversetzt worden.

Hastig entledigte Bethany sich ihres Seidennachthemds, kletterte in die Wanne und ließ sich in das duftende Badewasser sinken.

Nach dem Bad betrat sie in Handtücher gehüllt wieder den angrenzenden Raum.

„Wo sind meine Kleider?“

Voller Stolz deutete Zulema auf die edelsteinfarbigen Seidenkleider, die inzwischen auf dem Bett ausgebreitet lagen.

„*Meine* Kleider, mein Koffer“, wurde Bethany noch deutlicher, was jedoch keinerlei Reaktion auslöste.

Wütend riss Bethany Schränke und Kisten auf. Nichts, weit und breit war von ihren Sachen nicht die geringste Spur zu entdecken.

Am liebsten hätte sie mit dem Fuß aufgestampft und geschrien, und offenbar konnte man ihr dies auch ansehen, denn Zulema und ihre Helferinnen wirkten zutiefst besorgt, so als würde das leiseste Anzeichen der Unzufriedenheit von Seiten Bethanys eine schwere Strafe auf ihre Häupter herabbeschwören.

„Also gut ... Ich zieh' das Zeug an“, gab Bethany widerwillig nach. „Suchen Sie etwas für mich aus.“

Augenblicklich lächelten alle wieder. Zulema hielt ihr einen smaragdgrünen, in Gold eingefassten Kaftan entgegen, und dazu seidene Spitzenunterwäsche, wie sie Bethany in ihrem ganzen Leben noch nie besessen hatte. Sie war eher der Typ für schlichte weiße Baumwolle.

Zornige rote Flecken auf den Wangen, zog Bethany sich an und stellte sich dann vor den Spiegel, wo sie mit einer silbernen Bürste grob durch ihre lange zerzauste Lockenpracht fuhr.

„Ich habe Ihnen missfallen, *sitt?*“, fragte Zulema zaghaft und mit tränenerstickter Stimme. „Warum Sie nicht meine Hilfe mögen?“

Resigniert reichte Bethany ihr die Bürste und nahm Platz auf dem Diwan. Wie konnte man jemandem das Prinzip der Gleichberechtigung aufzwingen, wenn diese weder anerkannt noch erwünscht war?

„So herrliches Haar. Ich habe noch nie so wundervolles Haar gesehen“, seufzte Zulema, die jeden Knoten behutsam und ehrfürchtig mit den Fingern löste. „Es hat wirklich die Farbe der untergehenden Sonne, genau wie es gesagt wurde.“

„Von wem gesagt?“

Zulema kicherte schüchtern. „Die Wachen von Prinz Razul, sie reden … Es ist verboten, dass sie reden, aber Männer mögen das auch gern. Vor langer Zeit wir gehört haben von der englischen Lady mit dem Haar voller prachtvollen Farben. Bald das ganze Volk hat es gewusst und darüber geredet, und der König ist sehr ärgerlich geworden, dass die Leute über seinen Sohn flüstern. Ah … da ist ja das englische Frühstück!“, rief Zulema aufgeregt, als die Tür aufging.

Zulema öffnete noch eine weitere Tür, hinter der ein Esstisch und Stühle zu sehen waren.

„Wie zu Hause“, sagte sie zu Bethany, während eine Prozession an Bediensteten mit Tabletts ihr folgte.

Verblüfft sah Bethany zu, als die Tabletts eines nach dem anderen abgeladen und die zahlreichen Schüsseln aufgedeckt wurden. Fruchtsäfte, Frühstücksflocken, Toast, Croissants, Brötchen, Weißbrot und jeder nur erdenkliche Aufstrich. Dazu Spiegeleier, gekochte Eier, Rührei und sogar pochierte Eier; Räucherhering, gebratene Nierchen, Rindswürstchen, geröstetes Brot, Tomaten und Arme Ritter …

Zulema zog einen Stuhl vor. Bethany sank darauf nieder und ließ den Blick über das Bankett schweifen, das da vor ihr aufgebaut worden war. Noch nie zuvor hatte sie eine derartige Auswahl nur für eine einzige Person gesehen. Der gesamte Tisch war bedeckt.

„Es Ihnen gefällt?“

„Ich bin beeindruckt.“

„Prinz Razul hat Küchenchef von Dubai hierher gebracht. Wenn Sie sein Essen nicht mögen, er wird zurückgeschickt“, teilte Zulema ihr fröhlich mit.

Razul hat extra einen Koch angeheuert, der für mich westliches Essen kochen soll? dachte Bethany. Du liebe Zeit, meint er denn wirklich, dass ich lange genug bleibe, dass sich das lohnt?

Sie trank gerade ihren Tee aus, da näherte Zulema sich ihr erneut.

„Der Prinz … Er sagt, er Sie jetzt trifft“, sagte diese leise, als handele es sich um ein unerhört romantisches Rendezvous.

Bethany erhob sich und straffte energisch die schmalen Schultern. „Also auf ins Gefecht."

„Gefecht?"

„Ach, schon gut."

Der Palast war ein erstaunlich weitläufiges Gebäude, ein Mischmasch aus zahllosen langen Fluren, vergitterten Galerien und sonnendurchfluteten Innenhöfen.

Am Kopf einer prächtigen Marmortreppe blieb Zulema unvermittelt stehen und wich einige Schritte zurück.

„Wir müssen warten, *sitt.*"

Bethany blickte über die Mauer hinunter in den großartigen Hof unter ihnen, wo allerdings nicht die üppigen tropischen Pflanzen und die schönen Springbrunnen ihre Aufmerksamkeit erregt hatten. Sie sah Razul, dessen dichtes schwarzes, leicht gewelltes Haar im Sonnenschein glänzte ... und dann eine Frau, die ihn schluchzend um die Knöchel gefasst hielt.

„Wir spazieren gehen, *sitt*", drängte Zulema unbehaglich.

„Nein danke." In ihrem ganzen Leben hatte Bethany noch keine Frau erlebt, die sich derartig erniedrigte. Es brauchte keine Arabischkenntnisse, um zu begreifen, was da vor sich ging.

Razul zischte irgendetwas in seiner Sprache und stieg buchstäblich über die arme Frau hinweg. Als sie versuchte, ihm zu folgen, schnippte er erzürnt einer Gruppe von Dienern, die in einer Ecke kauerten, mit den Fingern zu. Sogleich hoben diese die Frau vom Erdboden auf und führten sie durch einen der Bogengänge fort.

„Wer ist diese Frau?", erkundigte Bethany sich flüsternd.

„Prinzessin Fatima", murmelte Zulema mit schmalen Lippen. „Prinz Razul nimmt nur eine Frau. Er immer gesagt hat, dass ... nur die Eine."

Bethany wurde von einer plötzlichen Welle der Übelkeit erfasst. Schweiß stand ihr auf der Stirn. Razul war also bereits verheiratet.

Du lieber Himmel, diese gequälte Frau war seine Ehefrau, und die Ursache ihrer Hysterie nicht schwer zu erraten. Razul hatte eine weitere Frau in den Palast gebracht, und verständlicherweise war die Ärmste deshalb völlig aufgelöst. Die Grausamkeit seines Verhaltens erschütterte Bethany. Razul war in der Tat jeder Zoll der primitive, despotische arabische Prinz, der davon überzeugt war, dass seine Gelüste selbstredend absoluten Vorrang vor den Bedürfnissen jeder Frau besaßen.

3. KAPITEL

Langsam ging Bethany die Marmorstufen hinab. Razul drehte sich um, das markante Gesicht gerötet und sein Ausdruck noch immer voll Zorn und kalter Arroganz. Aber dann, sobald er Bethany sah, fiel die Spannung von ihm ab. Ein strahlendes Lächeln verwandelte seine starken dunklen Züge vollkommen.

Das Lächeln traf Bethany wie ein Schock. Sie hielt inne, und das Herz blieb ihr fast stehen. Für Sekundenbruchteile fühlte sie sich an jenen Abend zurückversetzt, als sie einander zum ersten Mal begegnet waren. Bethany war gerade aus der Bibliothek gekommen. Razul hatte an der Kühlerhaube seines italienischen Sportwagens gelehnt, umschwärmt von begeisterten Studentinnen, die allesamt blond waren und nicht sonderlich für ihre Zurückhaltung in Bezug auf Männer bekannt.

Razul hatte aufgeschaut, sein Blick traf Bethany, und er wurde merklich still. Mit verengten Augen hatte er sie eindringlich betrachtet, ehe er ihr dieses phantastische Lächeln geschenkt hatte. Wie vom Blitz getroffen hatte Bethany ihre Bücher fallen lassen.

Aber dieses Mal passiert mir so was nicht, das schwor sie sich.

„Ich habe immer gehört, dass arabische Männer die Frauen in ihrer Familie achten und schützen“, erklärte sie herausfordernd. „Aber Berichte decken sich meistens nicht mit der Wirklichkeit, stimmt's? Prinzessin Fatima jedenfalls scheint keinen Funken Respekt deinerseits wert zu sein.“

Razuls Lächeln schwand, als hätte sie ihn geohrfeigt. Seine Wangenknochen traten schroff hervor.

„Du hast es gesehen?“

„Allerdings“, bestätigte Bethany.

„Es beunruhigt mich, dass du Zeugin einer solchen Szene werden musstest, aber der Ehre halber ist es mir verboten, dies mit dir zu diskutieren“, antwortete Razul mit einem grimmigen Unterton.

Bethany wandte sich ab. Sie ertrug es nicht, ihn anzusehen. Immerhin besaß er so viel Anstand ... Außerdem schien er ausgesprochen peinlich berührt, dass sie diesen geschmacklosen Vorfall mit angesehen hatte. Seltsam, es war beinahe, als erwartete er von ihr, dass sie so tat, als würden all diese anderen Frauen in seinem Leben gar nicht existieren. Konkubinen *und* eine Ehefrau.

Dennoch war Bethany nie imstande gewesen, Razul für seinen Lebensstil zu hassen. Ebenso wie sie ein Produkt ihrer Umwelt war, war er eines der seinen.

„Hast du gut geschlafen?"

Sie lachte ironisch. „Das müsstest du doch wissen. Schließlich hast du mich ja unter Drogen gesetzt ..."

„Du hattest große Schmerzen. Ich konnte es nicht ertragen, dich leiden zu sehen", verteidigte Razul sich. „Ein Schlaftrunk hat es dir ermöglicht, Ruhe zu finden."

Bethany setzte sich auf die Ummauerung eines der Springbrunnen und ließ die Finger durch das klare Wasser gleiten.

„Und wie lautet deine Rechtfertigung auf den Vorwurf der Entführung und der Freiheitsberaubung?"

„Du hast mir keine andere Wahl gelassen."

Tief Atem holend, sah sie zu ihm auf. In seinem perfekt maßgeschneiderten grauen Anzug, der seine breiten Schultern, die schmalen Hüften und die langen, schlanken Beine betonte, wirkte er auf schmerzhafte Weise vertraut.

„Du weißt, dass ich dich mit einer solchen Ausrede nicht durchkommen lasse", meinte sie leise.

„Durchkommen?", fragte Razul nach.

„Nicht gelten lasse." Bethany blickte ihn an. „Du kannst doch nicht im Ernst die Absicht haben, mich hier gefangen zu halten."

„Es muss ja kein Gefängnis sein. Gib mir dein Wort, dass du nicht versuchen wirst zu fliehen, dann kannst du dich frei bewegen."

„Das ist ein Widerspruch in sich." Unvorsichtigerweise ließ Bethany es zu, dass ihre Augen sich begegneten, und es schnürte ihr die

Kehle zu. „Du bist ein gebildeter Mann."

„Nur äußerlich", erwiderte Razul mit plötzlicher Härte. „Ich weiß, wie du über mich denkst. Mein Vater hat in den vergangenen zwei Jahrzehnten Tausenden von Datari-Männern gestattet, englische und amerikanische Universitäten zu besuchen. Er hat dies nur getan, weil ihm klar wurde, dass unser Land sich vollkommen von ausländischen Arbeitern abhängig machen würde, falls er unsere jungen Männer nicht dazu ermutigte, sich im Westen ausbilden zu lassen. Aber mir hat er diese Möglichkeit versagt. – Ich weiß sehr wohl, dass die Lektüre vieler Bücher und die kurze Zeit, die ich an der Universität gewesen bin, mich nicht zu einem gebildeten Mann machen. Schon gar nicht in den Augen einer Frau, die eine ganze Reihe an akademischen Titeln und viele wissenschaftliche Erfolge aufzuweisen hat."

„Razul, niemand, der gesehen hat, was du in den letzten fünf Jahren hier in Datar geleistet hast, könnte dich für etwas anderes als einen gebildeten Mann halten."

„Ich mache mir das Wissen von meinen Beratern zunutze, die aus allen Teilen unserer Gesellschaft stammen. Vetternwirtschaft dulde ich nicht, denn Machtpositionen mit unfähigen Leuten zu besetzen, ist der Fluch der arabischen Welt. Ich strebe danach, unsere Kultur zum Wohle unseres Volkes zu liberalisieren. Aber ich weiß, was du denkst, *aziza,* wenn ich so etwas sage." Er betrachtete sie mit düsterem Blick. „Du denkst: Wie kann man von Liberalisierung reden und dann eine Frau stehlen."

„Mir ist durchaus bewusst, dass das Stehlen von Frauen Teil eurer Stammeskultur ist", entgegnete Bethany kühl. „Aber …"

Ein Lächeln spielte um seinen schönen Mund. „Es ist kein Verbrechen, solange die Frau ehrenvoll und mit Respekt behandelt wird", warf er gelassen ein.

Gegen ihren Willen belustigt, senkte Bethany den Kopf. Wenn es Razul ins Konzept passte, war er erstaunlich listig.

„Aber selbstverständlich muss die Hochzeit innerhalb kurzer

Zeit stattfinden", fuhr er fort. „Das wird erwartet."

Bethany fuhr hoch, unverhohlener Schrecken in den grünen Augen.

Angespannte Stille trat ein.

Dann, mit einem unterdrückten arabischen Fluch, machte Razul einen langen Schritt auf sie zu und hielt inne. Die Ungläubigkeit, die sich auf seinen Zügen malte, stand der ihren in nichts nach.

„Im Namen Allahs, *aziza*... Du glaubst doch nicht etwa, dass ich dir eine solche Beleidigung zufügen würde, dir weniger als die Ehe anzubieten? Bist du ... deshalb gestern Abend so in Panik geraten?", fragte er, streckte die Hand aus und zog sie unbarmherzig zu sich empor. „Ich habe dich herbringen lassen, damit du meine Frau wirst!"

Seine zweite Frau ... Fassungslos starrte Bethany ihn an, bevor sie ihre Hände losriss und flüchtete.

Nach dem ersten Bogengang fand sie sich in einem luxuriös ausgestatteten Empfangsraum wieder, wo sie die Augen schloss, um sich wieder zu beruhigen.

Er will mir die Ehe anbieten ... Ein halbersticktes Lachen entfuhr Bethany. Kein Wunder, dass man mich am Flughafen wie eine Prinzessin behandelt hat. Kein Wunder, dass ich von Kopf bis Fuß bedient werde. Jeder außer mir ist davon ausgegangen, dass meiner Ankunft die Hochzeit folgt!

Eine polygame Ehe. Die Lehre des Koran besagte, dass ein Muslim berechtigt war, bis zu vier Ehefrauen zur gleichen Zeit zu haben. Und wenn er es wünschte, konnte er es durch kluge Scheidungen auf noch viel mehr bringen. Für die Exfrauen musste selbstverständlich gesorgt werden. Ein Grund, weshalb Polygamie in der arabischen Welt mittlerweile weniger häufig praktiziert wurde, waren die kaum aufzubringenden Kosten für den Unterhalt mehrerer Familien. Aber Razul war unermesslich reich.

Es war eigenartig, dass es Bethany vor zwei Jahren nie in den Sinn gekommen war, Razul könnte möglicherweise schon verheiratet sein. Die Boulevardpresse hatte sich dazu nicht geäußert. Andererseits … vielleicht war er zu dem Zeitpunkt ja auch noch gar nicht verheiratet gewesen.

Bethany legte sich die bebenden Hände vor das kalte Gesicht.

„Was quält dich?“, hörte sie da eine schroffe Stimme. „Vielleicht bist du beschämt darüber, dass du mich so falsch eingeschätzt hast“, meinte Razul bissig. „Ich bin doch kein Schmutzfink, der einer schutzlosen Frau seine unerwünschten Aufmerksamkeiten aufdrängt! Glaubst du wirklich, mein Vater hätte es zugelassen, dass ich eine Engländerin hierher bringe, ohne die Absicht, sie zu heiraten? Hältst du uns für unzivilisierte Wilde?“

„Und Prinzessin Fatima?“, wisperte Bethany mühsam.

„Fatima muss lernen, sich anzupassen. Das ist nicht mein Problem“, erklärte Razul ärgerlich und machte eine wegwerfende Handbewegung. „Ich habe nichts getan, dessen ich mich schämen müsste. Zwei lange Jahre habe ich auf dich gewartet, und das weiß sie genau …“

„Dein Mitgefühl ist geradezu überwältigend“, murmelte sie, mit ihrer Übelkeit kämpfend.

„Mitgefühl ist nie unendlich, genauso wenig wie Nachsicht. Wieso reagierst du so? Das ergibt keinen Sinn!“, warf Razul ihr vor.

„Gestern Abend …“ Bethany suchte nach Worten. „Du hast davon gesprochen, wie es sein würde, wenn ich in meine Welt zurückkehrte … Da hast du nicht an Heirat gedacht!“

Razul presste die Lippen aufeinander. „Ich habe deutlich gemacht, dass ich, falls du unglücklich sein solltest, dich freigeben würde. Ich würde mich scheiden lassen. Aber erst, nachdem du unserer Ehe eine echte und faire Chance gegeben hast.“

Bethany drehte den Kopf zur Seite. „Ich könnte dich niemals heiraten.“

„Sag nicht nie zu mir, das werde ich nicht akzeptieren.“

„Ich bestehe darauf, dass du mir einen Wagen rufst, der mich zum Flughafen bringt.“

„Das lehne ich ab.“ Razul schien gekränkt.

„Du hast Angst, dein Gesicht zu verlieren …" äußerte Bethany ihre Vermutung. Falls er seiner Familie mitgeteilt hatte, dass er die Absicht hatte, sie zu heiraten, und sie sich weigerte, wäre das eine ungeheure Demütigung für ihn.

„Schon wieder beleidigst du mich." Razul warf ihr einen erzürnten Blick zu, die Hände zu beiden Seiten zu Fäusten geballt. „Das, was zwischen uns ist, geht viel tiefer als etwas so Oberflächliches wie das, was du *Gesichtsverlust* nennst!"

Leichenblass, aber mit ebenso eisernem Willen wie er, hielt sie ihm stand. „Zwischen uns ist nichts und wird auch nie etwas sein. Das musst du einfach akzeptieren. Meiner Meinung nach ist dein einziges Interesse an mir die Tatsache, dass ich vor zwei Jahren nein gesagt habe! Dein Ego kann nicht damit fertig werden, dass es eine Frau auf der Welt gibt, die nichts mit dir zu tun haben will!"

„Wenn du solche Lügen aussprichst, verliere ich all meine Geduld!", brauste Razul auf, sodass Bethany zusammenzuckte. Mit einem Schritt war er dicht vor ihr. „Diese Lügen sind die reinste Provokation!"

Er schloss die starken Arme um sie, und Bethany wurde starr. Eindringlich ließ er seinen glühenden Blick auf ihrem Gesicht ruhen. „In dir brennt ein Feuer für mich, so wie ich für dich brenne …"

„Nein!"

„Gestern Abend habe ich dein Begehren gesehen." Razul vergrub die langen, schlanken Finger in ihrem feurigen Haar. „Ich halte dich, und dein Herz pocht. Es pocht für mich, und für keinen anderen Mann. Und doch habe ich dich nie berührt", sagte er mit kehliger Stimme. „Niemals … Wie viele Männer in eurer Welt können das von der Frau sagen, nach deren Besitz sie sich sehnen? Wie viele Männer würden dir solch bedingungslose Achtung erweisen?"

Mit dem Daumen rieb er über ihr Ohrläppchen, und ein kleiner Schauer durchrieselte sie.

Bethany wurde schwindelig, und ihr stockte der Atem. „Razul, ich …"

Er hob die Hand, um mit dem Zeigefinger ihre Unterlippe nachzuzeichnen. Die zärtliche Berührung war voller Erotik. „Aber vielleicht bin ich ja zu ehrenhaft gewesen. In England habe ich es dir zu leicht gemacht, mich fortzuschicken, aber dieses Mal werde ich es dir nicht so leicht machen."

„Lass mich los", murmelte Bethany schwach.

„Haben keine anderen Männer dich in den Armen gehalten, dich berührt?" Sein Ton war ungehalten und rau. „Warum erwartest du von mir, dass ich anders bin?"

Ihre Brüste fühlten sich schwer und voll an, die aufgerichteten Knospen drückten gegen den feinen Stoff des Büstenhalters, und eine ungekannte Hitze breitete sich zwischen ihren Schenkeln aus. „Nicht!"

„Deine Augen sagen ja … Und wenn ich mich vor zwei Jahren benommen hätte wie ein Mann aus deiner Welt, wärst du mir nicht so aus dem Weg gegangen. Ich habe dir erlaubt, deine Freiheit zu behalten …"

„Ich will zum Flughafen!", gab Bethany heftig zurück.

Razul lachte leise. Seine schlanke Hand glitt über ihren Rücken hinab und schmiegte sie noch stärker an ihn, während er den stolzen Kopf neigte.

Bethany spürte seinen warmen Atem an ihrer Wange. Dann ergriff Razul hungrig Besitz von ihrem Mund und riss sie dadurch so tief und schnell in eine Welt der Sinnlichkeit hinein, dass sie verloren war. Behutsam teilte er mit der Zungenspitze ihre Lippen und kostete den zarten, feuchten Innenraum, den sie ihm instinktiv öffnete. Sie wurde von ihrer aufflammenden Leidenschaft überwältigt und stöhnte auf.

Wilde, allesverzehrende Erregung erfasste Bethany wie ein Wirbelsturm. Sie packte Razuls breite Schultern, spürte seine kraftvollen Muskeln unter dem Jackett und schlang ihm dann die Arme um den Nacken, wo sie die Hände in seinem üppigen schwarzen Haar versenkte.

Plötzlich verstärkte sich der Druck seiner Arme, Razul hob sie zu sich hoch und küsste Bethany voll drängender Intensität, bis sie völlig außer Atem war. Er murmelte etwas an ihrem Mund, erregt und rau, und sie erwiderte seinen Kuss mit demselben, unwiderstehlichen Verlangen, das er in ihr geweckt hatte.

Dann zog er sie hinunter auf etwas Weiches, sodass sein gesamtes Gewicht sie unter sich begrub. Während sein langer, muskulöser Körper sich an den ihren presste, schien sie von einer Woge der Erregung davongetragen zu werden. Razul schloss die Hand um eine ihrer Brüste, und Bethany bog sich ihm unwillkürlich entgegen.

Auf einmal löste Razul die Lippen von ihrem Mund und sah sie an. Die hohen Wangenknochen traten wie gemeißelt unter der glatten bronzefarbenen Haut hervor. Liebkosend strich er mit einem Finger über die geschwollene Brustwarze, die sich, nur von feinster Seide bedeckt, zu ihm emporreckte. Es war, als ob ein Feuer in das pulsierende Zentrum zwischen ihren Schenkeln hineinschoss, und Bethany schloss die Augen.

„Ich kann das nicht", stieß Razul hervor, der plötzlich zurückwich, sie dabei jedoch mit sich in eine aufrechte Position zog. „Dieses zu tun, hieße dich zu beschämen, und ich will kein Bedauern zwischen uns. Du wirst zu mir kommen als meine Braut, oder gar nicht!"

Wie benommen saß Bethany auf dem niedrigen Diwan. Sie wusste nicht, was mit ihr geschehen war. Ihr gesamter Körper fühlte sich so lebendig an wie nie zuvor und war dennoch absolut unbefriedigt, weil ihm die letzte Erfüllung verwehrt geblieben war.

„Ich habe immer gewusst, dass dein Verlangen dem meinen ebenbürtig ist", stellte Razul mit Genugtuung fest. „Jetzt musst du dies auch zugeben. Und du kannst dankbar sein, dass meine Selbstbeherrschung noch größer ist."

Dankbar? Noch niemals hatte Bethany einen derartigen Gefühlsaufruhr erlebt. Sie empfand nichts als Scham und Abscheu sich selbst und Razul gegenüber.

„Fatima …“ flüsterte sie, den Kopf gesenkt.

„Was hat sie denn mit uns zu tun?“, meinte Razul verärgert. „Sprich ihren Namen in meiner Gegenwart nie wieder aus!“

Wie kann er so gefühllos reden? Und wie konnte ich nur Fatima vergessen? Tränen schossen Bethany in die Augen, und sie sprang auf.

„Du musst mich gehen lassen!“

„Du bist wahrhaftig die störrischste Frau, die ich je getroffen habe“, antwortete Razul gereizt. „Warum kannst du nicht mit mir sprechen? Warum begegnest du mir noch immer mit demselben Schweigen? Hast du solche Vorurteile gegen meine Rasse, dass du nicht einmal imstande bist, auf dein eigenes Herz zu hören?“

Dass er ihr jetzt auch noch Rassismus vorwarf, das war endgültig zuviel. Mit einem stummen Blick voller Bitterkeit stürzte Bethany davon.

Gewaltsam unterdrückte sie ihre Tränen, als sie Zulema erblickte, die oben an der Treppe auf sie wartete, und kehrte mit dieser in ihre Palasträume zurück.

Dort lief Bethany hektisch auf und ab und machte sich die schlimmsten Vorwürfe. Wie konnte ich es zulassen, dass er mich so anfasst? Aber vielleicht ist es ja auch meine eigene Schuld. Schließlich bin ich mit meinen siebenundzwanzig Jahren nur deshalb noch Jungfrau, weil ich bisher noch nie jemanden so nahe an mich herangelassen habe …

Zwei lange Jahre hatte Razul sie nicht vergessen. Warum? Vermutlich, weil Bethany eine Herausforderung darstellte. In England war sie von Razul auf beinahe militärische Weise belagert worden. Er hatte sie mit Blumen und teurem Schmuck überschüttet. Zwei Monate an der Universität hatten Razul gelehrt, was die meisten westlichen Frauen von einem arabischen Prinzen erwarteten. Bethany hingegen hatte den Schmuck unbeeindruckt zurückgegeben, doch das hatte ihn keineswegs abgeschreckt.

Etwas, wofür Razul kämpfen musste, war für ihn tausendmal begehrenswerter als das, was er leicht haben konnte. Nach und nach begriff er, dass Bethany anders war als die anderen Frauen, und änderte seine Taktik. Ein wunderhübsches Perserkätzchen landete eines Tages plötzlich vor ihrer Tür. Wenn Bethany bis spätabends in der Bibliothek arbeitete, stand draußen ein anonym bezahltes Taxi bereit, das sie nach Hause brachte. Und anstatt in Discos oder Nachtclubs lud Razul sie in die Oper und zu Gastvorlesungen ein.

Wieder und wieder lehnte sie ab, schob die Arbeit oder anderweitige gesellschaftliche Verpflichtungen vor. Dass Bethany sich so standhaft weigerte, die heftige Anziehung zwischen ihnen anzuerkennen, ja, sie zum Schluss sogar leugnete, obwohl beide wussten, dass dies eine Lüge war, hatte Razul erbittert und ihn rasend wütend gemacht. Genau deshalb hatte er sie nicht vergessen.

Bethany bemühte sich, einen klaren Gedanken zu fassen. Irgendwie musste sie Razul dazu bringen, sie freizugeben. Allerdings hegte sie den unguten Verdacht, dass er offenbar wirklich glaubte, sie könnte sich geschmeichelt fühlen, weil er sich solch ungeheure Mühe gegeben hatte, sie nach Datar zu locken. Vor allem, da dies aus rein ehrenhaften Motiven geschehen war.

Eine Ehe! Der Mann muss verrückt sein, dachte sie. Abgesehen davon, dass ich ihn verabscheue, versteht er denn nicht, was für eine kulturelle Kluft uns trennt?

Ohne jegliche Vorwarnung flog da die Schlafzimmertür auf.

Verblüfft sah Bethany sich einer umwerfenden brünetten Schönheit in einem phantastischen zitronengelben Brokatkostüm gegenüber, die vor ihr auf der Schwelle stand. Mit ihren großen glänzendbraunen Augen betrachtete sie Bethany, den roten Schmollmund verächtlich gekräuselt.

„Ich bin Fatima ..."

Bethany war wie gelähmt. Razuls Frau. Außerstande, irgendetwas zu sagen, wäre Bethany am liebsten im Erdboden versunken.

Fatima sah sie voller Abscheu an. „Haare in der Farbe von Karotten!", zischte sie. „Du hässliche englische Hexe!"

Dies ist keine arme, weinende, gequälte Frau, dachte Bethany benommen. Keine Spur von Tränen war auf dem bemerkenswert schönen Gesicht zu sehen. Stattdessen wurde es von einem Ausdruck solch unterdrückter Gewalttätigkeit und unbezähmbarer Wut beherrscht, dass Bethany fast einen tätlichen Angriff befürchtete.

„Du glaubst, du kannst meinen Platz einnehmen ... Aber ich sage dir, was Razul dir geben wird!“, schrie Fatima und kam auf sie zu. „Er wird dich in einer unechten Heirat zur Frau nehmen und keine wirkliche Ehe mit dir eingehen! *Mut'a* ... Du bist ja so klug, du weißt sicher, was das bedeutet. Es ist ein Ehevertrag für einen Tag, eine Woche oder höchstens für ein oder zwei Monate. Dafür benötigt man noch nicht einmal eine Scheidung! Männer machen Gebrauch davon, um sich die Frau zu nehmen, die sie wollen, und sie danach wieder wegzuwerfen!“

„Fatima ...“ begann Bethany bedrückt.

„Du bist schockiert!“, fiel Fatima ihr ins Wort, die Stimme schrill vor Schadenfreude. „Und du bist auch dumm! König Azmir würde seinem Sohn sonst niemals gestatten, eine westliche Frau zu heiraten!“

„Fatima ... Bitte verzeihen Sie mir den Schmerz, den ich Ihnen durch meine Anwesenheit hier zugefügt habe“, bat Bethany beschämt. „Und bitte glauben Sie mir, dass ich ganz und gar nicht den Wunsch habe, Ihren Ehemann zu heiraten ...“

„Meinen ...?“, kreischte Fatima.

„Razul will mir nicht gestatten, den Palast zu verlassen!“, beeilte Bethany sich zu erklären.

„Wie bitte?“ Fatima wirkte wie vor den Kopf geschlagen. „Sie wollen gar nicht hier sein? Sie wollen Razul nicht heiraten? Das kann ich nicht glauben ...“

„Aber es ist die Wahrheit! Ich will absolut nichts mit ihm zu tun haben. Ich hatte keine Ahnung, dass Razul mich hierher bringen wollte, und auch nicht, dass er schon verheiratet ist ...“

„Ah ...“ Ein boshaftes, kaltes Lächeln huschte über Fatimas

Miene. „Darum also willst du ihn verlassen."

Bethany wurde rot. „Das ist nur einer der Gründe."

„Wenn du wirklich fort willst, ist es mir ein leichtes, dich aus dem Palast zu bringen", erwiderte Fatima kühl. „Die alten Frauen in unserer Familie verbergen sich noch immer hinter ihrem Schleier, wenn sie ausgehen. Wer soll also wissen, wer sich unter dem Tschador befindet?"

„Ich wäre Ihnen für Ihre Hilfe sehr dankbar."

„Ich werde alles Notwendige veranlassen."

Die Araberin riss die Tür auf und ließ einen zornigen Wortschwall auf Zulema niederprasseln, die draußen wartete.

Das Mädchen duckte sich und fiel dann auf die Knie, zitternd vor Angst.

Mit einem höchst unsympathischen Ausdruck der Befriedigung stolzierte Fatima hinaus, und Bethany war wieder allein.

Was für ein Biest, dachte sie bei sich. Aber je eher sie mich hier rausbringt, desto besser.

4. KAPITEL

Bethany lag auf einem Diwan und blätterte abwesend durch ein Hochglanzmagazin, als sie eine schnelle Bewegung in dem langen Spiegel auf der einen Seite des Raumes wahrnahm und sich umdrehte. Erschrocken sog sie den Atem hörbar ein und sprang auf.

„Versuch bitte, nicht zu schreien …" Razul belächelte belustigt ihr Erstaunen. „Das hier sind die Frauenräume, und um deines ehrbaren Rufes willen dürfte ich eigentlich gar nicht hier sein …"

„Allerdings, da hast du verdammt recht!", fauchte Bethany. „Wie, zum Teufel, bist du hier reingekommen?"

„Fallschirmjägertraining. Ich bin übers Dach gelaufen und habe mich auf den Balkon hinuntergelassen."

Sie hatte keinen einzigen Laut gehört, aber Razul hatte sich schon immer geräuschlos wie ein Raubtier bewegt.

„Du hättest dir deinen verflixten Hals brechen können!", schnappte sie. „Was willst du überhaupt?"

„Wahrscheinlich hätte ich abends und mit einer Schachtel Pralinen bewaffnet kommen sollen", seufzte er spöttisch. „Sie haben wahrhaftig nicht den geringsten Sinn für Romantik, Dr. Morgan. Aber daran können wir später noch arbeiten. Du fragst, wieso ich hier bin? Soll das ein Scherz sein? Du hast dich ausgesprochen überstürzt von einer ernsthaften Diskussion entfernt."

„Ich denke, ich habe mich klar genug ausgedrückt."

Razul tat einen Schritt auf sie zu, und Bethany wich zurück. Er lachte, kam noch näher, hob die Hand und umfasste zärtlich ihr Kinn. „Und ich freue mich schon auf einen langen, heißen Sommer, in dem du aus der Frau, die du jetzt bist, zu derjenigen wirst, die du sein könntest …"

„Fass mich nicht an!" Bethany riss den Kopf nach hinten. Sie zitterte, sie fühlte sich in die Enge getrieben, bedroht und wütend zugleich.

Statt einer Antwort wickelte Razul eine ihrer langen roten Strähnen um seine Finger und senkte seinen Mund auf den ihren. Verzweifelt versuchte Bethany, ihm zu entgehen, aber Razul hielt sie fest, zwang sie stillzuhalten, und küsste sie. Er drückte sie mit dem Rücken gegen die Wand, seinen Körper an den ihren gepresst, seine Hände mit den ihren verschränkt und küsste sie, bis sie völlig außer Atem war.

„Ich werde die Stunden zählen, bis ich dich in meinem Bett habe", stieß er abgerissen hervor und war dann genauso plötzlich wieder verschwunden, wie er gekommen war.

Kraftlos und wie betäubt vor Schwäche glitt Bethany an der Wand hinab. Was soll ich tun, falls Fatima mir nicht hilft? dachte sie hilflos.

Doch Fatima brauchte nicht lange, um ihre Vorkehrungen zu treffen. In weniger als einer halben Stunde nach Razuls Abgang war sie zurück. Wieder wurde die Tür ohne vorheriges Klopfen geöffnet, und eine tiefverschleierte Gestalt stand auf der Schwelle. Fatima war in den weiten Tschador gehüllt, der die weibliche Figur von Kopf bis Fuß verhüllte, in der Tat eine äußerst wirkungsvolle Verkleidung. Bethany erkannte die Besucherin lediglich an den zitronengelben Pumps. Ein Kleiderbündel wurde ihr zugeworfen.

„Beeil dich ... Der Wagen wartet auf uns!", zischte Fatima ungeduldig.

„Jetzt?"

„Hast du's dir anders überlegt?"

„Nein, natürlich nicht!", versicherte Bethany hastig.

Mit hämmerndem Herzen streifte sie den zeltartigen Tschador über.

„Versteck die Hände in den Taschen", wies Fatima sie an. „Und halte den Kopf gesenkt und sag nichts."

Auf dem Korridor war niemand zu sehen, auch Zulema nicht.

Bethany fand es ungeheuer schwierig, mit all dem vielen Stoff, der um sie herumwehte, zu laufen. Wenn ich zu Hause bin, werde ich darüber lachen, dachte sie. Aber das stimmte nicht. Sie wusste, dass sie Razul nie mehr wiedersehen würde, und deshalb war sie böse auf sich selbst und gleichzeitig traurig.

Fatima führte Bethany auf einen staubigen, gepflasterten Hof hinaus, der durch eine lange Reihe von Garagen begrenzt wurde. Ein Jeep stand mit laufendem Motor bereit.

Bethany kletterte hinter ihrer Führerin her auf den Rücksitz. Der Wagen brauste davon, und Bethany achtete wegen des Fahrers sorgfältig darauf, ihren Kopf immer gesenkt zu halten.

In einer halben Stunde müssten wir am Flughafen sein, überlegte sie, ihre Umhängetasche unter dem Tschador fest an sich gedrückt. Immerhin habe ich meinen Pass noch, wenn auch kein Flugticket. Aber was soll's, irgendeinen Flug werde ich schon kriegen, egal wohin. Hauptsache, ich komme raus aus Datar!

Schaukelnd und schwankend donnerte das Fahrzeug über die Piste. Sie fuhren mit bemerkenswert hoher Geschwindigkeit.

Erst nach einer Weile schrak Bethany aus ihren Träumereien auf. Die Fahrt dauerte wesentlich länger als erwartet. Sich zur Seite drehend, wagte sie einen Blick aus einem der Seitenfenster und stellte erstaunt fest, dass der Geländewagen im Begriff war, eine flache Salzebene zu durchqueren. Eine Straße gab es hier nicht, und weit und breit waren keine anderen Wagen in Sicht.

Bethany machte den Mund auf. „Wo …?“

Sie stieß einen gedämpften Schmerzenslaut aus, als sich nadelspitze Fingernägel in ihre entblößte Hand gruben. Bethany fuhr herum. Ihr Blick begegnete Fatimas zornblitzenden braunen Augen, und sie schluckte. Bebend verbarg sie ihre Hand erneut, aber sie konnte spüren, wie das Blut daraus hervorquoll.

Minuten der Anspannung vergingen. Bethany wusste nicht, was sie tun sollte. Vor ihnen ging die Ebene in eine Dünenlandschaft über. Wohin, um alles in der Welt, fahren wir? fragte Bethany sich beunruhigt. Wohin bringt Fatima mich?

Auf einmal hörte sie ein Rascheln von vorne. Eine verschleierte weibliche Gestalt erhob sich aus ihrem Versteck am Boden des Fahrzeugs und nahm auf dem Vordersitz Platz.

„Zwei Frauen haben den Palast verlassen, und zwei werden auch wieder zurückkehren", teilte Fatima Bethany honigsüß mit. „Niemand wird vermuten, dass du mit mir weggegangen bist."

„Wo, zum Henker, sind wir hier?"

Der Jeep stoppte abrupt im Schatten einer großen Düne. Der Fahrer sprang hinaus und öffnete die Tür auf Bethanys Seite.

„Raus!" Fatima legte ihr beide Hände auf die Schultern und versetzte ihr einen kräftigen Stoß.

Bethany war dermaßen erschrocken, dass sie ohne Weiteres das Gleichgewicht verlor und kopfüber draußen auf die Erde fiel. Nach Luft ringend, hörte sie Fatimas schrille Beschimpfungen und ihre Prophezeiung, dass die Wüstensonne schon dafür sorgen würde, dass ihre blasse weiße Haut ruiniert werde und ihr das Haar ausfiele, sodass kein Mann sie je wieder ansähe.

Bethany rappelte sich auf und befreite sich aus den Stoffmassen des Tschador. „Sie können mich doch nicht ganz allein hier draußen zurücklassen!"

Der Jeep machte einen Satz rückwärts, und Bethany wurde beinahe von der noch offen stehenden Wagentür getroffen, die Fatima gleich darauf zuschlug.

Bethany sprang beiseite und blieb dann in der glühenden Sonnenhitze stehen, wie gelähmt, dass jemand ihr so etwas antun konnte. Sie war fuchsteufelswild auf sich, einer Frau vertraut zu haben, von der sie gewusst hatte, dass sie vor Zorn und Eifersucht außer sich war.

Bethany schaute auf die Uhr. Wie viele Kilometer konnte dieser Wagen in über einer Stunde geschafft haben? Und das Schlimmste daran war, dass bald die Dunkelheit hereinbrechen würde.

Auf der Suche nach einem Aussichtspunkt begann Bethany den Aufstieg durch den ständig unter ihr nachgebenden Sand zum Kamm der Düne. Es dauerte viel länger und kostete sie mehr Anstrengung, als sie angenommen hatte. Kurz bevor sie oben angelangt war, krümmte sie sich zusammen. Es fiel ihr schwer, in der heißen Luft zu atmen, und ihr war schwindelig.

Nachdem sie ihr Ziel erreicht hatte, strengte sie ihre Augen gegen das flirrende Sonnenlicht an. Sie glaubte zu halluzinieren, als sie nur etwa dreißig Meter unter sich den Anfang einer großen Zahl schwarzer Beduinenzelte erblickte.

Bethany blinzelte und überzeugte sich dann noch einmal davon, dass sie sich nicht getäuscht hatte. Dies war tatsächlich ein Beduinenlager, und zwar ein sehr großes. Dass es sich hierbei nur um einen wunderbaren Zufall handelte, daran glaubte sie keine Sekunde. Offenbar hatte der Fahrer lediglich dem Anschein nach getan, was Fatima von ihm verlangte, war jedoch kein Irrer und hatte daher selbst die Stelle gewählt, wo Bethany ausgesetzt wurde, in dem Vertrauen darauf, dass ihr hier nicht allzu viel zustoßen konnte.

Eine Gruppe farbenfroh gekleideter Kinder entdeckte sie zuerst. Laut schreiend liefen sie vor ihr her. Frauen spähten aus dem dämmrigen Inneren ihrer Zelte. Bethany folgte den Kindern, bis eine große Schar Männer aus dem größten der Zelte herausströmte und sich ihr in den Weg stellte. Von anfänglichem Schock wandelte sich der Ausdruck auf ihren dunklen, wettergegerbten Mienen hin zu offenkundiger Missbilligung. Sie standen im Kreis um Bethany herum und ergingen sich in lautstarkem Wortwechsel auf Arabisch, der von aufgeregtem Gestikulieren begleitet wurde.

Ein kleiner, dicklicher Mann mit einem grauen Bart, schwarzen Augen und bekleidet mit goldgefassten Gewändern näherte sich Bethany und fixierte sie streng. „Sie sind Prinz Razuls Braut?"

Rotes Haar in Datar ist offensichtlich so, als ob man zwei Köpfe hat, dachte Bethany. Wenn eine idiotische Engländerin mit roten Haaren ächzend und stöhnend aus der Wüste kommt und ein albernes Lächeln zur Schau trägt, können die Leute hier sie sofort beim Namen nennen. Zulema hatte also nicht übertrieben, als sie behauptete, jeder im Land wüsste über Bethany Bescheid.

„Ich bin Razuls Onkel, Scheich Abdul al Rashidai Harun."

Bethanys Lächeln schwand. Zweifellos ging es hier um das Prinzip der Familiensolidarität, und Bethany hatte das ungute Gefühl, dass Scheich Abdul den Anblick von Razuls Braut, die offenbar frei und auf der Flucht war, als keine geringe Beleidigung empfand.

„Ich habe mich verirrt", murmelte sie daher verlegen, fühlte sich aber so erhitzt und erschöpft, dass sich die Welt um sie herum zu drehen begann.

„Sie werden sich nicht wieder verirren", verkündete Scheich Abdul und holte mit theatralischer Geste ein Funktelefon aus dem Ärmel. „Der Zorn meines Neffen ist wie ein Sandsturm, höchst gefährlich, wenn er erst einmal erregt ist. Es ist eine Freude, das zu erleben."

Bethany taumelte, woraufhin eine Frau sie am Ärmel zupfte und man sie in den Schutz eines geräumigen Zeltes geleitete.

In einschüchterndem Schweigen wurde ihr Wasser zum Waschen gebracht, danach wurde ihr Tee serviert sowie eine Auswahl köstlicher Leckerbissen.

Sobald die Dunkelheit einsetzte, wurden die kunstvoll gearbeiteten Messinglampen an den Zeltpfählen entzündet, und als sie schließlich allein war, sank Bethany auf eine kelimbedeckte Ottomane nieder und schmiegte ihre Wange in ein seidenes Kissen. Die lebhaften Farben der herrlichen Shirazteppiche, die an den Zeltwänden hingen, verschwammen ihr vor den Augen, und die Lider wurden ihr schwer.

Als Bethany nach einer sehr unruhigen Nacht aufwachte, lag sie unter einer Decke, die sie sogleich von sich warf, da ihr unangenehm warm war. Sie setzte sich auf, sodass ihr die langen Wellen wie ein Vorhang um die Schultern fielen, und sah auf ihre Armbanduhr. Es war gerade erst acht Uhr morgens. Mit einer Hand strich sie sich die Haare aus der feuchten Stirn und erstarrte.

In Wüstengewänder gekleidet, stand Razul nur wenige Meter entfernt, reglos wie ein in Stein gehauenes Standbild.

Sein Schweigen war einschüchternd. Doch das, was Bethany am

meisten aus der Fassung brachte, war die Welle der Freude und der Erleichterung, die sie bei seinem Anblick empfand.

Sie wandte den Kopf ab. „Also gut, ich habe versucht, meine Freiheit zurückzugewinnen und bin dabei weit vom Flughafen entfernt gelandet“, gab sie mit nervöser Ironie zu. „Und was jetzt? Willst du mich zur heißesten Zeit des Tages bis zum Hals in Sand eingraben, mich mit Honig einschmieren und die Skorpione auf mich hetzen? Oder schickst du mich nur in Ungnade nach Hause? Was ist die traditionelle Strafe?“

„Der Tradition zufolge sollte ich dich schlagen.“

Alle Farbe wich Bethany aus den Wangen. Sofort fiel ihr die katastrophale Ehe ihrer Tante mit einem Araber ein. Seine Gewalttätigkeit hatte eine große Rolle beim Scheitern dieser Ehe gespielt.

„Das ist ein ziemlicher Gesprächskiller, Razul“, murmelte sie.

„Du hast mich verlassen.“ Die ungeheure Missbilligung, die diesen Satz begleitete, spiegelte seinen Zorn, den er offenbar nur mit Mühe zügeln konnte.

„Das ist das Problem, wenn man Frauen stiehlt“, entgegnete Bethany trotzig. „Die dummen Wesen könnten eigenartigerweise durchaus danach streben, ihre Freiheit wiederzuerlangen.“

„Willst du, dass ich mich vergesse?“

Bethany richtete sich auf. Ihre Augen blitzten. „Warum nicht? Ist dieses ganze wahnsinnige Durcheinander nicht deine Schuld? Meine jedenfalls nicht! Wie konntest du es wagen, mich in dieses Land zu bringen? Und wie kannst du es wagen, jetzt dazustehen und zu versuchen, mir Angst einzujagen?“

„Mäßige deinen Ton mir gegenüber, solange wir hier sind, wo man uns hören könnte.“ Razul war blass vor Zorn.

„Ich tue, was ich will. Ich bin schließlich nicht dein Besitz wie irgendein Teppich, auf dem du herumtrampeln darfst, wann immer du Lust dazu hast. Und du hast keine Rechte über mich!“

„Ach nein?“

„Nein, nicht das geringste. Und darum kannst du dir dein Machogehabe auch für deinen Harem aufsparen! Deine Chancen, dass ich zu deinen Füßen herumkriechen werde, sind gleich Null ... Eher würde ich mir die Kehle durchschneiden! Wie kannst du es wagen, von Ehre zu reden, wenn du schon längst eine Frau hast? Als ich dich damals in England primitiv, barbarisch und unzivilisiert genannt habe, war das noch stark untertrieben!"

Das Gesicht wutverzerrt, trat Razul so unvermittelt auf sie zu, dass Bethany sich schreiend auf die Ottomane zurückfallen ließ. Sie bei den Schultern packend, zog er Bethany wieder hoch und verschloss ihr dann mit fester Hand den Mund.

Mit ängstlich weit aufgerissenen Augen schaute sie zu ihm auf.

„Sei still", befahl Razul.

Das war nicht, was sie erwartet hatte.

„Meine Leute werden denken, ich könnte meine Frau nicht unter Kontrolle halten. Aber ich weiß sehr wohl, wie ich mit ihr umzugehen habe", versicherte er ruhig. „Im Bett und auch außerhalb. Aber ich bin noch nie so tief gesunken, dass ich verabscheuungswürdige Gewalt angewendet hätte. Und das würde ich auch nicht. Oder geht das über deinen Horizont?"

Unfähig, irgendetwas zu sagen, sah sie ihn an, gefangen von dem Blick in seinen goldfarbenen Augen, die vor Verachtung und Ärger aufleuchteten.

„Und deshalb, *aziza* ... Schrei noch ein einziges Mal, und du kriegst einen Eimer voll Wasser über den Kopf. Ist mein Englisch klar genug, hast du mich verstanden?"

Bethany nickte stumm, und mit einem letzten sengenden Blick ließ er sie los.

Razul schaute auf sie herab. „Du hast gesagt, dass ... dass ich schon eine Frau habe. War das irgendein kindischer Versuch, mich noch weiter zu erniedrigen?"

„Ich weiß, dass Fatima deine Frau ist."

„Ich habe noch nie eine Frau gehabt. Mit zweiundzwanzig wurde ich mit Hiriz, meiner Cousine zweiten Grades verlobt. Sie ist vor fünf Jahren kurz vor unsrer Hochzeit bei einem Autounfall gestorben. Hiriz hatte eine jüngere Schwester, Fatima", erklärte Razul in schroffem, sachlichem Tonfall. „Aber sie ist nicht meine Frau. Willst du vielleicht, dass ich Zeugen dafür berufe?"

Bethany war wie vor den Kopf geschlagen. Sie versuchte sich an das zu erinnern, was Zulema gesagt hatte, und ihr wurde klar, dass Fatima zu keinem Zeitpunkt Razul als ihren Mann bezeichnet hatte, sondern im Gegenteil höchst selbstgefällig dreingeblickt hatte, als Bethany sich darauf bezog.

Razul musterte sie mit eiskaltem, finsterem Blick. „Wenn du dir nur ein wenig Mühe gemacht hättest, mich kennenzulernen, hättest du längst gewusst, dass ich von Polygamie nichts halte. Ebenso wenig wie mein Vater. Eine Frau ist für einen Mann völlig ausreichend. Aber nein!" Barsch lachte er auf. „Du siehst so etwas nicht. Dein blindes Vorurteil ist beschämend, und deine Vermutungen einer Akademikerin unwürdig!"

Kreideweiß und zutiefst erschüttert hob Bethany die Hand und ließ sie dann wieder fallen. „Razul, ich ..."

„Im Namen Allahs, mit einer Entschuldigung würdest du mich nur noch mehr beleidigen. Zweifellos leidest du auch noch unter der abstrusen Vorstellung, dass meine Familie Konkubinen unterhält! Wir mögen zwar primitiv, rückständig und extrem unwestlich sein, aber unsere Maßstäbe, was das Sexualverhalten betrifft, sind sehr viel höher als die in eurer Gesellschaft!"

Zerknirscht senkte Bethany den Blick.

„Nach dem Tod von Hiriz wurden viele junge Frauen zu meinem Vater geschickt, in der Hoffnung, dass ich mir eine Braut aus ihren Reihen auswählen würde. Während ihres Aufenthalts in unserem Haushalt befanden sie sich unter strengster Aufsicht. Außerdem wurden sie auf Kosten meiner Familie ausgebildet, gekleidet und mit einer Mitgift ausgestattet, – ein sehr praktischer Grund dafür, weshalb diese Mädchen von ihren Vätern angeboten wurden. Bis die Erträge aus den Ölvorkommen verteilt wurden, waren die meisten von ihnen nicht in der Lage, ihre Töchter angemessen zu verheiraten. Meine Verwandten haben entsprechende Ehen arrangiert."

„Woher hätte ich das denn wissen sollen?", meinte Bethany leise.

„Du wolltest es gar nicht wissen", warf Razul ihr vor. „Du hast es vorgezogen, den üblen Verleumdungen Glauben zu schenken, die in der Presse erschienen. Jener Artikel stellte eine zutiefst beleidigende Verunglimpfung dar, die sowohl meiner Familie als auch den Familien der betroffenen jungen Frauen großen Kummer zugefügt hat. Einen derart obszönen Unsinn zu dementieren, war unter unserer Würde."

Wie die meisten ihrer Kollegen hatte Bethany den Zeitungsartikel nur zu gern für bare Münze genommen. Denn dieser bot ihnen die wundervolle Gelegenheit, sich über die Heuchelei einer Gesellschaft zu ereifern, die verlangte, dass junge Frauen vor der Heirat in klösterlicher Reinheit lebten, während sie zugleich den Herrschern im Land das Recht zugestand, sich Konkubinen zu halten.

Bethany aber hatte einen noch tiefer gehenden Grund, diese Geschichte unbesehen zu glauben. Alles, was die Mauern verstärkte, die sie zwischen sich und Razul errichtet hatte, war ihr willkommen gewesen. Es hatte ihren entschlossenen Widerstand nur noch erhöht und war ihr Beweis dafür gewesen, dass Razul ihr in seiner Lebensweise tatsächlich so fremd war, wie sie meinte.

Jetzt auf einmal erschrak sie darüber, dass sie sich, die immer so stolz auf ihre Unvoreingenommenheit gewesen war, zu einem solchen unhinterfragten Vorurteil hatte hinreißen lassen.

„Ich weiß gar nicht, was ich sagen soll", antwortete sie voller Befangenheit.

„Wie hast du dir diese Verletzung zugezogen?" Razul war vor ihr auf die Knie gegangen und nahm ihre Hand.

Die tiefen Kratzer, die Fatima ihr zugefügt hatte, stachen dunkel gegen ihren hellen Teint ab.

„Fatima hat dies getan", flüsterte er ungläubig.

„Das macht nichts", meinte Bethany erstickt.

„Sie hat Zulemas Familie bedroht, aber Zulema war geistesgegenwärtig genug, mich zu informieren. Doch als sie mich endlich aufsuchen konnte, war es schon spät. Ich hatte eine Unterredung mit meinem Vater. Diese Kratzer müssen behandelt werden, damit sie sich nicht entzünden. Man hätte sich gestern schon darum kümmern müssen." Stirnrunzelnd gab Razul ihre Hand frei und richtete sich wieder auf.

„Ich glaube, wir müssen miteinander reden", sagte Bethany unsicher.

„Ich bin immer gerne bereit zu reden." Es war fast ein Lächeln, das über seine Miene huschte.

Bethany schluckte hart. „Ich ... ich möchte ... dir einen Vorschlag machen."

„Hat der mit deiner Abreise zu tun?", fragte er rau.

„Ja ... Nun ja, es wäre sicherlich sinnvoll, wenn ich nach Hause fahre. Aber das ... bedeutet nicht, dass ich ... na ja, dass ich nicht bereit wäre ..." Errötend stolperte sie über ihre Worte und brach schließlich ab.

Razul betrachtete sie interessiert. „Tut mir leid, ich verstehe nicht."

Da war er nicht der einzige.

„Ich fühle mich von dir angezogen", fing Bethany noch einmal von vorne an, „und ich gestehe, dass ich in Anbetracht der ... Situation nicht gerade überlegt gehandelt habe. Wenn wir uns vor zwei Jahren auf eine Beziehung eingelassen hätten ... Und ich gebe auch zu, dass es an mir lag, dass dies nicht geschehen ist ... Aber wenn wir es getan hätten, wäre das sicher die vernünftigste Lösung ..."

„Für das Problem dieser Anziehung ... Verzeihung ... dieser Situation gewesen", ergänzte Razul bereitwillig.

Erleichtert, dass er ihrer Argumentation so leicht gefolgt war, schaute Bethany zu ihm auf. „Und diese Angelegenheit in einer Heirat münden zu lassen, wäre ganz bestimmt vollkommen übertrieben und lächerlich. Schließlich leben wir nicht mehr im neunzehnten Jahrhundert, und ..."

„Ich nehme an, dass du so im Vorlesungssaal sprichst", bemerkte Razul.

Eine Stille trat ein, in der man eine Stecknadel hätte fallen hören können.

Hellrote Flecken brannten auf Bethanys Wangen, doch sie beschloss, diesen unfreundlichen Kommentar einfach zu ignorieren. „Und wir sind beide erwachsen."

„Das ist allerdings Ansichtssache."

„Hör zu … Würdest du mir bitte den Gefallen tun, mich nicht dauernd zu unterbrechen?", fauchte Bethany gereizt. „Ich versuche ja nur zu erklären, dass ich, auch wenn ich nicht bereit bin, dich zu heiraten, bereit wäre … Das heißt, ich wäre der Möglichkeit gegenüber aufgeschlossen …."

„Die Situation in meinem Bett auszuloten?", vollendete Razul den Satz in bissigem Ton.

Bethany wurde puterrot. „Wenn du's unbedingt so ausdrücken musst. Aber ich dachte dabei an …"

„Eine flüchtige Affäre?", stieß er zwischen seinen zusammengebissenen Zähnen hervor.

„Nun …" Noch nie hatte sie sich in einer solch peinlichen Situation befunden, und Razul schien es ihr besonders schwer machen zu wollen. „Was immer sich dabei entwickeln würde … Schließlich kann ich die Zukunft nicht vorhersehen …"

„Wenn du das könntest, hättest du schon vor fünf Minuten den Mund gehalten. Aber ich danke dir für deine Aufrichtigkeit!" Eine weiße Linie umgab Razuls zusammengepresste Lippen. „Ich hoffe, du bist dankbar, wenn ich ebenso aufrichtig bin. Meine Bedingung ist die Heirat. Eine Heirat … oder du wirst für mich so gut wie tot sein!"

„Das ist doch nicht dein Ernst!"

„Es war mir in meinem ganzen Leben noch nie so ernst!"

Bethany war fassungslos und außerdem hellauf empört. Sie hatte ihren Stolz und ihre Selbstachtung über Bord geworfen, indem sie ihm eine Beziehung anbot, von der sie bis heute nie gedacht hätte, dass sie sie je irgendeinem Mann anbieten würde. Das allein hatte sie viel Mut gekostet, und sogar während sie ihren Vorschlag laut ausgesprochen hatte, war sie sich nicht sicher gewesen, ob sie nicht aufgrund ihrer eigenen hoffnungslos verwirrten Gefühle maßlos überreagierte.

„Im Augenblick könnte ich hervorragend damit leben, wenn ich dich nie wiedersehen müsste!“, erklärte sie erbost.

Sein Blick düster und glühend, betrachtete Razul sie. Dann breitete er seine schönen Hände aus und ließ sie mit einer kalten Miene der Entschlossenheit und Endgültigkeit wieder sinken.

„Inschallah. Dann gebe ich dir die Freiheit, von der du sagst, dass du sie erstrebst. Du darfst gehen. Draußen wartet ein Hubschrauber. Er wird dich zum Flughafen bringen. In zwei Stunden geht ein Flugzeug nach London.“

Sprachlos starrte Bethany ihn an.

„Du hast eine halbe Stunde Zeit, um dich zu entscheiden.“

„Dazu brauche ich keine halbe Stunde!“, gab sie hitzig zurück, die smaragdgrünen Augen funkensprühend, das Gesicht hochrot. „Fünf Minuten wären noch zu lang!“

Razul warf ihr einen schneidenden Blick aus seinen Augen zu, die in diesem Moment wie geschmolzenes Gold wirkten. Jede Faser seines Körpers war zum Zerreißen gespannt.

„Es ist deine Entscheidung, aber sei dessen gewiss, *aziza* ... Wenn du bleibst, wirst du bis zum heutigen Abend meine Frau sein.“

„Das ist genauso unwahrscheinlich, als wenn ich zur Kaiserin von China gekrönt würde!“, fuhr Bethany ihn an. „Du musst ja völlig von Sinnen sein.“

„Wir werden ja sehen, wie von Sinnen ich bin ... Das werden wir ja sehen.“ Es klang wie eine in Blut geschriebene Drohung.

Seine Miene hart wie Stein, machte Razul auf dem Absatz kehrt und verließ mit wehenden Gewändern das Zelt.

5. KAPITEL

Ich und bis heute Abend seine Frau. Ha, von wegen! dachte Bethany. Razul ist doch komplett verrückt. Je schneller ich in diesem Hubschrauber bin, desto besser. Freiheit, ich komme!

Razul hatte beschlossen, die Angelegenheit zu beschleunigen und eine Entscheidung zu erzwingen.

Tja, aber da hat er sich gehörig verrechnet, sagte Bethany sich voller Genugtuung. Mein kleines Nahostabenteuer ist zu Ende, und darüber bin ich mehr als dankbar!

Ihr Blick fiel auf den Koffer, den sie seit ihrer Ankunft am Flughafen nicht mehr zu Gesicht bekommen hatte. Razul hatte ihn mitgebracht, das war eindeutig. Also hatte er es von Anfang an geplant, Bethany vor die Wahl zu stellen.

Mit fliegenden Fingern suchte sie in ihrer Tasche nach den Kofferschlüsseln und öffnete dann den Koffer. Ganz bestimmt würde sie nicht mit einem Kaftan und seidenen Pantoffeln am Flughafen von Al Kabibi erscheinen!

Wieso habe ich bloß den Koffer nicht schon früher gesehen? Dann wäre es mir erspart geblieben, mich so zum Narren zu machen. Dass ich mich tatsächlich dazu herabgelassen habe, mich Razul förmlich wie auf einem Silbertablett zu servieren! Hätte ich doch nur den Mund gehalten, dann hätte ich den Hubschrauber bestiegen, und meine Würde wäre gewahrt geblieben!

Bethany ließ sich Zeit beim Umziehen. Sie wählte eine leichte Baumwollhose und ein weites weißes T-Shirt. Danach kämmte sie sich die Haare und schaute schließlich auf die Uhr. Fünfzehn Minuten waren vergangen.

Sie durchquerte das Zelt, schob die prächtigen Teppiche am Eingang zur Seite und blickte hinaus. Das gleißende Sonnenlicht wurde vom Rumpf des silbernen Hubschraubers, der auf dem zentralen Platz des Lagers stand, so stark reflektiert, dass es einen fast blendete.

Bethany brach der Schweiß aus. Sie hob den Koffer an.

Du wirst ihn nie wiedersehen.

Ich kann damit umgehen ... Natürlich kann ich das. Bin ich nicht siebenundzwanzig Jahre gut zurechtgekommen, ohne mich je von einem Mann abhängig gemacht zu haben?

Nie mehr, das ist eine lange Zeit.

Zähneknirschend fuhr sie sich durchs Haar. Zum Teufel mit dem Kerl! Ich bin stärker als das hier. Ich werde tun, was die Vernunft gebietet, egal, wie hart es für mich ist, verdammt noch mal!

Ihr ganzes Leben lang war Bethany klug, praktisch und realistisch gewesen. Keine Ausrutscher, keine albernen romantischen Phantasien ... Na ja, nur eine einzige, gestand sie sich widerstrebend ein. *Ihn.*

Als Razul ihre Bücher von den Stufen der Bibliothekstreppe aufgehoben und sie mit diesem unglaublichen, charmanten Lächeln angelächelt hatte, hatte er ihr irgendwie einen Teil von ihr geraubt, den sie nie wieder zurückbekommen hatte. Seit damals – immer dieses nagende Gefühl von Verlust, Getrenntsein, Einsamkeit. Bethany hatte ihn dafür gehasst, dass er eine solche Macht über sie besaß. Und nun, da sie gegen ein Verlangen ankämpfte, das ebenso erschreckend irrational war wie das ihr gänzlich unvertraute Gefühl absoluter Ohnmacht, das sie unbegreiflicherweise lähmte, hasste sie ihn noch viel mehr.

Nie mehr ...

Was ist schon der Unterschied zwischen einer Affäre und einer Ehe auf Zeit? regte sich da eine heimtückische, kleine Stimme in ihrem Innern. Entsetzt über diesen verräterischen Gedanken, der plötzlich wie aus dem Nichts aufgetaucht war, presste Bethany die Hände an die heißen Wangen. Krampfhaft versuchte sie, die beharrliche Stimme zum Schweigen zu bringen. Alles in Bethany sträubte sich dagegen, in einer solch unmöglichen Lage gefangen zu sein. Sie hatte gar keine freie Wahl, denn die einzige Alternative war ja die, Razul niemals wiederzusehen. Und Razul würde zu seinem Wort stehen, daran gab es keinen Zweifel.

Überwältigt von dem grausamen Widerstreit ihrer Gefühle, sank Bethany auf den Rand ihres Koffers. Sie durchlebte Folterqualen. Das Wort *niemals* stand wie eine riesige Mauer zwischen ihr und der Freiheit, nach der sie sich sehnte …

Die Rotorblätter des Hubschraubers begannen sich in einem lärmenden Wirbel zu drehen, und die Zeltwände bauschten sich. Zu ihrer eigenen Bestürzung brach Bethany in eine Tränenflut aus. Sie verachtete sich selbst, und sie hasste Razul. Er hatte sie in die Enge getrieben und sie dann in eine Falle laufen lassen, die sie erst erkannt hatte, als es längst zu spät war.

Das werde ich ihm nie verzeihen, dass er mich so mit dem Rücken an die Wand gestellt und zur Kapitulation gezwungen hat!

„Was ist denn nicht in Ordnung, *sitt?*“, fragte eine Stimme hinter ihr.

„Alles!“, schluchzte Bethany, ehe sie die Sprecherin anschaute.

„Prinz Razul ist sehr böse gewesen. Er war furchtbar besorgt um Ihre Sicherheit. Aber an einem solchen Tag sein Zorn wird dahinschmelzen.“

Niedergeschlagen blickte Bethany in Zulemas mitleidiges Gesicht, als das Mädchen scheu nach ihrer linken Hand griff und beim Anblick der Kratzer beunruhigt mit der Zunge schnalzte.

Sanft drückte Zulema Bethanys Hand in eine Schüssel mit warmem Wasser, dem der scharfe Geruch eines Antiseptikums entströmte. Es tat höllisch weh.

„Ich habe gehört, dass Ihre Familie von Fatima bedroht wurde“, brachte Bethany schließlich hervor.

„Aber ich muss diese Drohung nicht mehr fürchten“, lächelte Zulema. „Jetzt meine Familie lebt in Prinz Razuls Schutz. Er wird meinem Vater eine neue Arbeit geben.“

„Das freut mich.“ Bethanys Atem kam noch ein wenig abgehackt von ihrem Heulanfall.

„Ich bin froh, dass unser Prinz die Prinzessin Fatima nicht heiratet“, vertraute Zulema ihr an. „Das war der Wunsch des Königs, aber diejenigen, die sie gut kennen, haben das nicht gewünscht.“

Fatima hatte sich also königlicher Zustimmung erfreut. Das zu erwähnen, hatte Razul geflissentlich unterlassen. Kein Wunder, dass die brünette Schöne Bethany gegenüber so feindselig eingestellt gewesen war.

„Was Sie in dem Hof sahen … Haben Sie kein Mitleid mit ihr.“ Zulemas Miene war ungewohnt sarkastisch. „Sie hat eine große Szene gemacht, um zu beschämen Prinz Razul, damit er Sie fortschickt. Es ist nicht richtig, wenn eine Frau einen Mann auf diese Weise verlegen macht. Wenn ihr Vater davon hört, wird sie fortgeschickt! Es ist eine Schande für ihn.“

Zulema legte ein Pflaster auf die Kratzwunden, dann erhob sie sich und klatschte in die kleinen Hände. Sogleich erschienen ihre beiden Helferinnen, beladen mit den unterschiedlichsten Gegenständen. Außerhalb des Zeltes war wortreiches Geschwätz zu hören.

Schmiedeeiserne Gestelle wurden aufgestellt und Weihrauchstäbchen angezündet, deren schwerer Duft die stille, heiße Luft erfüllte. Eine Aluminiumbadewanne wurde an Bethany vorbei hereingeschleppt und hinter einem Sichtschutz im hinteren Teil des Zeltes niedergesetzt. Eimer voll dampfend heißen Wassers wurden einer nach dem andern hereingebracht.

Erstaunt verfolgte Bethany all dies, bis Zulema sie schließlich hinter die Abschirmung zog.

Ernsthaft bedeckte das kleine Kammermädchen die Augen. „Ich nicht schauen, *sitt* … nur helfen.“

Bethany musste lachen, und ihre Anspannung verflog auf einmal. Warum auch nicht? Der gesunde Menschenverstand sagte ihr, dass Razul es nicht wirklich ernst gemeint haben konnte mit seiner Drohung, sie zu seiner Frau zu machen. Das wäre einfach zu lachhaft. Er hatte lediglich im Zorn gesprochen. Es war zwar eine sehr melodramatische Drohung gewesen, aber eben auch sehr arabisch und ganz nach Razuls Art.

Bethany würde seine Gastfreundschaft noch für ein paar weitere Tage in Anspruch nehmen und sehen, wie es ihr dann ging. Es gibt wirklich keinen Grund, dass ich nach Hause flüchte wie eine viktorianische Jungfrau, sagte sie sich. Das wäre nur eine Wiederholung derselben Feigheit, die ich in England damals gezeigt habe. Und warum sollte ich, wenn ich schon mal so weit gefahren bin, die Gelegenheit nicht nutzen, um Razul besser kennenzulernen? Was kostet mich das schon? Und in der Zwischenzeit kann ich sogar auch mit meiner Forschungsarbeit beginnen …

Bethany ließ sich wohlig in das warme, parfümierte Wasser sinken und akzeptierte Zulemas Hilfe. Gehorsam beugte sie den Kopf, während ihr Haar sorgfältig nass gemacht und dann einschamponiert wurde. In Handtücher gehüllt, kam Bethany danach wieder hinter dem Schutzschirm hervor und nahm Platz, um sich das Haar kämmen und die Nägel lackieren zu lassen.

Wozu dieser ganze Aufwand? fragte sie sich.

„Sie sehen müde aus, *sitt.* Legen Sie sich hin und ruhen Sie eine Weile“, drängte Zulema sie. „Die Party wird viele Stunden dauern.“

Party? Irgendjemand gab also ein Fest. Ihre Neugier befriedigt, legte Bethany sich lächelnd hin. Sie konnte einen Hubschrauber hören.

Als Bethany erwachte, hörte sie den Hubschrauber immer noch, oder waren es gar mehrere? Es überraschte sie, dass sie offenbar einige Stunden lang geschlafen hatte, aber andererseits hatte sie letzte Nacht nicht viel schlafen können.

Zulema hielt einen schimmernden, reichbestickten goldenen Kaftan vor ihr empor. Er war in der Tat ein auserlesenes Stück. Die Seide schmiegte sich in höchst sinnlicher Art und Weise an Bethanys Körper. Ein großes Stück viereckigen Goldchiffons wurde über ihren Kopf drapiert.

„Sie sehen sehr schön aus, *sitt*“, seufzte Zulema voller Bewunderung. „Sie kommen jetzt?“

Bethany folgte ihr hinaus in die heiße, unbewegte Luft. Sie musste nur wenige Schritte gehen, ehe sie ein neues Zelt betrat, das etwa die Größe eines Festzelts besaß. Es war bis auf den letzten Winkel mit reichgekleideten Frauen besetzt, die allerdings fast alle mittleren Alters oder noch älter waren. Eine nach der andern kam zu ihr, um sie zu begrüßen und auf beide Wangen zu küssen. Sie waren furchtbar freundlich, doch keine von ihnen sprach Englisch, sodass Bethany reichlich frustriert war. Liebend gerne hätte sie mit ihnen geplaudert und sie ausgefragt. In der Mitte des Zeltes war auf einem weißen Tuch ein riesiges Bankett aufgebaut.

Bethany war zwar nicht sonderlich hungrig, aß aus Höflichkeit jedoch ein paar Bissen. Das Essen zog sich ewig lange hin, aber trotzdem langweilte sie sich nicht. Es gab soviel zu sehen, dass sie fasziniert alles beobachtete, was um sie herum vor sich ging.

Nachdem das Essen schließlich abgeräumt war, begann das Tanzen zu den Klängen arabischer Musik, die aus riesigen Lautsprecherboxen ertönte. Es wurde sehr laut, aber jeder schien sich gut zu amüsieren. Es gab viel Gelächter, vor allem als eine besonders dicke Frau sich auf die Tanzfläche begab und sich wie eine Bauchtänzerin schlängelte und ihre Massen hüpfen ließ.

„Bitte folgen Sie mir, *sitt.*“ Zulema tauchte aus der Menge neben Bethany auf. „Es ist Zeit.“

Bethany erhob sich, und die Musik hörte auf. Zeit wofür? Vermutlich wollte Zulema damit sagen, dass die Party vorbei war, obwohl Bethany noch immer nicht wusste, was für ein Fest hier gefeiert wurde.

Es gab laute Ausrufe: „*Lullah ... lullah!*“ Und da Bethany annahm, dass diese ihr zum Abschied galten, lächelte und winkte sie, bevor sie Zulema durch die Wandbehänge hindurch folgte, die einen Teil des Zeltes abtrennten.

Razul stand dort, umgeben von älteren Männern. In seinem weißen Leinengewand mit dem dunkelblauen, in Gold eingefassten Überwurf sah er so umwerfend attraktiv aus, dass Bethany der Mund trocken wurde, und ihr Herz wie das eines Schulmädchens hämmerte, als sie zu ihm ging.

Ein bärtiger alter Mann sprach gerade, und die versammelte Menge hörte ihm mit äußerster, feierlicher Aufmerksamkeit zu.

Als dieser alte Mann auf einmal auf sie zukam, ihre Hand fasste und einen Schal um ihr Handgelenk wickelte, war Bethany verblüfft. Das andere Ende des Schals wickelte er um Razuls Handgelenk und begann, etwas zu sagen. Bethany erstarrte. Was, um alles in der Welt, geschah hier? Als der Mann ihr Handgelenk wieder losließ, begriff sie plötzlich und war wie versteinert vor Schreck. Der Alte musste ein Imam oder so etwas sein. Falls sie sich nicht sehr irrte ... Aber sie musste sich täuschen ...

Ihr entsetzter Blick flog zu Razul. Dieser bemerkte Bethanys Blässe, und eine steile Falte trat zwischen seine ebenholzschwarzen Augenbrauen. Hektisch ließ Bethany die Augen über die ernst dreinblickenden Männer schweifen, die zu beiden Seiten standen. Dann biss sie sich auf die Unterlippe, bis sie Blut schmeckte.

Du lieber Himmel, falls ihr Verstand ihr nicht gerade einen fürchterlichen Streich spielte, hatte sie gerade an einer Hochzeitszeremonie teilgenommen, und zwar in der Rolle der ... Braut?

Ich, Bethany Morgan, die so gegen die Ehe ist, wie eine Frau es nur sein kann, ich habe gerade unwissentlich an einer Zeremonie teilgenommen, zu der ich mein Einverständnis nicht gegeben hatte? Sie befand sich in einem solchen Schockzustand, dass sie zitterte. Das ist illegal ... Das kann doch keine gesetzliche Gültigkeit haben, wenn ich kein Wort davon verstanden habe und außerdem nicht einmal gewusst habe, was passiert!

Die anderen Männer verließen einer nach dem andern das Zelt.

„Was ist los mit dir?“, fragte Razul leise und mit drängendem Unterton.

Bethany ballte die Fäuste. „Dich sollte man hinter Gitter bringen!“, erwiderte sie mit bebender Stimme. „Ich habe kein Einverständnis zu einer Eheschließung mit dir gegeben.“

Durch das Blut, das ihm ins Gesicht stieg, wurde seine Hautfarbe noch dunkler. Verständnislos funkelte er sie an. „Aber ich habe dir doch gesagt, dass wir heiraten würden, falls du bleibst."

„Und habe ich etwa gesagt, dass ich damit einverstanden bin?", fuhr Bethany auf.

„Du bist geblieben ... Somit habe ich dein Einverständnis vorausgesetzt!" Razul war ebenso fassungslos wie sie. „Ich nahm an, dass du endlich Vernunft angenommen hättest!"

„Es gibt einen großen Unterschied zwischen Bleiben und Heiraten." Bethany drückte sich die feuchten Handflächen an ihr kaltes Gesicht. „Gleichgültig, um welche Art Heirat es sich handelt", fügte sie schwach hinzu. Dann jedoch gewann ihr Ärger die Oberhand, und sie schoss Razul einen wütenden Seitenblick hellster Entrüstung zu. „Das hast du absichtlich getan, stimmt's? Du wusstest, dass ich nicht geglaubt habe, dass du's ernst meinst, und du hast meine Unwissenheit ausgenutzt , um ..."

Unvermittelt schloss Razul seine Finger hart um ihre Schultern und zog sie dicht zu sich.

„Hör auf", stieß er hervor. „Dies ist nicht der Ort für solch einen Disput. Überhaupt ist ein solcher Disput völlig sinnlos. Du bist jetzt meine Frau."

Seine Frau? Ihr drehte sich der Magen um.

„Beschäme mich ja nicht vor meinen Verwandten", warnte Razul. „Denn das würde ich dir niemals verzeihen, und sie auch nicht. Das hier sind ernsthafte Vorgänge ... Wo bleibt dein Respekt?"

Bethany war totenblass. „Aber ich wusste nicht ... Ich hatte keine Ahnung ..."

„Habe ich es dir nicht gesagt?"

„Schon ... Aber, ich habe es nicht geglaubt ..."

„Dann glaub es jetzt", knirschte Razul.

„Das will ich aber nicht", murmelte sie, und die Beine drohten unter ihr nachzugeben.

„Warum bist du dann geblieben? Warum bist du nicht zum Flughafen geflogen?", wollte Razul voller Erbitterung wissen.

„Ich konnte es mir einfach nicht vorstellen, dass du mich tatsächlich heiraten würdest. Und dann noch in einer solchen Zeremonie."

„Wieso, was stimmte damit nicht?"

„Nichts ... Aber ich dachte ... Ich dachte, du hättest so eine Art Vertrag im Sinn ..."

„Vertrag?", fragte er stirnrunzelnd.

„Fatima hat gesagt ..."

„Was?" Razuls Stimme klang plötzlich drohend.

„Nun ja, dass du keine echte Ehe geplant hättest, sondern dass es sich lediglich um eine vorübergehende Sache handelt ... Und, na ja ... Ich habe auch schon mal von dieser Praxis gehört, die als *mut'a* bezeichnet wird."

„*Mut'a* ... flüsterte Razul und wiederholte es noch einmal in einem Ton äußerster Abscheu. „In Datar erkennen wir derartige Arrangements nicht an, da sie häufig zu Missbrauch Anlass geben. Unsere Richtlinien für die Ehe sind gesetzlich verankert und ebenso verpflichtend wie in eurem Land."

„Oh", murmelte Bethany.

„Wenn sie dir gesagt hätte, dass ich ein Massenmörder bin, hättest du ihr das auch abgenommen?" Razul lachte verächtlich. „Tut mir leid, dich enttäuschen zu müssen, aber wir sind jetzt wirklich und wahrhaftig verheiratet, und du bist mir bisher eine zufriedenstellende Erklärung schuldig geblieben, weshalb du den Hubschrauber ohne dich hast abfliegen lassen."

Nervös kaute Bethany an ihrer Lippe. Ihr Kopf war wie leergefegt.

„Warum?", beharrte Razul.

„Ich plädiere auf vorübergehende Unzurechnungsfähigkeit!"

Seine Miene wurde plötzlich zu einer verschlossenen Maske. Beim Klang des Stimmengewirrs von draußen außerhalb des Zeltes verzog Razul die Mundwinkel.

„Du wirst dich am Ende des heutigen Tages noch verheirateter fühlen", versicherte er knapp und entfernte sich dann ein Stück von Bethany.

„Und was bitte soll das jetzt schon wieder heißen? Ich …" Sie verschluckte den Rest ihres Satzes, als ein Europäer mit steifem, weißem Pastorenkragen hereingeeilt kam, der sich vielmals für seine Verspätung entschuldigte, dichtauf gefolgt von einem elegant gekleideten Paar.

„Darf ich dir Pastor Wilks, den Kaplan am Königlich Städtischen Krankenhaus, vorstellen?", meinte Razul gedehnt und völlig ausdruckslos. „Und dies ist meine Schwester Laila und ihr Mann Ahmed, die sich liebenswürdigerweise bereit erklärt haben, als unsere Trauzeugen zu fungieren."

Wie angewurzelt schüttelte Bethany dem Pastor die Hand und empfing eine herzliche Umarmung von der etwas besorgt dreinblickenden älteren Frau sowie einen warmen Händedruck ihres Mannes.

„Dass wir so spät dran sind, ist Ahmed und mir zuzuschreiben", erklärte Laila bedauernd. „Wir hätten schon heute Vormittag hier sein sollen, aber wie es so oft bei uns Medizinern geht, können auch die besten Pläne durch einen Notfall über den Haufen geworfen werden …"

„Du wurdest im Operationssaal gebraucht, und wir haben natürlich Verständnis dafür, dass die Rettung eines Menschenlebens Vorrang hat", warf Razul ein.

„Aber das hat alles durcheinandergebracht", seufzte die aparte dunkelhaarige Frau. „Ich weiß, du wolltest, dass die Zeremonien in anderer Reihenfolge stattfinden, und ich sollte hier sein, damit Bethany sich heimischer fühlt und ich sie den Verwandten vorstellen konnte. Stattdessen war sie bei ihrer eigenen Hochzeitsfeier völlig alleingelassen … Ich fürchte, die ältere Generation hätte Zulema nicht als passende Übersetzerin akzeptiert. Die sind doch alle grässliche Snobs …"

Ahmed trat vor und legte seiner Frau beschwichtigend die Hand auf den Rücken.

„Meinst du nicht, wir sollten die Bühne für Mr. Wilks freimachen?", meinte er augenzwinkernd. „Sie werden schon merken, Bethany, dass meine Frau selten eine Atempause einlegt, wenn sie erst mal anfängt zu reden."

Mühsam zwang Bethany sich zu einem Lächeln. Und sie brachte es beim besten Willen nicht über sich, Razul anzusehen. Er hatte beabsichtigt, dass die englische Trauzeremonie zuerst stattfinden sollte, und wenn dies geschehen wäre, hätte sie rechtzeitig gemerkt, was los war, um der Sache noch Einhalt zu gebieten. Aber hätte ich das getan? überlegte sie. Hätte ich wirklich den Mut gehabt, vor seiner gesamten Familie alles zu stoppen, die Erwartungen so vieler einflussreicher Menschen zu zerstören, indem ich mich geweigert hätte, Razul zu heiraten?

Du liebe Zeit, das hätte einen Aufstand gegeben, ganz zu schweigen davon, was für eine ungeheure Demütigung es für ihn bedeutet hätte. Nein, Bethany bezweifelte, dass sie den Mut besessen hätte, ihm dies anzutun. Denn immerhin, so gestand sie sich widerwillig ein, habe ich ja auch einen Teil zu dem Missverständnis beigetragen, durch das ich in diese missliche Lage geraten bin.

„Wollen wir anfangen?", sagte der Pastor fröhlich.

Als Razul gesagt hat, dass ich mich am Ende des Tages richtig verheiratet fühlen würde, hat er nicht untertrieben, dachte Bethany resigniert und empört zugleich.

Es war ein traditioneller Gottesdienst. Bethany sprach ihren Part mit unsicherer Stimme, und als Razul ihre Hand ergriff und ihr den Ring überstreifte, war sie steif wie eine Puppe. Beim Unterschreiben im Trauregister war ihr Namenszug zittrig.

Missverständnis …? Zur Hölle mit ihm, dachte Bethany mit plötzlich aufloderndem Zorn. Sobald wir alleine sind, bringe ich ihn um!

„Ich freue mich unheimlich, noch eine emanzipierte Frau in der Familie zu haben!", lachte Laila, als der Pastor nach der Zeremonie in eine Unterhaltung mit Razul vertieft war. „Ich musste erst heiraten, um meine Freiheit zu gewinnen, und unser Vater leidet noch immer unter dem Schock, dass das, was er als mein exzentrisches Hobby betrachtet hat, zu einem Beruf geworden ist."

„Sie sind Chirurgin?", erkundigte sich Bethany, in dem Bemühen, normal zu erscheinen, was ihr unglaublich schwer fiel.

„Gynäkologin. Mir blieb keine große Wahl." Laila schnitt eine Grimasse. „Der männliche Datari ist ein Vollblutmacho, und er würde meilenweit rennen, falls er sich mit einer Ärztin konfrontiert sähe. Aber wenn er feststellt, dass es eine Ärztin gibt, die seine Frau bei ihren intimsten Problemen behandeln kann, ist er entzückt, dass ich da bin, und die Frauen ganz genauso. Ich freue mich, dass Sie nun zu unserer Familie gehören, Bethany", sagte sie mit entwaffnend aufrichtigem Lächeln. „Und es tut mir sehr leid, dass Sie so lange haben warten müssen, bis …"

„Es ist Zeit für uns, wir müssen fahren", wurde sie da von Razul unterbrochen.

„Wieso lässt du auf einmal den Kronprinzen raushängen?", fragte Laila und runzelte die Stirn.

„Laila …" Ahmed stand die Röte in den Wangen. Er war sich des Mangels an bräutlicher Freude offenbar längst bewusst.

Razuls Schwester sah Bethany fragend und verwirrt an. Bethany wurde vor Unbehagen rot bis unter die Haarwurzeln.

„Wir werden uns bald wiedersehen. Ich hoffe, wir dürfen euch als unsere ersten Besucher begrüßen", meinte Razul leise.

Die beiden waren kaum aus dem Zelt, da vernahm Bethany einen gedämpften Wortschwall von Laila auf Arabisch.

„Was sagt sie?", flüsterte Bethany hilflos.

„Verzeih mir, wenn ich dir das lieber nicht übersetze." Mit grimmiger Miene setzte Razul sich in Richtung auf den wartenden Hubschrauber in Bewegung und überließ es Bethany, ihm zu folgen.

Hinter ihnen hob die Musik wieder an, und die Hochzeitsfeier ging weiter.

„Razul …?"

Er blieb stehen, bis Bethany ihn außer Atem eingeholt hatte.

„Du willst wissen, was jetzt passiert? Das ist ganz einfach. Am Ende des Sommers lasse ich mich von dir scheiden. Du gehst nach Hause. Ich nehme eine andere Frau. Und ich werde diesen törichten, dummen Fehler hinter mir lassen."

Eine andere Frau? Fassungslos starrte Bethany dahin, wo Razul eben noch gestanden hatte. Doch dieser war bereits im Begriff, sich auf den Sitz neben dem Piloten zu schwingen.

Sehr viel langsamer kletterte Bethany auf den Rücksitz, wo Zulema sich bald zu ihr gesellte. Die Rotorblätter, die sich mit einem ohrenbetäubenden Aufheulen zu drehen begannen, verhinderten gnädigerweise jedes weitere Gespräch.

6. KAPITEL

Der Flug war nur kurz. Bethany stieg aus dem Hubschrauber, ihr schönes Gesicht starr wie heller Marmor. Erst jetzt bemerkte sie, dass sie woanders war als erwartet. Sie war umgeben von prachtvollen, in Terrassen angelegten Gärten, die ihr gänzlich unbekannt waren. Tamarisken und Palmen ragten hoch auf über üppigen, grünen Grasflächen und wild wuchernden tropischen Blumen.

„Das hier ist nicht der Palast ...“ Bethany wandte sich um, sah jedoch, dass Razul zurückgeblieben war.

Er sprach in ein Handy, sein Tonfall schroff, die Gesichtsmuskeln angespannt unter der bronzefarbenen Haut. Mit wem auch immer er gerade reden mochte, erfreulich war die Unterhaltung anscheinend nicht.

Zulema antwortete Bethany: „Der Königspalast ist nicht weit entfernt. Dieser Palast ist jetzt das Heim von Prinz Razul. Hier hat seine Mutter gelebt. Sie starb kurz nach der Geburt des Prinzen. Der König versiegelte diesen Palast, nahm seinen kleinen Sohn mit und kehrte zurück in den alten Palast. Das war sehr traurig, denn er ist sehr schön, nein?“

„Nein ... Ich meine, doch, ja.“

Razul war also ohne Mutter aufgewachsen. Bethany erstickte einen Anfall von Mitgefühl im Keim. Was geht mich das an, dachte sie ärgerlich, während sie eine flache Treppe hinaufging und durch einen aus Stein gehauenen Eingang einen atemberaubend schönen, mit Marmor ausgelegten Hof betrat, um den herum ein bogenförmiger Kreuzgang verlief.

Glänzende Kacheln bedeckten jede Wand. Wasser, das aus einer Fontäne in der Mitte eines großen Beckens hervorsprudelte, plätscherte leise in der Stille. Dahinter befand sich ein weiterer Torbogen, der zu einer großartigen Halle führte, deren Breite und Länge imposant waren.

Von hier aus schlenderte Bethany durch die Tür, die ihr am nächsten war, in einen großen Raum und fand sich zu ihrem nicht unbeträchtlichen Erstaunen umringt von antiken Möbelstücken, die jedem englischen Herrenhaus alle Ehre gemacht hätten.

„Der Prinz sagt mir, dies ist ein Salon“, erklärte Zulema. „Wir haben viele Salons hier.“

„Wundervoll“, murmelte Bethany lahm, durchquerte die Halle erneut und trat in einen ausgesprochen traditionell eingerichteten, arabischen Empfangsraum mit einer in den Fußboden eingelassenen Kaffeekochstelle, zahllosen Kissen und der üblichen Möbelknappheit.

Dasselbe Muster zog sich der Länge nach zu beiden Seiten der großen Eingangshalle durch. Auf der einen Seite waren die Räume ausnahmslos westlich eingerichtet, und auf der andern herrschte der einfachere islamische Stil.

Eigenartig, dachte Bethany, nachdem sie wieder nach draußen gegangen war. Ob die westliche Hälfte zur Unterbringung ausländischer Würdenträger dient?

Bei dem Geräusch von Schritten, die sich näherten, während sie versunken vor dem Springbrunnen stand, wandte sie sich um.

In einigen Metern Entfernung blieb Razul stehen. Sein Blick wirkte verschlossen, und seine ganze Haltung drückte Argwohn, Abwehr und Kampfbereitschaft aus.

„Jetzt sag mir, warum du nicht gegangen bist, als du die Gelegenheit dazu hattest“, befahl er.

„Das ist im Augenblick vollkommen irrelevant“, gab Bethany mit zusammengebissenen Zähnen zurück.

„Ich warne dich. Jetzt, da du meine Frau bist, werde ich deinen Ausflüchten weniger tolerant gegenüberstehen.“

Den Kopf zurückgeworfen, funkelte Bethany ihn an. „Das ist ja so typisch, Razul!“ Sie lachte verächtlich auf bei der Erinnerung daran, wie schnell der zuvor so liebevolle Ehemann ihrer Tante Susan sich nach der Hochzeit verändert hatte. „Mir ist sehr wohl bewusst, dass der arabische Mann all seinen Charme und seine Höflichkeit verliert, sobald er einer Frau den Ehering angesteckt hat. Dann fühlt er sich sicher. Dann zeigt er sein wahres Gesicht als Herr und Meister seines Hauses und Herrscher über alles, was sein ist. Und die viel begehrte und umworbene Braut wird zu einem weiteren Besitztum, das man nach Gutdünken benutzen und misshandeln kann. Nun, bevor du dich total von deiner Allmacht hinreißen lässt, gestatte mir, dir zu versichern, dass dieser Ring an meinem Finger mir nicht das Geringste bedeutet!“

Schweigend und finster sah Razul sie an.

Daraufhin zerrte Bethany sich den Ring vom Finger und warf ihn in hohem Bogen in das Wasserbecken. Er versank mit einem winzigen Spritzer.

Das spannungsgeladene Schweigen wurde immer dichter und schwerer.

„Dieser Ring ist das Symbol einer Farce!“, sagte Bethany, verärgert, dass ihre Stimme nach Rechtfertigung klang.

Blass und wie versteinert maß Razul sie mit hartem, dunklem Blick. „Dein Benehmen ist erschreckend, und du führst dich auf wie ein jähzorniges, verzogenes Kind. Du schlägst blind um dich, ohne zu bedenken, wen du dabei beleidigst. Ich vermute, das kommt daher, dass du dein Leben lang immer nur getan hast, was du wolltest. Aber glaube ja nicht, dass ich solche Auftritte dulden werde. – Hol den Ring da wieder raus!“, befahl er.

Zornrot und außer sich vor Empörung über seinen Tadel erwiderte sie seinen Blick. Ihr Atem ging schnell.

„Ohne ihn wirst du mein Haus nicht betreten“, fügte Razul grimmig hinzu.

„Fein! Den blöden Ring wollte ich sowieso nie haben!“, fuhr sie auf.

„Nein … Du wolltest, dass ich dich wie eine Hure behandele. Aber diese Hoffnung könnte sich durchaus noch erfüllen …“

„Wie bitte?“ Bethany schnappte nach Luft.

„Mit jedem deiner beleidigenden Worte oder Gesten verringert sich meine Achtung vor dir. Ich sehe dich an und frage mich: Ist dies die Frau, um deretwillen ich meinen verehrten Vater gekränkt habe?", entgegnete Razul barsch. „Was ein Tag der Freude hätte werden sollen, ist zu einem Tal der Tränen, des Unfriedens und der Reue geworden. Und meine Geduld ist am Ende. Hol den Ring aus dem Wasser, oder übernachte im Freien. Ohne den Ring werde ich dich nicht als meine Frau anerkennen!"

„Und du meinst, mir würde das etwas ausmachen?"

„Ich denke, du solltest mal erfahren, wie es ist, als Besitz behandelt zu werden, den man je nach Laune benutzen kann. Vielleicht wirst du dann zu schätzen wissen, dass ich dich niemals als ein niedriger stehendes Geschöpf behandelt habe … Bis jetzt." Damit rauschte Razul davon.

Reglos wie eine Statue blieb Bethany stehen. Am Eingang zum Palast sah sie zwei Wachen. Sie hatte also Publikum. Eine mörderische Wut packte sie. Er will mir also eine Lektion erteilen, ja? Wie kann er es wagen, mich so von oben herab abzufertigen? Habe ich etwa darum gebeten, nach Datar geschleift und gleich zweimal verheiratet zu werden? Und wenn er dadurch seinen Vater gekränkt hat, ist das etwa meine Schuld?

Die Sonne schien unbarmherzig auf ihren schutzlosen, unbedeckten Kopf herab. Bethany zog sich in den Schatten der Bäume zurück und ließ sich schließlich auf die Knie fallen, was auf dem kalten Marmorfußboden recht unbequem war.

Ich hasse ihn … ich hasse ihn, wütete sie still vor sich hin.

Quälend langsam verging eine Stunde.

Bethany stand wieder auf, steif wie ein Brett, und zornige Tränen brannten in ihren Augen.

Sich hinabbeugend, tauchte sie eine Hand in das Springbrunnenbecken. Es war nicht sehr tief, und das Wasser kristallklar. Aber wie sollte sie diesen vermaledeiten Ring finden, wenn die Sonne wie verrückt auf der Oberfläche glitzerte? Da bemerkte Bethany ein besonders auffälliges Blitzen ungefähr in der Mitte des Beckens. Gefährlich weit streckte sie sich über das Wasser und verlor prompt das Gleichgewicht.

Wütend rappelte sie sich auf, bis auf die Haut durchnässt, grabschte nach dem Ring und stieg wieder aus dem Becken. Tropfnass stolzierte sie in den Palast hinein, wo sie bei jedem Schritt eine kleine Pfütze hinterließ.

Razul will Krieg? Den kann er haben, schwor Bethany sich hitzig.

Er hat nicht gewusst, dass du ihn nicht heiraten willst, wisperte ihr eine leise Stimme in ihrem Innern zu. Bethany versuchte, sie auszuschalten, doch die Stimme ließ sich nicht zum Schweigen bringen. Du hast ihm seinen Hochzeitstag verdorben, ihn vor seiner Schwester und seinem Schwager in Verlegenheit gebracht und ihm jetzt erneut eine Beleidigung zugefügt.

Plötzlich und unerwartet fühlte Bethany sich zutiefst elend. Warum bist du denn nicht in diesen Hubschrauber gestiegen? fragte sie sich unglücklich.

Die Antwort war einfach. Die Drohung, Razul nie wiederzusehen, hatte sie gelähmt und ihre Selbstdisziplin außer Gefecht gesetzt.

Frierend und blind vor sich hinstarrend, wartete Bethany in einem ihr fremden Raum, während Zulema ihr irgendwo in der Nähe ein warmes Bad einließ.

Schließlich half ihr das Mädchen aus dem nassen Kaftan, der an ihr klebte wie eine zweite Haut, und dann ließ Bethany sich in das angenehm warme Bad sinken. Abwesend rieb sie sich den Arm, da sie oberhalb des linken Handgelenks einen leichten Schmerz verspürte.

„Sie möchten jetzt etwas zu essen, Mylady?"

Bethany, die aus ihren selbstquälerischen Gedankengängen erwachte, fand sich mit einem durchsichtigen weißen Seidennachthemd angetan. Unbehaglich sah sie an sich herab, und als sie dabei feststellte, dass ihre helle Haut durch das hauchzarte Gewebe hindurchschimmerte, erschienen rote Flecken auf ihren Wangen. „Nein danke."

„Sie dürfen keine Angst haben, Mylady", flüsterte Zulema ihr beschwichtigend zu.

„Angst, wovor?"

„Vor Prinz Razul ..."

„Ich habe in meinem ganzen Leben noch nie Angst vor einem Mann gehabt!" Doch Bethany wusste, dass das eine Lüge war.

„Wenn ein Mann das erste Mal zu seiner Frau kommt, ist es natürlich, wenn sie ein bisschen nervös ist." Zulemas Lächeln war schüchtern und neckend zugleich. „Aber in dieser Nacht viele Frauen werden vor Neid seufzen und davon träumen, Ihren Platz im Bett des Prinzen einzunehmen."

Bethany hielt den Atem an und warf einen ungläubigen Blick in Zulemas Richtung. Aber das Mädchen verließ bereits den Raum. Das konnte doch unmöglich ...

Nein. Bethany schüttelte den Kopf. Razul kommt nicht zu mir. Bestimmt nicht. Eine Hochzeitsnacht, wie sie allgemein üblich wäre, kommt sicher nicht in Frage. Allerdings weiß Zulema ja nichts von unseren Feindseligkeiten.

Ruhelos nahm Bethany eines der Bücher zur Hand, die sie mit nach Datar genommen hatte – einen Reisebericht aus dem neunzehnten Jahrhundert über das Leben in der Wüste. Darin waren einige verblüffende, ja geradezu lachhafte Fehler enthalten, die die Fehlinterpretation des Schreibers und dessen Unwissenheit im Hinblick auf arabische Sitten und Gebräuche veranschaulichten.

Andererseits, habe ich mich Razul gegenüber nicht genauso überheblich und unfair verhalten? fragte sich Bethany, die sich nach ihm sehnte und sich dennoch für ihre Schwäche verabscheute ...

Die Tür ging auf. Überrascht und die Brauen unwillig zusammengezogen, wandte Bethany sich um – und sah ihn. Ihr stockte der Atem, und einen Moment lang war sie wie gelähmt. Razuls leuchtender Blick traf sie quer durch den Raum und glitt dann mit solch intensivem Wohlgefallen über ihre leicht bekleidete Gestalt, dass in Bethany Wut und Verlegenheit gleichzeitig aufstiegen. Hastig griff sie nach dem Morgenmantel, den Zulema über einen Stuhl in der Nähe gehängt hatte, und hielt diesen schützend vor sich.

„Was willst du?", fragte Bethany schrill.

Unvermittelt huschte ein amüsierter Ausdruck über Razuls Miene.

Beim Näherkommen nahm er den goldenen *iqal* und die Kopfbedeckung von seinem glänzenden dichten Haar. „Musst du da noch fragen?"

„Was tust du da?"

„Was glaubst du denn, was ich tue?", gab er die Frage sogleich zurück.

Er war im Begriff, sich zu entkleiden, doch Bethany traute ihren Augen nicht.

„Ich dachte, das ist mein Schlafzimmer …"

„Heute Nacht ist es unser gemeinsames", erwiderte Razul sanft.

„Ich bin nicht gewillt, diesen Raum mit dir zu teilen", erklärte sie mit Nachdruck.

„Doch, du wirst." Seine Bewegungen von geschmeidiger Anmut, betrachtete er sie. „Du bist meine Frau."

„Rein offiziell gesehen …"

„Fürs Offizielle habe ich nicht allzu viel übrig." Razul, der sich durch nichts aus der Ruhe bringen ließ, schüttelte den schwarzen Überwurf mit der Goldbordüre ab.

Bethany blieben die Worte beinahe im Hals stecken. „Moralisch gesehen …"

„Was könntest du schon über Moral sagen?", unterbrach Razul sie plötzlich unvermittelt. „Oder hast du schon vergessen, dass du mir erst heute morgen deinen Körper ohne die Verpflichtung einer Ehe angeboten hast?"

Bethanys Wangen flammten rot auf. „Ich war … heute morgen … verwirrt …"

„Kleine Korrektur: Du warst verzweifelt. Und gestatte mir, dir zu sagen, was geschehen wäre, wenn ich darauf eingegangen wäre. Wenn du erst wieder in England in Sicherheit gewesen wärst, hättest du mich erneut ausgeschlossen und dir tausend Gründe dafür ausgedacht, weshalb wir nicht zusammensein könnten!"

„Das stimmt nicht ..."

„Dein ewiger Rückzug hat ein Ende, und zwar hier und jetzt", meinte Razul gefährlich sanft. „Und du hast diese Entscheidung selbst getroffen. Ich habe dir gesagt, ich würde dich heiraten, wenn du bleibst. Und ich habe es nicht nötig, meine Anwesenheit hier in meiner Hochzeitsnacht zu rechtfertigen. Du bist meine Braut ..."

„Nein ... Ich will eine Annullierung, sobald ich zu Hause bin!"

„Das wird wohl ein unerfüllbarer Wunsch bleiben. Denk noch einmal darüber nach", riet Razul ihr, in dessen schönen Augen zorniger Ärger aufloderte. „Oder tu so, als sei ich dein Liebhaber und nicht dein Ehemann. Das ist mir im Augenblick egal. Aber deine Spielchen hören jetzt auf. Heute Nacht wirst du in meinen Armen liegen, und wir werden uns lieben."

Bethany bebte vor Entrüstung. „Wenn du glaubst, ich würde dir erlauben, dich meiner so zu bedienen, da wirst du wohl einen Schock erleben!"

Razul musterte sie durchdringend. „Ich glaube vielmehr, dass nicht ich derjenige bin, der schockiert sein wird."

„Du hast doch gesagt, dass die Hochzeit mit mir ein törichter, dummer Fehler gewesen ist!"

„Ein Fehler, mit dem ich bis zum Ende des Sommers leben muss, und wenn ich damit leben muss, dann wirst du es auch tun!"

„Das ist eine total unvernünftige Einstellung", fauchte Bethany.

„Ich habe keine Lust auf Vernünftigsein. Warum auch? Du bist einer besonderen Rücksichtnahme meinerseits nicht mehr länger würdig. Ich habe dich in allen Ehren geheiratet, und wie wird es mir gelohnt?"

„Ich wollte dich aber überhaupt nicht heiraten!"

„Warum im Namen Allahs bist du dann nicht in den Helikopter gestiegen?“ Razul brüllte beinahe.

„Ich ... Ich ...“

„Keine Sorge, ich weiß warum.“

Bethany wurde blass. „Woher ...?“

„Ich kenne deine Arroganz.“

„*Meine* Arroganz?“, wiederholte sie ungläubig.

„Du dachtest, du könntest mich dazu bringen, bei deinem Spiel mitzuspielen. Du dachtest, es könnte alles nach deinem Kopf gehen. Doch was liegt hinter dieser Selbsttäuschung?“, fragte Razul verächtlich. „Eine Erkenntnis, die du unter allen Umständen zu vermeiden suchst. Dein Verlangen nach mir ist stärker als dein Stolz, stärker als deine Vorurteile und stärker als alle Macht, die du über mich hast ... Denn ich hätte dich gehen lassen!“

Diese unliebsame Wahrheit traf Bethany bis ins Innerste.

„Also versuche nicht, mich für deine Unentschiedenheit verantwortlich zu machen.“ Gereizt verzog er den ausdrucksvollen Mund. „Und wieso versteckst du dich immer noch hinter diesem Mantel? Das sieht lächerlich aus. Ich bin nicht so dumm, zu glauben, dass eine Frau mit deinem Hintergrund und in deinem Alter noch eine scheue Jungfrau wäre!“

„Ich finde, du bist sogar sehr dumm!“ Sie dachte gar nicht daran, sich in dem transparenten Nachthemd seinen Blicken preiszugeben, mochte er dies als noch so lächerlich empfinden.

„Da hast du wahrscheinlich nicht einmal unrecht.“ Razuls heftiger Gemütsaufruhr spiegelte sich auf seinen Zügen. „Ich hätte meinen eigenen Idealen treu bleiben und keine Rücksicht auf deine Gesellschaft nehmen sollen, deren Grundsätze sehr viel weniger hoch sind als die unseren. Ich musste einige kulturelle Hürden überwinden, bevor ich dich bitten konnte, meine Frau zu werden, obwohl mir bewusst war, dass ich nicht der erste Mann in deinem Leben sein würde ...“

„Ach ja?“ Wieder packte Bethany die Wut. Allerdings empfand

sie auch eine grimmige Genugtuung darüber, dass Razul von ihrer Unerfahrenheit nichts ahnte. „Und woher willst du das so genau wissen?“

Sein Mund wurde schmal. „Ich weiß, dass du in dem Jahr, bevor wir uns kennenlernten, mit einem Mann zusammengewohnt hast. Das habe ich damals in England erfahren.“

Danny, einer ihrer Kollegen, der vorübergehend kein Dach über dem Kopf gehabt hatte, hatte Bethany angebettelt, ihm ihr Gästezimmer zu überlassen. Und sie hatte sich nur deshalb einverstanden erklärt, weil er der einzige männliche Freund war, den sie je gehabt hatte, und außerdem war er schwul.

„Aber Danny …“

„Ich wünsche nichts über diesen anderen Mann zu hören.“ Razuls Blick war böse und vorwurfsvoll zugleich. „Und wenn du heute nicht so bittere und feindselige Gefühle in mir ausgelöst hättest, hätte ich das niemals erwähnt.“

„Ich bin froh, dass du es getan hast! Und ich kann deine Vorbehalte durchaus nachvollziehen“, erwiderte Bethany schneidend.

„Ich bin kein Heuchler. Ich würde keinen Maßstab an dich legen, den ich selbst nicht zu erfüllen imstande bin.“ Ungeduldig begann Razul, sein Hemd aufzuknöpfen.

Bethany wandte sich ab. „Falls du hier bleibst“, erklärte sie tonlos, „werde ich woanders schlafen.“

Unvermittelt schlangen sich von hinten zwei starke Arme um sie. „Nein.“

„Bitte, nimm deine Hände von mir.“

„Nein.“

„Razul …“

„Ich bin nicht mehr länger gewillt, den Gentleman zu spielen“, antwortete er und presste sie mit dem Rücken an sich.

„Wenn du mich nicht gehen lässt, werde ich morgen von hier weggehen“, stieß Bethany hervor. „Und sobald ich zu Hause bin, werde ich mich an die Presse wenden, das schwöre ich dir!“

Razul erstarrte. „Das würdest du nicht …"

„Doch, das würde ich!", schwindelte sie. „Und wieso auch nicht? Hast du nicht gesagt, du wärst auf einen diplomatischen Zwischenfall vorbereitet? Nun, für den werde ich schon sorgen, verlass dich drauf!"

Razul ließ seine Hände zu ihren Hüften hinabgleiten und hob sie mit einer einzigen raschen Bewegung von den Füßen.

„Du wirst morgen nirgendwohin gehen!" Er war schon an der Tür und riss diese auf, noch ehe Bethany irgendetwas sagen konnte. „Weder morgen noch an irgendeinem anderen Tag!" Damit marschierte er den dunklen Korridor entlang.

„Was soll das, Razul? Lass mich sofort runter, sonst schreie ich!"

„Na und? Jedes Mal, wenn du dich in die Enge getrieben fühlst, fängst du an zu schreien. Andere Leute reden, du schreist."

„Ich will einfach nichts mehr mit dir zu tun haben … Kannst du das denn nicht verstehen? Ich will nicht verheiratet sein, und eine Affäre will ich auch nicht. Ich wünschte, ich wäre dir nie begegnet!"

„Feigling!", höhnte Razul, der eine Tür mit Löchern aufstieß.

Es gab ein metallisches Geräusch, als sie hinter ihnen zufiel.

„Das ist keine Feigheit, sondern gesunder Menschenverstand!", protestierte Bethany empört.

„Letztes Mal hat dich deine Feigheit bis nach Kanada gejagt, aber dieses Mal nicht. Als meine Frau besitzt du etwa genauso viel Freiheit wie ein Häftling auf Bewährung. Das hast du meinem Vater zu verdanken. Er hat sich nie von der Demütigung erholt, dass meine Mutter ihn verlassen hat. Die weiblichen Mitglieder meiner Familie sind die einzigen Frauen in Datar, die das Land nicht ohne ein dreifach unterschriebenes Visum ihrer Ehemänner oder Väter verlassen dürfen! Dass ich noch einmal dankbar sein würde für ein derart mittelalterliches Gesetz, hätte ich nie gedacht!"

Razuls Mutter hatte seinen Vater verlassen? Vor ihrem Tod? fragte Bethany sich flüchtig, ehe sie ihn noch einmal aufforderte: „Lass mich endlich runter!"

Er tat es, und gleich darauf erhellten Lampen ihre Umgebung. Erstaunt schaute Bethany sich in dem weitläufigen Raum um, der mit exotischer Pracht eingerichtet war. Ein schlichtweg riesiges Bett, von dem kunstvolle Stoffbahnen herabhingen, stand prunkvoll auf einem marmornen Podium.

Die verschlungenen, farbenfrohen Wandmalereien erregten Bethanys Aufmerksamkeit. Sie legte den Kopf zur Seite, damit sie sie besser erkennen konnte, und wurde dann schamrot. Denn dort war der Liebesakt in einer Reihe höchst plastischer Darstellungen abgebildet.

„Für eine Ethnologin bist du ziemlich prüde", stellte Razul fest.

„Wo sind wir?", erkundigte Bethany sich unbehaglich.

„In meinem Harem ... Hatte ich dir nicht versprochen, dich hierher zubringen? Ich hoffe, du weißt diese große Ehre gebührend zu schätzen, denn kein Europäer hat diese Räume jemals erblickt."

„Und aus welchem Grund genau hast du mich hergebracht?", meinte sie gereizt, verärgert über ihre Unfähigkeit, vorherzusehen, was Razul sich wohl als nächstes ausdenken mochte.

„Bis du mir fest versprichst, bis zum Ende des Sommers zu bleiben, werde ich dich hier festhalten."

Schockiert sah sie ihn an. „Das ist ein ziemlich barbarisches Vorhaben, aber ich bin überzeugt, dass ..."

„Aber sicher, du würdest von mir nichts anderes erwarten, nicht wahr?", warf Razul grimmig ein. „Bei Anbruch dieses Tages hast du mich barbarisch genannt, und es stimmt, dass du diese Seite in mir erweckst."

„Aber ..."

„Ab jetzt werde ich mich nur noch nach meinen eigenen Instinkten richten", fuhr er schroff fort, seine Miene hart. „Ich wurde in der Glut der Wüste gezeugt und als wahrer Sohn des Sandes geboren, denn von meiner Mutter habe ich nichts in mir. In meinen Adern fließt kein Eis, und mein Verlangen nach dir wird nicht von kühler Überlegung gesteuert. Ich weiß, was ich will, und ich weiß, was ich fühle." Der Blick, mit dem er sie ansah, war von solch glühender Intensität, dass Bethany unwillkürlich einen Schritt zurückwich.

Razul lächelte, und dieses Lächeln strahlte pure Sinnlichkeit aus. Mit einer raschen, fließenden Bewegung folgte er Bethany.

„Beweise mir, dass du kein Feigling bist. Beweise mir, dass das Feuer des Begehrens, das in mir brennt, nicht auch in dir lodert. – Komm her, in meine Arme, und weise mich dann zurück", forderte er sie heraus.

„Niemals!"

Razul kam auf sie zu.

„Bleib mir vom Leib!", schrie Bethany, die rückwärts ausweichen wollte, jedoch durch das Bett aufgehalten wurde.

Zwei Meter von ihr entfernt blieb Razul stehen und begann, langsam und gemessen seine übrige Kleidung abzulegen. „Du hast nur Angst vor dir selber, nicht vor mir. Wenn du dich ergibst, mag das deinen Stolz kränken, aber die Erfahrung wird dir gut tun. Eine Frau, die ihre eigene Weiblichkeit leugnet, ist nicht vollständig …"

„Soviel Blödsinn habe ich in meinem ganzen Leben noch nicht gehört!" Während sie dabei zusah, wie Razuls Kleidungsstücke zu Boden fielen, schlug Bethany das Herz bis zum Hals, und ein seltsam unbekanntes Gefühl schnürte ihr den Magen zu. „Komm mir ja nicht zu nahe!"

„Es braucht in der Tat einen besonderen Mann, um eine solche Hochzeitsnacht zu überstehen." Razul warf sein Hemd beiseite. „Aber du wirst sehen, dass ich der Herausforderung durchaus gewachsen bin!"

Wie gebannt hingen Bethanys Augen an seinem nackten bronzefarbenen Oberkörper, den breiten Schultern, den kraftvollen Muskeln und dem dunklen Schatten der schwarzen Brusthaare, die sich über dem flachen Bauch nach unten hin verjüngten. Dann glitt Bethanys Blick über Razuls schmale Hüften, die langen, sportlichen, dunkelbehaarten Schenkel sowie … die erschreckend deutliche Wölbung seiner erregten Männlichkeit, die sich unter dem schwarzen

Slip abzeichnete, dessen Razul sich gerade entledigte.

Bethany war außerstande, wegzuschauen. Du lieber Himmel, dachte sie benommen, sind alle Männer *so* …?

Hilflos ihren eigenen überwältigenden Empfindungen ausgeliefert, musste sie sich an dem Bett festhalten.

„Ich weiß, dass du ärgerlich auf mich bist …"

„Die Erfüllung in deinem herrlichen Körper wird allen Ärger zerstreuen", antwortete Razul, der plötzlich dicht vor ihr stand, ihr entschlossen das Nachthemd von den Schultern streifte und es fortschleuderte, ehe Bethany wusste, wie ihr geschah. „Und sei versichert, dass du, wenn die Morgendämmerung anbricht, noch immer in meinen Armen liegen wirst, wie es sich für meine Braut geziemt."

Bevor sie noch etwas sagen konnte, hatte Razul sie bereits emporgehoben und mit überraschender Sanftheit auf das Bett gelegt. Sogleich kreuzte Bethany befangen die Arme vor der Brust.

Razul zog die feingezeichneten Brauen zusammen und strich spöttisch mit dem Zeigefinger über ihren Handrücken. „Weshalb versteckst du dich vor mir?"

„Ich will das … hier … nicht …" brachte sie mühsam hervor.

„Dieser Mann … Was hat er dir angetan?", wollte Razul wissen.

Erstaunt sah sie ihn an.

„Du hast furchtbare Angst … Wenn dieser Kerl dir irgendwie wehgetan hat, dann werde ich ihn finden, egal wo, und ihn mit meinen bloßen Händen umbringen!"

„Ich habe keine Angst!", protestierte Bethany. „Ich versuche nur, dich von etwas abzuhalten, was wir beide später bereuen werden!"

Wie ein Tiger auf dem Sprung war Razul über sie gebeugt, seine Züge starr vor Zorn. „Was hat dieser Mann mit dir gemacht?"

„Nichts, du verdammter Idiot!", kreischte Bethany, der nun endgültig die Geduld ausging. „Er ist schwul!"

7. KAPITEL

Razuls lange schwarze Wimpern senkten sich. „Schwul?"

„Exakt. Und jetzt, da wir dies geklärt haben, könntest du dir liebenswürdigerweise Gedanken über die Konsequenzen machen, die es hätte, wenn wir diese lächerliche Ehe vollziehen würden?"

„Schwul", wiederholte Razul.

„Ein Mann, der kein Interesse an Frauen hat", erklärte Bethany bissig.

Entspannt lehnte Razul sich auf einen Ellbogen, den Kopf in die Hand gestützt, und schenkte Bethany auf einmal ein strahlendes Lächeln.

„Ich bin wahrhaftig ein verdammter Idiot."

„Was grinst du denn so?", fuhr sie auf.

Lächelnd drückte er sie wieder hinunter. „Möchtest du, dass ich das Licht ausmache? Wärst du dann weniger schüchtern?"

„Ich bin nicht schüchtern! Ich will uns lediglich vor einem schrecklichen Fehler bewahren. Wenn du mir nur mal zuhören würdest."

„Ich höre."

„Wir waren uns doch beide einig, dass diese Hochzeit ein Fehler war, richtig?"

„Falsch."

„Wie?" Verblüfft sah Bethany zu ihm auf.

Ihre großen grünen Augen wurden gefangen gehalten von denen Razuls, brennend und goldfarben. Bethany hörte zu atmen auf.

Razul murmelte etwas Arabisches, neigte dann langsam den Kopf und streifte mit seinen Lippen dann weich über die ihren. Als er dann die Zungenspitze in ihren Mund gleiten ließ, durchlief Bethany ein Schauer, und sie spürte, wie ihr eigenes, überwältigendes Verlangen drohte, durchzubrechen und jeden vernünftigen Gedanken mit sich fortzureißen. Sie legte die Hand an Razuls Schulter und fühlte die Wärme seiner satinglatten Haut, während er sie dicht an sich schmiegte und die Finger in ihrem herrlichen Haar versenkte.

Bethany stöhnte leise auf, als Razuls Kuss noch inniger und intimer wurde, und sie schien darin zu ertrinken.

Was tust du da? regte sich eine Stimme in ihrem Innern, doch Bethany war machtlos gegen die aufgestauten Gefühle, die sie schon so lange unterdrückt hatte.

„Razul …" murmelte sie erstickt, als er sich von ihrem Mund löste.

Lächelnd nahm er ihre Hände und drückte seine warmen Lippen in jede ihrer Handflächen, ehe er erneut von ihrem Mund Besitz nahm und Bethany von einem Begehren erfasst wurde, das alles andere einfach auslöschte.

Ihre entblößten Brüste wölbten sich empor, die rosafarbenen Spitzen steif aufgerichtet. Verlegen wollte Bethany sich mit den Händen vor Razuls Blick schützen, doch er hielt sie zurück.

„Freu dich an deiner Schönheit, so wie ich es tue", meinte er rau. „Dein Haar besitzt den Glanz der Morgendämmerung und deine Haut das jungfräuliche Schimmern einer weißen Kamelie."

Sie spürte, wie ihr Körper zu ihm drängte, und der Atem stockte ihr.

„Rein … und ohne Makel." Ehrfürchtig schloss Razul seine Finger um einen der bebenden Hügel.

Mit dem Daumen fuhr er über die höchst empfindsame Brustwarze, und eine beinahe unerträgliche Erregung stieg in Bethany auf, sodass sie stöhnend die Augen schloss. Doch damit nicht genug, umschloss Razul die harte Knospe nun auch noch mit den Lippen und ließ Bethany das sinnliche Spiel seiner Zähne und seiner Zunge spüren.

Ihr Herz pochte wie rasend, ihr Rücken bog sich ihm entgegen, während ein vibrierendes Pulsieren ihren gesamten Körper durchströmte. Ekstatisch vor Leidenschaft grub Bethany die Fingernägel in Razuls Schultern. Razul küsste sie wieder, drängend, verzehrend, wobei er mit einem seiner starken Schenkel Bethanys Beine auseinanderdrückte, die Finger über ihrem flachen Bauch gespreizt. Dann bedeckte er ihre Brüste mit zahllosen glühenden, hungrigen Küssen. Ungestüm streifte er Bethanys seidenen Slip ab, fuhr liebkosend mit einer Hand über ihren glatten Schenkel hinauf bis zu dem feurig gelockten Dreieck, das ihre intimste Stelle schützte. Ein erschrockener Laut entrang sich ihren halbgeöffneten Lippen, als Razul die feuchtheiße Muschel berührte.

Ruhelos warf Bethany den Kopf auf dem Kissen hin und her, die Augen dunkel vor Verlangen.

Razul lehnte über ihr, die Hand noch immer an jene Stelle gepresst, und murmelte heiser: „Und jetzt sag mir, dass du das hier nicht gewollt hast, vom ersten Moment an …"

„Ich … Ich …"

„Ein einziger Blick, und du hast mich gewollt …" Geschickt bewegte er seine Hand, und Bethany vermochte die köstliche Qual kaum mehr zu ertragen.

„Ja … ja … ja!", schrie sie auf.

Triumphierend ließ Razul seinen Körper wieder auf sie herabsinken und drückte seinen heißen Mund auf den kleinen Puls an ihrem Schlüsselbein. „Du bist meine Frau …"

Seine zärtlichen Liebkosungen trieben Bethany fast zur Besinnungslosigkeit, bis sie sich schließlich an ihn klammerte, süchtig nach ihm und verzweifelt vor ungestillter Lust, die nur er zur Erfüllung bringen konnte.

„Ich will versuchen, dir nicht wehzutun", keuchte Razul leise und abgehackt. „Aber ich habe so lange gewartet …"

Er glitt zwischen ihre geöffneten Oberschenkel, hob ihren Po mit seinen kraftvollen Händen, und seine harte Männlichkeit fand den Eingang zum intimsten Zentrum ihres Seins.

„Entspann dich", stieß Razul rau hervor.

Bethany wollte etwas sagen, doch als der erste Vorstoß seines langsamen Eindringens kam, war sie außerstande, irgendeinen klaren Gedanken zu fassen.

Noch einmal küsste Razul sie stürmisch, ehe er dann endgültig tief hineinstieß. Der scharfe Schmerz ließ Bethany aufschreien.

„Jetzt bist du wahrhaftig mein, *aziza*", sagte er voller Befriedigung und begann, sich zunächst vorsichtig, dann immer kraftvoller und leidenschaftlicher in ihr zu bewegen, und bald passte Bethany sich seinem Rhythmus an.

Sie spürte, wie sich von weit unten eine Welle der Leidenschaft in ihr anbahnte, die zu einem allesverzehrenden Strudel führte, der schließlich in einem erschütternden Höhepunkt endete.

Als Bethany danach zitternd in Razuls Armen lag, dachte sie: Ich liebe ihn. Ich habe ihn immer geliebt.

Tränen schossen ihr in die Augen. Zum ersten Mal in ihrem Leben als Erwachsene fühlte sie sich schwach und unzulänglich. Seit ihrer Kindheit hatte sie niemals irgendjemanden gebraucht, hatte es sich nicht gestattet, jemanden zu brauchen. Aber Razul hatte sie dazu gebracht, ihn zu wollen, zu brauchen. Er hatte all ihre Verteidigungsmechanismen außer Kraft gesetzt.

„Verzeih mir, dass ich dir wehgetan habe", seufzte Razul.

Bethany versuchte sich aus seiner Umarmung zu befreien.

„Es hat dir gefallen!", warf sie ihm mit blitzenden Augen vor.

Er wurde blass. „Es hat mir nicht gefallen, dir Schmerz zuzufügen", widersprach er heftig. „Aber natürlich habe ich mich an deiner Reinheit gefreut. Ich habe nicht erwartet, dass du unberührt bist, und dass du mir dieses Geschenk bei unserer Hochzeitsnacht gemacht hast, bedeutet mir sehr viel."

„Ich wünschte, ich hätte schon mit hundert Männern geschlafen!"

„Hast du aber nicht", murmelte Razul mit schläfriger Zufriedenheit. „Du hast auf mich gewartet."

„Ich habe überhaupt nicht auf dich gewartet!", gab sie erbost zurück.

„Die Frage hat sich doch längst erübrigt. Warum versuchst du nach der Freude, die wir miteinander geteilt haben, schon wieder, mit mir zu streiten?“

Er sah unglaublich phantastisch aus. Das schwarze Haar, die goldbraune Haut, diese erstaunlichen Augen, und der Mund, der so humorvoll wie sinnlich war.

Auf einmal schmerzte es Bethany, Razul anzusehen und die augenblicklich aufflammende Lust nach ihm zu spüren. Liebe auf den ersten Blick. Bethany hatte nie daran geglaubt, und doch war es gerade ihr zugestoßen. Hals über Kopf hatte sie sich in Razul verliebt, als sie ihn zum ersten Mal sah. Auch wenn sie sich hatte einreden wollen, dass es sich lediglich um eine stürmische Schwärmerei handelte, es war mehr gewesen, von Anfang an.

„Und jetzt schweigst du wieder.“ Liebevoll legte er seine Hand um ihr Gesicht und lächelte sie an. „Und du siehst so besorgt aus, aber auch sehr sexy.“

Zärtlich zeichnete Razul mit der Fingerspitze ihre von seinen Küssen geschwollene Unterlippe nach.

„Vergiss die Welt da draußen“, meinte er rau. „Dies ist unsere Welt, und nichts kann hier eine Bedrohung für dich sein.“

Nichts außer ihm. Die Erkenntnis ging tief wie ein Dolchstich. „Razul …“

Er beugte sich zu Bethany und ließ seine Zunge kurz, aber höchst erotisch zwischen ihre halbgeöffneten Lippen schnellen, sodass jede einzelne ihrer Zellen zu prickeln schien.

„Ich will dich noch einmal.“

„N-nein!“ Entsetzt rutschte sie von ihm fort, als ob er ihr körperliche Gewalt angedroht hätte.

Doch es war Razul ein leichtes, sie wieder zu sich zu holen. „Würde es dir wehtun?“

Die Besorgnis in seinem klaren, offenen Blick ließ sie erröten.

„Ja …“ schwindelte sie unsicher.

„Es gibt viele verschiedene Arten, Liebe zu machen …“

„Von denen will ich aber nichts wissen!“, fiel sie ihm beinahe panisch ins Wort.

Razul bedachte sie mit einem durchaus amüsierten Lächeln. „Das wirst du schon. Komm mit … wir gehen schwimmen."

„Schwimmen?"

„Wenn ich mein Verlangen nach dir zügeln muss, *aziza,* dann habe ich eine kalte Dusche bitter nötig."

„Oh … na gut, dann geh", meinte sie.

Er warf seinen dunklen Kopf zurück und brach in lautes Gelächter aus. Bevor Bethany noch fragen konnte, was denn so komisch sei, sprang Razul aus dem Bett und nahm sie dann mit einem kraftvollen Schwung auf die Arme.

„Von heute Nacht ab werden wir alles miteinander teilen", versicherte er ihr.

„Ich brauche keine kalte Dusche."

„Aber du hast eine verdient, *aziza.* Wenn da nicht meine Erinnerung an die Ekstase wäre, die du in meinen Armen erlebt hast, würde ich mich als Liebhaber im höchsten Maße mangelhaft fühlen."

„Du hast perfekte zehn von zehn Punkten, sei unbesorgt", fauchte Bethany. „Würdest du mich jetzt bitte runterlassen? Ich bin nämlich keine von den Frauen, die vor lauter männlicher Muskelkraft butterweiche Knie kriegen!"

Razul hob sie noch höher und plünderte ihren Mund in einem heißen, hungrigen Kuss. „Aber hiervon kriegst du weiche Knie", sagte er, ohne seine Belustigung zu verbergen. „Zehn Punkte?", meinte er dann nachdenklich. „Mit wem vergleichst du mich denn? Hast du auch Phantasien über mich gehabt?"

„Ich habe nie …"

„Was für eine kleine Schwindlerin du doch bist … stur, aggressiv und scharfzüngig. Wie gut, dass ich dich nicht in der Hoffnung auf honigsüße Sanftheit und Schmeichelei geheiratet habe."

„Du hast mich bloß geheiratet, um mich ins Bett zu kriegen!"

„Das wäre gar nicht notwendig gewesen", entgegnete er kühl. „Ich hätte dich schon damals in England in mein Bett holen können, aber ich wollte deine Selbstbeherrschung nicht zu sehr auf die Probe stellen. Du solltest mir dankbar sein ..."

„Dankbar?!", rief Bethany aus.

Ironisch sah Razul sie an. „Du hättest die Probe nicht bestanden. Ich hätte dich schon bei unserem ersten Kuss nehmen können."

Aufgebracht holte Bethany mit der Hand aus, und im nächsten Moment wurde ihr überhitzter Körper in kaltes Wasser geworfen.

Prustend und spuckend klammerte sie sich an den gefliesten Beckenrand und wischte sich die tropfnassen Haare aus den Augen.

„Ich werde nicht zulassen, dass du mich ohrfeigst. Solange du meine Frau bist, wirst du mich respektvoll behandeln."

Im Mondlicht wirkte Razul, der nur gerade bis zur Hüfte im Wasser stand, wie eine Silhouette aus dunklem Gold.

„Weder glaube ich an die Ehe, noch fühle ich mich als deine Frau. Und außerdem will ich überhaupt nicht deine Frau sein", fuhr sie zornig auf. „Ich fühle mich nicht geehrt, sondern benutzt. Diese Zeremonien waren doch nur Hohn und Spott, und glaub ja nicht, dass ich dieser Tatsache blind gegenüber wäre, bloß weil du mir einen Ring an den Finger gesteckt hast."

Razul kam auf sie zu. „So, du fühlst dich also benutzt", stieß er barsch hervor. „Aber andererseits, was kann Zärtlichkeit dir schon bedeuten? Nur noch etwas, was du kaputt machen kannst, so wie du mit deinem engstirnigen, verbohrten kleinen Geist und deiner selbstsüchtigen, selbstgefälligen Überheblichkeit, mit der du dich als was Besseres fühlst, alles kaputt machst, was wir miteinander erleben!"

Bethany wurde plötzlich eiskalt. „Ich fühle mich nicht als was Besseres", flüsterte sie.

„Aber du gibst mir nur deinen Körper, sonst nichts. Es scheint, als sei ich mehr nicht wert. Falls unsere Hochzeit dir wirklich nichts bedeutet, dann war es falsch von mir, zu verlangen, dass du diesen Ring wieder ansteckst." Razul zog sie zu sich heran, spreizte ihre Finger und streifte ihr das schmale Goldband ab, das er mit einer Geste äußerster Zurückweisung ins Wasser schleuderte. „Er wird dort bis in alle Ewigkeit liegen, denn du müsstest mich auf Knien bitten, dass ich dir gestatte, ihn wieder zu tragen!“

Es war irrwitzig, aber in dem Augenblick, als er ihr den Ring abnahm, wollte Bethany ihn wieder zurückhaben, und zwar mit einer Inbrunst, die Razuls Zurückweisung in nichts nachstand.

Engstirnig, selbstsüchtig, selbstgefällig, dachte Bethany mit zugeschnürter Kehle. So sieht er mich also? Das kränkte sie, das verletzte sie wirklich.

„Aber ich brauche keinen Ring an deinem Finger, um mich an dem zu erfreuen, was mir bereits gehört.“ Ehe Bethany erriet, was er vorhatte, legte Razul beide Hände an ihre Hüften und hob sie aus dem Wasser auf den Beckenrand.

„Was tust du da?“, fragte sie erschrocken.

„Was ich tun möchte“, erklärte er, drückte ihre Beine mit seinen harten Schenkeln auseinander und schob seine Hände unter ihren Po, um sie festzuhalten.

Unfähig, seinem und ihrem Begehren zu widerstehen, ließ Bethany ihre Finger in seinem seidig dichten Haar versinken, und als Razul drängend und leidenschaftlich von ihrem Mund Besitz ergriff, hatte kein vernünftiger Gedanke mehr auch nur die geringste Chance.

Bethany erwachte in dem bequemen Bett und zitterte förmlich vor Kälte. In ihrem Arm regte sich ein dumpfes Pochen. Ein leicht ziehender Schmerz zog sich durch ihren gesamten Körper, selbst an jenen Stellen, von denen sie gar nicht gewusst hatte, dass man sie überhaupt spüren konnte. Seltsamerweise jedoch fühlte Bethany sich wie abgehoben von diesen Missempfindungen.

Stattdessen war ihr Geist angefüllt mit einer Flut erotischer Bilder. Sie erinnerte sich an die aufregende Vereinigung mit Razul, an die köstliche Ekstase, die sie mit ihm erlebt hatte und die Bethanys kühnste Phantasien bei Weitem überstiegen hatte.

Sie erinnerte sich an ihre eigene ungezügelte sexuelle Lust und daran, wie herrlich es gewesen war, danach in Razuls Armen einzuschlafen und sich sicher und geborgen zu fühlen, in dem Wissen, dass sie nicht mehr länger allein war.

Jetzt hat es also angefangen, dachte Bethany niedergeschlagen. Das ist es, was Liebe mit einem macht. Sie nimmt dir deinen Stolz und lässt dich deine Prinzipien verraten. Sie bringt eine vernünftige Frau dazu, sich völlig unvernünftig zu verhalten.

Bethanys Mutter war eine intelligente Frau, aber niemals hatte ihre Intelligenz ihr dabei geholfen, sich aus ihrer zerstörerischen Ehe zu lösen. Nein, es hatte sogar den Anschein, als sei sie süchtig nach dem Leid und der Demütigung, die ihr untreuer Ehemann ihr ständig zufügte.

„Er ist mein Mann, und ich liebe ihn", hatte sie ihre Tochter vorwurfsvoll zurechtgewiesen, als Bethany noch naiv genug gewesen war, zu glauben, dass sie sich einmischen sollte.

Die Flucht ins Studium war für Bethany ein Segen gewesen, und nach und nach hatte sie den Kontakt zu ihrem Elternhaus immer weiter bis auf das gegenwärtige Stadium gelegentlichen Briefeschreibens reduziert.

Kraftlos zog Bethany an der Bettdecke, um sich zu wärmen. Ihr Mund war trocken, und der hämmernde Kopfschmerz war kaum mehr auszuhalten. Als sie den Arm bewegte, durchzuckte sie ein heftiges Stechen. Da sie sich so schwach fühlte, kostete es sie fast übermenschliche Willensanstrengung, die Decke fortzuschieben und ihn sich anzusehen. Der Arm war rot und angeschwollen und besonders ihre Hand unter dem Pflaster, das Fatimas Kratzer bedeckte, wirkte aufgedunsen und entzündet. Wahrscheinlich Blutvergiftung, dachte Bethany, noch immer merkwürdig distanziert.

Sie hörte, wie eine Tür geöffnet wurde. Gleich darauf trat Razul in ihr Blickfeld, voll angekleidet in einem hervorragend geschneiderten hellgrauen Anzug. Er trug ein Tablett.

„Du bist wach. Hast du Hunger?", erkundigte er sich, sein Tonfall ausgesprochen förmlich. Ein paar Schritte vom Bett entfernt blieb er unbeholfen stehen. „Ich habe dir Frühstück gebracht."

Ich brauche einen Arzt, war alles, woran Bethany denken konnte.

Da sie nichts sagte, räusperte Razul sich. „Du erwartest natürlich eine Entschuldigung."

Ja, tue ich das? Wofür? Bethany war verwirrt und schaute ihn ein wenig verschwommen aus ihren großen grünen Augen an.

„Mein Verhalten von heute Nacht tut mir leid", meinte Razul mühsam. „Es gibt keine Entschuldigung dafür. Ich habe einfach die Beherrschung verloren. Mein Temperament ist mit mir durchgegangen. Das ist mir noch niemals passiert."

Bethany war außerstande, sich auf irgendetwas zu konzentrieren.

„Ich ... brauche einen Doktor", flüsterte sie mit dünner Stimme.

„Einen Doktor?" Verunsichert blickte Razul auf sie herab.

Sie zeigte ihm den schmerzenden Arm. „Siehst du?"

Razul ließ das Tablett fallen, sodass das Geschirr unter ohrenbetäubendem Krachen auf dem Steinfußboden zersprang.

Mit einem Satz war Razul bei Bethany und kniete neben ihr am Bett. Eine Sturzflut an Arabisch zerriss die Stille. Er packte Bethanys Hand und starrte sie an, fassungslos vor Schreck. Die schiere Panik stand ihm ins Gesicht geschrieben, als er sein Mobiltelefon aus der Tasche riss und hastig eine Nummer wählte. Offenbar hatte er jedoch vor lauter Hast die falschen Zahlen gedrückt, denn fluchend startete er einen neuen Versuch. Von königlicher Würde war ihm allerdings auch während des schließlich geglückten Anrufs nichts anzumerken.

„Tut mir leid, dass ich dir solchen Ärger mache", meinte Bethany seufzend.

Razul erwiderte etwas in seiner Sprache, da seine Englischkenntnisse ihn momentan scheinbar im Stich gelassen hatten. Er stöhnte etwas in einem Ton voller Angst, während er mit fliegenden Händen Bethanys Nachthemd herbeiholte und es ihr überstreifte. Dann hüllte er Bethany behutsam zunächst in das Laken und danach in die Bettdecke, ehe er sie auf die Arme nahm, eingewickelt wie eine ägyptische Mumie. Ab da wusste sie nichts mehr, sondern glitt in eine fiebrige Ohnmacht hinüber …

Als Bethany vorübergehend aus den Tiefen ihrer Bewusstlosigkeit auftauchte, fand sie sich in einem spärlich beleuchteten Raum in einem Krankenhausbett wieder, und an ihrem Arm hatte sie einen Tropf. Ihr war entsetzlich heiß und unwohl zumute. Sie hörte, wie Razul etwas sagte, und dann eine weibliche Stimme, die ihn schroff anfuhr, was Bethany ungewöhnlich vorkam. Da es sie jedoch zuviel Anstrengung gekostet hätte, die Augen zu öffnen, ließ sie die Sache auf sich beruhen.

Beim nächsten Mal wachte Bethany auf wie aus einem Schlaf. Ihr Arm schmerzte nicht mehr, aber sie fühlte sich unglaublich erschöpft. Noch immer waren die beiden Stimmen zu hören. Mit einem leise gemurmelten Laut des Unmuts, weil ihre Muskeln ihr nicht recht gehorchen wollten, veränderte Bethany ihre Stellung und schlug die Augen auf. Laila stand von der einen Seite des Bettes her über sie gebeugt, Razul war am Fußende des Bettes, und es schien eine merkliche Missstimmung in der Luft zu liegen.

„Da siehst du's", sagte Laila befriedigt zu ihrem Bruder. „Ich hab' dir doch gesagt, dass sie nur schläft. Genau wie Mr. Khan es auch gesagt hat."

Erstaunt betrachtete Bethany Razul. Er sah aus, als habe er sich eine Woche lang weder rasiert noch richtig geschlafen. Seine Augen waren blutunterlaufen, der Anzug verknittert, und seine Krawatte fehlte ganz.

„Wie fühlst du dich?", fragte er rau, ohne seine Schwester zu beachten.

„Wie lange bin ich denn schon hier?"

„Fast zwei Tage …"

„Die längsten Tage meines Lebens", beschwerte Laila sich stöhnend. „Bitte, Bethany, sagen Sie ihm, er soll nach Hause gehen, bevor ich ein Verbrechen begehe, das noch immer unter Todesstrafe steht ... nämlich einen Angriff auf seine erhabene Person ...“

„Sprich nicht so mit mir!“, stieß Razul hervor, sodass Bethany zusammenzuckte.

„Kein Mensch kann so lange ohne Schlaf auskommen und dann noch annehmen, dass er zu einer sachlichen Beurteilung in der Lage ist ... Und außerdem, wo ist dein Sinn für Humor abgeblieben?“, erkundigte sich Laila wenig beeindruckt.

„Du erwartest, dass ich lache, obwohl meine Frau am Abgrund des Todes gestanden hat?!“, fragte er ungläubig.

„Deine Frau hat nicht am Abgrund des Todes gestanden. Sie war ziemlich krank, aber nicht lebensbedrohlich. Also, würdest du jetzt bitte nach Hause gehen, ehe ich mich gezwungen sehe, Zuflucht zu niedrigen Strategien zu nehmen? Du weißt genau, was passiert, falls ich deinen Vater über deinen gegenwärtigen Erschöpfungszustand informiere. Der kleinste Hinweis, dass sein über alles geliebter Sohn sich nicht robuster Gesundheit erfreut, und er wird dir befehlen, nach Hause zu gehen.“

„Ich bleibe bei meiner Frau. Solange sie krank ist, ist dies mein Platz.“

„Bitte, geh nach Hause“, flüsterte Bethany, die sich schrecklich schuldbewusst fühlte, einen solchen Zwist zwischen Bruder und Schwester verursacht zu haben, und noch mehr bestürzt darüber, dass Razul seit achtundvierzig Stunden nicht geschlafen hatte.

Seine Gesichtszüge wurden plötzlich hart. Die dichten Wimpern verbargen seine Augen, aber dennoch machte er den Eindruck, als habe Bethany ihm einen Dolch in den Rücken gestoßen. Die Miene verschlossen, trat er einen Schritt zurück.

„Wenn das dein Wunsch ist ...“

Nachdem sich die Tür hinter ihm geschlossen hatte, seufzte Laila: „Das hätten Sie ein bisschen netter sagen sollen. Jetzt haben Sie ihn gekränkt, und ich bin auch noch schuld daran. Ahmed würde sich winden, wenn er mich so mit Razul sprechen hören könnte, aber verflixt noch mal ... Ich bin zwanzig Jahre älter als er, ich habe den größten Teil meines Lebens in London verbracht, und ich vergesse ständig, dass mein kleiner Bruder irgendwann unser König sein wird. Ich hatte schon immer eine große Klappe", meinte sie müde, „aber er hat sich wirklich wie ein Idiot aufgeführt, seit Sie eingeliefert worden sind …"

„Wie ein Idiot?", wiederholte Bethany schwach.

„Er war panisch vor Angst. Zuerst wollte er Sie nach London fliegen lassen, weil er nicht überzeugt war, dass unser medizinischer Standard hoch genug sei. Ich habe ihm dann klargemacht, dass er sich in der Tat Sorgen machen müsste, falls Sie so lange auf medizinische Behandlung warten müssten. Dann wollte er Spezialisten einfliegen lassen. Schließlich kam einer unserer Assistenzärzte, ein junger Mann, versehentlich herein, und Razul ist an die Decke gegangen und hat gedroht, Sie wieder mit nach Hause zu nehmen, falls man Sie hier nicht gebührend vor derartigen Übergriffen auf Ihre Privatsphäre zu schützen wisse. Er ist die ganze Zeit nicht von Ihrer Seite gewichen. – Er hat weder gegessen noch geschlafen, und draußen vor dieser Tür stehen vier Wachen … Jetzt fehlt nur noch, dass ein offizieller Vorkoster vorbeigeschickt wird!"

Verblüfft schaute Bethany Razuls Schwester an. „Oje …" murmelte sie.

„Allerdings." Mit einem ironischen Lächeln ließ Laila sich auf einen Stuhl fallen. „Ich kann ja verstehen, dass er krank vor Sorge um Sie gewesen ist, aber was ich nicht begreife, ist, wieso er so tut, als ob er schuld an Ihrer Krankheit wäre!"

„Als ob das möglich wäre", fuhr sie nach einer kurzen Atempause fort. „Sie hatten eben Pech, das ist alles. Wie haben Sie sich eigentlich diese Kratzer überhaupt zugezogen?"

„Fatima …"

Laila schnappte hörbar nach Luft. „Weiß Razul das?"

Bethany nickte, woraufhin Laila unvermittelt in schallendes Gelächter ausbrach.

„Diese Neuigkeit macht alles wieder wett, was ich erdulden

musste“, erklärte sie dann fröhlich und erhob sich wieder, um einen Knopf an der Wand hinter dem Bett zu drücken. „Ihr zuständiger Facharzt, Mr. Khan, möchte Sie sicher gerne untersuchen. Haben Sie schon etwas Hunger?“

„Nein ...“

„Bitte, versuchen Sie, etwas Appetit zu entwickeln“, neckte Laila. „Wenn nicht, wird Razul Ihren Koch aus Dubai importieren, und als nächstes werden all unsere reichen Patienten genau dasselbe tun. Wissen Sie, eigentlich bin ich sehr froh, dass Sie bei uns sind.“

Bethany blieb der Mund offen stehen.

„Was Razul macht, machen alle anderen nämlich nach“, erklärte Laila munter. „Wenn er Sie nach London ausgeflogen hätte, wäre unser Ruf als Krankenhaus ruiniert gewesen.“ Von der Tür her grinste sie noch einmal über die Schulter zurück. „Ich verlasse mich auch darauf, dass Sie das erste königliche Baby innerhalb dieser Mauern zur Welt bringen. Aber bitte, lassen sie uns vorher einen Pakt schließen, dass wir Razul vor dem großen Ereignis ruhig stellen, weil ich ihm ganz bestimmt an die Gurgel springen werde, falls er anfängt, mir zu sagen, was ich in meinem Kreißsaal zu tun und zu lassen habe!“

Ein königliches Baby? dachte Bethany schockiert. Laila glaubt also, dass es sich bei uns um eine echte Ehe handelt. Aber natürlich. Weshalb sollte Razul seine gesamte Familie davon in Kenntnis setzen, dass ich lediglich eine zeitweilige Verirrung bin? Sein Vater weiß vermutlich Bescheid. Sonst hätte er ihm wahrscheinlich gar nicht gestattet, mich zu heiraten.

Nun, König Azmir brauchte sich keine Sorgen zu machen, und Laila würde wohl eine Enttäuschung erleben. Razul war keinerlei Risiko eingegangen, dass seine neue Braut hätte schwanger werden können. Selbst in den Momenten wildester Leidenschaft in dem Wasserbecken hatte er nichts dem Zufall überlassen, sondern Bethany ins Bett zurückgetragen und sie beide vor einer möglichen Schwangerschaft geschützt.

Aber warum tat das so weh? Schließlich war dies lediglich die Bestätigung dessen, was Bethany von Anfang an gewusst hatte. Für sie und Razul gab es keine gemeinsame Zukunft. Eigentlich müsste ich mich über das bisschen Vernunft freuen, das er in diesem Punkt gezeigt hat, dachte sie.

Dennoch krauste sie die Nase, und ihre Augen brannten. Wütend auf sich, schnitt Bethany eine Grimasse. Vor langer Zeit schon war ihr bewusst gewesen, dass der einzige wirkliche Nachteil des zölibatären Lebens, das sie für sich geplant hatte, der war, dass sie niemals eigene Kinder haben würde, obwohl sie Kinder doch so sehr liebte.

So wie ich ihn liebe, dachte sie bitter und vergrub das Gesicht im Kopfkissen, wobei sie sich dafür verachtete, dass sie sich ihren Gefühlen so ausgeliefert fühlte. Allein bei der Vorstellung von Razul und Fatima zusammen hob sich Bethanys Magen. Die Frau war eine Wahnsinnige! Und Razul hatte kein einziges Wort der Kritik geäußert, als Bethany ihm gesagt hatte, von wem ihre Kratzer stammten. Dieses schreckliche Biest würde höchstwahrscheinlich die Mutter seiner Kinder werden …

8. KAPITEL

„Man hat mir gesagt, dass du kaum etwas isst", meinte Razul sichtlich angespannt. „Ich habe einfach keinen großen Hunger." In den vierundzwanzig Stunden, die es gedauert hatte, bis er Bethany wieder besuchte, hatte sich eine tiefe Niedergeschlagenheit ihrer bemächtigt.

„Das verstehe ich ja", erwiderte er in beinahe grobem Ton. „Aber du musst vernünftig sein."

Das Schweigen wurde erdrückend. Bethany drehte den Kopf zur Wand. Er hat Fatima verdient, dachte sie deprimiert und versuchte, Razul zu hassen. Irgendwie jedoch machte das ihren Schmerz nur noch schlimmer.

„Es war ein Fehler von mir, dich nach Datar zu holen", bekannte er schwerfällig.

Bethany erstarrte und richtete sich stirnrunzelnd auf, wobei ihr die Haare wirr um die Schultern fielen.

„Ich habe geglaubt, ich könnte dich glücklich machen ... Zumindest für eine Weile. Jetzt weiß ich, dass das sehr arrogant von mir gewesen ist und dumm, unverzeihlich dumm. Ich habe mich von meinen Leidenschaften hinreißen lassen. Noch nie habe ich eine Frau so sehr gewollt wie dich. Du warst mein Traum ... Im Namen Allahs, ich rede schon wie ein Schuljunge!"

Mit einem Auflachen, das harsch war vor Verlegenheit, trat Razul ans Fenster. „Ich war naiv genug, zu glauben, dass wir diese besondere Zeit miteinander verbringen könnten und dass es dich nichts kosten würde. Ich hatte nur noch so wenig Zeit. Mir bleibt keine andere Wahl. Ich *muss* heiraten und Kinder zeugen. Ich bin dreißig, und das ist schon ziemlich alt, um in meiner Position noch unverheiratet zu sein ..."

„Ja", flüsterte Bethany.

Du warst mein Traum ... – Ach, wenn ich es doch nur gewesen wäre, dachte sie elend. Was er tatsächlich meint, ist, dass ich seine sexuelle Phantasie gewesen bin, die begehrenswerte Eroberung. Er hat ein letztes Abenteuer mit einer Frau gesucht, die nicht aus seiner Welt kommt – einer starken, unabhängigen Frau, die kaum daran zerbrechen oder ein großes Theater machen würde, wenn die Sache vorbei ist.

„Wenn es nicht um meine Familie ginge, hätte ich dich nach England zurückfliegen lassen, denn das wäre dir sicher am liebsten", stieß er abgehackt hervor. „Aber aus Rücksicht auf sie bitte ich dich, noch eine kleine Weile zu bleiben. Eine allzu plötzliche Abreise meiner Braut könnte sie in eine ausgesprochen peinliche Lage bringen."

Bethany traute sich nicht, ihn anzusehen. Der Gedanke, nach Hause transportiert zu werden, erfüllte sie mit Schrecken. Und doch war es feige, dem Unvermeidlichen ausweichen zu wollen. Diese besondere Zeit zusammen ... Weshalb war sie nicht imstande, das zu akzeptieren? Und endlich, schlagartig, begriff sie, aus welchem Grund sie es nicht akzeptieren konnte.

Sie hatte sich mehr gewünscht, die ganze Zeit hatte sie sich nach mehr gesehnt, sogar als sie sich mit Razul gestritten und ihm gesagt hatte, dass sie nicht an die Ehe glaubte. Auch Bethany hatte ihre Träume, auch wenn sie sich diese bisher noch nie eingestanden hatte. Sie hatte Razul für immer gewollt, sich gewünscht, dass er sie liebte, sich danach gesehnt, dass er ihr beweisen würde, eine Ehe zwischen ihnen könnte trotz aller Widerstände funktionieren ... Wer von uns beiden ist also die Naive? fragte sie sich sarkastisch. Aschenputtel kriegt ihren Prinzen, das Märchen aller Märchen ... Wer hätte gedacht, dass die ach so prosaische Bethany Morgan solcherlei Träume hat?

„Wie lautet dein Entschluss? Ich muss es wissen", sagte Razul leise.

Dem Himmel sei Dank für seine Besorgnis um seine Familie, dachte Bethany im Stillen. „Ich bleibe", antwortete sie und suchte nach einem plausiblen Grund. „Ich kann ja mit meiner Forschung beginnen."

„Natürlich … deine Forschung", meinte er ausdruckslos.

Allerdings war das nicht alles. Wenn ich schon gezwungen sein werde, mein ganzes Leben hoffnungslos in den Mann einer anderen Frau verliebt zu sein, beschloss Bethany bei sich, dann werde ich dafür sorgen, dass ich ein paar großartige Erinnerungen mit nach Hause nehme! Im Augenblick ist Razul mein Mann, dachte Bethany rachsüchtig, und Fatima wird sich immer nur als zweite Wahl vorkommen!

„Ich habe viel nachgedacht, seit ich hier liege", erklärte Bethany.

„Du hörst nie auf zu denken", erwiderte Razul grimmig, als sei dies das schlimmste Vergehen, dessen eine Frau sich schuldig machen konnte.

„Meine Forschung bedeutet mir wirklich viel, aber es ist doch sehr unpraktisch, dass ich kein Arabisch spreche", meinte sie seufzend. „Deshalb hatte ich ursprünglich meinen Assistenten. Ich weiß zwar, dass du bestimmt sehr beschäftigt bist, aber ich dachte, vielleicht könnten wir ja zusammen einen Ausflug unternehmen …"

„Einen Ausflug?" Unvermittelt drehte Razul sich vom Fenster her zu ihr um.

„In die Wüste. Damit ich ein Gefühl für das Nomadenleben entwickeln kann. Und selbstverständlich sollte es eine authentische Erfahrung sein …"

„Wie bitte?" Er wirkte höchst verblüfft.

„Nun ja, eben ganz einfach und zurück zur Natur … Nur du und ich allein gegen die Naturgewalten, ohne Legionen von Wachen und Dienern. Die würden dabei sowieso nur hinderlich sein, nicht wahr?"

„Aber du wärst dann allein mit mir", sagte Razul trocken, während er Bethany unter seinen langen schwarzen Wimpern hervor mit großer Eindringlichkeit ansah. „Ich hätte nicht gedacht, dass du dich solch unerwünschter Intimität würdest aussetzen wollen."

Bethany holte tief Luft, ihre Wangen glühten, und sie hielt den Blick geflissentlich auf Razuls Fußspitzen gesenkt. „Habe ich etwa gesagt, dass sie unerwünscht wäre? Es ist ja nicht so, dass ich dich hasse oder so was."

In dem folgenden Schweigen hätte man eine Stecknadel fallen hören können.

„Du würdest mir also zutrauen, dich nicht anzufassen? Ich bin nicht sicher, ob ich imstande wäre, der Versuchung, mit dir allein zu sein, zu widerstehen." Das klang, als bereite ihm dieses Eingeständnis geradezu körperlichen Schmerz.

„Ich habe gehofft, dass du es nicht tust ..." Bethany befeuchtete sich mit der Zunge die ausgetrockneten Lippen, und sie hatte den Eindruck, dass ihre Wangen noch heißer geworden waren.

„Du hast gehofft, ich würde der Versuchung *nicht* widerstehen?", vergewisserte Razul sich ungläubig.

Sie nickte stumm.

Da versetzte Razul ihr den Schrecken ihres Lebens. Irgendetwas Unterdrücktes auf Arabisch ausstoßend, packte er Bethany und holte sie mitsamt Tropf und allem aus dem Bett, gerade als jemand hereinkam.

„Was, in aller Welt, tust du da?", fragte Laila verdutzt.

„Ich nehme meine Frau mit nach Hause", erklärte Razul trotzig, für einen Streit gewappnet. „Außerdem werde ich auch noch eine Krankenschwester mitnehmen."

Laila kostete es sichtlich Mühe, ernst zu bleiben. „Flitterwöchner", meinte sie kopfschüttelnd. „Im Vergleich zu euch spüre ich jedes einzelne meiner Lebensjahre in den Knochen."

Nachdem seine Schwester gegangen war, um alles Notwendige zu veranlassen, ließ Razul seine goldbraunen Augen auf Bethany ruhen. „Ich werde dies zum glücklichsten Sommer deines Lebens machen", schwor er mit leidenschaftlicher Stimme.

Ein spitzer Schmerz durchzuckte Bethany. Das Ende des Sommers hing wie eine düstere Drohung über ihr. Weshalb musste Razul das immer wieder erwähnen? Damit rieb er nur Salz in die offene Wunde. Doch andererseits hatte es ja auch keinen Zweck, die Realität einfach auszublenden.

Es war später Nachmittag, und Razul kam geschmeidig und anmutig in seiner Wüstentracht über das Gras auf Bethany zu, die im Schatten eines Baumes lag und las. Die schmale Falte zwischen seinen aristokratischen Augenbrauen zeigte jedoch, dass er irgendwelchen Unmut hegte.

„Normalerweise legst du dich um diese Zeit zu einem Schläfchen hin", sagte er zu ihr.

„Ich fühle mich fit wie'n Turnschuh."

„Aber du siehst immer noch blass aus ... und angestrengt."

Bethany senkte den Kopf, und all der Groll, der sich im Laufe der vergangenen Woche in ihr angesammelt hatte, stieg in ihr auf. Obgleich sie sich Razul förmlich an den Hals geworfen hatte, hatte er sich nach dem kurzen Augenblick des Frohlockens im Krankenhaus hinter einer kühlen, distanzierten Haltung verschanzt. Er legte Bethany gegenüber äußerste Höflichkeit an den Tag und war außerordentlich aufmerksam. Er brachte ihr Blumen und Bücher, besuchte sie mehrmals am Tag, aber genauso gut hätte er auch ein liebenswürdiger Gastgeber sein können, der seinen leidenden Hausgast aufsuchte.

„Wann fahren wir in die Wüste?", erkundigte Bethany sich ganz direkt.

„Vielleicht nächsten Monat, wenn die Temperaturen etwas fallen. Du könntest die jetzige Hitze nicht durchhalten ..."

„Ich bin sicher, dass ich das könnte."

„Du weißt eben nicht, wovon du redest. Aber dass ich das beurteilen kann, wirst du mir ja wohl zugestehen? Zu dieser Jahreszeit ist die Wüste ein Glutofen, und eine solche Fahrt zu unternehmen, wäre der reinste Irrsinn."

Rebellisch hob Bethany das Kinn. „Du kannst ja dein eigenes Zelt haben, wenn du dir darüber den Kopf zerbrichst!"

Razul verzog den sinnlichen Mund zu einem ironischen Lächeln. „Wird dein Bett allmählich einsam?"

Sie errötete bis zu den Haarwurzeln.

„Ich bin also ein Sexobjekt geworden. Diese Rolle ist mir nicht unvertraut. Andere deiner Geschlechtsgenossinnen haben mich ebenso gesehen. Aber du bist meine Frau …"

„Vorübergehend!"

„Und auch wenn ich nicht die Absicht habe, dich zu kränken, bin ich nicht dein Zuchthengst."

„Wie bitte?" Bethany war dermaßen empört, dass sie kaum zu sprechen in der Lage war.

„Es würde dir sehr wohl gefallen, wenn ich jede Nacht schweigend in dein Bett käme, um dann genauso schweigend bei der Morgendämmerung wieder zu verschwinden. Dann könntest du das körperliche Vergnügen haben, ohne mir einen einzigen Blick in dein Inneres zu gönnen. Aber ich weigere mich, mich auf diese Art benutzen zu lassen. Sobald du gelernt hast, mit mir zu reden, werde ich auch dein Bett teilen …"

„Ich will weder mit dir reden, noch dich in meinem Bett haben! Meinetwegen kannst du von der nächsten Klippe springen!", warf sie ihm wütend an den Kopf.

„Ich weiß, dass das alles nicht wahr ist", erwiderte Razul und ließ sich in den Liegestuhl neben ihr sinken. „Und jetzt hätte ich gerne einen kühlen Drink."

Widerwillig nahm Bethany den eisgekühlten Krug vom Tisch.

„Und ich wünsche nicht, dass er mir ins Gesicht gekippt wird."

„Ach nein?"

„Ich würde dich nur ungern in den nächsten Pool tauchen. Die Nachricht deiner Paddelei im Springbrunnen an unserem Hochzeitstag hat sich bereits wie ein Lauffeuer herumgesprochen."

Sie wurde rot und zählte im Stillen bis zehn.

„Dass dein Temperament dem Feuer deines Haars entspricht, ist kein Geheimnis mehr."

Bethany hielt die Luft an.

„So, und worüber würdest du dich jetzt gerne unterhalten?", erkundigte sich Razul gelassen und lächelte ermutigend.

„Über Folter- und Hinrichtungsmethoden!", fauchte Bethany, ehe sie dann einmal tief durchatmete und ihn ansah. „Du machst mich manchmal so wütend!", stöhnte sie.

„Na ja, wenigstens langweile ich dich nicht, wie mein Vater meine Mutter gelangweilt hat."

„Du hast gesagt, sie hat ihn vor ihrem Tod verlassen", erinnerte Bethany sich.

Razul presste die Lippen zusammen. „Sie ist nicht tot."

Erstaunt blickte Bethany auf. „Aber Zulema hat mir erzählt ..."

„Ich versichere dir, dass sie sogar sehr lebendig ist, die glamouröse Frau eines prominenten französischen Politikers und Mutter zweier weiterer erwachsener Kinder."

„Hat dein Vater sich von ihr scheiden lassen?"

„Sie hat sich nach der Rückkehr zu ihrer Familie von ihm scheiden lassen. Mein Vater war zu stolz, um zuzugeben, dass er nur eine Ferienromanze gewesen war, die sich bald als Fehlschlag herausstellte. Daher die falsche Nachricht über ihren Tod."

Bethany war fasziniert. „Eine Ferienromanze?"

„Lailas Mutter war gestorben und hatte meinen Vater als Witwer mit vier Töchtern zurückgelassen. Er und meine Mutter sind sich in Paris begegnet", erklärte Razul ruhig. „Sie war jung und reich und verzogen, und sie dachte, es könnte vielleicht lustig sein, einen arabischen Prinzen zu heiraten. Damals hatte mein Großvater den Thron noch inne ..."

„Soll das heißen, deine Mutter war Französin? Christin?", unterbrach Bethany ihn.

„Ja. Aber das war kein Problem. Ein Drittel der Bevölkerung Datars sind Christen."

Das hatte Bethany vergessen. Vor hundert Jahren war eine große Anzahl koptischer Christen aus Ägypten nach Datar eingewandert, was eine größere religiöse Toleranz zur Folge gehabt hatte sowie einen leichteren Übergang in eine weltlichere Gesellschaft als in anderen islamischen Ländern. Dennoch war Bethany bass erstaunt zu erfahren, dass Razul halber Franzose war.

Er warf ihr einen schrägen Blick zu. „Ich ähnele meinem Vater, nicht meiner Mutter."

„Wie lange waren sie verheiratet?"

„Länger, als ihr lieb war, denn sie wurde gleich im ersten Monat schwanger. Sie verließ Datar, als ich zwei Wochen alt war."

„Dein Vater hätte ihr sicher nicht gestattet, dich mitzunehmen", vermutete Bethany.

„Das wollte sie gar nicht. Ein Mischlingskind wäre ihr peinlich gewesen. Es war viel einfacher für sie wieder zu heiraten, ohne mich im Schlepptau zu haben."

„Hat dein Vater dir das gesagt?"

„Du würdest am liebsten meinem Vater die gesamte Schuld in die Schuhe schieben", seufzte Razul entnervt. „Er hat sie sehr geliebt. Ein älterer Mann, der vielleicht nicht viel wusste über die westlichen Frauen, aber höchst empfindlich war gegenüber einer solchen Zurückweisung. Und dass sie auch mich zurückgewiesen hatte, war für ihn die schlimmste aller Wunden."

Bethany, die sich ertappt fühlte, wurde verlegen. „Hast du jemals Kontakt mit ihr aufgenommen?"

„Einmal. Ich bin hingefahren, obwohl mein Vater mich gewarnt hatte, dass es töricht sei." Mit seinen schlanken Fingern hielt Razul das Glas umklammert und lachte ironisch. „Ein Skelett, das sich plötzlich aus dem Grabe erhoben hat, hätte ihr keinen größeren Schrecken einjagen können, als ich es getan habe. Sie erinnert sich nicht gerne daran, dass es jemals eine andere Ehe und ein anderes Kind gegeben hat, weil ihr Mann unsere Rasse nicht liebt. In meiner Gegenwart hat sie ihrer Bediensteten das Versprechen abgenommen, über meinen Besuch Stillschweigen zu bewahren."

„Wie schrecklich!", rief Bethany hitzig aus, entsetzt, dass eine Mutter ihrem Sohn so etwas antun konnte.

„Du klingst, als würde dir das wirklich etwas ausmachen, *aziza.*"

Ihr Blick traf sich mit dem seinen, und sie schaute rasch weg. „Natürlich tut es das. Eine solche Erfahrung würde ich nicht mal meinem ärgsten Feind wünschen."

„So sehr habe ich nicht gelitten", entgegnete Razul trocken. „Ich hatte einen Vater, der mich liebte, und als ich drei war, eine Stiefmutter, die mich wie ihr eigenes Kind aufzog. Ich habe auch noch zwei jüngere Schwestern, die du bei unserer Hochzeit kennengelernt hättest, wenn diese nicht so überstürzt stattgefunden hätte. Sie sind beide verheiratet und leben im Ausland."

„Du bist also der einzige Sohn."

„Was erklärt, weshalb mein Vater sich so fürchterlich um mich sorgt. Wenn ich in seiner Gegenwart auch nur niese, erblasst er", meinte Razul seufzend. „Ich habe mir oft gewünscht, dass Allah ihn mit mehr Söhnen gesegnet hätte."

Bethanys Bild über ihren Schwiegervater hatte eine ziemliche Veränderung erfahren: Er war also kein alter Tyrann, was seinen Sohn betraf, sondern ein liebender, ja überbeschützender Vater.

„Nach dem Scheitern seiner Ehe fing mein Vater an, sein berühmtes Misstrauen der westlichen Welt gegenüber zu entwickeln. Er war durch diese Erfahrung zutiefst verbittert, und daher wurde ich auch in Datar erzogen ..."

„Und das eine Mal, als er dich in den Westen gelassen hat ..."

„Habe ich dich kennengelernt." Razul leerte sein Glas und stellte es beiseite. Ein bitterer Zug lag um seinen Mund. „Und wenn dann der Regen kommt und du gehst, wird er sagen ... Nein, ich will jetzt nicht daran denken, was er sagen wird."

Zweifellos würde es ein großes freudiges Fest in dem alten Palast geben, dessen war Bethany sicher.

„Er wollte nicht, dass du mich heiratest", sagte sie.

„Nein."

„Und warum hast du es dann doch getan?", flüsterte sie, denn sie wusste, welch unglaublichen Mut es Razul gekostet haben musste, den Wunsch seines Vaters zu missachten.

„Das habe ich dir doch schon gesagt." Razul hatte sich merklich wieder in sich selbst zurückgezogen.

„So sehr hast du mich gewollt?" Ihre Stimme schwankte ein wenig.

„Glaubst du etwa, ich mache es mir zur Gewohnheit, Frauen zu kidnappen und sie mit Blitzhochzeiten zu überrumpeln?" Der Schatten eines Lächelns huschte flüchtig über sein schönes Gesicht. „Ich habe gehört, du hast die Ställe schon besichtigt ... Kannst du reiten?"

Der plötzliche Themenwechsel überraschte sie. „Reiten?"

„Ich reite jeden Morgen in der Dämmerung, solange es noch kühl ist. Wenn du Lust hast, würde ich dich morgen früh mitnehmen. Zu dieser Stunde ist die Wüste ein Ort von außerordentlicher Schönheit. Die würde ich gerne mit dir teilen."

„Es hat keinen großen Sinn, dass wir irgendwas miteinander teilen, oder?", murmelte Bethany angespannt, die unvermittelt von einer Welle schmerzlicher Bitterkeit überflutet wurde.

„Weil du wieder gehen wirst?" Razul erhob sich. „Mutlos wie immer, *aziza.* Wenn ich mit diesem Wissen leben kann, warum du dann nicht auch? Und weshalb sollte ich mich mit der leeren Fassade einer Beziehung zufriedengeben in der Zeit, die uns bleibt? Ich will das Gold, nicht die Vergoldung. Und ich werde das, was wir zusammen haben können, nicht entwerten so wie du. Bevor du in deine Welt zurückkehrst, werden wir mehr als nur das Bett miteinander teilen."

Bethany lehnte sich zurück und maß seine hohe Gestalt, die in vollendeter Haltung im gleißenden Sonnenlicht vor ihr stand, mit ihren Blicken. „Vor zehn Tagen konnte dich nichts, – egal, was ich sagte oder tat –, von mir fernhalten."

„Vor zehn Tagen, ja noch vor einer Woche war ich töricht genug, zu glauben, deine Haltung mir gegenüber würde weicher, sanfter, nachgiebiger werden. Aber als ich dich an deinem Krankenbett besuchte, begriff ich meinen Irrtum."

„Langweile ich dich?"

„Du bist viel zu intelligent, um jemanden zu langweilen. Aber du sprichst ausschließlich über allgemeine Themen, vermeidest jedes persönliche Gespräch. Du behandelst mich weder wie einen Liebhaber noch wie einen Ehemann. Du versagst mir jegliche Intimität ... außer wenn du mich ansiehst. Aber wenn ich Englisch lernen musste, um mit dir zu kommunizieren, musst auch du die Sprache lernen, die ich zu hören wünsche."

„Du willst wirklich alles haben, nicht wahr?"

„Hast du je daran gezweifelt?"

„Also gut, was willst du wissen?", meinte sie spöttisch. „Ich hab' schließlich nichts zu verbergen."

„Ich muss schon sagen, *aziza*", gab er belustigt zurück, „bist du so verrückt nach mir, dass du mir gleich ein solches Angebot machst?"

Aufgebracht fuhr Bethany empor, bemerkte dann jedoch Razuls unwiderstehliches Lächeln und kam sich albern vor. „Du hast es wirklich drauf, mich auf die Palme zu bringen."

„Ich hätte der Versuchung widerstehen sollen, aber du nimmst dich selbst so furchtbar ernst. Du hast mich so vieler lächerlicher Dinge beschuldigt. Heute lache ich über die zweihundert Konkubinen, meine andere Ehefrau oder darüber, dass du mich für potentiell gewalttätig gehalten hast", zählte Razul auf. „Wenn ich nicht darüber lachen könnte, hätte ich große Probleme."

Bethany schluckte peinlich berührt. „Es tut mir leid, aber ... Nun ja, es gibt eine gewisse Rechtfertigung für mein Misstrauen. Meine Tante war mit einem Araber verheiratet, und das ist eine ziemlich traumatische Erfahrung gewesen. Aber ich bin sicher, dass du auch das weißt, da du mich ja hast ausspionieren lassen?"

Er hatte die feinen, geraden Augenbrauen zusammengezogen. „Nein, das habe ich nicht gewusst. Meine Nachforschungen haben sich nur auf das vergangene Jahr bezogen, mehr nicht", sagte er leise. „Ich hatte auch das Gefühl, dass ich mich in deine Privatsphäre hineindränge und wollte lediglich herausfinden, ob du frei bist von jeder Beziehung mit einem anderen Mann."

„Oh."

„Was war mit deiner Tante?", hakte Razul nach, während sie gemeinsam unter den Bäumen auf der Steinterrasse entlanggingen.

Susan war nur sieben Jahre älter als Bethany und früher häufig zu ihrer älteren Schwester zu Besuch gekommen. Mit neunzehn, während ihres Studiums, hatte Susan auf einer Party einen iranischen Ingenieur kennengelernt. Faisal war äußerst charmant und scheinbar ebenso verliebt gewesen wie Susan, und ihre leidenschaftliche Romanze hatte zu einer schnellen Hochzeit geführt.

„Es war eine Katastrophe, von Anfang an", erzählte Bethany mit großem Nachdruck. „Von dem Augenblick an, in dem sie verheiratet waren, hat er sich schlagartig geändert. Er hat sie wie eine Gefangene behandelt, hatte was gegen ihre Kleidung, ihr Make-up, ihre Freunde … Er warf ihr vor, mit anderen Männern zu flirten und versuchte, sie von ihrem Studium abzubringen. Es missfiel ihm sogar, wenn sie ihre eigene Familie besuchte. Schließlich fing er an, sie zu prügeln, und sie hatte schreckliche Angst vor ihm. Irgendwann musste sie zur Polizei gehen."

„Und das soll der Beweis für eine kulturelle Kluft sein? Solche Männer gibt es doch in jeder Kultur", erklärte Razul ruhig. „Er war ein kranker und gefährlicher Mann, und deine Tante hatte Glück, dass sie ihm entfliehen konnte, bevor er noch mehr Schaden angerichtet hat. Aber für dich muss das eine verheerende Erfahrung gewesen sein, dies alles mitzuerleben."

„Das ist richtig", stimmte sie etwas hölzern zu. „Aber Susan hat ihren Studienabschluss gemacht und ist kurz danach nach Kanada ausgewandert. Jetzt ist sie Geschäftsführerin in einem internationalen Unternehmen."

„Hat sie wieder geheiratet?"

„Nein." Bethany musste bei dieser abwegigen Vorstellung fast lachen. „Sie ist sehr ehrgeizig."

„Dein Vorbild?"

Sie senkte den Kopf. „Ich bewundere Susan für das, was sie nach dieser furchtbaren Zeit aus ihrem Leben gemacht hat", gab sie zu.

„Manche Frauen schaffen es, Karriere und Ehe miteinander zu verbinden", murmelte Razul.

„Die Superfrauen meinst du, ja? Das Baby unter einem Arm, den Staubsauger unter dem andern und dann noch einen Riesenhaufen Arbeit, den sie jeden Abend vom Büro mit nach Hause nehmen!"

„Wenn man Personal hat, macht das schon einen Unterschied. Meine Schwester Laila ist jedenfalls beides höchst erfolgreich gelungen. Sobald ihr jüngstes Kind in der Schule war, hat sie mit ihrem Medizinstudium begonnen."

„Wie, in aller Welt, hat sie das geschafft?"

„Willensstärke und Ahmeds Unterstützung."

Bethany schmunzelte unwillkürlich. „Ich habe irgendwie den Eindruck, dass Laila bloß mit dem Finger zu schnippen braucht, und Ahmed springt."

„Das stimmt", meinte Razul zögernd. „Aber er ist ein fähiger und sehr freundlicher Mann. Laila hat in unserer Familie zahlreiche Tabus gebrochen, und er ist sehr stolz auf ihre Leistungen. Die beiden führen eine glückliche Ehe, eine echte Partnerschaft ..."

„Das war nicht als Kritik an Ahmed gemeint", stellte Bethany klar.

„In jeder Beziehung zwischen Mann und Frau muss es doch ein gewisses Maß an Kompromissbereitschaft geben."

„Und ich weiß genau, wer gewöhnlich die Kompromisse schließt", sagte sie sarkastisch. „Nämlich die Frau."

„Du weißt, dass das nicht immer so ist."

„Aber häufiger, als es gut ist", entgegnete sie.

„Willst du etwa behaupten, dass es keine Frauen gibt, die Männer ausnutzen?"

Bethany wurde allmählich böse. „Du gibst wohl nie auf, oder?"

Ihre Blicke trafen sich, und plötzlich schien Bethanys Herz einen Moment lang auszusetzen. Ihn noch immer ansehend, spürte Bethany, wie sich langsam eine gefährliche Hitze in ihrer Magengegend ausbreitete.

„Schau mich nicht so an", meinte Razul leise.

„Warum denn nicht?"

Mit einem erstickten Stöhnen zog er sie in die Arme und hielt sie so an sich gepresst, dass jeder Zentimeter ihres Körpers mit dem seinen in Kontakt war. Und dann suchte sein Mund ihre sanft geöffneten Lippen, und ein langer Seufzer der Befriedigung entrang sich ihr …

9. KAPITEL

Als Razul Bethany über den Hof bei den Stallungen auf sich zukommen sah, erhellte ein strahlendes Lächeln seine Züge. Er ergriff ihre Hand und stellte ihr den Bewohner jeder einzelnen Box vor, ehe sie schließlich bei einer sanftäugigen Stute angelangt waren, die Bethany zärtlich tätschelte.

„Du magst Pferde", stellte Razul beinahe verwundert fest.

„Ja sehr, aber in den letzten Jahren bin ich nur selten geritten", bekannte sie. „Ich werde also etwas eingerostet sein."

„Hattest du als Kind ein Pony?"

Ein Schatten verdunkelte ihr schönes Gesicht. „Einmal ... für kurze Zeit. Sie war eine kleine Schönheit. Auf ihr habe ich im Ponyclub eine wunderbare Saison erlebt."

„Mir scheint, ich habe eine traurige Erinnerung geweckt. Hat ein Unfall sie dir genommen?"

Bethany presste die Lippen aufeinander und zuckte die Achseln. „Nein. Mein Vater hat sie mir weggenommen. Er behauptete, er würde sie nur für ein oder zwei Wochen an eine gute Freundin ausleihen, aber ich habe das Pony nie wieder gesehen."

„Er hat sie verkauft?", fragte Razul mitfühlend. „Vielleicht waren die Kosten zu hoch geworden?"

Bethany lachte freudlos und schwang sich in den Sattel. „Nein, darum ging es nicht. Die gute Freundin war eine Schauspielerin, der er zu der Zeit nachgestellt hat. Sie hatte auch eine kleine Tochter. Er wollte sie mit einem extravaganten Geschenk beeindrucken, und warum ein anderes Pony kaufen, wenn er meins nehmen konnte?"

Ungläubig sah Razul zu ihr auf. „Das ist nicht dein Ernst?"

„Nun, schließlich hatte er das Pony ursprünglich gekauft. Können wir das Thema jetzt beenden?"

„Nein, das können wir nicht. Konnte deine Mutter ihn nicht davon abhalten?"

Bethany stieß hörbar die Luft aus. „Meine Mutter hat in ihrem ganzen Leben noch nie versucht, meinen Vater von irgendetwas abzuhalten. Und wenn es ihr unangenehm war, hat sie es einfach ignoriert. Damals hat sie mich nur darauf hingewiesen, dass es sein Pony sei, nicht meins."

Bevor Razul noch weiter nachbohren konnte, war Bethany bereits losgetrabt und lenkte die kleine Stute mit dem glänzenden Fell auf das Tor zu, das aus dem Hof führte. Hinter den Mauern zügelte Bethany ihr Pferd, wie gebannt von dem großartigen Anblick, der sich ihr bot. Wie eine riesige Feuerkugel erhob sich die Sonne hinter dem Horizont und schickte lange Bänder aus phantastischen Farben über den Morgenhimmel. Lichtstrahlen fielen auf den Wüstensand, den sie orange, scharlachrot und gold färbten, und tanzten auf den nackten dunklen Felsvorsprüngen, von denen aus sie geheimnisvolle Schatten warfen.

„Du hattest recht", sagte Bethany bewundernd, als Razul gleichauf mit ihr war. „Zu dieser Stunde sieht die Wüste grandios aus."

„Ich könnte sie dir zu jeder Zeit in ihrer ganzen Schönheit zeigen", erwiderte er voller Stolz.

Seine Welt, sein Erbe, und er war so sehr ein Teil davon – so ungezähmt wie das Land, das den unbeherrschbaren Naturelementen ausgeliefert war. Mit neuerwachtem Verständnis betrachtete Bethany liebevoll sein scharfes Profil.

„Komm", rief er ihr zu.

Doch sie ließ sich Zeit damit, ihm zu folgen. Der herrliche Vollblut-Araberhengst galoppierte über den Sand, Pferd und Reiter eine Einheit. Bethany freute sich daran, Razul zu beobachten und fühlte sich wie eine Last, als er zu ihr zurückkehrte.

Schuldbewusst meinte er: „Ich habe vergessen, dass du schon länger nicht mehr geritten bist."

Obwohl Bethany ihn mehrmals drängte, doch loszureiten, während sie zufrieden bei ihrem gemächlichen Tempo bleiben würde, bis sie ihr Selbstvertrauen wieder gefunden hatte, blieb er an ihrer Seite. Ihr fiel auf, dass Razul heute ganz besonders guter Laune zu sein schien. Das schnelle, spontane Lächeln kam umwerfend häufig, und Bethany konnte die Augen nicht von ihm lassen. Er hatte sie in seinen Bann gezogen, doch sie fühlte sich nicht mehr bedroht dadurch. Morgen, der nächste Monat, sogar das Ende des Sommers schien weit entfernt. Immer nur einen Tag auf einmal, versprach sie sich.

„Wir werden draußen frühstücken, und ich mache Kaffee für dich", verkündete Razul nach ihrer Rückkehr zum Palast.

„Auf die richtige Art und Weise?"

Er grinste. „Auf die einzige Art und Weise."

Nach einer schnellen Dusche lief Bethany zum alten Harem hinüber, zog sich am Rand des alten Marmorbeckens bis auf BH und Slip aus und kletterte hinein.

„Na, du bist ja optimistisch ..."

Sie fuhr herum und sah Razul, der auf sie herablächelte. Er nahm die glänzenden Reitstiefel ab und kam ebenfalls ins Wasser, noch voll bekleidet.

„Hast du ihn schon gesehen?"

„Leider nicht."

„Der Pool ist ganz schön groß", seufzte er.

Bethany fing an zu kichern und konnte kaum mehr damit aufhören.

„Ich könnte dir ja einen anderen Ring kaufen", schlug Razul hoffnungsvoll vor, während er suchend durchs Wasser watete.

„Ich will aber den", beharrte sie, setzte sich auf die Stufen und legte die Arme um sich. „Ein anderer wäre nicht dasselbe."

„Dann sitz da nicht so träge herum, sondern hilf!", rief Razul ihr zu.

Also startete sie einen neuen Versuch, aber es war Razul, der den Ring schließlich fand. Er packte den Ring, griff nach Bethanys Hand und steckte ihn ihr mit einem solchen Mangel an Romantik an, dass sie erneut in Gelächter ausbrach. Er blickte in ihr lachendes Gesicht, und seine erstaunlichen Augen leuchteten golden im Sonnenlicht auf, wobei ein solch intensives Verlangen sich auf seinen edlen Zügen widerspiegelte, dass Bethany reglos zu ihm emporschaute.

„Du bist so wunderschön ... und so unangezogen", murmelte er rau. Dann neigte er den dunklen Kopf und küsste sie in spielerischem Necken. Der Vorderverschluss ihres BHs sprang unter seinen geschickten Fingern auf, ihre vollen Brüste wölbten sich hervor, und die rosafarbenen Spitzen wurden schon hart, ehe Razul sie überhaupt berührt hatte.

„Wehe, du hörst jetzt auf!", wisperte Bethany bebend.

Leise lachend fand er ihren Mund und kostete sie, als seien sie eine Ewigkeit lang getrennt gewesen, und als könne er die Freude darüber, sie wieder gefunden zu haben, kaum fassen.

Drängend schmiegte sie sich an ihn, und ihre Brustwarzen reckten sich köstlich gegen sein nasses Polohemd. Mit plötzlicher Ungeduld nahm Razul sie dann auf die Arme, trug sie die Beckenstufen hinauf und mit raschen, weitausgreifenden Schritten in ihr Schlafzimmer.

Bethany vergrub ihre Hände in seinem zerzausten Haar und erwiderte seine Küsse in wilder Leidenschaft. Es war, als habe man eine Fackel an einen Heuhaufen gehalten. Aufstöhnend hob Razul sie hoch, legte sich ihre Schenkel um die Hüften, und seine Reaktion ließ nichts zu wünschen übrig. Bethany war wie elektrisiert.

Razul setzte sie behutsam auf dem Bettrand ab und riss sich die Kleider vom Leib. Atemlos legte Bethany sich zurück, während eine ungeheure Erregung in ihr aufstieg, die diejenige von ihrer Hochzeitsnacht noch weit übertraf. Dieses Mal gab es keine Furcht mehr vor dem Unbekannten, kein Erschrecken über ihre eigenen Empfindungen, nur ein zärtliches, sehnendes Verlangen danach, dass seine Lust genauso groß sein möge wie die ihre. Bethany wollte Razul zeigen, wie sehr sie ihn liebte, ohne es mit Worten sagen zu müssen.

Kühn umschloss sie daher seine harte Männlichkeit mit den Händen, Razul schnappte nach Luft, presste Bethany mit seinem Körper heftig auf das Bett und küsste sie, bis sie völlig außer Atem war.

Dann ließ er die Lippen weiter nach unten wandern, nahm ihre empfindsamen Knospen in den Mund und ließ die Zunge darum kreisen, sodass Bethany erstickt aufstöhnte. Eine unglaubliche Hitze durchschoss all ihre Glieder, ihre Hüften bogen sich Razul entgegen, und ihre Schenkel zitterten.

Wie im Fieber streifte Razul ihr den Slip ab, und niemals in ihrem ganzen Leben hatte Bethany etwas so verzweifelt gewollt, wie sie jetzt ihn wollte. Das Herz hämmerte ihr in der Brust, das Blut pulsierte glühend in ihren Adern. Als Razul dann mit den Zähnen an ihren Brustwarzen knabberte und zugleich mit seinen zärtlichen Fingern ihre heißeste und sensibelste Stelle fand, zuckte Bethany zusammen. Die sexuelle Anspannung hatte eine derartig qualvolle Intensität erreicht, dass sie zu sterben vermeinte.

„Jetzt … jetzt!“, flehte sie.

„Ich muss …“

Ihre verschleierten grünen Augen kollidierten mit den seinen, in deren goldenen Tiefen das Feuer der Begierde schwelte. Bethany spürte, wie Razul sich von ihr zu lösen begann, doch das durfte nicht geschehen. Gestern Nacht hatte sie sich geschworen, wenn sie schon dazu verurteilt war, ihr Leben, ihre Zukunft ohne Razul zu verbringen, dann wollte sie wenigstens ein Kind von ihm. Was konnte daran falsch sein? Er würde es ja nie erfahren.

„Nein, nicht nötig“, flüsterte sie daher und klammerte sich mit beiden Händen an ihn. „Es ist sicher.“

„Sicher?“, fragte Razul verständnislos.

„Ich nehme die Pille“, log sie schamlos.

Auf den Ellenbogen gestützt, sah er sie skeptisch an. „Die Pille? Aber aus welchem Grund würdest du eine solche Vorsichtsmaßnahme ergreifen?“

„H-Hautprobleme“, stotterte sie und wurde dunkelrot.

„Du besitzt eine makellose Haut.“

„Ich hatte einen Ausschlag“, erklärte sie trotzig.

„Einen bloßen Ausschlag solltest du nicht mit derartig starken

Mitteln behandeln."

„Was soll das werden, ein Kreuzverhör?"

„Ich finde, du solltest Laila deshalb konsultieren ... Ich werde es ihr gegenüber erwähnen ..."

„Wage es ja nicht!", protestierte Bethany entsetzt. „Ist dir denn gar nichts heilig?"

„Deine Gesundheit schon." Sein Blick war vorwurfsvoll.

Bethany wurde abwechselnd blass und rot. Auf einmal hatte sie fürchterliche Gewissensbisse, dass sie im Begriff war, Razul so zu täuschen. Sie ließ den Kopf sinken. Razul griff ihr in die prächtigen Locken und bog ihren Kopf zurück, bis er ihren vollen Mund mit seinen Lippen zart liebkosen konnte.

„Du bist eine außerordentlich kostbare Frau", sagte er sanft. „Ich würde mein Leben geben, um dich zu schützen. Versag mir nicht die Freude, mich um dich kümmern zu dürfen."

Niemand hatte sich bisher je um Bethany kümmern wollen. Niemand hatte sich allzu viele Gedanken darum gemacht, was ihr möglicherweise zustoßen könnte. Razuls zärtliche Worte drückten ihr schier das Herz ab. Bethany war zutiefst gerührt und gleichzeitig zutiefst traurig. Solch liebevolle Fürsorge zu erleben und doch zu wissen, dass sie diese wieder verlieren würde, quälte sie unsagbar. Aber sie verbannte dieses Wissen mit all jener Entschlossenheit, die ihren Charakter ausmachte. Immer nur einen Tag auf einmal, ermahnte sie sich streng.

„Es bedrückt mich, dass du seit unserer Hochzeit keinerlei Kontakt mit deinen Eltern gehabt hast", bemerkte Razul einige Tage später.

Bethany, die ausgestreckt auf dem Boden lag, beschlich ein unbehagliches Gefühl. Eine steile Falte zwischen den Brauen, blickte sie von ihrem Unterschlupf oben auf der Klippe hinaus über die Wüste.

Mit seinen Segeltuchwänden auf drei Seiten war der Ausguck, der sich am Rande der Palastgärten befand, einem traditionellen Beduinenzelt nachempfunden. Herrliche geknüpfte Teppiche, reich bestickte Kissen sowie eine Kaffeekochstelle bildeten die Ausstattung des kühlen Innenraums. In den vergangenen Wochen hatte Bethany erfahren und auch zu schätzen gelernt, wie sehr Razul die Wüste noch immer Heimat war. Hierher kam er, um sich am Ende eines langen Tages zu entspannen und seine Energien wieder neu aufzuladen, die zahlreichen prächtigen Räume im Palast verschmähend.

Da sie wusste, dass er geduldig auf eine Antwort wartete, meinte Bethany achselzuckend. „Wir stehen uns nicht besonders nahe."

„Das ist die Untertreibung des Jahrhunderts", stellte Razul fest und reichte ihr eine winzige Kaffeetasse. „Für einen Araber bedeutet die Familie alles. Sie ist die Grundlage unserer Kultur, und solche starken Loyalitätsbande erzwingen häufig schmerzhafte Entscheidungen und Verpflichtungen."

Ihre Miene verdüsterte sich. Ist die Unmöglichkeit einer gemeinsamen Zukunft mit mir die schmerzhafteste Pflicht, die er je erfüllen musste, fragte sie sich, oder mache ich mir da etwas vor? Seit jenem Tag, an dem er ihren Ring wieder gefunden hatte, hatte Razul kein einziges Mal mehr von der unvermeidlichen Trennung gesprochen, und die vergangenen drei Wochen waren die glücklichsten in Bethanys Leben gewesen.

„Bethany?"

„Oh, meine Familie …" Abwesend legte sie die schlanken Hände um das kleine Tässchen. „Nun, ich habe eine recht lockere Beziehung zu meiner Mutter und eine nonexistente mit meinem Vater, was aber keinen von ihnen sonderlich stört."

„Es fällt mir schwer, das zu glauben."

Sie lächelte ihm bedauernd zu. „Ja, wahrscheinlich. Ich werde versuchen, es zu erklären. Meine Mutter glaubt, dass ich der Grund dafür bin, dass ihre Ehe fast gescheitert wäre …"

„Aber wieso das denn?"

„Die erste Untreue meines Vaters fiel mit meiner Geburt zusammen. Wenn du ihn kennen würdest, wüsstest du weshalb. Er muss immer im Mittelpunkt stehen, und ein Baby wirkt dabei natürlich störend. Wenn man sich jedoch seine Liste an Seitensprüngen im Laufe der Jahre ansieht, ist es eindeutig, dass er ihr sowieso irgendwann untreu geworden wäre.“

„Er war dauernd untreu?“ Razul betrachtete sie stirnrunzelnd.

„Er hat sie ständig wegen irgendeiner anderen Frau verlassen.“ Bethany zuckte erneut mit den Schultern. „Und dann kam er wieder zu Hause angetrollt, und Mum hat ihn mit offenen Armen empfangen. Als ich älter wurde und verstand, was los war, habe ich ihn dafür gehasst, wie er sie behandelt hat. Es dauerte lange, bis ich kapiert habe, dass Mum, indem sie sein Verhalten akzeptiert, ein williges Opfer war und noch immer ist. Er ist ein sehr attraktiver Mann … äußerlich gesehen“, fügte sie grimmig hinzu. „Aber er benutzt sie nur. Sie ist sein Hafen bei jedem Sturm.“

„Hasst du ihn immer noch?“

„Wenn ich überhaupt an ihn denke, dann schäme ich mich für ihn“, gestand sie. „Außer seinem oberflächlichen Charme gibt es nichts Anziehendes an ihm.“

„Ich hatte ja keine Ahnung, dass du eine solche Kindheit durchgemacht hast“, meinte Razul mit einem Seufzer.

„Ach, so schlimm war es gar nicht. Es ist nur so, dass ich keinem von beiden je besonders wichtig gewesen bin. Mein Vater interessiert sich nicht für Kinder. Falls ich ihn als Tochter so angebetet hätte wie meine Mutter, wäre es vielleicht anders gewesen, aber ich konnte nicht verbergen, was ich von ihm hielt. Ich war nicht imstande, seinem Ego so zu schmeicheln, wie meine Mutter es tat, und ich habe in ihm nur Unbehagen und Abneigung geweckt. Er mag mich nicht. Offen gesagt, als ich von zu Hause wegging, um zu studieren, war das für alle Beteiligten eine Erleichterung.

„Ich wünschte, ich hätte diese Dinge gewusst. Dann hätte ich deinen Widerstand mir gegenüber besser nachvollziehen können.“

„Und ich wünschte, ich hätte noch etwas von diesem Widerstand.“ Hilflos versank sie in Razuls dunklem Blick.

„Ich nicht", antwortete er und nahm ihr das Tässchen ab. „So sollte es zwischen Liebenden sein."

Liebende, dachte sie schmerzlich. Seltsam, dass Razul nie mehr von ihr als seiner Frau sprach oder überhaupt davon, dass sie beide verheiratet waren.

Er neigte sich zu ihr, und Bethanys Herz pochte so heftig, dass sie überzeugt war, er könne es hören. Sie brauchten einander nur anzusehen, und schon flammte das Verlangen wieder auf.

„Allah hat uns wahrhaftig mit großer Leidenschaft gesegnet."

Bethany errötete.

„Du bist sehr still." Zärtlich fuhr er mit dem Zeigefinger ihre Unterlippe entlang.

Plötzlich wurde sie wieder von Schuldgefühlen gepackt. War es nicht ausgesprochen egoistisch gewesen, dass sie versucht hatte, schwanger zu werden? Bis jetzt wusste sie nicht, ob ihre Bemühungen tatsächlich Früchte getragen hatten, aber war es überhaupt fair, ein Kind ohne Vater in die Welt zu setzen, nur damit sie sich ein wenig trösten konnte? Und was soll ich dem Kind sagen, wenn es alt genug ist, um Fragen zu stellen? ging es Bethany durch den Kopf. Dass ich es seines Geburtsrechts und seines rechtmäßigen Erbes beraubt habe?

„Was ist los, *aziza?*", erkundigte Razul sich besorgt.

Er nannte sie *Geliebte.* Seitdem Bethany dies von der lächelnden Zulema erfahren hatte, hütete sie dieses Wort eifersüchtig für sich. Mit verschwimmenden Augen schaute sie auf in das sonnengebräunte Gesicht mit den gemeißelten Zügen, das ihr so lieb und teuer geworden war, und das Bewusstsein über ihr Täuschungsmanöver setzte ihr hart zu. Razul war von Anfang an so aufrichtig zu ihr gewesen.

„Ach, nichts ..."

„Das war nicht nichts, was ich gerade in deinen Augen gesehen habe", beharrte er. „Hast du Heimweh?"

Heimweh? Ich habe doch gar kein Zuhause, dachte sie unglücklich. Sie hatte eine Katze in einer Katzenpension und drei Bonsaibäume, um die sich eine Nachbarin liebevoll kümmerte. Nirgendwo würde Bethany sich ohne Razul je wieder zu Hause fühlen. „Nein."

Sie legte ihm die Hände ans Gesicht, streichelte ihm über die Wangen und presste ihre Lippen in leidenschaftlicher Verzweiflung auf die seinen.

Einen erschreckenden Moment lang reagierte Razul nicht, doch dann zog er Bethany mit einem hungrigen Stöhnen in seine Arme, plünderte ihren weichen Mund mit heißen harten Küssen, und sie war erleichtert, als sie spürte, wie wildes, lustvolles Begehren sie mit seiner betäubenden Süße erfüllte und kein Denken mehr möglich war.

Dennoch war diesmal etwas anders gewesen als sonst, eindringlicher und tiefer, dachte Bethany danach. Und während sie sich noch bemühte herauszufinden, was genau es war, stieß Razul sie plötzlich von sich fort, sprang auf und begann sich anzukleiden.

Die Spannung in der Luft war so dicht, dass Bethany der kalte Schweiß ausbrach. Sie setzte sich auf, sich notdürftig mit ihrem achtlos auf dem Boden liegenden Kleid bedeckend.

„Razul?"

„Auf diese Weise würdest du dich von mir verabschieden. Du denkst noch immer an das Ende des Sommers, nicht wahr?", stieß er vehement hervor.

Verwirrt sah Bethany ihn an. „Was willst du damit sagen?"

Sein Gesicht war eine zu Eis gefrorene Maske. „Du denkst immer noch daran wegzugehen … Ich sehe es in deinen Augen!"

„Wie kann ich anders, als daran denken?" Der Schmerz, den sie wochenlang unterdrückt hatte, brach unvermittelt hervor, und sie senkte den Kopf, um ihre Angst zu verbergen.

„Ich kann nicht mehr länger mit diesem Damoklesschwert leben, das über mir schwebt. Das ist unerträglich. Du liegst wie ein Fluch auf mir!", fuhr Razul bitter auf. „Aber ich werde diesen Fluch nicht länger erdulden. Ich verlasse dich."

Bethany stand dermaßen unter Schock, dass sie kaum begriff. Ich ein Fluch? Er verlässt mich? Aber es ist doch noch gar nicht so weit!

„Du verlässt mich?"

„Ich hätte dich in diesen Hubschrauber stecken sollen!", knirschte Razul. „Es wäre klüger gewesen, es damals zu beenden als jetzt."

„Und jetzt läufst du nach Hause zu Daddy", murmelte Bethany erstickt und voller Hilflosigkeit.

Ein Ausdruck solch nackter, ungläubiger Empörung zuckte über seine finstere Miene, dass sie wie versteinert war.

„Du bist nicht dazu geeignet, meine Frau zu sein", erklärte Razul eiskalt.

Dann war er fort, und Bethany saß da und starrte ins Leere, krank vor Schmerz und ihren Qualen schutzlos ausgeliefert.

10. KAPITEL

Bethany sprang aus dem Bett und erreichte das Badezimmer gerade noch rechtzeitig. Nachdem sie sich fürchterlich übergeben hatte, sank sie auf dem Fußboden zu einem Häufchen Elend zusammen und schluchzte sich die Seele aus dem Leib.

Razul war eine Woche fort – die schlimmste Woche ihres Lebens – und Bethany hatte keine Ahnung, was sie tun sollte. Sie wollte nicht nach Hause. Am liebsten wäre sie gestorben. Außerdem, wie sollte sie überhaupt nach Hause kommen ohne das erforderliche Visum? Ohne Razuls Erlaubnis durfte sie ja noch nicht einmal das Land verlassen.

In den vergangenen Tagen hatte sie zwischen Hass und Liebe Razul gegenüber hin und her geschwankt, doch es war ungeheuer schwer, jemanden zu hassen, den man mit jeder Minute mehr vermisste.

Und Bethany war schwanger. Aber das Kind eines Mannes zu erwarten, der sie in der grausamsten und unverzeihlichsten Weise zurückgewiesen hatte, darin lag keinerlei Freude.

Zwei Stunden später kündigte Zulema den Besuch von Prinzessin Laila an, die unten wartete.

„Sagen Sie ihr, dass es mir leid tut, aber ich möchte niemanden sehen."

Zulema wirkte sichtlich bestürzt. „Das wird eine schwere Kränkung verursachen, Mylady."

Bethany riss sich zusammen. Es war schließlich nicht Lailas Schuld, dass ihr Bruder ein solcher Mistkerl war.

Laila erhob sich bei Bethanys Eintritt. „Sie fragen sich sicher, weshalb ich hier bin."

„Ja."

„Sie sehen unglücklich aus." Mit grimmiger Genugtuung erfasste Laila Bethanys Blässe und die Schatten unter ihren Augen.

„Ich will nur nach Hause“, erklärte Bethany gepresst.

„Aber wenn Sie schwanger sind, können Sie unmöglich fort“, erwiderte Laila trocken.

Bethany erschrak.

„Bethany, Sie können nicht im Stadtzentrum von Al Kabibi einen Schwangerschaftstest kaufen und erwarten, dass dies ein Geheimnis bleibt. Das hier ist ein kleines Land, und die Datari-Gesellschaft erfreut sich einer höchst effektiven Form der Buschtrommel …“

Wortlos sank Bethany auf einen Stuhl.

„Ich nehme an, der Test war positiv“, meinte Laila seufzend. „Razul muss davon erfahren.“

„Nein!“

„Nun, wenn Sie es ihm nicht sagen, dann tue ich es“, erklärte Laila mit unverhohlener Ungeduld. „Es geht mich nichts an, dass Sie meinen Bruder fortgetrieben haben. Das macht Sie mir nicht gerade sympathisch, aber die Tatsache, dass Sie möglicherweise mit dem nächsten Thronfolger schwanger sind, macht alle anderen Überlegungen nichtig. Und wenn Sie das nicht begreifen, dann sind Sie wirklich eine Närrin!“

„Ich habe Ihren Bruder nirgendwohin getrieben! Er hat *mich* verlassen!“

Lailas Miene war ärgerlich und verächtlich zugleich. „Soviel ich weiß, wollen Sie ihn verlassen. Das hat er mir gesagt …“

„Er hat gelogen!“

„Mein Bruder lügt nicht.“

„Aber Sie wissen ja nichts von dem Versprechen, das er Ihrem Vater gegeben hat, nicht wahr?“, gab Bethany erbittert zurück und stand wieder auf.

„Ich weiß, dass er versprochen hat, dass er sich, falls die Ehe nicht funktionieren würde, ohne weitere Auseinandersetzungen wieder verheiratet.“

„Doch Sie wissen nicht, dass unsere Ehe gar keine richtige Ehe war! Die Dinge sind anders, als sie zu sein scheinen.“

„Was soll das heißen? Hat mein Bruder nicht zwei Jahre lang gewartet, um meinem Vater die Erlaubnis abzuringen, Sie heiraten zu dürfen?“

„Aber doch nur zeitweise, denn etwas anderem hätte Ihr Vater doch niemals zugestimmt.“

„Zeitweise? Was für einen Unsinn reden Sie denn da? Razul liebt Sie. Jeder in Datar weiß, wie sehr Razul Sie liebt!“, versicherte Laila gereizt. „Am Ende haben ihn auch alle darin unterstützt, dass er das Recht hat, seine eigene Braut zu wählen. Es ist richtig, dass mein pessimistischer Vater eisern gegen eine solche Heirat war, aber nur deshalb, weil er Angst hatte, Razul könnte ebenso verletzt werden wie er, und dass die Ehe wie bei ihm in einer Scheidung enden würde.“

Bethany fuhr sich mit der Zunge über die Lippen. „Razul liebt mich nicht.“

„Natürlich liebt er Sie, Sie Dummkopf!“, brauste Laila auf. „Was, zum Teufel, glauben Sie eigentlich, wie es Razul jetzt geht? Seine romantische Märchenehe ist so schnell den Bach runtergegangen, dass er sich wie ein kompletter Versager fühlt. Er glaubt, die ganze Familie durch die Hochzeit mit Ihnen verraten zu haben, und jetzt muss er sich auch noch anhören, wie mein Vater bei jeder sich bietenden Gelegenheit murmelt: *Ich hab's dir doch gleich gesagt.* Wagen Sie es also ja nicht, davon zu sprechen, dass Sie ihn … verlassen!“

Ein unterdrücktes Schluchzen begleitete die letzten Worte Lailas, und sie wandte sich ab, um ihre Fassung wiederzugewinnen.

Bethany war wie betäubt. Sie wollte so sehr glauben, was sie da hörte, dass ihr regelrecht schwindelig war.

„Verzeihen Sie bitte, dass ich Sie einen Dummkopf genannt habe“, entschuldigte Laila sich steif. „Aber ich liebe meinen Bruder sehr, und ich kann es nicht ertragen, ihn so leiden zu sehen.“

„Ich liebe ihn auch“, brachte Bethany mit zittriger Stimme hervor. Aber hatte Razul sich nicht immer verhalten, als ob er nicht erwartete, dass sie bei ihm blieb? Andererseits musste das jedoch nicht notwendigerweise bedeuten, dass er nicht wollte, dass sie blieb, oder? Vielleicht bedeutete es nur, dass er sehr unsicher war, was ihre Gefühle für ihn betraf …

„Was, zum Henker, ist dann los zwischen euch beiden?“, fragte Laila. „Das kapiere ich nicht.“

Zehn Minuten darauf saß Bethany gemeinsam mit Laila in deren Chauffeurslimousine.

„Ah, der Sekretär meines Vaters“, verkündete Laila wenig später mit befehlsgewohnter Geste im Foyer des alten Palastes, während Mustafa sich ihnen näherte, allerdings ohne Bethany anzusehen.

„Mustafa wird Sie zu meinem Bruder bringen“, erklärte Laila.

Dieser nickte zögernd und bat Bethany, ihm zu folgen. Schweigend geleitete er sie tief in das Innere des Palastes, blieb dann vor dem Eingang zu einem Innenhof stehen und überzeugte sich, dass niemand sich darin aufhielt.

„Bitte, warten Sie hier, Mylady. Ich glaube, Prinz Razul ist bei seinem Vater.“

In dem Hof gab es ein großes, kunstvoll gestaltetes Gewächshaus, und da Bethany nicht imstande war, einfach nur ruhig zu warten, schlenderte sie hinein. Sie war erstaunt, wie kühl es darin war, und noch erstaunter bei dem Anblick einer phantastischen Bonsaisammlung, die auf mehreren ornamentierten Sockeln zur Schau gestellt waren. Zunächst betrachtete sie einen Miniaturwald aus Kiefernbäumen und streckte dann ehrfürchtig die Hand zu einem uralten, kaum sechzig Zentimeter großen, knorrigen Ahorn aus.

„Nicht anfassen!“, hörte sie da eine schroffe Stimme.

Zu Tode erschrocken fuhr Bethany herum und bemerkte erst jetzt den älteren Mann, der auf einer Bank in der gegenüberliegenden Ecke saß. Angetan mit einer alten Schürze, eine Schere in der Hand, starrte er Bethany erzürnt an.

„Es tut mir leid. Er sah so schön aus … Wissen Sie, ich habe auch welche zu Hause. Das ist mein Hobby.“

„Bonsais?“

„Ja. Aber ich wollte Sie wirklich nicht stören. Bitte verzeihen Sie mir.“ Ein schrecklicher Verdacht begann sich Bethany aufzudrängen. Diese dunklen, tiefliegenden Augen, die geraden Augenbrauen …

„Ich verzeihe Ihnen nicht.“

Der hochfahrende Ton bestätigte den Verdacht, und Bethany wurde bleich.

„Sie sind die Frau meines Sohnes“, sagte der Mann mit schmalen Lippen. „Weshalb kommen Sie hierher?“

Bethany schluckte. „Ich wollte … Razul sehen.“

„Weshalb?“, fragte König Azmir barsch.

Ihr schossen die Tränen in die Augen. „Weil … ich ihn liebe!“, brachte sie schließlich hervor, das Kinn erhoben.

Ihre Antwort verblüffte ihn offenbar.

„Und ich glaube, dass ich ihn glücklich machen könnte … Das heißt, wenn er das will“, schränkte sie unsicher ein.

„Und warum machen Sie ihn dann nicht glücklich?“

„Das würde ich lieber mit ihm besprechen“, erwiderte Bethany steif.

Ihr Schwiegervater schüttelte den Kopf. „Ich möchte nicht, dass mein Sohn sich aufregt.“

„Mit Verlaub, aber ich denke, Ihr Sohn ist durchaus in der Lage, sich um sich selbst zu kümmern“, meinte sie.

„Nicht wenn er eine Frau heiratet, die er nicht davon überzeugen kann, dass sie bei ihm bleibt“, entgegnete er brüsk.

„Ich dachte, ich könnte nicht bleiben. Ich dachte, Sie … würden mich nicht als seine Frau akzeptieren …“

„Finden Sie nicht, dass dies eine höchst seltsame Ansicht ist, wo ich doch der Heirat zugestimmt habe?“, bemerkte der König ein wenig sanfter.

„Trotzdem habe ich es geglaubt.“

„Ist das Englisch meines Sohnes so schlecht?“

„In gewissen Stimmungszuständen ist er nicht gerade ein Ausbund an Klarheit“, antwortete Bethany angespannt.

Er musterte sie einige unerträgliche Sekunden lang, warf schließlich den Kopf zurück und fing an zu lachen.

„Erzählen Sie mir von Ihren Bäumen“, forderte er sie dann auf.

Bethany gehorchte, doch gleich darauf brachte er sie mit einer Handbewegung zum Schweigen. Sie folgte seinem Blick und erstarrte, als sie Razul auf der Schwelle stehen sah.

„Nimm deine Frau mit nach Hause, mein Sohn, und besorg dir ein Wörterbuch“, meinte sein Vater belustigt.

Dunkle Farbe überzog Razuls Wangenknochen, die noch deutlicher hervortraten als eine Woche zuvor. Den Mund zu einer weißen Linie zusammengepresst, neigte er kurz den Kopf und schritt aus dem Gewächshaus hinaus.

Bethany, die ihm hinterhereilte, konnte ihn kaum einholen. In fünf Minuten hatten sie den Palast verlassen, und sie war völlig außer Atem.

„Ein Wagen wird dich nach Hause bringen“, teilte Razul ihr mit.

„Kommst du mit?“

„Nein.“ Er blickte sie nicht einmal an.

Forschend betrachtete Bethany sein kaltes, abweisendes Profil.

Eine elegante Limousine fuhr vor.

„Es tut mir leid, dass ich deinen Vater gekränkt habe“, sagte Bethany hastig.

„Zwischen uns gibt es nichts mehr zu sagen.“ Razul drehte sich auf dem Absatz um.

„Ich bin schwanger“, offenbarte sie ihm zuckersüß, während sie in den wartenden Wagen einstieg und die Tür hinter sich zuschlug. Der Wagen fuhr sofort los.

Ein Blick über die Schulter zeigte Bethany, dass Razul wie vom Donner gerührt stehen geblieben war. Absoluter Schock stand ihm ins Gesicht geschrieben. Aber ich hatte ja keine Wahl, ich musste es ihm sagen, dachte sie niedergeschlagen.

Da sie sich bei ihrer Rückkehr leicht schwindelig fühlte, ging sie gleich auf ihr Zimmer. Doch sie hatte sich gerade erst hingelegt, da flog die Tür auf. Zulema warf einen verstohlenen Blick auf Razuls zornerfüllte Miene und huschte eilig hinaus. Bis ins innerste Herz getroffen von diesem finsteren Zorn, schloss Bethany die brennenden Augen.

„Sag mir, dass das nicht wahr ist!“, stieß Razul heiser hervor.

„Ich fürchte doch, und es ist alles meine Schuld. Ich schätze, du möchtest mich umbringen, und im Augenblick möchte ich mich am liebsten selbst umbringen“, flüsterte Bethany unglücklich. „Ich habe dich angelogen, als ich sagte, ich nehme die Pille. Ich habe absichtlich versucht, schwanger zu werden, und ich hatte auch ein schlechtes Gewissen, dass ich dich deshalb getäuscht habe, aber …“

„Warum hast du gelogen?“, unterbrach Razul sie schroff.

„Ich wollte ein Kind“, murmelte sie gequält.

„Ohne einen Vater?“ Seine Stimme klang verächtlich und voller Abscheu. „Ich habe von solchen Frauen in euren Zeitungen gelesen.“

„Ich bin aber keine von denen! Ich wollte auch dich“, gestand Bethany bedrückt. „Und wenn ich dich nicht haben konnte, war ein Baby von dir das nächstbeste. Ich weiß nicht, was über mich gekommen ist. Es war verrückt und dumm. Ich weiß, du wolltest nicht, dass ich schwanger werde.“

„Ich ging davon aus, dass *du* nicht schwanger werden wolltest“, entgegnete Razul mühsam. „Und ich hätte es niemals riskiert, nicht mit der Lektion, die meine Kindheit mich gelehrt hat.“

Sie schwiegen.

„Du hast gesagt, dass … dass du mich auch wolltest“, meinte Razul dann, und seine Stimme schwankte leicht.

Sie nickte. „Ja. Aber mein Timing ist nicht besonders gut, stimmt’s?“

„Wie tief geht dieses Wollen?“

Bethany krauste die Nase. „Entsetzlich tief.“

„Ich brauche das Wörterbuch.“

„Ich liebe dich … Okay?“ Ihr Tonfall war beinahe aggressiv, weil sie glaubte, sich verteidigen zu müssen.

„Aber du bist nicht glücklich darüber, und deshalb wirst du alles daransetzen, diese unerwünschten Gefühle zu überwinden und das dann als große Leistung betrachten, nicht wahr?"

Bethany setzte sich auf. „Hoffst du das?"

„Ich bin sicher, es ist das, was du erhoffst ..."

„Und da du ja immer schon weißt, was ich will, wie könntest du dich je irren?"

„Ich weiß zumindest, dass du guten Grund hast, wenig Vertrauen in eine Ehe zu setzen. Und ich weiß auch, dass dir deine Karriere sehr wichtig ist. Diese Dinge kann ich dir nicht zum Vorwurf machen. Aber letzte Woche, als ich glaubte, wir seien glücklich, und dass es doch noch Hoffnung für uns gab, war ich vollkommen niedergeschmettert, als ich merkte, dass du noch immer daran dachtest, mich zu verlassen ..."

„Razul, du hast mir den Eindruck vermittelt, ich *müsste* zum Ende des Sommers gehen, gleichgültig, was wir füreinander empfinden!"

„Das ist unmöglich. Ich war vollkommen aufrichtig dir gegenüber."

„Ich war der Meinung, dein Vater habe seine Zustimmung lediglich zu einer zeitlich begrenzten Ehe gegeben", erklärte Bethany. „Wer hat mir denn an unserem Hochzeitstag gesagt, dass er sich am Ende des Sommers von mir scheiden lassen und eine andere Frau heiraten würde?"

„Das war doch nur, weil du unbedingt deine Freiheit wiederhaben wolltest", verteidigte sich Razul. „Ich habe meinem Vater versprochen, dass ..."

„Du wieder heiraten würdest, falls unsere Ehe scheitert?" Auf Razuls Nicken hin explodierte Bethany: „Weißt du was, Razul? Du hast unsere Ehe mit soviel Pessimismus angefangen, dass du verdient hast, was alles schiefgegangen ist!"

„Nun, du hast mir nicht viel Hoffnung gemacht, dass du bei mir bleiben würdest, und selbstverständlich musste ich mit meinem Vater darüber sprechen ..."

„Warum bist du denn so überzeugt davon gewesen, dass ich dich verlassen würde?"

Sein Kiefer war angespannt. „Ich glaubte, dir nicht genug bieten zu können, dass du dein anderes Leben dafür opfern würdest."

Bethanys Ärger war augenblicklich verraucht. „Das einzige, was du mir bieten musst, bist du selbst", antwortete sie. „Das genügt mir. Zufälligerweise liebe ich dich nämlich sehr. Ich kann mir ein Leben ohne dich jetzt gar nicht mehr vorstellen. Aber ... ich weiß nicht einmal, ob dir das gefällt."

„Ich bin ... überwältigt", murmelte er.

„Heißt das, du liebst mich?", fragte Bethany.

„Ich habe dich immer geliebt." Seine Stimme klang belegt. „Das weißt du doch sicher?"

„Komischerweise nicht. Du hast es irgendwie nie erwähnt." Bethany schaute ihn an. „Ich habe tatsächlich geglaubt, dass du diesen Teufelspakt mit deinem Vater ausgehandelt hättest, demzufolge wir nur eine Weile lang zusammenbleiben könnten."

„Ich war bereit, mich mit einer Weile zufriedenzugeben, wenn das alles war, was ich kriegen konnte."

„Ich hätte ein Leben lang anzubieten."

„Und ein Baby", ergänzte Razul. „Diese Neuigkeit erstaunt mich. Ich kann es kaum glauben."

„Und du bist nicht mal ein bisschen sauer darüber, dass ich dich angelogen habe?"

„Wie könnte ich?" Ein strahlendes Lächeln vertrieb plötzlich selbst die letzte Anspannung von seiner Miene. Mit langen Schritten durchquerte er den Raum und setzte sich zu Bethany auf den Bettrand. „Welch stärkeren Beweis deiner Liebe könntest du mir schenken, als dass du mein Kind gewollt hast?"

„Das ist wahr", bestätigte sie.

„Ich dachte, du wüsstest, wie sehr ich dich liebe. Ich war der Meinung, meine Liebe sei mehr als offensichtlich. Was hast du denn geglaubt, was ich meinte, als ich im Krankenhaus gesagt habe, du seist mein Traum?"

„Ich dachte, es wäre nur … na ja, Sex", gab Bethany errötend zu.

„Ich gebe zu, es ist eine große Herausforderung für mich, dir so nahe zu sein und mein Begehren dennoch zu zügeln." Razul verzog selbstironisch die Mundwinkel. „Aber nichts weniger als Liebe hätte mich dazu veranlasst, dich hierherzulocken und innerhalb von Tagen in eine Ehe zu drängen. Das einzige, was ich wollte, war die Chance, zu beweisen, dass ich imstande war, dich glücklich zu machen …"

„Und um diese Chance musstest du mit deinem Vater kämpfen …"

„Vor zwei Jahren habe ich mich sehr in dich verliebt. Als meinem Vater Gerüchte über dich zu Ohren kamen, drängte er mich, eine Braut zu wählen. Er stellte mich zur Rede, und ich sagte ihm, dass du die Eine bist, die ich liebe."

Bethany schlang die Arme um Razul und ließ den Kopf an seiner Schulter ruhen.

„Die einzige Frau, die ich je lieben würde; die einzige, die ich heiraten wollte. Er war zutiefst getroffen. Er hat versucht, es mir auszureden, er hat gedroht, dann endlich höchst widerwillig nachgegeben und eine Katastrophe prophezeit … Und diese Woche – es war die längste, qualvollste Woche meines Lebens."

„Hat dein Vater gesagt: *Ich hab's ja gewusst?*"

„Nein, er war niedergeschlagen und voller Mitgefühl, was noch schlimmer war." Razul schnitt ein Gesicht.

„Hat er mich denn nie kennenlernen wollen?", erkundigte Bethany sich befremdet.

„Ihr solltet einander eigentlich nach der Hochzeit vorgestellt werden, aber du warst in einer solch finsteren Stimmung … Wie hätte ich das riskieren können?"

„Es tut mir leid, aber ich stand unter Schock."

„Er auch. Die Hochzeit sollte ursprünglich erst einige Wochen später stattfinden, aber ich habe die Nerven verloren. Ich hätte mehr Geduld haben sollen", bekannte Razul.

„Ich bin nicht sicher, ob Geduld bei mir funktioniert hätte", antwortete Bethany ehrlich. „Aber wieso hast du aufgehört zu erwähnen, dass wir verheiratet sind?"

„Ich dachte, durch die ständige Erinnerung, dass wir Mann und Frau sind, würdest du dich nur eingeengt fühlen. Ich wollte dir zeigen, dass wir wirklich miteinander glücklich sein konnten. – Aber wie wirst du es ohne deine Arbeit aushalten?"

Sie dachte kurz darüber nach und lächelte dann. „Wahrscheinlich fange ich an, Bücher zu schreiben. Aber nicht sofort. Ich bin nur deshalb so lange ein Workaholic gewesen, weil es in meinem Leben nichts anderes gab. Das ist jetzt anders."

„Würde es dich sehr langweilen, gelegentlich ausländische Würdenträger zu empfangen?"

„Nein, ich könnte mir vorstellen, dass es mir sogar Spaß macht, die Gastgeberin zu spielen. War das die Rolle, die Fatima als meiner Nachfolgerin zugedacht war?", fügte sie dann scherzhaft hinzu.

„Das ist ein ausgesprochen schlechter Scherz", schalt Razul gespielt ärgerlich. „Nein. Mein Vater hat Fatima früher einmal in Betracht gezogen, als sie noch jünger war, aber als mit der Zeit ihr Charakter zum Vorschein kam, änderte er seine Meinung. Und als sie dich in der Wüste ausgesetzt und angegriffen hat, war er ebenso abgestoßen wie ich. Sie hat sich bereit erklärt, einen saudischen Prinzen zu heiraten, und scheint damit zufrieden zu sein. Nur ihr Ehrgeiz hat sie dazu getrieben, sich mir zu Füßen zu werfen. Und dass du diese Szene mit angesehen hast ..."

„Und sie auf höchst herzlose Weise interpretiert habe ..."

„Schrecklich herzlos." Doch Razul lächelte sein wunderbares Lächeln und küsste Bethany innig und voller Zärtlichkeit.

„Weißt du ... ich liebe dich wirklich", flüsterte sie.

„Aber nicht genug, um mich mit zweihundert Konkubinen zu akzeptieren", beschwerte er sich.

„Du hast mit mir schon alle Hände voll zu tun", erklärte sie streng.

„Das ist wohl wahr", bestätigte er und küsste sie erneut. „Du göttliche, kostbare Frau … Mein Traum, den ich niemals aufgeben werde …"

Überglücklich schmiegte Bethany sich in Razuls starke Arme, und sie wusste, sie war endlich heimgekommen …

– ENDE –

Sandra Marton

Der Falke des Nordens

Roman

Aus dem Amerikanischen von
Inge-Karin Krusch

MIRA®

1. KAPITEL

Als Joanna an dem warmen Abend auf dem Balkon ihrer Hotelsuite den Muezzin vom Minarett der Moschee hoch über den von Menschen wimmelnden Straßen Casablancas die Gläubigen zum Gebet aufrufen hörte, bekam sie eine Gänsehaut, so sehr ging ihr die fremdartige Atmosphäre unter die Haut.

Sie stellte die Kaffeetasse ab, lehnte sich an das Geländer und dachte darüber nach, wie wunderschön es doch war, in diesem so überaus geheimnisvollen Land zu sein. Es vermittelte ihr das Gefühl, sich in einer anderen Zeit zu bewegen.

„Jo!“ Die ärgerliche Stimme ihres Vaters brachte Joanna unvermittelt in die Wirklichkeit zurück. „Jo! Wo, zum Teufel, steckst du?“

Fürs Erste kann ich wohl diese Stadt mit der rätselhaften Stimmung vergessen, dachte sie, während sie aufstand und zur Tür ging. Sie empfand Mitleid mit Jim Ellington, der wahrscheinlich Sam Bennetts Zornesausbruch verursacht hatte. Sie selbst war an diese Wutanfälle gewöhnt – kein Wunder nach sechsundzwanzig Jahren. Er hatte mit Jim telefoniert und sich offenbar über irgendetwas aufgeregt, das dieser gesagt oder getan hatte.

„Endlich kommst du! Wurde auch Zeit!“, fuhr Sam sie an, als sie sein Schlafzimmer betrat. „Ich habe wiederholt gerufen. Hast du mich nicht gehört?“ Ihr Vater saß halb aufgerichtet im Bett, eine Menge Kissen im Rücken, und schaute sie böse an.

„Natürlich habe ich es. Man konnte dich ja durchs halbe Hotel hören. Ich nehme an, es gibt Schwierigkeiten, oder?“

„Damit hast du verdammt recht! Dieser dämliche Ellington – er hat alles vermasselt!“

„Nun, das überrascht mich nicht“, erwiderte Joanna freundlich, während sie ihrem Vater die Kissen aufschüttelte. Dann nahm sie ein kleines Fläschchen vom Nachttisch, öffnete es und ließ zwei Tabletten in die Handfläche fallen. „Ich habe dir klarzumachen versucht, dass du ihm nicht vertrauen kannst und dass er der falsche Verhandlungspartner für diesen idiotischen Adler des Ostens ist."

„Man nennt Prinz Khalil den Falken des Nordens", sagte Sam mürrisch.

„Ach, das ist doch egal, Falke oder Adler, Osten oder Norden. Es ist sowieso eine dumme Bezeichnung für einen zweitklassigen Ganoven."

Sam schnitt ein Gesicht. „Dieser kleine Ganove, wie du ihn nennst, kann Bennettcos Bergwerksgeschäft mit Abu AI Zouad scheitern lassen, bevor es dazu überhaupt gekommen ist."

„Das ist doch lächerlich", meinte Joanna und reichte Sam ein Glas Orangensaft zusammen mit den Pillen. „Abu ist der Sultan von Jandara ..."

„Und Khalil macht ihm schon jahrelang das Leben schwer, er schürt Unruhe in der Bevölkerung und stiftet Hass."

„Warum hindert ihn Abu nicht daran?"

„Weil er ihn nicht zu fassen bekommt. Khalil ist verschlagen und so schlau wie ein Fuchs." Sam lächelte grimmig, schluckte die Medizin und trank dann das Glas leer, bevor er es Joanna zurückgab. „Und so schnell wie ein Falke. Immer wieder kommt er überfallartig aus den Bergen im Norden angestürmt ..."

„Sind das die Berge, in denen Bennettco Erz abbauen will?"

„Richtig. Also, er kommt aus den Bergen, sorgt für Aufruhr und verschwindet dann wieder wie der Blitz in seiner Festung."

„Dann ist er nicht nur ein Ganove, sondern sogar ein *Outlaw,* so etwas wie ein Geächteter oder Verbrecher", sagte Joanna schaudernd.

„Und er will den Vertrag untergraben, den wir mit Abu ausgehandelt haben, weil er, gemäß Abu, verhindern will, dass seinem Volk das westliche System übergestülpt wird. Aber wie dem auch sei, Tatsache ist, er wird alles versuchen, um den Vertragsabschluss zu verhindern. Wenn es uns nicht gelingt, ihn umzustimmen, können wir genauso gut gleich unsere Sachen packen und nach Hause fahren."

„Ich verstehe das irgendwie nicht. Abu könnte doch Khalil einfach verhaften lassen …“ Sie sah, wie ihr Vater die Augenbrauen hochzog und vergnügt in sich hineinlachte. „Was gibt es denn da zu lachen?“

„Ihn verhaften lassen!“ Sam lachte amüsiert auf, wobei er sich ans Kreuz fasste. „Au! Hör auf! Jede Bewegung schmerzt!“

„Ich versuche nur herauszufinden, warum man den Mann nicht einsperrt, da er doch die Gesetze bricht.“

„Ich sagte ja schon, man kriegt ihn nicht zu fassen.“

„Falls du es nicht bemerkt haben solltest, man könnte zum Beispiel Khalil in diesem Moment in einem Hotel am anderen Ende von Casablanca festnehmen“, meinte Joanna.

„Ja, den Tipp habe ich Abu auch gegeben. Aber er will Auseinandersetzungen mit der marokkanischen Regierung vermeiden.“ Seufzend ließ Sam sich in die Kissen zurückfallen. „Und damit wären wir wieder beim Ausgangspunkt und bei diesem Dummkopf Ellington. Wenn ich wenigstens lange genug aufbleiben könnte, um das Dinner durchzustehen …“

„In New York klang es so, als würdest du dich nur pro forma mit Khalil zum Essen treffen.“

„Ja, das stimmt auch. Ich meine, so war es vorgesehen – wenn mir nur der Rücken nicht so schrecklich wehtun würde!“ Sam verzog das Gesicht. „Ich hätte Khalil schon dahin gebracht, wo ich ihn haben will – und nun hat Ellington die sowieso schon schwierige Situation vollends verschlimmert.“

„Ellington tut immer nur das, was du ihm aufträgst.“

„Du hast mal wieder recht, er hat sich genau an meine Anweisungen gehalten.“ Sam blickte sie durchdringend an. „Wenn er seinen Job behalten will, dann tut er auch gut daran!“

„Das machen sowieso alle deine Mitarbeiter“, sagte Joanna sanft. „Auch dann, wenn deine Anordnungen unsinnig sind.“

„Jetzt halt aber mal die Luft an, Joanna! Was soll das überhaupt heißen? Ich habe Ellington befohlen, dem Prinzen mitzuteilen, mir sei etwas dazwischengekommen.“

„Damit hast du ihn beleidigt, denn für diesen Mann mit seinem übersteigerten Selbstwertgefühl wäre das Abendessen mit dir, Sam Bennett, dem Präsidenten der Bennettco, etwas ganz Besonderes gewesen. Doch stattdessen erfährt er telefonisch, dass man ihn mit einem kleinen Handlanger abspeisen will."

„Red doch nicht so ein dummes Zeug! Ellington ist Direktionsassistent."

„Das ist nur ein bedeutungsloser Titel." Joanna setzte sich auf die Bettkante. „Und das hat dieser Prinz genau erkannt."

„Ich weiß ja, dass wir in Schwierigkeiten stecken, Jo! Ich suche verzweifelt nach einem Ausweg!"

„Nimm es nicht zu schwer, Dad. Der Arzt hat dir erklärt, wie schädlich Stress für deinen Rücken ist."

„Verdammt, Mädchen, das brauchst du nicht noch zu betonen! Es steht viel auf dem Spiel – oder hast du das etwa deshalb nicht bemerkt, weil du zu beschäftigt damit warst, mich zu pflegen?"

„Nenn mich nicht Mädchen." Joanna blickte ihn kühl an und stand dann auf. „Ich bin deine Tochter, und wenn du dich nicht so beharrlich weigern würdest, mich über Firmeninterna zu informieren, brauchte ich dir jetzt keine Fragen zu stellen, sondern könnte dir Vorschläge machen, wie du aus der Klemme herauskommst."

„Hör zu, Jo, du bist zwar Diplombetriebswirtin, doch hier sind wir mitten in der knallharten Geschäftswelt und nicht in einem Hörsaal der Universität. Ellington hat uns im Stich gelassen. Er ..."

„Du hättest ihn bitten müssen, Khalil mitzuteilen, dass du wieder unter deinen Rückenschmerzen leidest."

„Wieso? Es geht niemanden etwas an, dass ich hier wie ein Riesenbaby herumliege und von dir und dem Hotelarzt verrückt gemacht werde."

„Krankheit ist kein Zeichen von Schwäche, egal, wie du die Sache siehst. Hättet ihr die Wahrheit gesagt, wäre Khalil jetzt nicht beleidigt. Wahrscheinlich hätte er deine Absage sogar verstanden", meinte Joanna kühl.

Sam starrte sie sekundenlang an, dann zuckte er die Schultern. „Vielleicht."

„Was wolltest du denn heute Abend erreichen?"

„Vor allem wollte ich ihn einmal selbst in Augenschein nehmen, um mir ein eigenes Urteil zu bilden. Außerdem ist er sicher empfänglich für Schmiergeldzahlungen, auch wenn er im Augenblick noch gegen unsere Zusammenarbeit mit Abu opponiert."

„Mit anderen Worten, Bennettco will ihn bestechen, nicht wahr?", erkundigte Joanna sich stirnrunzelnd.

„Bakschisch nennt man das hier. Du brauchst mich gar nicht so vorwurfsvoll anzuschauen. Das ist heutzutage so üblich. Man muss nur diskret genug vorgehen dabei." Sam seufzte tief. „So hatte ich es jedenfalls geplant – bis Ellington mir alles verpfuscht hat."

„Weißt du, was genau er zu Khalil gesagt hat?"

Sam schüttelte den Kopf. „Ellington hat gar nicht mit ihm persönlich gesprochen, sondern mit Hassan, einem Mitarbeiter und engem Vertrauten des Prinzen und …"

„Ein schwerer Fehler", unterbrach Joanna ihn selbstbewusst. „Er hätte darauf bestehen müssen, selbst mit dem Prinzen zu reden."

„Er hat es versucht, aber Hassan hat ihm erklärt, dass Khalil nicht mit Untergeordneten spricht. Untergeordnete – kannst du dir das vorstellen?" Sam lachte belustigt. „Gern hätte ich Ellingtons Miene gesehen. Angeblich ist er danach nicht mehr zu Wort gekommen. Hassan hat gedroht, wenn ich nicht daran interessiert sei, mit Khalil zu verhandeln, dann müsse ich eben die Folgen tragen. Was genau er sich darunter vorstellt, weiß ich auch nicht. Zum Teufel, dieses Treffen wäre so wichtig gewesen!"

„Vielleicht ist ja noch nicht alles verloren."

„Was meinst du damit? Ich habe dir doch gesagt, Khalil weigert sich, sich mit Ellington zu unterhalten."

„Es könnte aber sein, dass er bereit ist, die Besprechung mit mir zu führen", platzte Joanna heraus. Dieser Gedanke war ihr ganz spontan gekommen, und nun bekam sie Herzklopfen. Sams Sturheit, Ellingtons blinder Gehorsam und Khalils Arroganz hatten etwas in Bewegung gesetzt, das eventuell ihr ganzes Leben verändern könnte.

„Ach ja. Ich soll meine Tochter zu dem Treffen mit diesem Wüstling schicken. Hältst du mich für verrückt, Jo?“ Sam lachte so laut auf, dass Joanna ihn überrascht und empört anblickte.

„So schlimm ist es nun wirklich nicht, Dad. Außerdem findet das Dinner in einem Luxusrestaurant statt. Ich wäre also absolut sicher.“

„Vergiss es. Der große Khalil will mit Untergeordneten nichts zu tun haben.“

„Ich heiße auch Bennett und habe deshalb ein berechtigtes Interesse an Bennettco. Das könnte ihn zum Einlenken bewegen.“ Joanna schaute ihren Vater an, während ihre zunächst vagen Vorstellungen konkrete Formen annahmen. „Und ganz besonders dann, wenn ich mich ihm als Vizepräsidentin von Bennettco vorstellen kann.“

„Von daher weht also der Wind, oder?“, fragte Sam finster.

„Ich bin deine einzige Erbin. Von klein auf hast du mich mitgenommen ins Büro.“

„Sind wir also wieder bei dem Thema“, meinte er missmutig.

„Ich bin die Einzige außer dir, die so viel über das ganze Geschäft weiß“, fuhr Joanna unbeirrt fort. „Ich kann sogar einen Universitätsabschluss vorweisen. Trotzdem weigerst du dich hartnäckig, mich bei dir zu beschäftigen.“

„Das tue ich doch schon. Seit du alt genug dazu bist, fungierst du als Gastgeberin bei uns zu Hause in Dallas und New York.“

„Ach das“, wehrte sie geringschätzig ab.

„Ja, genau das! Was, um Himmels willen, gefällt dir daran nicht? Jedes einigermaßen vernünftige Mädchen würde eine solche Chance mit beiden Händen ergreifen.“ Als Sam sah, wie Joanna die Augenbrauen hochzog, legte er die Hand aufs Herz. „Verzeih mir“, bat er ziemlich melodramatisch. „Ich meine natürlich, jede einigermaßen vernünftige junge Frau wäre glücklich …“

„Stanford Mining hat mir eine Stelle angeboten“, unterbrach

Joanna ihn sanft.

„Was sagst du da?"

Sie ging zum Schreibtisch, lehnte sich dagegen und verschränkte die Arme vor der Brust. Sie hatte ganz andere Lebensziele, als nur eine schön aussehende und gut angezogene Frau an der Seite eines Mannes zu sein, und irgendwie hatte sie das Gefühl, es sei jetzt genau der richtige Augenblick, es ihrem Vater klarzumachen. „Deren Manager in Alaska verlässt die Firma. Deshalb ist man an mich herangetreten und hat mir die Stelle angeboten."

Sams Miene wurde finster. „Du willst bei der Konkurrenz arbeiten?"

„Ganz richtig, Dad, ich will arbeiten. Immer wieder habe ich dir zu verstehen gegeben, dass ich meine Zeit nicht damit vertun will, eine immer älter werdende Debütantin zu sein."

„Joanna." Seine Stimme klang nun sanft und hatte plötzlich jenen schmeichelnden Unterton, den Joanna so gut kannte. „Ich brauche dich unbedingt, du weißt genau, wie wichtig Öffentlichkeitsarbeit ist. Wenn dein Name auf den Listen von Wohltätigkeitsveranstaltungen steht und du in den Zeitungen zusammen mit Persönlichkeiten der Gesellschaft abgebildet wirst, dann …"

„Du misst solchen Dingen zu viel Bedeutung bei, Dad. Wenn es dir jedoch so wichtig ist, kann ich das alles auch noch neben meiner Berufstätigkeit wahrnehmen."

„Überlegst du ernsthaft, den Job bei Stanford anzunehmen?", erkundigte Sam sich und schaute sie nachdenklich an.

Bis jetzt hatte sie nur kurz darüber nachgedacht. Doch nun wurde ihr auf einmal klar, dass sie lieber dieses Angebot annehmen als weiterhin die Rolle spielen würde, die ihr Vater ihr zugedacht hatte. Deshalb nickte sie. „Ja, das tue ich", erwiderte sie und blickte mit den smaragdgrünen Augen ihren Vater offen an.

„Glaubst du, du könntest diesen Khalil dazu überreden, sich mit dir zu treffen?"

Ein kleiner Schauer der Erregung durchfuhr sie, doch äußerlich blieb sie ruhig und gelassen. „Ich bin überzeugt, ich habe eine gute Chance“, antwortete sie.

„Weil du ihm sagen wirst, dass du meine Tochter bist?“

„Nein, weil ich ihm sagen werde, dass du krank bist, dir dieses Treffen jedoch viel zu wichtig ist, um es einfach abzusagen. Und weil ich ihm erklären werde, dass ich in der Firma nach dir die Nummer zwei bin und du mir in jeder Hinsicht vertraust.“

Sam verzog die Lippen. „So einfach, hm?“

Natürlich gab sich Joanna keinen Illusionen hin. Es war bestimmt nicht so einfach, ganz besonders nicht in einem Land, in dem Tradition und Fortschritt miteinander wetteiferten. Aber sie hatte nicht die Absicht, ihre Bedenken zu äußern. „Meiner Meinung nach ja“, sagte sie deshalb nur.

Sie wagte kaum zu atmen, während Sam sie finster musterte. Schließlich nickte er und wies aufs Telefon. „Okay.“

„Okay was?“, fragte Joanna ruhig, doch ihr Puls raste, und sie glaubte, ihr Herz pochen zu hören.

„Ruf den Prinzen an. Wenn es dir gelingt, mit Khalil persönlich zu reden und er damit einverstanden ist, dass du mich beim Dinner vertrittst, dann ist die Sache abgemacht.“

Joanna lächelte. „Lass uns erst die Bedingungen festlegen.“

„Hast du kein Vertrauen zu deinem Vater?“

„Du hast mich so erzogen, niemals etwas zu unterschreiben, ohne es mindestens zweimal gelesen zu haben.“ Sie sah, wie es in seinen Augen aufleuchtete. „Also, erstens ernennst du mich zur Vizepräsidentin von Bennettco, zweitens werde ich diese Aufgabe selbständig und eigenverantwortlich ausführen, und drittens …“

Sam wehrte ab und warf theatralisch die Hände in die Höhe. „Ist ja schon gut. Ruf den Mann an. Dann werden wir sehen, ob du wirklich so gut bist, wie du glaubst.“ Er reichte ihr einen Notizblock vom Nachttisch mit Khalils Nummer.

Am liebsten hätte Joanna in ihrem Zimmer telefoniert, was Sam ihr jedoch sogleich wieder als Schwäche ausgelegt hätte. Deshalb blieb sie, wo sie war, und wählte langsam. Plötzlich wurde ihr ganz flau im Magen. Doch weil Sam sie aufmerksam beobachtete, lächelte sie nur kühl, ließ sich in den Sessel neben dem Bett sinken und schlug lässig die Beine übereinander. Am anderen Ende läutete es mehrere Male, und schließlich meldete sich jemand mit tiefer Stimme. Von dem ganzen Wortschwall verstand sie nur das eine Wort *Hassan.*

„Guten Abend, Mr. Hassan. Hier spricht Joanna Bennett, Sam Bennetts Tochter", stellte sie sich vor.

Falls Hassan überhaupt überrascht war, verbarg er es geschickt. „Ah, Miss Bennett", antwortete er in perfektem Englisch, „es ist mir eine Ehre. Was kann ich für Sie tun?"

Nachdem sie einige Höflichkeiten mit ihm ausgetauscht hatte, atmete sie tief ein und kam zur Sache. „Mr. Hassan, ich möchte gern mit dem Prinzen sprechen."

„Es tut mir leid, das ist unmöglich, Miss Bennett. Wenn Sie eine Nachricht für ihn hinterlassen wollen, dann werde ich sie ihm gern ausrichten." Hassans Stimme klang sehr geschäftsmäßig.

Joanna fühlte sich unbehaglich, denn ihr Vater blickte sie unverwandt an, und seine Lippen umspielte ein selbstgefälliges Lächeln. „Gib es auf, Baby", forderte er sie auf. „Ich habe dir gleich gesagt, dass du nichts erreichst."

„Mr. Hassan, ich möchte dem Prinzen versichern, dass mein Vater nur deshalb nicht zum Dinner kommen kann, weil er plötzlich krank geworden ist. Bedauerlicherweise hat Mr. Ellington die Anweisungen meines Vaters falsch verstanden. Anstelle meines Vaters wird selbstverständlich sein Stellvertreter Jo Bennett den Termin mit dem Prinzen wahrnehmen", erklärte sie ruhig.

„Einen Augenblick bitte, Miss Bennett", sagte Hassan.

Joanna schöpfte Hoffnung. Sie lächelte Sam betont freundlich an. „Er stellt mich zum Prinzen durch", behauptete sie.

In der eleganten königlichen Suite des Hotels Casablanca blickte Prinz Khalil seinen Minister fragend an. „Was für ein Mensch ist dieser Sam Bennett eigentlich? Er lässt seine Tochter für sich sprechen." Khalil verschränkte die Arme vor der Brust, und seine dunkelblauen Augen leuchteten wie Saphire in dem edlen gebräunten Gesicht. „Er ist offenbar beunruhigt", fügte er zufrieden hinzu und lehnte sich gegen die Wand.

„So sehe ich es auch, mein Herr. Wahrscheinlich ist er bereit, unseren Wünschen entgegenzukommen, sonst hätte er nicht eine Frau um Vermittlung bitten müssen."

„Es ist ziemlich dumm von ihm, seine Tochter auf eine solche Reise mitzunehmen", bemerkte Khalil verächtlich. „Die Frau hat sicher gedacht, Casablanca sei eine exotische Spielwiese, wo sie sich austoben kann."

Hassan zog die leicht ergrauten Augenbrauen hoch. „Natürlich, mein Herr. Schließlich kommt sie ja aus dem Westen."

„Was will sie überhaupt?", erkundigte Khalil sich.

„Mit Ihnen sprechen."

Khalil lachte laut auf, woraufhin Hassan sich ein mildes Lächeln gestattete. „Selbstverständlich habe ich ihr gesagt, dass das nicht möglich ist. Und dann meinte sie, Sam Bennett wünsche, das Dinner solle heute Abend stattfinden."

„Ach ja." Khalil verzog amüsiert die Lippen. „Demnach hat Bennett beschlossen, den Termin doch einzuhalten?"

„Er ist krank, Sir. Jedenfalls behauptet das die Frau. Jetzt will er einen Vertreter schicken. Ich vermute, das ist nur eine Entschuldigung, um das Gesicht nicht zu verlieren."

Khalil ging im Zimmer hin und her. „Ich rede nicht mit seinen Stellvertretern, Hassan."

Hassan senkte respektvoll den Kopf. „Nein, mein Herr. Aber das Angebot klingt ganz interessant. Joe Bennett, angeblich Vizepräsident der Gesellschaft, soll in die Bresche springen."

„Diesen Namen habe ich noch nie gehört." Khalil kniff die Augen zusammen.

Stirnrunzelnd nahm Hassan den Hörer wieder auf. „Eine Person dieses Namens ist uns nicht bekannt, Miss Bennett. Handelt es sich dabei um einen Verwandten Ihres Vaters?"

„Mr. Hassan, wenn Sie mich kurz mit dem Prinzen sprechen lassen würden …"

„Der Prinz redet nicht mit Untergebenen, genauso wenig wie er sich mit ihnen trifft", entgegnete Hassan ungerührt. „Wenn Sie meine Frage beantworten, gebe ich die Information an den Prinzen weiter. Wenn nicht, dann ist das Gespräch hiermit beendet."

„Jo", mischte Sam sich gebieterisch ein, „gib es auf. Du sollst aufgeben! Du hast es versucht und verloren."

„Miss Bennett, ich habe Sie etwas gefragt. Wer ist Joseph Bennett? Sam Bennetts Sohn?", fragte Hassan, und seine Stimme klang jetzt ungeduldig und schneidend.

Joanna schluckte krampfhaft und schloss kurz die Augen. „Ja", antwortete sie schließlich und hoffte inständig, der Prinz würde ihr diese Notlüge verzeihen, sobald sie ihn davon überzeugt hatte, dass er so viel Geld bekommen würde, wie er brauchte, um glücklich zu sein. „Ja, so ist es, Sir."

„Einen Augenblick, bitte." Hassan bedeckte die Sprechmuschel mit der Hand und schaute den Prinzen an. „Er ist Sam Bennetts Sohn."

„Sein Sohn", murmelte Khalil vor sich hin. „Also ein junger Schakal statt des alten." Er ging erneut ruhelos auf und ab, drehte sich dann um und blickte Hassan an. „Sagen Sie der Frau, dass Sie heute Abend zum Dinner mit ihrem Bruder kommen. Vielleicht irre ich mich ja, und der Sohn hat doch einen gewissen Einfluss."

Hassan lächelte. „Ausgezeichnet, mein Herr." Dann sprach er wieder ins Telefon. „Miss Bennett?"

„Ja?", fragte Joanna blinzelnd.

„Ich, Adym Hassan, Minister seiner Hoheit, des Prinzen Khalil, werde heute Abend zum vereinbarten Treffen erscheinen."

Joanna fasste den Hörer fester. „Aber …"

„Um acht Uhr, wie vorgesehen, im Restaurant Oasis. Wie sagt man noch bei Ihnen, Miss Bennett? Entweder nehmen Sie an, oder Sie lassen es bleiben."

„Jo?", erkundigte Sam sich mit erhobener Stimme. „Verdammt, Jo, was sagt er? Er lässt dich abblitzen, nicht wahr?"

„Natürlich", Joanna beugte sich tiefer über das Telefon, „um acht Uhr. In Ordnung. Vielen Dank, Sir." Dann legte sie den Hörer auf, atmete tief ein und aus und wandte sich ihrem Vater zu. „Siehst du, das war doch gar nicht so schwierig", sagte sie betont lebhaft.

„Er wird tatsächlich mit dir vorliebnehmen?" Seine Stimme klang zweifelnd.

Joanna nickte. „Ja, sicher, ich sagte es doch gerade."

Sam stieß hörbar die Luft aus. „Okay, okay. Dann wollen wir mal sehen, wie wir heute Abend das Beste aus der Sache herausholen." Plötzlich grinste er übers ganze Gesicht. „Nicht schlecht, Kindchen, nicht schlecht."

„Nenn mich nicht *Kindchen.* Ich bin Vizepräsidentin Jo Bennett, wenn du nichts dagegen hast", entgegnete Joanna lächelnd.

„Vizepräsident Joseph Bennett", dachte sie und schauderte. Das versprach interessant zu werden, wenn der Minister Adym Hassan feststellen musste, dass sie ihn belogen hatte.

Ähnliche Gedanken gingen auch Hassan durch den Kopf, während er den Hörer auflegte. „Ich traue Bennetts Beweggründen nicht, mein Herr. Aber warten wir es ab. Ich werde mich heute Abend mit dem Bruder der Frau treffen."

Khalil nickte zustimmend. „Gut." Dann drehte er sich um, ging langsam durchs Zimmer und blickte nachdenklich zum Fenster hinaus, so als könnte er weit hinten am Horizont, jenseits der Stadt, die Hügel erkennen, die die Grenzen seines Königreichs bildeten. „Sam Bennett ist ein hinterhältiger, unberechenbarer Gegner, ich muss darauf gefasst sein, dass sein Sohn ihm sehr ähnlich ist. Hassan wird ihm nicht gewachsen sein, er ist zwar loyal und klug, aber nicht mehr der Jüngste. Wie kann ich es verantworten, diesen alten Mann zum

Dinner mit Bennett zu schicken?“ Alles das ging Khalil durch den Kopf, denn während der vergangenen Wochen hatte er eines gelernt: einem Bennett zu vertrauen war genauso dumm, wie einem Fuchs die Aufsicht über den Hühnerstall zu übertragen.

Khalil drehte sich unvermittelt um. „Hassan!“

„Ja, mein Herr?“

„Ich will mich selbst mit Sam Bennetts Sohn unterhalten.“

„Sie, Sir? Aber …“, begann Hassan irritiert.

„Es gibt kein Aber, Hassan“, unterbrach Khalil ihn scharf. „Lassen Sie uns Kaffee kommen, und dann mache ich mich fertig.“ Dabei lächelte er so angespannt, dass die, die ihn kannten, wussten, es verhieß nichts Gutes. „Ich verspreche Ihnen, auf die eine oder andere Weise wird der heutige Abend alles verändern.“

Dasselbe dachte auch Joanna, während sie neben ihrem Vater saß und nur mit halbem Ohr hinhörte, als er mit ihr das bevorstehende Treffen mit Khalil besprach. Im Innersten spürte sie, dass ihr Leben sich nach diesem Abend dramatisch verändern würde.

Und erst viel später erinnerte sie sich daran, wie richtig ihre Vorahnungen gewesen waren.

2. KAPITEL

„Was ziehe ich nur an zum Abendessen mit dem Falken des Nordens oder besser, mit seinem Minister?", überlegte Joanna, während sie ihre Garderobe in Augenschein nahm. Wozu brauchte ein Herrscher wie Khalil überhaupt Minister? Trotz der nur kurzen Unterhaltung glaubte sie, sich ein Bild von Hassan machen zu können. Sie stellte sich ihn groß, ungelenk und uralt vor. In seinen blassen, wässrigen Augen würde es verächtlich aufblitzen, sobald ihm klar wurde, dass sein Gesprächspartner eine Frau war, denn in der Welt, in der er lebte, gab es keine Gleichberechtigung.

Pünktlich um acht Uhr stieg Joanna aus dem Taxi. Ein perfektes Timing! Rasch vergewisserte sie sich, dass die beiden perlenbesetzten Glitzerkämmchen richtig saßen, mit denen sie das volle, glänzende kastanienbraune Haar zurückgesteckt hatte. Dann strich sie den kurzen Rock des grünen Seidenkleids glatt. Sie hatte es dem eleganten Hosenanzug vorgezogen, der sie ihrer Meinung nach zu streng hätte aussehen lassen.

Der Portier beobachtete sie aufmerksam. Deshalb atmete sie schließlich tief ein, hob das Kinn und ging entschlossen auf ihn zu. Sie war ein bisschen nervös, unter diesen Umständen durchaus verständlich. Alles, was sie sich wünschte – die Anerkennung ihres Vaters und den Posten als Vizepräsidentin bei Bennettco – hing vom Gelingen ihrer Verhandlungen mit Hassan ab.

„Masa el-kheyr, Madam."

Joanna nickte kurz. „Guten Abend", erwiderte sie den Gruß und ging durch die Tür.

Sogleich hatte sie das Gefühl, in eine ganz andere Welt eingedrungen zu sein. Die indirekte Beleuchtung und die auf den Tischen flackernden Kerzen verliehen der Atmosphäre etwas Geheimnisvolles. Im Hintergrund erklang Musik, Flöten und Glockenspiele ertönten, die sich anhörten wie ein Windhauch, der durch die Blätter ging.

„Masa el-kheyr, Madam. Werden Sie erwartet?", erkundigte sich der Ober freundlich lächelnd.

„Ja", antwortete sie höflich. „Mein Name ist Bennett. Ich habe einen Tisch reservieren lassen."

War es nur Einbildung, dass der Mann die Augenbrauen leicht hochzog? Er lächelte sogleich wieder, neigte den Kopf und bedeutete ihr, ihm zu folgen. Dann ging er auf einen gewölbten Durchgang mit einem Perlenvorhang zu, der kaum merklich hin und her schwang. Mit einer kaum wahrnehmbaren Verbeugung zog er ihn zur Seite.

„Bei der Reservierung wurde ausdrücklich um einen möglichst diskreten Platz gebeten", meinte er erklären zu müssen.

Joanna nickte zustimmend. Dann brauchten sie und Hassan sich wenigstens nicht um …

In diesem Augenblick bemerkte sie den Mann am Tisch. Er stand jetzt auf, war etwa dreißig bis fünfunddreißig Jahre alt, groß, schlank und breitschultrig und trug einen eleganten maßgeschneiderten Anzug. Seine Augen waren einfach unglaublich blau und bildeten einen auffallenden Gegensatz zu seiner gebräunten Haut. Er hatte eine gerade Nase und volle sinnliche Lippen – und er lächelte Joanna freundlich an.

Sogleich bekam sie Herzklopfen. Du liebe Zeit, er sah einfach umwerfend gut aus. Etwas nervös erwiderte sie sein Lächeln und wandte sich dann rasch an den Ober. „Es tut mir leid, aber hier muss ein Irrtum vorliegen."

„Ja", mischte sich der Fremde ein. Sie drehte sich wieder zu ihm um. Sein Lächeln wurde breiter, und er blickte sie vertraulich und vielversprechend an. „Ich fürchte, die Dame hat recht." Seine Stimme klang weich und rau, er sprach mit einem kaum wahrnehmbaren, undefinierbaren Akzent. „Wenn ich nicht mit einem Herrn verabredet wäre …"

Der Ober räusperte sich. „Entschuldigen Sie bitte, Sir, sagten Sie nicht, Sie warteten auf Mr. Joseph Bennett?"

„Ja, richtig."

„Dann ist alles in Ordnung, Sir. Dies ist der Herr – oh, pardon –

die Dame, die Sie erwarten."

Sekundenlang blickte Joanna den Mann an. War er etwa Hassan, Khalils Minister? „O nein", fuhr es ihr durch den Kopf, als sie sein Mienenspiel las, das nacheinander alles ausdrückte, von ungläubigem Erstaunen bis hin zu kalter Wut. Deshalb trat sie entschlossen auf ihn zu und reichte ihm die Hand. „Mr. Hassan", begrüßte sie ihn freundlich, „es ist mir ein Vergnügen, Sie kennenzulernen. Ich bin Jo Bennett."

Er blickte so angewidert auf ihre Hand, als wäre sie verseucht. „Wenn das eine Kostprobe westlichen Humors sein soll, muss ich Sie warnen. Ich finde die Sache gar nicht lustig", antwortete er kühl.

Joanna schluckte heftig, ließ die Hand, die plötzlich ganz feucht geworden war, sinken und unterdrückte die Regung, sie an dem Rock ihres Kleids abzuwischen. „Es ist keineswegs ein Scherz, Sir."

Sir? Was war nur los mit ihr? Ließ sie sich etwa von dem arroganten Minister eines unbedeutenden despotischen Herrschers wie ein Schulmädchen abkanzeln? Gut und schön, sie war nervös, das hieß aber noch lange nicht, dass sie sich so sang- und klanglos unterordnete. Ob es Mr. Hassan gefiel oder nicht, sie waren gleichwertige Gesprächspartner. Und je eher sie ihn daran erinnerte, desto besser.

Joanna hob energisch das Kinn und zauberte ein kühles Lächeln auf die Lippen. „Ich bin Joanna Bennett", erklärte sie ruhig. „Ich verstehe, dass Sie etwas überrascht sind, aber ..."

„Und wo ist Sam Bennetts Sohn?"

„Ich bin es." Joanna schüttelte den Kopf. „Ich wollte sagen, er hat keinen Sohn, Mr. Hassan. Ich bin ..."

„Seine Tochter?"

„Ja."

„Sie sind Jo Bennett?"

„Joanna Bennett. Ganz richtig. Und ..."

Unvermittelt wandte er sich an den Ober. „Bringen Sie mir die Rechnung", fuhr er ihn an. Dann griff er hastig nach dem Likörglas, leerte es in einem Zug, stellte es wieder ab und verbeugte sich spöttisch vor Joanna. „Gute Nacht, Miss Bennett."

Wie erstarrt blickte sie hinter ihm her, während er auf den Perlenvorhang zuschritt. In allerletzter Sekunde erwachte sie jedoch aus ihrer Bewegungslosigkeit, ihr Kampfgeist kehrte zurück, und sie versperrte dem Mann rasch den Weg. „Noch eine Minute, Mr. Hassan!"

„Machen Sie mir bitte Platz!" Er schleuderte ihr die Worte so gleichgültig und uninteressiert entgegen, als wäre sie ein Hund, dem man einen Knochen hinwirft.

Und das brachte das Fass zum Überlaufen. „Was wollen Sie Prinz Khalil berichten, Mr. Hassan?" Energisch stützte sie die Hände in die Hüften. „Dass, weil Sie ein engstirniger, altmodischer, kleinlicher und dummer ..."

In seinen blauen Augen blitzte es gefährlich auf. „Hüten Sie Ihre Zunge!"

„Ich empfehle Ihnen, Ihren Verstand einzuschalten", entgegnete Joanna schneidend. „Prinz Khalil wollte, dass Sie sich mit mir unterhalten."

„Nein, mit Sam Bennetts Sohn! Wer hat sich dieses Täuschungsmanöver ausgedacht? Ellington? Oder sogar Ihr Vater selbst?"

„Es geht hier nicht um ein Täuschungsmanöver, Mr. Hassan."

Der Mann lächelte frostig. „Wie würden Sie es dann nennen? Einen Trick? Oder *Betrug?"*

„Schlimmstenfalls ist es ein Missverständnis."

„Bitte, Miss Bennett, beleidigen Sie mich nicht mit Ihren Wortspielen", forderte er sie auf, während er die Arme vor der Brust verschränkte.

„Ich versuche lediglich, Ihnen zu erklären, warum ..."

„Was macht Sie glauben, ich würde auch nur in Betracht ziehen, die habgierigen Pläne Ihres Vaters mit Ihnen zu besprechen?"

Joanna trafen seine unverhohlene Verachtung und die geringschätzigen Worte wie eine kalte Dusche, trotzdem begegnete sie unerschrocken seinem harten Blick. „Sie irren sich auf der ganzen Linie, Mr. Hassan. Zunächst einmal wollte ich gar nicht mit Ihnen reden, sondern mit Prinz Khalil – falls Sie so freundlich sind, sich daran zu erinnern! Und was die von Ihnen unterstellte Habgier angeht, möchte ich dazu anmerken, dass nicht mein Vater dem Fortschritt und den besseren Lebensbedingungen in Jandara im Weg steht, sondern Ihr Herrscher höchstpersönlich."

Er zog die Augenbrauen hoch. „Interessant, was Sie mir da über den Prinzen erzählen, Miss Bennett. Aber offenbar mangelt es Ihnen sowohl an Scharfsinn als auch an Fingerspitzengefühl."

Sogleich sah Joanna ein, dass er recht hatte. Sie hatte unüberlegt gesprochen, wollte jedoch jetzt keinen Rückzieher mehr machen. „Es tut mir leid, wenn Sie sich durch meine Aufrichtigkeit beleidigt fühlen, aber ich rede nicht gern um den Brei herum. Ich bin für Offenheit."

Missbilligend verzog er die Lippen. „Nachdem Sie sich unsere Begegnung mit einer Lüge erschlichen haben, gehen Sie erstaunlich leichtfertig mit dem Begriff *Aufrichtigkeit* um!"

„Das stimmt nicht! Ich bin tatsächlich Jo Bennett, Vizepräsidentin von Bennettco, genau wie ich es gesagt habe."

„Sie wissen genauso gut wie ich, dass diese Verabredung niemals zustande gekommen wäre, wenn Sie uns über Ihre Identität nicht bewusst im Unklaren gelassen hätten."

„Ja", gab sie zu und lächelte. „Ich bin allerdings froh, dass auch Sie das so unumwunden zugeben. Sie und der Prinz hätten es nämlich als unzumutbar zurückgewiesen, mit einer Frau geschäftlich zu verhandeln."

„Eine Frau, die einen Männernamen annimmt und sich einbildet, sie könne den Job eines Mannes ausfüllen, kann man nicht ernst nehmen", entgegnete er spöttisch.

„Jo ist kein Männername, sondern die Abkürzung von Joanna. Ich weiß nicht, wie ich es Ihnen verständlich machen soll, aber heutzutage haben wir Frauen es nicht mehr nötig, uns irgendwelcher dubioser Mittel zu bedienen, Mr. Hassan. In meinem Land ..."

„Ihr Land ist nicht meines", unterbrach er sie verächtlich.

„Richtig. Also in meinem Land ..."

„In Jandara setzt man sich mit Lügnern nicht an einen Tisch."

Joanna blickte ihn durchdringend an. „Ich kann nichts dafür, dass Sie dachten, Jo Bennett sei ein Mann."

„Sie haben nicht versucht, das Missverständnis aufzuklären."

„Stimmt. Und zwar deshalb nicht, weil ich wusste, dass Ihr Chef auf die Vorstellung, es geschäftlich mit einer Frau zu tun zu haben, genauso reagieren würde wie Sie jetzt. Das erklärt auch, warum mein Vater wochenlang keinen Schritt weitergekommen ist! Mit einem despotischen Herrscher zu verhandeln ist …" Sie unterbrach sich unvermittelt, doch es war schon zu spät.

„Sprechen Sie nur weiter, Miss Bennett. Sie haben Prinz Khalil einen despotischen Herrscher genannt und, jedenfalls indirekt, einen Chauvinisten – zu gern würde ich wissen, was Sie sonst noch von ihm denken", meinte er und lächelte hinterhältig.

Was war nur in sie gefahren? Sie hatte die Absicht gehabt, die Dinge voranzutreiben und Sam zu überzeugen, dass sie eine fähige und verantwortungsbewusste Mitarbeiterin der Firma war. Stattdessen verärgerte sie Khalils engsten Mitarbeiter immer mehr. Sie atmete tief ein und aus und zauberte ein Lächeln auf die Lippen. „Vielleicht – bin ich etwas übers Ziel hinausgeschossen."

Der Minister lächelte verkrampft. „Das ist eine gewaltige Untertreibung. Mich – ehm – den Prinzen einen Diktator zu nennen ist …"

„Das habe ich nicht getan!"

„Aber gedacht!"

„Nein", log sie unverfroren, denn natürlich hielt sie ihn dafür. „Im Übrigen steht meine Meinung über den Prinzen gar nicht zur Debatte. Wir sind vom Thema abgekommen, Mr. Hassan. Wir beide sind im Auftrag hier. Weder Prinz Khalil noch mein Vater wären glücklich darüber, wenn wir berichten müssten, dass die Unterredung nicht stattfinden konnte, weil wir uns von Anfang an in die Wolle geraten sind."

„Es wäre dann angebracht, die Wahrheit zu sagen, nämlich dass ich mich nicht zum Narren halten lasse."

Damit hatte er recht. Sie hatte die Tatsachen ein wenig verfälscht, um ihr Ziel zu erreichen. Sie hatte sowohl ihn als auch ihren Vater belogen. Wenn Sam das herausfand …

„Nun?“, erkundigte er sich mit undurchdringlicher Miene. „Wie stehen Sie dazu, Miss Bennett?“

Joanna schluckte krampfhaft und atmete tief ein. „Sie haben guten Grund, verärgert zu sein.“

„Ist das etwa wieder einer Ihrer Tricks?“, fragte er misstrauisch.

Joanna errötete, gab sich jedoch noch nicht geschlagen. „Ich gebe ja zu, die Fakten ein bisschen manipuliert zu haben, aber direkt gelogen habe ich nicht. Ich vertrete meinen Vater und bin bevollmächtigt, in seinem Namen zu handeln. Ich erkenne an, dass es Ihnen schwerfällt, mit mir, einer Frau, zu reden …“

Ja, dachte er ungeduldig und wandte den Blick nicht von ihrem Gesicht, sie ist wirklich clever und redegewandt, diese Joanna Bennett. Sie hatte ihn beleidigt, sich daraufhin entschuldigt und versuchte nun, ihn mit allen Mitteln davon zu überzeugen, dass ihr Vater sein Projekt nur zum Wohl und Nutzen von Jandara durchführen wolle. Was steckte dahinter? Warum hatte Sam Bennett sie geschickt? Sie betonte immer wieder, sie sei Repräsentantin von Bennettco – welcher Mann würde jedoch darauf hereinfallen?

Der Blick, mit dem er sie nun musterte, war fast schon unverschämt. Es amüsierte ihn, zu sehen, wie sie errötete. Er überlegte, wie einer Frau wie ihr, die bestimmt nicht mehr unschuldig war, das passieren konnte. Obwohl er zugeben musste, dass sie eine ausgesprochene Schönheit war, fühlte er sich von ihr nicht angesprochen, denn er hatte die Erfahrung gemacht, dass sich hinter einem hübschen Gesicht und in einem schönen Körper sehr oft ein hohler Charakter verbarg. Ihm waren starke und selbständige Frauen lieber als diese verwöhnten, nur auf Äußerlichkeiten bedachten Modepüppchen.

Eigentlich hätte er sich jetzt als Prinz Khalil zu erkennen geben und ihr mitteilen müssen, dass sie und ihr Vater nur ihre Zeit verschwendeten. Andererseits brannte er darauf, zu erfahren, worauf sie hinauswollten. „Ich verstehe immer noch nicht, warum Ihr Vater Sie geschickt hat, Miss Bennett", sagte er scharf. „Oder glaubt er, durch den Überraschungseffekt zum Erfolg zu gelangen?"

„Vielleicht hilft es Ihnen, dass ich genauso verblüfft bin wie Sie", platzte Joanna heraus. „Ich habe gedacht, Sie ..."

„Ja?" Er kniff die Augen zusammen. „Welches Bild haben Sie sich von mir gemacht?"

Dass Sie hundert Jahre alt und runzlig sind, dachte Joanna. Laut sagte sie jedoch nur sehr vorsichtig: „Ich habe gedacht, wir könnten uns zusammensetzen und die Meinungsverschiedenheiten diskutieren, die zwischen Prinz Khalil und Bennettco aufgetreten sind."

„Oh, ja. Bennettco unterhält sich sonst nur mit Abu. Man geht wohl davon aus, Prinz Khalil ignorieren zu können ..."

„Abu AI Zouad ist der König von Jandara", unterbrach Joanna ihn und lächelte frostig. „Oder hat Ihr Prinz diesen kleinen Unterschied übersehen?"

„Er ist Sultan und nicht König", erwiderte Khalil scharf. „Auf gar keinen Fall hat er Khalil etwas zu befehlen."

„Abu ist der anerkannte Herrscher Ihres Landes. Er hat Bennettco das Schürf-Recht in den nördlichen Bergen garantiert."

„Wenn das zutrifft, warum legt Ihr Vater dann so großen Wert auf ein Gespräch mit uns?", erkundigte der Mann sich betont freundlich.

„Um über das Wohl Ihres Volkes zu reden."

„Unsinn, Miss Bennett. Das ist für uns kein Thema." Er lachte verächtlich auf.

„Er nimmt wenigstens kein Blatt vor den Mund", fuhr es Joanna durch den Kopf. „Nun gut. Mein Vater wünscht, dass wir über unsere unterschiedlichen Standpunkte zu diesem Projekt diskutieren. Deshalb bin ich ziemlich erstaunt, dass Sie sich weigern, mir überhaupt zuzuhören, Mr. Hassan. Es ist nur von Vorteil für Khalil ..."

„Sir?" Beide drehten sich gleichzeitig zu dem Oberkellner um. „Die Rechnung, Sir."

Khalil warf einen Blick auf das silberne Tablett, das der Mann in der Hand hielt, und schaute dann Joanna an. Sie hat recht, es wäre ein

Fehler, ihr nicht zuzuhören, überlegte er. Er wollte unbedingt erfahren, welche Tricks ihr Vater sich ausgedacht hatte.

„Nun gut", stimmte er schließlich zu, „ich gewähre Ihnen eine Stunde, aber keine Sekunde länger."

Joanna nickte zustimmend, wagte aber kaum zu atmen vor Angst, dieser unmögliche Mann würde seine Meinung wieder ändern und sie einfach dort sitzen lassen.

Khalil nickte ebenfalls, so als wollte er damit die Abmachung bekräftigen. Dann wandte er sich an den Kellner. „Bringen Sie uns das Essen, das ich bestellt habe", trug er ihm auf und entließ ihn dann mit einer Handbewegung.

„Gern, Sir."

„Setzen Sie sich, Miss Bennett."

„Setzen Sie sich", wiederholte Joanna insgeheim und nahm auf der gepolsterten Bank Platz. „Er befiehlt es einfach, ohne wenigstens höflichkeitshalber *bitte* hinzuzufügen. Außerdem hat er das Essen bestellt, ohne nach meinen Wünschen zu fragen, obwohl ich den Tisch habe reservieren lassen. Dieser Mann ist ungemein arrogant und herrschsüchtig", dachte sie.

„So." Er saß ihr jetzt gegenüber und beobachtete sie aufmerksam. Dann lehnte er sich zurück, wobei sich sein Jackett über den breiten Schultern ein wenig spannte. „Sie können die Unterredung eröffnen, indem Sie mir etwas über das Bennettco-Projekt berichten."

Das tat sie dann auch, war jedoch davon überzeugt, dass er bereits alle Einzelheiten genau kannte. Sie redete ununterbrochen, während sie Zitronensuppe und danach Couscous mit gebratenem Huhn in Safran aßen.

Irgendwann hob er die Hand und beendete ihren Redefluss. „Das ist ja alles sehr interessant – aber ich weiß immer noch nicht, warum ich – ich meine, der Prinz Bennettco – die Erlaubnis erteilen sollte, in den Bergen Erz abzubauen."

„Nun, es würde die Wirtschaft in Jandara ankurbeln. Außerdem …" Joanna runzelte die Stirn. „Ich glaube nicht, dass *Erlaubnis erteilen* der richtige Ausdruck ist, nicht wahr, Mr. Hassan?"

„Englisch ist zwar nicht meine Muttersprache, Miss Bennett. Ich spreche es jedoch seit frühester Kindheit. Ich bin mir bewusst, was ich gesagt habe. *Erlaubnis* war schon das richtige Wort."

„Khalil besitzt gar keine Entscheidungsbefugnis. Die liegt bei Abu."

„Ach, tatsächlich?" Er lächelte. „Wenn das so wäre, würden Sie bestimmt jetzt nicht hier sitzen. Sie haben Angst davor, Khalil könnte die Umsetzung des Projekts verhindern, stimmt's?"

Joanna zuckte die Schultern. Leugnen war sinnlos. „Ja, wir halten es für möglich."

„Haben Sie auch einmal darüber nachgedacht, warum er ein so großes Interesse daran hat?"

„Vielleicht hat er noch gar nicht begriffen, in welchem Ausmaß es seinem Volk nützen würde."

Was für eine arrogante Frau!, dachte Khalil und zwang sich, weiterhin zu lächeln. „Sie halten ihn für egoistisch und eigennützig?"

Mit einiger Überraschung nahm Joanna den eigenartigen Unterton in seiner Stimme zur Kenntnis und beschloss, auf der Hut zu sein. „Mag sein, dass er es nicht so sieht", begann sie vorsichtig. „Aber …"

„Hauptsache, Sie tun es, nicht wahr?"

„Sie verdrehen meine Worte, Mr. Hassan."

„Nein, ganz im Gegenteil. Ich bemühe mich, Ihre Sorgen und Wünsche zu verstehen. Was soll ich ihm sonst noch übermitteln außer der Warnung hinsichtlich seines Egoismus?"

Joanna schaute ihn verblüfft an. Will er mir zu verstehen geben, ihm nun Schmiergeld anzubieten?, überlegte sie. Ein solches Angebot ging ihr völlig gegen den Strich, allerdings kam sie offenbar mit Argumenten nicht weiter. Sam hatte sie darauf vorbereitet, dass dies im Geschäftsleben üblich war.

„Keine Angst, Miss Bennett, sprechen Sie sich ruhig aus. Deshalb sind Sie doch hier, oder?", sagte er kühl.

„Sagen Sie ihm, dass wir es nicht ungestraft hinnehmen werden, wenn unseren Arbeitern etwas zustößt."

„Aha. Sie befürchten also, er würde sie angreifen oder erschießen lassen", stellte er unbeeindruckt fest, als wäre das alles ganz normal.

„Nein, das tun wir nicht, Mr. Hassan", log sie und bemühte sich, so gleichgültig zu klingen wie er. „Wir werden das Projekt vorantreiben, egal, wie der Prinz dazu steht. Natürlich wäre es uns lieber, er würde mit uns zusammenarbeiten."

Am liebsten hätte er Joanna an den Schultern gepackt und kräftig durchgeschüttelt, um sie zur Vernunft zu bringen. „Ach, wirklich?", fragte er stattdessen gefährlich ruhig. Joanna hörte gar nicht richtig zu, denn sie überlegte, dass wahrscheinlich doch nur das hohe Schmiergeld, das Sam zu zahlen schon in Betracht gezogen hatte, diese Unterredung erfolgreich beenden würde. „Und wie wollen Sie das bewerkstelligen, Miss Bennett?", fügte er hinzu.

Sie warf ihm einen verächtlichen Blick zu. Dann öffnete sie ihre Abendtasche und zog den Umschlag heraus, den ihr Vater ihr gegeben hatte. „Damit", erklärte sie unumwunden und schob das Kuvert über den Tisch.

Er senkte den Kopf. Er war so wütend, dass er die Buchstaben nur verschwommen wahrnahm. Doch mit einem Mal war es ihm gleichgültig, was diese Frau ihm da anbot. Sie hatte ihn beschuldigt, ein starrsinniger und eigennütziger Despot zu sein – und nun versuchte sie ihn auch noch zu kaufen wie einen ganz gemeinen Dieb.

„Nun?" Ihre Stimme klang ungeduldig. „Reicht das?"

Khalil biss die Zähne zusammen, zählte insgeheim bis zehn, und erst dann nahm er den Umschlag und steckte ihn wie nebenbei in die Tasche. „O ja", antwortete er betont freundlich, „es ist sogar mehr als genug."

Ich habe es erreicht! Ich habe Khalil auf unsere Seite gezogen, frohlockte Joanna. Doch als ihr bewusst wurde, dass sie es eigentlich nur mit Bestechung geschafft hatte, fiel ein Wermutstropfen in ihre Freude. Rasch schob sie diesen Gedanken beiseite, entschlossen, ihren Erfolg zu genießen, der so enorm wichtig für ihre zukünftige Arbeit bei Bennettco war.

Khalil stand auf. „Kommen Sie, Miss Bennett", forderte er sie sanft auf, reichte ihr die Hand und schien zu lächeln – oder etwa nicht? Jedenfalls verzog er die Lippen.

„Ich soll mitkommen?", erkundigte sie sich. „Wohin?"

„Ich möchte unser Abkommen mit Champagner begießen. Aber nicht hier, wo so viele Touristen einkehren. Ich weiß etwas viel Besseres, Joanna."

Er hatte sie beim Vornamen genannt! Das Herz klopfte ihr zum Zerspringen. Geh nicht mit ihm, warnte jedoch plötzlich eine innere Stimme sie.

„Joanna?"

Wozu die lächerlichen Bedenken? Ich habe ein phantastisches Ergebnis erzielt, was mein Vater mir nie zugetraut hat. Weshalb sollte ich mich jetzt fürchten?, ging es ihr durch den Kopf. Sie stand ebenfalls auf und legte ihre Hand in seine.

Er führte sie durchs Restaurant, sagte irgendetwas zum Ober, der sich respektvoll verneigte und ihnen die Tür öffnete. Joanna hatte das Gefühl, dass es draußen noch dunkler geworden war. Khalil legte ihr die Hand unter den Ellbogen und dirigierte Joanna zu einem schnittigen Sportwagen, den er am Straßenrand geparkt hatte.

„Haben Sie gesagt, wir würden Champagner trinken?", erkundigte sie sich unvermittelt, denn ihr war etwas eingefallen.

Er nickte, während er ihr in den Wagen half. Dann ging er darum herum und schob sich auf den Fahrersitz. „Ja, natürlich. Wir haben doch Grund zum Feiern. Was überrascht Sie daran so sehr?"

Sie runzelte leicht die Stirn. „Ich wundere mich tatsächlich, denn ich habe geglaubt, Sie würden nur Wein trinken."

„Verlassen Sie sich darauf, Joanna", erwiderte er sanft lächelnd, „Sie werden noch mehr Überraschungen erleben, ehe die Nacht vorüber ist."

Und dann gab er Gas, und sie brausten in die Dunkelheit hinein.

3. KAPITEL

Joanna hatte sich Casablanca ausgesprochen romantisch vorgestellt, denn sie erinnerte sich an den großartigen Film mit Humphrey Bogart und Ingrid Bergman. Doch seit jener Zeit hatte sich viel verändert. Die Stadt war zwar alt und geschichtsträchtig, wunderschön und geheimnisvoll, zugleich aber der ökonomische Mittelpunkt Marokkos. Deshalb wirkte sie in vielerlei Hinsicht ganz alltäglich, teilweise sogar richtig düster und langweilig.

Der Mann neben ihr war allerdings alles andere als das. Verstohlen blickte sie ihn unter halbgesenkten Lidern hervor an. Noch nie war sie einem Mann wie ihm begegnet, und das wollte etwas heißen.

Sie betrachtete sein strenges, klares Profil, die breiten Schultern und die gepflegten Hände, mit denen er das Lenkrad hielt. In dem eleganten Anzug sah er ausgesprochen weltmännisch aus. Trotzdem konnte sie sich ihn auch gut in ganz anderer Kleidung und Umgebung vorstellen.

Ja, überlegte sie und malte sich aus, wie er in einem langen, im Wind wehenden Gewand auf dem Rücken eines schwarzen Hengstes bei Vollmond tollkühn durch die einsame Wüste ritt.

„Sie sind so schweigsam, Miss Bennett." Sie hielten vor einer Ampel. Khalil schaute sie fragend an, und ein leichtes Lächeln lag auf seinen Lippen. Irgendwie hatte sie das unbehagliche Gefühl, dass er sie unbemerkt beobachtet hatte. Rasch strich sie sich das Haar aus dem Gesicht und erwiderte höflich sein Lächeln.

„Ich habe mich auf die Fahrt konzentriert", entgegnete sie, während er weiterfuhr.

Der Platz der Vereinten Nationen lag zu dieser Zeit still und verlassen da. Lediglich ein Paar in traditioneller Kleidung war noch unterwegs. Die Frau hielt sich einige Schritte hinter dem Mann. „Wie ein ergebener Diener", fuhr es Joanna durch den Kopf.

„Sie drückt damit nicht Unterwürfigkeit aus, Miss Bennett", erklärte Khalil unvermittelt. „Die Frau sieht nur schlecht."

Verblüfft drehte Joanna sich zu ihm um, doch er blickte starr geradeaus auf die Straße. „Wie bitte?"

„Die beiden dort", erklärte er und verzog die Lippen überheblich. „Ich kann Ihnen versichern, sie bleibt nicht aus Ehrfurcht hinter ihm, wie Sie vielleicht glauben."

Natürlich hatte er mit seiner Vermutung recht. Sie warf ihm einen frostigen Blick zu. „Sind Sie Experte im Gedankenlesen, Mr. Hassan?"

„Sie sind nur leicht durchschaubar. Sie scheinen überzeugt zu sein, wir würden unsere Frauen als persönliches Eigentum betrachten."

„Das sind Ihre Worte, nicht meine."

„Sie drücken sich sehr diplomatisch aus, Joanna. Vermutlich weiß Ihr Vater das auch, sonst hätte er Sie nicht mit einer so delikaten Aufgabe betraut."

Sie entspannte sich ein wenig. Er hatte recht, es war tatsächlich eine waghalsige Sache gewesen, die sie glücklicherweise erfolgreich zum Abschluss gebracht hatte.

„Ja", stimmte sie liebenswürdig zu, während sie die spärlich beleuchteten Straßen vorbeihuschen sah.

„Hat er keinen Sohn?"

„Nein", gab sie ihm zuckersüß Auskunft. „Wahrscheinlich bedauern Sie ihn deswegen …"

„Ganz und gar nicht. Ich stelle mir vor, dass Sie ihm deshalb besonders ans Herz gewachsen sind", unterbrach er sie.

Ein stechender Schmerz durchfuhr Joanna. Der Mann irrte sich, denn die Liebe ihres Vaters galt einzig und allein seiner Firma. „Es ist doch so, Joanna, oder?"

Sie schluckte heftig. „Ja", sagte sie rasch. „Ich bin für ihn so wichtig wie Sie für Prinz Khalil."

„Wie ich …" Unvermittelt drehte er sich zu ihr um.

„Ja, Khalil hält sicher viel von Ihnen, weil er Ihnen diese wichtige

Angelegenheit übertragen hat …“

„Ach so, ja.“ Er lächelte. „Natürlich. Sie fragen sich sicherlich, ob Khalil sich an meine Zusage gebunden fühlt.“

„Nein, daran zweifle ich nicht …“

„Ich versichere Ihnen, er verlässt sich auf mein Urteil.“ Wieder warf er ihr einen Seitenblick zu, und plötzlich wurde seine Miene ganz ernst. „Für das, was heute Nacht geschieht, übernehme ich die volle Verantwortung.“

Joanna zog die Augenbrauen hoch. „Ja, sicher“, stimmte sie höflichkeitshalber zu. Dieser Mann war nicht nur arrogant, sondern darüber hinaus auch noch menschenverachtend. *Für das, was heute Nacht geschieht, übernehme ich die volle Verantwortung!* Das grenzte schon an Lächerlichkeit. Wie konnte er als Minister so eine großspurige Aussage machen?

„Wahrscheinlich ist Khalil noch viel unmöglicher als Hassan“, überlegte Joanna und seufzte. Dann lehnte sie sich bequem zurück. Wohin fuhren sie eigentlich? Längst hatten sie das Stadtgebiet hinter sich gelassen und rasten auf einer schmalen Straße dahin, die im endlosen Nichts der Nacht verschwand.

„Sie sind wieder so schweigsam, Joanna. Wie fühlen Sie sich, nachdem Sie Ihr Ziel erreicht haben?“ Seine Stimme klang gleichgültig, doch Joanna ließ sich nicht täuschen, denn sie hatte den spöttischen Unterton sehr wohl herausgehört.

„Ich bin eher der Meinung, wir beide haben bekommen, was wir uns wünschten“, entgegnete sie höflich.

„Natürlich. Ich habe Ihnen meine Zusammenarbeit in Aussicht gestellt, dafür habe ich …“ Er schaute sie an und lächelte flüchtig. „Dafür habe ich das angebotene Geld entgegengenommen.“ So, wie er die Worte betonte, klangen sie sehr eigenartig, irgendwie so, als hätte sie, Joanna, ihm etwas Verabscheuungswürdiges, Niederträchtiges vorgeschlagen. War sie etwa zu undiplomatisch vorgegangen?

„Allen ist damit gedient“, fuhr er fort. „Man hat Khalil gekauft, Bennettco wird einen kräftigen Gewinn einfahren – und Abu Al Zouad wird immer reicher und fetter. Alles in allem ein Abkommen, mit dem man zufrieden sein kann, oder?“

„Also“, begann Joanna unbehaglich, „ich weiß nicht, was sich zwischen dem Prinzen und dem Sultan abspielt, aber …“

„Allen ist damit gedient“, wiederholte er scharf. „Alle profitieren bei dem Deal, nur mein Volk nicht.“

„Als würde der Prinz dabei an sein Volk denken“, überlegte Joanna ärgerlich, verkniff sich jedoch die bissige Bemerkung, die ihr auf der Zunge lag. „Es ist zu spät, um noch etwas zu ändern, Mr. Hassan“, sagte sie stattdessen nur. „Sie haben mir Ihr Wort gegeben …“

„Wenn Sie an mein Ehrgefühl appellieren, dann verschwenden Sie nur Ihre Zeit“, unterbrach er sie kühl.

Ihre Blicke trafen sich. Plötzlich wünschte Joanna sich meilenweit weg. „Ich wollte doch nur lediglich darauf hinweisen, dass wir vereinbart haben …“

„Was hätten Sie denn getan, wenn ich das Geld zurückgewiesen hätte?“

„Hören Sie zu, Mr. Hassan, falls Sie Bedenken haben, ob Khalil es annimmt …“ Joanna unterbrach sich. Sie musste vorsichtiger taktieren und ihre Verärgerung verbergen. „Ich wollte damit nicht behaupten …“ Sie schüttelte den Kopf. „Ich möchte mir kein Urteil erlauben.“

„Oh, doch, das ist genau das, was Sie und Ihr ehrenwerter Vater die ganze Zeit tun. Mit Abu AI Zouad hat Bennettco großzügig verhandelt, während man Prinz Khalil für käuflich hält und einfach mit Geld abfertigt …“

„Ach ja?“ Sein anmaßender Ton ließ Joanna auffahren. „Machen Sie sich über mich lustig? Vergessen Sie nicht, ich weiß genau, wie viel auf das Schweizer Bankkonto eingezahlt wurde“, wehrte sie sich vehement. „Moment mal, geht es Ihnen nur darum? Versuchen Sie etwa, eine höhere Summe herauszuschlagen?“

„Und wenn es so wäre? Sie würden doch jede Summe bezahlen, nur um Ihr Ziel zu erreichen.“ Er warf ihr einen so verächtlichen

Blick zu, dass sie zurückschreckte. „Das ist nämlich die Basis, auf der Leute wie Sie Geschäfte abwickeln. Sparen Sie sich die Mühe, es abzustreiten."

Joanna verstand die Welt nicht mehr. Er behandelte sie auf einmal so verächtlich, dass es an Beleidigung grenzte. Sie fühlte sich plötzlich unbehaglich und hätte jetzt viel lieber im Oasis-Restaurant gesessen, statt allein mit Hassan nachts in der einsamen Gegend herumzufahren. Die Lust auf ein Glas Champagner war ihr jedenfalls gründlich vergangen.

„Ich habe es mir anders überlegt", erklärte sie, wartete jedoch vergebens auf eine Antwort. Schließlich räusperte sie sich und fragte vorsichtig: „Mr. Hassan?"

„Ich habe es gehört. Sie wollen mit mir nicht mehr irgendwo einkehren."

„Nein, das heißt, so ist es nicht. Nur – es ist schon ziemlich spät." Weshalb suche ich so krampfhaft nach einer Erklärung?, dachte sie. „Wenden Sie bitte, und fahren Sie mich zurück."

„Das geht nicht."

„Warum nicht?", erkundigte Joanna sich erstaunt.

„Langsam ärgert es mich, Sie so sprechen zu hören", stellte er kühl fest. „Lehnen Sie sich zurück und halten endlich den Mund."

„Was?" Sie traute ihren Ohren nicht. Dann schaute sie ihn prüfend an, aber er dachte gar nicht daran, sich zu entschuldigen oder sein Benehmen zu erklären. „Verdammt, Mr. Hassan, das Maß ist voll! Es reicht jetzt!", fuhr sie ihn an.

„Ich mag keine Frauen, die fluchen."

„Und ich verabscheue Männer, die sich wie wild gewordene Stiere gebärden! Ich fordere Sie zum letzten Mal auf, mich nach Casablanca zurückzubringen."

„Soll das eine Drohung sein, Miss Bennett?", fragte er und lachte.

„Mein Vater erwartet mich. Er will natürlich sogleich erfahren, wie der Abend verlaufen ist", sagte sie rasch.

„Es gab bestimmt keinen Zweifel an dem Erfolg Ihrer Mission, oder?“

„O doch. Man muss schließlich immer mit einem Fehlschlag rechnen, wenn …“

„Nachdem er Sie beauftragt hatte, mit Khalil, diesem Banditen, zu verhandeln, konnte gar nichts mehr schief gehen, nicht wahr?“ Er lächelte sie freudlos an. „Er wusste, dass Sie die Sache auf die eine oder andere Weise zu seiner Zufriedenheit abschließen würden.“

Joanna gefiel diese neue Entwicklung gar nicht. „Wenn Sie mir zu verstehen geben wollen, dass mein Vater mir nicht voll und ganz vertraut“, begann sie, doch der Mann neben ihr ließ sie nicht ausreden.

„Ihnen vertrauen? Sie sind genauso wenig Vizepräsidentin von Bennettco wie die Frau, die wir vorhin auf der Straße gesehen haben.“

„Natürlich bin ich es!“

„Wahrscheinlich haben Sie weder eine Sekretärin noch ein Büro in der Firma.“

Sie schluckte krampfhaft. „Nein, noch nicht“, gab sie widerstrebend zu.

„Sie haben also keine Funktion“, stellte er schneidend fest. „Es ist eine Beleidigung, dass Ihr Vater Sie zu diesem Treffen geschickt hat.“

„Sie verstehen es falsch“, versuchte Joanna zu retten, was noch zu retten war. „Ich genieße sein Vertrauen. Ich werde zur Vizepräsidentin ernannt – nun …“

„Ich weiß genau, was Sie sind“, meinte er grimmig.

Joanna schaute ihn verständnislos an. „Was wollen Sie damit sagen?“

„Bennett klammert sich verzweifelt an diese Vertragsabsprache mit Abu AI Zouad, diesem gemeinen Schuft. Ich hätte mir allerdings nie träumen lassen, dass er seine Tochter opfern würde, um das Ziel zu erreichen!“

„Sind Sie verrückt? Ich bin nur deshalb zum Dinner mit Ihnen gekommen, weil mein Vater krank geworden ist."

„Er hat Sie ins Spiel gebracht, um mit allen Mitteln seinen Willen durchzusetzen." Er warf ihr einen so wütenden Blick zu, dass sie ganz blass wurde. „Er hat sich ausgerechnet, Khalil müsste auf die eine oder andere Weise zu kaufen sein, entweder mit Geld oder durch den ganz persönlichen Einsatz seiner Tochter."

„Behaupten Sie, mein Vater hätte mich ...?" Fassungslos drehte sie sich zu ihm um und trommelte mit den Fäusten gegen seine Schulter. „Sie sind ja wahnsinnig! Es würde mir im Traum nicht einfallen, mit Ihnen zu schlafen."

Als er den Wagen unvermittelt an den Straßenrand lenkte und so unvermittelt auf die Bremse trat, dass die Reifen quietschten, schrie sie auf. Dann schaute er sie an, und in seinem Blick lag tiefster Abscheu.

„Wenn Sie mich anfassen", drohte Joanna mit leicht bebender Stimme, „dann gnade Ihnen Gott!"

„Was wollen Sie denn tun? Schreien? Nur zu. Wer wird Sie hier schon hören?"

Oh, meine Güte, er hat ja recht, dachte sie, während sie sich hilflos umsah. „Mein Vater wird ..."

„Im Augenblick jagt ein Skorpion in der Wüste mir viel mehr Angst ein als Ihr Vater."

„Können wir nicht wie zivilisierte Menschen ..."

Er lachte ihr ins Gesicht. „Wie stellen Sie sich das vor? Für Sie bin ich doch der Mitarbeiter eines Barbaren."

„Das habe ich nie unterstellt!"

„Nein, nur gedacht haben Sie es." Er kniff die Lippen zusammen. „Überlegen Sie einmal, Miss Bennett, wer sich hier unzivilisiert benimmt, der Falke des Nordens – oder der Vater, der seine Tochter seinen geschäftlichen Zielen opfert?"

Am liebsten hätte sie ihm eine Ohrfeige versetzt, hielt sich aber zurück. „Mit Ihnen kann man nicht vernünftig reden."

Er schnitt ein Gesicht. „Vielleicht hätte ich einfach abwarten sollen, was geschah. Es ist immerhin möglich, dass Sie von sich aus bereit waren, mit Khalil ins Bett zu gehen – oder haben Sie sogar gedacht, es würde genügen, mit mir, dem Minister, zu schlafen?"

„Lieber würde ich sterben", warf ihm Joanna mit schriller Stimme an den Kopf.

„Stellen Sie sich doch einmal vor, welche erotischen Wonnen ein so unzivilisierter Mann wie ich Ihnen bereiten kann. Dann hätte man in Ihren New Yorker Kreisen wieder einmal einen amüsanten Gesprächsstoff."

„Sie sind widerlich. Mir wird ganz übel vom Zuhören."

Plötzlich beugte er sich vor und presste den Mund auf ihre Lippen. Sie wehrte sich heftig, schlug wie wild um sich und versuchte, den Kopf zur Seite zu drehen. Doch es war sinnlos.

Sekunden später wandte er sich wieder von ihr ab. „Was haben Sie auf einmal?", erkundigte er sich kühl. „Haben Sie es sich anders überlegt? Wollen Sie mir Bennettcos schmieriges Angebot nicht mehr versüßen?"

Joannas Augen sprühten vor Empörung. „Es war ein Fehler, zu glauben, mit Ihnen vernünftig verhandeln zu können! Sie sind genau wie der Prinz, nicht wahr? Sie nehmen sich einfach, was Sie haben wollen."

„Und wenn ich Ihnen nun sage, Miss Bennett, dass Sie sich täuschen?"

„Dann würde ich Sie einen Lügner nennen", fuhr sie ihn ziemlich wütend an.

Zu ihrer Überraschung lachte er laut auf. „Wer von uns beiden lügt denn hier? Erwarten Sie vielleicht, dass ich Ihre bereitwillige Offerte ignoriere?"

„Ich habe Ihnen nichts angeboten", entgegnete sie und schaute ihn trotzig an.

Sekundenlang kreuzten sich ihre Blicke. Dann lächelte er so sanft, dass ihr das Herz bis zum Hals schlug. „Ich nehme grundsätzlich nur das, was man mir freiwillig gibt", sagte er weich, umfasste ihr Gesicht mit beiden Händen und neigte den Kopf. Sogleich verspannte sie sich und hielt den Atem an, denn instinktiv bereitete sie sich auf einen brutalen Kuss vor.

Doch das, was dann wirklich geschah, hatte sie nicht erwartet. Er küsste sie nämlich so zärtlich, als wollte er sie überzeugen, dass sie getrost darauf reagieren könne.

Aber er würde sich vergebens bemühen, denn sie war nicht bereit, seine Liebkosungen zu erwidern, nachdem er sie so in Angst und Schrecken versetzt hatte.

Er streichelte ihre Wangen, dann fuhr er ihr mit den Fingern durchs Haar, während er die Lippen langsam wieder auf ihre presste – und plötzlich spürte Joanna entsetzt, wie sich tief in ihrem Innern etwas zu rühren begann. Sie fühlte eine Erregung in sich aufsteigen, die ihren Puls schneller pochen ließ.

Nein, nur das nicht, wehrte sie sich insgeheim. Aber vergeblich, ihr Körper sprach eine eigene Sprache. Sie öffnete die Lippen und erwiderte seinen Kuss, während sie sich ihm entgegendrängte.

Als er die Zungenspitze über ihre Lippen gleiten ließ, stöhnte sie ganz leise auf, was ihm keineswegs entging. Er flüsterte etwas, das sie nicht verstand. Dann nahm er sie in die Arme und zog sie so fest an sich, dass sie seinen muskulösen Oberkörper an ihren Brüsten spürte. Schließlich teilte er ihr die Lippen mit der Zunge und erforschte ihren Mund. Dabei jagten ihr heiße und kalte Schauer der Erregung über den Rücken. Sie erbebte in seinen Armen, als er eine ihrer Brüste umfasste und die aufgerichtete Spitze zärtlich liebkoste.

Wieso lasse ich das alles geschehen?, fuhr es ihr durch den Kopf. Sie glaubte ihn zu hassen – und trotzdem ließ sie liebevoll die Hände über seine Brust gleiten und spürte das heftige Pochen seines Herzens. Und als er ihren Hals mit vielen kleinen Küssen bedeckte, neigte sie den Kopf nach hinten und stöhnte wieder auf.

Völlig unvermittelt ließ er sie los, sodass sie unsanft in den Sitz zurückfiel. Sie blickte auf und sah ihm in die Augen – und die Zeit schien stillzustehen. Schließlich errötete sie, während Khalil angespannt lächelte.

„Verstehen Sie nun?", meinte er beinahe lässig und startete den Motor. „Ich nehme nur das, was man mir freiwillig gibt – wie ich bereits sagte."

Joanna fühlte sich zutiefst gedemütigt. „Ich habe verstanden", erwiderte sie und versuchte, das Beben in der Stimme zu überspielen. „Weil ich eine Frau bin, hätte ich Ihren mächtigen Khalil nicht beleidigen dürfen."

„Sie begreifen schnell."

„In diesem Fall hatte ich leider eine ziemlich lange Leitung. Fahren Sie mich jetzt bitte zurück nach …"

„Wir fahren nicht nach Casablanca zurück, Joanna." Er wendete zwar den Wagen, schlug aber nicht die Richtung ein, aus der sie gekommen waren. Stattdessen lenkte er das Auto über einen holprigen Feldweg auf ein großes, undefinierbares Gebilde zu, das wie ein Schatten vor ihnen auftauchte. Im Licht der Scheinwerfer erkannte sie, dass es ein kleines zweimotoriges Flugzeug war, wie auch ihr Vater eins besaß. Allerdings verzierte den Rumpf dieser Maschine ein Raubvogel mit gespreizten Flügeln.

Unwillkürlich schrie Joanna auf und griff Khalil ins Lenkrad. Aber geistesgegenwärtig riss er ihr in Sekundenschnelle die Hände weg.

„Lassen Sie das", befahl er. Dann brachte er den Wagen zum Stehen, stellte den Motor ab, zog den Schlüssel heraus und öffnete die Tür. Joanna sah Gestalten in langen Gewändern herbeieilen, die auf die Knie sanken, als Khalil aus dem Fahrzeug stieg.

„Ist die Maschine abflugbereit?", fragte er.

„Ja, seit wir Ihre Nachricht erhalten haben, mein Herr", antwortete einer der Männer, ohne dabei den Kopf zu heben.

Khalil zog Joanna hinter sich her. „Kommen Sie", befahl er.

Doch sie dachte gar nicht daran, ihm zu folgen, sondern begann, laut zu schreien. Völlig unbeeindruckt hob er sie daraufhin kurz entschlossen auf die Arme, beförderte sie in die Maschine und stieg selbst ein. „Lassen Sie uns rasch abfliegen“, befahl er den Männern.

Wieder verneigten sich alle und legten dabei die Hände an die Stirn. Mit dieser Geste bezeugten sie ihm ihre Ergebenheit.

Plötzlich ging Joanna ein Licht auf. „Sie sind gar nicht der Minister, Sie sind Khalil höchstpersönlich!“

Er lachte spöttisch. „Wie ich schon sagte, Joanna, Sie begreifen schnell!“

Sie wirbelte zu den Männern herum. „Wissen Sie, dass er mich gekidnappt hat? Dafür wird er seinen Kopf verlieren. Sie alle werden …“ Als sie das Dröhnen der laufenden Motoren hörte, wandte sie sich wieder an Khalil. „Was wollen Sie damit erreichen?“, fragte sie flehentlich. „Verlangen Sie mehr Geld? Sie brauchen es nur zu sagen …“ Als das Flugzeug sich in Bewegung setzte, geriet sie in Panik. „Hören Sie! Bringen Sie mich auf der Stelle zurück. Nein, das brauchen Sie gar nicht, ich kann selbst fahren. Geben Sie mir die Wagenschlüssel …“

„Wir haben drei Stunden Flug vor uns. Ruhen Sie sich etwas aus“, unterbrach er sie ungerührt.

„Das wird Folgen haben!“

Khalil stemmte die Hände in die Hüften und schaute Joanna kühl an. Ihr sank der Mut, und sie dachte, wie dumm sie doch gewesen war, nicht gleich zu erkennen, wen sie vor sich hatte.

„Die Dinge nehmen nun ihren Lauf“, sagte er.

Joanna musterte ihn sekundenlang. Seine Miene wirkte grausam und unnachgiebig. Dann setzte sie sich hin und schaute wie blind aus dem Fenster, während das Flugzeug über die sandige Piste raste und schließlich in den schwarzen Nachthimmel abhob.

Er hatte recht, es war geschehen. Ihr blieb nur noch die Hoffnung, dass man sie bald befreien würde.

4. KAPITEL

Das ergab alles keinen Sinn. Joanna saß reglos da und versuchte verzweifelt, Antworten auf die vielen Fragen zu finden. Die ganze Sache erschien ihr so rätselhaft wie eine Sphinx.

Warum hatte Khalil sie in dem Glauben gelassen, er sei Hassan? Er hätte sich in dem Augenblick zu erkennen geben können, als er entdeckte, dass es keinen Joe Bennett gab.

Und wohin brachte er sie nun? Sie schaute auf das Leuchtzifferblatt ihrer Uhr. Inzwischen waren sie bereits über eine Stunde unterwegs, und es gab keine Anzeichen dafür, dass sie bald irgendwo landen würden. Ihr schauderte. Nein, dachte sie, das ist ganz gewiss kein kurzer Ausflug. Offenbar entfernten sie sich immer weiter von Casablanca.

Und die nächste Frage, die sich ihr stellte und die sie am liebsten, erschöpft, wie sie war, verdrängt hätte, war, warum er sie überhaupt entführte.

Als das Flugzeug in ein Luftloch absackte, nutzte sie die Gelegenheit und spähte durch den Vorhang, der den winzigen Raum, in dem sie untergebracht war, von dem übrigen Passagierraum trennte. Khalil war kurz nach dem Start ins Cockpit gegangen und hatte sie mit einem Mann in einem langen Gewand allein gelassen, der sich in tiefes Schweigen hüllte. Dann schloss sie die Augen und versuchte, ihre Gedanken zu ordnen.

„Ist Ihnen kalt?“

Erschrocken öffnete sie die Augen wieder – und sogleich verkrampfte sich ihr das Herz, denn vor ihr stand Khalil. Er hatte sich umgezogen und trug nun ein langes weißes Gewand, in dem er unglaublich gut aussah.

„Ist Ihnen kalt, Joanna?“

„Kalt?“, wiederholte sie und gab sich absichtlich verständnislos, denn sie brauchte einige Sekunden, um sich an sein verändertes Aussehen zu gewöhnen.

„Sie zittern ja. Kein Wunder bei diesem freizügigen Kleid." Er bedachte sie mit einem verächtlichen Blick.

Joanna errötete. Am liebsten hätte sie das Oberteil des grünen Seidenkleids hoch- und den Rock heruntergezogen, doch diese Genugtuung gönnte sie ihm nicht. Stattdessen faltete sie ruhig die Hände im Schoß und schaute Khalil in die Augen. „Oscar de la Renta wäre enttäuscht, wenn ihm Ihr Urteil über sein Modellkleid zu Ohren käme, Hoheit. Er hat es allerdings nicht nach dem Geschmack eines hinterwäldlerischen Herrschers entworfen."

Die Beleidigung saß. Khalil kniff die Augen zusammen. „Sie haben sicherlich recht, Joanna. Es dient hauptsächlich dem Zweck, einen Mann zu verführen und ihn alles vergessen zu lassen, sodass er sich nur noch auf den Preis konzentriert, der darin mehr oder weniger verborgen ist." Er verzog den Mund zu einem Lächeln.

„Ich habe mich lediglich für das Dinner im Oasis-Restaurant angezogen. Hätten Sie mich rechtzeitig darüber informiert, dass wir eine Flugreise machen, hätte ich selbstverständlich etwas Passendes mitgenommen", erwiderte sie kühl lächelnd.

„Hätte ich es Ihnen vorher gesagt, dann wären Sie gar nicht erst gekommen."

Damit hatte er den Nagel auf den Kopf getroffen.

„Aber Sie frieren tatsächlich", stellte er fest. „Es ist töricht, hier vor Kälte zitternd herumzusitzen, ohne um eine Decke zu bitten."

„Ahmed!" Khalil schnippte mit den Fingern, und sogleich sprang der Mann auf, der im Gang gegenüber saß. Nachdem Khalil ihm etwas gesagt hatte, das sie nicht verstand, verneigte Ahmed sich und verschwand. „Ahmed holt Ihnen eine Decke, Joanna. Wenn Sie sonst noch etwas brauchen ..."

„Nur meine Freiheit."

„Wenn Sie sonst noch etwas brauchen", wiederholte er ungerührt, „Kaffee oder Tee ..."

„Hören Sie schlecht? Ich habe gesagt ..."

Plötzlich rang sie nach Luft, denn er packte sie so fest an den Schultern, dass der Druck seiner Finger auf ihrer Haut schmerzte und sie die Wärme seines Körpers spürte.

„Nehmen Sie sich in Acht! Ihre verbalen Attacken reichen mir für heute!“

„Lassen Sie mich los!“

„Vielleicht ist Ihnen nicht bewusst, wie ernst Ihre Lage ist, Joanna. Wir fliegen nicht zum Spaß im Kreis herum!“

„Ich glaube, Sie machen einen schrecklichen Fehler, Khalil. Sie haben immer noch Zeit, mit heiler Haut aus der Sache herauszukommen“, sagte sie angespannt und zwang sich, seinem unnachgiebig harten Blick standzuhalten.

Sekundenlang schaute er sie schweigend an, nur das eintönige Dröhnen der Motoren durchdrang die Stille. Schließlich lächelte er. „Wie rücksichtsvoll von Ihnen, Joanna. Ihre Besorgnis um mein Wohlergehen rührt mich. Sie könnten sogar recht haben, vielleicht habe ich etwas falsch gemacht.“

Joanna schöpfte wieder Hoffnung und erklärte deshalb rasch: „Wenn Sie mich jetzt zurückbringen, dann …“

„Womöglich hätte ich mir das, was Sie mir vorhin so gnädig angeboten haben, doch nehmen sollen.“

Joanna sprang auf. „Wie können Sie es wagen, so mit mir zu reden?“

„Hoheit?“

Bevor Khalil sich zu Ahmed umdrehte, der ihm eine Wolldecke reichte, legte er Joanna die Hand auf die Schulter und drückte sie wieder auf den Sitz. „Danke, Ahmed. Sie können gehen.“

Während der Mann hinterm Vorhang verschwand, legte Khalil Joanna die Decke auf den Schoß. „Sie haben ein so hitziges Temperament, dass Ihnen eigentlich warm genug sein müsste. Doch falls das nicht ausreicht, sollten Sie vielleicht diese hier nehmen.“

„Verdammt!“ Joanna schleuderte das kuschelige Plaid auf den Boden. „Was bilden Sie sich eigentlich ein, wer Sie sind?“

Ungerührt hob er die Decke auf und legte sie ihr wieder in den Schoß. „Ich bin der Mann, in dessen Händen Ihr Schicksal liegt. Nun wickeln Sie sich das Ding schon um, sonst helfe ich Ihnen."

Das tat sie dann auch, konnte jedoch der Versuchung nicht widerstehen, ihn mit samtweicher Stimme zu fragen: „Haben Sie etwa Angst, kein Lösegeld zu bekommen, falls ich krank werde und sterbe?"

Er setzte sich neben sie und streifte dabei unabsichtlich ihren Oberschenkel mit seinem. „Warum so dramatisch, Joanna? Sie sind jung und gesund und weit davon entfernt, zu sterben."

„Aber darauf läuft doch alles hinaus, oder nicht?" Sie fürchtete sich davor, die Wahrheit zu erfahren, war allerdings jetzt froh, die Frage ausgesprochen zu haben. „Sie verlangen Lösegeld von meinem Vater, stimmt's?"

„Lösegeld?", wiederholte er stirnrunzelnd.

„Ja." Sie machte eine ungeduldige Handbewegung. „Ich weiß nicht, wie ich es Ihnen erklären soll …"

„Ich spreche genauso gut Englisch wie Sie", unterbrach er sie schneidend. „Ich kenne die Bedeutung des Wortes."

„Nun, dann …"

„Sie halten mich offenbar für sehr korrupt!"

„Für was denn sonst?"

Khalil lehnte sich zurück und verschränkte die Arme vor der Brust. „Und wie viel glauben Sie wert zu sein?"

„Machen Sie sich nicht lustig über mich, Khalil. Das mag ich nämlich nicht."

„Ach ja?" In seinen Augen blitzte es amüsiert auf.

„Richtig. Es ist schlimm genug, dass Sie mich gekidnappt haben …"

„Dieses Wort gefällt mir nicht."

Ungläubig schaute sie ihn an. „Wie möchten Sie es denn umschrieben haben? Klingt es für Ihre Ohren besser, wenn ich sage, dass Sie mich auf eine Rundreise mitgenommen haben?"

„Ich tue nur, was ich tun muss." Seine Miene wurde kühl und abweisend.

Joanna beugte sich vor, wobei ihr die Decke von den Schultern glitt. „Sie hätten mir gleich sagen können, dass Sie mehr Geld verlangen. Mein Vater wäre bestimmt bereit gewesen ..."

„Geld!", unterbrach er sie verächtlich. „Sie und Ihr Vater glauben offenbar, dass man dafür alles erwerben kann. Ich zeige Ihnen, was ich von Ihrem rührenden Versuch halte, mich zu kaufen!" Und dann zog er den Umschlag, den sie ihm gegeben hatte, aus dem Gewand und zerriss ihn in viele kleine Fetzen. Zum ersten Mal seit ihrer Entführung kam Joanna der Gedanke, dass er möglicherweise aus ganz anderen, ihr bisher unbekannten Gründen handelte.

„Ich verstehe. Sie wollen meinen Vater verletzen."

Khalil presste die Lippen zusammen. „Wenn Sie es sagen! Sie wissen ja so gut über mich und meine Beweggründe Bescheid."

„Sie werden Ihr Ziel nicht erreichen", erklärte sie. „Er wird sich lediglich ärgern und ..."

„Das kümmert mich nicht im Geringsten." Er legte ihr wieder die Hände auf die Schultern. „Soll er sich doch ärgern oder verletzt sein, sich die Kleider vom Leib reißen oder sich die Augen ausweinen, es ist mir völlig egal!"

„Wenn Sie weder das eine noch das andere wollen, was bezwecken Sie dann?"

„Ach, Joanna", antwortete er sanft und lächelte flüchtig. „Ich bin sehr enttäuscht von Ihnen. Sie müssten die Antwort doch kennen, da Sie so allwissend sind."

Sekundenlang blickte sie ihm in die unergründlich tiefblauen Augen. Und dann erbebte sie insgeheim. Verzweifelt versuchte sie, ihm ihre Schwäche nicht zu zeigen.

„Mein Vater wird es jedenfalls nicht so ohne Weiteres hinnehmen", sagte sie ziemlich laut, und ihre Stimme klang angespannt.

„Er hat keine andere Wahl."

„Sie unterschätzen ihn. Er ist so einflussreich, dass er bald herausfindet, wo Sie mich verstecken und ..."

„Ich werde kein Geheimnis aus Ihrem Aufenthaltsort machen, Joanna."

„Er wird mich herausholen und Sie anschließend umbringen lassen!"

Khalil lachte so weich, dass es ihr heiß und kalt über den Rücken lief. „So leicht bringt man mich nicht um, wie Abu AI Zouad bestätigen wird."

„Und die Regierung meines Landes? Glauben Sie, die auch zum Narren halten zu können?"

„Was hat die mit Ihnen zu tun?" Er zog fragend die Augenbrauen hoch.

„Ich bin Bürgerin der USA. Frauen bei Ihnen mögen ja rechtlos sein, man kauft und verkauft sie nach Belieben. In meinem Land jedoch ..."

„Darüber weiß ich bestens Bescheid. Deshalb kann ich Ihnen versichern, Ihre Regierung wird sich hier nicht einmischen, wenn eine eigensinnige junge Frau wegläuft, um mit irgendeinem Mann ein romantisches Abenteuer zu erleben."

„So wollen Sie das drehen!" Sie lachte auf. „Das wird Ihnen niemand abnehmen. Außerdem kennt mein Vater die Wahrheit."

„Er wird nur das weitergeben, was ich ihm ausdrücklich erlaube", entgegnete Khalil kühl.

„Sie machen sich lächerlich. Warum sollte er lügen?"

„Weil diese Angelegenheit nur Ihren Vater, Abu AI Zouad und mich etwas angeht."

„Das glaube ich Ihnen nicht. Mein Vater lässt sich von Ihnen nichts vorschreiben. Hätten Sie sich längere Zeit im Westen aufgehalten, Khalil, wüssten Sie, wie man dort mit Leuten wie Ihnen umgeht."

„Ich bin beeindruckt", stellte er fest und lächelte dabei so herablassend und nachsichtig, als wäre sie ein kleines Kind, das ein Lob verdient hatte. „Jede andere Frau in Ihrer Situation würde sich aufs

Bitten verlegen."

Joanna hob energisch das Kinn. „Mag sein, aber das ist nicht mein Stil." Sie war entschlossen, ihn ihre Ängste nicht spüren zu lassen. „Wenn Sie mich nur entführt haben, damit ich vor Ihnen krieche und um Gnade winsle, haben Sie Pech gehabt."

„Ich enttäusche Sie nur ungern, Joanna, doch ich habe gewichtigere Gründe. Ich habe Sie mitgenommen, weil ich Sie benutzen kann."

„Ich verstehe nicht …" Sie hielt die Luft an, denn seine Miene wurde plötzlich finster, und er ließ den Blick aufreizend langsam von ihrem Gesicht bis zu ihren Brüsten gleiten.

„Nein?", erkundigte er sich mit weicher Stimme.

„Khalil", begann sie und schluckte krampfhaft, obwohl die Anstrengung ihr beinah körperlichen Schmerz bereitete. „Hören Sie zu. Sie können doch nicht …"

„Soll ich Sie auf dem Sklavenmarkt verkaufen?" Er umfasste ihr Gesicht und zog sie näher zu sich heran. „Im Norden des Landes würde ich einen wahrhaft königlichen Preis für Sie erzielen, denn dort sind Frauen mit so jadegrünen Augen und kastanienbraunem Haar, das aussieht wie ein loderndes Winterfeuer im Kamin, äußerst selten."

O nein, dachte Joanna entsetzt. „Das würden Sie nicht tun …"

„Ganz bestimmt nicht, es wäre ausgesprochen dumm." Sein Lächeln wirkte erschreckend intim.

„Es war dumm genug, mich überhaupt zu entführen!", sagte sie. „Sie wissen ganz genau, dass Sie damit nicht durchkommen."

„Ich versuche gerade, mir vorzustellen, wie es wäre, mit Ihnen zu schlafen."

Joanna errötete zutiefst. „Lieber würde ich sterben", fuhr sie ihn zornig an.

Er lachte weich. „Das glaube ich Ihnen nicht, Joanna. Ich vermute sogar, Sie wären damit einverstanden."

„Niemals in Millionen Jahren!"

„Wie würde sich Ihre Haut an meiner anfühlen?", fragte er sanft, während er die Finger durch ihr Haar gleiten ließ. „Sind Sie so heiß wie glühendes Feuer oder so kühl wie silbriges Mondlicht, das auf den Wüstensand fällt?"

Und wieder regte sich tief in ihrem Innern dieses ihr bisher unbekannte undefinierbare Gefühl. „Ich garantiere Ihnen, das werden Sie nie erfahren!", wehrte sie rasch ab.

In Khalils Augen blitzte es auf. Er senkte den Kopf und presste den Mund auf ihren, und plötzlich schien ein Funke überzuspringen. „Ihre Worte klingen zwar kühl, Ihre Lippen sind jedoch unglaublich warm", flüsterte er rau. Und als er ihr die Hände um die Taille legte, stockte Joanna der Atem. „Sie sind wie Feuer und Eis, Joanna. Ich verspreche Ihnen, ich werde das Eis zum Schmelzen bringen." Dann bedeckte er ihren Hals mit vielen zärtlichen Küssen. „Das Feuer, das in Ihnen brennt, werde ich für mich ganz allein auflodern lassen", flüsterte er.

Am liebsten hätte sie ihm an den Kopf geworfen, dass er von ihr aus im Fegefeuer verbrennen könne – doch er umarmte sie, zog sie dicht an sich und verschloss ihr die Lippen mit seinen. Er küsste sie so stürmisch und leidenschaftlich, dass ihr mit einem Mal bewusst wurde, dass er für sie entflammt war.

Meine Güte, weshalb lasse ich ihn überhaupt gewähren?, überlegte sie. Dieser Mann war ihr Feind, er hatte sie entführt!

Er spürte ihre plötzliche Anspannung und ergriff ihre Hände. „Wehren Sie sich nicht", bat er leise.

Sie versuchte, den Kopf zur Seite zu drehen. Trotzdem küsste er sie immer wieder, bis sie schließlich den Widerstand aufgab, kaum hörbar aufstöhnte.

„Ja", sagte er triumphierend mit gedämpfter Stimme.

Joanna fuhr ihm mit den Händen durchs dunkle Haar, drängte sich dichter an ihn und gab sich ganz den erregenden Gefühlen hin, die seine Zärtlichkeiten in ihr auslösten.

Khalil flüsterte etwas an ihrem Mund, das sie nicht verstand.

Dann zog er sie auf seinen Schoß und presste sie so fest an sich, dass sie seine Erregung spürte. Mit den Händen liebkoste er erst ihre Hüften und dann ihre Brüste. Joanna beugte den Kopf nach hinten. Sie begehrte Khalil, mit ihrem ganzen Körper und mit allen Sinnen. Und als er den Ansatz ihrer Brüste küsste, schrie sie verhalten auf.

In dem Augenblick löste Khalil sich wieder von ihr. Sekundenlang trafen sich ihre Blicke. Schließlich stieß er sie unvermittelt auf den Sitz zurück und stand geschmeidig auf. „Sehen Sie?" Seine Augen leuchteten wie funkelnde Saphire in seinem angespannten Gesicht, und seine Stimme klang kühl und beherrscht. „Ich hätte Sie nehmen können, wenn ich gewollt hätte. Aber ich will Sie nicht, weil Sie mit dem Einsatz Ihres Körpers geschäftliche Ziele erreichen wollen."

Wütend sprang sie auf. Sie wollte ihn ohrfeigen, doch Khalil kam ihr zuvor und hielt sie am Handgelenk fest.

„Ich warne Sie", sagte er schneidend, „Sie und Ihr Vater haben mir bereits zu viele Beleidigungen zugefügt!"

„Was immer Sie vorhaben, Khalil, es wird Ihnen noch leid tun."

Lange schaute er ihr in die Augen, während er nach wie vor ihre Hand festhielt. Endlich lachte er weich auf. „Es ist sehr gefährlich, mir zu drohen, Joanna, wie Sie inzwischen erkannt haben sollten." Dabei ließ er den Blick so herausfordernd auf ihrem Mund ruhen, dass sie befürchtete, er würde sie gleich wieder küssen.

Plötzlich rief ihm jemand hinter dem Vorhang etwas zu. „Wir sind da", erklärte Khalil ihr daraufhin und gab sie so unvermittelt frei, dass sie auf den Sitz zurückfiel.

Sie schaute zum Fenster hinaus. Über der Auseinandersetzung hatte sie die Landung verpasst. Sie drückte die Nase ans Fenster. Obwohl es immer noch Nacht war, war es um das Flugzeug herum taghell. Auf dem flachen Plateau hatte sich eine unüberschaubare Schar von Reitern versammelt, die brennende Fackeln in den Händen hielten und Khalil freudig begrüßten. Seufzend lehnte Joanna sich zurück.

Ja, wir sind da, ging es ihr durch den Kopf. Wir sind mitten im dreizehnten Jahrhundert angekommen.

5. KAPITEL

Erst als sie die Reiter sah, wurde es Joanna so richtig bewusst, was tatsächlich mit ihr geschah. Bis dahin hatte sie immer noch gehofft, alles sei nur eine Art Komödie, die damit enden würde, dass man sie schließlich nach Casablanca zurückbringen würde.

Khalil hatte sie aus der ihr vertrauten Welt entführt. Ihr Schicksal lag nun in seiner Hand – in der Hand eines Mannes, für den Gesetze nicht galten.

„Joanna."

Sie blickte auf. Khalil stand an der offenen Tür des Flugzeugs, und seine Miene wirkte undurchdringlich und hart wie Stein.

„Kommen Sie", befahl er.

So redet man mit Sklaven oder mit einem Hund, dachte sie und biss die Zähne zusammen. Dann atmete sie tief ein. Nie wieder würde sie ihm zeigen, dass sie Angst hatte.

„Joanna!" Er stand breitbeinig da, die Hände in die Hüften gestemmt und wirkte so stolz und wild wie der Raubvogel, dem er seinen Beinamen verdankte. „Oder soll ich Sie holen?"

Mit hoch erhobenem Kopf stand sie auf und ging langsam auf ihn zu. Dabei sah sie, wie er die Augen zusammenkniff, während er sie von oben bis unten musterte. Wahrscheinlich missfällt ihm wieder meine Aufmachung, ging es ihr durch den Kopf.

„Ihre Kleidung ist unpassend", stellte er tatsächlich fest.

Wie leicht durchschaubar er doch ist, dachte sie und lächelte frostig. „Oh", antwortete sie und betrachtete ihn abschätzend. „Und was ist mit Ihnen? Männer tragen schon lange keine Gewänder mehr."

Zu ihrer Überraschung lachte er laut auf. „Sagen Sie das einmal meinen Leuten!" Mit einer geschickten Bewegung zog er sich das Gewand aus, unter dem er eine weiße tunikaähnliche Jacke, eine hellgraue, eng anliegende Hose und hohe Lederstiefel trug. „Hier in den Bergen können Sie nicht so herumlaufen", meinte er und warf ihr ohne weitere Umstände das Kleidungsstück über. „Wir haben ein wüstenähnliches Klima. Tagsüber ist es warm oder sogar heiß, doch sobald die Sonne untergegangen ist, wird es sehr kalt."

Sie wollte sich wehren, sah dann jedoch ein, dass er recht hatte, denn durch die offene Tür drang empfindliche Kälte. Deshalb bedankte sie sich höflich und fügte hinzu: „Ich bin gerührt, wie sehr Sie sich um mein Wohlergehen sorgen. Ich werde es nicht unerwähnt lassen, damit mein Vater weiß, dass mein Entführer ein freundlicher ... He! Was soll das? Setzen Sie mich ab, verdammt! Sie brauchen mich nicht zu tragen!"

„In diesen Schuhen wollen Sie laufen?", erkundigte er sich. „In China war es üblich, dass Männer sich die Frauen unterwarfen, indem sie sie nötigten, ihre Füße in zu kleine und zu enge Schuhe zu zwängen, damit sie nicht weit laufen konnten, Joanna. Bei uns erwartet man, dass Frauen genauso kräftig ausschreiten wie Männer." Er lachte amüsiert. „Wie wollen Sie denn morgen die Ziegen und Hühner hüten, wenn Sie sich den Fuß verstauchen?"

Meint er das ernst?, überlegte sie. „Morgen bin ich nicht mehr hier", erwiderte sie kurz angebunden.

„Sie sind es so lange, wie es mir passt", erklärte er, während er sie aus dem Flugzeug trug.

Seine Männer begrüßten ihn lautstark und begeistert. Sekundenlang blieb er stehen und bedankte sich freundlich. Als einer der Männer mit Blick auf Joanna etwas sagte, begannen alle zu lachen. Auch Khalil stimmte ein, bevor er antwortete. Joanna erriet unschwer, dass es dabei um sie ging.

„Sie verdammter Kerl!", zischte sie ihn an. „Was reden Sie da über mich?"

„Hammad erkundigte sich, was für ein unförmiges Paket ich mit nach Hause gebracht habe", ließ Khalil sie wissen und konnte sich das Grinsen nicht verkneifen. „Ich habe ihn an das Sprichwort erinnert, dass man ein Pferd nicht nach dem Sattel beurteilen darf."

Joanna errötete. „In meiner Heimat sagt man, dass man ein Buch nicht nach dem Einband beurteilen soll. Allerdings bin ich, wie Sie wissen, weder das eine noch das andere", wies sie ihn frostig zurecht.

„Richtig", erwiderte er, und seine Miene wurde wieder abweisend. „Sie sind jedoch der Garant dafür, dass ich von Sam Bennett das bekomme, was ich haben will."

So war das also. Trotz aller gegenteiligen Beteuerungen war er doch auf Lösegeld aus.

Einer seiner Männer kam auf ihn zu und führte einen schwarzen Hengst, der den Kopf unruhig hin und her warf und leise wieherte, am Zügel. Wie selbstverständlich hob Khalil Joanna auf den Rücken des Pferdes und stieg dann selbst auf. Und als er von hinten die Arme um sie legte, verspannte sie sich plötzlich wieder. „Noch eine Schmach", flüsterte er ihr ins Ohr, während er die Zügel in die Hand nahm. „Es dauert nicht lange, Joanna. Bald sind wir am Ziel und können uns bis morgen aus dem Weg gehen."

Dann sprach er beruhigend auf das Pferd ein, das sogleich die Ohren aufstellte und sich dann mit feinen, gemessenen Schritten in Bewegung setzte. Nachdem Khalil ihm noch einen Befehl erteilt hatte, galoppierte der Hengst los und schoss blitzschnell wie ein Pfeil über das Plateau. Dabei hielt Khalil Joanna fest umschlungen. Sie hatte keine andere Wahl, als sich an seinen kräftigen Körper zu lehnen, während sie in die Nacht hineinritten.

Hoffentlich handelt mein Vater rasch, überlegte Joanna. Sie zweifelte nicht daran, dass er alle Hebel in Bewegung setzen würde, um sie hier herauszuholen.

Sie hatte die Begrüßung mit den brennenden Fackeln für eine Art Zeremonie gehalten. Es war schön und auch beeindruckend gewesen, wie sie insgeheim widerstrebend zugeben musste. Allerdings konnte sie sich nicht vorstellen, dass ein Mann, der sogar ein Privatflugzeug besaß, auf dem Rücken eines Pferdes durch sein Land reiste.

Doch nachdem sie nun bereits länger als eine Stunde unterwegs waren, änderte sie ihre Meinung. Ein Ritt durch eine so unwirtliche

Gegend hatte nichts Zeremonielles mehr an sich. Von dem ständigen Auf und Ab im Sattel tat ihr alles weh, sodass sie gar nicht mehr wusste, wie sie sitzen sollte.

Immer weiter ritten sie ins Gebirge hinein. Der Mond hüllte die Landschaft in ein bleiches elfenbeinfarbenes Licht, und die Kronen der Föhren und Pinien an den Hängen schimmerten silbrig.

Joanna überlegte, wie lange sie wohl noch unterwegs sein würden. Sie konnte sich kaum vorstellen, dass ihr Vater eine Chance hatte, sie in dieser Abgeschiedenheit zu finden, und beschloss, vorerst nicht darüber nachzudenken.

Sie war müde und erschöpft. Die gleichmäßigen Bewegungen des Pferds und die leise klingenden Glöckchen an seinen Zügeln wirkten geradezu hypnotisierend und einschläfernd. Sie gähnte und versuchte krampfhaft, die Augen offenzuhalten. Doch plötzlich sank ihr der Kopf nach hinten, und sie spürte etwas Festes, Warmes an ihrer Wange, was sie erschrocken auffahren ließ.

„Joanna, sind Sie müde?“ Khalil berührte leicht ihre Wange. „Lehnen Sie den Kopf an meine Schulter, und schlafen Sie ein wenig.“

„Ich bin aber nicht müde.“

Er lachte auf. „Tun Sie einfach, was ich sage, und schließen Sie die Augen.“

„Bitte, sparen Sie sich die Mühe, sich meinetwegen besorgt zu zeigen, das nehme ich Ihnen sowieso nicht ab.“

Khalil seufzte. „Wie Sie wollen, Joanna.“

Nun versuchte sie beharrlich, sich wach zu halten, und redete sich immer wieder gut zu, um nicht einzuschlafen. Sie lenkte sich ab, indem sie dem Säuseln des Winds in den Bäumen und dem Klappern der Hufe lauschte und den Duft der Pinien tief einatmete.

„Verdammt, Sie sind so dickköpfig wie die wilden Pferde von Chamoulya! Seien Sie doch nicht so albern, und ruhen Sie sich etwas aus.“

„Mir fehlt nichts, und ich brauche nichts, am allerwenigsten Ihren Rat und Ihre Hilfe.“

„Gut, ich werde daran denken." Und dann zog er sie doch an seine Schulter. „Jetzt halten Sie erst einmal den Mund, und hören Sie auf zu zappeln. Sie machen Najib ganz nervös."

„Najib?"

„Den Hengst. Bei dem steilen Anstieg, den wir noch vor uns haben, darf er unter keinen Umständen unruhig werden."

„Wahrscheinlich hat er recht", dachte sie. Man sollte das Pferd auf so einem schmalen Pfad nicht unnötig aufregen. Obwohl ihr die Lider zufielen, wehrte sie sich immer noch gegen den Schlaf, denn sie wollte unbedingt nachdenken – am besten über die kühle Nachtluft und Khalils warme Arme, mit denen er sie umfing, und darüber, wie weich sich sein Gewand an ihrer Haut anfühlte und wie hart seine Oberschenkel an ihren Hüften.

Plötzlich jagten ihr heiße und kalte Schauer über den Rücken. Entsetzt machte sie die Augen auf und bewegte sich so ungeschickt, dass sie beinah das Gleichgewicht verloren hätte und sich am Sattelknopf festhalten musste. Sogleich schnaubte Najib wütend und warf den Kopf wild hin und her, während Khalil sie wieder an sich zog.

„Verdammt!", stieß er angespannt hervor. „Ich habe Sie doch gewarnt, das Pferd nervös zu machen!"

„Ja, ich weiß", erwiderte sie bissig. „Ehrlich gesagt, es ist mir ziemlich egal, ob der Hengst unruhig wird oder ..." Doch plötzlich schrie sie leise auf vor Schreck. Denn der Pfad, den sie jetzt entlangritten, war nicht viel breiter als eine Hand, und direkt neben ihnen ging es steil in die Tiefe.

„Genau, das meine ich", sagte Khalil verärgert.

Rasch blickte Joanna zur anderen Seite, um nicht mehr in den Abgrund sehen zu müssen.

„Najib ist sehr trittsicher, Joanna. Aber es ist trotzdem besser, ihn nicht abzulenken."

„Das ... geht in Ordnung. Erklären Sie ihm bitte, dass er mich einfach ignorieren soll, bitte", antwortete sie unbehaglich.

„Ja, okay. Aber warum schließen Sie nicht die Augen und schlafen wieder ein wenig?", fragte er und lachte weich.

„Ich habe nicht geschlafen", entgegnete sie. „Wie könnte ich auch, auf dem Rücken dieses Pferdes?"

Darauf erwiderte er nichts. Sie ritten schweigend weiter, während der Mond langsam unterging.

„Dort hinten", sagte Khalil schließlich und wies mit der Hand in die Ferne. „Dort liegt Bab al Sama – das Tor zum Himmel, mein Zuhause."

Joanna schaute in die angegebene Richtung. Weit hinten am Horizont erkannte sie kleine dunkle Punkte. Was mochte das sein?

„Das sind Zelte", beantwortete Khalil ihre unausgesprochene Frage, so als könnte er ihre Gedanken lesen. „Einige meiner Leute halten noch an alten Traditionen fest."

Erst beim Näherkommen erkannte Joanna, wie groß diese Zelte waren. Und dann hielt sie den Atem an, denn dahinter meinte sie eine befestigte Stadt zu erkennen, die im Mondlicht sehr alt und friedlich aussah. Und als sie diese schließlich erreichten, tat sich vor ihnen ein Stadttor auf, durch das sie ritten, um wenig später in einem Hof haltzumachen. Alle – auch Khalil – stiegen von den Pferden.

„Kommen Sie", forderte er sie auf und streckte die Arme nach ihr aus.

Sie hob das Kinn und wandte sich von Khalil ab, denn sein Ton missfiel ihr, und schwang sich kurz entschlossen aus dem Sattel.

„Joanna!", rief Khalil so zornig, dass sie sekundenlang innehielt, um danach direkt in seine Arme zu gleiten, obwohl sie genau das hatte vermeiden wollen. „Sie kleine Närrin! Haben Sie nicht gelernt, wie man auf ein Pferd steigt?"

„Ich bin nicht auf, sondern von einem Pferd gestiegen!" Sie legte ihm die Hände auf die Schultern. „Lassen Sie mich runter!", forderte sie ihn auf.

„Pferde sind oft unberechenbar, Joanna." Er schaute ihr in die Augen. „Man trainiert sie darauf, dass der Reiter von links aufsteigt. Wenn dann jemand von rechts kommt, kann es Probleme geben."

„Beim nächsten Mal werde ich mich daran erinnern“, versprach sie sarkastisch. „Und nun lassen Sie mich bitte los!“

„Mit Vergnügen!“ Er stellte sie so unsanft auf die Füße, dass sie nach Luft ringen musste. „Gute Nacht, Joanna. Ruhen Sie sich gut aus, denn Sie haben einen langen Tag vor sich.“ Er drehte sich auf dem Absatz um und wollte verschwinden. Ungläubig schaute sie hinter ihm her.

„Gute Nacht?“, rief sie ihm nach. „Was soll das heißen? Wo soll ich denn schlafen, Khalil? Hier draußen bei den Pferden?“

Er wirbelte herum. Ganz kurz sah sie in seinem gebräunten Gesicht die weißen Zähne aufblitzen. „Ich liebe die Tiere viel zu sehr, um ihnen eine ganze Nacht lang Ihre Gesellschaft zuzumuten.“

„Mademoiselle?“

Joanna drehte sich überrascht um. Eine junge Frau mit langem, dunklem Haar stand plötzlich hinter ihr. „Ich bin Rachelle, Mademoiselle, und soll mich um Sie kümmern.“

Joanna blickte das junge Mädchen sekundenlang an und brachte schließlich ein Lächeln zustande. „Nett von Ihnen. Warmes Wasser, einen heißen Tee und ein weiches bequemes Bett könnte ich jetzt gut brauchen.“

„Gern, Mademoiselle. Wollen Sie mir bitte folgen?“

Joanna straffte die Schultern, während sie Rachelle in das Gebäude aus Stein folgte. Sie glaubte natürlich nicht ernsthaft daran, dass man ihr die Wünsche erfüllen würde.

„Ihnen muss man einen guten Schlaf wünschen, Hoheit, denn ab morgen werden Sie sich in den allergrößten Schwierigkeiten befinden!“, murmelte sie vor sich hin.

„Sagten Sie etwas, Mademoiselle?“

Joanna räusperte sich rasch. „Ich erwähnte nur, dass ich gern ein Sandwich zum Tee essen würde. Gibt es so etwas?“

Rachelle blieb kurz stehen und drehte sich zu ihr um. „Aber sicher. Mein Herr hat mir aufgetragen, dass ich all Ihre Wünsche erfüllen soll, Mademoiselle. Sie brauchen sie nur zu äußern.“

„Oh, wie wäre es dann mit einer Landkarte und einem Ticket, um von hier wegzukommen?", erkundigte Joanna sich und lächelte strahlend.

Die junge Frau war verunsichert. „Ich verstehe nicht …"

„Sagen Sie mir einfach, wo die nächste Hauptstraße ist und wie ich sie finde."

„Sie scherzen", meinte das Mädchen zaghaft.

Joanna seufzte. „Ich meine es absolut ernst. Ich will nur eines, nämlich fort von hier."

Rachelle senkte verwirrt den Kopf. „Dies ist Ihr Zimmer", erklärte sie und öffnete die Tür, vor der sie gerade angekommen waren.

Joanna ging hinein. Der Raum war nur spärlich erleuchtet, und ihr Blick fiel sogleich auf das riesige Bett. Plötzlich stellte sie sich vor, in Khalils Armen zu liegen, wie er sie küsste und ihre Brüste zärtlich streichelte …

„Schluss damit!", befahl sie sich laut.

Rachelle blickte sie verständnislos an. „Wie bitte?"

Joanna atmete tief ein und aus. Habe ich plötzlich Halluzinationen?, fragte sie sich. Wahrscheinlich war sie übermüdet und musste erst einmal schlafen.

„Ich … ich verzichte auf den Tee und alles andere, Rachelle." Erschöpft ließ Joanna sich aufs Bett sinken. „Knipsen Sie das Licht aus, und hängen Sie das Schild ‚Bitte nicht stören' draußen an die Tür."

„Es tut mir leid, aber ich weiß nicht …"

Joanna seufzte. „Ich möchte nur noch schlafen. Es ist sehr spät, und ich fühle mich wie zerschlagen."

„Wie Sie wünschen, Mademoiselle."

Ich muss mich unbedingt erholen, ging es Joanna durch den Kopf, während das Mädchen nahezu geräuschlos im Zimmer herumlief. Wenn ich morgen früh aufwache, ist vielleicht mein Vater schon angekommen, um mich nach Hause zu holen und den allmächtigen Khalil seiner gerechten Strafe zuzuführen.

Und darauf freute sie sich jetzt schon.

6. KAPITEL

Nachts träumte Joanna von ihrem Vater, wie er mit einem rundlichen kleinen Mann im Spotlight eines Scheinwerfers saß. Joanna befand sich im nicht beleuchteten Teil des Raums, von dem aus sie die beiden beobachtete, die in ein Brettspiel vertieft waren. Plötzlich wurde das tiefe Schweigen durch Klappern von Pferdehufen unterbrochen. Blitzartig erkannte sie, dass der Mann auf dem kräftigen ebenholzschwarzen Hengst sie überwältigen wollte.

„Dad“, schrie sie auf und versuchte wegzulaufen, doch die Beine versagten ihr den Dienst. „Dad“, rief sie noch einmal, während der Reiter sie hochriss und unsanft in den Sattel beförderte.

Ihr Vater hörte sie jedoch nicht. Er konzentrierte sich nur darauf, die Figuren auf dem Brett weiterzuschieben.

„Guten Morgen, Mademoiselle.“

Joanna war sogleich hellwach, und das Herz klopfte ihr zum Zerspringen. Verschwommen nahm sie die Gestalt wahr, die vor dem Fenster stand.

„Khalil?“, fragte sie unsicher.

„Nein, ich bin es, Rachelle, Mademoiselle.“ Nun schob die junge Frau die Vorhänge zur Seite, und Joanna blinzelte in das goldene Sonnenlicht, das sich im Raum ausbreitete.

„Rachelle.“ Joanna atmete erleichtert auf. „Ich … ich habe geträumt …“ Sie richtete sich auf, zog die Knie bis unters Kinn und strich sich die Haare aus dem Gesicht. „Wie viel Uhr ist es?“

„Gleich elf Uhr, Mademoiselle. Ich habe Ihnen Kaffee und Früchte gebracht“, sagte das Mädchen freundlich und stellte ein kleines Intarsientablett auf den niedrigen Tisch neben dem Bett.

„Elf Uhr schon? Habe ich so lange geschlafen?“

„Mein Herr wünschte, dass Sie sich ausruhen. Er sagte, ich brauchte Sie erst dann zu wecken, wenn er Sie sehen will.“

„Dieser arrogante Kerl.“ Joanna wurde schon wieder wütend.

„Bitte, Mademoiselle. So etwas dürfen Sie nicht behaupten!“, wehrte Rachelle entsetzt ab.

Joanna seufzte resigniert. Warum ließ sie ihren Ärger und die ganze Enttäuschung an einer Angestellten aus? Die junge Frau hatte ja keine andere Wahl, als Khalils Befehle auszuführen.

„Es tut mir leid. Ich bin wohl heute Morgen nicht so ganz auf der Höhe“, entschuldigte Joanna sich und lächelte verkrampft.

„Ein Bad wird Ihnen sicher gut tun. Ich habe bereits das Wasser einlaufen lassen und Öl hineingegeben. Kann ich sonst noch etwas für Sie tun?“, erkundigte Rachelle sich verständnisvoll.

„Nein, danke. Im Moment fällt mir nichts ein.“

„Wenn Sie mit dem Baden fertig sind, bringe ich Ihnen noch etwas Joghurt, Mademoiselle. Oder möchten Sie lieber Eier?“

„Diese formelle Anrede gefällt mir nicht. Nennen Sie mich doch einfach Joanna.“

Rachelle errötete. „Oh, das ist eine Ehre.“

„Du liebe Zeit, Sie brauchen sich deshalb nicht geehrt zu fühlen! Wir leben nicht mehr im Mittelalter, sondern im zwanzigsten Jahrhundert.“

„Ja, Joanna“, stimmte Rachelle liebenswürdig zu. „Läuten Sie bitte, wenn Sie mich brauchen.“ Und dann ging sie zur Tür.

Doch plötzlich vergaß Joanna alle guten Vorsätze. Sie musste zumindest versuchen, der jungen Frau ihre Situation zu erklären. „Rachelle!“ Joanna schwang die Beine aus dem Bett. „Warten Sie. Prinz Khalil hält mich gegen meinen Willen hier fest. Er hat mich entführt …“

Rachelle drehte sich kurz um und blickte Joanna abweisend an. „Ich komme bald wieder“, erwiderte sie nur, öffnete die Tür und verschwand.

Sekundenlang blieb Joanna auf der Bettkante sitzen und machte ihrem Herzen Luft, indem sie leise vor sich hin fluchte.

Schließlich sah sie sich in dem Zimmer um. „Es ist ja ganz nett“, gab sie insgeheim widerstrebend zu. Der Fliesenboden, die Intarsienmöbel und die weiß getünchten Wände, die mit wunderschönen alten Perserteppichen geschmückt waren, schufen eine freundliche, behagliche Atmosphäre. Trotzdem empfand Joanna es als eine Art Gefängnis.

Sie stand auf, schob mit den bloßen Füßen die Schuhe zur Seite, wobei sie sich zu allem Überfluss den großen Zeh wehtat, schlenderte ins angrenzende Badezimmer und war angenehm überrascht. Es war einschließlich der Wände gekachelt, und in einer Ecke hatte man sogar eine Duschkabine installiert. Das heiße Wasser der in den Boden eingelassenen Badewanne dampfte noch, und schwerer Rosenölduft erfüllte die Luft.

Seine Hoheit schätzt wohl die feine Lebensart, fuhr es Joanna durch den Kopf, während sie die feine Seidenunterwäsche auszog und aufs Schränkchen neben ihr legte. Dann warf sie einen Blick in die Badewanne und entschloss sich, doch lieber zu duschen.

Die ganze Situation kam ihr unwirklich vor, wie eine einzige Verrücktheit. Ja, das trifft den Nagel auf den Kopf, überlegte sie, während sie sich das wohlig warme Wasser über den Körper strömen ließ. Nachdem sie geduscht und sich abgetrocknet hatte, griff sie nach ihrer Unterwäsche. Plötzlich hielt sie in der Bewegung inne, denn sie hatte in den Seidendessous geschlafen, statt Rachelle um einen Pyjama oder ein Nachthemd zu bitten. Deshalb war das kostbare Hemdchen so zerknittert, dass sie nun keine große Lust hatte, es überzuziehen. Genauso wenig behagte es ihr, das grüne Seidenkleid zu tragen, das auf dem Stuhl im Schlafzimmer lag. Aber schließlich hatte sie keine andere Wahl.

Während sie sich ein Handtuch um den Körper wickelte und ins Zimmer zurückging, beschloss sie, auf das Unterhemd zu verzichten, der Slip aus Seide musste genügen …

Unvermittelt stieß sie einen Schrei aus – Khalil stand am Fenster, mit dem Rücken zu ihr. „Was soll das?“, fuhr sie ihn ungehalten an.

Langsam drehte Khalil sich um und schaute sie an. Rachelle hatte ihm berichtet, der Frau ein Bad bereitet zu haben, und irgendwie hatte er angenommen, Joanna würde danach unschuldig, strahlend und wunderschön aussehen, deshalb war er jetzt ein wenig enttäuscht. Nein, das stimmt nicht, sie ist doch schön, sogar viel schöner als mit dem Make-up und den Juwelen, mit denen sie sich geschmückt hatte, überlegte er. Und auf einmal spürte er grenzenloses Verlangen.

„Was haben Sie in meinem Zimmer zu suchen?"

Er zog leicht die dunklen Augenbrauen hoch. „Rachelle sagte mir, dass sie wach seien."

„Berechtigt Sie das, einfach hier hereinzuplatzen?"

„Ich habe angeklopft, aber Sie haben es nicht gehört."

„Ich war unter der Dusche!"

Er lehnte sich lässig gegen die Wand und musterte Joanna von oben bis unten. „Das sehe ich!"

Joanna errötete. Sie hatte das Gefühl, er würde sie mit den Blicken ausziehen, und ihr war ziemlich unbehaglich zumute. Sie hatte große Lust, sich ins Badezimmer zurückzuziehen oder sich in die Bettdecke einzuhüllen. Aber eine solche Genugtuung wollte sie ihm dann doch nicht verschaffen.

„Es dürfte für Sie unschwer zu erkennen sein, dass ich keinen Besuch erwartet habe", meinte sie frostig.

„Rachelle hat mich informiert. Sie seien mit ihr unzufrieden. Sie ist noch sehr jung und sensibel und …"

„Verstehe ich Sie richtig? Sie dringen ungebeten hier ein, nur weil ich angeblich Rachelles Gefühle verletzt habe?" Joanna lachte auf. „Sie müssen schon entschuldigen, Euer Gnaden …"

„Das ist der falsche Titel."

„Wenn Sie glauben, ich würde Sie wegen Ihrer kleinen Sklavin um Vergebung bitten, dann können Sie lange warten!"

„Wir halten keine Sklaven." Khalils Blick wurde ausgesprochen kühl.

„Natürlich nicht, hätte ich mir auch denken können. Die Menschen hier sind alle glücklich und zufrieden. Nur im Süden von Jandara, im Herrschaftsbereich des bösen Abu Al Zouad, hält man noch Sklaven", säuselte sie honigsüß.

Er kniff die Augen zusammen. Die Frau benahm sich unmöglich! Wie konnte sie es wagen, so respektlos mit ihm zu reden? Und dann war sie noch so kühn, sich ihm fast nackt zu präsentieren! „Haben Sie nichts zum Anziehen?", erkundigte er sich.

Sie lächelte ihn betont freundlich an. „Leider hat das Hotel mir nichts zur Verfügung gestellt."

„Ich werde dafür sorgen, dass Sie angemessene Kleidung erhalten", versprach Khalil steif.

„Und was genau soll das heißen? Wenn Sie sich einbilden, ich würde mich in so einen Kaftan hüllen, mir ein Kopftuch umbinden und mir die Welt durch einen Schleier anschauen …"

„Trägt Rachelle so etwas?"

Nein, natürlich nicht. Die junge Frau trug ganz normale hübsche Baumwollkleider, und das Haar fiel ihr lose über die Schultern.

„Oder wollen Sie mit dieser Behauptung nur Ihre Vorurteile bekräftigen?" Es war ihm eine innere Genugtuung, zu sehen, wie sie errötete. Unvermittelt zog er das weiße Gewand aus und reichte es ihr. „Hier. Ziehen Sie es an, bis …"

„Ich möchte nichts von Ihnen, Khalil."

Er presste die Lippen fest aufeinander. „Ziehen Sie es an!", wiederholte er.

In ihren Augen blitzte es kurz auf, als er auf sie zukam und ihr das Kleidungsstück einfach überstreifte. Dabei berührte er mit den Fingern ganz leicht ihre nackte Haut, und sogleich verspürte sie eine so eigenartige, ihr bisher unbekannte Erregung, dass sie eine Gänsehaut bekam. Khalil, dem ihre Reaktion nicht verborgen blieb, runzelte leicht die Stirn.

„Ich werde mich um Ihre Garderobe kümmern."

„Das erwähnten Sie bereits. Im Moment interessiert mich viel mehr, was mein Vater gesagt hat. Inzwischen haben Sie sicher mit ihm Kontakt aufgenommen und ihm Ihre Forderungen genannt."

Er blickte sie lange und nachdenklich an. Dann drehte er sich um und schlenderte langsam zum Fenster. „Ja, das habe ich“, gab er zögernd zu.

„Und? Was hat er gesagt? Wie schnell wird er handeln?“ Joanna machte einen Schritt auf ihn zu.

„Das weiß ich nicht.“

„Wieso nicht? Ich habe das Recht zu erfahren, wie lange ich noch Ihre Gefangene bin.“

„Sie werden so lange hier bleiben, bis Ihr Vater zur Vernunft kommt.“

„Also bis er das Geld, das Sie fordern, aufgetrieben hat, oder?“

„Ich verlange kein Geld von ihm!“

„Nein, natürlich nicht. Ich hatte ganz vergessen, dass Sie ja ein anständiger Mensch sind, im Gegensatz zu Abu AI Zouad“, meinte Joanna ironisch und lächelte frostig.

„Ihre Scherze ändern nichts an der Wahrheit, Joanna.“

Sie hob das Kinn. „Nein, bestimmt nicht. Angeblich ist Abu AI Zouad ein Unmensch, aber ...“

„Er unterdrückt sein Volk.“

Joanna lächelte kühl. „Ich nehme an, dass Ihre Leute sich aus reinster Zuneigung und nicht aus Angst auf so lächerliche Weise vor Ihnen verneigen.“ Mit Genugtuung entdeckte sie die Röte, die ihm in die Wangen stieg.

„Es ist so Sitte“, erklärte er. „Immer wieder versuche ich, sie abzuschaffen ...“

„Ja.“ Sie lachte auf. „Darauf wette ich.“

„Man achtet und respektiert mich. Wenn ich Fehler machen oder Missfallen erregen würde, würde man es unumwunden aussprechen.“

„Erstaunlich! Sie glauben offenbar selbst an Ihre Lügen!“

„Und was, bitte, soll das nun wieder heißen?“, erkundigte er sich mit unbeteiligter Miene.

„Das wissen Sie verdammt gut! Sie spielen hier den mildtätigen und gütigen Herrscher, aber in Wirklichkeit sind Sie ..."

„Ein Dieb und ein Despot, der so viel wie möglich aus Bennettco herausholen will, oder ..." Er runzelte die Stirn. Und plötzlich packte er sie so fest an der Schulter, dass Joanna aufschrie. „Sie wollen mich lediglich in ein Schema pressen. Und weil ich nicht hineinpasse, verdrehen Sie die Tatsachen so lange, bis sie mit Ihren Vorurteilen übereinstimmen!", stieß er zwischen zusammengebissenen Zähnen hervor.

„Ich will schnellstens nach Casablanca zurück, sonst nichts", entgegnete sie schnippisch.

„Nichts wäre mir lieber als das! Denn sogar ein giftiger Skorpion wäre mir als Gast willkommener als Sie."

„Ich bin nicht Ihr Gast!"

„Nein, das stimmt." Er verzog verächtlich die Lippen.

„Gut, dann setzen Sie mich in das nächste Flugzeug!"

„Erst wenn Ihr Vater meinen Bedingungen zugestimmt hat."

„Nun, am besten lässt Ihr Pilot schon die Motoren warmlaufen, denn das Geld dürfte bereits auf dem Weg hierher sein", erklärte Joanna von oben herab und machte eine hochmütige Kopfbewegung.

„Ihr Vater hat sich noch nicht geäußert."

Erstaunt blickte sie ihn an. „Ich verstehe nicht."

„Ganz einfach. Er kennt meine Forderungen, reagiert jedoch nicht."

„Kein Wunder, wenn Sie einen so hohen Betrag fordern, dass er zunächst schockiert ist. Natürlich muss er erst sehen, woher er eine Million Dollar ...

„Sind Sie das wert?"

„Darum geht es nicht, sondern nur darum, wie viel Sie Ihrer Meinung nach herausschlagen können", erwiderte sie kühl.

„Ich habe sehr viel verlangt", meinte er, wobei ein rätselhafter Ausdruck in seinen Augen lag.

Woran mochte es liegen, dass ihr bei seinen Worten, die doch so einfach klangen, plötzlich das Herz bis zum Hals pochte? Betont unbekümmert lächelte sie ihn an. „Ach ja? Dann sagen Sie mir doch, wie viel."

„Ich erwähnte bereits, dass es mir nicht um Geld geht."

„Du liebe Zeit", fuhr sie ihn an und vergaß ihre gespielt gleichgültige Miene beizubehalten, „verlangen Sie etwa Diamanten oder Gold?"

„Nein. Ihr Vater soll sich aus dem Vertrag mit Abu Al Zouad zurückziehen."

„Das kann ich nicht glauben. Nach dem ganzen Gerede, wie sehr Sie Ihr Volk lieben und so, wollen Sie nun Bennettco erpressen, ein lukratives Geschäft aufzugeben, das Ihren Leuten Arbeitsplätze und Wohlstand verschaffen würde?"

Khalils Blick wurde finster. „Das ganze Vorhaben muss so umstrukturiert werden, dass die Menschen in meinem Land ebenfalls davon profitieren und nicht nur Abu."

Joanna lachte auf. „Wenn ich Sie nicht besser kennen würde, käme ich noch in Versuchung, darauf hereinzufallen. Ihnen geht es doch ausschließlich um Ihr eigenes Wohlergehen, Khalil."

„Denken Sie, was Sie wollen, Joanna. Ich habe Ihrem Vater meine Bedingungen genannt, alles Weitere liegt bei ihm."

„Er wird bestimmt bald reagieren, und …" Plötzlich kam es ihr sehr merkwürdig vor, dass ihr Vater noch nichts unternommen hatte, denn er hätte sich sogleich zur Zusammenarbeit mit Khalil bereit erklären müssen, um seine Tochter schnellstens aus der misslichen Lage zu befreien.

Sie schaute auf und begegnete Khalils forschendem Blick. Obwohl Khalil sie mit undurchdringlicher Miene musterte, lag darin so etwas wie Mitleid oder Sympathie. „Ich kann mir nicht vorstellen, dass Ihrem Vater die Wahl zwischen seiner Tochter und der Zusammenarbeit mit dem Sultan schwerfällt", sagte er mit weicher Stimme.

Joanna errötete. „Mein Vater ist ein kluger Geschäftsmann. Warum sollte er Ihnen so einfach vertrauen? Natürlich braucht er gewisse Garantien dafür, dass mir nichts zustößt, sobald er auf Ihre

Bedingungen eingeht“, entgegnete sie.

„Ich habe keinerlei Drohungen ausgesprochen“, erklärte er förmlich.

„Ich verstehe. Sie haben ihm nur mitgeteilt, dass ich Ihr Dauergast sein werde, falls er sich nicht fügt.“

Khalil lachte amüsiert. „Ja, so etwas in der Richtung.“

„Und wie darf ich das verstehen?“

Er zuckte gleichgültig die Schultern. „Als Alternative habe ich ihm vorgeschlagen, Sie bei mir gut unterzubringen.“

„Was meinen Sie damit?“

„Nun, Sie würden lernen, unter uns zu leben.“ Er lächelte immer noch, während er langsam das Zimmer durchquerte. „Natürlich ist das Leben hier ganz anders, als Sie es gewöhnt sind. Aber wenigstens würden Sie dann aufhören, sich ununterbrochen zu beklagen und zu jammern.“

„Wovon reden Sie?“

„Unsere Frauen haben viel zu tun. Bei einer sinnvollen Beschäftigung vergeht Ihnen das Selbstmitleid. Zunächst könnten Sie leichtere Arbeiten verrichten, wie Hühner und Ziegen hüten. Und wenn Sie mehr lernen möchten, könnte man Ihnen Kochen und Spinnen beibringen …“

„Nie im Leben!“, wies sie seinen Vorschlag empört zurück. „Niemals, haben Sie gehört? Lieber würde ich …“

„Nun, was denn?“, erkundigte er sich sanft, und sein Blick wirkte geheimnisvoll und unergründlich. „Mit irgendetwas müssen Sie sich schließlich die Zeit vertreiben. Bei uns arbeitet jeder nach besten Kräften, außer den Alten, den Kranken und den Kindern.“

Er ging langsam auf sie zu. Joanna klopfte das Herz zum Zerspringen. Am liebsten wäre sie zurückgewichen, doch sie wollte sich ihm gegenüber unbedingt behaupten.

„Sie passen in keine dieser drei Gruppen“, überlegte er laut und blieb schließlich dicht vor ihr stehen. Dann schaute er sie lange und intensiv an, und dieser Blick löste etwas in ihr aus. Tief in ihrem Innern begann eine Saite zu schwingen. Plötzlich dachte sie, wie gut es doch war, dass sie sich nicht dagegen gewehrt hatte, sich von ihm die Dschellaba überstreifen zu lassen, denn nun blieb ihm wenigstens verborgen, wie heftig sie atmete und wie sich ihre zarten Brustspitzen aufrichteten.

„Sie sind weder das eine noch das andere, Joanna“, fuhr er weich fort. Dann streckte er die Hand aus und spielte mit einer Strähne ihres kastanienbraunen Haars. „Ich fürchte, Sie müssen sich auf andere Art und Weise nützlich machen.“

„Mein Vater wird mich holen“, erwiderte sie hitzig. „Und dann …“ Weiter kam sie nicht, denn Khalil nahm sie unvermittelt in die Arme.

„Es wäre die reinste Verschwendung, Sie Ziegen hüten zu lassen, auch wenn der Gedanke mich reizt“, sagte er heiser.

„Ich würde lieber …“ Er ließ die Lippen zärtlich über ihr Haar gleiten, sodass sie nur mühsam weiterreden konnte. „Ich würde lieber Ziegen hüten, als …“

„Eines unserer ungeschriebenen Gesetze lautet, dass jeder die Tätigkeit ausübt, die ihm am meisten liegt.“ Er senkte den Kopf, bedeckte ihren Hals mit vielen kleinen Küssen und schob ihr dann die Dschellaba mit den Lippen sanft über die eine Schulter. „Sie sind wie geschaffen dafür, einem Mann den Namen ins Ohr zu flüstern und ihn so bis ins Innerste aufzuwühlen, dass ihm die Sinne schwinden und er glaubt, den Verstand zu verlieren.“

Vorsichtig grub er die Zähne in ihre Haut. Und als Joanna aufstöhnte, streichelte er mit der Zunge diese Stellen ganz sanft, um den kaum spürbaren Schmerz zu lindern.

„Sie duften nach tausend blühenden Blumen in der Wüstensonne“, flüsterte er.

Joanna erbebte und rang nach Fassung. „Ich … ich rieche nach Seife“, entgegnete sie ganz profan, während er ihr die Schulter küsste. „Ich habe kein Badeöl benutzt …“

„Dann duftet Ihre Haut so wunderbar verführerisch.“ Er durchwühlte ihr Haar und wickelte sich eine Strähne wie ein leuchtendes Band um die Hand. Joanna erwiderte seinen Blick. Seine Augen funkelten, und sein Blick wirkte so ungründlich wie das Meer bei Nacht. „Ah", sagte er heiser, „dieser Duft ist so lieblich, dass er meine Sinne betört."

Wieder neigte er den Kopf und küsste ihr liebevoll den Hals. Joanna schloss die Augen und wiegte sich in Khalils Armen. Obwohl sie sich für die Schwäche hasste, konnte sie nichts dagegen tun, dass er mit den zärtlichen Berührungen die erregendsten Gefühle in ihr weckte.

„Ich würde Ihnen höchstens ‚*Sie mieser Kerl*' ins Ohr flüstern, und das wäre erst der Anfang", erklärte sie mit leicht bebender Stimme.

Khalil lachte weich. „Benehmen ist nicht Ihre Sache, oder?"

„Ich lasse mir keine Vorschriften machen, was ich zu tun und zu lassen habe, falls Sie darauf anspielen."

Obwohl sie ihn damit hatte beleidigen wollen, lächelte er nur. „Aha. Wir sind wieder beim Thema – Khalil, der Diktator."

„Nicht *wieder*, sondern immer noch! Sie bilden sich wohl ein …"

„Zunächst müssen Sie lernen, nicht so viel zu reden", meinte er, während er ihr wieder den Mund mit den Lippen verschloss.

Sein Kuss ließ sie bis ins Innerste erbeben. „Bitte nicht", wollte sie sagen, es gelang ihr jedoch nicht, den Gedanken auszusprechen. Stattdessen seufzte sie nur lustvoll auf. Sogleich nahm Khalil sie in die Arme und drückte sie so fest an sich, dass sie nicht mehr unterscheiden konnte, ob es sein oder ihr Herz war, das sie so heftig pochen spürte, oder ob es seine oder ihre Haut war, die sich plötzlich so heiß anfühlte.

„Joanna", flüsterte er an ihren Lippen. Schließlich streifte er ihr das Gewand über die Schultern, während sich das nur locker zusammengebundene Handtuch löste und ihr auf die Hüften rutschte. Er schob sie von sich, um sie anzuschauen. Röte stieg ihr ins Gesicht, und ihre Brustspitzen richteten sich vor Verlangen auf.

„Wie schön du bist", sagte er rau.

Joanna hatte das Gefühl, der Wirklichkeit völlig entrückt zu sein. „Bitte", flüsterte sie, „bitte ..."

„Was denn, Joanna? Was soll ich mit dir machen?" Er streichelte ihr liebevoll die Schulter. „Gefällt es dir?", fragte er und blickte Joanna warm an. Dann berührte er eine ihrer Brüste und ließ den Daumen sanft um die rosige Spitze kreisen. Joanna stöhnte wieder auf, sodass Khalil die Luft anhielt. „Oder ist dir das lieber?", erkundigte er sich, während er den Kopf senkte und erst die eine und dann die andere Brust küsste.

Unfähig, auch nur noch einen klaren Gedanken zu fassen, genoss sie die erregenden Gefühle, die er in ihr zu wecken vermochte. Und als er ihr die Hände auf den Po legte und sie noch fester an sich presste, spürte sie, wie sehr er sie begehrte.

„Joanna." Hingebungsvoll schmiegte sie sich an ihn, und eine verlockende Wärme durchströmte sie.

„Nein", rief sie plötzlich unterdrückt auf. Was geschah da mit ihr? Sie war keine Frau, die mit einem ihr fremden Mann, den sie darüber hinaus sogar verachtete, ins Bett ging! Deshalb stemmte sie die Hände gegen seine Brust und stieß ihn von sich. Und obwohl ihr nicht entgangen war, dass er sie geduzt hatte, blieb sie beim förmlichen Sie. „Okay, Sie haben mich überzeugt. Sie sind größer und stärker als ich und ..." Sekundenlang schloss sie die Augen, öffnete sie jedoch rasch wieder, entschlossen, der erlittenen Demütigung ins Gesicht zu sehen. „Ich verstehe es zwar selbst nicht, aber ich scheine irgendwie für Ihre Zärtlichkeiten empfänglich zu sein."

„Empfänglich?", wiederholte er lachend. „Meine charmante Miss Bennett, Sie sind bereit und willig!"

Seine Worte machten sie so zornig, dass Joanna die Hand hob, um ihm eine Ohrfeige zu verpassen. Doch er schien ihre Reaktion geahnt zu haben, denn er kam ihr zuvor und hielt sie fest. „Das gehört zu Ihrem Plan, nicht wahr?"

„Ich hasse Sie", fauchte sie ihn an. „Lieber würde ich sterben, als …"

„Ja, das haben Sie bereits mehrere Male gesagt." Er lächelte sie kühl an. „Es ist sicher schwierig, beide Rollen gleichzeitig zu spielen: die der raffinierten Verführerin und die der verletzten Unschuld."

„Ich garantiere Ihnen, Sie werden für alles büßen, sobald mein Vater mich befreit hat."

„Hoffentlich geschieht das bald", entgegnete Khalil bissig, während er sie von sich stieß. „Rachelle wird Ihnen alles Nötige zum Anziehen bringen und Ihnen dann die Räumlichkeiten und Gartenanlagen zeigen, in denen Sie sich frei bewegen können."

„Sagten Sie, *frei?* Sie wissen ja gar nicht, was das Wort bedeutet!"

„Wenn Sie sich anständig verhalten, wird alles nicht so schlimm, wie Sie jetzt noch befürchten", erklärte er und ging mit großen Schritten zur Tür.

„Und wenn nicht?", rief sie verzweifelt hinter ihm her. „Legt man mich dann in Ketten?"

Er drehte sich um und blickte sie an. „Es liegt mir fern, solche Maßnahmen zu ergreifen, Joanna." Ein flüchtiges Lächeln umspielte seine Lippen. „Ich weiß genau, wie ich Sie zur Vernunft bringen kann."

Und dann ließ er sie allein.

7. KAPITEL

„Ich bringe Ihnen den Lunch, Joanna." Rachelle stellte das Tablett auf den Tisch am Fenster. „Danke. Ich habe keinen Hunger."

Rachelles zunächst heitere Miene wurde finster. „Sie haben das Essen ja noch nicht einmal angeschaut!"

„Ich glaube Ihnen, dass es köstlich ist, ich möchte jedoch nichts."

„Joanna, bitte. Sie müssen etwas essen."

„Warum?" Obwohl Joanna sich bemühte, den Mut nicht sinken zu lassen, fühlte sie sich plötzlich total frustriert und enttäuscht. „Weil es der Prinz so will?"

Rachelle errötete. „Er sorgt sich um das Wohlergehen seines Gastes."

„Ach ja, wie rührend. Dummerweise bin ich jedoch nicht sein Gast."

„Er wird sehr unzufrieden mit mir sein."

„Dann schicken Sie ihn zu mir. Es geht ihn nämlich gar nichts an, was ich tue. Weshalb haben Sie solche Angst vor ihm? Ihr mächtiger Prinz ist doch nichts anderes als ..."

Rachelle rang nach Luft, drehte sich unvermittelt um und verließ fluchtartig den Raum.

„Rachelle!", rief Joanna entsetzt. „Rachelle! Warten Sie bitte! Laufen Sie nicht weg!"

Doch zu spät. Die Tür schlug hinter der jungen Frau zu, und Joanna war wieder allein. Sekundenlang blieb sie wie erstarrt stehen. Weshalb konnte ich den Mund nicht halten?, überlegte sie.

Schließlich sank sie in einen Sessel und blickte starr auf die Wand. Sie hatte einem Mädchen gegenüber die Beherrschung verloren, das viel zu viel Angst vor Khalil hatte.

Während sie noch überlegte, ob ihr Vater Khalil bereits eine Nachricht übermittelt hatte, klopfte es an der Tür, was ihr wie eine Antwort auf die unausgesprochenen Fragen erschien. Hoffnungsvoll sprang sie auf – aber es war nur Rachelle, die mit Kleidungsstücken auf dem Arm hereinkam.

„Ich bringe Ihnen etwas zum Anziehen", sagte Rachelle und legte die Sachen, unter denen Joanna auch ein Paar kunstvoll bestickte Lederslipper entdeckte, aufs Bett. „Ich hoffe, es gefällt Ihnen, Joanna. Wenn nicht ..."

„Rachelle – ich wollte Sie vorhin nicht beleidigen."

Die junge Frau blickte auf. „Sie haben nicht mich, sondern meinen Herrn beleidigt."

„Ja", gab Joanna seufzend zu. „Wahrscheinlich ist das hier bei Ihnen ein Kapitalverbrechen."

„Die Kleider dort", sagte das Mädchen. „Ich habe Ihre Größe nur geschätzt ..."

„Davon brauche ich sowieso nichts."

Rachelle zuckte die Schultern. „Ich dachte nur, Sie würden sich darin wohler fühlen als in einer Dschellaba, diesem weiten Männergewand, aber wenn es Ihnen besser gefällt ..."

„Ich bin nicht lange hier. Für die kurze Zeit lohnt es sich nicht, dass ich mich umziehe."

„Es kann doch nicht schaden, die Sachen zur Verfügung zu haben", meinte Rachelle beharrlich.

„Nein, das erübrigt sich", entgegnete Joanna bestimmt. „Wahrscheinlich hat Khalil inzwischen Nachricht von meinem Vater und ..." Sie blickte die junge Frau eindringlich an. „Das hat er doch, oder nicht?"

Rachelle zögerte kaum merklich. „Ich weiß es nicht."

„Khalil hat behauptet, mit meinem Vater in Verbindung getreten zu sein. Stimmt das?" Joannas Stimme klang schärfer als beabsichtigt, denn sie wurde langsam ungeduldig. „Kommen Sie schon, Rachelle. So eine simple Frage können Sie doch beantworten. Weiß mein Vater, was mit mir geschehen ist?"

„Ja", antwortete Rachelle mit verschlossener Miene.

Sam wusste also, dass man sie gefangen hielt, hatte jedoch offensichtlich noch nichts zu ihrer Befreiung unternommen.

„Ich nehme alles wieder mit, weil Sie ja nicht …"

„Nein!" Joanna schüttelte den Kopf und legte Rachelle die Hand auf den Arm. „Ich habe es mir anders überlegt. Ich will dieses Ding hier, das wie Khalils Bademantel aussieht, keine Minute länger tragen." Dann ging sie zum Bett und hob eines der Kleidungsstücke hoch. „Was ist das denn?", fragte sie verächtlich.

„Ein Rock", gab das Mädchen lächelnd Auskunft. „Und dort ist noch eine dazupassende Bluse. Wenn Sie Ihnen gefallen …"

„Das ist nichts für mich!"

„Wollen Sie weiterhin in der Dschellaba herumlaufen?"

Plötzlich fühlte Joanna sich in dem Männergewand aus Wolle gar nicht mehr wohl. „Nein", antwortete sie deshalb. Und ohne lange darüber nachzudenken, sagte sie: „Bringen Sie mir Hosen!" Es bereitete ihr ein boshaftes Vergnügen, zu sehen, wie schockiert Rachelle nun war.

„Hosen? Aber …"

„Ich weiß. In Jandara tragen die Frauen keine. Aber ich gehöre ja nicht hierher, Rachelle. Teilen Sie meinen Wunsch bitte Ihrem Prinzen mit." Natürlich machte sie sich keine Illusionen. Khalil würde nicht damit einverstanden sein, dass seine Geisel sich so westlich kleidete.

Eine Stunde später wiederholte sich der Vorgang. Rachelle erschien abermals mit Kleidungsstücken auf dem Arm. „Ich hoffe, diese gefallen Ihnen besser", sagte sie und legte alles aufs Bett.

Erst nachdem das Mädchen das Zimmer wieder verlassen hatte, begutachtete Joanna die neue Auswahl. Langsam hellte sich ihre Miene auf, denn darunter befanden sich zwei Baumwollhosen und viele Hemden und T-Shirts. Aber als sie einige der Sachen herauszog, stellte sie fest, dass es sich um Männerkleidung handelte, die ihr wahrscheinlich zu groß war. Doch das war ihr nun gleichgültig. Schließlich wollte sie darin keine Modenschau veranstalten.

Rasch zog sie das Gewand aus und eine der Hosen an. Dazu wählte sie ein marineblaues Baumwoll-T-Shirt. „Es sind Khalils Klamotten", fuhr es ihr plötzlich durch den Kopf. Obwohl alles frisch gewaschen war, hatte es noch unverkennbar seinen männlichen Duft, ein Duft nach Gebirge, Wind und dem Hengst, den er ritt.

Sie erbebte bis ins Innerste und schloss die Augen. Die Erinnerung überfiel sie an den endlosen Ritt durch die stille Mondscheinnacht. Sie durchlebte noch einmal das beruhigende Gefühl, das sie in Khalils Armen empfunden hatte.

Joanna rief sich zur Ordnung. Ungeduldig zog sie das T-Shirt über. Ja, es war eindeutig Khalils Duft! Ach, Unsinn, sagte sie sich dann. Es riecht nur nach Seife und frischer Luft. Wenn sie nicht bald aus diesem Gefängnis herauskam …

Als jemand ganz leicht an die Tür klopfte, glaubte sie, es sei wieder die junge Frau. „Rachelle? Danke für die Sachen. Schade, dass sie alle Ihrem allmächtigen Prinzen gehören, trotzdem …"

„Ich kann Ihnen versichern, Joanna, nichts davon ist infiziert oder verseucht", meinte Khalil ironisch.

Joanna errötete tief. „Oh, ich wusste nicht, dass Sie es sind."

Er nickte, während er die Tür hinter sich schloss. „Ja, das habe ich gemerkt." Er musterte sie langsam von oben bis unten und lächelte schließlich. „Es tut mir außerordentlich leid, Ihnen nichts Besseres anbieten zu können."

„Es geht auch so", antwortete sie steif.

„Das stimmt. Das T-Shirt steht Ihnen viel besser als mir", sagte er mit weicher Stimme, während ein rätselhafter Ausdruck in seinen Augen lag.

Joanna errötete noch mehr. Sie war sich bewusst, dass ihre Brüste und deren zarte Spitzen, die sich unter seinem anerkennenden Blick aufrichteten, sich deutlich unter dem dünnen Baumwollstoff abzeichneten, denn sie trug darunter keinen BH.

„Ich komme deshalb, weil Rachelle mir sagte, Sie seien sehr besorgt", fuhr Khalil seufzend fort.

Erstaunt blickte sie ihn an. „Besorgt?“ Sie lachte auf. „Das ist absurd! Warum sollte ich? Ich bin doch zu Gast bei dem großen Falken des Nordens und verbringe hier eine absolut wunderbare Zeit.“

„Ihnen scheint einiges zu missfallen, obwohl ich mir jede erdenkliche Mühe gebe, Ihnen meine Gastfreundschaft zu erweisen.“

„Ich sagte Ihnen doch, es gefällt mir hier ganz ausgezeichnet! Besonders die Sicherheitsvorkehrungen. Bewaffnete Wachen vor der Tür – beschützter kann man sich doch gar nicht fühlen, nicht wahr?“

Khalil stemmte die Hände in die Hüften. „Versprechen Sie mir, keinen Fluchtversuch zu unternehmen, wenn ich die Wachen abziehe?“ Er musste plötzlich lachen, denn die Antwort stand ihr ins Gesicht geschrieben. „Nein, wahrscheinlich nicht.“

„Erwarten Sie wirklich, dass ich so etwas zusage?“

„Ich möchte nicht mit Ihnen diskutieren, Joanna. Rachelle sagt ...“

„Rachelle sagt! Um Himmels willen! Wenn Sie wissen wollen, was ich denke, dann fragen Sie mich doch selbst! Ich brauche keine Vermittlerin!“

Ein Lächeln umspielte seine Lippen. „Sie haben recht. Sie halten mit Ihrer Meinung nicht hinter dem Berg.“

„Also, was wollen Sie nun wissen?“, fragte sie betont strahlend.

„Ob der Zimmerservice okay ist? Ob ich gut untergebracht bin? Oder was sonst?“ Sie presste die Lippen zusammen. „Doch im Ernst, wann werden Sie mich aus diesem Gefängnis entlassen?“

Khalils Miene wurde finster. „Ihr Schicksal liegt jetzt in den Händen Ihres Vaters, nicht mehr in meinen.“

Joanna versuchte der Verzweiflung, die sie plötzlich überkam, Herr zu werden. „Und, wann kommt er?“

„Ich weiß es nicht“, antwortete Khalil nach kurzem Zögern.

„Sie wissen es nicht?“, wiederholte Joanna, indem sie seine Stimme nachahmte. „Wie soll ich das verstehen? Sie haben doch behauptet, mit ihm in Kontakt getreten zu sein.“

„Das ist richtig. Er hat jedoch auf meine Nachricht noch nicht reagiert."

„Das kann ich kaum glauben!", entgegnete sie und warf ihm einen kühlen Blick zu.

„Ich lüge nicht, Joanna", erklärte er.

Nein? Hatte er etwa nicht gelogen, als er sie in die Wüste lockte und entführte … Nein! Er hatte nicht gelogen, sondern sie. Er hatte nur für sich das Beste aus der Sache gemacht. Im Übrigen hatte er es gar nicht nötig, ihr nun die Unwahrheit zu sagen. Er hatte sich also mit Sam in Verbindung gesetzt – und bis jetzt noch keine Antwort erhalten.

Plötzlich befiel sie Verzweiflung. Als ihr dann auch noch Tränen in die Augen traten, wollte sie sich umdrehen, doch Khalil ging auf sie zu und legte ihr die Hände auf die Schultern. „Joanna?"

Sie blickte auf und bemerkte seinen undefinierbaren Gesichtsausdruck. „Ist er etwa besorgt?", fragte sie sich überrascht. Dann ging ihr jedoch auf, dass er sich Gedanken um ihren Gemütszustand machen musste, weil er nicht riskieren konnte, dass sie hysterisch wurde.

„Seien Sie unbesorgt, Khalil", sagte sie deshalb und lächelte spröde, „ich habe nicht vor, Ihnen eine Szene zu machen. Ich habe lediglich darüber nachgedacht, dass Sie von meinem Vater ungemein viel verlangen, indem Sie ihn auffordern, das Projekt aufzugeben."

„Ja, vielleicht. Andererseits sind Sie es wert, Joanna."

Wieder spürte sie, wie eine eigenartige Wärme ihren Körper durchflutete. Wie schaffte er es nur, solche Reaktionen in ihr hervorzurufen? Wenn er sie so anschaute wie jetzt, verblasste alles andere und rückte in den Hintergrund – alles außer ihm und seiner Gegenwart, deren Joanna sich allzu deutlich bewusst war.

Dann senkte er den Kopf und berührte ihre Lippen mit seinen. Und obwohl es ein sanfter, beinahe zärtlicher Kuss war, weckte er Empfindungen in ihr, die sie erbeben ließen.

„Joanna", flüsterte er, während er ihren Mund immer wieder von Neuem stürmisch eroberte.

Er zog sie auf die Zehenspitzen und drückte Joanna so fest an sich, dass ihre Körper miteinander zu verschmelzen schienen. Dabei küsste er sie ungestüm und leidenschaftlich. Schließlich löste er sich wieder von ihr. Joanna schaute ihn an, die Lippen leicht geöffnet. Sie suchte angestrengt nach Worten, denn sie wollte unbedingt etwas Gescheites sagen, um das, was soeben geschehen war, in eine andere, sachlichere und weniger emotionale Perspektive zu rücken – doch Khalil kam ihr zuvor.

„Ich halte Ihren Vater für einen klugen Mann“, meinte er leicht lächelnd. „Er wird sicher das tun, was jeder für Sie tun würde, der einen einigermaßen gesunden Menschenverstand besitzt.“

„Das versteht sich von selbst, Khalil. Mein Vater wird Ihre Forderungen erfüllen, obwohl Sie kaum Freude daran haben werden, wenn Sie danach in Abus Gefängnis schmachten“, entgegnete Joanna selbstsicher, denn sie war überzeugt, ihr Vater würde sie freikaufen.

Nun ließ Khalil sie vollends los. „Ach, Joanna. Jedes Mal, wenn ich denke, Sie hätten keine schlagfertige Antwort mehr parat und einen Durchhänger, was Ihren Schwung und Ihren Elan betrifft, sagen Sie wieder so etwas außerordentlich Liebenswürdiges, das mir beweist, wie warmherzig Sie doch sind!“

„Das ist eben der Unterschied zwischen uns beiden. Sie brauchen immer neue Beweise, wohingegen ich nicht eine einzige Sekunde lang vergesse, was für ein unmöglicher Kerl Sie sind.“

„Sie spielen mit dem Feuer, Joanna.“

„Können Sie die Wahrheit nicht vertragen? Soll ich etwa vor Ihnen buckeln und dienern und Sie so bewundernd anbeten, wie Rachelle es tut?“

Zu ihrer Überraschung brach er in lautes Lachen aus. „Sie, buckeln und dienern? Das könnte Ihnen nie passieren, obwohl mir diese Vorstellung ungemein gefällt, Joanna.“ Ohne ein weiteres Wort verließ er das Zimmer.

Joanna seufzte und stellte sich ans Fenster. „Warum lasse ich mich nur immer wieder von ihm provozieren und verschwende damit meine Zeit?“, überlegte sie. Sie hatte ihm noch einige Fragen stellen und ihn um Erleichterungen bitten wollen, um die Tage, die sie hier verbringen musste, erträglicher zu gestalten.

Sie ließ den Blick über den eingezäunten Garten unter dem Fenster schweifen, der ihr, nach dem, was sie sehen konnte, gut gefiel. Würde Khalil ihr erlauben, darin herumzuspazieren? Er konnte nicht ernsthaft beabsichtigen, sie die ganze Zeit im Zimmer eingesperrt zu halten.

Plötzlich erregte ein Farbtupfer ihre Aufmerksamkeit. Ein kleines Mädchen in Jeans, Turnschuhen und einem blauen Poloshirt spielte mit einem Hündchen. Trotz der beunruhigenden Gedanken musste Joanna lächeln, denn kleine Kinder und Tiere hatten etwas so Liebes, unschuldig Rührendes an sich, dass Joanna den beiden dort unten, die so unbekümmert miteinander spielten, spontan ihr Herz öffnete.

Fröhlich hielt das Kind einen gelben Ball in die Höhe und warf ihn ins Gras. Das Hündchen wedelte vergnügt mit dem Schwanz, jagte hinter dem Ball her und brachte ihn zurück. Mit den lustigen Augen und der rosa Zunge, die er aus dem Schnäuzchen heraushängen ließ, sah der kleine Hund so aus, als würde er lachen.

Joanna setzte sich auf die Fensterbank und verfolgte das Spiel. Mit einem Mal sprang der Ball über den kopfsteingepflasterten Weg, rollte dann in die dunkelgrüne Hecke, die den Garten begrenzte, und war verschwunden.

Die Kleine und der Hund suchten gemeinsam, aber sie hatten nicht mitbekommen, wohin der Ball gefallen war. Deshalb klopfte Joanna an die Fensterscheibe und rief: „Dahinten, unter der Hecke.“ Aber die beiden hörten sie nicht.

Das Mädchen runzelte die Stirn, ließ sich ins Gras fallen, zog dann das Hündchen schluchzend an sich und wiegte es in den Armen hin und her, während der Hund ihm die Tränen von den Wangen leckte.

Nun hielt es Joanna nicht mehr aus. Sie konnte nicht länger untätig zuschauen. Sie eilte zur Tür, die sie schwungvoll öffnete. Der

Wächter schaute überrascht auf. „Entschuldigung", sagte Joanna nur und rauschte an ihm vorbei.

Er rief etwas hinter ihr her, aber sie hatte bereits die Hälfte des langen Flurs durchquert und rannte auf einen bogenförmigen Durchgang zu, der ihrer Meinung nach in den Garten führte. Dort angelangt, blieb sie kurz stehen, um sich zu vergewissern, dass das Kind immer noch weinte, dann lief sie auf es zu.

„Komm, du brauchst doch nicht zu weinen", tröstete Joanna die Kleine freundlich und setzte sich neben sie. Erstaunt blickte das Mädchen auf. „Hast du mich verstanden? Wenn du so heftig weinst, wirst du bestimmt krank."

„Wer bist du?", fragte das Kind in perfektem Englisch und hob das tränenüberströmte Gesicht.

„Ich bin Joanna. Und du?"

„Ich heiße Lilia. Ich habe meinen Ball verloren!" Und wieder flossen Tränen.

Joanna nahm Lilias Hände in ihre. „Davon geht doch die Welt nicht unter", sagte sie sanft.

„Es war ein ganz besonderer Ball, mein Vater hat ihn mir geschenkt und … und er kommt nie mehr zurück!"

Joanna stand auf. „Dann suchen wir eben den Ball, nicht wahr?" In diesem Augenblick sah sie nicht nur einen, sondern gleich mehrere Wächter auf sich zukommen. Pech gehabt, dachte sie herausfordernd, während sie zu den Sträuchern ging, in denen das Spielzeug verschwunden war.

Sogleich wurde ihr bewusst, dass das Gebüsch viel dichter war, als es vom Fenster aus den Anschein gehabt hatte. Sie musste sich beeilen, die Wachen würden sie gleich einholen. Rasch streckte sie die Hand in das undurchdringliche grüne Gewirr von Zweigen.

„Joanna!"

Verdammt, der Ball musste doch dort irgendwo sein.

„Joanna! Lassen Sie das! Hören Sie mich?"

Da war er endlich! Sie hatte ihn. Sie zuckte kurz zusammen, denn sie spürte einen feinen Stich an der Hand, doch was machte das schon? Triumphierend zog sie den gelben Ball hervor – und als sie aufsah, begegnete sie direkt Khalils finsterem, zornigem Blick.

„Beruhigen Sie sich, Hoheit", sagte sie kühl. „Natürlich würde ich gern fliehen, aber es würde mir bestimmt nichts bringen, mich unter diesen Sträuchern zu verkriechen.

„Sie sind eine Närrin." Er rief Lilia etwas zu, die hinter Joanna hergekommen war. Das kleine Mädchen wischte sich die Tränen vom Gesicht, machte einen Knicks und rannte davon, das Hündchen folgte ihm auf den Fersen.

In Joannas Augen blitzte es auf. „Sehen Sie nun, da haben Sie den Beweis! Jeder buckelt vor Ihnen, sogar ein Kind, das …"

Khalil riss ihr den Ball aus der Hand und warf ihn zur Seite. „Riskieren Sie eigentlich immer so viel nur wegen eines dummen Kinderspielzeugs?" Er packte sie fest an den Handgelenken. „Schauen Sie sich das an", forderte er sie aufgebracht auf und hob ihre Hand hoch.

Sie tat es – und bemerkte den kleinen Stich im Fleisch zwischen Daumen und Zeigefinger. „Na und?", fragte sie schnippisch. „Es fehlt mir gerade noch, dass Sie jetzt behaupten, Sie hätten das ganze Theater nur inszeniert, weil ich mich an einem Dorn gestochen habe."

„Sehen Sie Dornen an den Büschen?"

„Dann war es eben etwas anderes. Was ist eigentlich mit Ihnen los, Khalil? Haben Sie Angst, ich würde Sie wegen Körperverletzung verklagen?"

„Verdammt, Joanna!" Nun umfasste er ihre Schultern und schüttelte Joanna kräftig. „Man sollte Ihnen beibringen, dass eine schlagfertige Antwort nicht immer auch eine kluge ist."

„Was es auch war, es wird mich schon nicht umbringen", erwiderte sie kühl. „Ich versichere Ihnen, ich habe Schlimmeres überlebt."

„Sie sind wirklich unglaublich töricht", fuhr er sie an. „Sie würden gut daran tun, auch einmal den Mund zu halten und zuzuhören."

„Wenn Sie jetzt Ihre Rede beendet haben, würde ich gern in mein

Zimmer zurückgehen." Sie lächelte angespannt. „In diesen elenden vier Wänden eingesperrt zu sein ist immer noch besser, als hier herumzustehen und sich mit Ihnen auseinanderzusetzen!"

Um Khalils Mund zuckte es verräterisch. „Da sind wir endlich einmal einer Meinung."

„Also gut", wollte sie die Unterhaltung beenden und drehte sich um. Doch er hielt sie fest und hob sie dann auf die Arme.

„Lassen Sie mich los!" Joanna trommelte mit der Faust gegen seine Schulter, während er sie durch den Garten in das kühle Haus trug. „Sind Sie taub, Khalil? Setzen Sie mich ab!"

„Mit dem größten Vergnügen", stieß er zwischen den Zähnen hervor. „Sobald ich mit Ihnen fertig bin."

„Was soll das heißen?", erkundigte sie sich und bearbeitete wieder seine Schulter mit der Faust, doch er eilte an ihrem Zimmer vorbei. „Wohin bringen Sie mich?"

Er blickte auf sie herab, wobei es in seinen Augen gefährlich schimmerte.

„In meine Räume", antwortete er. Das Lächeln, mit dem er sie bedachte, war so kühl, dass sie erstarrte. Sie schauderte. Und ehe sie antworten konnte, stieß er eine massive Holztür auf, ging hinein und trat sie hinter sich wieder zu.

Joanna erhaschte einen flüchtigen Blick auf die hohe Decke, die hübschen Wandteppiche und ein riesiges Himmelbett, auf das Khalil sie fallen ließ. Dann stemmte er die Hände in die Hüften und blickte durchdringend auf Joanna herab.

„Und nun lass uns zur Sache kommen, Joanna", sagte er vieldeutig und seine Augen funkelten feurig.

8. KAPITEL

Khalil war sehr verärgert, viel mehr als unter den Umständen verständlich und angemessen. Doch welcher Mann würde nicht so reagieren, wenn eine gebildete und intelligente Frau sich unbedingt lächerlich machen musste?

„Die Frau versucht zu fliehen, Hoheit“, hatte einer seiner Männer gerufen und war in die Bücherei gestürmt, in der Khalil gerade eine Lagebesprechung mit seinen Ministern abhielt.

„Ich kümmere mich um sie“, sagte Khalil mit zusammengepressten Lippen und fand Joanna bis zu den Ellbogen im Gebüsch und nicht, wie befürchtet, bei einem Fluchtversuch. Sie hätte wissen müssen, wie gefährlich es war, dort hineinzugreifen. Doch dann sagte er sich, dass sie wohl keine Ahnung hatte, dass sich in den so harmlos aussehenden Sträuchern giftige Insekten verbargen.

Nachdenklich sah er sie jetzt an. Stolz, wie sie war, bemühte Joanna sich verzweifelt, die Beherrschung nicht zu verlieren. Doch im Augenblick waren ihre Gedanken für ihn so transparent wie Glas, denn in ihren grünen Augen spiegelten sich nicht nur Empörung und Zorn, sondern auch Furcht – und eiserne Entschlossenheit, ihm die Angst nicht zu zeigen.

Sogleich wurde ihm bewusst, wie zweideutig seine harten Worte geklungen hatten. Hielt diese Frau ihn wirklich für fähig, sie mit Gewalt zu nehmen? Verächtlich rümpfte er die Nase. Er beschloss, ihr zu erklären, wie töricht sie war und dass er noch nie im Leben eine Frau gezwungen hatte, mit ihm zu schlafen. Außerdem war sie sowieso nicht sein Typ …

Aber dann fiel sein Blick auf die Flut glänzenden kastanienbraunen Haars, die ihr in weichen Wellen über die Schultern fiel, und er sah, wie sich ihre Brüste unter dem viel zu weiten T-Shirt hoben und senkten, und plötzlich war ihm die Kehle wie zugeschnürt. Als er schließlich Joannas leicht geöffnete Lippen betrachtete, die einer Blume glichen, deren Blütenblätter eine sanfte Brise gestreift hatten, stieg leidenschaftliches Verlangen in ihm auf und brannte so heiß wie Feuer.

Was soll dieser Unsinn? Ich bin doch kein Jüngling mehr, der sich einfach von seinen Gefühlen überrumpeln lässt, fuhr es ihm durch den Kopf. Zugegeben, diese Frau war klug und schön, andererseits aber auch verwöhnt, egoistisch und viel zu unnachgiebig.

Trotzdem hatte sie sich seinen Küssen und Zärtlichkeiten hingegeben. Und jedes Mal, wenn er sie mit der Absicht in die Arme genommen hatte, sie zu demütigen, hatte sie stattdessen sein Blut in Wallung gebracht und mit glühendem Verlangen reagiert. Er atmete schneller. Was würde geschehen, wenn er sich nun neben sie aufs Bett setzte? Sie würde befürchten, er wolle sie jetzt nehmen – würde sie sich dagegen wehren? Oder würde sie unter seiner Berührung wie eine Flamme erglühen?

„Joanna", sagte er rau.

„Nur zu", forderte sie ihn spöttisch auf, während sie sich aufrichtete und auf die Knie setzte. „Machen Sie schon, dann habe ich wenigstens einen Grund, Ihnen die Augen auszukratzen."

Von wegen unter meiner Berührung entflammen, dachte Khalil belustigt und brach in Lachen aus. „Wenn Sie das tun", erwiderte er gespielt verständnisvoll, „wie soll ich mich dann nachher noch angemessen um Sie kümmern?"

„Gar nicht mehr", antwortete sie. „Das heißt, Sie können es auch jetzt nicht, denn es gibt nichts …"

„Entspannen Sie sich, Joanna." Er bedachte sie mit einem kühlen, beinah uninteressierten Blick. „Ich versichere Ihnen, ich habe keinerlei unseriöse Absichten."

Joanna errötete. „Aber warum …?", rief sie. Doch er hatte sich bereits umgedreht und war im angrenzenden Badezimmer verschwunden. Dann hörte sie, wie er Wasser laufen ließ und Türen von Schränkchen öffnete und wieder schloss. Schließlich kam er mit einem kleinen Tablett in der Hand zurück, auf dem er eine Schale, ein Fläschchen, Wattetupfer und Heftpflaster sorgsam aufgereiht hatte.

„Was wollen Sie denn damit?“, erkundigte Joanna sich argwöhnisch.

Er seufzte, was irgendwie höchst dramatisch klang, stellte das Tablett auf dem Nachttisch ab und krempelte die Ärmel seines Hemds hoch.

„Ich enttäusche Sie nur ungern. Sie sind nämlich davon überzeugt, ich würde Sie nun einem alten geheimnisvollen Ritual unterwerfen.“ Er befeuchtete einen Wattebausch in der Schale. „Aber es wird nichts Exotisches geschehen, ich werde nur Ihre Hand rund um den Biss reinigen.“

Als er ihre Hand ergriff, war ihr erster Impuls, sie zurückzuziehen. Doch er umklammerte ihr Gelenk.

„Machen Sie es nicht so spannend, Khalil. Für Doktorspiele sind wir schon zu alt.“ Und dann stöhnte sie laut auf, denn er betupfte ihre Haut. „Au! Das tut verdammt weh!“

„Wenn der Stich nicht behandelt wird, tut es noch viel mehr weh. Halten sie den Arm bitte ans Licht.“

„Das ist doch nichts. Niemand stirbt an …“

„Vielleicht sind Sie ja wirklich Expertin auf einigen Gebieten, Joanna, aber von der Flora und Fauna meines Landes haben Sie offenbar nicht die geringste Ahnung. Vielleicht hat eine giftige Spinne zugestochen.“

„Giftige Spinne?“, fragte sie verständnislos. „He! Was soll das?“

„Ich sauge nur die Wunde aus, damit nichts in Ihren Körper gelangt.“

Ihr stockte der Atem, während er ihre Hand an den Mund hob. Und als sie seine Lippen auf ihrer Haut spürte, spürte sie wieder diese eigenartige Erregung, die ihr eine Gänsehaut verursachte. Joanna schloss die Augen in dem verzweifelten Bemühen, Haltung zu bewahren, doch die Gefühle, die er in ihr auslöste …

„Joanna? Werden Sie etwa ohnmächtig?“

Sie öffnete die Augen augenblicklich. „Ich sagte doch, es ist nur ein Stich. Ich bin nicht …“ Stirnrunzelnd beobachtete sie, wie er das

Fläschchen öffnete und einige Tropfen der Flüssigkeit auf ein anderes Wattebällchen träufelte, das er dann auf die wunde Stelle drückte.

„Au! Das brennt ja richtig!"

„Eine alte Medizin, die nur Schamanen und Heilige herstellen können." Als er aufblickte, bemerkte sie den belustigten Ausdruck in seinen Augen. „Es ist Wasserstoffsuperoxyd, Joanna."

Er hielt kurz inne und fügte dann hinzu: „Die Männer sind beinah in Panik geraten, weil sie befürchteten, Sie wollten fliehen."

„Das würde ich auch liebend gern tun, wie Sie bestimmt wissen", erwiderte sie kühl. „Aber so dumm bin ich wahrhaftig nicht, mir dafür ausgerechnet Ihren Garten auszusuchen."

Er lachte weich. „Nein, das glaube ich auch."

Sie sah ihm zu, wie er den Kopf senkte und den winzig kleinen Stich weiterbehandelte.

„Was wollten Sie eigentlich dort?"

Joanna zuckte die Schultern. „Das kleine Mädchen konnte den Ball nicht finden. Zufällig hatte ich mitbekommen, wohin er gerollt war. Als das Kind zu weinen anfing, tat es mir leid."

„Das wird jetzt einen oder zwei Tage lang ein bisschen ziehen oder jucken", erklärte er, während er ihr mit dem Finger zart und behutsam über die Haut strich. „Danach dürfte alles in Ordnung sein."

„Gut", sagte sie nur, wobei ihre Stimme leicht bebte.

Fragend schaute er Joanna an. „Was ist los? Tut es weh, wenn ich die Wunde berühre?"

„Nein", entgegnete sie rasch. „Er bringt meine Nerven bis in die Fingerspitzen zum Vibrieren, das ist es", dachte sie aufgewühlt. Rasch bedankte sie sich und zog die Hand zurück.

Khalil jedoch ergriff ihre Hand noch einmal. „Ich bin noch nicht fertig. Ich muss noch Salbe auftragen und einen Verband anlegen."

„Das ist nun wirklich nicht nötig."

„Halten Sie endlich einmal still. Ich bin auch ganz vorsichtig."

Und tatsächlich spürte Joanna kaum etwas, so sanft und zärtlich behandelte er sie. „Nur noch eine Minute."

Starr und steif saß sie neben ihm, während er die Heilcreme auftrug. Nie hätte sie sich träumen lassen, dass ein Mann so einfühlsam und geschickt helfen konnte. Bestimmt gelang es ihm, mit dieser bei ihm wie selbstverständlich anmutenden rücksichtsvollen Gelassenheit auch den wildesten Wüstenhengst zu zähmen und zu bändigen. Es überraschte sie jedoch ein wenig, dass er auch sie so zart streichelte und mit so viel Feingefühl berührte, als wäre sie zerbrechlich und ihre Haut aus Seide.

Sie bekam Herzklopfen. Khalil hatte den Kopf über ihre Hand geneigt. Sie betrachtete sein dunkles Haar, das sich im Nacken lockte. Wie würde er wohl reagieren, wenn ich ihm mit den Fingern durch diese ebenholzschwarze, glänzende Pracht fahren würde, überlegte sie.

Er hatte sich umgezogen und trug jetzt Jeans und ein blaues Hemd. Ihr wurde bewusst, dass er genauso gut nach New York wie in jede andere Stadt passte. Er bewegte sich überaus selbstsicher und sah umwerfend gut aus.

Sie biss sich nachdenklich auf die Lippe. Noch vor wenigen Minuten hatte er sie wütend aufs Bett befördert, und sie hatte befürchtet, er würde sie vergewaltigen. Aber sie konnte nicht länger leugnen, dass sie gar keine Angst gehabt, sondern sich bis ins Innerste berührt gefühlt hatte, als er so auf sie hinabgeschaut hatte. Sie schloss die Augen und stellte sich vor, wie sich sein Körper an ihrem anfühlen, wie sehr er sie erregen würde, wenn er sie in Besitz nahm …

Du liebe Zeit! Rasch öffnete sie die Augen wieder. Nun ist es aber wirklich genug!, rief sie sich zur Ordnung. Sie wünschte sich keineswegs, gegen ihren Willen von einem Mann geliebt zu werden. Außerdem würde er es auch gar nicht tun, das hatte er nämlich nicht nötig.

„So", sagte er zufrieden, „das war's. Sich so heroisch aufzuführen …"

Empört stieß Joanna die Luft aus. „Das lag mir fern. Ich sagte doch, Lilia hat geweint, deshalb …"

Plötzlich klopfte es kaum hörbar an der Tür. „Mein Herr?", flüsterte Lilia und näherte sich vorsichtig. Sie schaute erst Joanna, dann Khalil an, der die Arme vor der Brust verschränkte und jene arrogante Haltung einnahm, die Joanna inzwischen so gut kannte. „Es tut mir leid", begann die Kleine.

Er nickte und verzog dabei keine Miene. „Das sollte es auch. Du hast genug Platz zum Spielen, jede Menge Spielsachen – und ein Kindermädchen, das dich beaufsichtigt. Bist du etwa Amara wieder weggelaufen?"

Lilia zögerte kurz mit der Antwort. „Amara ist eingeschlafen. Nach dem Lunch hat sie noch eine ganze Pralinenschachtel leer gegessen. Danach wollte sie sich in der Sonne ausruhen."

Um Khalils Mund zuckte es. „Komm, lass dich umarmen, mein kleines Teufelchen", forderte er sie liebevoll auf.

Lilia rannte lachend in seine Arme. „Ich hab' dich lieb", rief sie fröhlich.

Er hob das Kind hoch, küsste es auf beide Wangen und stellte es wieder auf den Boden. „Nun such dein Hündchen, und geh wieder spielen. Ich werde mit Amara reden."

„Du bist ihr doch nicht böse?"

Khalil seufzte. „Nein."

Lilia lächelte erleichtert. „Danke", sagte sie artig und wandte sich dann an Joanna. „Danke, dass du meinen Ball gefunden hast."

Nun lächelte auch Joanna. „Gern geschehen!"

Das Kind schlüpfte zur Tür hinaus.

Joanna räusperte sich. „Ich wusste nicht, dass Lilia Ihre Nichte ist."

„Es ist eine Art Ehrenname, ich bin nicht ihr richtiger Onkel."

„Die Kleine scheint Sie sehr zu mögen. Sie ist so ein süßes kleines Mädchen."

„Ja, das ist sie wirklich. Sie ist Amahls Tochter, er war mein engster Vertrauter und ist wahrscheinlich bei einem Scharmützel ums Leben gekommen, jedenfalls wird er seitdem vermisst. Lilia blieb allein zurück, die Mutter starb nämlich bereits kurz nach der Geburt des Kindes."

Mit einem Mal wurde Joanna bewusst, wie angespannt er wirkte. Am liebsten hätte sie ihn in die Arme genommen, ihn liebevoll gestreichelt und …

„Abu ist böse und hinterhältig, Joanna." Khalils Stimme klang rau. „Wenn Ihr Vater den Vertrag mit ihm wirklich unterzeichnet, wird Abu sich so viele Waffen kaufen können, dass er uns mühelos vernichtet."

Erstaunt sah sie ihn an. „Abu ist doch Sultan von Jandara", sagte sie leise.

„Er ist ein rücksichtsloser Diktator, was Ihr Vater sehr genau weiß." Khalil legte ihr nun die Hände auf die Schultern. „Trotzdem will er mit ihm zusammenarbeiten."

„Das kann ich nicht glauben."

„Auch wenn ich mich wiederhole, Joanna, aber ich lüge nicht."

Sie holte tief Luft. „Ich verstehe das alles nicht. Wie kann er der rechtmäßige Herrscher von Jandara sein, wenn …"

„Ich bin der rechtmäßige Herrscher. Abu hat sich die Macht angeeignet, als ich noch ein kleiner Junge war." Seine Miene verdüsterte sich, und sein Griff wurde so fest, dass es Joanna fast den Atem verschlug. „Meine Eltern kamen bei einem Flugzeugabsturz ums Leben, deshalb sollte Abu mit einem Ältestenrat so lange regieren, bis ich alt genug war, um die Nachfolge meines Vaters anzutreten. Stattdessen ließ er die Mitglieder des Gremiums töten, die er nicht korrumpieren konnte, und ernannte sich zum alleinigen Machthaber."

Joanna schüttelte zweifelnd den Kopf. „Warum hat er Sie nicht auch umbringen lassen?"

„Vielleicht wäre ich dann zum Märtyrer und damit für ihn noch viel gefährlicher geworden."

„Und warum gehen Sie nicht gegen ihn vor und machen Ihre Ansprüche geltend?"

„In unserem Land herrscht in der Tat ein heimlicher Krieg, von dem Sie nur deshalb nichts bemerkt haben, weil er nicht auf blutigen Schlachtfeldern und mit dem Einsatz von Panzern und Flugzeugen und sonstiger moderner Ausrüstung geführt wird. Immer, wenn sich die Gelegenheit bietet, fügen wir dem Gegner Schaden zu und warten im Übrigen auf den Augenblick, in dem wir ihn vernichten können, ohne Verluste unter unserer Zivilbevölkerung hinnehmen zu müssen." Er verzog die Lippen. „Ich kann meinen Leuten erst dann Opfer abverlangen, wenn ich ganz sicher bin, dass wir auch gewinnen."

Joanna begegnete Khalils glühendem Blick. Sie hätte ihm gern geglaubt, dann aber zugeben müssen, dass ihr Vater gelogen hatte. Sie war verunsichert. „Sie sprechen über Moral – trotzdem verweigern Sie mir meine Freiheit." Sie fuhr sich mit der Zunge über die trockenen Lippen. „Wenn Sie mir wirklich die Wahrheit gesagt haben und ich Ihnen glauben soll, erwarte ich von Ihnen, dass Sie mich zu meinem Vater zurückbringen."

„Das ist leider völlig ausgeschlossen."

„Na, bitte. Sie ergehen sich in großartigen Reden über Gerechtigkeit und so, und dann ..." Sie riss sich von ihm los. „Es ist einfach unmöglich, Khalil. Sie haben mich entführt und schließen mich hier ein ..."

„Dafür hatte ich einen Grund, Joanna. Ich hatte keine andere Wahl."

„Es gibt immer eine Alternative! Sie können Ihre Entscheidung jederzeit korrigieren."

„Nein, das kann ich nicht", erwiderte er.

„Ich verspreche Ihnen, ich werde meinen Vater davon unterrichten, was Sie mir über Abu erzählt haben."

Khalil schüttelte den Kopf. „Mein Entschluss steht fest, Joanna. Ich werde Sie nicht freilassen."

Sie errötete vor Zorn. „Sie ... Sie sturer, unverschämter Kerl! Warum soll ich Ihnen überhaupt ein einziges Wort glauben?"

„Es reicht, Joanna."

„Nein! Sie sind ein arroganter, herrschsüchtiger Mensch. Ich kann es kaum erwarten, Sie eingesperrt zu sehen!"

Plötzlich nahm er sie in die Arme. Sie war so überrascht, dass sie aufschrie. „Wenn Sie nicht endlich den Mund halten, muss ich Sie zum Schweigen bringen", verkündete er und küsste sie.

Joanna wand und drehte sich wie wild in seinen Armen. „Verdammt", zischte sie an seinem Mund und biss ihn so fest in die Lippe, dass diese zu bluten anfing.

Doch er lachte nur und hielt Joanna noch fester. „Wehren Sie sich ruhig", sagte er, während er sie eisern umklammert hielt. „Was bedeutet das schon, Joanna. Bald werden Sie meinen Namen rufen, sich an mich schmiegen und mich anflehen, den Kampf zwischen uns auf die einzige Art zu beenden, die wir beide verstehen."

„Nein, das ist doch alles gar nicht wahr!", erwiderte sie verzweifelt.

Aber er hatte recht. Sie begehrte ihn so sehr wie er sie. Mit seinen feurigen, leidenschaftlichen Küssen schien Khalil sie aufzufordern, sich ihm zu unterwerfen. Und gleichzeitig lag darin das Versprechen seiner völligen Hingabe. Joanna schluchzte bei dieser Erkenntnis unterdrückt auf. Und mit einem Mal legte sie ihm die Arme um den Nacken, drängte sich an ihn und öffnete die Lippen, um dem Drängen seiner Zunge nachzugeben. Triumphierend hob er sie hoch und trug sie zum Bett.

„Joanna", flüsterte er zärtlich.

Sie blickte ihn unverwandt an, während er sie vorsichtig auf die Matratze legte. Sein Lächeln sagte ihr, dass er genau das bekommen hatte, was er wollte – und es war sein Gesichtsausdruck, der Joanna unvermittelt in die Wirklichkeit zurückbrachte. Ihre leidenschaftlichen Gefühle waren schlagartig verschwunden, und ihr Verstand setzte wieder ein.

Was war bloß in sie gefahren? Wie hatte sie ihn gewähren lassen und ihm sogar noch entgegenkommen können? Immerhin hatte er sie entführt. Sie war seine Gefangene. Und nun lag sie hier in seinem Bett und ließ es zu, dass er ihre Schwäche ausnutzte.

„Lassen Sie mich los!" Mit den Fäusten trommelte sie so fest gegen seine Schulter, dass er sich augenblicklich zurückzog. „Sie sind ausgesprochen clever! Alle Achtung, Khalil." Sie hielt seinem Blick stand. „Wenn Sie mich dazu bringen, mit Ihnen zu schlafen, können Sie nämlich gar nicht verlieren! Solange ich hier bin, wäre ich dann Ihr Spielzeug und später, sobald ich weg bin, so etwas wie eine Versicherungspolice."

Er richtete sich zu voller Größe auf und sah sie überrascht an. „Wovon reden Sie eigentlich?"

„Wahrscheinlich haben Sie recht." Joanna schwang die Beine aus dem Bett und stand ebenfalls auf. „Wenn ich freiwillig mit Ihnen ins Bett gehen würde, könnte ich nachher nicht tatenlos zusehen, falls man versuchen würde, Sie fertigzumachen."

„Ich verstehe den ganzen Unsinn nicht", sagte er, drehte sich um und stürmte durchs Zimmer zur Tür, die er aufriss. Dem Mann, der davor Wache stand, rief er einen Befehl zu. Dann forderte er Joanna mit eiskalter Stimme auf: „Kommen Sie!"

„Sie brauchen mich nicht hinauszuwerfen, ich gehe freiwillig." Betont gleichgültig durchquerte sie den Raum und unterdrückte die Regung loszurennen.

„Das glaube ich Ihnen sogar", erwiderte er. Er legte ihr die Hand auf den Rücken und schob sie ziemlich unsanft in den Vorraum. „Warten Sie. Der Wächter leistet Ihnen inzwischen Gesellschaft."

„Wie nett! Worauf soll ich überhaupt warten?"

Er lächelte kühl. „Freuen Sie sich Joanna. Ihre Tage als einsame Gefangene neigen sich dem Ende zu."

9. KAPITEL

Joanna stand vor Khalils Schlafzimmer. „Will er mich tatsächlich freilassen?“, überlegte sie und weigerte sich, daran zu glauben. Aber was sonst hatte er mit seinen Worten gemeint?

Sie wäre glücklich, von diesem Platz und dem schrecklichen Mann wegzukommen. Nie würde sie ihm verzeihen, dass er sie eingeschlossen hatte und bewachen ließ, auch nicht die anderen Demütigungen, die er ihr zugefügt hatte.

„Sind Sie fertig, Joanna?“

Sie wirbelte herum und sah Khalil an der offenen Tür stehen, die er völlig auszufüllen schien. Er trug nun ein weißes Hemd, dazu eine enge schwarze, perfekt sitzende Hose und Reitstiefel. Außerdem hatte er sich einen weißen Mantel lässig über die Schultern geworfen.

„Oh, ja“, entgegnete sie und lächelte ihn strahlend an. „Ich brauche nur noch meinen Koffer zu packen und …“

„Ich habe für derartige Scherze keine Zeit“, unterbrach er sie unfreundlich.

„Nein, bestimmt nicht. Ich bin nämlich die Einzige hier, die zu viel Zeit hat. Vielleicht sollten wir einmal darüber reden, dass ich nicht daran gewöhnt bin, meine Tage mit Nichtstun zu verbringen. Glauben Sie etwa, ich hätte bisher wie eine verwöhnte Märchenprinzessin gelebt?“

„Das ist absurd. Natürlich weiß ich es besser.“ Khalil verschränkte die Arme vor der Brust. „Sie gehen jeden Tag zu Bennettco ins Büro und arbeiten dort stundenlang an der Seite Ihres Vaters.“ Nun lächelte er grimmig. „Das wollten Sie mir doch weismachen, nicht wahr?“

Joanna errötete. Es war sinnlos, ihm weiterhin etwas vorzumachen. „Ich würde gern vierundzwanzig Stunden im Büro verbringen, aber leider ist mein Vater ein Chauvinist, genau wie Sie!“

„Die Liste meiner schlechten Eigenschaften wird endlos!“ Plötzlich kam einer seiner Männer angerannt, und Khalil drehte sich um. „Ah“, sagte er und nahm dem Mann den mit Silberlurex durchwirkten weißen Mantel aus der Hand. „Danke, Ahmed.“ Dann reichte er Joanna das Kleidungsstück. „Ziehen Sie ihn über.“

Sie warf einen verächtlichen Blick darauf. „Ich bin nicht eine von Ihren Frauen. Ich lasse mich nicht wie ein Weihnachtsgeschenk einpacken!“

„Es würde mir im Traum nicht einfallen, so etwas aus Ihnen zu machen, so kratzbürstig, wie Sie sind!“

„Gut. Dann vergessen Sie das Ding hier. Ich werde es nämlich nicht tragen.“

Kurz entschlossen ging er auf sie zu, legte ihr den Mantel um und zog ihr die Kapuze über das glänzende kastanienbraune Haar. „Es ist nur zu Ihrem Besten, denn in dieser Jahreszeit wird es hier oben in den Bergen ziemlich kühl“, erklärte er, legte ihr eine Hand auf den Rücken und schob Joanna sanft vor sich her über den Flur. „Warum ist Ihnen eigentlich alles, was ich sage und tue, suspekt?“

„Verdammt!“ Mit einer ungeduldigen Bewegung befreite sie sich aus seinem Griff und wirbelte zu ihm herum. „Jeder, der Ihnen zuhört, muss glauben, Sie hätten mich vom ersten Augenblick an anständig und respektvoll behandelt!“

Sein Blick wurde finster. „Ich gehe so mit Ihnen um, wie Sie es verdienen.“

„Würden Sie mich mehr achten, wenn ich mein Leben lang Ziegen gehütet hätte?“

Zu ihrer Überraschung lächelte er. „Sind wir wieder bei diesem Thema? Es könnte sich in der Tat als nützlich herausstellen, Sie als Ziegenhirtin einzusetzen!“

„Ich würde mich lieber um Lilia kümmern“, erwiderte sie schnippisch. „Die Kleine scheint nicht besonders glücklich zu sein.“

„Auch mir ist klar, dass Lilia Gesellschaft braucht – ich hätte aber nicht gedacht, dass es Ihnen Freude machen würde, sich mit ihr zu beschäftigen.“

„Woher sollten Sie es auch wissen? Sie sind sowieso davon überzeugt, ich sei eine herzlose und maßlos verwöhnte Frau. Einerseits werfen Sie mir Schubladendenken vor, andererseits versuchen Sie ständig, mich in ein Schema zu pressen, um Ihre vorgefasste Meinung bestätigt zu finden."

„Ich weiß, was ich sehe!"

„Ach, tatsächlich? Dann müssten Sie eigentlich bemerkt haben, dass ich Kinder sehr gern habe. Eine Zeit lang hatte ich sogar ernsthaft den Wunsch, Lehrerin zu werden."

„Was hat Sie daran gehindert?"

Joanna zögerte kurz mit der Antwort. „Mein Vater war nicht einverstanden."

„Deshalb haben Sie sich für ein anderes Studienfach entschieden? Das kann ich kaum glauben." Dieses Mal wirkte Khalils Lächeln aufrichtig.

Wieder zögerte sie, weil sie sich nicht genau erklären konnte, warum sie ihm etwas anvertraute, was bisher noch niemand erfahren hatte. „Ich dachte, es wäre ihm lieber, ich würde in die Firma eintreten", erklärte sie.

„Aber das stellte sich dann als Irrtum heraus, stimmt's?", fragte Khalil leise.

Joanna nickte resigniert. „Ja. Er wollte lediglich, dass ich ..."

„Sie sollten das sein, was ich Ihnen vorgeworfen habe, nämlich ein hübsches Anhängsel an seiner Seite, das er stolz vorzeigen konnte."

„Genau", erwiderte sie heftig, bemerkte jedoch im selben Moment, dass in seinem Blick nicht der geringste Spott lag. Allerdings konnte sie den rätselhaften Ausdruck in seinen Augen nicht deuten.

„Vielleicht sehen wir nur das, was wir sehen wollen", sagte er schließlich.

Joanna fand diese Feststellung recht eigenartig und wollte ihn fragen, was er damit meinte. Doch sie kam nicht dazu, denn er legte ihr den Arm um die Schultern und führte sie hinaus in den hellen Sonnenschein.

Vor ihnen, auf dem kopfsteingepflasterten Hof, standen zwei Pferde bereit. Sogleich erkannte Joanna Najib, den kräftigen schwarzen Hengst wieder, der ungeduldig mit den Hufen scharrte. Neben ihm wartete ein kleineres, zierlicheres Pferd. Die Zügel waren mit kleinen Silberglöckchen geschmückt, und der Sattel aus geprägtem Leder stellte ein wahres Meisterwerk dar.

„Sie heißt Sidana und ist sehr sanft, obwohl es auch ihr vielleicht nicht gefallen wird, wenn man von der falschen Seite aufsteigt. Ich garantiere Ihnen, beide werden uns sicher ans Ziel und wieder zurückbringen", erklärte Khalil, während er der Stute sanft die Nüstern streichelte.

Joanna schaute ihn nachdenklich an. „Sie wollen mich gar nicht freilassen, nicht wahr?", fragte sie beklommen.

Er schüttelte den Kopf. „Nein."

„Ich verstehe."

„Nein, das tun Sie nicht. Nach dem heutigen Tag jedoch werden Sie die Lügen, die Ihnen Ihr Vater aufgetischt hat, als solche erkennen."

„Und wessen Lügen werde ich dann glauben? Ihren etwa?"

Es zuckte verräterisch um seinen Mund, doch er beherrschte sich eisern. „Steigen Sie auf", forderte er sie angespannt auf.

„Das ist doch sinnlos! Wenn Sie mich für dumm genug halten, auf irgendein Theater hereinzufallen, das Sie mir zu Ehren inszenieren ..."

„Tun Sie, was ich Ihnen gesagt habe, Joanna. Oder ich hebe Sie auf Najibs Rücken, und wir reiten zusammen auf einem Pferd!"

Damit er wieder die Arme um mich legen und ich seinen Herzschlag spüren kann? Und seinen warmen Atem an den Schläfen? Und seine Oberschenkel an meinen?, fuhr es ihr durch den Kopf. Sie errötete bei diesen Gedanken. „Lieber würde ich mit dem Teufel reiten", sagte sie leise vor sich hin. Dann hielt sie sich am Sattelknopf fest, setzte den Fuß in den Steigbügel und stieg in den Sattel.

„Alles in Ordnung?", erkundigte Khalil sich. Und als sie nickte, schwang er sich mit einer geschmeidigen Bewegung auf Najibs Rücken. „Sidana wird Ihnen keine Probleme bereiten. Sie ist sanftmütig, gehorsam und gut ausgebildet."

„Das Bild der perfekten Frau", warf Joanna zuckersüß ein, während sie losritten. In angemessener Entfernung folgten ihnen zwei von Khalils Leuten.

Er lachte belustigt auf. „So habe ich es noch nicht gesehen, doch nachdem Sie mich darauf hingewiesen haben, kann ich Ihnen nur zustimmen."

„Ich weiß immer noch nicht, wohin wir reiten."

Khalil lächelte. „Warum entspannen Sie sich nicht, Joanna? Sie haben sich beschwert, eingesperrt zu sein – jetzt haben Sie die Möglichkeit, die frische Luft und die schöne Landschaft zu genießen. Freuen Sie sich einfach über den herrlichen Tag."

„Ja, er hat recht", gab sie insgeheim zu. Es war tatsächlich ein wunderschöner Tag. Die Berge, die durch die Bäume aus der Ferne dunkelgrün wirkten, hoben sich gegen einen strahlend tiefblauen Himmel ab. Jetzt im Frühling waren die Abhänge mit blühenden Blumen übersät, die die Luft mit ihrem süßen Duft erfüllten.

Alles erschien Joanna so unwirklich und traumhaft schön. Sie dachte an die von Menschen und Autos überfüllten Straßen in New York und Dallas. Das alles schien so unendlich weit entfernt zu sein. „An einem Fleckchen Erde wie diesem hier könnte ich wirklich glücklich sein", ging es ihr durch den Kopf. Und unwillkürlich ließ sie den Blick zu dem Mann schweifen, der an ihrer Seite ritt.

„Was sollen diese unsinnigen, albernen Gedanken, während mein Vater sich meinetwegen zu Tode ängstigt!", rief sie sich zur Ordnung.

„Hören Sie zu", forderte sie Khalil auf, „wenn Sie sich einbilden, Sie könnten mich mit irgendeiner Vorstellung umstimmen …"

„Dort ist die Bühne mit den Schauspielern, Joanna." Khalil griff ihr in die Zügel. „In ungefähr einer Stunde können Sie mir verraten, was Sie von der Aufführung halten."

Noch bevor sie etwas antworten konnte, gab er Najib die Sporen, und beide Pferde galoppierten los.

Fasziniert genoss Joanna den Anblick, der sich ihr bot. Sie näherten sich einer richtigen kleinen Stadt, mit Häusern und engen Straßen. Nicht einmal Khalil hätte so etwas über Nacht in Szene setzen können, dachte sie verwundert, während er die Pferde anhielt.

„Möchten Sie ein bisschen herumlaufen und sich alles anschauen, Joanna?" Khalil war bereits abgestiegen und stand nun neben der Stute. Er blickte zu Joanna auf, und sein Gesicht wirkte maskenhaft.

Joanna nickte. Sie war so verwirrt über das, was sie vor sich sah, dass sie keinerlei Einwände erhob, als er die Arme ausstreckte, um ihr vom Pferd zu helfen. Im Gegenteil, sie nahm dieses Mal seine Hilfe bereitwillig an und legte ihm die Hände auf die Schultern, um das Gleichgewicht zu halten. Dann ließ er sie vorsichtig auf den Boden gleiten.

„Wie heißt dieser Ort?", erkundigte sie sich interessiert.

„Adaba. Es ist einer unserer wichtigsten Markt- und Warenumschlagplätze." Er ergriff ihren Arm und führte sie durch eine schmale Gasse, die beiden Männer im Schlepptau. „Ich dachte, Sie würden meine unterdrückten Untertanen gern einmal mit eigenen Augen sehen."

Ihr lag eine schlagfertige Antwort auf der Zunge, doch ihr Blick wurde wie magisch vom bunten Treiben vor ihr angezogen. Alle möglichen Waren wurden angeboten. Joanna lauschte dem Stimmengewirr und dem fröhlichen Lachen der vielen Menschen, die sehr beschäftigt und offenbar auch glücklich waren.

„Beobachten Sie genau, wie die Leute sich vor mir ducken und bei meinem Anblick zusammenzucken", forderte Khalil sie leise und spöttisch auf.

Tatsächlich schienen die meisten ihn gar nicht zu bemerken. Und wenn, hielten sie nur kurz inne, um ihm freundlich zuzulächeln und sich an der Stirn zu berühren.

„Haben Sie sie eingeschüchtert und ihnen angedroht, sie köpfen zu lassen, falls sie sich Ihnen in meiner Gegenwart zu Füßen werfen?", fragte Joanna kühl.

Er packte sie fester am Arm. „Warum so phantasielos, Joanna? Vielleicht habe ich ihnen sogar in Aussicht gestellt, sie bei lebendigem Leib zu häuten?"

„Ja, wahrscheinlich!"

Plötzlich kam eine Frau angerannt. Sie wollte Khalil ehrfürchtig begrüßen, doch er gebot ihr Einhalt, legte ihr den Arm um die Schultern und küsste sie auf die Wange. Scheu blickte sie Joanna an und sagte etwas zu Khalil, der daraufhin laut auflachte. Dann mischte die Frau sich wieder unter die Menge.

Joanna versuchte vergeblich, sich aus seinem Griff zu lösen. „Was war denn so lustig?", wollte sie wissen.

Khalil lachte amüsiert. „Sie sagte nur, ihr würden meine blauen Augen besser gefallen als Ihre grünen, obwohl sie diese Farbe ausgesprochen interessant und ungewöhnlich findet."

„Ach, Sie ist wohl eine Ihrer Verehrerinnen, oder?"

„Sie ist Cheva, mein ehemaliges Kindermädchen. Sie hat meine englische Mutter außerordentlich geliebt und war immer froh darüber, dass ich ..."

Joanna blickte ihn erstaunt an. „Ihre Mutter war dann also Engländerin?"

Er lachte. „Ja, Archäologin. Sie kam nach Jandara, um sich an Ausgrabungen zu beteiligen. Es würde perfekt in Ihre vorgefasste Meinung passen, wenn ich nun erklären müsste, mein unzivilisierter Vater hätte sie entführt. Tatsache ist jedoch, dass die beiden sich beruflich kennenlernten, sich sogleich ineinander verliebten und bereits zehn Tage später heirateten." Er umfasste ihre Taille und führte Joanna mitten ins Menschengewühl auf dem Marktplatz.

„Und, waren sie glücklich?"

„Ja, sehr sogar. Stellen Sie sich das mal vor. Ist es wirklich so schwierig, sich das vorzustellen?"

„Ich weiß nicht, was ich sagen soll – und auch nicht, was ich noch glauben soll“, sagte Joanna leise.

Er zog sie fester an sich. „Vielleicht sehen Sie abends klarer.“

Als die Sonne langsam unterging, ritten sie heimwärts. Joanna war nun vollends verwirrt. Alles war anders, als sie erwartet hatte, obwohl sie tief in ihrem Innern so etwas geahnt hatte.

Viele Leute hatten Englisch gesprochen, besonders die jüngeren. „Prinz Khalil sagt immer, dass es die wichtigste internationale Sprache sei, also lernen wir sie“, erklärte ihr ein Pferdehändler ernsthaft. „Wir fangen in der Schule schon in der ersten Klasse damit an.“

„Ach ja, aber nur die Jungen, oder?“

„Ist das in Ihrem Land so?“, erkundigte sich der junge Mann stirnrunzelnd.

„Nein, bei uns haben Jungen und Mädchen die gleichen Chancen.“

„Hier auch. Ich freue mich zu hören, dass man in Amerika ebenso denkt.“

Khalil lachte und klopfte dem Mann auf die Schulter. „Glauben Sie mir, es ist tatsächlich so.“

„Es ist sicher schwierig, so fernab von jeglichem modernen Komfort Kinder großzuziehen, nicht wahr?“, sprach Joanna eine junge Frau an, die mit anderen plauderte.

Die Frau nickte. „Einfach ist es nicht.“

„Warum bleiben Sie dann hier? Verbietet Ihnen Prinz Khalil wegzugehen?“, erkundigte Joanna sich, wobei ihre Stimme ein wenig schrill klang, denn Khalil stand nur wenige Meter entfernt an einen Stand gelehnt.

Die Frau erklärte den anderen kurz, was Joanna gesagt hatte, und sogleich brachen alle in fröhliches Gelächter aus. „Wir können jederzeit gehen, wohin wir wollen“, antwortete sie schließlich. „Aber es wäre ausgesprochen dumm, im Süden unter Abus Herrschaft das Glück versuchen zu wollen, wie Sie sicher bereits gehört haben.“

Joanna blickte die Frau nachdenklich an. Alles stellt sich für mich nun in einem ganz anderen Licht dar, überlegte sie. Dann bedankte sie sich höflich für das Gespräch.

Schweigend ließ sie Khalil gewähren, der sie an der Hand über die staubbedeckte Straße führte.

„Nun, Joanna?“, fragte er sanft. „Haben Sie sich von den tatsächlichen Verhältnissen überzeugen können?“

„Ich bin müde, Khalil, es war ein langer Tag. Lassen Sie uns bitte zurückreiten.“

Er warf ihr einen undefinierbaren Blick zu und nickte dann. „Wie Sie wünschen.“

Als sie wieder bei den Pferden ankamen, legte Joanna der Stute die Hand auf den Nacken und schloss die Augen, während sie die Stirn in die raue Mähne des Tieres drückte.

„Joanna.“ Khalils Stimme klang sanft, und er berührte Joanna liebevoll an der Schulter. Nachdem er sie ein zweites Mal angesprochen und sie immer noch nicht reagiert hatte, ließ er das Pferd von einem seiner Männer wegführen.

Kurz entschlossen hob er Joanna auf den Rücken des schwarzen Hengstes, ehe er sich hinter ihr in den Sattel schwang. Joanna protestierte nicht, als er die Arme um sie legte und die Zügel in die Hand nahm. Sie war viel zu müde und abgespannt, um sich gegen irgendetwas zu wehren.

Jetzt ritten sie hinaus in die Berge. Auf einer Wiese, die übersät mit blühenden Blumen war, hielt Khalil Najib an, ließ sich zu Boden gleiten und half dann Joanna vom Pferd.

„Was bedrückt Sie, Joanna?“

Sie senkte den Kopf, weil sie vor Khalil die Tränen in ihren Augen verbergen wollte. Doch er umfasste ihr Gesicht mit beiden Händen und zwang sie, ihn anzuschauen. „Ist es so schlimm, sich mit den Tatsachen abzufinden?“, erkundigte er sich sanft.

Sie schüttelte den Kopf. War das, was sie gesehen hatte, Wahrheit oder Illusion? Bald würde sie es nicht mehr unterscheiden können.

„Und warum weinen Sie, Joanna?"

„Tu ich doch gar nicht", entgegnete sie, wobei ihr, wie um ihre Worte Lügen zu strafen, eine kleine Träne über die Wange rollte.

Lächelnd fing er sie mit der Fingerspitze auf. „Und was ist das?"

Seufzend trat Joanna einen Schritt von ihm weg und bückte sich langsam, um eins der Gänseblümchen zu pflücken, die zu ihren Füßen alle gleichzeitig mit den Köpfchen zu nicken schienen. Tief atmete Joanna den zarten Duft ein. Schließlich ließ sie den Blick in die Ferne schweifen, wo Berge hoch in den Himmel ragten.

Nach einer Weile wandte sie sich an Khalil und sprach das aus, was sie vorher nicht einmal zu denken gewagt hatte. „Sie werden mich erst dann freilassen, wenn mein Vater das Projekt mit Abu aufgibt, stimmt's?"

Khalil nickte. „Ja."

Joanna schluckte heftig, bevor sie die Frage herausbrachte: „Er hat sich geweigert, oder?"

Und wieder nickte Khalil. „Es tut mir leid", sagte er leise. „Ich habe mir gewünscht, Sie würden erkennen, wie mein Volk und ich hier wirklich leben."

„Es gibt viele verschiedene Wirklichkeiten. Vielleicht sollte ich endlich meine eigene akzeptieren."

„Joanna."

Sie blickte zu ihm auf, dabei rutschte ihr die Kapuze des Mantels vom Kopf. Ihr schmales Gesicht, das von einer Flut kastanienbraunen Haars umrahmt wurde, war unverkennbar blass. „Er rechnet wahrscheinlich damit, ich würde meine Meinung ändern und Sie zurückbringen."

„Und, werden Sie es tun?" Sie begegnete seinem Blick. „Auch dann, wenn Bennettco Ihre Bedingungen nicht erfüllt?"

„Wie kann ich Sie denn gehen lassen?", stieß er heftig und leidenschaftlich hervor, während er wieder ihr Gesicht umfasste. „Sagen Sie mir, wie, Joanna."

Natürlich konnte er es nicht, denn sie war ja das Pfand, das er in

Händen hielt – und obwohl ihr Vater das alles sehr genau wusste, zögerte er, den entscheidenden Schritt zur Befreiung seiner Tochter zu unternehmen.

Nein, das durfte einfach nicht wahr sein. Vielleicht hatte Khalil ja gelogen.

„Wenn Sie auch nur einen Funken Anstand besäßen, würden Sie mich gehen lassen", sagte sie.

Er sah plötzlich finster aus. „Das kann ich nicht, wie ich bereits erklärte."

„Sie machen mir nur etwas vor! Sie haben mit meinem Vater keinen Kontakt aufgenommen ..."

„Joanna!" Er fasste sie an den Schultern. „Jetzt hören Sie mir zu!"

„Mein Vater liebt mich", stellte sie trotzig fest.

„Auf seine Art bestimmt. Aber ..."

„Da gibt es kein Aber, Khalil. Was Sie mir heute gezeigt haben, war ganz interessant, jedoch ..."

„Was wollen Sie damit sagen?"

„Nun, es war aufschlussreich, eine kleine Stadt anzuschauen, in der die Menschen keineswegs in Armut oder im Elend leben. Wahrscheinlich schmeichelt es Ihrem Ego, dass die Leute Ihnen ihre Zuneigung zeigen. Aber das ist sicher nicht die ganze Geschichte, es muss noch mehr dahinterstecken, nur weiß ich nicht, was."

„Verdammt, Joanna! Wenn Sie schon nicht auf mich hören wollen, dann wenigstens auf Ihre innere Stimme! Ihre Worte ergeben doch gar keinen Sinn!"

„Nein! Ich werde nicht auf Sie hören!" Sie hielt sich die Ohren zu wie ein kleines, störrisches Kind.

„O doch, das werden Sie!", stellte er ungehalten fest, während er ihr die Hände wegzog. „Und zwar weil ..." Er schaute ihr tief in die Augen, dann zog er sie an sich und presste die Lippen auf ihre.

„Nein!" Joanna versuchte, ihn von sich zu stoßen. „Ich hasse Sie, Khalil!"

„Lügnerin!“, flüsterte er und küsste sie wieder.

„So kann man Probleme nicht lösen“, fuhr sie ihn an und drehte das Gesicht zur Seite. „Sie sind wohl immer noch davon überzeugt, mich zum Schweigen bringen und mir Dinge einreden zu können, die gar nicht wahr sind!“

Khalil presste sie fester an sich. „Das Einzige, was wirklich zählt, ist die Tatsache, dass wir uns vom ersten Augenblick an zueinander hingezogen fühlten.“

„Versuchen Sie nicht, dem Ganzen einen romantischen Touch zu geben! Sie waren entschlossen, Bennettco das Geschäft zu vermasseln, deshalb mussten wir verhandeln. Und dann haben Sie mich kurzerhand gekidnappt!“

„Und Sie zu dem Zeitpunkt bereits begehrt!“ Er lachte heiser. „Vor hundert Jahren hätte ich Sie auf dem Pferd entführt!“

„Ja, genau!“ Joanna trommelte mit den Fäusten gegen seine Schultern.

Er nahm ihre Hände und legte sie so fest an seine Brust, dass sie seinen Herzschlag spürte. „Sie begehren mich genauso wie ich Sie.“

„Nein! Ganz im Gegenteil, ich verachte Sie, Khalil ...“

Er ließ sie jedoch nicht ausreden, sondern küsste sie wieder, und dieses Mal ganz sanft und liebevoll.

„Verachten Sie mich, wenn es Sie erleichtert“, flüsterte er, „aber verweigern Sie sich mir nicht – und geben Sie sich Ihren Gefühlen hin.“

„O nein!“, schrie sie insgeheim verzweifelt auf. Dann legte sie Khalil die Arme um den Nacken. Leise sagte er ihren Namen, und schließlich fanden sich ihre Lippen in einem ungestümen, leidenschaftlichen Kuss. Mit den Fingern fuhr er ihr sanft durch das dichte seidenweiche Haar, während sie sich langsam aufs Gras und in die Blumen sinken ließen. Khalil stöhnte auf und küsste sie immer wieder.

Joanna hatte das Gefühl, in einem Meer von Entzücken zu versinken. Sie ließ die Hände unter Khalils Hemd gleiten, in dem glühenden Verlangen, seine nackte Haut zu streicheln.

Khalil hob Joanna leicht an, um ihren geschmeidigen Körper so eng an sich zu pressen, dass sie seine heftige Erregung spürte. Dann küsste er sie so besitzergreifend und innig, dass sie sicher war, jede einzelne seiner Zärtlichkeiten würde sich für immer in ihr Gedächtnis einprägen.

Als er sich aufrichtete, um sich hinzuknien, und Joanna dabei mitzog, flüsterte er wieder ihren Namen. Dabei streifte er ihr erst den weißen Umhang von den Schultern und zog ihr dann das T-Shirt aus. Die Luft streifte kühl ihre Haut, doch Khalils Mund und seine Hände fühlten sich ganz warm an. Und als er ihre Brüste zärtlich liebkoste und die aufgerichteten Spitzen sanft mit der Zunge umspielte, schrie sie leise auf vor Lust.

Khalil legte sie sanft ins Gras zurück und löste sich von ihr.

„Nein", rief sie und versuchte, ihn festzuhalten – doch er streifte sich nur den Mantel und das Hemd ab.

„Streichle mich", forderte er sie verhalten auf, während er ihre Hand an seine Brust zog.

Joanna rang nach Luft.

„Joanna, meine wunderschöne Joanna." Er ließ sich neben ihr nieder und liebkoste die sanften Rundungen ihrer Brüste. „Wenn du wüsstest, wie sehr ich dich begehre. Vom ersten Augenblick an war ich wie besessen von dir."

Sie umfasste sein Gesicht. Dann zog sie ihn zu sich herab und küsste ihn. „Sag mir, wie sehr", forderte sie ihn lächelnd auf. Sie fand es ganz natürlich, dass sie sich jetzt duzten.

„So sehr!", sagte er rau, ergriff wieder ihre Hand, die er an die Stelle seines Körpers presste, wo Joanna seine leidenschaftliche Erregung spürte. Seine Ungeduld und sein heftiges Verlangen schienen ihre Handfläche wie eine lodernde Flamme zu verbrennen. Dann beugte er sich über Joanna, küsste sie und erforschte das Innere ihres Mundes mit der Zunge. Joanna fieberte dem Augenblick entgegen, in dem er sich in ihr bewegen würde.

Tiefe Freude und heißes Begehren breiteten sich in ihr aus. Genauso hatte sie es sich gewünscht, von Anfang an. Khalil, wie er sie umarmte und küsste, sie berührte und sie in das weiche grüne Gras drückte …

Khalil, der Mann, der sie entführt hatte und gefangen hielt. Sie war hier, weil ihr Vater sich weigerte, um ihre Freilassung zu feilschen, und weil Khalil ihr die Freiheit verwehrte. Und nun lag sie in den Armen des Mannes, der den Konflikt heraufbeschworen hatte, und tat genau das, was er vorausgesagt hatte.

Plötzlich kam sie zur Besinnung, stieß Khalil mit einem Aufschrei von sich, sprang auf und hüllte sich in den Umhang, den sie vom Boden aufgerafft hatte. Sie war wütend auf Khalil und ihren Vater, am meisten jedoch auf sich selbst. Auch Khalil stand auf.

„Joanna", sagte er leise. In seinem Blick lag heißes Verlangen. „Was hast du?"

„Für wen hältst du dich eigentlich?", fuhr sie ihn mit bebender Stimme an. „Mich so zu behandeln, als wäre ich eine deiner kleinen Sklavinnen!"

Er zog die Augenbrauen zusammen. „Was?"

„Ich weiß nicht, wie die Vorführung heute in Adaba zustande gekommen ist, Khalil. Aber das ist mir auch egal. Der Punkt ist, ich sehe jetzt alles viel klarer. Sam hatte recht. Du bist und bleibst ein unzivilisierter Mensch."

„Sei still! Du redest Unsinn." Er ging rasch auf sie zu, und in seinen Augen blitzte es rätselhaft auf. Erschrocken wich sie zurück. „Steig aufs Pferd", forderte er sie auf, so sanft jedoch, dass sie schauderte. „Dann sitz still, und schweig, bis wir im Palast sind."

Joanna warf den Kopf zurück. „Ja, gewiss, mein Herr. Dein Wunsch sei mir …"

Mit einem Mal stöhnte sie auf, denn er packte sie heftig an den Schultern. „Treib es ruhig auf die Spitze, Joanna. Du zwingst mich nur, dir zu beweisen, wie unzivilisiert ich sein kann", warnte er sie.

Eine scharfe Antwort lag ihr auf der Zunge. Doch als sie die Kälte in seinem Blick bemerkte, schwieg sie lieber. Der Falke des Nordens, dachte sie und erbebte insgeheim.

„Ich könnte jetzt alles mit dir machen, und niemand würde mich deswegen jemals zur Verantwortung ziehen. Also halt dich besser an meine Befehle. Wenn dir das gelingt, kommst du vielleicht heil zum Palast zurück."

Joanna blickte ihn herausfordernd an, drehte sich schließlich um und stieg aufs Pferd. Als er sich hinter ihr in den Sattel schwang und Najib heftig die Sporen gab, überlegte Joanna, ob ihre Welt jemals wieder heil sein würde.

10. KAPITEL

Joanna schritt die Wände ihres Zimmers ab. Zwanzig Schritte an der einen entlang, fünfzehn an der anderen und dasselbe noch einmal. Nach einer Woche kannte sie die Abmessungen des Raums so genau wie die des weitläufigen Gartens und des Palastes und wie die von Khalils Bibliothek. Nie wieder würde sie ein in einem Käfig gefangenes Tier ansehen können, ohne sogleich Mitleid und Erbarmen zu empfinden.

Nicht, dass sie schlecht behandelt wurde, ganz im Gegenteil. Seit jenem Vorfall hatten sich die Bedingungen für sie sogar gebessert.

„In meiner Begleitung können Sie gehen, wohin Sie wollen, Joanna", teilte Rachelle ihr am nächsten Morgen die gute Neuigkeit mit. „Und Sie dürfen auch die Bücherei benutzen, wenn Sie möchten."

Joanna presste die Lippen zusammen. Glaubte Khalil, sie davon überzeugen zu können, dass er nicht so unzivilisiert war, wie sie behauptet hatte, wenn er ihr gestattete, seine Bücher zu lesen und frei herumzuspazieren?

Nun, dann irrte er sich gewaltig! Sie durchquerte wieder einmal das Zimmer und ließ die Gedanken schweifen, erinnerte sich daran, dass sie in der ersten Nacht von ihrem Vater geträumt hatte, der so mit seinem Spiel beschäftigt gewesen war, dass er den Reiter, der seine Tochter entführte, gar nicht wahrgenommen hatte.

„Du warst entsetzlich dumm", sagte sie sich leise und warf entschlossen den Kopf zurück.

Ihrem Vater war natürlich bekannt, was hier mit ihr geschah, aber es kümmerte ihn nicht!

Nein, so war es auch nicht. Wahrscheinlich war er besorgt, jedoch nicht beunruhigt. Er vertraute darauf, Khalil würde ihr kein Haar krümmen, weil sie ihm als Mittel zum Zweck diente.

Joanna blickte in den Spiegel an der gegenüberliegenden Wand. Sie sah gut aus. Nach den vielen Stunden im Garten in der Sonne hatten ihre Wangen eine rosige Farbe angenommen. Ihr Haar glänzte, und ihre Augen glänzten – natürlich vor Zorn, wie sie sich einredete.

Nach tagelangem sorgfältigem Nachdenken hatte sie einen Plan entwickelt. Sie atmete tief ein und aus. Es gab keinen Grund, noch länger mit der Verwirklichung zu warten. Sie wollte endlich handeln.

„Jetzt oder nie", sagte sie laut, drehte sich um und ging zur Tür, die sie schwungvoll öffnete.

„Ich will den Prinzen sprechen", verkündete sie dem Mann, der auf dem Flur Wache stand.

Er runzelte die Stirn und schüttelte den Kopf. „Rachelle, oder?"

„Nein, den Prinzen."

„Ja, Rachelle."

„Ach, du liebe Zeit", fuhr Joanna, der das freundliche Lächeln vergangen war, ihn ungeduldig an. „Spricht denn hier niemand Englisch?"

Kurz entschlossen drängte sie ihn mit dem Ellbogen zur Seite und eilte den Flur entlang. Ziemlich ungehalten rief der Mann etwas hinter ihr her, dann setzte er sich mit schweren Schritten in Bewegung. Und als er Joanna erreichte, hielt er sie grob fest.

„Lassen Sie mich sofort los, oder ich …", forderte sie ihn ärgerlich auf.

„Was soll denn das?"

Joanna und der Wächter wirbelten gleichzeitig herum. Khalil stand auf der Türschwelle zu einem der Zimmer, mit grimmiger Miene und die Hände in die Hüften gestemmt.

Der Mann erging sich in einem Redeschwall, den Joanna ungerührt unterbrach. „Sag deinem Dobermann, er soll die Hände von mir nehmen."

Verwundert zog Khalil die Augenbrauen hoch und sprach kurz mit dem Mann, der sich daraufhin entfernte.

„Was führt dich zu mir, Joanna?"

„Ich muss unbedingt mit dir reden", erwiderte sie förmlich. „Das habe ich diesem Kerl klarmachen wollen, aber er hat mich nicht verstanden."

„Es ist nicht Mustafas Schuld, dass er deine Sprache nicht beherrscht. Ich habe ihn angewiesen, Rachelle zu rufen, wenn du etwas brauchst."

„Nur du kannst mir helfen."

„Ich habe zu viel zu tun. Wende dich an Rachelle", sagte er und zog sich ins Zimmer zurück. „Sie wird mich über deine Wünsche informieren."

„Warte!" Joanna stürzte auf die Tür zu und drückte sie wieder auf. Fast schon zu spät erinnerte sie sich daran, dass sie die zurückhaltende, unglückliche Frau spielen wollte. „Bitte", fügte sie leise und ganz sanft hinzu und blickte ihn verzweifelt an.

Ihre Rechnung schien aufzugehen. Seine Miene entspannte sich etwas. Sekundenlang sah er Joanna an. „Gut, fünf Minuten, Joanna", gab er nach.

Sie nickte, während er sie mit einer Handbewegung zum Eintreten aufforderte. Neugierig schaute sie sich um.

„Mein Büro."

Erstaunt drehte sie sich um. Khalil stand noch an der Tür und beobachtete sie aufmerksam.

„Ich bin mir nicht bewusst, dass ich etwas gefragt habe."

„Das hast du auch nicht." Stirnrunzelnd durchquerte er rasch den Raum und blieb neben dem hübschen alten Schreibtisch vor dem Fenster stehen. „Es war doch klar, dass du dir Gedanken machst, wozu ein unzivilisierter Mensch so ein Zimmer braucht. Ich wollte dir die Mühe ersparen, es laut auszusprechen."

„Ich bin nicht gekommen, um mit dir zu streiten, Khalil."

„Warum dann?" Er schob die Unterlagen beiseite und lehnte sich an das schöne Möbelstück. Dabei blickte er Joanna unverwandt an. „Von deinem Vater habe ich noch nichts gehört, falls du das wissen möchtest."

„Das wollte ich nicht." Sie fuhr sich mit der Zunge über die trockenen Lippen.

„Dann klär mich bitte auf, denn ich habe wenig Zeit." Er warf einen Blick auf seine Armbanduhr. „Ich höre. Was gibt es Wichtiges?"

„Ich habe über etwas nachgedacht, was wir auf dem Ausflug nach Adaba besprochen haben."

„An jenem Tag ist nichts geschehen, das eine Diskussion wert wäre", erwiderte er kurz angebunden. „Wenn das alles ist …"

„Ich habe dir gesagt, wie langweilig es ist, herumzusitzen und nichts zu tun", fuhr sie eilig fort und rang sich ein höfliches Lächeln ab. „Das verstehst du doch, oder?"

„Du kannst dich im Palast und im Garten frei bewegen und außerdem meine Bibliothek benutzen."

„Oh, ja. Du bist sehr großzügig."

Er kniff die Augen zusammen, sodass Joanna im Stillen aufstöhnte.

„Was willst du sonst noch von mir?" Sein Blick wurde hart. „Wenn du deine Zeit mit Lilia verbringen möchtest, dann muss ich dir leider sagen, dass ich meine Meinung darüber geändert habe. Ich glaube nämlich nicht, dass du einen guten Einfluss auf sie ausüben würdest."

Joanna hob das Kinn. „Nein", entgegnete sie ruhig, „natürlich nicht. In deiner Gesellschaft ist sie viel besser aufgehoben."

Er warf ihr einen fragenden Blick zu, dem sie betont unschuldig lächelnd begegnete. Nach einer Weile nickte er steif und wies auf die Regale an den Wänden. „Hier sind ebenfalls jede Menge Bücher, obwohl ich bezweifle, dass sie dir gefallen werden."

„Danke. Ich habe genug zu lesen. Was ich brauche, ist Bewegung."

„Du gehst doch jeden Nachmittag mit Rachelle spazieren."

„Ja, richtig. Das genügt mir jedoch nicht."

„Leider kann ich dir hier weder Partys noch Discos bieten."

„Ich rede von etwas anderem. Ich bin es wirklich nicht gewöhnt, so untätig herumzusitzen, Khalil. Wenn ich in New York bin, gehe ich regelmäßig zur Gymnastik." Sie hoffte inständig, er würde nicht merken, wie verärgert sie war. Deshalb zauberte sie vorsichtshalber wieder ein Lächeln auf die Lippen. „Und auf unserer Ranch in Dallas reite ich täglich."

„Ach, tatsächlich?", fragte er, wobei er nur die Augenbrauen leicht hob, doch seine Miene blieb ausdruckslos. Dann schüttelte er ungläubig den Kopf. „Eigenartig. Ich erinnere mich nämlich gut daran, dass du nicht wusstest, von welcher Seite man bei einem Pferd auf- und wieder absitzt."

„Ich war aufgeregt und völlig verwirrt."

„Gib es auf, Joanna." Er schaute sie durchdringend an. „Ich nehme dir nicht ab, dass du dich plötzlich in ein sanftmütiges Lamm verwandelt hast. Wir beide kennen dein aufbrausendes Temperament. Nun sag endlich, was du wirklich willst. Und beeil dich bitte."

Joanna nickte. „Gut. Ich habe es ernst gemeint. Ich langweile mich zu Tode und möchte ausreiten. Du brauchst mich gar nicht so ungläubig anzusehen, Khalil. In der Nacht, als du mich hergebracht hast, war ich verständlicherweise so aufgewühlt, dass ich keinen klaren Gedanken fassen konnte."

„Ja, mag sein", gab er widerstrebend zu.

„Es ist die Wahrheit! Ich kann reiten. Und ich möchte dich bitten, es mir jeden Tag eine Stunde zu gestatten, um …"

„Unter keinen Umständen!"

„Warum nicht?" Sie faltete die Hände vor sich, damit er nicht bemerkte, wie sehr sie zitterten. Wenn er ihre Bitte abschlug … „Warum nicht?", wiederholte sie. „Du kannst ja mitkommen und dich von meinen Reitkünsten selbst überzeugen."

„Nein." Er ging um den Schreibtisch herum. „Ich habe viel zu viel Arbeit, um meine Zeit mit dir zu verschwenden, Joanna."

Seine harten Worte trafen sie wie Peitschenhiebe. „Das habe ich auch nicht erwartet", entgegnete sie.

Nun lächelte er sogar. „Hältst du mich wirklich für so dumm, dich allein ausreiten zu lassen?"

„Nein. Ich hatte eher daran gedacht, dass du mich von einer Eskorte begleiten lässt."

„Unmöglich." Er setzte sich hin und begann, die Unterlagen durchzusehen. „Wenn du fertig bist ..."

„Warum ist es unmöglich?"

Khalil blickte auf. „Weil ich es gesagt habe."

Verzweiflung überfiel sie. Deshalb tat sie das, was sie unter allen Umständen hatte vermeiden wollen, weil sie ihm diesen Triumph nicht gönnte. Tränen traten ihr in die Augen, ihre Lippen zitterten, und als sie zu sprechen anfing, schwankte auch ihre Stimme. „Bitte", sagte sie leise. „Khalil, bitte! Ich sterbe noch, wenn ich weiterhin wie ein Vogel im Käfig herumsitzen muss."

Sie schwieg und hasste sich dafür, sich seiner Gnade und Barmherzigkeit auszuliefern. Tiefe Hoffnungslosigkeit erfüllte sie. Und sie verstand auch nicht, warum die Kälte in seinem Blick ihr fast das Herz zerriss.

Joanna wandte ihm den Rücken zu. „Es tut mir leid, deine Zeit verschwendet zu haben."

Plötzlich schob er den Stuhl zurück, durchquerte den Raum und stellte sich hinter sie. „Joanna." Er umfasste ihre Schultern und drehte sie zu sich herum. „Schau mich an." Als sie es tat, fragte er: „Ist es wirklich so schlimm für dich, hier bei mir zu sein?"

„Ja. Kannst du nachempfinden, wie man sich als Gefangene fühlt?"

„Ja, das bist du, Joanna, meine Gefangene", sagte er leise.

Ihre Blicke trafen sich. Sie stöhnte unterdrückt auf und hatte das Gefühl, in der unendlichen Tiefe seiner blauen Augen zu versinken. Er hatte recht, sie war wie gefesselt von ihm und gehörte zu ihm. Mit einem Mal war die Atmosphäre zwischen ihnen zum Zerreißen gespannt. Joanna klopfte das Herz zum Zerspringen. Sie erinnerte sich daran, wie innig er sie im Gras geküsst, wie zärtlich er sie liebkost hatte und wie warm sich seine Lippen auf ihren angefühlt hatten, so warm wie die Strahlen der Sonne …

Rasch ging sie einige Schritte zurück. „Ich weiß genau, was ich bin." Es gelang ihr sogar, ihre Stimme kühl und gleichgültig klingen zu lassen, obwohl sie zutiefst aufgewühlt war. „Und wenn du auch nur halb so mitfühlend bist, wie du tust, dann denkst du endlich auch einmal an mich."

Khalil presste die Lippen zusammen. „Darum geht es gar nicht, das weißt du genau."

„Darüber möchte ich nicht mit dir diskutieren, Khalil. Ich habe dich um einen Gefallen gebeten. Wirst du mir die Bitte nun erfüllen oder nicht?"

Sekundenlang herrschte Schweigen. Schließlich ging Khalil an ihr vorbei zur Tür, die er so heftig aufriss, dass der Mann davor erschrocken zurückfuhr. Er sprach kurz mit ihm und wandte sich dann wieder an Joanna. „So, es ist erledigt."

Joanna wagte kaum zu atmen. „Heißt das … du erlaubst mir auszureiten?"

„Einmal täglich und nur in Begleitung von zwei Personen." Seine Miene wurde finster. „Ich muss für einige Tage fort, Joanna. Meine Männer werden für deine Sicherheit sorgen."

„Du meinst, sie werden mit allen Mitteln verhindern, dass ich weglaufe."

„Du musst mir versprechen, keinen Fluchtversuch zu unternehmen, Joanna." Als sie zögerte, ging er auf sie zu und umfasste ihre Schultern. „Versprich es mir, Joanna. Oder ich werde meine Erlaubnis zurücknehmen."

„Ich verspreche es", erklärte sie, obwohl sie ihn nur ungern anlog. Lächelnd ging sie an ihm vorbei und aus dem Zimmer.

„Sprechen Sie Englisch?", fragte sie den Wächter. Und als er es bejahte, nickte sie. „Wir gehen jetzt zu den Ställen", verkündete sie mit einer solchen Selbstverständlichkeit, als wäre sie es gewöhnt, Befehle zu erteilen.

Khalil musste lachen, obwohl ihm gar nicht danach zumute war. Er schaute zum Fenster hinaus und beobachtete Joanna, wie sie im Sonnenschein mit dem Mann über den Hof schritt. Ein zweiter Aufpasser gesellte sich zu ihnen. Beide waren groß und kräftig, neben ihnen wirkte Joanna schmal und zierlich. Trotzdem erweckte sie den Eindruck, ihnen in jeder Hinsicht gewachsen zu sein, wenn auch nicht körperlich, so doch in ihrer Entschlossenheit.

Und auch was den Mut anging. Seufzend drehte Khalil sich um und setzte sich hinter den Schreibtisch. Sie war nicht so, wie er sie zunächst eingeschätzt hatte, diese Joanna Bennett. Khalil griff nachdenklich nach dem Füllhalter. Es wäre wirklich gut, wenn dieser törichte Vater endlich zu Verstand kommen und das tun würde, was getan werden musste. Dann würde es für die Arbeiter keine Probleme geben, Abu müsste auf einen Teil seiner Ansprüche verzichten, und Joanna würde zurückkehren in die Welt des schönen Scheins, in die sie gehörte. Und er, Khalil, würde sie sogleich vergessen …

Ja, ganz bestimmt, nahm er sich vor.

Der Füllhalter entglitt seiner Hand. Und es vergingen einige Minuten, bis Khalil ihn aufnahm und sich wieder seiner Arbeit widmete.

Am nächsten Morgen stand Joanna früh auf und ging auf den Flur hinaus. „Ich gehe jetzt reiten“, erklärte sie dem ziemlich irritiert dreinblickenden Wächter. Sie wusste genau, dass er sie nicht verstand und dass ihr Vorgehen eigentlich nicht korrekt war. Aber es gehörte alles zu dem Plan, den sie ausgeheckt hatte.

Und da Khalil abwesend war, konnte sie ihr Vorhaben leicht in die Tat umsetzen. Es durften trotzdem keine unvorhergesehenen Schwierigkeiten auftreten, wenn ihr die Flucht gelingen sollte. Deshalb hatte sie beschlossen, erst einmal zu üben.

Niemand folgte ihr, wie sie insgeheim zufrieden feststellte. Offenbar hatte man den Mann über ihr neues Privileg unterrichtet, sodass er nun nicht genau wusste, wie er zu reagieren hatte.

Als sie einen Blick über die Schulter warf, sah sie, dass er sich schließlich doch noch in Bewegung setzte, aber das war völlig unwichtig. Hauptsache, sie war ungehindert an ihm vorbeigekommen.

Am zweiten Morgen erschien sie zur selben Zeit. Die Männer, die sie am Vortag begleitet hatten, warteten bereits auf sie.

„Guten Morgen“, begrüßte Joanna sie freundlich. „Ich hatte gehofft, Rachelle würde mit dem Frühstück kommen.“ Betont theatralisch ließ sie den Blick in alle Richtungen über den Flur schweifen. „Noch nicht? Ach, dann eben nicht.“ Sie verschwand wieder im Zimmer und schloss die Tür hinter sich.

Um zwei Uhr nachmittags wiederholte sie ihre Vorstellung vom Vortag. Sie beachtete den überraschten Wächter nicht, der einige Sekunden brauchte, um sich von seiner Verblüffung zu erholen, und sich dann in die andere Richtung verzog. Wahrscheinlich, so überlegte sie, um den beiden Männern Bescheid zu sagen, die mit mir reiten sollen.

Im Stall angekommen, lächelte sie den jungen Burschen freundlich an und wies auf die Stute. Als die beiden Begleiter endlich völlig außer Atem auftauchten, war Sidana schon gesattelt und bereit, loszureiten.

Am dritten Tag ließ sie alles am späten Vormittag ablaufen. Und dieses Mal wunderte sich niemand mehr. Offenbar hatte man sich auf ihre unberechenbaren Allüren eingestellt, genau so, wie sie es beabsichtigt hatte.

Sie vermied es sorgfältig, irgendeinen Verdacht zu erregen. Im Stall wartete sie stets höflich auf die beiden Männer. Und auch während des Ausritts legte sie es darauf an, als ganz besonders ungeschickte Reiterin aufzufallen.

Nach dem Mittagessen des dritten Tages steckte sie die frischen Weintrauben und Nüsse, die man ihr mit anderen Köstlichkeiten vorgesetzt hatte, zusammen mit dem Brot in die tiefen Taschen des Kapuzenmantels, den Khalil ihr für den Ausflug nach Adaba überlassen hatte.

Es war zwar nicht viel Proviant, aber er musste ausreichen. Joanna hatte nicht die geringste Ahnung, wie lange sie bis in den Süden des Landes unterwegs sein würde. Trotzdem war sie fest entschlossen, am nächsten Tag die Flucht zu wagen.

Am folgenden Morgen zog Joanna sich noch vorm Frühstück an und hüllte sich in den Umhang. Dann riss sie die Tür auf und sah sich einem Wächter gegenüber, der bisher noch nicht in Erscheinung getreten war.

„Guten Morgen", begrüßte sie ihn höflich und wollte an ihm vorbeieilen. Er versperrte ihr jedoch den Weg, wobei er kein einziges Wort zu sagen brauchte, denn seine drohende Körperhaltung war eindeutig genug.

„Gehen Sie mir bitte aus dem Weg", forderte Joanna ihn forsch auf, bekam allerdings Herzklopfen vor Aufregung. Doch der Mann dachte gar nicht daran, ihrem Befehl nachzukommen. „Ich gehe reiten", versuchte sie ihm zu erklären. Und als er immer noch keine Reaktion zeigte, wiederholte sie ihre Worte laut und eindringlich.

Es nützte alles nichts. Schließlich nahm sie ihre Fäuste zu Hilfe und schlug auf ihn ein. „Lassen Sie mich durch, Mann! Der Prinz hat mir erlaubt auszureiten. Verdammt, hören Sie schlecht?"

„Was ist los, Joanna?"

Sie wirbelte herum und erblickte Lilia, die der Auseinandersetzung mit einem Stirnrunzeln auf dem hübschen Gesicht lauschte. „Lilia." Joanna bückte sich und umarmte das Mädchen liebevoll. „Ich freue mich, dich zu sehen! Ich habe dich schon vermisst."

Lilia lächelte scheu. „Ich freue mich auch. Hast du Probleme mit Ali?"

Joanna nickte; bei dem herrischen Unterton in der Stimme des Mädchens musste sie sich das Lachen verkneifen. „Ja. Dein Onkel hat mir einen täglichen Ausritt gestattet. Ali scheint jedoch davon nichts zu wissen."

„Oh, du bist genau wie ich, Joanna", rief Lilia glücklich aus. „Ich bin auch gern frühmorgens, wenn die Erde noch so wunderschön frisch duftet, auf dem Pferd unterwegs!“ Entschlossen machte sie einige Schritte auf den Mann zu und strahlte dabei sogar eine gewisse Autorität aus. „Ich kümmere mich um Ali!“

Joanna wagte nicht zu atmen, während Lilia auf ihn einredete. Er schien unschlüssig, doch dann legte er kurz die Hand an die Stirn und bequemte sich, Platz zu machen. Joanna bedankte sich höflich. Vor Erleichterung wurde ihr ganz schwach in den Knien.

„Darf ich mitkommen?“

Joanna überlegte eine kleine Weile. Plötzlich verspürte sie ein schreckliches Schuldgefühl. „Oh, Lilia“, erwiderte sie sanft, „ich glaube nicht …“

„Bitte!“

Joanna ließ den Blick zum Wächter schweifen, der immer noch verunsichert wirkte und nicht wusste, wie er sich verhalten sollte. Mit einem Mal wurde ihr bewusst, dass er die anderen noch informieren würde. Mit etwas Glück konnte sie sich einen Vorsprung verschaffen.

Verzeih mir, Lilia, tat sie insgeheim Abbitte. Laut sagte sie nur: „Ja, gut.“ Das Kind an der Hand, durchquerte sie den Flur. Lilia plauderte fröhlich drauflos, während Ali ratlos zurückblieb.

Bei den Ställen angekommen, zögerte Lilia. „Beinahe hätte ich vergessen, dass ich nicht allein ausreiten darf. Ali soll schnell …“

„Nein“, unterbrach Joanna sie rasch. Dann biss sie sich auf die Lippe, bückte sich und umfasste das Gesicht des Mädchens. „Nein“, wiederholte sie ruhiger. „Jetzt noch nicht. Lass uns erst die Pferde satteln, oder?“

Lilia zuckte die Schultern. „Wie du willst, Joanna.“

Das kleine Mädchen befahl dem noch ganz verschlafen aussehenden Stallburschen etwas, worauf dieser die weiße Stute und ein rötlichgraues Pony aus den Boxen führte, dem er den Sattel auflegte. Als er der Stute die Zügel angelegt hatte, rief ihm der Wächter, der wohl immer skeptischer wurde, in scharfem Ton einige Worte zu und verschwand wieder.

Joanna war klar, sie durfte keine Zeit mehr verlieren. Sie küsste das verblüffte Kind auf die Wange. „Verzeih mir, Lilia", flüsterte sie.

Dann schwang Joanna sich auf Sidana, schob den Burschen zur Seite, ergriff die Zügel und gab dem Pferd die Sporen. Noch ehe jemand ihr Vorhaben durchschaute, schoss das Tier wie der Blitz zum Tor hinaus. Joanna duckte sich über den Nacken des Pferds und ritt der Freiheit entgegen.

11. KAPITEL

Nach Einbruch der Dunkelheit musste Joanna sich eingestehen, wie schwierig ihre Lage war. Sie hatte Hunger und Durst, und der ganze Körper schmerzte ihr vom Reiten ohne Sattel – aber was noch viel schlimmer war, sie hatte sich hoffnungslos verirrt.

Zunächst hatte sie ihre Aufmerksamkeit nur darauf gerichtet, einen möglichst großen Vorsprung zu erzielen, und dabei nicht auf die Richtung geachtet. Sie hatte auf den Überraschungseffekt gebaut und dadurch mindestens fünf oder sechs Minuten gewonnen. Doch irgendwann hörte sie trotzdem die stampfenden Hufe hinter sich und warf einen Blick zurück. In einer riesigen Staubwolke kamen Reiter immer näher. Früher oder später würden diese sie eingeholt haben.

Wie gehetzt suchte sie die Umgebung nach einem Unterschlupf ab und erspähte tatsächlich ein dichtes Gebüsch in der Nähe des Pfads. Es gelang ihr gerade noch rechtzeitig, sich dahinter zu verstecken. Sekundenbruchteile später donnerten die Männer auf den Pferden an ihr vorbei. Verzweifelt überlegte sie, welche Richtung sie nun einschlagen sollte, da erblickte sie jenseits des Gesträuchs einen parallel verlaufenden schmalen Weg. Sie biss die Zähne zusammen und beschloss, das Risiko einzugehen.

Eine Zeit lang sah es ganz so aus, als hätte sie eine gute Entscheidung getroffen. Wie eine Schlange wand sich der schmale Pfad bergabwärts durchs Gebirge – bis er plötzlich an einer schwindelerregend steilen Klippe endete.

Ein großer Stein, den die Stute losgetreten hatte, stürzte mit viel Getöse in die endlose Tiefe. Voller Angst und unter starkem Herzklopfen drängte Joanna das Pferd vorsichtig vom Abgrund weg. Sie wollte jedoch nicht die ganze Strecke zurückreiten, das würde zu viel Zeit kosten. Deshalb entfernte sie die verräterischen Glöckchen vom Zügel und dirigierte das Pferd zwischen den Büschen hindurch, ohne die geringste Ahnung zu haben, wo sie sich befand. Schließlich erreichte sie eine enge Schlucht und dachte darüber nach, wie es nun weitergehen sollte. Sie schaute sich den Himmel und die Berggipfel an, die die untergehende Sonne in ein fast unwirklich wirkendes Rotgold tauchte.

Als sie den klagenden Schrei einer Eule hörte, schauderte sie und hüllte sich noch fester in den langen Wollmantel ein. Es war kühl geworden, und während der Nacht würde es noch kälter werden. Außerdem war Sidana erschöpft, sie ließ den Kopf hängen. Sie hatte sich großartig gehalten, war in rasendem Tempo davongaloppiert und zeigte erst seit ungefähr einer Stunde Müdigkeitserscheinungen.

Es wurde rasch dunkel. Der Mond, der wie eine Sichel über den Bäumen hing, tauchte die Schlucht in blasses Licht. Joanna war sich bewusst, sie musste unbedingt etwas unternehmen, doch all ihre Überlegungen führten zu nichts. Plötzlich hob die Stute den Kopf und schnaubte leicht. Erschrocken versuchte Joanna, in dem fahlen Licht etwas zu erkennen.

Erneut schnaubte Sidana und scharrte diesmal mit den Hufen. Joanna streichelte ihr den Nacken, um sie zu beruhigen. „Was hast du gehört, Sidana? Ist dort jemand?", flüsterte sie dem Pferd ins Ohr.

Die Stute bewegte sich zaghaft vorwärts. Joanna lockerte die Zügel und ließ sie gewähren. Sidana trabte los, und mit einem Mal war Joanna alles klar. Genau vor ihnen und in dem verschwommenen Licht kaum wahrnehmbar, sprudelte eine Quelle aus dem Felsen.

Joanna lobte das Tier und glitt vorsichtig zu Boden. Nach dem langen Ritt ohne Sattel spürte sie jeden einzelnen Muskel. Sidana beugte sich zum Wasser hinunter, während Joanna sich hinkniete und in tiefen Zügen aus der hohlen Hand trank. Das tat gut, denn Durst hatte sie schon seit Stunden gequält.

Joanna richtete sich wieder auf – und blieb sogleich wie erstarrt stehen. Sie vernahm gedämpftes Stimmengewirr, gefolgt von dem Geräusch von Hufen und dem Krachen von Leder. Khalils Leute haben mich aufgespürt, war ihr erster Gedanke. Hastig griff sie nach den lose herabhängenden Zügeln und führte Sidana in das nahe gelegene Gebüsch. „Sch, sch", flüsterte sie außer sich vor Entsetzen und streichelte die Stute beruhigend, damit sie keinen Laut von sich gab.

Unter keinen Umständen durfte man sie entdecken. Sie wollte sich nicht wieder in den Palast bringen lassen, auch wenn das bedeutete, dass sie hier eine unbequeme Nacht verbringen musste und erst im Morgengrauen ihren Weg fortsetzen konnte.

Dort hinten waren sie! Joanna sah sie ziemlich deutlich, während sie zur Quelle ritten. Es handelte sich um ungefähr ein Dutzend Männer – aber die Gesichter und auch die Kleidung waren ihr unbekannt. Offenbar gehörten sie nicht zu Khalils Gefolgschaft. Wer mochten sie dann sein?

Außer einem unförmig dicken Mann, der der Anführer sein musste, weil er ununterbrochen irgendwelche Befehle schrie, stiegen alle von den Pferden. Einer rannte zum Wasser, füllte einen Becher und eilte damit zu dem fetten Bandenchef zurück. Nachdem dieser gierig getrunken hatte, wälzte er sich unbeholfen aus dem Sattel.

Mit Grausen und Abscheu erkannte Joanna, wie schrecklich brutal diese bis an die Zähne bewaffneten Männer aussahen.

Sie verstand nichts von dem, was gesprochen wurde. Erst als sie „... Abu AI Zouad" hörte, ging ihr ein Licht auf – und es verschlug ihr fast den Atem. Natürlich! Der Dicke war Abu höchstpersönlich. Ihr Vater hatte ihn ihr einmal beschrieben. Allerdings kannte Sam ihn nur in teuren italienischen Maßanzügen gekleidet und mit viel zu viel Goldschmuck behangen. Wahrscheinlich wäre er ziemlich überrascht, Abu in dieser schmierigen Dschellaba und mit den Patronengurten um Brust und Bauch vorzufinden.

Als Abu das Wort ergriff, vernahm sie immer wieder „Joanna Bennett". Wollte er sie etwa befreien? Die Aufmachung deutete allerdings eher auf einen Überfall als auf eine Rettungsaktion hin. Man sollte sich nicht von Äußerlichkeiten täuschen lassen, fuhr es ihr durch den Kopf.

Sie war völlig verunsichert und wusste nicht, ob sie sich zeigen oder weiterhin versteckt halten sollte. Irgendwie gefiel ihr nicht, wie abfällig und gemein die Männer lachten, wenn Abu ihren, Joannas, Namen nannte.

Aber als alle wieder aufsaßen, wischte sie ihre Bedenken beiseite und beschloss, sich zu erkennen zu geben. Vorsichtig schritt sie vorwärts ...

Plötzlich legte ihr jemand von hinten die Hand auf den Mund und umschlang sie mit dem anderen Arm so fest, dass sie sich kaum noch rühren konnte. Sie versuchte, sich zu wehren, und zappelte wie wild, doch sie hatte keine Chance.

„Joanna! Hör damit auf! Ich bin's“, hörte sie es an ihrem Ohr flüstern. Zu ihrer unendlichen Erleichterung erkannte sie Khalils Stimme und beruhigte sich sogleich wieder, während er sie langsam zu Boden drückte. „Keinen Laut, verstehst du?“, fragte er leise.

Sie nickte, und erst dann nahm er die Hand von ihren Lippen. Genau in diesem Augenblick zogen die Reiter weiter und verschwanden in der Dunkelheit.

Joanna drehte sich um und blickte Khalil an. In dem fahlen Mondlicht bemerkte sie den harten Zug um seinen Mund und die scharfen Linien um seine Augen, ein Zeichen von Schlafmangel und Müdigkeit, und wie unrasiert er war. Trotzdem wurde ihr wieder schmerzlich bewusst, dass sie noch nie einem so gut aussehenden Mann begegnet war. Ich bin zwar seinem goldenen Gefängnis entkommen, doch werde ich es schaffen, jemals die Erinnerungen an ihn aus meinem Gedächtnis auszulöschen?, fragte sie sich beunruhigt.

Wie betäubt flüsterte sie seinen Namen, er schüttelte jedoch den Kopf, und der starre Ausdruck auf seinem Gesicht begann sich langsam zu lösen. „Später haben wir genug Zeit zum Reden“, meinte er.

Najib stand hinter ihm, mit aufmerksam aufgerichteten Ohren. Khalil führte das Pferd an den Zügeln in die der Quelle entgegengesetzte Richtung, während Joanna ihm mit der Stute folgte.

Nach einem Fußmarsch von ungefähr zehn Minuten gelangten sie in ein Labyrinth von riesigen Felsbrocken, an dessen anderem

Ende der Eingang zu einer Höhle lag.

Nachdem Khalil die Pferde in einem verborgenen Durchgang angebunden hatte, geleitete er Joanna durch den Irrgarten in den Unterschlupf.

„Hier habe ich oft als kleiner Junge gespielt“, erklärte er, und das Echo seiner Stimme hallte von den Wänden zurück. „Sie ist tief genug, wir sind hier absolut sicher. Es gibt sogar einen Notausgang, falls wir so etwas brauchen.“

Innerhalb von wenigen Minuten trug er einen kleinen Stapel Holz und Strauchwerk weit hinten in der Höhle zusammen und zündete es an. Als er sich schließlich umdrehte und Joanna anschaute, blieb ihr fast das Herz stehen. Sie waren auch vorher schon allein gewesen, doch dieses Mal war alles anders. Es berührte sie eigenartig, ihm nun wieder so nah zu sein.

„Wohin wolltest du, Joanna?“, fuhr er sie scharf an. „Du hattest mir dein Wort gegeben! Aber ich hätte wissen müssen, dass du dich nicht daran gebunden fühlst.“

Joanna warf ärgerlich den Kopf zurück. „Ich habe dir nie versprochen, freiwillig bei dir als deine Gefangene zu bleiben.“

„Du kleine Närrin! Ich rege mich nicht über deine Flucht auf, sondern über die Gefahr, in die du dich begeben hast! Es ist ausgesprochen gefährlich, allein hier im Gebirge herumzureiten, ganz besonders jedoch für eine Frau.“

„Du hast mich nicht konkret davor gewarnt.“

„Ich dachte, es sei wohl nicht nötig. Jeder halbwegs intelligente Mensch ...“

„Hör endlich auf. Ich habe genug von deinen Beleidigungen!“

„Dann fordere mich auch nicht dazu heraus. Wenn du deinen Verstand gebraucht hättest, wärst du von selbst darauf gekommen, dass meine Anweisungen lediglich deiner eigenen Sicherheit dienten.“

„O ja“, entgegnete Joanna mit schwankender Stimme und spürte, wie ihr Tränen in die Augen stiegen, obwohl sie eigentlich gar keinen Grund zum Weinen hatte. „Du brauchst mich als Druckmittel, deshalb darf mir nichts zustoßen."

„Unsinn", entgegnete er, und noch ehe sie wusste, wie ihr geschah, riss er sie in die Arme und küsste sie so leidenschaftlich und verlangend, dass ihr der Atem stockte. Dann umfasste er ihr Gesicht und zwang sie, ihm in die Augen zu sehen. „Du kannst nicht so blind sein, das ist unmöglich", flüsterte er. „Du bist nicht nur meine Geisel. Du musst doch gefühlt haben, wie viel du mir bedeutest."

„Nein", sagte sie unsicher. Und nochmals: „Nein."

Er lächelte, und plötzlich lag grenzenlose Zärtlichkeit in seinem Blick. „Dann werde ich es dir jetzt beweisen", erklärte er mit sanfter Stimme und senkte langsam den Kopf.

Diesmal küsste er sie unendlich sanft und zärtlich, während er ihr mit den Händen durchs Haar fuhr. Joanna erbebte, zögerte jedoch, seine Liebkosungen zu erwidern.

„Joanna", flüsterte er an ihren Lippen. „Joanna, Joanna ..."

Mit einem Mal durchströmte sie eine Woge der Erregung, so unerwartet und heftig, dass sie glaubte, darin zu versinken, und sie begann, am ganzen Körper zu zittern. „Khalil?", sagte sie kaum hörbar. Und er verstand sogleich die Bitte, die in diesem einen Wort lag.

Er schlang die Arme fester um sie und küsste sie drängend und voller Sehnsucht. Ihre Lippen öffneten sich, während sie ihm die Arme um den Nacken legte und sich in dem Bewusstsein, ihn niemals mehr in ihrem Leben loslassen zu wollen, ungestüm an ihn klammerte.

„Wie hast du mich überhaupt gefunden?", erkundigte sie sich, als er ihre Augenlider und Schläfen mit kleinen Küssen bedeckte. „Woher kommst du eigentlich? Du warst doch abwesend ..."

„Abu hatte mich offenbar unter einem Vorwand weggelockt. Ein cleverer Schachzug, doch in diesem Land hier bleibt ein Geheimnis nicht lange unentdeckt. Nachdem ich einen entsprechenden Hinweis erhalten hatte, trug ich meinen Leuten auf, dich mit bewaffneten Wachen zu umgeben."

„Wollte Abu mich befreien?"

Khalil zögerte kurz, ehe er antwortete: „Nein, er benutzt dich nur als Vorwand, um gegen mich vorgehen zu können."

„Aber – ist dein Volk nicht gefährdet?"

„Er wird in eine Falle reiten, denn meine Männer erwarten ihn. Ach, Joanna." Er strich ihr das Haar aus der Stirn. „Ich habe jetzt keine Lust, mit dir über Abu zu reden", meinte er.

Und wieder verschloss er ihr die Lippen, dieses Mal mit einem noch leidenschaftlicheren Kuss. Joanna stöhnte leise auf. Schließlich neigte er den Kopf und presste den Mund auf die kleine Mulde am Halsansatz, fast so, als wollte er ihren wie wild pochenden Pulsschlag spüren.

Verhalten rief sie seinen Namen, während er ihr den Umhang von den Schultern streifte. Als er ihr die Knöpfe des Shirts öffnete, sah er ihr unverwandt in die Augen. Sie hatte das Gefühl, sein Blick würde sich für immer in ihren einbrennen.

Nachdem ihr Shirt zu Boden gefallen war, holte er tief Luft und betrachtete sie mit einem so grenzenlosen Verlangen, dass sie spürte, wie ihre Brüste sich heftig hoben und senkten und die Spitzen sich unter seinem Blick aufrichteten.

„Du bist so schön!" Langsam streckte er die Hand aus und streichelte die zarten Spitzen liebevoll mit den Fingern. „Du bist die schönste Frau, die ich je gesehen habe."

„Du siehst auch gut aus", sagte sie leise, während sie ihm den Mantel abstreifte. Mit zitternden Fingern öffnete sie ihm das Hemd und ließ die Hand darunter gleiten. Zärtlich streichelte sie seine Brust. Und als bei ihrer Berührung sein Atem schneller ging, empfand sie ein ihr bisher unbekanntes herrliches Gefühl des Triumphs.

Khalil zog ihre Hand an die Lippen und drückte einen Kuss darauf. „Ich möchte dich ganz sehen, Joanna."

Sie blieb reglos stehen und ließ es geschehen, dass er ihr die Schuhe, die Hose und den Seidenslip auszog. Und als Khalil sie dann liebevoll betrachtete, stieg ihr die Röte in die Wangen, aber nicht vor Verlegenheit, sondern weil sie ihn so sehr begehrte, dass es sie wie ein süßer Schmerz durchfuhr. Ihr Körper war bereit für ihn. Obwohl er sie bis jetzt kaum berührt hatte, war sie von heißem Begehren erfüllt.

„Und jetzt möchte ich dich auch sehen“, flüsterte sie. Sie hob den Blick und schaute Khalil unverwandt an, während sie an der Schnalle seines Gürtels nestelte. Als es ihr schließlich gelang, ihn zu öffnen und sie dann die Hand ganz leicht über seine Jeans gleiten ließ, spürte sie seine leidenschaftliche Erregung, die ihr fast den Atem raubte.

Khalil stöhnte auf. Liebevoll umfasste er ihr Handgelenk und sagte lächelnd: „Sei vorsichtig, sonst ist die Nacht vorüber, bevor sie überhaupt angefangen hat, wenn du so weitermachst.“

„Erwartest du, dass ich dir gehorche?“, fragte Joanna neckend.

Khalil lachte, hob sie hoch und erwischte dabei auch noch Najibs Satteldecke. Er trug Joanna noch tiefer in die Höhle hinein, dorthin, von wo aus das prasselnde Feuer nur noch als ein sanfter Widerschein wahrzunehmen war.

„Heute Nacht, mein Liebling, sind wir nur füreinander da und gehorchen uns gegenseitig.“

Ganz langsam und vorsichtig legte er sie auf die Decke, auf den Rücken, und neigte sich dann über Joanna. Im schwachen Schein des Feuers wirkte sein Gesicht rätselhaft unwirklich und geheimnisvoll.

„Ich habe dich vom ersten Augenblick an begehrt“, gestand er ihr rau.

Joannas leises Lachen klang heiser. „Und ich dachte, du hättest mich am liebsten erwürgt.“

Khalil fiel in ihr Lachen ein. „Du hast recht, zeitweise hätte ich es am liebsten getan.“ Er sah ihr tief in die Augen, und der belustigte Ausdruck verschwand von seinem Gesicht. „Doch heute Nacht – heute Nacht“, sagte er rau, „möchte ich nur eines mit dir machen.“

Dann fuhr er mit den Fingerspitzen über die sanften Rundungen ihrer Brüste, über ihren flachen Bauch bis zu ihren Oberschenkeln. Joanna flüsterte seinen Namen, doch er schien es nicht zu hören. Er neigte sich über sie und folgte mit den Lippen derselben Linie, die vorher seine Finger gezogen hatten. Erregende Schauer durchliefen

Joanna, als er erst die eine und dann die andere Brust küsste. Als er schließlich die zarten Innenseiten ihrer Schenkel mit den Lippen berührte und ihre intimste Stelle liebkoste, stöhnte Joanna leise auf. Seine sanften Berührungen und Zärtlichkeiten lösten so viel Freude und Lust in ihr aus, wie sie sie noch nie erlebt hatte.

Kurze Zeit später legte er sich auf sie und bat: „Schau mich an, Joanna." Sie tat es und sah das Lächeln auf seinem Gesicht, ein Lächeln, das liebevoll und besitzergreifend zugleich wirkte und ihr beinah den Atem verschlug. Doch als er ganz langsam in sie eindrang und sie dabei unverwandt anblickte, erkannte sie, dass sie eine ebenso große Macht über ihn hatte wie er über sie.

Sie liebte und bewunderte ihn und konnte nun nicht mehr verstehen, weshalb sie so lange gebraucht hatte, sich die Wahrheit einzugestehen. Am liebsten hätte sie ihm ins Ohr geflüstert, dass er nicht nur ihren Körper, sondern auch ihr Herz besaß und alle ihre Sinne ausfüllte. Doch das Entzücken und das Glück, das er ihr schenkte, während er sich tief in ihr bewegte, waren so überwältigend, dass sie kein einziges Wort herausbrachte.

„Mein Liebling", sagte er mit grenzenloser Leidenschaft in der Stimme und küsste Joanna innig und zärtlich. Und dann führte er sie zum gemeinsamen Höhepunkt, bis Joanna das Gefühl hatte, auf einer weißen Wolke davonzuschweben.

In der Nacht wachte Joanna auf, als sie Khalils Lippen auf ihren spürte. Es kam ihr vor wie ein wunderschöner Traum, aus dem sie am liebsten nie mehr aufgewacht wäre. Nachdem sie sich wieder geliebt hatten, kuschelte sie sich in seine Arme und schlief tief und fest ein.

Gegen Morgen wurde sie durch ein Geräusch geweckt. Sie blieb reglos liegen und lauschte aufmerksam, während eine fast unerträgliche Spannung sie befiel. Und dann hörte sie es noch einmal und seufzte erleichtert auf, denn eins der beiden Pferde schien leise dagegen zu protestieren, die Nacht angebunden und im Freien verbracht haben zu müssen.

Joanna lächelte. „Das ist die herrlichste Nacht meines Lebens“, überlegte sie, eng in Khalils Arme geschmiegt. Sie barg das Gesicht an seiner Schulter, atmete seinen männlichen Duft ein und berührte mit den Lippen ganz leicht seine weiche Haut.

Dann betrachtete sie ihn aufmerksam. Im Schlaf sah er so ganz anders aus, die kleinen Fältchen um seine Augen herum waren kaum wahrnehmbar, und um seinen Mund lag ein sanfter Zug. Wohlig seufzend legte sie den Kopf an seine Brust und lauschte dem gleichmäßigen Pochen seines Herzens.

Joanna zweifelte nicht mehr daran, dass er die Wahrheit über Abu Al Zouad gesagt hatte. Ihr Vater hatte zufällig oder absichtlich die Tatsachen verdreht. Nicht Khalil war der Schurke, sondern Abu. Und je eher sie Sam darüber informierte, dass man ihr keine Lügen mehr auftischen konnte, desto besser für sie.

Plötzlich vernahm sie wieder das Geräusch. Sie setzte sich auf und warf die Haare mit einer Kopfbewegung nach hinten. Vielleicht wollten die Pferde mit dem Wiehern auf eine drohende Gefahr hinweisen?

Kurz entschlossen drückte sie Khalil einen Kuss auf die Stirn, stand auf, suchte ihre Kleidungsstücke zusammen und zog sich rasch an. Vorsichtig schlich sie auf den Ausgang zu, der etwas höher lag als die Höhle selbst. Sie musste unbedingt herausfinden, was los war.

Mit einem Mal presste ihr jemand von hinten brutal die Hand auf den Mund. Joanna rang nach Luft und trat heftig um sich. Doch vergebens, noch mehr Hände griffen nach ihr. Man zog sie nach draußen, wo sie von Abu und seiner Gefolgschaft bereits erwartet wurde. Es war schon hell, die Sonne ging gerade auf.

„Guten Morgen, Miss Bennett.“ Joanna beobachtete, wie er sich vom Pferd mühte. Ein unangenehmes Lächeln lag auf seinem Gesicht, als er sich ihr näherte. „Ich bin seine Exzellenz Abu Al Zouad. Sie scheinen nicht gerade erfreut zu sein, mich zu sehen.“

Er sprach mit lauter Stimme. Joanna fiel auf, dass niemand mehr der Höhle Beachtung schenkte, seit sie dort aufgetaucht war. Das konnte nur eines bedeuten: Sie wussten nicht, dass auch Khalil hier war! Wenn es ihr jetzt gelang, ihn aufzuwecken, und er hörte, was sich abspielte, hätte er Zeit genug, durch den Notausgang zu entkommen.

Sie biss dem Mann, der ihr den Mund zuhielt, so heftig in die Hand, dass dieser laut fluchte und Joanna schlagen wollte.

„Das lassen Sie besser sein", warnte sie ihn mit fester Stimme. Ob er nun Englisch verstand oder nicht, jedenfalls hielt er inne und warf Abu einen fragenden Blick zu. Abu forderte ihn mit einer Handbewegung auf, sich zu entfernen.

„Es freut mich, Miss Bennett, dass Ihr Verstand während der Gefangenschaft nicht gelitten hat."

Joanna hob mutig das Kinn. „Wie haben Sie mich gefunden?"

„Meine Spione haben mich von Ihrer überstürzten Abreise unterrichtet. Anschließend war es leicht, Ihrer Spur zu folgen – obwohl ich zugeben muss, dass mein Kundschafter rein zufällig auf Ihr Versteck stieß." Er lächelte schmierig und kam ihr noch näher. „Und jetzt sind Sie meine Gefangene! Und was für eine noch dazu!" Völlig unerwartet fuhr er ihr mit der Hand über den Körper.

Joanna erstarrte. Sie erinnerte sich daran, dass Khalil mit der Antwort gezögert hatte, als sie sich erkundigte, ob Abu sie befreien wolle. „Er benutzt dich nur als Vorwand, um gegen mich vorgehen zu können", hatte er erwidert.

Natürlich beabsichtigte Abu nicht, sie zu ihrem Vater zurückzubringen! Im Gegenteil, sobald er sich an ihr vergangen hatte, würde er sie umbringen und ihren Tod ohne die geringsten Skrupel Khalil in die Schuhe schieben.

Sie schlug seine Hand weg. „Ich bin nicht Ihre Gefangene!" Der Mann neben Abu brummelte gefährlich vor sich hin und griff sogleich nach dem Degen, den er seitlich am Gürtel stecken hatte. „Sie haben offenbar vergessen, wer ich bin", fuhr sie ihn so scharf und eiskalt an, dass niemand ahnte, wie sehr sie insgeheim vor Angst zitterte.

„Ich habe noch nie etwas vergessen“, entgegnete Abu mürrisch. „Sie sind eine Frau, die von einem Schurken entführt worden ist. Das, was jetzt mit Ihnen geschieht, geht auf sein Konto, nicht auf meins.“

„Selbstverständlich entgeht Ihnen dann die Belohnung, die mein Vater ausgesetzt hat – oder sind Sie so reich, dass Sie für eine Million Dollar keine Verwendung mehr haben?“

„Eine Million Dollar? Ihr Vater hat nicht gesagt …“

Joanna richtete sich kerzengerade auf. „Eine Million, und dazu die Unterschrift unter den Vertrag mit Bennettco. Davon werden Sie jedoch nichts bekommen, wenn ich nicht sicher und heil zurückkehre.“

„Sie sind ja nur eine Frau und können nicht in seinem Namen verhandeln!“

„Aber ich bin seine Tochter.“

„Das sagt überhaupt nichts.“

Joanna lächelte angespannt. „Vielleicht täuschen Sie sich!“ Sie nahm allen Mut zusammen und schaute Abu herausfordernd an. „Wollen Sie wirklich das Risiko eingehen?“

Sie konnte förmlich beobachten, wie es hinter der hässlichen Stirn zu arbeiten begann. Joannas größte Sorge galt jedoch Khalil. Hatte er den Lärm gehört und sich in Sicherheit gebracht?

Sie brauchte nicht lange auf die Antwort zu warten, denn plötzlich hörte sie einen markerschütternden Aufschrei, der ihr beinah das Blut in den Adern gerinnen ließ. Wie ein Wahnsinniger kam Khalil aus der Höhle gestürmt, stürzte sich auf Abu und versuchte, ihm mit beiden Händen die Kehle zuzudrücken. Erst nach mehreren Schrecksekunden setzten sich Abus Männer in Bewegung.

„Lauf!“, rief Khalil Joanna zu, während zwei Männer ihn zurückrissen, gegen einen Felsen drängten und festhielten. „Nun verschwinde endlich, verdammt! Was stehst du noch herum?“

Mit den schmutzigen Fingern rieb Abu sich den Hals. „Dieser Morgen ist wahrhaftig voller Überraschungen.“ Er grinste hämisch und wies den neben ihm stehenden Mann an: „Töte den Banditen!“

„Nein!“, schrie Joanna, so laut sie konnte. „Nein! Töten Sie ihn nicht!“

„Dafür lasse ich Sie am Leben“, erklärte Abu so großspurig, als handelte er aus lauter Menschenfreundlichkeit und nicht, weil Joannas Drohung ihn verunsichert hatte. „Ich habe lange auf eine gute Entschuldigung gewartet, diesen Kerl umbringen zu lassen. Jetzt ist die Gelegenheit da. Also los!“

„Nun gut, tun Sie es ruhig, wenn sie unbedingt wollen – aber Sie werden es bereuen.“

„Hüten Sie Ihre Zunge!“

„Er ist nämlich nicht nur Ihr Gegner, Abu, sondern auch der meines Vaters. Er hat mich entehrt – und damit indirekt auch meinen Vater.“ Sie atmete tief ein. „Deshalb wird er Khalil seiner gerechten Strafe zuführen wollen.“

Abu lachte. „Erzählen Sie mir keine Märchen! So etwas ist bei Ihnen im Westen nicht üblich!“

„Sie ahnen ja nicht, wie rücksichtslos mein Vater sein kann!“

Joanna blickte zu Khalil hinüber. Sie suchte ein Anzeichen der Zustimmung, um weitermachen zu können. Als sie jedoch seine verächtliche Miene sah, sank ihr der Mut. Rasch wandte sie sich wieder Abu zu.

„Mein Vater wird viel dafür bezahlen, wenn man ihm Khalil ausliefert“, stellte sie kaltblütig fest. „Außerdem wird er Ihnen ewig dankbar sein.“

„Das sagen Sie ja nur, um den Mann zu retten, der jetzt Ihr Liebhaber ist.“ Noch einmal gab er den Befehl, Khalil hinzurichten.

„Er hat mich gewaltsam genommen“, versuchte Joanna verzweifelt zu retten, was noch zu retten war. „Nur deshalb bin ich so überstürzt geflohen.“

Dann ballte sie die Hände zu Fäusten und ging auf Khalil zu, in dessen Augen es vor Wut aufblitzte. Mein Liebling, dachte sie, und es riss ihr fast das Herz entzwei, hoffentlich verstehst du, weshalb ich das tue. Und rasch, bevor sie es sich wieder anders überlegte, spuckte sie ihm ins Gesicht.

„Er ist ein Wüstling“, erklärte sie und drehte sich dabei um, damit sie ihn nicht mehr anblicken musste. „Ich werde nicht eher Ruhe haben, bis mein Vater meine Schmach gerächt hat.“

Alle standen abwartend und schweigend da, nur Khalils heftiges Atmen war zu hören. Schließlich nickte Abu.

„Gut. Wir nehmen ihn mit und …“

Weiter kam er nicht, denn von überall her ertönte lautes Geschrei. Aus allen Richtungen kamen Khalils Leute in rasendem Galopp an, und innerhalb von wenigen Minuten war der ganze Spuk bereits vorbei. Abu mitsamt seinen Männern war geschlagen und überwältigt.

Joanna schluchzte vor Freude und Erleichterung auf, rannte zu Khalil und schlang ihm die Arme um den Nacken. Zu ihrem Entsetzen schob Khalil sie jedoch von sich.

„Fass mich nicht an“, forderte er sie leise auf, wobei ein drohender Unterton in seiner Stimme lag.

„Khalil! Ich habe um dein Leben gekämpft! Du denkst doch nicht …“

„Und jetzt um deins!“ Er packte sie unsanft am Arm und zog sie zu sich heran. „Du kannst froh sein, dass ich nicht der bin, für den du mich hältst, sonst würde ich mich nun vergessen!“ Dann stieß er sie heftig zur Seite und ging zu dem Hengst, der neben der weißen Stute wartete. „Setz sie ins Flugzeug, sie soll nach Casablanca geflogen werden“, wies er einen der Männer an. „Abu befindet sich in meiner Gewalt – Sam Bennett kann seine Tochter zurückhaben.“ Dann schwang er sich auf Najibs Rücken, ergriff die Zügel und warf Joanna einen letzten, unversöhnlichen Blick zu. „Die beiden verdienen einander.“

Er gab dem Pferd so heftig die Sporen, dass es wie der Blitz davon schoss mit seinem Reiter, der stolz und aufrecht im Sattel saß.

Ohne sich umzuschauen, ritt er davon, so als hätte sie für ihn nie existiert.

12. KAPITEL

Als Joanna aus dem Taxi stieg, hielt der Portier ihr die Tür auf. „Guten Abend, Miss Bennett", grüßte er freundlich. „Heiß heute, nicht wahr?"

„Hallo, Rogers. Ja, wie immer im August in New York", entgegnete sie lächelnd.

Auch der Liftboy sprach über das Wetter, während sie in den zwölften Stock hinauffuhren. Sie fühlte sich verpflichtet, höflich Konversation zu machen, obwohl es ihr lästig war.

Endlich in ihrem Apartment angelangt, seufzte sie erschöpft, streifte die hochhackigen Schuhe ab und legte im Vorübergehen die Handtasche auf den Tisch im Foyer. Seit ihrer Rückkehr aus Casablanca vor drei Monaten war ihr weder nach Lachen noch nach oberflächlichem Geplauder zumute.

Sie war inzwischen zur Vizepräsidentin von Bennettco ernannt worden, hatte ein eigenes Büro und sogar eine Sekretärin, und ihr Vater zollte ihr, wenn auch widerwillig, Respekt. Was will ich mehr?, überlegte sie, während sie im Schlafzimmer aus der Kleidung schlüpfte.

Dann stellte sie sich in dem blau gekachelten Badezimmer unter die Dusche und ließ das erfrischend kühle Wasser über den Körper rieseln. Sie musste sich beeilen, denn in ungefähr einer halben Stunde würde Sam sie abholen. Er bestand darauf, dass sie ihn zu einer dieser endlos lang dauernden Wohltätigkeitsveranstaltungen begleitete, die im Palast-Hotel stattfand.

Sie kannte dieses üppig und luxuriös ausgestattete Hotel, denn sie war schon oft dort gewesen. Sie erinnerte sich jedoch noch allzu gut an den herrschaftlichen Palast in Jandara, der zwar nicht jene protzige Eleganz aufwies, aber trotzdem bis in den hintersten Winkel eine ganz besondere Atmosphäre ausstrahlte, was dem Hotel gleichen Namens nie gelingen würde.

Sie wünschte, ihr wäre beim Frühstück nicht die Überschrift über der kurzen Notiz aufgefallen. „Der Prinz von Jandara baut seine Macht aus, er wirbt für finanzielle Unterstützung des Bergwerks-Projekts“, hatte es geheißen. Und ohne weitergelesen zu haben, hatte sie die Zeitung beiseite geschoben. Die Erinnerungen waren wieder auf sie eingestürmt und hatten ihr den ganzen Tag verdorben, obwohl sie sich den Grund dafür nicht erklären konnte. Khalil ist mir egal, ich habe ihn nie geliebt. Ich war nur verzweifelt und hatte Angst, deshalb ist das alles geschehen, ging es ihr durch den Kopf. Außerdem war sie von seinem unglaublich guten und männlichen Aussehen stark beeindruckt.

Plötzlich fühlte sie sich zurückversetzt in die Nacht, als Khalil sich über sie beugte und nichts als liebevolles Verlangen in seinem Blick lag. „Joanna“, flüsterte er, „Joanna, mein Liebling …“

Nein, Jandara ist Vergangenheit, vertrieb sie die Gedanken. Dank Sams eisernem Stillschweigen hatte niemand etwas von ihrer Rolle bei den Ereignissen erfahren.

„Ich habe nicht darüber gesprochen“, hatte er erklärt, nachdem sie nach Casablanca zurückgekehrt war. „Auch nicht mit dem Auswärtigen Amt. Ich wollte dein Leben nicht gefährden, denn ich konnte nicht abschätzen, wozu dieser Khalil fähig war. Deshalb habe ich seinen Forderungen auch nicht nachgegeben. Ich befürchtete, er würde dich anschließend umbringen lassen. Das verstehst du doch, nicht wahr?“

„Ja, natürlich“, hatte Joanna ihm versichert. Das hatte sie sich selbst auch schon überlegt. Er hatte Abu eingeschaltet, weil er, Sam, keine andere Möglichkeit sah, Joanna zu befreien. Was Abu anging, nun, Sam war auf ihn hereingefallen und hatte sich von ihm täuschen lassen, wie er widerstrebend zugab.

Das einzige Haar in der Suppe war, dass das geplante Projekt geplatzt war. Khalil hatte darüber keinen Zweifel aufkommen lassen. Innerhalb von zwölf Stunden nach seiner Niederlage war Abu zu lebenslanger Haft verurteilt und Khalil wieder als Herrscher von Jandara eingesetzt worden. Bennettcos Vertrag hatte man umgehend per

Boten zurückgeschickt. „Wir werden es selbst durchführen“, besagte die kurze und knappe Mitteilung, die Khalil eigenhändig unterschrieben hatte.

Sam hatte sich schrecklich aufgeregt, Khalil verwünscht und verflucht, sich jedoch bald wieder beruhigt. Er meinte, das Wichtigste sei schließlich, dass seine Jo wieder bei ihm sei.

Joanna trocknete sich ab, nahm ein elegantes blaues Seidenkleid aus dem Schrank, zog sich an und legte Make-up auf. Eigentlich hat mein Vater recht, dachte sie. Die Arbeit bei Bennettco macht mir Spaß, ich habe Erfolg. Was will ich mehr? Und was macht es schon, dass ich nachts aus meinen Träumen aufschrecke und mir Tränen über die Wangen rollen?

Sie schaute auf die Uhr. Es wurde Zeit. Rasch steckte sie Kamm, Taschentuch und Lippenstift in das Abendtäschchen und schlüpfte in die hochhackigen Glitzersandaletten, verließ das Apartment und fuhr mit dem Lift nach unten.

Sam erwartete sie bereits in seiner Luxuslimousine mit Chauffeur. „Hallo, Kleines“, begrüßte er sie, während sie einstieg. „Hm, du siehst phantastisch aus.“

Joanna zog die Augenbrauen hoch. „Was gibt's?“

Er lachte in sich hinein. „Was soll die Frage? Darf ich meinem Mädchen kein Kompliment machen?“

„Dafür kenne ich dich viel zu gut, Vater“, gab sie zurück und deutete ein Lächeln an. „Immer, wenn du etwas von mir willst und eine Absage befürchtest, fängst du an, mich mit Komplimenten zu überhäufen.“

Er lehnte sich zurück und seufzte. „Auf der Fahrt zu dir ging mir durch den Kopf, wie übel uns dieser Kerl mitgespielt hat.“

Ihr verging das Lächeln. „Meinst du Khalil?“

„Wen denn sonst? Wenn ich mir vorstelle, dass er dich eingeschlossen und schlecht behandelt hat … Weißt du, dass er hier ist?“

Sie zuckte die Schultern. „Ach, tatsächlich?“, gab sie sich erstaunt, bemüht, die Stimme gleichgültig klingen zu lassen.

„Abu mag ein Schuft gewesen sein, aber Khalil ist auch nicht besser."

„Du weißt genau, dass das nicht wahr ist!", empörte Joanna sich.

„Verteidigst du ihn etwa, Joanna?"

Stimmte das? Sie schüttelte den Kopf. „Nein", entgegnete sie rasch. „Natürlich nicht."

„Es liegt mir schwer auf der Seele, dass er dich so schlecht behandelt hat und noch dafür belohnt wird", meinte Sam gereizt. „Er sitzt jetzt in Abus Palast wie die Made im Speck und erfreut sich an den Staatsgeldern."

Joanna schloss die Augen. Sie war das alles so leid, wollte nichts mehr davon hören. „Das bezweifle ich", erwiderte sie müde.

Sam lachte. „Aber ich werde dafür sorgen, dass er sein Fett abbekommt, mein Kind, dessen kannst du sicher sein."

Alarmiert blickte Joanna ihren Vater an. „Was hast du vor?"

„Das Bergwerksprojekt ist uns durch die Lappen gegangen – aber auch Khalil wird es nicht durchführen können!"

„Doch, denn er will ein Konsortium gründen."

„Er wird versuchen, in die eigene Tasche zu wirtschaften, wolltest du wohl sagen."

„Nein", entgegnete Joanna rasch. „Das würde er niemals tun."

„Glaubst du, es wird ihm gefallen, wenn alle Welt erfährt, dass er so scharf auf die Bodenschätze ist, die in den Bergen dort unerschlossen liegen, dass er dafür sogar getötet hat?", fragte Sam, wobei es in seinen Augen gefährlich aufblitzte.

Joanna sah ihren Vater entgeistert an. „Wen hat er getötet?"

„Abu natürlich."

„Das hat Khalil doch gar nicht getan! Abu sitzt im Gefängnis, und zwar nicht wegen …"

„Du liebe Zeit, Jo!" Sams Stimme klang nun nicht mehr freundlich, sondern scharf und schneidend. „Wen interessieren schon die Tatsachen? Ich sage dir, ich weiß, wie ich mich an dem Kerl rächen kann für das, was er uns angetan hat!"

„Uns? Uns hat er nichts getan, nur mir hat er …"

„Was wolltest du sagen?"

Sie schaute ihn bestürzt an. Sie hatte sagen wollen, Khalil hätte ihr das Herz gebrochen. Aber ich liebe ihn ja gar nicht. Ich verteidige ihn nur, weil ich verhindern will, dass Lügen über ihn verbreitet werden, überlegte sie.

„So boshaft kannst du doch nicht sein", sagte sie mit schwacher Stimme.

Sams Miene wurde hart und unerbittlich. „Hör zu, Joanna. Khalil versucht, das Geschäft selbst zu machen. Wenn aber alle Banken und einflussreichen Finanzmakler die Wahrheit darüber erfahren, wie er dich entführt und misshandelt hat …"

„Das wird ihnen nie zu Ohren kommen!" In Joannas Augen leuchtete es herausfordernd auf. „Die ganze Geschichte betrifft ausschließlich mich, und ich werde mit keinem Menschen darüber reden!"

Sam presste die Lippen zusammen, so als wollte er damit seinen Abscheu zum Ausdruck bringen. „Ich brauche mir keine Mühe mehr zu geben, du verstehst sowieso nichts von Geschäften! Du bist eben nicht der Sohn, den ich mir gewünscht habe, und wirst ihn mir auch nie ersetzen können."

Joanna war den Tränen nah. „Nun, jetzt hast du es endlich einmal ausgesprochen. Natürlich bin ich das nicht und …"

Sie fuhren vor dem Hotel vor, und der Chauffeur hielt den Wagen an. Joanna griff nach ihrer Tasche. „Darüber reden wir später, Vater." Ärgerlich öffnete sie die Tür, ohne darauf zu warten, dass der Fahrer es für sie tat.

Sam legte stets großen Wert auf Etikette, ganz im Gegensatz zu Joanna. Deshalb fuhr er sie scharf an: „Joanna, warte!"

Sie ignorierte ihn jedoch, stieg aus und fand sich wieder vor einem Meer von Kameras und Mikrofonen.

„Miss Bennett!" Jemand hielt ihr ein Mikro vors Gesicht. „Ist es wahr, dass der neue Herrscher von Jandara Sie entführt und als Geisel festgehalten hat?“

Joanna verspannte sich sogleich. „Woher haben Sie …“

„Stimmt es, dass er von Ihrem Vater Bestechungsgeld verlangt hat und Sie nur deshalb kidnappte, weil Ihr Vater sich weigerte zu zahlen?“

Sie wirbelte zu Sam herum, der hinter ihr herkam. „Ist das dein Werk?“, erkundigte sie sich leise.

„Darüber reden wir später, wie du selbst vorhin gesagt hast.“

„Antworte mir! Hast du es inszeniert oder nicht?“

„Er bekommt nur das zurück, was er mir angetan hat, Jo“, flüsterte Sam ihr zu. „Khalil ist in New York auf der Suche nach Geldgebern. Jetzt bin ich an der Reihe zuzuschlagen.“

Joanna zitterten die Lippen vor Zorn. „Nur um deine Rachegelüste zu befriedigen, erzählst du ungeniert Lügen über Khalil und lässt es zu, dass die Medien über mich herfallen?“

Sam sah sie sekundenlang starr an. „Geschäft ist Geschäft, Joanna. Weshalb geht dir das nicht in den Kopf?“ Er schob sich so geschickt an ihr vorbei, dass es aussah, als wollte er sie vor den Presseleuten schützen. Dann warf er theatralisch die Hände in die Höhe. „Meine Tochter kann noch nicht darüber sprechen, es regt sie zu sehr auf. Deshalb werde ich Ihnen die Fragen beantworten“, erklärte er.

Er ließ eine Hasstirade gegen Khalil vom Stapel, behauptete, Bennettco habe die Zahlung von Bestechungsgeld verweigert, und beschuldigte Khalil, im Gegenzug Joanna entführt und schließlich noch ein hohes Lösegeld gefordert zu haben.

Plötzlich wurde es Joanna zu viel. „Nein“, warf sie mutig ein, und alle Kameras richteten sich wieder auf sie. Sam warf ihr einen warnenden Blick zu.

„Wir haben uns nur deshalb entschlossen, an die Öffentlichkeit zu gehen, weil es meine Tochter nicht mit ansehen kann, wie Khalil die Banken täuscht …“, fuhr er fort.

„Nein“, rief Joanna mit erhobener Stimme. „Das stimmt überhaupt nicht!“

„Sehen Sie nun, was dieser Schuft ihr angetan hat?“ Sam brüllte fast. „Sie hat immer noch Angst, darüber zu reden, wie er sie gefangen hielt, geschlagen hat und ...“

„Das sind lauter Lügen!“ Entschlossen drängte Joanna sich vor ihren Vater. „Prinz Khalil hat weder Bestechungsgeld noch Lösegeld gefordert. Er ist ein ehrenwerter und anständiger Mann. Leider versucht mein Vater, seinen Namen in den Schmutz zu ziehen!“

Sekundenlang herrschte Schweigen. Schließlich rief ihr jemand zu: „Anständige Männer entführen keine Frauen!“

Einige kicherten und lachten. Joanna hob selbstbewusst das Kinn und blickte in die Kameras. „Er hat mich nicht entführt“, erklärte sie mit fester Stimme.

„Ihr Vater hat es aber behauptet. Wie war es denn wirklich, Miss Bennett?“

Hatte Khalil damals in jener Nacht nicht gesagt, jeder würde ihm glauben, wenn er die Sache so hinstellte, als wäre sie freiwillig mit ihm gegangen? Joanna atmete tief ein.

„Ich war bei Khalil, weil ich es so wollte. Der Prinz hat mich gebeten, mit ihm zu kommen, und ich tat es.“ Ihre Stimme klang immer überzeugender.

In dem allgemeinen Stimmengewirr verstand sie kaum eine der vielen Fragen. Schließlich gelang es einem der Reporter, sich gegen die Menge durchzusetzen. „Sie hassen also den Falken des Nordens nicht, oder?“

„Nein“, antwortete Joanna wahrheitsgemäß. „Ich hasse ihn nicht“, bekräftigte sie.

„Was denn?“, wollte ein anderer wissen.

Joanna zögerte. „Ich ...“ Sie blickte in die unzähligen Kameras. Was empfinde ich eigentlich für ihn?, überlegte sie.

Eine Reporterin bahnte sich rücksichtslos den Weg durch das Gewühl und hielt Joanna das Mikrofon vor den Mund. „Lieben Sie ihn?“, fragte die Frau direkt.

Nachdenklich blickte Joanna sie an. Ich muss diese grenzenlose

Falschheit und die Lügen beenden, dachte sie. „Ja, ich liebe ihn“, entgegnete sie schließlich mutig.

Hinter ihr stöhnte Sam entsetzt auf. Noch mehr Fragen prasselten auf sie herab, jeder wollte gleich eine Antwort haben. Mit einem Mal wurde es ihr zu viel, sie drehte sich um und flüchtete in das leere Taxi, aus dem soeben Hotelgäste ausgestiegen waren und das zufällig noch am Straßenrand stand.

Joanna spazierte auf der Dachterrasse vor ihrem Wohnzimmer auf und ab. Jetzt in der Nacht war die Hitze noch drückender als am Nachmittag und Abend. Das lange weiße Negligé aus Seide fühlte sich ganz leicht auf ihrer Haut an. Trotzdem hatte sie das Gefühl zu ersticken.

Ihr war bewusst, dass das nur wenig mit den hohen Temperaturen zu tun hatte. Es war vielmehr die erlittene Demütigung, die sie fast krank machte.

„Ich liebe ihn“, hatte sie gesagt. Doch das stimmte ja gar nicht, sie hatte Khalil nie geliebt. Warum hatte sie es dann behauptet? Etwa aus Ärger darüber, dass Sam sie für seine Zwecke hatte benutzen wollen? Nein, es musste noch mehr dahinter stecken.

Langsam schlenderte sie ins Wohnzimmer zurück. Die Uhr auf dem Kaminsims schlug die volle Stunde. Vier Uhr! Wenn es doch schon dämmern würde, dann würde ich mir Schuhe, T-Shirt und Shorts überziehen und durch den Central Park laufen, dachte sie entnervt.

Wieder einmal läutete das Telefon. Waren es Leute von der Presse oder Sam, der bereits dreimal angerufen hatte, um ihr vorzuwerfen, dass sie ihn ruiniert habe? Sie nahm den Hörer ab und meldete sich ziemlich unfreundlich.

Es war tatsächlich Sam. Doch seine Wut hatte sich inzwischen gelegt, wie unschwer aus seiner Stimme zu erraten war. Jetzt klang er nur noch müde. „Willst du dich wenigstens dafür entschuldigen, mich lächerlich gemacht zu haben, Jo?“

Erschöpft presste sie die Hand gegen die Stirn. „Natürlich. Ich habe dich nicht absichtlich in Verlegenheit gebracht, Vater."

„Was hat dich eigentlich angetrieben? Du hast meinen Ruf völlig zerstört!"

Sie musste lächeln. „Du hast schon Schlimmeres überlebt."

Sam stieß einen tiefen Seufzer aus. „Du hast zwar nicht unbedingt recht", meinte er, „aber vielleicht war mein Plan doch nicht so gut, wie ich dachte."

„Entschuldigst du dich etwa bei mir, Vater?"

„Ich bin oft auf einem schmalen Grat zwischen richtig und falsch, Recht und Unrecht gewandert – und manchmal habe ich die Balance verloren."

Sie hatte nicht im Entferntesten damit gerechnet, dass er das jemals zugeben würde. Deshalb fühlte sie sich nun eigenartig berührt.

„Du bist eine ziemlich draufgängerische junge Dame, Joanna", erklärte Sam ruhig.

„Ich liebe dich, Vater", sagte Joanna leise.

„Ich liebe dich auch." Sie hörte, wie er tief einatmete. „Jo? Ich hatte wirklich Angst um deine Sicherheit. Nur aus diesem Grund habe ich den verdammten Vertrag nicht zerrissen. Es ist mir wichtig, dass du das glaubst. Du bedeutest die Welt für mich."

Sie war sehr gerührt, und Tränen traten ihr in die Augen. „Ich weiß."

„Nun", erklärte er plötzlich wieder forsch. „Es ist schon spät. Du musst unbedingt einige Stunden schlafen." Nach kurzem Zögern fügte er hinzu: „Gute Nacht, Tochter."

Tochter! Noch nie hatte er sie so genannt. Joanna nahm den Hörer fester in die Hand. „Gute Nacht, Daddy", verabschiedete sie sich. Dann legte sie nachdenklich auf und lächelte dabei. So, überlegte sie, etwas Gutes hat das ganze Durcheinander doch gebracht. Vielleicht konnten sie und ihr Vater endlich Freunde werden.

Sie schreckte auf, als es plötzlich an der Tür läutete. Wem mochte der Portier Einlass gewährt haben, ohne sie erst über das Haustelefon zu informieren?

Joanna ging langsam in den Flur. Das war offenbar ein ungeduldiger Besucher, denn es läutete schon wieder. Jemand betätigte hartnäckig und ausdauernd die Klingel, die sich in der Stille der Nacht ziemlich schrill anhörte.

„Verschwinden Sie“, rief sie.

Doch es nützte nichts, im Gegenteil, jetzt wurde sogar gegen die Tür geschlagen.

„Hören Sie mich? Wenn Sie nicht sofort verschwinden, rufe ich die Polizei!“

„Das kannst du tun, sobald ich die Tür aufgebrochen habe!“, erklang eine männliche Stimme.

Joanna lehnte sich gegen die Wand. Überrascht und verblüfft, wie sie war, brauchte sie unbedingt einen festen Halt. „Khalil?“, sagte sie leise und ungläubig.

„Joanna! Mach sofort auf!“

„Nein“, entgegnete sie und blickte dabei so ängstlich auf die Tür, als würde diese jeden Augenblick aus den Angeln fallen. „Verschwinde!“

„Gut, Joanna. Dann warten wir eben, bis andere Hausbewohner die Polizei holen. Wahrscheinlich erscheinen dann gleichzeitig ein Dutzend Reporter. Mir kann es nur recht sein. Jandara kann jede Art von Publicity gut gebrauchen.“

Wie gehetzt und mit zitternden Fingern schloss Joanna auf und öffnete ihm die Tür. „Wie kannst du es wagen?“

„Das ist Amerika“, erwiderte Khalil und lächelte kühl. „Hier ist alles erlaubt. Hast du mir das nicht einmal erzählt?“

„Nein, ganz bestimmt nicht. Ich …“ Sie sprach nicht weiter.

Khalil war ähnlich angezogen wie am allerersten Abend. Er trug einen dunklen Anzug mit einem weißen Hemd darunter. Doch irgendwann im Verlauf der Nacht hatte er offenbar die Krawatte abgelegt und die oberen Knöpfe des Hemds geöffnet. Außerdem hatte er sich das Jackett lässig über die Schultern gelegt. Er sah umwerfend gut aus. Bei seinem Anblick wurde ihr ganz schwach in den Knien.

Krampfhaft hielt sie das Seidennegligé am Hals zusammen. „Ich kann dich nicht hereinlassen."

Er lächelte, und dabei blitzten seine weißen Zähne auf. „Nein?"

„Nein. Das ist mein Apartment und …"

Unbeeindruckt ging er an ihr vorbei und warf die Tür hinter sich zu.

„Du verdammter Kerl!", rief Joanna hinter ihm her. „Ich will dich nicht in meiner Wohnung haben! Verschwinde!"

Khalil schüttelte den Kopf. „Nein", stellte er fest.

Einfach *Nein,* nur dieses eine Wort, dazu dieser überhebliche, anmaßende Ton in seiner Stimme!

Joanna warf entschlossen den Kopf zurück. „Nun, dann werde ich dich hinauswerfen lassen! Der Portier hat wahrscheinlich ohnehin schon die Polizei angefordert …"

„Der Portier", begann er gedehnt, „unterhält sich momentan angeregt mit meinem Minister!" Er verschränkte die Arme vor der Brust und nahm diese arrogante Haltung ein, die für ihn so typisch war. „Wusstest du, dass er nur einen Steinwurf von Hassans Geburtsort entfernt zur Welt gekommen ist?"

„Hassan soll in Brooklyn geboren sein?"

Khalil lächelte. „Das darfst du nicht so eng sehen! Tatsache ist, ein Cousin von Hassan stammt aus Brooklyn."

Joanna hob trotzig das Kinn. „Von mir aus könnt ihr, du und Hassan, eine ganze Reihe von Cousins haben, die …"

„Wir haben den Abend auf einer Dinnerparty verbracht, Joanna."

„Wie schön für euch", entgegnete sie zuckersüß. „Es freut mich außerordentlich für euch beide."

„Erst vor ungefähr einer halben Stunde bin ich ins Hotel zurückgekommen. Als ich das Fernsehen einschaltete und die Nachrichten sah …"

„Es gibt bestimmt viele Leute, die daran interessiert sind, zu erfahren, wie du den Abend verbracht hast, Khalil. Aber ich ..."

„Ich habe eure Pressekonferenz gesehen."

Joanna wurde ganz blass. „Welche Pressekonferenz?", fragte sie gespielt forsch. „Ich weiß wirklich nicht, wovon du redest."

„Diese aufschlussreiche Versammlung von Reportern vor dem Palast-Hotel, das meine ich." Auf seinen Lippen lag ein kühles Lächeln.

„Das war keine Pressekonferenz, sondern eine Zirkusvorstellung. Wenn das alles ist, was du ..."

„Was seid ihr doch für ein cleveres Gespann, du und dein Vater, Joanna."

Verständnislos blickte sie ihn an. „Wie bitte?"

„Ihr gebt vor laufenden Kameras zwei ganz verschiedene Versionen von ein und derselben Geschichte ab, die sich jedoch gleichermaßen faszinierend anhören." Khalil kniff die Augen zusammen. „Eine raffiniert ausgedachte Aktion, um Bennettco zu mehr Publicity zu verhelfen, nicht wahr?"

„Was sagst du da?" Joanna brach in Lachen aus. „Du glaubst also, Sam und ich hätten eine gut inszenierte Show abgezogen?"

„Etwa nicht?"

„Nein, natürlich nicht. Wozu sollte das gut sein?"

„Was weiß ich? Vielleicht ist der Wert der Bennettco-Aktien drastisch gesunken, sodass ihr euch etwas einfallen lassen musstet. Eine Schlagzeile zur rechten Zeit könnte den Kurs wieder steigen lassen."

Joanna schüttelte den Kopf. Sie konnte kaum glauben, was sie hörte. „Du würdest großartig mit meinem Vater auskommen, mit dieser hinterhältigen Denkweise."

„Hast du die Sache denn nicht geplant und vorbereitet?"

„Nein. Ich hatte sowieso nichts damit zu tun. Mein Vater ..." Mitten im Satz hielt sie inne, während ihr die Röte in die Wangen stieg. „Hör zu, wenn du nur deshalb hier bist ..."

„Warum, Joanna?" Er ging rasch auf sie zu und packte sie bei den

Schultern. „Warum lag ihm so viel daran, dass du behaupten solltest, ich hätte dich misshandelt?“ Seine Miene verdüsterte sich. „Das wäre das Allerletzte, was ich jemals tun würde.“

„Genau das habe ich Sam auch gesagt. Er hatte jedoch diese verrückte Idee, dass er die Entwicklung in Jandara beeinflussen könnte ...“

„Indem er meinen Ruf zerstört“, vollendete Khalil den Satz mit ausdrucksloser Stimme.

„Er weiß, dass es falsch war“, erklärte Joanna. „Ich schwöre dir ...“

„Aber du hast nicht zugelassen, dass er diese Lügen verbreitet.“

Plötzlich war ihr die Kehle wie zugeschnürt. „Ich ... ich hielt es für ungerecht.“

Khalil ließ die Hände langsam über Joannas Schultern gleiten. „Deshalb hast du zweihundert Millionen Menschen erzählt, du seist freiwillig mit mir gegangen.“

Joanna fühlte sich auf einmal ganz unbehaglich. „Bitte geh jetzt, Khalil.“

„Nein. Erst wenn du mir alle Fragen beantwortet hast.“

„Das habe ich bereits. Du wolltest wissen, ob mein Vater und ich ...“

„Ich möchte von dir erfahren, warum du der gesamten amerikanischen Bevölkerung anvertraut hast, dass du mich liebst“, sagte er mit sanfter Stimme.

„Es war ... ich meine ... ich dachte, es sei ...“ Hilflos blickte sie ihn an. „Es fiel mir nichts Besseres ein.“

„Ach.“

„Ja, genau.“ Joanna schluckte heftig. „Natürlich darfst du es nicht ernst nehmen, wenn du das meinst.“

Er schaute sie nachdenklich an. Für ihn war sie immer noch die schönste Frau der Welt. Und wie hätte für ihn ein Leben ohne sie ausgesehen? Er lächelte und strich mit dem Daumen sanft über ihre Unterlippe. Als er Joanna in Jandara das letzte Mal in die Augen geblickt hatte, war sein Herz so von Schmerz und Qual erfüllt gewesen, dass er für alles andere blind gewesen war.

Doch im Laufe der Zeit hatte er die Überzeugung gewonnen, dass er an jenem schrecklichen Morgen vor drei Monaten viel zu voreilig und unüberlegt geurteilt hatte. Wochenlang träumte er jede Nacht von ihr und musste unentwegt an sie denken. Nun hatte er einen Vorwand gefunden, um nach New York zu fliegen – im Grunde seines Herzens war ihm bewusst, dass er vor allem deshalb gekommen war, um Joanna wiederzusehen und die Wahrheit herauszufinden.

Und in Joannas grünen Augen, in denen Tränen standen, las er die Wahrheit, die er suchte. Er war sich ziemlich sicher, jedenfalls sicher genug, um etwas zu tun, das er noch nie im Leben getan hatte – er war bereit, seinen Stolz zu vergessen und Joanna seine Gefühle zu gestehen.

„Stimmt es wirklich nicht?“, fragte er leise.

Joanna schluckte noch einmal heftig. „Was?“

„Dass du mich liebst.“

Sie schloss die Augen. „Khalil, bitte tu mir das nicht …“

„Ich glaube, du hast nur ein einziges Mal die Unwahrheit über deine Gefühle für mich gesagt, und zwar an jenem Morgen vor der Höhle.“

Sie schaute ihn erstaunt an. „Du irrst dich. Ich liebe dich nicht. Ich habe dich …“

Er neigte den Kopf und strich ganz sanft mit den Lippen über ihre. „Wie konnte ich nur so blind sein? Du wolltest wirklich nur mein Leben retten, als du Abu gegenüber so getan hast, als könntest du mich nicht ausstehen, nicht wahr, Joanna?“

Sie sah ihm in die tiefblauen Augen. „Wenn ich die Unterhaltung jetzt beende, würde ich meinen Stolz bewahren. Ich könnte zugeben: Ja, so ist es, das heißt aber noch lange nicht, dass ich dich liebe. Es war selbstverständlich für mich, alles in meiner Macht Stehende zu tun, um dir zu helfen“, überlegte sie.

„Joanna.“ Er umfasste ihr Gesicht mit beiden Händen und zwang sie, ihn anzuschauen. Und als sie seinem liebevollen Blick begegnete, fühlte sie sich mit einem Mal ganz beschwingt. „Mein Liebling", flüsterte er. „Wird es leichter für dich, die Wahrheit zu gestehen, wenn ich es zuerst tue?" Er küsste sie wieder, und seine Lippen fühlten sich warm und weich an ihren an. „Ich liebe dich, Joanna. Ich liebe dich von ganzem Herzen."

Sie hielt die Luft an und glaubte zu träumen. „Was?"

„Warum habe ich dich wohl bei mir festgehalten, nachdem ich erfahren hatte, dass dein Vater nicht bereit war, über deine Freilassung zu verhandeln?"

„Nun, weil ... weil ..."

Lächelnd zog er sie in die Arme. „Ich weiß, es war falsch. Aber ich konnte dich einfach nicht gehen lassen, denn ich hatte mich in dich verliebt. Ich habe nie aufgehört zu hoffen, dass du mich eines Tages genauso lieben würdest wie ich dich."

Joanna hatte das Gefühl, das Herz würde ihr vor Freude zerspringen. „Oh, mein Liebling", flüsterte sie. „Mein Liebling ..."

Er hielt sie fest an sich gepresst und brachte sie mit einem Kuss zum Schweigen. Dann seufzte er und streichelte ihr Gesicht außerordentlich zärtlich.

„In der Nacht in der Höhle habe ich geglaubt, dass du mich liebst. Aber am nächsten Morgen ..."

Joanna legte ihm die Arme um den Nacken. „Ich liebe dich", gestand sie ihm. „Ich liebe dich wirklich!"

Nun küsste er sie lange und innig. Schließlich hob er den Kopf und sah ihr lächelnd in die Augen.

„Lilia spricht oft von dir. Sie ist sehr glücklich, weil ihr Vater lebt. Man hat ihn aus Abus Gefängnissen befreit."

„Das ist wunderbar!"

„Auch Rachelle erwähnt dich besonders häufig. Immer wieder und wieder sagte sie, sie hoffe, dass du eines Tages einsiehst, wie sehr du dich in mir getäuscht hast, und erkennst, was für ein großartiger Mensch ich bin!"

Joanna musste lachen. „Ich tue mein Bestes." Dann wurde sie wieder ernst. „Khalil, es tut mir schrecklich leid, dass ich Lilia zu meiner Flucht benutzt habe, aber …"

Er schien ihr gar nicht zuzuhören. „Würde es dir immer noch Freude machen, Lehrerin zu werden, mein Liebling?", erkundigte er sich.

„Wieso fragst du?" Joanna war verblüfft.

„In meinem Land gibt es viel zu tun. Lilia und natürlich alle anderen Kinder auch sind ungeheuer wissbegierig." Zwischendurch küsste er sie immer wieder außerordentlich zärtlich. „Würdest du den Job bei Bennettco aufgeben und nach Jandara zurückkommen, um zu unterrichten?"

In Joannas Augen leuchtete es auf. „Mehr willst du nicht von mir?", erkundigte sie sich neckend.

„O doch", entgegnete er und drückte sie liebevoll an sich. „Ich möchte, dass du meine Frau wirst und mich immer liebst und dass wir miteinander glücklich werden."

Als die Sonne über den Dächern von Manhattan aufging, gab Joanna ihm ihr Jawort auf eine ganz besondere Weise. Sie war sich sicher, er würde es verstehen.

– ENDE –

Devine / Lamb / Fraser
Liebesreise nach Cornwall

Band-Nr. 15007
8,95 € (D)
ISBN-10: 3-89941-367-9
ISBN-13: 978-3-89941-367-0
448 Seiten

Spencer / McMahon / Darcy
Liebesreise in die Karibik

Band-Nr. 15010
8,95 € (D)
ISBN-10: 3-89941-374-1
ISBN-13: 978-3-89941-374-8
448 Seiten

Miranda Lee
Liebesreise nach Australien

Band-Nr. 15009
8,95 € (D)
ISBN-10: 3-89941-371-7
ISBN-13: 978-3-89941-371-7
432 Seiten

Nora Roberts
Die MacKades 1
Zwischen Sehnsucht und Verlangen
Band-Nr. 25171
6,95 € (D)
ISBN-10: 3-89941-229-X
ISBN-13: 978-3-89941-229-1
320 Seiten

Nora Roberts
Die MacKades 2
Dem Feuer zu nah
Band-Nr. 25178
6,95 € (D)
ISBN-10: 3-89941-236-2
ISBN-13: 978-3-89941-236-9
336 Seiten

Nora Roberts
Die MacKades 3
Sterne einer Sommernacht
Band-Nr. 25196
6,95 € (D)
ISBN-10: 3-89941-289-3
ISBN-13: 978-3-89941-289-5
304 Seiten

Nora Roberts
Die MacKades 4
Hochzeit im Herbst
Band-Nr. 25204
6,95 € (D)
ISBN-10: 3-89941-297-4
ISBN-13: 978-3-89941-297-0
304 Seiten

Nora Roberts
Die Frauen der Calhouns 1
Catherine

Band-Nr. 25212
6,95 € (D)
ISBN: 978-3-89941-329-8
304 Seiten

Nora Roberts
Die Frauen der Calhouns 2
Amanda

Band-Nr. 25220
6,95 € (D)
ISBN: 978-3-89941-337-3

Emma Darcy
Die Söhne der Kings

Band-Nr. 95002
7,95 € (D)
ISBN: 978-3-89941-364-9
512 Seiten

Nora Roberts
Die Donovans 1
Die gefährliche Verlockung
Band-Nr. 25170
6,95 € (D)
ISBN-10: 3-89941-228-1
ISBN-13: 978-3-89941-228-4
304 Seiten

Nora Roberts
Die Donovans 2
Die Spur des Kidnappers
Band-Nr. 25177
6,95 € (D)
ISBN-10: 3-89941-235-4
ISBN-13: 978-3-89941-235-2
336 Seiten

Nora Roberts
Die Donovans 3
Das geheime Amulett
Band-Nr. 25197
6,95 € (D)
ISBN-10: 3-89941-290-7
ISBN-13: 978-3-89941-290-1
336 Seiten

Nora Roberts
Die Donovans 4
Der verzauberte Fremde
Band-Nr. 25205
6,95 € (D)
ISBN-10: 3-89941-298-2
ISBN-13: 978-3-89941-298-7
336 Seiten